PUNKT OHNE WIEDERKEHR

DIE MASTER DER SHADOWLANDS-REIHE
BUCH 10

CHERISE SINCLAIR

VanScoy Publishing Group

@ Deutsche Ausgabe: FP Translations; 2024

ISBN: 978-1-947219-52-6

@ Originalausgabe: *Servicing the Target* by Cherise Sinclair; 2015

Lektorat: Christian Popp

ANMERKUNG DER AUTORIN

An meine Leser/Leserinnen,

dieses Buch ist reine Fiktion. Und wie in den meisten Romanen wird die Liebesgeschichte in eine sehr, sehr kurze Zeitspanne hineingepresst.

Ihr, meine Lieben, lebt in der wirklichen Welt. Ihr werdet mehr Zeit brauchen als die Romanfiguren. Gute Doms wachsen nicht auf Bäumen und es gibt ein paar sehr seltsame Menschen dort draußen. Wenn ihr auf der Suche nach eurem eigenen Dom seid, hört auf euer Bauchgefühl und seid bitte vorsichtig.

Und wenn ihr ihn findet, dann nehmt zur Kenntnis, dass er nicht eure Gedanken lesen kann. Ja, so beängstigend das auch sein mag, ihr werdet euch ihm öffnen, mit ihm reden und auch ihm zuhören müssen. Teilt eure Hoffnungen und Ängste miteinander. Erzählt ihm, was ihr euch von ihm wünscht und wovor ihr abgrundtiefe Angst habt. Okay, er wird eure Grenzen etwas austesten – er ist schließlich ein Dom –, aber ihr habt ja euer Safeword. Nicht das Safeword vergessen, okay? Und passt auf euch auf. Verhütet. Vertraut euch einer Person in eurem Freundeskreis an. Teilt euch mit, kommuniziert.

Denkt dran: Safe, sane, consensual. (Sicher, vernünftig, einvernehmlich.)

Ich wünsche mir für euch, dass ihr diese besondere Person findet, die euch liebt, die eure Bedürfnisse versteht und euch im Herzen trägt.

Während ihr nach diesem besonderen Menschen Ausschau haltet, könnt ihr Zeit mit den Shadowlands-Mastern verbringen.

Fühlt euch gedrückt,
Cherise

KAPITEL EINS

*V**erdammte scheiße**, **ihr** tat einfach alles weh.*
Anne klopfte mit dem schmiedeeisernen Türklopfer auf die knurrende Löwennase und drückte die Tür auf. Das verdammte Ding schien heute Abend viel schwerer zu sein als sonst.

Sie marschierte in den Eingangsbereich des exklusiven BDSM-Clubs, dem Shadowlands. Nun ja, sie *versuchte,* zu marschieren. Schließlich hatte eine Mistress ihren Stolz, aber das Hinken musste den Effekt zerstört haben.

Verflucht sei ihr Cousin. Selbstdarstellung gehörte auf den Baseballplatz, nicht auf einen Einsatz mit bewaffneten Verbrechern.

Als sich die Tür hinter ihr schloss, hob der Türsteher vom Shadowlands den Kopf. Sofort runzelte er die Stirn und umrundete den Schreibtisch. Mit seinen gut zwei Metern Körpergröße und den Schultern so breit wie ein Footballfeld hätte der Goliath Schwarzeneggers Rolle im Film *Terminator* übernehmen können. „Was zum Teufel ist denn mit dir passiert?", knurrte er.

Okay. Sie hatte nicht gewusst, dass er seine Stimme erheben konnte. Er schien so ein Schatz zu sein, dass sie sich schon lange fragte, warum Z ihn für die Sicherheit im Club angeheuert hatte.

Andererseits sah er aus wie ein Rottweiler – grobknochig, übergroß und zerschlagen – und vielleicht hatte er seine Fertigkeiten nie auf die Probe stellen müssen.

Mit zusammengezogenen Augenbrauen ragte er über ihr. „Ist mit dir alles okay?" Sein verblasster New York-Akzent war nun stärker herauszuhören.

„Hallo, Ben."

„Mistress Anne ..." Seine Stimme erinnerte an ein tiefes Grummeln, und sie zog eine Augenbraue hoch. Der Wachhund konnte also doch bellen.

„Alles gut." Sie tätschelte seinen Arm und fand steinharte Muskeln unter seinem losen Hemd. Sie musste sich – ganz unangemessen – fragen, was sich sonst noch unter dem Stoff verbarg.

„Hattest du einen Unfall? Soll ich jemanden anrufen?"

Sie lachte und ... zuckte, als der Schmerz in ihrer rechten Seite aufloderte. Es fühlte sich an, als hätte jemand einen in Flammen stehenden Speer zwischen ihre Rippen gejagt. *Nicht lachen, du Idiotin.* Sie legte ihre Hand auf die schmerzende Stelle und freute sich, dass ihr Bustier, das sie über einem Kleid trug, eine angemessene Stütze für einen angeschlagenen Brustkorb bildete. „Der einzige Unfall bestand in der Notwendigkeit, ein unzureichendes Mitglied meines Teams retten zu müssen." Weil ihr Cousin den Kautionsflüchtigen ausfindig gemacht und versucht hatte, den Mann festzunehmen, ohne auf Verstärkung zu warten. Weil der Verbrecher ihm die Pistole aus der Hand getreten hatte. Weil sie sich einmischen musste, um vorzubeugen, dass Roberts Kopf von einem Baseballschläger zertrümmert wurde. „Er hat ein paar gute Schläge gelandet" – und einen Tritt auf ihren Oberschenkel – „bevor ich ihn niederringen konnte."

Die verengten Augen in Bens Gesicht ließen ihn eindrucksvoll bedrohlich aussehen.

Nach einer Sekunde schüttelte er jedoch den Kopf und kehrte an seine Position zurück, wobei er es schaffte, dass sich die Luft weiterhin aufgewühlt anfühlte, als wäre ein Gewitter über sie hinweggezogen. Er legte eine Hand auf den Schreibtisch und runzelte die Stirn. „Flüchtige Verbrecher einzufangen, ist gefährlich. Vielleicht solltest du ..." Er verstummte, ihr eisiger Blick lähmend.

Ihr Vater und ihre Onkel dachten ähnlich, und sie gab Bens Einwänden die gleiche sorgfältige Überlegung, die sie ihren Verwandten zuschrieb. *Nicht eine.*

„Benjamin", sagte sie leise. Sie begegnete seinem Blick, hielt ihn mit ihren Augen gefangen. „Wenn ich deine Meinung zu meinem Beruf hören will, werde ich sie aus dir herauspeitschen."

Langsam setzte er sich hin – und sie war beeindruckt, da die meisten bei ihrem Ton Wackelpudding in den Knien erfuhren. Aber dies war ein Mann. Vor wenigen Minuten hätte sie ihn noch als Vanilla-Mann bezeichnet, doch nun stieg Hitze in seine Wangen und Lippen auf. Und die Besorgnis in seinen Augen hatte sich in eine erregende Nervosität verwandelt.

Interessant.

Schnell schüttelte sie den Kopf. An Vanilla hatte sie kein Interesse.

Und sie würde sich sicherlich nicht auf einen Mitarbeiter von Z einlassen.

Zum Abschied hob sie eine Hand und schlenderte – hinkte, *verdammt nochmal* – in den Hauptraum des Clubs. Direkt zu herzzerreißenden Schreien, flackernden Wandleuchtern und den Düften nach Schweiß und Schmerz.

Trautes Heim, Glück allein.

Drei Stunden später hatte sie die verschiedenen Sessions beurteilt, sich für eine schöne ruhige mit einem Rohrstock entschieden und sich in einen Ledersessel außerhalb des abgesperrten Bereichs niedergelassen. *Erledigt, erledigt, erledigt.* Ihr Einsatz als Kerkeraufseherin war auch erledigt, und ihr Bein pochte, als ob ein winziger Holzfäller mit einer Axt darauf einschlug. Galen und Vance waren nicht in der Stadt, sodass die Master in Unterzahl waren. Wäre das nicht der Fall, hätte sie angerufen und Z gesagt, dass sie es heute Abend nicht schaffte.

Aber sie hatte ihre Pflicht erfüllt.

„Mistress Anne, darf ich dir etwas zu trinken holen?"

Sie musterte den jungen Mann. In Laufshorts und sonst nichts gekleidet, vibrierte der Blonde mit seinem Bedürfnis zu gefallen. Er musste zu den Neuen gehören.

Nach dem Wegfall des Auszubildendenprogramms hatte der Clubbesitzer Z professionelles Kellnerpersonal ausprobiert, war mit den Ergebnissen unzufrieden gewesen und bot seinen unterwürfigen Mitgliedern nun ermäßigte Beiträge an, wenn sie eine bestimmte Anzahl von Stunden im Monat Getränke servierten.

„Wie ist dein Name?", fragte Anne.

„Apple, Mistress Anne."

„Apple? Apfel. Wie in: nimm einen Bissen von mir?" Sie beobachtete, wie er erschauerte.

„Ja, Mistress Anne. Immer, wenn die Mistress es wünscht."

„Das ist gut zu wissen, Apple." Er war ein sehr hübscher Junge – und doch konnte sie keine Unze Interesse aufbringen. Sie hob einen Stiefel auf den langen, dunklen Holztisch. „Im Moment will ich nur meinen zweiten Drink. Bitte sag Master Cullen, dass er für Mistress Anne ist."

„Ja, Ma'am." Sein enttäuschter Blick war so intensiv, dass sie sanft seine Wange tätscheln und sagen wollte: „Is' ja gut."

Dafür müsste sie sich aber bewegen.

Stattdessen lehnte sie sich zurück, schloss die Augen und lauschte Seraphim Shocks *After Dark*. Die unheimliche Musik wurde von den abgehackten Geräuschen der nahegelegenen Session unterbrochen. Als sie hörte, wie ein Glas abgestellt wurde, streckte sie die Hand mit der Handfläche nach oben aus und wackelte mit den Fingern. „In meine Hand, Junge."

Er stellte das Getränk auf ihre Hand.

„Danke." Ein Schluck bestätigte, dass Cullen seine übliche Magie hatte walten lassen. Der Manhattan ging runter wie Öl und schaffte es, ihre trockene Kehle zu heilen.

Der Sessel neben ihr quietschte.

Entschuldige bitte? Ein Sklave wagte es, sich in ihrer Gegenwart hinzusetzen? „Hör zu, Junge ..." Sie öffnete die Lider und traf auf die Augen des Besitzers des Shadowlands.

„Guten Abend, Anne." Seine grauen Augen funkelten amüsiert, und er lehnte sich zurück und stellte einen Fuß neben ihren auf den Couchtisch.

Da er nett genug gewesen war, ihr einen Drink zu bringen, trank sie mehr davon. *Köstlich.* „Tut mir leid, Z. Ich dachte, du wärst jemand namens Apple."

Seine Lippen zuckten bei der Art und Weise, in der sie den Namen betonte. „Hattest du das Verlangen, ihn zu schälen und zu entkernen?"

„Nicht im Geringsten. Heute könntest du mir ein Dutzend eifriger Subs präsentieren, und ich wäre trotzdem nicht motiviert genug, um mich zu bewegen." Tatsächlich fühlten sich ihre Gliedmaßen an, als würden sie in dem Möbelstück versinken. „Wenn ich ganz ehrlich bin, erregt im Moment niemand wirklich mein Interesse."

„Vermisst du Joey?"

Joey war ihr letzter Sklave gewesen. Noch nie hatte sie jemanden so lange behalten. Sie hatten viel Spaß zusammen gehabt ... bis es keinen Spaß mehr gemacht hatte. „Nicht wirklich. Nicht mehr."

„Du hast mir nie verraten, was passiert ist." Der verdammte Psychologe wartete auf eine Antwort.

Seine Tricks funktionierten bei ihr nicht. „Nein, das habe ich wohl nicht."

Er lachte leise. „Na gut, Anne." Im schwachen Licht der Wandleuchter zeigte sein schlankes Gesicht nur leichte Besorgnis. „Wenn dein mangelndes Interesse an den verfügbaren Subs nicht auf deine Trennung zurückzuführen ist, haben sich dann vielleicht deine Vorlieben geändert?"

Geändert. Sie verachtete dieses Wort. „Natürlich nicht." Ihre Augen schlossen sich wieder. „Die Welpen befriedigen mich einfach nicht mehr." Und einige von ihnen sehnten sich nach mehr, als sie geben wollte.

„Ich verstehe. Vielleicht passt eine andere Art von Sub besser zu dir."

Das bezweifle ich. Sie sah auf die Uhr. „Ich habe dich vorhin nicht gesehen. Bist du gerade erst gekommen?"

„Ich war spät dran. Jessica hat Überstunden gemacht und war übermüdet, als sie nachhause kam."

Oh, nicht gut. Zs Frau war sehr, sehr schwanger. „Ist alles in Ordnung mit ihr?"

„Es geht ihr gut. Ich habe sie massiert und sie dann ins Bett gesteckt." Er schüttelte den Kopf. „Sie ist die einzige Person, die ich kenne, die Freude an Formularen vom Finanzamt findet."

Erleichtert entspannte sich Anne. „Nun, sie ist Steuerberaterin." Und in ein paar Wochen wird sie ein Baby bekommen. Je früher, desto besser, da Anne beim Tippen auf *März* und *Mädchen* gesetzt hatte.

„In der Tat. Nicht der gefährlichste Job. Im Gegensatz zu anderen, die Straftätern nachjagten, die nicht zu ihrer Verhandlung aufgetaucht sind." Er betrachtete sie. „Ben meinte, dass du verletzt bist."

„Im Moment geht es." Wahrscheinlich, weil sie vor einer Stunde zwei Schmerztabletten eingeworfen hatte. Sie hob ihr Glas und leerte es. „Rennt dein Wachhund mit jeder kleinen Information gleich zu dir?"

Er neigte den Kopf. „Eigentlich verhielt er sich eher wie *dein* Wachhund. Er hat sich Sorgen um dich gemacht, Anne."

„Oh." Warum das ihr Gehirn für eine Sekunde stocken ließ, wusste sie nicht. Andererseits war ihr Gehirn gerade nicht in

Topform. Und das Glas, das sie hielt, schien außerordentlich schwer zu sein.

Z erhob sich und nahm es ihr aus der Hand.

„Hey!"

Zu ihrer Überraschung setzte er sich neben sie auf die Couch und neigte erneut den Kopf. „Sieh mich bitte an."

Der Befehl – der eines Doms – hielt eine Schlagkraft, der sie ziemlich leicht widerstehen konnte. Aber seiner Höflichkeit? Niemals könnte sie einer Bitte ausweichen. Sie begegnete seinem Blick.

Er musterte sie für eine Weile. „Was hast du genommen?"

„Du bist so ein Psychologe. Ich habe zwei Schmerztabletten genommen. *Nachdem* ich mit meinem Job als Kerkeraufseher fertig war."

„Anne, daran habe ich nie gezweifelt." Seine Worte halfen, sodass sie sich entspannen konnte. „Du bist jedoch nicht in der Lage, selbst nachhause zu fahren."

„Nicht deine Entscheidung." Sie plante, seine Hand wegzuschieben, und so hob sie ihren Arm ... und wurde sofort von dem Gefühl überwältigt, durch Sumpfgebiet zu waten. „Zur Hölle nochmal. Ich hasse es, wenn du Recht hast."

„Ja, das kann nervig sein."

„Könntest du jemanden bitten, ein Taxi zu rufen?"

„Nein. Aber ich werde veranlassen, dass dich jemand nachhause fährt ... und dich sicher in dein Haus begleitet."

Sie musterte ihn. „Jessica muss sich mit deiner übertriebenen Fürsorge abfinden. Ich nicht."

„Na ja." Er drehte ihren Kopf zur Seite und untersuchte die Schramme auf ihrem Wangenknochen. „Heute musst du das sehr wohl."

Ben Haugen war schon einmal in Annes Haus gewesen – als er sie und ihre Freunde im letzten Winter zu einer Junggesellinnenparty chauffiert hatte. Es stand im Clearwater Beach-Viertel auf einer Barriereinsel und am Ende einer ruhigen Sackgasse.

Als Ben um sein Auto herumging, konnte er an Annes Strandhaus vorbei bis zum Meer sehen. Wie konnte sie sich mit dem Gehalt eines Kopfgeldjägers ein Strandhaus leisten?

Als er die Beifahrertür öffnete, zeigte sich, dass sie noch schlief. Sie hatte die Wirkung von Alkohol auf Schmerztabletten falsch eingeschätzt, hatte Z gesagt. Ben hatte diesen Fehler ein oder zwei Mal selbst gemacht.

Ihr dunkelbraunes Haar, das sie geflochten und in einem strengen Stil trug, hatte sich gelöst. Die losen Strähnen ließen ihr aristokratisches Gesicht weicher erscheinen. Sie war keine kleine Frau. Wenn er raten müsste, würde er sie auf einen Meter fünfundsiebzig schätzen. Sie war wunderschön, mit kleinen, wohlgeformten Brüsten und einem knackigen Hintern. Die dunkle Prellung an ihrem rechten Wangenknochen trübte die Perfektion.

Verdammt, er hatte noch nie jemanden gesehen, der so schön war.

„Mistress Anne." Er öffnete ihren Sicherheitsgurt. *Verdammt*, sie rührte sich nicht. Mit einem genervten Grunzen sah er in die Handtasche, die Z aus ihrem Spind geholt hatte. Ihr Hausschlüssel war am Taschengurt befestigt. „Ich hoffe, du hast keinen Hund, Frau, sonst wird es holprig." Er legte die Handtasche in ihren Schoß und zog sie vom Sitz.

Sie war schwerer, als er erwartet hatte. Zweifellos hatte sie mehr Muskeln als die letzte Frau, die er in seinen Armen getragen hatte. Er trat die Autotür zu und trug sie zum Strandhaus.

Nachdem er die Tür aufgeschlossen hatte, öffnete er sie vorsichtig. Kein Hund. Anne schlummerte an seiner Schulter, als er durch das Foyer ging, eine Vermutung anstellte und sich für die Treppe nach oben entschied. Eine offene Tür enthüllte das Schlafzimmer – das Schlafzimmer der Mistress. Mit dem Ellbogen betätigte er den Lichtschalter.

Ein Kronleuchter erwachte zum Leben und enthüllte eisblaue Wände, einen Kamin mit Glasfront und einen verzierten Spiegel über dem Kaminsims. Ein Himmelbett, darauf eine Tagesdecke mit Blumenmuster und Rüschen. Vor der Fensterwand stand eine weiße Couch mit raffinierten Beinen. Ganz in blau und weiß gehalten, erinnerte das Zimmer an einen luftigen Sommergarten und somit war es das femininste Schlafzimmer, das er je gesehen hatte.

Aber nirgendwo war auch nur eine Pflanze zu sehen. Alles war an seinem Ort. So makellos, als würde gleich ein Drill Sergeant die Inspektion vornehmen.

Sie wurde wach, als er sie auf das Bett legte, und *verdammt*, wenn Miss Feminin nicht versuchte, ihn zu schlagen.

Die kerzenförmigen Lichter über ihr sorgten nicht gerade für die beste Beleuchtung – und *zur Hölle*, sie sah wahrscheinlich nur ein riesiges Monster über sich. Er fing ihre zarte Faust in seiner übergroßen Hand ein. „Ganz ruhig, Ma'am."

Ihre fein geschwungenen Brauen zogen sich zusammen, als sie versuchte, sich aufzusetzen. Ihm entging nicht, dass ihre Hand zu ihren Rippen ging. Törichte Frau.

„Ich bin's. Ben. Vom Shadowlands. Ich habe dich nachhause gebracht."

„Ah. Ben." Sie beruhigte sich und legte sich behutsam wieder auf die Matratze. „Danke, dass du mich gefahren hast. Bitte sag Z, dass ich das gesagt habe."

„Gern geschehen, Mistress Anne." Er verlagerte sein Gewicht von einem Fuß auf den anderen. Das Kleidungsstück, das sie trug, schien eine Kombination aus einem Korsett und einem Kleid zu sein. Es war offensichtlich, dass es steif und viel zu eng war. Darin konnte sie nicht schlafen. „Äh ... wir müssen dich aus dieser Konstruktion holen."

Er stand über ihr – ein großer, hässlicher Kerl. Sie lag flach auf dem Rücken und schien nun von seiner Anwesenheit vollkommen unberührt. „Ist das so?"

Die Warnung in ihrer Stimme ließ seinen Schwanz zucken.

„Ja, Ma'am." Die höfliche Anrede kam ihm leicht über die Lippen. Sie erinnerte ihn an den Army Ranger Captain während Bens erstem Einsatz. Dieser hatte immer die Kontrolle und war, selbst wenn er mit Blut und Schmutz bedeckt war, nicht aus der Ruhe zu bringen.

Er lächelte. „Wie wäre es, wenn du mir befiehlst, dir zu helfen?"

Ihr genervtes Schnauben klang wie das Niesen eines Kätzchens. „Benjamin, wenn ein Sub mir sagt, dass ich ihm etwas befehlen soll, wer hat dann die Kontrolle?"

„Ja, das stimmt wohl." Aber *verdammt*, er würde auf keinen Fall gehen, bevor er es ihr nicht bequemer gemacht hatte. „Wirst du mich schlagen, wenn ich dir helfe, dich zu entkleiden?"

Sie musterte ihn. Ihre Pupillen waren kleiner als normal und ihre Augen erschienen eher blau als grau. „Es hat mir noch nie gefallen, wie stur du bist."

„Ja, Ma'am." Seltsam, wie sehr er es mochte, das zu ihr zu sagen.

Ihr Ton enthielt einen Anflug von Frustration. „Dann hilf mir."

Die Schlacht gewonnen. *Sergeant, Bravo Zulu* – Militärjargon für *Gut gemacht*. Er griff nach der Vorderseite und erkannte, dass ihr geripptes langes Kleid keine Knöpfe hatte. Er zögerte und wandte sich zunächst ihren kniehohen Stiefeln zu, die Riemen als Verschluss hatten. Dann zog er sie ihr von den Beinen und hörte ihren erleichterten Seufzer.

Verdammt, ihre hübschen Beine hatten eine sexy goldene Bräune und Füße mit niedlichen Zehen. Ihre Nägel waren lackiert. Blassrosa mit weißen Streifen. Erstaunlich, was Frauen zum Spaß anstellten. Ihr schwarzes Kleid war als nächstes dran. Um ihren Anstand zu wahren, nahm er die Decke mit den

Rüschen vom Fuß des Bettes und drapierte sie über ihre Unterschenkel.

Okay, so weit, so gut. Gerade würde er lieber in ein Feuergefecht rennen.

Ihr verdammtes Kleid hatte Zahnstocher große Metallnieten auf der Vorderseite, die durch Metallösen stießen. Der einzige Weg, es von ihrem Körper zu bekommen, wäre, seine Finger unter den Stoff zu schieben und die beiden Hälften zusammenzuziehen, um damit jede verdammte Niete aus ihrer Verankerung zu lösen. Ihre Brüste befanden sich hinter dem Stoff. *Gott*, er konnte das nicht tun.

Ihre Lippen formten sich zu einem niederträchtigen Lächeln. „Hör jetzt nicht auf, Benjamin."

„Haben wir Spaß, Mistress?", murmelte er und schob seine großen Finger in ihr Oberteil.

„Mmmhmm."

Sie war warm und er spürte die seidenweiche Haut an seinen Fingerknöcheln. Und er war steinhart. Er öffnete den Korsettteil des Kleides, einen Haken nach dem anderen. Aber das Ding lag verdammt eng an ihren Rippen, sodass ein schmerzerfüllter Laut nicht lange auf sich warten ließ.

Er stoppte. Wie zum Teufel sollte er weitermachen, wenn er ihr Schmerzen verursachte? „Anne?"

„Mach weiter." Sie hatte ihre Hände zu Fäusten geballt, ihre Fingernägel gruben sich in ihre Handflächen. Aber ihr Blick war klar und gelassen. „Du hast Recht – ich hätte Schwierigkeiten gehabt, da rauszukommen. Ich bewege mich nicht mehr so gut wie noch vor ein paar Stunden."

„Was genau ist das Problem?" Sein Kiefer war angespannt, als er wie befohlen weitermachte. Ein Häkchen nach dem anderen.

Obwohl sie ihre Gesichtszüge kontrollierte, konnte sie die unwillkürlichen Zuckungen und Straffungen ihres Bauches nicht verhindern.

„Geprellte Rippen. Nichts gebrochen." Ihre Stimme klang angespannt, doch schließlich war er an der engsten Stelle vorbei.

Er löste den lockereren Teil über ihrem Unterbauch und arbeitete sich nach unten vor. Als er das Kleid teilte, versuchte er, nicht hinzusehen.

Er schnaubte innerlich. Natürlich sah er hin.

Sein Blick wanderte von ihrer mit einem Tanga bedeckten Pussy über einen weichen Bauch zu ihren süßen Brüsten. Rosabraune Nippel richteten sich in der kühlen Nachtluft auf. Ihr Duft war regelrecht zum Verzehr geeignet. Sie roch nach Mandarinen, begleitet von dem leichten Moschusduft so typisch für eine Frau.

Verhalte dich wie der Gentleman, zu dem du nicht erzogen wurdest, Haugen. Er legte eine Decke über sie. Dann wandte er seinen Blick ab – damit er nicht sah, wie er sie verletzte – und schob einen Arm unter ihren Rücken. *Scheiße,* auch hier war ihre Haut samtweich. Vorsichtig hob er sie weit genug an, um sie von dem Kleid zu befreien.

Jetzt trug sie nur noch einen Tanga und eine Decke.

Der Raum fühlte sich zu warm an. *Verdammt.*

„Danke, Ben. Das fühlt sich wesentlich besser an."

„Das glaube ich." Er traute sich, die Decke zu bewegen und ihre Beine freizulegen. Ihr rechter Oberschenkel wies eine Prellung in der Größe seiner Faust auf. Er sah zu ihr und zog fragend die Augenbrauen nach oben. „Von einem Stiefel?"

„Der Kautionsflüchtige hatte einen übermäßig fürsorglichen großen Bruder."

Was für ein Job. Kein Wunder, dass sie oft mit Prellungen und Wunden in den Club kam. „Würdest du nicht lieber einen … sichereren Job ausüben?"

Ihr blauer Blick wurde kühler als der arktische Norden. „Nein."

„Tut mir leid, Ma'am."

„Du sagst das wirklich sehr nett", murmelte sie. Sie hatte

Grübchen, etwas, das er nicht bemerkt hatte, bis er sie bei Gabis Junggesellinnenparty lachen sah.

„Was sage ich nett?" Er musste gehen, sonst würde er ihr die Decke vom Leib reißen, jede Prellung ausfindig machen und die Schmerzen wegküssen.

„*Ma'am*. Ich dachte, du wärst Vanilla, Ben."

„Das bin ich." Möglich, dass er davon geträumt hatte, dass sie ihm den spitzen Absatz eines Stilettos auf die Brust setzte, dennoch würde er diesen Gedanken für sich behalten. „Ich habe ein bisschen Dienstzeit auf dem Buckel, das ist alles."

„Ah." Sie musterte ihn aufmerksam, war aber immer noch nicht zu ihrer üblichen beängstigenden Brillanz zurückgekehrt. „Kann ich dich für die Zeit und das Benzin entschädigen?"

„Ja, Ma'am." Pause. Hoffentlich würde sie Bens Bitte nie mit Z teilen – sonst hätte er seinen Job nicht mehr lange. „Ich denke, ich verdiene einen Kuss von der Mistress."

Ihre Augenbrauen hoben sich. „Du steckst heute Abend voller Überraschungen."

Ihre heisere Stimme klang immer wie ein Morgen nach einer sexreichen Nacht. Wenn sie diesen kehligen Ton annahm, konnte er verstehen, warum Männer in ihrer Präsenz auf die Knie fielen und ihr kriechend folgten.

Er wartete, während sie nachdachte. Er würde die ganze Nacht warten, denn, *verdammt nochmal*, es war nicht gerade eine lästige Pflicht, sie anzusehen.

Anstatt zu antworten, streckte sie die Arme nach ihm aus.

Gott liebt mich. Er setzte sich neben ihre Hüfte und lehnte sich vor, als sie ihre Hände in seinem Nacken verschränkte. *Mehr.* Er schob vorsichtig eine Hand unter ihre Schultern. Ihre Satinhaut spannte sich über weibliche Muskeln. Er öffnete seine andere Hand hinter ihrem Kopf, um die dicke Masse ihrer seidenweichen Haare zu genießen. Er war an visuelle Freuden gewöhnt und sie stellte eine greifbare Symphonie dar.

Er hob sie sanft an, gerade genug, um sie an seine Brust zu

ziehen und so ihre Brüste an seinem Oberkörper zu spüren. Warm und solide und weich.

Danke, Z.

Als er ihr ins Gesicht sah, konnte er die Überraschung über seine Kühnheit in ihrem Blick lesen. Im nächsten Moment verengte sie die Augen. Wenn er nicht sofort handelte, würde er seinen Leckerbissen verlieren. Also senkte er den Kopf und strich mit den Lippen über ihre.

So weich. Auf keinen Fall würde er diesen Kuss hetzen. Er presste seinen Mund auf ihren und trat unbewaffnet in die Höhle des Löwen.

Der Wachhund wusste, was er tat.

Seine Lippen waren fordernder und viel kompetenter, als sein reserviertes Auftreten vermuten ließ. Aufgrund seiner enormen Größe und Stärke fühlte sie sich regelrecht zierlich.

Feminin.

Für sie hatte er diese Kraft an die Leine genommen. *Für mich.* Das Wissen war berauschend.

Ihre Finger gruben sich in sein dickes Haar, und sie zog mit ihrer Zunge eine Linie über seine Lippen. „Mehr."

„Ja, Ma'am." Er neigte den Kopf und brachte den Kuss zu heiß und nass, fuhr mit einem fachkundigen Zungenstoß in ihren Mund und neckte sie.

Trotz der Schmerzen und Medikamente spürte sie, wie die Hitze durch ihre Venen rauschte. Ihre Brüste wurden gegen seine steinharte Brust gedrückt.

Er knurrte leise und vertiefte den Kuss.

Und ... das konnte sie nicht erlauben. Als Warnung grub sie ihre Fingernägel in seine Kopfhaut.

Zu ihrer Überraschung brach er den Kuss ab und legte sie mit beunruhigender Vorsicht auf die Matratze.

Sie fuhr mit der Hand über seinen Kiefer und spürte seine

Stoppeln. Auf seiner rechten Wange, seinem Kiefer, seinem Hals waren mehrere Narben spürbar, weiß und auffällig auf seinem gebräunten Gesicht. Sonnenfalten fächerten neben seinen Augen. Weitere Linien zeigten sich an seinem Mund. Sein schulterlanges, karamellfarbenes Haar hatte er wie üblich nach hinten gebunden, sodass sie die grauen Strähnen an seinen Schläfen entdeckte.

Sie hatte ihn noch nie wirklich angesehen, oder? „Wie alt bist du?"

„Älter als du, Mistress", murmelte er.

„Das habe ich nicht gefragt, Benjamin."

Mit der Hüfte gegen ihre gepresst, saß er auf dem Rand des Bettes, und lehnte sich nun vor und stützte sich mit dem Arm neben ihrer Taille ab. Seine freie Hand, erkannte sie, spielte mit ihren Haaren und ... irgendwie konnte sie keine wahre Empörung heraufbeschwören.

„Zwei Jahre älter. Ich bin sechsunddreißig."

Okay, er war nicht so jung, wie sie gedacht hatte. Trotzdem unterschied er sich von ihrem üblichen Typ. Ihre Augenbrauen zogen sich zusammen. Und er wusste, dass er älter war als ihre vierunddreißig? „Woher wusstest du mein Alter?"

„Die Mitgliederinformationen im Shadowlands enthalten eine Kopie des Führerscheins, damit wir wissen, dass die Person, die zu uns kommt, auch das Recht dazu hat. Du hast bald Geburtstag. Im April." Er zögerte. „Aber keine Sorge. Alle Sicherheitsmänner unterzeichnen Vertraulichkeitsvereinbarungen."

„Natürlich." Wenn Z für etwas bekannt war, dann für den Beschützerinstinkt gegenüber seinen Mitgliedern. Etwa eine Sekunde später registrierte ihr vernebelter Verstand, dass seine Aufmerksamkeit seinem Finger galt, mit dem er ihre Wange streichelte. „Ben?"

„Du bist so verdammt hinreißend." Das Bett knarrte, als er aufstand. Er ging ins Badezimmer und kehrte mit einem Glas Wasser zurück, das er ihr auf den Nachttisch stellte. Er legte ihre Handtasche daneben. „Ist dein Handy hier drin?"

Sie nickte.

„Gibt es sonst noch etwas, was ich für dich tun kann, bevor ich gehe?"

Sie biss sich auf die Unterlippe, um nicht zu lachen. Er war ein unterwürfiger Dämon, fest entschlossen, nett und freundlich zu sein. „Nein, ich denke, du hast das Grundlegende abgedeckt."

Nuschelnd hörte sie ihn sagen: „Ich habe nicht mal annähernd alles abgedeckt."

Sie warf ihm einen tadelnden Blick zu, und zu ihrer Freude errötete er.

„Danke, dass du mich nachhause gefahren hast ... und für die Fürsorge, Benjamin." *Und den Kuss.*

Er nickte, hielt inne und seine dichten Augenbrauen kamen zusammen. „Ma'am? Bleib morgen im Bett und erhole dich."

Ein herrischer Unterwürfiger. Warum konnte sie nicht die angemessene Menge an Unmut aufbringen? Ihre Standards mussten verrutscht sein, dachte sie, als sie in die Matratze sank und der Schlaf sie davontrug.

KAPITEL ZWEI

A m Ende seiner fünf Kilometer ging Ben zu einem langsamen Joggen über und für den letzten Block ins Schritttempo. Nur schaffte es der feuchte Morgen in Florida nicht gerade, ihn abzukühlen. Es war erst März, aber die Hitze war bereits ins Land gezogen. Aufgewachsen war er in New York und dort hatte er sich morgens stets den Arsch abgefroren. Manchmal vermisste er diese Tage.

Den Schnee vermisste er jedoch nicht.

In seinem Lagerhaus angekommen, zog er sein Tanktop aus und wischte sich damit den Schweiß ab, als er die Treppe zu seinem Wohnbereich hinaufging und den Kühlschrank nach einer Flasche Vitaminwasser durchsuchte. Trendige Scheiße, schmeckte aber nicht schlecht.

Nach einer Stunde Gewichtheben in seinem persönlichen Fitnessraum und einer Dusche fuhr er für sein Frühstück durch einen Drive-in. Er erreichte den Sawgrass Lake Park, als sich die Strahlen der Nachmittagssonne durch die heranrückenden Sturmwolken über dem Sumpf kämpften.

Perfekt.

Sobald sein Stativ aufgestellt war, machte er ein paar

Aufnahmen von einem anmutigen Blaureiher. Erstaunlich, wie es das Tier schaffte, sowohl klein als auch würdevoll auszusehen – ähnlich wie Anne.

Allzu früh begann der peitschende Regen. Ben rutschte unter einen überdachten Picknicktisch und schoss ein letztes Foto. Etwas, eine Bewegung, löste eine Erinnerung daran aus, wie er durch ein Zielfernrohr spähte und sich mit dem Zeigefinger dem Abzug näherte. Die Welt verblasste, als er sich dem Wind und des Lichts vollkommen bewusst wurde. Stetiger Druck auf den Abzug, den Atem ausstoßen und am Ende die Luft anhalten. Todesschuss.

Nein.

Wie Z es ihm beigebracht hatte, atmete er durch den Flashback und gab alles, dass er sich auflöste.

Weg.

Danke, Z. Er schuldete dem Mann mehr, als er sagen konnte.

Nachdem er seine Kamera in die wasserdichte Tasche gesteckt hatte, setzte er sich in seinem Unterschlupf auf die Bank.

Er schuldete dem Mann auch Dank für den Leckerbissen gestern Abend.

Fuck, aber die Frau wies die Schönheit eines Morgens nach einem New Yorker Schneesturm auf. Das Haar in der Farbe von dunklem Nussbaum, die Augen das Graublau eines Winterhimmels. So schonungslos und eindrucksvoll, dass sie das Herz eines Mannes zum Stocken bringen konnte.

Auch ein schwaches Lächeln von ihr schaffte es, ihre Wangenknochen in Szene zu setzen, aber ihr echtes Lächeln zeigte ihre Grübchen und veränderte ihr gesamtes Aussehen. Es machte sie … menschlich. Zu einer Frau. Zu einer Frau, die er so sehr begehrte, dass er es schmecken konnte.

Der Wind fegte in den Unterschlupf und peitschte seine schulterlangen Haare um sein Gesicht. Die Welt erhellte sich mit einem Blitzschlag. Fünf Sekunden später hörte er den Donnerschlag, der eine herannahende, von Wut erfüllte Sturmzelle ankündigte. Er liebte die Gewitter in Florida, auch wenn sie gelegentlich den Programmspeicher in seinem Kopf triggerten. PTBS. Welcher Psycho hatte sich diesen Ausdruck eigentlich ausgedacht?

Der Blitz erinnerte ihn an das erste Mal, als er Annes leises Lachen gehört hatte. In der Nacht der Junggesellinnenparty, als er sie ohne ihre typische Mistress-Rüstung gesehen hatte. Als alles, was sie ausmachte, in ihn reingefahren war und sein Herz ausgesetzt hatte.

Keine Stunde später hatte sie mitbekommen, wie eine Freundin von ihr belästigt wurde, und sie war bereit gewesen, es mit den Arschlöchern aufzunehmen.

In dem Moment hatte er erkannt, dass er in ernsthaften Schwierigkeiten war.

Anne. Sie hatte einen hübschen Namen. Kurz. Kurz und bündig. Ähnlich wie die Frau selbst. Sie war das genaue Gegenteil von der letzten Frau, mit der er ausgegangen war, und immer etwas zu sagen hatte. *Gott* ... Wäre nicht so schlimm gewesen, wenn sie sich auch für etwas anderes interessiert hätte, als sich reden zu hören.

Die Mistress jedoch plapperte nicht. Sie hörte nicht nur zu, nein, ihre gesamte Aufmerksamkeit lag einzig und allein auf ihrem Gegenüber.

Das konnte einem Mann den Atem rauben.

Aber ...

Sie war eine *Mistress*. Das war die Krux an der Sache. Die Frau hatte einen Ruf. Sie war nicht nur eine Domina, sondern auch eine verdammte Sadistin. Und obwohl sie mit einer Vielzahl von Subs spielte, hatte sie bei den Männern, die sie länger bei sich behielt, einen bestimmten Typ: Mitte zwanzig, schlank, mit dem Aussehen eines Models. Die Clubmitglieder nannten sie Annes *hübsche Jungs.*

Er lehnte sich mit dem Rücken gegen einen Pfosten, hob einen Stiefel auf die Bank und hob einen Arm auf sein Knie.

Narben liefen über seinen muskulösen Unterarm, weitere über seine Fingerknöchel. Schon als Teenager war er nicht ... hübsch gewesen.

Seither war es nicht besser geworden. Tatsächlich hatte er in seinem Leben mehr als eine Frau mit seiner Erscheinung erschreckt.

Anne hatte er nicht erschreckt.

Er grinste. Sie war eine erhabene Frau, die niemals einen Rückzieher machte. Und *verdammt*, das törnte ihn an. Gestern um diese Zeit hatte er noch gedacht, dass eine Kostprobe ausreichen würde, um seine Neugier zu stillen. Stattdessen hatte sie, wie der Geschmack eines feinen Whiskys, seinen Appetit geweckt.

Jetzt hatte er die Frau ins Visier genommen.

Und – wie sein Team bei den Rangers miterlebt hatte – verfehlte er nie sein Ziel.

„... **ein Rohrstock ist** gut dafür geeignet", sagte Anne zu Olivia, als sie in das Shadowlands traten. Sie hatten sich auf dem Weg vom Parkplatz zum Club über ihre liebsten disziplinarischen Maßnahmen unterhalten. „Schau dir den an." Anne hielt den extra langen schwarzen Rohrstock hoch, den sie gewählt hatte, um ihr Maleficent-Kostüm aufzuwerten.

„Mein Gott, Frau, ich dachte, ich hätte dir gesagt, im Bett zu bleiben." Das Knurren kam von ihrer Linken.

Die Augen der anderen Domina weiteten sich.

Anne drückte die Schultern durch, drehte sich um und sah zu Zs Wachmann.

Ben erhob sich von seinem Stuhl und blickte sie finster an. „Du solltest nicht hier sein. Du bist –"

Herausfordernd hob sie ihr Kinn.

Er starrte sie an, murmelte *Fuck* und senkte sich gedankenverloren auf seinen Stuhl. Immer noch finster dreinblickend, aber ruhig.

Interessant.

Noch faszinierender fand sie sein: „Tut mir leid, Mistress."

Er wusste es nicht besser, wusste nicht, dass er sie Mistress Anne nennen sollte, da Mistress zu persönlich war und klang, als ob er zu ihr gehörte.

Und doch störte es sie nicht.

Unfähig zu widerstehen, schob sie ihr schwarzes Cape zurück, ging hinter den übergroßen Schreibtisch und blieb vor ihm stehen. Als er versuchte, aufzustehen, platzierte sie ihre Hand auf seine Schulter und stoppte ihn. Sie nahm sich eine Sekunde Zeit, um seine tanzenden Muskeln zu würdigen, bevor sie ihre Fingerspitzen auf seine Wange legte.

Er war so groß, dass er nicht viel tun musste, um ihrem Blick zu begegnen.

„Benjamin, ich schätze deine Sorge um mich, aber wenn du wieder so respektlos mit mir sprichst, werde ich dich in den Pranger stecken und dir den Arsch auspeitschen."

Als Reaktion blühte auf seiner dunklen Bräune ein hinreißender rötlicher Ton auf. Seine goldbraunen Augen musterten sie für eine Minute, und dann, zu ihrer Überraschung, betonte er jedes Wort mit einem Knurren: „Gott, Frau, ich dachte, ich hätte dir gesagt, im Bett zu bleiben."

Als sie ihn fassungslos anstarrte, neigte sich sein Kopf leicht zur Seite. Der Fehdehandschuh war geworfen worden.

Ihre erste Reaktion war Wut – aber sie war keine Anfängerdomina, die erlaubte, dass ein Sub ihre Emotionen durcheinanderbrachte. Sie sah ihm tief in die Augen, musterte seinen Gesichtsausdruck. Er war nicht trotzig, sondern eher ... herausfordernd.

Tatsächlich hatte er auf die einzige Weise darauf hingewiesen, was er wollte, wie es jemand wie er tun würde. Er war kein unsicherer Sub, der sich bettelnd anbot.

Ein Funke Interesse flammte in ihr auf. Kein *Junge*. Unter ihren Fingern kratzte sein stoppeliger Kiefer. Er war ein Mann. Und eine Herausforderung. Sie spürte, wie sich ihre Mundwinkel nach oben neigten, und es gefiel ihr, dass sein Blick zu ihrem Mund wanderte, um die Geste zu bewundern.

„Benjamin", sagte sie, „du steckst voller Überraschungen." Sie hielt seinen Blick gefangen. „Was würdest du sagen, wenn ich Z um Erlaubnis bitten würde, dich für eine Stunde von deinem Dienst zu entführen?"

Sein rechter Mundwinkel zuckte. „Danke, Mistress?"

Belustigung vermischte sich mit ihrem neugewonnenen Interesse. „Gute Antwort." Sie drückte seine Schulter – und es war, als würde man eine Ziegelmauer tätscheln. „Ich sehe dich später."

Er lehnte sich auf seinem Stuhl zurück. „Darauf freue ich mich, Mistress."

Der Blick in seinen Augen, beurteilend und fasziniert, sandte ein Rinnsal der Hitze in ihre niederen Gefilde. Auf eine Weise, die bewies, dass sie nicht überstürzt handeln sollte.

Nur hatte sie keine Lust, weise zu handeln.

Als sie sich wieder Olivia anschloss, runzelte die andere Domina die Stirn.

Dann fiel die Tür zum Hauptraum hinter Anne ins Schloss und sie wurde überflutet von den Eindrücken des Shadowlands. Die Düfte von Sex und Leder mit einem Hauch von Zitrusreiniger und Parfum. Der beißende Geruch von Alkoholtüchern deutete darauf hin, dass sich jemand an Nadel-Play versuchte.

Rechts auf der Tanzfläche tanzten Subs in Schuluniformen zu Athamays *Restrict and Obey*. Umgeben waren sie dabei von gruseligen Gestalten. Master Z hatte den Subs gesagt, dass sie Schulkleidung tragen sollten und dass jeder, der nicht angemessen gekleidet war, den Rohrstock zu spüren bekommen würde.

Dann hatte er die Tops angewiesen, sich als Monster zu verkleiden – welche Art von Monster hatte er den Mitgliedern überlassen.

Zwei neuere Subs traten hinter Anne und Olivia in den Club. Geflochtene Zöpfe, kurze karierte Röcke, Kniesocken. Noch bei der Tür kamen sie zu einem plötzlichen Stillstand. Offensichtlich hatten die jungen Frauen erwartet, von Doms begrüßt zu werden, die wie Professoren gekleidet waren, passend zu ihren Schulmädchen-Outfits.

Stattdessen wurden sie mit einem Albtraum konfrontiert. Eine entließ ein Quietschen.

Anne schaute sich im Raum um. Holt war als Freddy Krüger verkleidet.

Master Raoul als King Kong, der von seiner Sklavin Kim nicht genug bekam.

An der Bar saß Marcus – ein eleganter Imhotep aus dem Film *Die Mumie* –, und er wurde von Wolfman Cullen mit einem Getränk beglückt. Was aussah wie Blut, bedeckte Cullens zerrissenes Hemd.

Besorgtes Flüstern kam von den Subs.

Schöner Effekt, Z. Anne tauschte ein Lächeln mit Olivia aus.

Cullen bemerkte Anne und Olivia am Eingang und hob eine Flasche zum Gruß und in Anerkennung.

Gott, sie liebte diesen Ort. Hier galten die Mistresses den Mastern gleichgestellt. Kompetenz, Geschicklichkeit, Stärke – diese Qualitäten waren für den Shadowlands-Titel als Master oder Mistress erforderlich. Genitalien waren kein Faktor.

Als sie einen Schritt machte, griff Olivia nach ihrem Arm. „Habe ich das richtig verstanden? Du willst Ben bestrafen? Bist du verrückt geworden?"

Jedermann liebte Zs Wachhund.

Anne schürzte die Lippen. „Gut möglich. Aber das Leben war in letzter Zeit langweilig."

„Langweilig?" Olivias missbilligender Blick hätte von Annes Mutter patentiert sein können. „Ich würde sagen, du hattest in letzter Zeit genug Spaß, da du dich schließlich wie meine Großmutter bewegst. Du humpelst – und hast immer noch einen blauen Fleck im Gesicht."

Zum Teufel, sie hatte gedacht, sie würde sich ganz gut machen. Andererseits entsprach die Beobachtungsgabe einer erfahrenen Domina der eines Superhelden, und Olivia hatte sich ihren Mistress-Titel redlich verdient. Anne zuckte mit den Schultern. „Nur ein paar Überbleibsel von der Arbeit."

„Ah ja." Olivia passte sich mit ihrem Vampirgrinsen Annes Schritt an. „Darf ich zusehen, wenn Z dich zu Konfetti verarbeitet, weil du es gewagt hast, seinen Wachmann anzufassen?"

„Das wird er nicht tun." *Hoffe ich.* „Geh deinen Schatz suchen und hab Spaß."

„Spielverderberin." Olivia schaute sich um und machte sich auf den Weg zu ihrer Sub des Monats, einer hübschen Rothaarigen, die mit einigen der Unterwürfigen der Master zusammensaß.

Anne erreichte die Bar, rutschte auf einen Hocker und unterdrückte ihr Stöhnen bei dem Ziehen an ihren schmerzenden Rippen. Als sie beobachtete, wie Cullen einen komplizierten Cocktail in Pink zubereitete, wurde ihr bewusst, dass Ben ungefähr seine Größe hatte. Damit waren beide um die einen Meter fünfundneunzig. Diese Männer hatten schwere Knochen und eine raue Erscheinung. Cullen jedoch würde in einem Wettbewerb, in dem es ums Aussehen ging, die volle Punktzahl kassieren.

Ben würde eher in der Tödlich-Kategorie triumphieren. Ein Umstand, der ihr aufgefallen war, als sie gesehen hatte, wie eine Sub auf Gabis Junggesellinnenparty belästigt wurde. In dieser Nacht hatte er ausgesehen, als wäre er dazu fähig, dem Schuldigen die Kehle herauszureißen. Es war etwas pervers, wie unglaublich heiß sie das gefunden hatte.

„Ich habe ein bisschen Dienstzeit auf dem Buckel", hatte Ben gesagt. Das zeigte sich regelmäßig.

„Gute Entscheidung bei dem Kostüm, Maleficent. Du hast die erforderlichen Wangenknochen." Cullen trat vor Anne. Bevor sie ihm ihre Bestellung geben konnte, stellte er ein Kristallglas mit Eis vor ihr ab und füllte es aus einer Flasche Mineralwasser.

Anne starrte ihn an. „Wasser?"

Er presste die Lippen zusammen. „Wenn du jemals wieder meine Drinks auf Schmerzmittel trinkst, werde ich dir nie wieder ein Getränk servieren."

Z hatte es ihm erzählt.

Anne tippte mit den Fingernägeln auf den Bartresen. Leider hatte sie sich die Rüge verdient. Cullen war immer danach bestrebt, die Shadowlands-Regeln rund um Alkohol und damit verbundene Einschränkungen durchzusetzen. Wenn jemand nach einem Drink zu betrunken wirkte, ließ er es sich nicht nehmen, den Alkoholfluss zu unterbrechen. Er hätte sich selbst die Schuld gegeben, wäre sie zu Schaden gekommen.

Anstatt sich also angegriffen zu fühlen, antwortete sie sanft: „Das ist fair."

„Und hier dachte ich schon, ich bräuchte einen Tiefschutz, um meine Kronjuwelen vor dir zu schützen."

Von Marcus war ein Glucksen zu hören.

Cullen goss den Rest des Wassers in einen Bierkrug und stieß mit ihr an, bevor er davon trank. „Du hast mich letzte Nacht erschreckt, Liebes."

„Das tut mir leid, mein Freund. Ich wusste nicht, wie stark die Pillen sind." Sie nippte an dem sprudelnden Wasser mit Erdbeergeschmack. Nicht schlecht.

„Alles okay bei dir?"

„Ich bin heute nur etwas wund. Und meine Droge der Wahl für den Abend ist nur Ibuprofen." Sie würde nie wieder den Fehler machen, ein derart starkes Schmerzmittel einzunehmen, es sei denn, sie hatte vor, den Abend zuhause zu verbringen. Vielleicht nicht mal dann. Cullen war nicht der Einzige, dem die Situation etwas Angst eingejagt hatte.

„Z hat dich heute Abend von der Aufgabe als Kerkeraufseher befreit."

„Z ist so eine Mutter."

„Wir kommen klar. Die Agents sind zurück in Tampa."

Obwohl Galen seine Karriere beim FBI beendet hatte, war sein Partner Vance geblieben. Die beiden waren so selten in der Stadt, dass sie nicht eingeplant wurden. Waren sie aber daheim, genossen es die Master einzuspringen. „In dem Fall ist es schön, eine Pause zu bekommen."

„Willst du heute Abend spielen?", fragte Marcus mit seinem tiefen Südstaatendialekt.

Sie hatte es wegen ihrer Schmerzen nicht geplant, obwohl sie sich die Zeit genommen hatte, sich dem Thema entsprechend zu verkleiden. Ein Mädchen musste schließlich Standards haben. „Spielen? Die Möglichkeit besteht, ja." Sie spürte, dass sich ein Lächeln auf ihren Lippen formte.

„Aha? Und welcher glückliche Junge bekommt heute Abend die Mistress?", fragte Cullen. „Es ist eine Weile her, seit ich Interesse bei dir gesehen habe."

„In der Tat. Da muss ich zustimmen." Ein Schnapsglas wurde auf den Tresen gestellt, und Z nahm den Platz zu ihrer Rechten ein. Sein durchdringender Dom-Blick fegte automatisch über sie hinweg.

Sie seufzte, konnte jedoch keinen Ärger heraufbeschwören. Z tat dasselbe mit allen Clubmitgliedern, unterwürfig oder dominant, männlich, weiblich oder genderfluid. Seiner Meinung nach trug er für sie die Verantwortung.

„Z. Du bist genau die Person, mit der ich sprechen wollte", sagte sie. „Ich möchte deinen Wachmann für eine Stunde stehlen."

Z wirkte für einen Moment verblüfft.

Cullen verschluckte sich an seinem Wasser. „Ben? Ben ist heute Abend an der Tür. Du willst *Ben*?"

Z rieb sich mit dem Daumen über die Lippen und schien bei Cullens Reaktion offensichtlich ein Lächeln verbergen zu wollen. Dann landete sein grauer Blick auf Anne. Seine Augenbrauen zogen sich zusammen. „Er hat immer darauf bestanden, dass er Vanilla ist. Hat er angedeutet, eine Session zu wollen?"

„Auf seine *Ich bin zu macho, um danach zu fragen, was ich wirklich will*-Art. Oh ja."

„Du gehörst nicht zu der Sorte, die die Absicht eines Mannes missversteht." Zs ruhige Reaktion war erfreulich. „Ich schicke jemanden für eine Stunde raus, sodass Ben eine Pause machen kann. Passt 2300?"

Elf Uhr abends. Ihre bevorzugte Uhrzeit für eine Session. Früh genug, dass das Ambiente im Raum noch einen gewissen Biss aufzeigte. Spät genug, dass die übereifrigen Mitglieder fertig waren und nicht ungeduldig an einem abgetrennten Bereich darauf warteten, dass sie die Session beendete. Das bedeutete, dass sie sich Zeit lassen konnte. „Perfekt. Danke."

„Gern geschehen. Aber breche bitte nicht meinen Sicherheitsmann."

„Werde ich nicht." Sie hatte schon lange nicht mehr das Bedürfnis verspürt, einen Mann zu brechen, zumindest nicht auf eine Weise, wie sie das noch vor Jahren getan hatte.

Und Leichtgewicht oder nicht, es würde Spaß machen, mit dem Wachhund zu spielen.

An diesem Abend antwortete Ben auf das Klopfen an der verschlossenen Tür und ließ seinen Kumpel Ghost ins Shadowlands. „Hey."

„Ich wurde gebeten, dich abzulösen. Der Boss sagt, du willst *spielen*." Stimmbandschäden während einem seiner ersten Auslandseinsätze hatten Ghost eine heisere Stimme eingebracht, die besser dazu geeignet war, Horrorgeschichten zu erzählen. Entsetzt zu klingen, bekam er auch gut hin. „Stimmt das?"

„Jep." Ben grinste. „Ich dachte, es wäre Zeit, meinem Leben etwas Würze hinzuzufügen."

„Ich schätze, es kann nicht schlimmer sein, als angeschossen zu werden." Der grauhaarige Veteran sollte es wissen. Bei den Special Forces war er in den letzten zwanzig Jahren in jedem aktiven Drecksloch ein- und ausgegangen. Gekleidet in einer schwarzen Jeans und einem Hemd – das Mindeste an Kleiderordnung, das Z erwartete – durchquerte er trotz seiner Beinprothese den Raum, ohne zu hinken, und warf ein Kreuzworträtsel auf den Schreibtisch.

„Es ist ruhig heute Abend." Ben tippte auf die Mitgliederliste. „Hake die Mitglieder ab, wenn sie den Club verlassen. Bist du dir unsicher, ob es jemandem nach einer Session gut genug geht, um den Club zu verlassen – oder wenn jemand verdächtig scheint – benachrichtige Z."

„Roger."

Vor einem Monat hatte Ben seine Stunden kürzen wollen. Er hatte Ghost empfohlen und ihm dann das nötige Training gegeben. Die Position erforderte nicht viel Papierkram, sondern nur versiegelte Lippen, gute Kampffertigkeiten und, was am wichtigsten war, einen gesunden Menschenverstand. Z meinte mal zu ihm, dass, wenn sein Sicherheitsmann kämpfen müsste, er bereits versagt hätte.

Ghost setzte sich auf den Stuhl und lehnte sich zurück. „Ich schätze die Arbeit. Es ist interessant – und ich war höllisch gelangweilt."

„Ich weiß." Soldaten meisterten den Ruhestand nie besonders gut.

Ben betrat den Club und spürte, wie seine Vorfreude stieg. Ihm war gesagt worden, er solle sich im hinteren Teil des Kerkers melden. Als er den Hauptraum durchquerte, ließ er den Blick wandern.

Trotz der Wandleuchter wurde der Raum dunkel gehalten, außer in der Nähe der gut beleuchteten Ausrüstung entlang der Wände und der Bar in der Mitte. Auf der linken Seite befand sich ein Bereich mit Snacks und Möglichkeiten zum Hinsetzen.

Rechts war die Tanzfläche. Weiter hinten boten Pflanzen Privatsphäre für vereinzelte Sitzgruppen. BDSM-Sessions fanden in abgesperrten Bereichen statt, während es auch dort Sitzmöglichkeiten für Zuschauer gab.

Obwohl es schon recht spät war, tanzten die Leute, und die Sessionbereiche waren gut gefüllt.

Er musste zugeben, dass der Club heute Abend verdammt unheimlich wirkte. Unschuldig aussehende Schulmädchen und -jungen wanderten herum, immer von der Gnade einiger verdammt hässlicher Kreaturen abhängig. Der Ort sah aus wie ein Filmset für *Massaker an der Metropolis High*.

Er war ein paar Mal im Club gewesen, aber immer nur, um Z Bericht zu erstatten. Niemals als Zuschauer. Der Clubraum sah anders aus und klang anders, jetzt, da er als … Teilnehmer galt.

Natürlich hatte er auch in den Momenten den Blick schweifen lassen. Ja, er wusste, was er zu erwarten hatte. Auch hatte er in der Vergangenheit gesehen, was Mistress Anne mit ihren armen Subs anstellte.

Jetzt wäre er dieser arme Bastard. Wieder einmal bewies er, was für ein Idiot er war – wie damals, als er sich freiwillig für das SERE-Training angemeldet hatte. *Survival, Evasion, Resistance, Escape*: Überlebens-, Ausweich-, Widerstands- und Fluchttraining. Auch da hatte er erwartet, verletzt zu werden. Zu dieser Zeit hatte sich dieses Wissen als ein Gewicht der Entschlossenheit in seinem Magen eingenistet.

Heute Abend war es ähnlich. Ein Bleibrocken … zusammen mit einem ausgewachsenen Ständer. Mistress Anne würde einen Blick auf ihn werfen und genau wissen, was er wollte.

Vielleicht. Er war sich selbst nicht ganz sicher, was er wollte.

Auf dem Weg durch den Raum passierte er verschiedene Sessions. Flogging. Eine, bei der ein Zombie-Dom Wachs auf die Titten einer Frau tröpfelte. Was ihr zu gefallen schien.

Nicht sein Ding. Sicher, vernünftig, einvernehmlich oder nicht, er würde nie eine Frau verletzen, weshalb ihm schon früh bewusst geworden war, dass er kein Dom sein konnte. Aus diesem Grund hatte er Z zuversichtlich gesagt, dass er Vanilla sei.

Zu diesem Zeitpunkt hatte er nicht daran gedacht, dass eine wunderschöne Frau ihn verletzen könnte.

Ein Schrei stoppte ihn. Die kleine Uzuri war an einen Pfosten gefesselt und versuchte, einem Mann auszuweichen, der sie mit einem Rohrstock bearbeitete. „Rot!", schrie sie, aber der dumme Sack war zu tief eingetaucht, um zu bemerken, dass sie ihr Safeword ausgesprochen hatte.

Entschlossen lief Ben auf die Session zu und packte den Rohrstock, kurz bevor der Dom erneut zuschlagen wollte. Tat verdammt weh. Er riss dem Kerl den Stock aus der Hand. „Sie hat *Rot* gesagt." Seine Stimme kam so bedrohlich heraus, dass der Dom erblasste und einen Schritt zurück stolperte.

„Danke, Ben." Vance Buchanan gab ihm einen dankbaren Klaps auf die Schulter und nahm ihm den Rohrstock ab. Als Frankensteins Monster verkleidet, trug er die goldene Weste, die ihn als Kerkeraufseher identifizierte.

„Kein Problem." Gut zu wissen, dass, wenn er nicht anwesend gewesen wäre, ein Aufseher die hübsche Unterwürfige mit der dunklen Haut gerettet hätte. Olivia schlüpfte an ihm vorbei, legte einen Arm um Uzuri und löste mit der anderen Hand ihre Fesseln.

„Ich habe sie nicht gehört", protestierte das Arschloch und machte einen Schritt auf die zierliche Auszubildende zu, die sofort zurückschreckte. „Uzuri, ich –"

„Bleib bitte, wo du bist." Vance packte den Arm des Doms hart genug, um ihn zum Schweigen zu bringen, und sah dann mit einem fragenden Ausdruck zu Ben. „Mir war nicht klar, dass du auch im Club für Sicherheit sorgst."

Sah so aus, als hätte Buchanan die Situation unter Kontrolle. „Tu ich auch nicht." Ben winkte zum Abschied zwei Finger durch die Luft und machte sich auf den Weg nach hinten.

Mistress Anne saß im Kerkerraum auf einer steinernen Eckbank mit dem linken Bein ausgestreckt. Sie hatte ihr Deckhaar in der Form von zwei Hörnern hochgeklemmt. Eine schwarze, knöchellange Robe bedeckte einen Latex-Catsuit, der sich an jede ihrer süßen Kurven schmiegte und ihm somit das Wasser im Mund zusammenlaufen ließ. Ein langer Reißverschluss lief die Vorderseite hinunter. Diesen zu öffnen, würde ihm mehr Befriedigung bringen als sein nächster Atemzug.

Und schon fühlte sich sein Schritt wieder beengt an.

Sie beobachtete, wie er hereinkam, ihre hellen Augen unlesbar ... bis ihr Blick auf seinen Schritt fiel.

Er konnte schwören, dass er ein Grübchen bei ihr sah. Eindeutig sadistisch.

Nachdem sie sich an die Wand gelehnt und ihr gesundes Bein hochgenommen hatte, tätschelte sie die Bank vor sich. „Setz dich bitte hier hin."

Guter Anfang. Er nahm den angewiesenen Platz ein und spürte ihr linkes Schienbein an seinem Arsch. Zu seiner Freude hob sie ihr rechtes Bein über seinen Schoß, nah genug, dass die Beuge ihres Knies gegen seinen Schwanz drückte.

Er starrte geradeaus und dachte über die Vorzüge von eisigen Bergbächen, Gletschern und Iglus nach. Nichts half.

„Also, Ben, das hier wird eine Session sein, die nur etwa eine Stunde andauert. Nicht mehr. Ich weiß nicht, wie viel du über BDSM weißt, aber ich nehme dich nicht als Sklaven. Ich werde dir nur einen Vorgeschmack geben und dir vielleicht helfen, in Zukunft dein vorlautes Mundwerk zu beherrschen."

In anderen Worten: Sie warnte ihn, seine Erwartungen nicht zu hoch anzusetzen. Sie würden spielen und dann warf sie ihn dorthin zurück, wo sie ihn gefunden hatte. Er hielt sein Gesicht teilnahmslos und nickte. „Ich verstehe."

„Gut. Dann lass uns deine Grenzen besprechen. Wozu bist du auf keinen Fall bereit? Bei was bist du dir unsicher? Und hast du irgendwelche medizinischen oder psychologischen Probleme, von denen ich wissen sollte?"

Da er wusste, dass er nicht in der Lage sein würde, auf ihre

Fragen zu antworten, wenn ihr Bein über seinen Schwanz rieb, drehte er sich leicht zu ihr um, als würde er ihr seine volle Aufmerksamkeit schenken wollen – was ihn in eine Position brachte, die den Druck auf seinen Ständer linderte. *Grenzen. Okay.*

„Keine permanenten Schäden. Keine Narben. Und ich würde es vorziehen, nicht mit hoher Stimme sprechen zu müssen." Er überlegte. „Für Peitschen oder Anal kenne ich dich nicht gut genug."

„Gut begründet. Bondage?"

Zur Hölle nochmal. Er spürte, wie sich seine Muskeln anspannten.

Im schwachen Licht des Kerkers schienen ihre Augen mehr grau als blau. „Wie es scheint, willst du definitiv keine Einschränkungen."

Nach einer Sekunde nickte er. „Ich würde mich wahrscheinlich nicht gut machen, wenn du mich in etwas steckst, aus dem ich mich nicht befreien kann."

„Das ist gut zu wissen." Sie lehnte sich vor und nahm seine Hände in ihre. Ihre schwieligen Handflächen standen in einem erschütternden Kontrast zu ihren filigranen Fingern. „Wie sieht es mit Schmerz aus? Du schienst doch recht ... interessiert daran zu sein, von mir den Arsch versohlt zu bekommen."

„Mistress, wenn Schmerz dich erfreut, bin ich bereit, es zu versuchen." Er hörte seine Worte in der Luft hängen. *Fuck*, hatte er das gerade wirklich zu ihr gesagt? Ja, das hatte er. Und er hatte es auch gemeint.

Die Freude und die Überraschung in ihren Augen und die Art, wie sie seine Finger drückte, war so befriedigend wie der zeitlose Moment eines perfekten Schusses.

„In Ordnung, wir werden es innerhalb dieser Grenzen halten und sehen, was passiert", sagte sie.

Er musste sagen, dass ihn ihre Entschlusskraft antörnte. Kein sinnloses Hin und Her. Kein *Bist du sicher, dass du das willst?* Auch erwartete sie nicht, dass er ihre Gedanken lesen konnte. Sie sagte ihm im Voraus, wie sie sich fühlte und was sie von ihm erwartete. Was für eine Erleichterung ...

Als wollte sie das betonen, griff sie nach oben und entfernte das Gummiband, das sein Haar zurückhielt. „Wenn ich will, dass deine Haare wieder zusammengebunden sein sollen", sagte sie sanft, „werde ich es tun." Sie steckte das Haarband in seine Jeanstasche. „Und jetzt geh zum Andreaskreuz" – sie zeigte auf das drei Meter große, X-förmige Gerät – „und zieh deine Kleidung aus. Deine Unterhose kannst du anlassen, wenn du dich unwohl fühlst."

„Das wäre nur möglich, wenn ich eine tragen würde."

Ihre Augen leuchteten vor Belustigung. „In dem Fall werde ich gleich mit einem Leckerbissen belohnt, hmm?"

Das sanfte Grunzen, das auf Schmerz hinwies, als sie versuchte, ihr Bein von seinem Schoß zu nehmen, erinnerte ihn an ihre wunden Rippen. Verrückte Frau. Er legte eine Hand unter ihre Wade und führte ihren Fuß nach unten.

Als er sich wieder aufrichtete, erkannte er, dass sie sich auf seine Schulter gestützt hatte. Ihr Mund war nur einen Zentimeter von seinem entfernt, und ihr Atem duftete nach Erdbeeren. *Zur Hölle nochmal*, er hatte sich bereits eine Strafe verdient. Was war eine mehr oder weniger? Er überwand den Abstand und strich mit seinen Lippen über ihre. *Perfekt*.

Bevor er mehr von ihr nehmen konnte, packte sie ihn an den Haaren und riss seinen Kopf zurück. „Ben", tadelte sie. „Ich glaube, du weißt, dass du deine Grenzen überschreitest."

„Mhm." *Verdammt*, sie hatte weiche Lippen. Und eine starke Hand – ihr Griff an seinen Haaren war beeindruckend. „Vielleicht solltest du besser die Verhaltensregeln festsetzen, Ma'am."

„Also gut. Zum einen sind wir kein D/s-Paar, also gelten diese Regeln nur für den Kerker."

Sein Bedauern über diese Einschränkung kam überraschend.

„Du verwendest bereits die angemessenen und respektvollen Anreden. Denk daran, nur zu sprechen, wenn du dazu aufgefordert wirst – oder wenn es eine Angelegenheit gibt, die deine Sicherheit gefährdet. Keine Berührung ohne Erlaubnis. Das Safeword ist *Rot*, was bedeutet, dass die Session komplett zu einem Stillstand kommt. Benutze *Gelb*, wenn du etwas brauchst, aber nicht möchtest, dass die Session beendet wird."

Scheiß auf Gelb. „Ich nehme an, *Grün* bedeutet volle Fahrt voraus?"

„Das ist richtig. Ich sollte fragen, ob du ein Problem mit meinen Händen – oder irgendetwas anderem – an deinem Schwanz und deinen Eiern hast."

Ich hätte ein Problem, wenn du mich nicht berühren würdest. Ein Gefühl der Vorsicht bewegte ihn dazu, höflich zu antworten: „Überhaupt kein Problem, Mistress."

„Ausgezeichnet. Jetzt tu, was ich gesagt habe."

Seine Zeit beim Militär ließ keinen Platz für Schamgefühl und sein Aufenthalt in einem Krankenhaus hatte den Rest davon eliminiert. Vor dem Andreaskreuz zog sich Ben aus. Er hatte eine massive Erektion, aber er war sich ziemlich sicher, dass es der Mistress nicht gefallen würde, wenn er keine Erregung zeigen würde.

Nicht weit von ihm stand eine große Tasche aus schwarzem Wildleder. Darin befanden sich ihre sogenannten Spielzeuge. Seine Vorfreude wuchs.

Mit schwingenden Hüften kam sie zu ihm und ihm lief das Wasser im Mund zusammen. Sie war schlank, aber ihr Arsch war groß genug, um seine riesigen Pranken zu füllen.

Im Gegenzug sah sie ihn mit ... Wertschätzung an. Anders als so manche Master wirkte sie nicht teilnahmslos. Nein, sie zeigte offen, dass ihr gefiel, was sie sah.

Lass es, Idiot, du kannst deine Muskeln nicht für sie spielen lassen.

Ihre Hand berührte seine Brust, wanderte nach unten, durch seine Haare und zeichnete rechts die Narbe nach. „Kugel?"

Zum Glück hatte der Widerständler ihn nur mit einer High-

Velocity-Patrone erwischt, sonst würde er eine faustgroße Austrittswunde tragen. „Ja, Ma'am."

Ihre Finger drückten sich in sein Fleisch. „Sie hat deine Rippe gebrochen, wie ich sehe." Ohne auf seine Antwort zu warten, fuhr sie mit ihrer Erkundung fort. Weiche Hände an seinem Bauch, seinem Rücken und seinen Schultern. Seine Arme hinunter. Seine Beine. Sie fand all seine Narben und jeden Knochen, den er sich jemals gebrochen hatte. *Zur Hölle*, seine Ärzte hatten ihn noch nie so gründlich untersucht.

„Spreiz die Beine." Sie zupfte an seinem Schamhaar, umfing seine Eier und massierte sie leicht. Dann schloss sich ihre Hand um seinen Schwanz. Das hatten seine Ärzte ganz sicher noch nie getan. Jedes bisschen Kontrolle, das er aufbringen konnte, war notwendig, um nicht hier und jetzt zu kommen.

Ihre Finger festigten sich in einer Warnung um ihn. „Komm nicht ohne meine Erlaubnis, Benjamin."

„Verstanden, Ma'am." Seine Stimme klang wahrscheinlich wie ein Hahn, der gewürgt wurde. Aber seltsamerweise zog ihr Kommando ihn von der Klippe weg. Seine Hände, die sich geballt hatten, öffneten sich.

Und sie sah es. Ihr Blick traf auf seinen, direkt und ohne Spiele zu spielen. „Du gefällst mir, Ben."

Verdammt, du gefällst mir auch, Frau. Klugerweise hielt er diese Worte ebenfalls unter Verschluss.

„Stelle dich mit dem Gesicht vor das Kreuz und halte dich an den Griffstangen über deinem Kopf fest."

Beide Holzarme zeigten eine Eisenstange zum Festhalten. Er schloss seine Finger um sie, sodass seine Arme ein V bildeten. In der Pause zwischen zwei Herzschlägen erkannte er, dass die Musik zu dem ominösen Lied *Let Me Break You* von London after Midnight gewechselt hatte. Die Wirkung der Musik in diesem dunklen, kalten Kerker war weitaus bedrohlicher als in seinem gut beleuchteten Eingangsbereich.

Er konnte eine Frau schluchzen hören und vernahm das

Schnalzen einer Peitsche. Sein Magen zog sich zusammen und er atmete langsam ein.

„Dein Befehl lautet, dich an den Griffen festzuhalten und nicht loszulassen. Egal, was ich tue. Kann ich darauf vertrauen, dass du das für mich tust, Ben?" Annes heisere Stimme zog ihn zurück zur Session und verankerte ihn, so wie es der Holzrahmen mit seinem Körper vermochte.

„Das kannst du, Mistress." Er packte fester zu. Er würde sterben, bevor er einen davon losließ.

„Ich werde dir wehtun, Ben – weil ich dir gesagt habe, dass ich das tun würde. Und weil du offensichtlich willst, dass ich das tue."

Eigentlich hätte er allem zugestimmt, was ihm ihre Aufmerksamkeit und Berührung zusichern würde. Schmerz wäre für ihn nichts Neues.

„Aber weil du mir gefällst und dies dein erstes Mal ist" – ihre kehlige Stimme berührte seine Ohren und streichelte über seine Haut wie ein vielfach gewaschenes Vlies – „und weil ich Lust habe, dir eine Lektion zu erteilen, werde ich dir so viel mehr als nur Schmerz geben."

So war es natürlich auch möglich, seine Aufmerksamkeit zu erregen. *Zur Hölle*, sein Körper war bereits weit über den Weckruf hinaus – als hätten seine Zellen eine Gallone Kaffee geschluckt. Als ihre Fingerspitzen über seinen Arsch strichen – den sie, wie er jetzt erkannte, bei ihrer Erkundungstour nicht berührt hatte –, zuckten seine Muskeln. Sie drückte ihren Finger tiefer und verpasste ihm dann süße, süße Klapse, die an Nieselregen erinnerten.

Er schnaubte amüsiert. Das nannte sie eine Tracht Prügel?

Und er hatte sich Sorgen gemacht ...

„Ist das Ben?" Die Stimme erreichte ihn von hinten. Wer auch immer es war, klang schockiert. Mehr Geflüster driftete zu seinen Ohren. Er mochte es nicht, mit dem Rücken zur Tür zu stehen, aber verdammt, er befand sich im Shadowlands. Hier kannte er einfach jeden.

Und seltsamerweise vertraute er darauf, dass die schlanke Kopfgeldjägerin neunzig Prozent der Mitglieder ausschalten konnte, ohne ins Schwitzen zu geraten.

Der Rhythmus ihrer Hände, die auf seinen Arsch trafen, hielt für eine Sekunde inne. Er konnte sich die Gesichtsausdrücke der flüsternden Menge gut vorstellen, als sie sich umdrehte und ihnen zweifellos einen ihrer eisigen Blicke zuwarf. Das Geflüster brach abrupt ab. Nur die Musik und die Laute von anderen Sessions blieben zurück.

Die Mistress teilte einen kräftigeren Schlag aus, und eine angenehme Hitze ähnlich zu einem leichten Sonnenbrand schwoll in ihm an.

Und dann trat sie näher und lehnte sich mit dem ganzen Körper an ihn, wobei er ihre Brüste an seinem Rücken spürte. *Sehr nett.* Er konnte ihre Wärme überall wahrnehmen, sodass die Schläge auf seinem Hintern zu einem Brennen anwuchsen.

Und dann griff sie um ihn herum und packte seinen Schwanz.

Erschrocken zuckte er zusammen und seine Hände rutschten fast von den Griffen. Er erholte sich jedoch schnell.

Ihre Finger um seine Länge festigten sich in Warnung. „Nicht bewegen, Benjamin."

„Nein, Mistress." Er hörte das Knurren in seiner Stimme.

Sie lachte. Dann drückte sie erneut zu. „Beweg dich und ich werde beim nächsten Mal deine Eier statt deines Schwanzes packen."

Fuck. Ihre starken kleinen Finger könnten ernsthafte Schäden anrichten.

Aber im Moment streichelte sie ihn einfach nur, auf und ab, sanft und süß. Niemals hätte er das für möglich gehalten, aber sein Schwanz wurde noch härter. Wenn sie ihn nicht zur Erlösung kommen ließ, müsste er sich im Badezimmer um sich selbst kümmern, bevor er zur Arbeit zurückkehren konnte.

Er spürte ihren Atem zwischen seinen Schulterblättern. Ein Schmetterlingskuss auf den einen und dann den anderen

Deltamuskel. Sie trat zurück und schlug ihm ein paar Mal fest auf den Arsch. So kleine Hände.

Eine Pause.

Und dann traf ihn etwas extrem hart.

Gott!

Sein Körper erstarrte.

Bevor er den Schmerz überhaupt verarbeiten konnte, regneten weitere Schläge auf seinen Hintern. Diese hinterließen nicht nur ein leichtes Brennen, nein, seine Haut fühlte sich an, als wäre ein Waldbrand ausgebrochen, der seinen Arsch in Asche verwandelte. Seine Finger spannten sich um die Griffe an und er senkte das Kinn auf seine Brust, ertrug, was sie ihm gab.

Nach einiger Zeit stoppte sie und legte ein Paddel neben seine Füße.

Als sie sich diesmal an ihn lehnte, fühlten sich ihre Brüste immer noch so süß an wie ein Eisbecher. Und sein Arsch fühlte sich verdammt roh an. Sie rieb absichtlich über das zwiebelnde Fleisch. „Welche Farbe bist du, Ben?"

Bei der Frage schloss sie die Hand erneut um seinen Schwanz und ihre Finger fühlten sich nun viel kühler an als seine harte Erektion – und anstatt bei dem Gefühl zu erschlaffen, wurde er noch härter.

Sie streichelte sanft über seine Länge.

Er schluckte schwer. „Sadistin." Er spielte mit einer Sadistin. *Vergiss das nicht, Arschloch.* „Grün, Ma'am."

„Mutiger Soldat. Bereust du es jetzt, mich im Eingangsbereich herausgefordert zu haben?"

Sein Arsch würde das morgen sicher tun. „Nein, Ma'am. Ich würde viel mehr hinnehmen, um deine Hände auf mir zu spüren."

Stille.

„Habe ich dich gebeten, bei der Antwort auszuschweifen?" Ihre Stimme hatte an Schärfe gewonnen, und, *fuck*, ihre Finger bewegten sich auf seine entblößten Eier zu.

„Nein, Ma'am. Aber ich habe gehört, dass Ehrlichkeit

zwischen einem Top und einem Bottom empfohlen wird." Er war sich nicht sicher, was eine Mistress und einen Sub definierte, hatte jedoch das Gefühl, dass es nicht klug wäre, diese Bezeichnungen zu verwenden.

Zudem wusste er nicht, ob er sich als Sub oder Sklave bezeichnen wollte.

„Du bist ziemlich wagemutig, also gebe ich dir die Wahl. Möchtest du drei Schläge, bei denen ich meine ganze Kraft einsetze? Oder sanftere Klapse, bis … ich müde werde?" Ihr Daumen rieb über die Vorderseite seiner Hoden, während ihre Fingerspitzen gefährlich nah an sein Arschloch herankamen. Jede Bewegung sandte so intensive, elektrisierende Wellen zu seinem Schwanz, dass er das Knistern regelrecht hören konnte.

Die Qual der Wahl. Und dann wusste er, wie die korrekte Antwort lautete. „Was auch immer die Mistress glücklich macht." Seltsam, die Worte klangen so richtig. Keine Wahl treffen und einfach ihr die volle Kontrolle geben.

Ihre Stirn lag auf seinem Rücken. Ihr Seufzer entließ einen Hitzekreis an seinem Schulterblatt. Und dann trat sie zurück.

Er spannte sich an. Bereit, zu nehmen, was sie gab.

Sie griff wieder um ihn herum, und ihre Hand − jetzt kalt und nass − fand seinen Schwanz. Auf und ab bewegte sie sich. Ihre mit Gleitmittel beschichteten Finger wussten genau, was sie taten, sodass sie ihn innerhalb einer Minute betriebsbereit hatte.

Er knirschte mit den Zähnen. „Mistress … ich muss …"

„Noch fünf Mal, Benjamin. Halte durch, bis ich es sage."

Er konnte als Antwort nur grunzen.

„Eins. Zwei." Sie packte ihn gnadenlos, glitt von der Wurzel bis zur Spitze, wo sie mit dem Daumen seine Eichel umkreiste.

Heilige Scheiße! Er war noch nie so hart gewesen. Seine Eier fühlten sich an, als hätten sie sich direkt in seinen Körper zurückgezogen, seine Wirbelsäule war kerzengerade.

„Drei. Vier." Mit einem festen Griff glitt sie über jeden

verdammten Zentimeter seiner Länge. Langsam und immer langsamer.

„Fünf." Sie zog die letzte Bewegung nach oben hinaus, was dazu führte, dass Sterne vor seinem Sichtfeld funkelten.

„Komm für mich, Ben", befahl sie. Eine Hand packte seine Nüsse und drückte zu. Gleichzeitig rieb sie sich mit ihrer Vorderseite an seinem brennenden Arsch, um die Haut wie ein Lauffeuer anzutreiben. Nicht zu vergessen: Ihre andere Hand jagte hart und schnell über seine Erektion. So viele Sinneseinwirkungen und ...

... er kam. *Heilige Scheiße*, er kam und spritzte über ihre Finger, bis er schwören konnte, dass er nichts mehr außer Blut zu geben hatte.

Er sackte gegen das Kreuz und wünschte, es wäre ein echtes Kreuz, um seine Stirn anzulehnen.

Ihre Hand glitt immer noch sanft über seinen Schwanz, sodass er auch die letzte Lustwelle reiten konnte. „Sehr nett, Ben. Bleib einen Moment dort stehen."

Zu seinem bodenlosen Bedauern zog sie sich zurück. Kühle Luft wehte über seinen verschwitzten Rücken und fühlte sich an seinem rohen Arsch himmlisch an.

Eine Minute später legte sie einen Arm um seine Taille. „Mach einen Schritt nach hinten. Mal sehen, wie gut deine Beine funktionieren."

„Als wärst du in der Lage, mich oben zu halten."

Der harte Schlag auf seinen Hintern entlockte ihm fast ein Wimmern.

Er schnaubte und grinste. Sie erinnerte ihn an seinen Lieblingsfeldwebel. „Tut mir leid, Ma'am." Seine Beine taten ihre Arbeit, als sie ihn zur Bank führte, auf der sie ein Handtuch ausgebreitet hatte.

„Setz dich."

Das machte er, und er knirschte mit den Zähnen, als er das grobe Handtuch an seinem Arsch spürte. Sie legte ein Feuchttuch auf seinen Oberschenkel, das sich kalt auf seiner erhitzten Haut anfühlte.

„Du kannst dich reinigen, Benjamin."

Sie hatte sich bereits die Hände abgewischt, wie er bemerkte, als er sich um sich selbst kümmerte.

„Sehr gut." Sie stand direkt vor ihm, streichelte sein Haar und *verdammt*, er konnte sie riechen – den Geruch einer sexy Frau. Ihr stahlblauer Blick musterte ihn einen Moment lang, bevor sie ihm eine Flasche Wasser reichte, der Deckel bereits abgeschraubt. „Austrinken."

Er trank etwas, während er nachdachte. Wie weit konnte er die Sache treiben?

Wie weit wollte er gehen?

„Danke, Ma'am. Ich habe die Session genossen."

Sie setzte sich neben ihn und ihr Oberschenkel presste sich warm an seinen. Ihre kleine Hand umfasste seinen Kiefer und drehte sein Gesicht zu ihrem. Er nutzte den Moment und küsste ihre Handfläche mit seinen Lippen. Das brachte ihm ein unterdrücktes Lächeln ihrerseits ein. Nur das Zucken ihres Mundwinkels war zu sehen. Gleichzeitig spürte sie ihre Finger, die Druck ausübten. Er hatte keinen Zweifel daran, dass sie blaue Flecken hinterlassen würde, wenn er ihre Warnung ignorierte.

„Hat dir der Schmerz gefallen, Ben?"

Scheiße, natürlich würde sie das fragen. Er streckte seine Beine aus, lehnte sich an die Wand und trank von seinem Wasser, während er versuchte, seine Antworten in Reih und Glied zu bringen. „Ich bin mir ziemlich sicher, dass es nicht nur der Schmerz war, der letztendlich zum Orgasmus geführt hat. Aber in Kombination mit –"

„Erregung? In einer sexuellen Situation?"

„Genau. Ja." Als ihre Hand über seinen Kiefer streichelte, konnte er das Kratzen der Stoppeln hören. Was würde sie von den Stoppeln zwischen ihren seidenweichen Oberschenkeln halten? „Seit Jahren bin ich nicht so hart gekommen."

„Ich verstehe." Ein Moment der Stille. „Ich nehme an, das gibt dir etwas zum Nachdenken."

Verdammt, sie ging mental auf Abstand. Das Gefühl der Enttäuschung war beißend und ein bisschen lächerlich. Hatte er erwartet, dass sie jetzt über ihn herfallen würde? Eine Domina, bei der die Subs regelmäßig auf die Knie fielen?

Trotzdem musste sie wissen, dass er ... mehr wollte. Er drehte sich zu ihr um, legte seine Hand auf ihre und hielt sie so an Ort und Stelle. „Mistress Anne, kann ich dir im Gegenzug einen Dienst erweisen?"

Ihre Pupillen weiteten sich leicht, und er hörte, wie ihr Atem stockte. Sie wusste genau, was er anbot. Dann formten sich ihre Lippen zu einem sanften Lächeln, das ein Grübchen offenbarte. „Ich sollte dich mein Auto waschen lassen."

„Das meinte ich nicht, Ma'am." Er machte den Vorwurf in seiner Stimme deutlich.

Belustigung tanzte in ihren Augen. Wenn er ehrlich war, hatte er immer gedacht, sie sei recht reserviert. „Du bist wirklich entzückend, Ben. Aber ich brauche nichts." Ihre Hand bewegte sich von seinem Gesicht weg, trotz seines Versuchs, sie dort zu halten. „Du bist mit dem Wasser fertig. Wie fühlst du dich?"

„Gut, Ma'am."

„Dann möchte ich, dass du dich anziehst und die Ausrüstung reinigst, die du bespritzt hast."

Ihr Blick hielt seinen gefangen – um zu sehen, wie er reagieren würde.

Als ob jemand, der Zeit in Kasernen verbracht hatte, sich für Sperma schämen würde? „Ja, Ma'am."

Ihr Glucksen war tief und erfreut. „Nicht viel bringt dich aus der Fassung, oder?"

„Panzerfäuste und improvisierte Sprengsätze sind beunruhigend. Mit allem anderen komme ich klar."

„Du bist wirklich ... interessant, Wachhund." Sie fuhr mit der Hand über seinen Arm und zeichnete durch die Muskeltäler seines Bizepses – auf eine Weise, wie es Männer bei Brüsten taten. Sie mochte seinen Körper. Sie mochte ihn.

Und doch ging sie einen Schritt zurück. *Scheiß drauf.*

Er riskierte es und berührte ihr Haar. Es fühlte sich so geschmeidig an wie der kostbare Seidenschal seiner Mutter. Wenn Anne oben wäre, würde diese Haarmasse wie die kühle Liebkosung von Wasser über seine Schultern fließen.

„Nur damit du es weißt, Mistress, ich sehe mein Angebot als unbefristet. Du lässt mich wissen, wann du es einlösen möchtest. Es gibt kein Ablaufdatum."

Nicht nur das. Wenn sie sein Angebot nicht annahm, gab es zahlreiche Ansätze, um dennoch an sein Ziel zu kommen. Sie war es wert, Geduld zu beweisen und es richtig anzugehen.

KAPITEL DREI

Vier Tage später wühlte Anne durch die Keurig-Kapseln, um einen Kaffee mit Karamellgeschmack zu finden. Sie erwartete eine lange Nacht und würde all das Koffein brauchen, das sie bekommen konnte.

Hoffentlich konnte ihr Körper das Gebräu verarbeiten. Seit Sonntagmorgen kränkelte sie etwas. Heute hatte sie endlich wieder Appetit. Zumindest kannte sie die Ursprünge ihrer Krankheit – vom Babysitten ihrer Nichte und ihres Neffen letzte Woche, als sie mit einem Magenleiden zuhause bleiben mussten.

Wohl eher Magendämon.

Nachdem sich die brummende und zischende Maschine beruhigt hatte, trug sie ihren Kaffee auf die Terrasse, machte es sich in ihrem liebsten Korbstuhl bequem und prüfte die Aussicht.

Offenbar war die Wetterwarnung vor einem Tropensturm zur Abwechslung einmal zutreffend gewesen. Eine hohe Mauer aus schwarzen Wolken im Westen gab ihrem normalerweise weißen Strand einen grauen Anstrich. Der Wind attackierte die Palmen, als ob er versuchte, sie in zwei Hälften zu teilen, und das Wasser des Golfes war aufgewühlt. *Wundervoll.* Sollte sie das Team für heute Nacht zurückrufen?

Nein, Flüchtige verschanzten sich oft während eines Sturms, was die Chancen erhöhte, sie zu finden.

Von der linken Seite aus dem Haus jenseits von Harrisons kam Gelächter; ihre Nichten und Neffen schienen ihre Eltern vollzuquatschen. Rechts waren die Geräusche ihres Bruders Travis zu hören, der seinen Rasen mähte.

Sie lehnte den Kopf zurück und zog die salzige Luft in ihre Nase. Sie fühlte sich gesegnet. Als das Land noch billig war, hatten die Großeltern ihrer Mutter fast zwei Hektar auf Clearwater Beach Island gekauft. Nachdem ihre Mutter alles geerbt hatte, konnte sie dem Druck widerstehen, an Immobilienhaie zu verkaufen. Stattdessen hatten ihre Eltern Anne und ihren beiden Brüdern jeweils einen halben Hektar und ein Haus geschenkt.

Bestes Geschenk aller Zeiten. Sie verdiente gutes Geld als Kautionsagentin, aber nicht genug für ein Haus direkt am Strand.

Ben hatte ihr Haus gesehen. Sie nahm einen langsamen Schluck von ihrem Kaffee und runzelte die Stirn. Dachte er, sie sei reich? War das der Grund, warum er sie vergangenes Wochenende dazu gedrängt hatte, ihn zu dominieren? Die Idee warf ein hässliches Licht auf eine sonst wunderschöne Session.

Aber ... nein. Sie lag weit daneben. Vielleicht hatten sie abgesehen von einem Guten Abend hier und da kaum Worte gewechselt, jedoch kannte sie Ben schon seit Jahren. Genau wie Z. Der Besitzer des Shadowlands war nicht nur empathisch, sondern auch Psychologe. Ben würde diese Position nicht innehaben, wäre er nicht vertrauenswürdig.

Sie rümpfte die Nase. So viel zu ihrem schwachen Versuch, die Session abzuwerten. Und das alles, weil es sie verunsicherte, was sie miteinander geteilt hatten – was sie mit Ben getan hatte.

Weil sie nicht über das erregende Gefühl hinwegkam, dass er ihr gehorcht hatte. Und dass er gekommen war. Sie hatten sich beide vom Moment mitreißen lassen. Voneinander. Sie hatte jedes Zucken, jeden Atemzug, jede Anspannung seiner Muskeln gespürt.

Und der Mann hatte Muskeln! Wärme bündelte sich in ihrer Mitte, als sie sich an den Abend erinnerte. Als er die Arme angehoben und die Griffe gepackt hatte, da hatten sich seine Unterarme angespannt. Dabei war ihr Blick auf die Venen gefallen, die sie am liebsten mit ihrer Zunge nachgezeichnet hätte. Seine Trapezmuskeln hatten sich gebündelt, seine großen Rückenmuskeln vergrößert, die langen Muskeln neben seiner Wirbelsäule hatten sich wie stabile Betonsäulen gezeigt.

Und sein Schwanz? Einfach hinreißend und vollkommen proportional zu seinem massiven Körper.

Sex mit ihm wäre vergleichbar mit dem Trinken von starkem Kaffee mit Schokolade – ein definitiver Kick mit einer Süße, die auf der Zunge dahinschmolz.

Wie seltsam war es, dass eine so leichte Session sie zufrieden gestellt hatte? Sie hatte seit Jahren keine Session mit diesem niedrigen Level an Schmerz gespielt. Und doch war sie vollkommen glücklich mit dem Ausgang gewesen.

Aber selbst, wenn er an mehr Interesse zeigen würde, war sie mit ihm fertig. Sie spielte nicht mit Neulingen des Lifestyles, besonders solchen wie ihm, die keine Ahnung hatten, auf was sie sich einließen. Der Mann war Vanilla. Und er war Zs Angestellter – nicht jemand, den sie als Sklaven nehmen konnte.

Außerdem waren ihr die Gefühle, die sie in seiner Nähe hatte, unangenehm. Unangenehm war nicht ihr Ding.

Abgesehen davon, dass sie im Moment keinen Sklaven hatte, war ihr Leben genau so, wie sie es wollte. Ihre Arbeit mit den flexiblen Arbeitszeiten war großartig. Ihr Haus? Großartig. Und wenn sie einen jungen Mann fand, den sie als Sklave nehmen konnte, wäre alles einfach ... großartig.

Apropos, Arbeit, sie musste los.

Am Tag verbrachte sie die meiste Zeit am Computer und am Telefon. Auf der Suche, Recherche, um so an Kautionsflüchtige heranzukommen. Aber oft beinhaltete ihre Arbeit auch, dass sie sich nachts umhertrieb. Heute Abend war das Ziel des Teams ein

Low-Life-Dealer, der dazu neigte, sich zwischen Häusern im Land-O'Lakes-Viertel zu bewegen. Das Team würde sich aufteilen und gleichzeitig bei seinen Freunden aufschlagen, bei denen er vermutlich Unterschlupf gefunden hatte.

Ihr Blick fiel erneut auf die dunklen Wolken und sie seufzte.

In dieser Nacht klopfte Anne, bis auf die Haut durchnässt und von Minute zu Minute mürrischer, an die Tür des Flüchtigen. Verdeckte Schutzweste, wenn durchnässt? Verdammt schwer.

Die grauhaarige Frau, die die Tür öffnete, sah Annes dunkelgrünes Poloshirt mit dem THE BROTHERS BAIL BONDS-Logo und den Waffengürtel mit den .38 S&W und ihrem Taser, und sofort zeigte sich die Bestürzung auf ihrem Antlitz.

Anne schob sich die nassen Haare aus dem Gesicht und sprach laut, um über dem Donner, dem Wind und dem Regen gehört zu werden. Sie bezweifelte, dass der Flüchtige bei diesem Wetter feiern gegangen war. „Ma'am, es tut mir leid, Ihnen mitteilen zu müssen, dass Ihr Sohn seinen Gerichtstermin verpasst hat. Ist er hier?"

„Ähm. Nein. Nein, ist er nicht."

Die arme Frau. Mrs. Wheeler befand sich in einer aussichtslosen Situation. Egal, wie sehr eine Mutter ihren Nachwuchs schützen wollte, einige Kinder machten es einem unmöglich.

Zudem war die Dame eine furchtbare Lügnerin.

Anne empfand Mitleid und nahm etwas Härte aus ihrer Stimme, während ihre Hand hinter ihrem Rücken darauf hinwies, dass sich ihr Team positionieren sollte. „Mrs. Wheeler, Sie haben Ihr Haus als Sicherheit für die Kaution Ihres Sohnes hinterlegt. Es tut mir so leid, aber wenn ich Edward nicht mitnehme, werden Sie es verlieren."

Das Gesicht der Frau verlor an Farbe. „Ich kann es mir nicht leisten, das Haus zu …"

Gott, das war der traurigste Teil der Arbeit – das Trauma zu sehen, das ein Krimineller seiner eigenen Familie zufügte. „Sie haben Ihr Bestes gegeben." Anne legte mehr Dominanz in ihren Ton. Die Art, bei der ihre Sklaven, ohne groß nachzudenken, sofort auf die Knie fielen. „Lassen Sie uns rein, Ma'am."

Die Frau trat zurück.

Annes Puls stieg. Der Flüchtige hatte eine gewalttätige Vorgeschichte. Aus diesem Grund hatte sie das Team als Verstärkung dazu geholt, anstatt ihn selbst abzuholen.

Mitchell war bereits hinter dem Haus verschwunden, um die Rück- und Südseite abzudecken. Dude stellte sich auf, um die Vorder- und Nordseite zu bewachen. Kurze Zeit später hörte sie die beiden in ihrem Headset.

Mit den Ausgängen gesichert, trat Anne ins Haus.

Aaron, ein Polizist aus Texas im Ruhestand, folgte ihr hinein. Ein guter Mann; ein guter Teamkollege.

Eine Sekunde später spazierte ihr Cousin Robert mit der Hand an seiner Waffe im Holster zu ihr. Dieselbe Waffe, die ihm letzte Woche ein Flüchtiger aus der Hand getreten hatte.

Wenn Anne die Wahl hätte, würde sie dem Idioten nichts Gefährlicheres als eine Wasserpistole geben. Mit Sicherheit wäre er dann auch nicht in dem Team, das sie aufgebaut hatte. Aber ihre Onkel – die Eigentümer der Kautionsagentur – hatten wie üblich seinem Jammern nachgegeben.

Die unverwechselbaren Laute von jemandem, der Pool spielte, kamen aus einem Raum auf der linken Seite. Mindestens eine Person.

Anne warf einen Blick nach rechts und bemerkte, dass es sich um zwei Schlafzimmer und ein Badezimmer zu handeln schien. „Robert, überprüfe bitte die Zimmer auf der rechten Seite und bleibe auf der Hut. Ruf uns, wenn du ihn findest. Aaron, lass uns nach links gehen."

Robert hob das Kinn, sein Gesicht nahm einen sturen Ausdruck an. „Aber ich will –"

„Sofort." Annes kalter Blick sollte ihn daran erinnern, dass sie das Sagen hatte.

Er stampfte davon, jedoch hörte sie, was er murmelte: „Dumme Schlampe."

Sie tauschte einen genervten Blick mit Aaron aus und führte dann den Weg über den verblassten Teppich zu dem Esszimmer, das als Spielzimmer diente. Die arme Mutter.

Ein kurzer Blick zeigte einen Mann, der ein einsames Billardspiel spielte.

Aus der Erinnerung verglich Anne sein Aussehen mit dem Foto der Festnahme, das sie während der Vorbereitung erhalten hatte. Hundertprozentige Übereinstimmung.

Sie ging in den Raum. „Mr. Edward Wheeler, ich arbeite für *Brothers Bail Bonds* und wir sind hier, um Sie abzuholen. Es gibt einen Sitzungshaftbefehl für Ihr Versäumnis, zu Ihrem Gerichtstermin zu erscheinen."

„Zum Teufel damit." Er näherte sich der Küchentür, warf einen Blick aus dem Fenster und entdeckte Mitchell im Hinterhof. Da sein Fluchtweg blockiert war, wirbelte Wheeler herum und rannte auf Anne zu.

Sehr nett. Mit einem kleinen Lächeln trat sie ihm aus dem Weg, ergriff seinen Arm, als er ihr nah genug war, und schleuderte ihn gegen den Türrahmen.

Er kollidierte mit dem Holz, ein befriedigender Knall erfüllte den Raum – aber hey, sie hatte es vermieden, ihn gegen die Wand zu schicken, wo die Fotos der Mutter beschädigt werden könnten.

Aaron rammte seitlich in ihn.

Nun auf dem Bauch trat Wheeler wie wild um sich und fluchte, schaffte es aber nicht, wirklich einen Gegenschlag zu landen.

Was für ein Idiot. Seine Mutter dazu zu bringen, ihr Haus zu riskieren, weil er es bevorzugte, Crystal Meth an Kinder zu verkaufen.

Anne nahm ihre Handschellen vom Gürtel und sicherte sein

linkes Handgelenk, während er sie weiter beleidigte, wobei er das F-Wort als Verb, Adjektiv und Adverb verwendete.

„Den jungen Männern von heute fehlt es an Originalität", beschwerte sich Aaron. Natürlich hatte er eine Geschichtsprofessorin geheiratet, die stundenlang fluchen konnte, ohne das Wort mit den vier Buchstaben zu verwenden.

„Da ist er!" Robert stürmte durch die Tür und krachte in sie, als er versuchte, den freien Arm des Mannes zu ergreifen. „Gib mir dein Handgelenk, du Arschloch."

Anne blickte finster drein, machte sich aber daran, den tätowierten Arm des Flüchtigen zu packen und auch diesen zu fesseln. „Geh zurück auf deinen Posten, Ro –"

Ein Brüllen war von der Tür zu hören.

Anne nahm Bewegungen aus den Augenwinkeln wahr und sprang zur Seite. Der Stiefel, der es auf ihren Kopf abgezielt hatte, traf ihre Hüfte. Der Schmerz ließ nicht lange auf sich warten. Stöhnend krachte sie in den Billardtisch und ihr Kopf kollidierte hart mit der Kante.

Mit klingelnden Ohren schüttelte sie den Kopf und versuchte, ihre Sicht zu klären. *Hurensohn.* Anscheinend hatte Wheeler einen Kumpel.

Schritte näherten sich ihr lautstark.

Beweg dich! In der Hocke holte sie mit dem Bein aus und traf sein Knie. Das Arschloch brach zusammen.

Ihr Kopf drehte sich immer noch, als sie auf die Füße kam und testete, ob ihr Bein ihr Gewicht halten würde. Ihre Hüfte schrie einen Protest und so entschied sie, ihm einen Tritt in die Eier zu verpassen, um weitere Attacken auszuschließen.

Aaron hielt sich den Kopf, als er langsam auf die Beine kam. Offenbar hatte ihn der Stier auf dem Weg zu ihr niedergemäht.

Robert stand neben dem Flüchtigen. Und, wer hätte das gedacht, er tat nichts.

Sie musterte ihn. „Toll, wie du deine Kollegen unterstützt, *Robert.*"

Er errötete. „Ich habe das Zielobjekt gesichert."

„Anne hatte ihm bereits Handschellen angelegt", wies Aaron auf das Offensichtliche hin.

Anne warf einen Blick auf den niedergeschlagenen Stier und sah die Reste der Rasierlotion auf seinen Wangen und seinem Kiefer. Haare nass. Oberkörperfrei. „Du hast das Badezimmer nicht überprüft, oder, Robert? Und wärst du wie befohlen an deinem Platz geblieben, wäre er nicht durchgekommen."

Robert zischte: „Willst du jetzt heulen, weil du eine kleine Schramme abbekommen hast?"

Oh, echt jetzt? Die Wache, der sie einst als Polizistin zugewiesen worden war, hatte schwer mit einer frauenfeindlichen Einstellung zu kämpfen. Und nun musste sie sich auch hier damit auseinandersetzen.

Unsichere Männer, die sich von kompetenten Frauen bedroht fühlten, waren einfach unerträglich.

Den dummen Scheiß, den sie ausspuckten, machte sie jedoch nicht mehr wütend. Mittlerweile empfand sie dieses Gelaber von Männern wie ihrem Cousin nur noch irritierend, ähnlich dem Summen einer hartnäckigen Fliege.

„Eigentlich, Robert, werde ich einfach in dem Bericht vermerken, dass du Befehlen nicht gehorcht und deinen Posten verlassen hast, was zu unnötiger Gewalt und Verletzungen bei einer Abholung geführt hat. Auch werde ich notieren, dass du auf deinem Arsch gesessen hast, während sich deine Teamkollegen engagiert haben." Sie deutete auf den Flüchtigen. „Nimm du ihn bitte, Aaron. Ich hole Dude und Mitchell zu uns."

Robert funkelte sie wütend an und murmelte das Wort *Fotze*, bevor er aus dem Raum marschierte.

Sie schüttelte den Kopf und die Frustration brodelte in ihrem Bauch. Seine Unverschämtheit konnte ignoriert werden, aber seine Inkompetenz und Unfähigkeit, als Teil des Teams zu arbeiten, gefährdete alle.

Als Aaron den Flüchtigen zum Van führte, ließ Anne Mitchell

und Dude wissen, dass sie Wheeler in Gewahrsam hatten. Ein *Gut gemacht, Boss* kam von Mitchell und Dude antwortete mit einem simplen *Mega*.

„Miss, entschuldigen Sie bitte." Auf der Veranda fing die Mutter Anne ab. „Mein Haus? Da Eddie sich gewehrt hat, bedeutet das, dass mein Haus verloren ist?"

Anne nahm ihre Hände und sprach sanft: „Nein, Mrs. Wheeler. Sobald das Gefängnis ihn in Verwahrung genommen hat, verlieren die Dokumente ihre Kraft." Sie drückte die bebenden Finger der Frau. „Ihr Zuhause ist sicher."

Als sie in den strömenden Regen und den Wind trat, warf sie einen Blick auf die Uhr. Noch recht früh. Sie könnte auch Mitchell entsenden, um den Flüchtigen ins Gefängnis zu bringen und das Kapitulationsformular auszufüllen. Der Rest von ihnen würde prüfen, ob andere Kautionsflüchtige beschlossen hatten, bei dem Sturm zuhause zu bleiben.

Die Wandleuchter auf Zs Veranda warfen ausreichend Licht, sodass Ben sehen konnte, wie heftig es regnete. Tropfen landeten so hart auf dem Bürgersteig, dass sie abprallten. Bäche strömten durch die tropische Landschaft.

Hinter ihm standen seine Freunde in der offenen Fliegengittertür.

Ein Blitz blendete ihn. Innerhalb eines Atemzugs folgte ein ohrenbetäubender Donnerschlag. Als die kühle Luft heiß und trocken wurde, gefüllt mit dem Sand eines Sandsturms, erstarrte Ben. *Überall um sein Team blitzte es von dem Artilleriebeschuss, die Nacht durchzogen mit donnerndem Bombardement.*

Nein.

Langsam einatmen. Ein. Aus. Er war in Florida. Es regnete. Er knurrte: „Verdammte Gewitter."

„Wem sagst du das." Diggers verständnisvolle Augen trafen auf seine. „Klingt zu sehr nach einem Luftangriff."

Z gesellte sich zu ihnen und legte eine Hand auf Bens Schulter. Seine Wärme und Stärke sickerten in ihn. Nach einer Sekunde fragte er: „Kannst du einen Moment länger bleiben?"

„Es geht mir gut."

„Daran zweifle ich nicht." Z drückte seine Schulter, bevor er ihn losließ. „Es geht um etwas anderes."

Und das wäre? „Okay, Sir."

Z lenkte seine Aufmerksamkeit auf die anderen. „Gentlemen, wir sehen uns nächsten Monat."

„Bis dann, Dr. Grayson. Bye, Haugen", sagte Digger und leitete einen Chor aus Verabschiedungen ein.

Ben hob zum Abschied seine Hand.

Geführt von den Solarleuchten, deren Licht durch den Regen gedämpft war, hasteten sie zum Gartentor und auf den Parkplatz des Clubs.

Ein langer Zickzackblitz erhellte die Nacht, als Ben zur abgeschirmten und überdachten Veranda zurückkehrte. Z hatte seinen Platz auf dem dunkelroten Stuhl aus Holz und Eisen wieder eingenommen.

Ben wich einer Hängetopfpflanze aus und fragte: „Was ist los?" Eine kühle Brise ließ die Blüten tanzen und trug den Duft des Meeres und tropischer Blumen über die Veranda.

„Kannst du dich bitte für einen Moment hinsetzen?"

Verdammt, das klang nicht gut. Ben hatte in letzter Zeit keine Probleme gehabt – nichts, was er nicht bewältigen konnte, also bezweifelte er, dass Dr. Zachary Grayson, Psychologe schlechthin, ihn gebeten hatte, zu bleiben, um seine PTBS zu beurteilen. Wahrscheinlicher war, dass er es gerade mit Z zu tun hatte, dem Besitzer des Shadowlands, der einer der fürsorglichsten Motherfucker war, den Ben jemals kennengelernt hatte.

Und verdammt hartnäckig. Eine Verweigerung seinerseits wäre vergeblich.

Ben runzelte die Stirn. „Wenn du vorhast, mich länger als fünf Minuten zu verhören, brauche ich ein Bier." Da zwei der Veteranen trockene Alkoholiker waren, servierte der Psychologe während der Sitzungen nichts Stärkeres als Limonade.

Z schenkte ihm ein entspanntes Grinsen. „Das ist fair."

Der Kühlschrank an der Wand war mit Junkfood, gesunden Snacks, Säften und Alkohol aller Art gefüllt. Wie im Shadowlands legte Z Wert darauf, die Lieblingsgetränke auf Vorrat zu haben. Ben suchte nach einem grünen Etikett und fand sein Brooklyn Lager. Als er an die Anspannung in Zs Gesicht dachte, füllte er zudem ein Glas mit einem Schuss Glenlivet.

Er reichte Z den Scotch, ließ sich dann auf einen Stuhl fallen und hob seine Füße auf den schweren Eichen-Couchtisch. Er schätzte eine Einrichtung, die sowohl für den Alltag als auch für den Stil konzipiert war. „Was möchtest du besprechen, Boss? Gibt es ein Problem?"

„Als Problem würde ich es nicht bezeichnen." Z beäugte sein Getränk und nahm einen Schluck. „Obwohl ich dich bei den Gruppensitzungen sehe und dein Arbeitgeber bin, betrachte ich dich auch als Freund."

Verdammt. Wenn ihm das nicht das Herz erwärmte. Unfähig, eine passende Antwort zu finden – er hatte nicht das diplomatische Vokabular von Z – murmelte er: „Mir geht's genauso." Er kippte die Flasche zurück und trank ein gutes Drittel, um sein Gleichgewicht wiederzuerlangen.

Herzerwärmende Worte oder nicht, er hatte das Gefühl, er hätte mit den anderen verschwinden sollen. „Klingt, als hättest du etwas Bedeutendes zu sagen."

„Gut geraten." Z schwenkte seinen Scotch und nagelte Ben mit seinem grauen Blick auf seinem Stuhl fest. „Indem ich dich am vergangenen Samstag in eine Pause geschickt habe, war es Mistress Anne möglich, mit dir zu spielen. Habe ich einen Fehler gemacht?"

Ja, Bens Vermutung war richtig gewesen. Leider gab es auf die

Frage keine einfache Ja- oder Nein-Antwort, da alles, was er sagte, Anne Probleme bereiten könnte. Ben wählte seine Worte mit großer Sorgfalt, einem Vernehmungsbeamten würdig. „Kein Fehler. Ich mochte die Session."

Belustigung zeigte sich in Zs Gesichtsausdruck, bevor er das Glas abstellte.

Oh scheiße.

Zachary musterte den Mann, der ihm gegenübersaß. Seine Muskeln waren leicht angespannt, die Augen gelassen, aber mit Vorsicht durchzogen, sein Gesicht vollkommen ausdruckslos. Emotionale Schutzhaltung. Gedanken unter Verschluss. Für Anne.

Natürlich.

Benjamin war auf den Straßen von New York aufgewachsen und hatte sich um seine Mutter und seine Schwestern gekümmert. Er war der U.S. Army beigetreten, um sein Heimatland zu verteidigen, und wechselte zu den Rangers, wo er einen noch besseren Job gemacht hatte. Anne mochte die Domina sein, aber dieser Soldat handelte nach seinen eigenen Prioritäten.

Zachary tat dasselbe.

„Soll ich dir eine Mitgliedschaft im Club sichern?", fragte er in einem flankierenden Manöver.

„Scheiße." Benjamin verschluckte sich an seinem Bier und hustete. „Ah, nein. Das wäre so, als würde man den Abzug drücken, bevor man zielt."

„Ich verstehe." Was er auch verstand, war, dass Benjamin die Session genossen hatte und mehr wollte.

Als Domina war Anne nun am Zug. Getan hatte sie bisher anscheinend noch nichts.

Wenn er ehrlich war, hatte er nicht erwartet, dass die beiden zusammenpassen würden, jedoch hatte ihre Session am Samstag eine enorme Energie abgestrahlt und ... Chemie. Sie hatten einander in den Bann gezogen.

Normalerweise eine gute Sache. Aber ...

Z betrachtete sein Glas und sah die Reflexion des Blitzes in der bernsteinfarbenen Flüssigkeit. Obwohl die Session im Shadowlands gezeigt hatte, dass Benjamin sexuell unterwürfig war, besaß er keine Sklavenmentalität, und es war zweifelhaft, ob sich der Mann an diesen Lifestyle anpassen konnte.

Er bezweifelte zudem, dass Anne es Ben überhaupt erlauben würde, es zu versuchen.

„Spuck es schon aus, Z."

Z hob den Blick. „Mistress Anne ist eine der besten Tops, die ich je getroffen habe. Zudem ist sie außergewöhnlich beherrschend. Ihre Sklaven leben nicht bei ihr. Ihre Kontrolle, wenn sie Zeit mit ihnen verbringt, ist absolut. Sie wählt ihre *Jungs* sorgfältig aus und sie verehren den Boden, auf dem sie geht. Ich bin mir nicht sicher, ob −"

„Ich bin nicht ihr Typ. Das war mir von Anfang an klar." Bens Kiefer war angespannt. „Deine Warnung ist angekommen."

„Ich bin noch nicht fertig. Wenn ein Sub nicht ihr Sklave ist, würde sie vielleicht mit ihm im Club spielen. Ein- oder zweimal."

„Richtig."

„Zudem ist sie eine Sadistin."

„Das weiß ich." Ben hob seine Hand. „Ich weiß auch, dass sie letzte Woche sanft mit mir umgegangen ist."

Als der Donner ertönte, der Wind zunahm, wehte kalte, feuchte Luft über die Veranda. Die Lampen an der Wand flackerten.

Mit einem unbehaglichen Gefühl warf Zachary einen Blick auf die Stufen, die in das zweite Obergeschoss, in seinen privaten Bereich, führten. Er hatte Jessica auf der Couch gelassen, Galahad auf ihrem Schoß, und die beiden sahen sich zusammen den Film *Stirb Langsam* an. Er sah auf sein Handy. Geschrieben hatte sie ihm nicht.

„Ist mit Jessica alles in Ordnung?" Benjamin erhob sich. „Ich werde verschwinden, damit du nach ihr sehen kannst."

„Netter Versuch, Benjamin, aber das mache ich gerade. Aus der Ferne." Zachary lächelte. „Sie wird mürrisch, wenn sie denkt, dass ich sie ... babysitte." Also schrieb er ihr: *Ich komme in ein paar Minuten wieder zu dir. Kann ich dir etwas mitbringen?*

Ihre Antwort folgte sofort: *Sei still. Gerade kommt der beste Teil des Films!*

Verdammt, er liebte diese Frau. „Es geht ihr gut." Er lehnte sich zurück und wandte sich wieder dem besprochenen Thema zu. „Wirst du damit klarkommen, wenn Mistress Anne dich nicht anruft? Wirst du damit klarkommen, wenn sie sich für einen neuen Sklaven entscheidet?"

Seine erste Reaktion kam in der Form eines Stirnrunzelns, bevor er verbal antwortete: „Z, wir haben eine Session geteilt, keine Ehe." Leider spiegelten die Worte nicht Benjamins Emotionen wider, die vor allem Bedauern und Enttäuschung zeigten.

„D/s-Sessions können Unterwürfige verunsichern, insbesondere neue. Wenn du jemandem vertraust, dass er sich um dich kümmert – und er gut für dich ist –, dann formt sich ein Bund. Es ist leicht, diese Verbindung mit anderen Gefühlen zu verwechseln."

„Gut zu wissen." Benjamin leerte sein Bier. „Mein Freund und Therapeut", sagte er in einem leicht ironischen Ton. „Was zwischen mir und den Frauen in meinem Leben passiert – ob die Frau dominant oder Vanilla ist –, geht nur mich etwas an. Bei allem Respekt, Z, aber halt dich da raus."

Es gab Gründe, warum er den großen Ranger immer respektiert hatte. „Sergeant, du weißt genau, dass ich das nicht tun werde."

„Du bist verdammt stur."

„In der Tat. Da dir die Session gefallen hat, soll ich dich mit anderen Dominas bekanntmachen?"

„Nein." Benjamin stand auf. „Zeit für mich zu gehen." Er tippte sich mit dem Zeigefinger an die Stirn und wandte sich zum Ausgang.

Zachary sah den entschlossenen Kiefer, die angespannten Schultern. Der Sergeant hatte zugehört … und würde nun seinen eigenen Weg gehen. Das war fair.

Der nächste Blitz schlug so nah ein, dass er die Funken regelrecht hören konnte.

Der Strom ging aus.

In der plötzlichen Dunkelheit erhob sich Zachary und stoppte kurz, um sich zu orientieren. „Ich muss zu Jessica." Der Club verfügte über batteriebetriebene Notlichter, aber er hatte sie nie auf seine Privaträume ausgedehnt. Normalerweise schätzte er die Flaute, die ein Stromausfall in seinem geschäftigen Leben mit sich brachte.

Er hatte nie daran gedacht, eine schwangere Frau und keinen Strom zu haben.

Ein Stuhl knarrte und Benjamin sagte: „Ich werde hier unten ein wenig rumhängen, falls du meine Hilfe brauchen solltest."

„Danke." Zachary benutzte sein Handy als Lichtquelle und rannte die Treppe hinauf zum Eingang im zweiten Obergeschoss. Eine Küchenschublade lieferte zwei Taschenlampen. „Jessica, wo bist du?"

„Wohnzimmer."

Sie saß immer noch auf der Couch, die Katze auf dem Schoß, und fixierte ihn mit einem Schmollmund. „Der Strom musste natürlich genau in dem Moment ausfallen, als es für McClane spannend wurde. Das ist so unfair."

Verdammt, sie war entzückend. Er hockte sich vor sie und fuhr mit den Handflächen über ihren runden Bauch. Sein Kind wuchs in ihr heran, umgeben von der Frau, die er liebte. „Ich werde mit dem Sturm sprechen und deine Beschwerde einreichen. Wie fühlst du dich?"

„Mein Rücken tut weh. Und ich muss pinkeln. Schon wieder! Galahad meinte aber, dass er sich nicht bewegen will."

Sie hatte eine Schwäche für die vom Kampf gezeichnete Katze. Mitleidlos hob Zachary das Tier von ihrem Schoß und platzierte es auf den Boden, womit er sich ein genervtes Schwanzwedeln verdiente.

Er legte seine Hände unter Jessicas Arme, stand auf und hob sie auf ihre Füße. So winzig. Mit einer robusten Persönlichkeit. Sie war beeindruckend. Er küsste sie auf den Kopf. „Dann mal los, Kleines."

Im Badezimmer zündete er ein paar Kerzen an, während Jessica in der Toilettenkabine verschwand. Ihr erleichtertes Stöhnen brachte ihn zum Lachen.

„Ruf mich, wenn du fertig bist, damit ich dich wieder zur Couch bringen kann, Sub." Er gab ihr die Privatsphäre, die sie bevorzugte, und betrat das große Schlafzimmer.

Eine Minute später war das Geräusch, das sie machte, nicht sein Name. Es ähnelte eher einem Stöhnen oder Wimmern.

„Jessica?"

„Ähm." Er hörte sie flüstern: „Oh Gott." Sofort war er besorgt.

Er stand vor der Kabine, bevor sie die Chance hatte, herauszukommen. Im flackernden Kerzenlicht konnte er ihr Gesicht nicht deuten, aber ihre Emotionen überschlugen sich. Sorge kämpfte sich an die Front. So wie auch der Schmerz. „Sag mir, was los ist."

Sie biss sich auf die Unterlippe. „Nun, ich habe Wehen. Das dachte ich schon vor einer Weile, aber jetzt bin ich mir in dem Punkt doch sehr sicher" – ihre Haut verdunkelte sich – „meine Fruchtblase ist gerade geplatzt."

Er atmete langsam aus und drückte den ersten Instinkt nieder, sie dafür zu tadeln, es ihm nicht früher gesagt zu haben. „Ich verstehe." Mit einem Arm um sie führte er sie aus dem Badezimmer. „Wie lange würdest du schätzen, bist du bereits in den Wehen?"

„Also ...“, sagte sie gedehnt.

Zur Hölle nochmal.

„Zuerst dachte ich, die Wehen wären nur diese Braxton-Hicks-Kontraktionen. Sie taten nicht wirklich weh und lagen weit auseinander. Nur haben die Wehen nicht nachgelassen. Und ich wollte es dir sagen, nur hattest du heute die Gruppensitzung, und ich wollte euch nicht stören.“

„Jessica, ich hätte einen neuen Termin vereinbart.“

„Es sind doch aber unsere Soldaten. Sie verdienen Priorität.“

Seine dickköpfige, großherzige Sub würde ihn noch in ein frühzeitiges Grab bringen. „Hast du die Zeit bei den letzten Kontraktionen im Auge behalten?“

„Sie liegen ungefähr fünf Minuten auseinander. Ich rief die Hebamme an, kurz bevor das Licht ausging. Sie sagte, wir sollen jetzt gleich zum Geburtshaus fahren, da der Regen uns bald bremsen wird. Sie ist bereits auf dem Weg.“

„In der Tat. In dem Fall wirst du heute keinen Vortrag von mir bekommen.“

Ihr welliges blondes Haar funkelte im Kerzenlicht, als sie ihn wie eine schelmische Fee angrinste. „Es gibt also auch gute Neuigkeiten.“

Er hielt ihr Gesicht zwischen seinen Händen und küsste sie langsam und süß. „Ich liebe dich, Jessica.“

„Das ist eine Erleichterung.“ Sie hob sich auf die Zehenspitzen, um ihm einen Schmatzer auf den Kiefer zu geben. „Schließlich bekommen wir ein Baby.“

***

Anne parkte ihr Auto auf dem Parkplatz des Shadowlands, schaltete die Scheinwerfer aus und starrte durch den strömenden Regen auf das sehr dunkle, dreistöckige Anwesen. Kein einziges Licht war an. Ausgerechnet heute Abend waren Z und Jessica nicht zuhause?

Nein, Augenblick. Z ließ nie das ganze Haus unbeleuchtet. Wenn sie so darüber nachdachte, hatte sie auf dem Weg nicht in einem Haus Licht gesehen. Der Strom musste in der Gegend ausgefallen sein.

Durch den Regen und die Dunkelheit entdeckte sie nun flackernde Lichter in den Fenstern des zweiten Obergeschosses. Sie sollte klingeln. Wenn das Haus leer war, konnte sie es sich auf der Rückbank bequem machen. Sie hatte schon ein oder zwei Mal in ihrem SUV geschlafen. Dumm war nur: Was in ihren Zwanzigern cool gewesen war, machte ein Jahrzehnt später nicht mehr so viel Spaß.

Was für eine Nacht. Der zweite Kautionsflüchtige war leicht einzufangen gewesen. Ganz im Gegensatz zum Dritten. Sie hatten an die Türen seiner engsten Freunde und seiner Familie geklopft, hatten seine Lieblingsorte aufgesucht und sich ohne Ergebnis vom Regen durchnässen lassen.

Dann, nachdem ihr Team aufgeben wollte, hatte Anne entschieden, ein Haus eines anderen Flüchtigen unter die Lupe zu nehmen. Vergeblich.

Um die Scheißnacht abzurunden, war sie auf dem Suncoast Parkway in einen Stau gekommen, wo der Regen eine Massenkarambolage verursacht hatte. Also war sie auf Nebenstraßen zum Shadowlands gefahren. Wie es aussah, würde sie die Nacht wohl nicht in ihrem Bett verbringen.

Sie schnappte sich ihre Reisetasche mit Ersatzkleidung für einen Notfall wie diesen, dachte auch an eine Taschenlampe und lief zum Gartentor an der Rückseite. *Ich bin bereits klatschnass – warum renne ich also?*

Sie öffnete das Tor, rannte über den Rasen und trat auf die Veranda. Ihr nasses Haar fiel ihr ins Gesicht, und mit einem genervten Schnauben schob sie die Strähnen nach hinten.

Etwas Riesiges bewegte sich auf der dunklen Veranda. Sie richtete die Taschenlampe neu aus. Oh ja, riesig. Ein Mann – *Ben.*

Er knurrte: „Stehenbleiben. Weisen Sie sich aus." Seine bedrohliche Stimme war verdammt sexy.

Mit einem Glucksen schloss sie die Augen und richtete die Taschenlampe auf sich selbst. „Ben, ich bin's."

„Fuck, was machst du da draußen im Regen, Anne?"

„Ich –"

Über ihnen öffnete sich eine Tür und Z rief: „Benjamin, wäre es möglich, dass du uns zum Geburtshaus fährst? Jessica hat Wehen."

„Es ist mir ein Vergnügen, Z. Lass mich nur schnell –"

„Warte." Anne erhob ihre Stimme. „Z, der Suncoast Parkway ist durch einen Unfall dicht. In den Nachrichten wird gesagt, dass ein LKW quer auf der Straße liegt. Andere Autos konnten nicht bremsen und sind in den LKW gekracht. Auch die entgegenkommenden Fahrspuren sind betroffen. Da der Stau in beide Richtungen geht, konnten die Rettungsfahrzeuge bisher nicht an den Unfallort gelangen, um das Durcheinander zu beseitigen."

Ben begann: „Wir können –"

„Du kommst nicht einmal zum Gunn Highway durch. Die Straßen überschwemmen. Ich habe es mit meinem Ford Escape kaum geschafft – und das Wasser steigt immer weiter. Ich bezweifle, dass dort ein Fahrzeug durchkommt."

Von oben drang nur Stille an ihre Ohren. Sie konnte spüren, wie besorgt Z war. Schließlich sagte er: „Ich bin froh, dass du gerade jetzt hier bist, Anne. Zumindest landen wir so nicht im Stau."

„Ein Baby im Auto zur Welt zu bringen, ist nicht meine Definition von Spaß", murmelte Ben.

„Anscheinend werden wir heute Abend eine Hausgeburt haben. Die Hebamme wohnt recht nah. Hoffentlich kann sie zu uns kommen." Zs Taschenlampe bewegte sich, als er sein Handy herauszog. „Kommt hoch, ihr zwei. Die Tür ist auf."

Eine Geburt. Während eines Sturms. Während eines Stromausfalls. Ein Schauer jagte über Annes Rücken.

Zum Glück war Jessica stark und gesund.

Anne warf einen Blick auf die dunkle Masse, die Ben ausmachte. „Lass uns hoch gehen und sehen, ob wir helfen können."

„Ja, Ma'am." Ben legte eine Hand auf ihren Rücken und führte sie zu den Stufen. Seine Handfläche fühlte sich durch ihre nasse Kleidung warm an. Und viel zu besänftigend.

Nachdem sie sich abgetrocknet und umgezogen hatte, sprach Anne mit Z und ging dann ins große Schlafzimmer. Eine Myriade von Kerzen beleuchtete den Raum und zeigte Rundbogenfenster, blasse Wände und dunkle Möbel.

Auf dem Kingsize-Bett saß Jessica mit dem Rücken zum Kopfteil, die Hände über dem Bauch verschränkt, die Augen geschlossen. Die Grimasse in ihrem Gesicht sagte, dass sie sich inmitten einer Wehe befand.

Das erste Baby ließ sich oft Zeit. Anne hatte keine eigenen Kinder, aber während Harrisons Einsatz im Irak hatte sie zweimal als Geburtspartnerin ihrer Schwägerin hergehalten.

Schon morgen würde Jessica ein Baby in den Armen halten und die Schmerzen wären vergessen. Anne wusste, dass ihre Freundin nichts gegen den beschwerlichen Weg einzuwenden hatte.

Nach einer halben Minute entspannte sich Jessica und öffnete die Augen. „Anne. Hey."

Anne setzte sich auf das Bett. „Ich bin hier, um dir Gesellschaft zu leisten, während Z versucht, die Hebamme zu erreichen, bevor sie im Stau stecken bleibt. Bisher hat er sie noch nicht ans Telefon bekommen. Wahrscheinlich hat sie gerade keinen guten Empfang."

Besorgnis kreuzte Jessicas Gesicht. „Es gibt überall Funklöcher in dieser Gegend."

Eine Ablenkung war von Nöten. „Bleibst du dabei, dass du das Geschlecht nicht wissen möchtest?"

„Ja." Jessica lächelte. „Obwohl Z wahrscheinlich den Arzt bestochen hat, um an die Antwort zu kommen."

„Ah. Ja." Das hatte er zweifellos. „Gut möglich."

Jessica rutschte auf dem Bett umher. Offensichtlich fühlte sie sich gerade nicht besonders wohl, mit oder ohne Wehen.

„Jessica, es gibt keinen Grund, warum du hierbleiben musst ... nicht, bis du dem großen Moment näher bist. Möchtest du ins Wohnzimmer ziehen?"

Jessicas Augen leuchteten auf. „Darf ich? Ich fühle mich, als wäre ich in eine Höhle gestopft und vergessen worden."

„Natürlich. Los geht's. Couch oder Sessel? Oh, und lass mich ein paar Handtücher holen."

„Couch. In der unteren Schublade im Badezimmer befinden sich alte Handtücher."

„Perfekt. Gib mir eine Minute."

Anne bereitete alles auf der Couch vor, bezog sie für mehr Bequemlichkeit mit einem Bettlaken und kehrte zu Jessica zurück.

Jessica schwitzte leicht, war aber begierig darauf, sich zu bewegen.

Anne half ihr ins Wohnzimmer. „Solange du jemanden an deiner Seite hast, kannst du herumlaufen."

„Wirklich? Fantastisch!" Sie warf Anne einen reumütigen Blick zu. „Da es gerade Hochsaison für Steuern ist, habe ich einige Geburtsvorbereitungskurse verpasst. Z und ich hatten gehofft, sie diese Woche nachzuholen."

„Du bist so eine Steuerberaterin. Es überrascht mich, dass Z nicht auf die Kurse bestanden hat."

„Ich wurde etwas hysterisch und er hat nachgegeben. Wahrscheinlich, weil ich darauf hingewiesen habe, dass ich mir mehr Sorgen machen würde, wenn ich für jeden meiner Kunden Steuererklärungserweiterungen einreichen müsste."

Anne grinste, als sie ihre Freundin durch den Raum lenkte.

Jessica gehörte zu ihren Lieblingsmenschen, aber sie war schon etwas gestört.

„Nun – Oh Gott, nicht schon wieder!" Jessica setzte sich schnell auf die Couch und hielt ihren Bauch. Durch zusammengebissene Zähne fügte sie hinzu: „Die Wehen kommen jetzt alle zwei bis drei Minuten."

Anne erinnerte sich an die Geburten ihrer Nichte und ihres Neffen zurück. Wenn die Wehen so häufig auftraten, bedeutete das, dass die aktiven Wehen eingesetzt hatten, oder? Die Hebamme sollte sich besser beeilen.

Sie nahm die Hände der Blondine in ihre und fügte ihrer Stimme einen Befehlston hinzu. „Sieh mich an." Als Jessicas Augen auf ihre trafen, riet sie: „Atme durch deine Nase ein, durch deinen Mund aus."

Als der Schmerz zunahm, sagte Anne: „Jetzt die Atmung verlangsamen. Ein und aus."

Zs Sub folgte den Anweisungen.

Nach einer langen Minute sackte Jessica erschöpft zusammen. „Wenn Z noch ein Baby will, muss er es selbst austragen."

Anne lächelte. Nicht viel konnte Jessicas Sinn für Humor ruinieren.

„Es ist immer besser, jemanden an seiner Seite zu haben. Danke." Jessica drückte ihre Finger.

„Es ist mir ein Vergnügen."

„Äh, nicht wirklich, oder?" Jessica sah aus, als würde sie nach den richtigen Worten suchen. „Wir sind Freunde. Du wirst es doch nicht ... genießen, mich mit schmerzverzogenem Gesicht zu sehen, oder?"

„Nein." Anne schnaubte. „Erstens: obwohl ich weibliche Subs bei Bedarf dominiere, finde ich keinen Spaß daran, wenn ich eine Frau unter Qualen sehe. Kein bisschen."

„Okay. Das ist gut. Wenn das Erstens war, was ist Zweitens?"

Anne runzelte die Stirn. Richtig, sie hatte *Erstens* gesagt. Weil es mehr gab, nur war sie sich nicht sicher, was es war. Nicht direkt. „Tu mir einen Gefallen und teile dieses Gespräch nicht mit deinem überneugierigen Master."

„Mädchenkram wird nicht geteilt. Dessen ist er sich bewusst."

Mädchenkram? Anne sah sich selten als Mädchen. Tatsächlich war sie aber nur etwa fünf Jahre älter als Jessica. „Mir ist ... aufgefallen, dass das Austeilen von Schmerz nicht mehr so befriedigend ist, wie das noch vor ein paar Jahren der Fall war."

„Oh? Bedeutet das, dass du das Level an Schmerz erhöhen musst, um Befriedigung zu finden?"

„Das Gegenteil ist der Fall. Was keinen Sinn ergibt. Sadisten eskalieren normalerweise."

„Deshalb hast du mit Joey Schluss gemacht, oder?"

Joey – ihr letzter Sklave und ein Masochist – hatte mehr Schmerz von ihr gewollt, als sie geben wollte. Sie hatte ihm gegeben, was er brauchte, aber letztendlich hatten sich ihre Vorlieben geändert, was im Umkehrschluss zur Trennung geführt hatte. „Du bist so scharfsinnig wie dein Master, Sub", sagte Anne leichtfertig.

„Na ja, ich –" Jessica brach den Satz ab und stöhnte.

Gemeinsam atmeten sie durch eine weitere Kontraktion.

Nachdem sie sich erholt hatte, runzelte die Blondine die Stirn. „Wenn du weniger Schmerz geben willst – und nur an einem Geschlecht Interesse hast –, dann war es vielleicht nicht der eigentliche Schmerz, den du genossen hast. Könnte es sein, dass du es einfach genießt, das Gehirn von Männern zu Rührei zu verarbeiten?"

„Mit Sicherheit sogar." Anne gab ihr ein schiefes Grinsen. Z liebte es, wie logisch Jessica war. Aber ... sie könnte Recht haben. Vielleicht war das der Grund, warum es, sobald sich die Beziehung mit einem Sklaven vertiefte, schwieriger wurde, ihm Schmerz um des Schmerzes willen zuzufügen.

Zacharys Kontrolle stand auf dem Prüfstand, als er Annes Platz auf der Couch einnahm.

Die Hebamme Fay war ein paar Minuten zuvor eingetroffen, gerade rechtzeitig für das, was Anne als Übergangsphase bezeichnete. Persönlich betrachtete Zachary diese Phase als eine Form der Hölle. Dass Jessica Schmerzen hatte – Schmerzen, die er nicht lindern konnte –, löste bei ihm den Wunsch aus, jemanden zu töten. Die Wehen kamen nun alle zwei bis drei Minuten und dauerten ... nun ja, er konnte schwören, dass sie ewig andauerten.

Zum ersten Mal war er dankbar, dass seine erste Frau deren beider Söhne per Kaiserschnitt auf die Welt gebracht hatte.

Gott, Jessica.

Er konnte den Moment sehen, als sie sich fragte, ob sie noch mehr ertragen konnte – noch bevor sie verkündete: „Ich bin jetzt fertig. Ich gebe auf!"

„Aufgeben ist leider nicht möglich", murmelte er. „Aber jede Wehe bringt dich dem Ende näher."

Sie richtete einen wütenden Blick auf ihn. „Das ist nicht hilfreich. Verflucht seist du! Du hast doch schon Kinder! Warum wolltest du mehr?"

„Jessica, *du* wolltest Kinder."

„Auf keinen Fall! Ich habe nie –" Die nächste Wehe schlug zu.

„Atme, Kleines."

„Atme du doch, du Arschloch. Wie konntest du mir das antun? Du hast mir gesagt, dass du kein Sadist bist, du verdammter Lügner!" Sie grub ihre kleinen Fingernägel tief genug in seinen Unterarm, dass Blut heraussickerte. „Du magst Schmerz? Fühlt sich das gut an?"

Hinter ihm hörte er Ben lachen. „Das wird sie später noch bereuen."

Als die Hebamme aus dem Schlafzimmer zurückkehrte, das sie vorbereitet hatte, sagte sie lächelnd: „Nein. Zachary stimmte zu – wie alle meine Kunden –, dass das, was in dieser Phase gesagt oder getan wird, vergeben wird. Und zwar ohne Wenn und Aber."

Zachary löste die Finger seiner Frau von seinem Arm. Es war

ihm egal, wenn er blutete. Sie zitterte und bebte, und alles, was er wollte, war, sie in seine Arme zu ziehen.

„Fass mich nicht an." Sie schlug seine Hände weg. „Ich hasse dich."

Angesichts der Wut und des Schmerzes, die auf ihn einschlugen, zuckte er zusammen. Er fühlte sich vollkommen hilflos, als sie sich durch eine weitere Kontraktion stöhnte.

„Ganz ruhig, Z", murmelte Anne und drückte seine Schulter. Dann reichte sie der Hebamme ein kühlendes Handtuch.

Fay legte das Tuch auf Jessicas Stirn. „Willst du, dass dein Mann dir den Rücken massiert, Süße? Oder willst du dich auf allen vieren positionieren?"

„Nein, verdammt, ich will nur, dass es vorbei ist." Ihre Stimme erhob sich beim Sprechen zu einem Schrei. „Verdammte, schwanzlutschende Scheiße und Pisse."

Selbst, als sich Zs Schultern in Sympathie anspannten, konnte er das Lachen nicht unterdrücken. Er hatte sie noch nie so reden hören.

„Du ... pisswarmer Scheißkerl. Das. Ist. Nicht. Lustig!" Sie erschlaffte und schnappte nach Luft. Sie schwitzte und der Schweiß ließ ihre Haut glühen. Ihr smaragdfarbener Blick könnte Stahl durchschneiden. „Bringst du deinen Schwanz jemals wieder in meine Nähe, hacke ich ihn ab."

„Also das war einfach nur gemein", murmelte Ben. „Ich denke, du bekommst Konkurrenz in der Abteilung für Schwanzfolter, Mistress Anne."

Jessica, eine ehemals liebliche Ehefrau, die zum Dämon geworden war, richtete ihren vernichtenden Blick auf Ben. „Du ... ich mochte dich eigentlich immer. Ich lag falsch."

Der sperrige Schatten namens Ben schien mit der Wand zu verschmelzen. Er räusperte sich. „Ich werde einfach gehen und ... nachsehen, wie der Regen fällt und, ähm, ja ..."

Als er verschwand, sah sich Zachary um. Anne war geblieben. Sie nickte ihm entschlossen zu, eine Geste, die sagte, dass sie bei

Bedarf zur Verfügung stand. Ihre Anwesenheit half, aber nichts konnte seine Angst lindern. Wenn irgendetwas schief lief, gäbe es keinen Krankenwagen.

Jessica tauchte bereits in die nächste Wehe.

So viel Schmerz. Zachary nahm ihre Hand in seine und versuchte alles, um ihr seine Kraft zu übermitteln.

Als sich Jessica endlich – *endlich* – wieder entspannte, fragte Fay: „Du musst pressen, oder?"

Jessica nickte.

„Lass mich nachsehen, wie es um den Muttermund steht. Dann ziehen wir in das Schlafzimmer, wo ich alles vorbereitet habe."

Die Untersuchung führte zu mehr Kraftausdrücken von Jessica.

Fay verkündete: „Du hast zehn Zentimeter erreicht. Dann wollen wir mal." Sie stand auf und entfernte dabei Jessicas Unterwäsche.

„Hey, ich will meinen Slip zurück." Jessica streckte die Hand danach aus.

„Es ist Zeit, ihn loszulassen, Süße."

„Nein. Zieh ihn mir wieder an." Als Fay sich nicht bewegte, richtete sein geliebtes Kätzchen ihr finsteres Gesicht auf Zachary. „Sie ist gemein. Tu ihr weh."

„Zieh die Krallen ein, Kleines. Schon bald hast du es hinter dir." Seine Worte sorgten dafür, dass sie erneut die Nägel in seine Haut jagte.

Fay grinste. „Jessica, wir wissen beide, dass du heute nicht das erste Mal ohne Unterwäsche herumrennst – sonst würdest du meine Dienste nämlich nicht brauchen."

Verdammt, damit fühlte er sich noch schuldiger in seiner Beteiligung an ihrer derzeitigen Situation. Bevor Jessica antworten konnte, hob er sie in seine Arme. „Zum Schlafzimmer."

Auf dem Weg kam die nächste Wehe, und er konnte spüren, wie sie instinktiv reagierte. „Sie presst, Fay."

„Sehr gut. Es sollte jetzt schnell gehen."

„Gott, es tut weh!"

„Ich weiß, Kätzchen. Ich weiß", murmelte Zachary.

Durch zusammengepresste Zähne zischte sie heraus: „Ich weiß, dass Master eingebildet sind, aber beim besten Willen, *Gott* bist du ganz sicher nicht."

Er schaffte es nicht, sein Glucksen zu unterdrücken, und als er sie auf das Bett legte, entkam er nur um Haaresbreite einem Schlag von ihr.

Eine Stunde später, nachdem Zachary Anne gebeten hatte, Jessicas Hand zu halten und ihre Schultern zu stützen, fing er sein Baby auf, als es den Mutterleib verließ.

Durch das Blut und die weiße Fruchtschmiere entdeckte er helle Haut und ein paar blonde Haare. Und sie war das hübscheste kleine Mädchen aller Zeiten.

Während sich die Hebamme mit der Nabelschnur beschäftigte, konnte er nur sein Kind anstarren. So winzig und zerbrechlich. Er hatte vergessen, wie klein sie bei der Ankunft waren. Ein Wunder.

„Zachary?", rief Jessica.

Er musste die Nässe aus seinen Augen blinzeln, bevor er seine Tochter zu ihrer Mutter tragen konnte. „Wir haben ein Mädchen, Kätzchen. Ein perfektes, kleines Mädchen." Vorsichtig legte er das Baby in ihre Arme und stahl der Liebe seines Lebens einen Kuss. „Danke für unsere Tochter, Jessica."

Ihre Lippen formten sich unter seinen zu einem Lächeln, und sie flüsterte: „Gern geschehen, Master."

Eine Sekunde später fand die Kleine Jessicas Brustwarze, und seine Frau zuckte leicht zusammen, als sich seine Tochter festsaugte. „Wow, und ich dachte, Nippelklemmen wären fies."

„**Es ist ein** Mädchen." Völlig erschöpft ließ sich Anne am anderen Ende von Ben auf die Couch fallen. Sie war aus dem Schlafzimmer verschwunden, um Z ein wenig Privatsphäre mit seiner größer gewordenen Familie zu geben.

„Halleluja", sagte Ben leise. „Ich bin froh, dass du hier warst, um ihnen zu helfen."

„Ja, ich auch." Ein schiefes Grinsen zeigte sich auf ihren Lippen. „Ich denke, Marcus hat bei unserer kleinen Wette gewonnen."

„Ich lag um zwei Wochen daneben." Zu ihrer Überraschung reichte Ben ihr einen Scone und ein Glas Milch. „Ich habe die Küche auf den Kopf gestellt und für dich etwas zu essen gefunden. Betrachte es als Frühstück."

Sie sah zu den Fenstern und erkannte, dass die Sonne bereits aufgegangen war. „Ich hatte keine Ahnung. Danke, Ben." Mit dem ersten Bissen erwachte plötzlich ihr Hunger und es dauerte nicht lange, bis der Scone verschlungen war.

Lächelnd nahm er ihr den Teller und das Glas ab und stellte beides auf den Couchtisch. „Ich habe mich draußen umgesehen. Die Straßen sind wieder befahrbar." Er zog Annes Beine auf seinen Schoß und begann, ihre nackten Füße zu massieren.

Himmlisch. Es kam nicht selten vor, dass sie sich ihre Füße von ihren Sklaven massieren ließ, manchmal von einem Mann pro Fuß, aber dies war das erste Mal, dass ein Mann es einfach tat, ohne von ihr dazu aufgefordert zu werden. Er übte einen festen, kraftvollen Druck aus, der nichts mit den zaghaften Berührungen der jungen Männer zu tun hatte.

Und sie verwandelte sich allmählich in eine fröhliche Pfütze. Sie rutschte auf der Couch weiter nach unten. „Ich kann dir gar nicht sagen, wie gut sich das anfühlt."

Im grellen Morgenlicht wirkten seine erschreckenden Züge weicher. Ihre Anerkennung bedeutete ihm anscheinend etwas, auch außerhalb des Kerkers. „Ich weiß nicht, warum ihr Frauen die Art Schuhe tragt, von denen sich eure Füße angegriffen fühlen."

Nicht die Worte, die sie normalerweise von ihren Sklaven zu hören bekam. Mit dem Kopf auf der Armlehne lächelte Anne die Decke an. „Vielleicht liegt es daran, dass wir die Blicke von euch Männern genießen, wenn wir sie tragen." Ihr Lächeln wurde breiter. „Wenn man bedenkt, dass Z dir die Aufgabe gegeben hat, festzustellen, ob die Schuhe einer Unterwürfigen sexy genug für den Club sind, da sie sonst barfuß gehen muss, würde ich sagen, dass du dieses Argument bereits verloren hast."

Er schnaubte. „Da hast du nicht Unrecht, Ma'am. Und ich muss zugeben, dass du besonders anmutig in ihnen läufst." Seine Finger zogen sanft an ihren Zehen, ein Zupfen, das entlang ihrer Nervenenden bis zu ihren Brüsten wanderte. Seine großen Hände waren unglaublich sexy. „Heute jedoch trägst du Stiefel."

„Ich kann einen Flüchtigen nicht in Stilettos nachjagen, obwohl die Absätze eine ausgezeichnete Waffe wären."

Er drückte ihren Fuß etwas zu hart. „Du rennst nachts Verbrechern nach?"

Zs überfürsorglicher Wachhund. „Ja, Ben. Das Finden von Kautionsflüchtigen ist einfacher, wenn weniger Menschen in der Nähe sind und mehr Menschen im Bett liegen."

„Meine Fresse", murmelte er. Sein abschätzender Blick erinnerte sie an ihre Eltern, ihre Brüder und die Polizisten in ihrer ehemaligen Wache. Alle hielten sie für zu zart, zu hübsch, zu … weiblich, um körperlich mit Verbrechern fertig zu werden.

Mit einem bitteren Geschmack im Mund schwang sie die Füße von der Couch und setzte sich auf. Als sie ihre Stiefel anzog, ließ sie ihr angewidertes Schweigen den Raum füllen – ein Talent, das jede Domina, die ihre Peitsche wert war, gekonnt einsetzen konnte.

„Ich bin ins Fettnäpfchen getreten, oder?", fragte er. „Es tut mir leid, Anne. Es ist eine reflexartige Reaktion."

„Natürlich." Er war lediglich fürsorglich. Er hatte nichts Unhöfliches gesagt, sondern sich einfach wie ein typischer Mann benommen. Normalerweise konnte sie die Meinungen anderer Leute ignorieren, aber Bens Missbilligung hatte wehgetan. „Kein Problem."

Ihre Stiefel waren wieder an ihren Füßen. Sie stand auf. *Zeit, nachhause zu gehen ...*

Aus dem Augenwinkel sah sie, wie Ben den Arm hob. Im nächsten Moment hatte er sie auch schon auf seinen Schoß gezogen und die Arme um sie geschlungen.

Angespannt warf sie ihm einen verärgerten Blick zu.

Seine Arme lockerten sich, aber er ließ sie nicht los.

„Anne."

„Was?" Er hatte die schönsten braunen Augen, die sie jemals gesehen hatte: gelbe Strahlen schossen aus der Pupille, die von einer gelben Linie und einem dunkelbraunen Ring umgeben war. Und diese Augen zeigten Reue.

„Es wäre mir lieber, du würdest meine Eier über den Torpfosten treten, als dass ich dich jemals wieder unglücklich sehen muss. Auf keinen Fall möchte ich, dass du sauer auf mich bist. Kannst du mir bitte vergeben und es nicht nur sagen, sondern auch meinen?"

„Mhm." Als sie seine schlanke Wange mit den Fingerspitzen berührte, spürte sie sein Vergnügen auf eine Weise, dass es sich wie ihr eigenes anfühlte. „Kein Sub hat mich jemals im selben Satz getadelt und um Vergebung gebeten. Sehr interessant."

„Interessant genug, um einen Absolutionskuss für mich zu gewinnen?"

Dies war kein Mann, den sie unterschätzen sollte. *Gib ihm einen Finger und er würde die ganze Hand nehmen.* Und doch war die Herausforderung in seinem Blick wirklich entzückend.

Sie lehnte sich vor und küsste ihn.

Männer hatten so unterschiedliche Münder. Seine Lippen

waren entschieden und kompetent, seine Zunge bestimmt, ohne aggressiv oder schlampig vorzugehen. Er schmeckte nach dem Moccachino, den sie vor ein paar Stunden zubereitet hatte – Schokolade und Kaffee und Mann. *Mmm.*

Er war ganz Mann. Doch als sie die Kontrolle übernahm, sein Gesicht zwischen ihren Händen hielt und ihren Mund für einen tieferen Kuss ausrichtete, bewegte er sich nicht, akzeptierte einfach und entließ einen freudigen Laut.

Ein Alphamann ... nur nicht mit ihr.

Unter ihrem Hintern spürte sie, wie sich sein Schwanz verlängerte und hart wurde.

Welche Art von Herausforderung würde er darstellen? Erregung sickerte bei den Möglichkeiten durch ihr Blut.

In der Wohnung öffnete und schloss sich eine Tür. Anne hob den Blick.

Z kam ins Wohnzimmer und sein neutraler Ausdruck richtete sich augenblicklich auf sie und Ben. Anne interpretierte ihn schließlich als einen Ausdruck, der weder Zustimmung noch Ablehnung war. Er behielt sich das Urteil vor. „Anne. Benjamin. Würdet ihr gerne unserer Tochter einen Besuch abstatten?"

„Natürlich." Anne stand auf, nahm Bens Hand und zog ihn auf die Füße.

Als sie ins Schlafzimmer gingen, betrachtete Ben sie nachdenklich. „Du verstaust eine Menge Muskeln in diesem kleinen Körper."

Er bettelte regelrecht darum, von ihr verletzt zu werden.

Z machte ein Geräusch, das sehr nah an ein Lachen herankam. *Männer.*

Jessica lehnte im Bett gegen die Kissen. In ihren Armen lag das schlafende Baby in eine rosa Decke gewickelt.

„Sie sieht aus wie Jessica." Ben berührte die helle Wange des Babys mit einem Finger, der so groß war wie der Arm des Säuglings. „Tut mir leid, Z, aber dich sehe ich nicht."

Zs Blick lag auf seinem Freund. „Mir fällt nichts ein, was perfekter sein könnte."

Jessicas Augen füllten sich mit Tränen und sie schenkte ihm ein zittriges Lächeln. Nach einer Sekunde sah sie zu Anne. „Möchtest du Miss Sophia Grayson halten?"

„Das würde ich sehr gerne." Anne nahm das winzige Bündel, kuschelte es an sich und küsste Sophia auf das von blonden Härchen bedeckte Köpfchen. Warum löste das Halten eines Babys immer dieses spezielle Bedürfnis in ihr aus?

Ich will ein Kind. Die Sehnsucht war im vergangenen Jahr gewachsen. Sie ignorierte das Gefühl und küsste die Kleine erneut auf den Kopf. Sophias Lippen entließen einen schmatzenden Laut. „Sie ist wunderschön, Jessica. Gute Arbeit, Z."

Sie erkannte, dass Ben sich mit verschränkten Armen an eine Wand gelehnt hatte – eine übliche Haltung für ihn. Seine whiskeybraunen Augen musterten sie und kamen wahrscheinlich zu dem richtigen Schluss: Mistress Anne war besessen von Babys.

„Ich muss nachhause." Mit einem Gefühl des Verlustes gab sie Jessica das Baby zurück, umarmte die neue Mutter und nickte Z zu.

Ben folgte ihr aus dem Schlafzimmer.

Im Wohnzimmer kam Z zu ihnen. „Wir haben Schlafzimmer für euch beide. Warum bleibt ihr nicht und schlaft etwas?"

„Ich schätze das Angebot, aber ich schlafe lieber in meinem eigenen Bett", sagte sie.

„Ich verstehe." Z legte eine warme Hand auf ihre Schulter. „Jessica und ich danken dir für deine Hilfe."

„Eigentlich sollte ich dir dafür danken, dass ich Zeuge eines Wunders werden durfte. Sophia ist reizend."

„Das ist sie, oder?" Zs Lächeln verblasste. „Bitte seid auf der Heimfahrt vorsichtig. Unsere Landstraßen können nach einem Sturm gefährlich sein." Er zögerte und sah dann zu Ben.

Anne griff nach ihrer Tasche. „Ich pass auf. Du solltest besser versuchen, ein wenig zu schlafen, Z, da du in diesem Punkt in nächster Zeit wahrscheinlich zu kurz kommen wirst."

Sein Lächeln nahm ihm die Härte aus dem Gesicht.

Sie fügte hinzu: „Und ruf mich an, wenn ihr eine Pause braucht. Ich bin gut mit Babys."

KAPITEL VIER

B en bog mit seinem SUV in Annes Einfahrt, parkte und
sprang heraus. Mit den Händen in den Taschen sah er sich
in der Gegend um. Er hatte ihr Zuhause noch nie bei Tageslicht
gesehen. Beeindruckendes Haus.

Das zweistöckige Gebäude war dunkelgrün mit weißen Zierleisten und bot genug Platz für einen Autounterstand – keine
schlechte Idee, wenn man bedachte, wie nah das Ufer war. Aus
diesem Winkel konnte er ein schulterhohes Terrassendeck sehen,
das sich in Richtung Wasser erstreckte. Und vor dem Haupt-
schlafzimmer befand sich ein Balkon. Bei Strandhäusern drehte
sich alles um den Meerblick.

Als Anne ihn dabei beobachtete, wie er die Stufen emporstieg,
wünschte er sich bei ihrem wütenden Ausdruck einen Tiefschutz
für seine Leistengegend herbei. Zu spät für eine Flucht.

„Wahl A: Du stalkst mich", sagte sie unverblümt. „Wahl B:
Mama Z hat dir gesagt, dass du mir nachfahren sollst, um sicher-
zugehen, dass ich gut ankomme."

Er grinste. Dieser Frau konnte man nichts vormachen. „B.
Obwohl ich auch nichts gegen A hätte, solange ich dadurch nicht
mit Einschusslöchern ende."

Seine Antwort schaffte es nicht gerade, den Dampf, der aus ihren Ohren kam, einzuschränken. *Verdammt*, sie war wunderschön, wenn sie wütend war.

„Also mal ehrlich, Ben. Das ist einfach –"

„Er weiß, dass du bei einer Auseinandersetzung auf dich selbst aufpassen kannst. Aber du kannst keine Palme von der Straße heben, und ich bezweifle, dass du eine Kettensäge in deinem Kofferraum herumfährst."

„Eine Kettensäge? Ernsthaft?" Sie warf einen Blick auf seinen Jeep Grand Cherokee.

„Ich bin viel in der Wildnis. Eine Kettensäge ist da praktisch."

„Nun ja." Nicht wirklich ein Knurren, aber ... „Okay. Dann vielen Dank. Das war ein langer Weg; schließlich hast du auch nicht geschlafen."

„Gern geschehen, Anne." Er lächelte langsam und dachte an Pattons Lieblingszitat: *‚Dreistigkeit, Dreistigkeit, setze auf Dreistigkeit.'* Attacke. „Ich hätte nichts gegen eine Tasse Kaffee, wenn es nicht zu viel Mühe macht."

Da sie an einer Vielzahl von Geschäften und Cafés vorbeigekommen waren, wusste sie, dass er kein Problem hätte, in der Nähe einen Kaffee für sich zu finden. Seine Bitte bedeutete etwas anderes, und da sie die Frau war, die sie war, wusste sie das.

Sie verschränkte die Arme vor der Brust und ließ den Blick über ihn schweifen, als wäre er ein Stück Fleisch.

Es war einiges dazu nötig, aber er blieb standhaft.

Und dann lächelte sie. „Du bist der aufdringlichste Unterwürfige, dem ich jemals begegnet bin. Warum gefällt mir das?" Sie wies ihn an, ihr ins Haus zu folgen. „Komm rein."

Unterwürfig. Das Wort – auf ihn angewendet – ließ ihn innehalten, aber nur für eine Sekunde. Und dann war er ihr direkt auf den Fersen.

Im Haus erhaschte er einen Blick auf ihr Wohnzimmer, das nur aus Sonnenlicht und Fenstern zu bestehen schien. Sie blieb im

Foyer stehen, um ihre Stiefel auszuziehen, und ging barfuß die Treppe hinauf.

Nachdem er es ihr gleichgetan hatte, folgte er ihr. Nach drei Stufen musste er stoppen, um seine wachsende Erektion zu richten. Seine Jeans fühlte sich an, als würde sie um seinen Schwanz schrumpfen. Wirklich nett, dass er sich nicht fragen musste, wie sie auf den Ständer eines Mannes reagieren würde. Schließlich hatte er noch nie eine Frau getroffen, die so direkt mit Sex umging.

„Du denkst zu viel, Benjamin." Nach der Hälfte der Stufen zog sie sich ihr Oberteil aus und ließ es fallen.

Er fing das Kleidungsstück auf, bevor es auf seinem Kopf landen konnte – geradeso. Seine Aufmerksamkeit hatte einzig und allein auf ihrem nackten Rücken gelegen. Er war der Kurve ihres Körpers bis zu ihren Hüften gefolgt, nur gestoppt von dem Bund ihrer Jeans. Ihre goldfarbene Haut sah so weich aus.

Er überwand drei Stufen mit einmal und folgte ihr ins Schlafzimmer. „Ma'am, ich würde mich freuen, dir zu dienen" – *und dir die Kleider vom Leib zu reißen* – „und dir beim Entkleiden zu helfen."

„Wie großzügig du doch bist." Auf ihrer rechten Wange blitzte ein Grübchen auf – immer das Erste, das sich zeigte.

Bevor die nächste Stunde schlug, wollte er beide Grübchen sehen.

„Ja, Ma'am. Ja, das bin ich." Er trat näher, fuhr mit den Händen über ihre Arme und spürte die Muskeln unter all dieser weichen Haut.

Die leichte Neigung ihres Kopfes sagte ihm, dass er stoppen sollte, solange er noch konnte. Sie sah zu ihm auf, ihre Augen ein klares Blaugrau, ähnlich einem sonnenbeschienenen Bergsee. „Wir werden uns abwechselnd ausziehen, sodass keiner etwas von dem Spaß verpasst." Und so zog sie ihm sein Hard-Rock-T-Shirt über den Kopf.

„Mmm." Ihre heisere Stimme hielt lediglich Anerkennung

bereit, als sie mit den Händen seinen Oberkörper erkundete und durch seine Brusthaare fuhr. Weiter nach unten ging es, zu seinem Bauch und entlang dem Pfad aus Härchen, der in seiner Jeans verschwand.

Und *verdammt*, die Funken sprühten von ihrer Berührung und breiteten sich zu seinem Schwanz aus, der anerkennend zuckte und versuchte, die Barriere um ihn herum zu überwinden. Sein T-Shirt trug er zwar nicht mehr und doch strahlte er eine Wärme aus, die ihre Haut wahrscheinlich versengte.

Lächelnd schob sie einen Träger ihres BHs ihre Schulter runter – ihr Lächeln eine Einladung.

Das Universum meinte es heute gut mit ihm.

Mit dem Zeigefinger schob er ihren anderen Träger nach unten. Sein Herz setzte einen Schlag aus, als sich die Körbchen ihres BHs so weit absenkten, dass er die Ränder ihrer rosa-raunen Brustwarzen sehen konnte. Möglich, dass er seine Augen überanstrengen würde, wenn er nicht bald einen Blick auf ihre Knospen werfen konnte.

„Schon im Shadowlands fand ich dich immer wunderschön", schaffte er es zu sagen. „Im Tageslicht bist du noch hinreißender."

Ihre Augen leuchteten. „Weißt du, ich habe an dich immer nur als Zs Wachhund gedacht, nicht als einen möglichen Spiel-partner. Wenn du also dann so etwas sagst, ist es überraschend und effektiv zugleich." Sie packte seine Oberarme und hob sich auf die Zehenspitzen, um ihn zu küssen – ein großzügiger und berauschender Kuss. Inklusive Zunge. „Danke."

Es war mir ein verdammtes Vergnügen. Sie war ihm nah genug, dass er um sie herum greifen, ihr den BH öffnen und ihr diesen von den Armen streifen konnte. Genau das tat er. Ihre Brüste waren hoch und voll – die wahrgewordene Fantasie eines Mannes, hautnah und greifbar.

Und er berührte sie, füllte seine Handflächen mit ihrem Fleisch. Ihre Brüste hatten wahrscheinlich das gleiche Gewicht wie Navelorangen, und doch war der Vergleich so schwach, wie

Tennisspielen dem Sex gegenüberzustellen. Nichts auf der Welt würde jemals an das Gefühl ihrer Brüste in seinen Händen heranreichen.

Sie entließ ein anerkennendes Geräusch, als er mit den Daumen über ihre Nippel rieb. Er zupfte sanft an ihren Knospen und spürte, wie sie erschauerte.

Er brauchte mehr.

Dennoch schaffte er es, die Kontrolle zu bewahren und die Hände zu senken. Dann wartete er und zwang sich, sie den nächsten Schritt machen zu lassen. Sie konnte ihn führen, wohin ihr Herz begehrte.

Ihre Augenbrauen hoben sich. „Du überraschst mich immer wieder." Zu seiner Freude öffnete sie seine Jeans und ließ seine Erektion herausspringen.

Als die kühle Luft des offenen Fensters auf seinen überhitzten Schwanz traf, nahm er einen Atemzug, der dazu gedacht war, sich zu beruhigen.

„Ja, du bist genauso beeindruckend, wie ich es in Erinnerung hatte", murmelte sie.

Die bei diesen Worten hereinbrechende Befriedigung war fast so fantastisch wie die Art und Weise, in der ihre Hände ihn umfassten, die Art und Weise, in der sie von einem festen Reiben zu einer federleichten Berührung seiner Eichel über ging.

Sie schob seine Jeans nach unten, bis sie sich an seinen Knöcheln bündelte. „Spreize deine Beine so weit du kannst."

Er legte eine Hand auf ihre Schulter, um das Gleichgewicht zu halten, und bewegte seine Füße auseinander.

Ihre freie Hand umfasste seine Eier, zog und neckte, während ihre andere Hand mit seinem Schwanz spielte. Mit unheimlichem Geschick trieb sie ihn zur Klippe, bis er einem Orgasmus verdammt nah kam.

„Mistress." Das Wort schaffte es trotz seines angespannten Kiefers über seine Lippen. „Lieber würde ich –" *Dich ficken.*

Ihr Blick war ein Laserstrahl aus blau glühendem Licht. „Ich weiß. Du bist an der Reihe, mich auszuziehen." Sie trat zurück. „Auf die Knie, bitte."

Er senkte sich auf ein Knie und lehnte sich vor, um ihren nackten Bauch zu küssen. Das Hinknien störte ihn nicht – nicht, wenn er dadurch in den Genuss kam, sie zu entkleiden. *Zum Teufel*, er würde sogar seine Zähne benutzen und die Finger hinter dem Rücken verschränken, wenn sie das wollte. Kein bisschen würde ihn das stören. Er atmete ein und machte sich mit vorsichtigen Fingern an die Aufgabe, ihre Jeans zu öffnen.

Sie legte eine Hand auf seine Schulter und hob ihren Fuß.

Ihre Haut war so weich, dass er kurzzeitig abgelenkt wurde, als er das Material über ihre Waden und Füße schob. Sein Blick wanderte nach oben. Kurvige Waden, süße Oberschenkel, die zu … Oh ja, er stand kurz vor dem Tod. Als er sie nachhause gebracht und ihr die Kleidung ausgezogen hatte, war seine Vermutung bereits gewesen, dass sie rasiert war. Jetzt wusste er es mit Sicherheit.

Ihre Pussy war völlig haarlos. *Verdammt*, das war sexy.

Sie machte ein Geräusch und er erkannte, dass sich seine Finger um ihre Knöchel festigten. Er schaffte es, seinen Griff zu lockern. Für einen kurzen Moment, denn dann atmete er ein und er war … verloren. Zuerst drang der Duft von etwas Würzigem wie Zimt und Nelken an seine Nase, schließlich ihr dezenter, weiblicher Moschus.

Ihre Hand landete auf seinem Hinterkopf und brach den Bann. Der Klaps hatte wehgetan.

Er ließ sie los und sah die Abdrücke, die seine Hände an ihren Knöcheln hinterlassen hatten.

„Benjamin, du bist nicht erst gestern aus dem Krieg zurückgekehrt. Ich bezweifle also, dass du zum ersten Mal eine Frau siehst."

Er räusperte sich. „Keine Frau wie dich, Ma'am." In seiner gesamten, ziemlich beeindruckenden Zeit auf dieser Erde hatte es noch nie eine Frau wie sie gegeben. Er blieb, wo er war, und wagte es, seine Hand über ihre Beine zu streichen, da er nichts weiter wollte, als sein Gesicht zwischen ihren Oberschenkeln zu vergraben. „Ma'am, darf ich –?"

Sie kniff die Augen zusammen. „Nein, das denke ich nicht." Mit einem Finger, einem eleganten, rosa Nagel, der mit einer weißen Blume verziert war, zeigte sie auf das Bett. „Dort möchte ich dich sehen. Auf deinem Rücken, damit ich die Ware nach Belieben probieren kann."

Er war sich nicht sicher, ob er protestieren, sie packen oder jubeln sollte. Probieren bedeutete, dass sie ihn berühren würde. Damit war er mehr als einverstanden. Und selbst wenn er es nicht wäre, befriedigte es ihn, ihren Befehlen nachzukommen – auf eine Weise, die er nicht ganz verstand. Vielleicht konnte er sie körperlich überwältigen, aber er vermutete, dass sie über eine Willenskraft verfügte, die stärker ausgeprägt war als seine eigene. „Ja, Ma'am."

Gerade hatte sie eine der schönsten Sehenswürdigkeiten aller Zeiten vor sich, dachte Anne, als Ben sich unter dem Himmelbett duckte und sich auf ihrem Kingsize-Bett ausstreckte. Absolute Perfektion, wenn es um dunkel gebräunte Männlichkeit ging, und ein verblüffender Kontrast zu ihrer femininen, blumigen Tagesdecke. Seine Schultern waren breit und stark, seine Brust riesig und muskulös, sein Bauch mit einem Sixpack versehen. Sein Schwanz sprang dick und lang aus einem Nest hellbrauner Löckchen, seine Oberschenkel zeigten die sexy Kluft zwischen den Muskeln.

Sie schlenderte zu ihm und seine Augen folgten ihrer Bewegung. Seine Augen, die ihr das Gefühl gaben, unter der sengenden Sonne zu stehen. Wunderschön fühlte sie sich, wenn er sie so ansah. Das fühlte sich immer nett an. Netter als normal, weil sie ... ihn respektierte und seine Meinung schätzte.

Mit einem Kopfschütteln, um verirrte Gedanken zu vertreiben, lehnte sie sich über das Bett. „Und was haben wir denn hier?

Dieses seltsame Teil müssen wir uns genauer ansehen." Sie packte seinen Schwanz mit festem Griff und verwöhnte ihn, bis er den Kopf stöhnend vom Kissen hob. Sie spürte, wie der Schaft in ihrer Hand an Ausmaß zunahm.

Seine goldbraunen Augen brannten in ihre.

„Du hast Tigeraugen." Sie erinnerten sie an eines ihrer liebsten Armbänder. „Wirst du da liegen und nehmen, was ich dir gebe?", fragte sie in einem sanften Tonfall.

Der Puls des Verlangens und der Dominanz strömte durch sie und schärfte ihre Sinne. Sie konnte seine Lust schmecken. Sie konnte sein Bedürfnis hören, nicht nur nach Sex, sondern auch nach Kontrolle. Die Herausforderung, ihr zu gehorchen, trug zu seiner Erregung bei.

„Ich gehöre ganz dir, Mistress." Seine Antwort klang entschlossen – und seine Vorfreude war wie ein Klecks Schlagsahne auf ihrem Kakao.

Er hatte einiges von dem bekommen, was sie geben konnte, und er wollte mehr.

Sie dachte darüber nach, ihm die Augen zu verbinden, aber sie schätzte es, wie er sich auf sie konzentrierte. Auf ihre Augen, ihren Mund, ihre Muskeln. Jedes Schwingen ihrer Brüste registrierte er und speicherte er ab.

Ihre Brustwarzen schmerzten vor sexueller Vorfreude.

Warum nicht? Mit einer geschmeidigen Bewegung setzte sie sich rittlings auf ihn, wich seinem Schwanz aus und senkte sich auf seinen Bauch ab. Entschlossen lehnte sie sich vor und küsste ihn. Hart und enthusiastisch. Sie kontrollierte den Kuss, nahm, was sie wollte, und als sie sich zurücklehnte, stieß er ein leises Stöhnen aus. Daraufhin positionierte sie sich so, um ihm einen Nippel anbieten zu können.

Bis dahin hatte er sich gut gemacht, aber jetzt packte eine Hand ihren Arsch, während sich die andere um ihren Rücken legte, sie näher zog, sodass er an ihrer Knospe saugen und lecken konnte. Sein Mund war heiß, seine Lippen weich, seine Zunge wie eine Peitsche. Begierde erhob sich in ihrer Mitte, bis er zweifellos den Beweis ihrer Erregung auf seinem Bauch spüren konnte.

In der Sekunde, in der sie sich gegen seinen Griff auflehnte, ließ er sie los. Er sah so hoffnungsvoll zu ihr hoch, dass sie ihm auch ihre andere Brust anbot.

„Mmm. Das kannst du gut, Benjamin." Jedes Saugen seines Mundes jagte direkt zu ihrer Klitoris. Sie fand seine flachen Brustwarzen, umkreiste sie mit einer Fingerspitze, bis sie sich aufstellten. Dann zwickte sie so grausam in den Nippel, dass sein Körper unter ihr erstarrte.

Ihr Körper bebte bei seiner Reaktion. Sie musste ... musste sich bewegen, wollte ihn. In diesem Moment an ihrer Kontrolle festzuhalten, war fast unmöglich.

Sein gebräuntes Gesicht wurde von Lust verdunkelt, als sie sich zurücklehnte und ihn musterte. Sie hatte noch nie jemanden getroffen, der so uneingeschränkt männlich war, bestehend nur aus stählernen Ebenen, zerklüfteten Gesichtszügen und soliden Muskeln. Sie fuhr mit einem Finger über seine große Nase und spürte die Stelle, wo sie in der Vergangenheit gebrochen gewesen war.

„Bitte. Mistress. Ich würde gerne mehr von dir kosten." Seine Augen schweiften über ihren Oberkörper. „So viel mehr."

So nett gesagt. Sie schätzte einen Mann, der seine Wünsche offen aussprach, ohne vulgär zu sein. Zudem schaffte er es mit diesen wenigen Worten und einem Blick, Lust durch ihre Adern zu schicken.

„Gleich." Er verdiente ein bisschen Aufmerksamkeit von ihr ... und, *Gott*, sie wollte sich beim Erkunden all dieser Muskeln Zeit lassen.

Nachdem sie seine Haare losgelassen hatte, küsste sie langsam seine vernarbte Wange und bewegte sich dann nach unten. Seinen Kiefer und seinen Hals bedeckte ein leichter Schweißfilm. Die Stoppeln kratzten über ihre Zunge und sie konnte nur daran denken, wie sie sich woanders anfühlen würden. Auf seiner Brust zeigten sich sandbraune Härchen, dieselbe Farbe seiner Haare. Der Anblick seiner harten Brustmuskeln führte dazu, dass sich die Wände ihres Geschlechts zusammenzogen.

Während sie mit der Zunge über seine flachen Brustwarzen leckte, packte sie seinen Schwanz und genoss die spürbare Lustwelle, die durch seinen Körper jagte.

Der Mann mochte einfach alles, was sie tat, und seine Befriedigung trug zu ihrem sexuellen Hunger bei.

Als ihre Brüste bei ihrer Erkundungstour über seine Brust glitten, hob er seine Hüfte, suchte nach ihr, und fügte so eine zusätzliche Ebene Lust hinzu.

Sie benutzte ein Knie, um seine Beine zu spreizen, und ließ sich zwischen seinen Schenkeln nieder. Die groben Haare an seinen Oberschenkeln neckten ihre Hüften, als wollten sie die Unterschiede der beiden betonen, sodass sie verstand, wie seidenweich und weiblich sie war.

Die glatt gewachste Haut eines Mannes konnte nett sein, jedoch schien sie vergessen zu haben, wie ansprechend Natürlichkeit sein konnte.

Als sie in seinen definierten Bauch biss, sog er scharf die Luft ein und seine Erektion pulsierte. Sie linderte den Schmerz mit ihrer Zunge, leckte die Oberseite seines Oberschenkels und spürte, wie er mit seiner Zurückhaltung haderte.

Alles, was sie mit ihm anstellte, machte ihn heißer. Und ihr ging es genauso – wie eine herannahende Flut, die mit jeder Minute höher stieg. Und doch glich ihre Kontrolle über ihn, so wie er ihren Anweisungen folgte, einem tosenden Sturm der Freude, der den Wellen eine weiße Haube aufsetzte und sie mit Lust auspeitschte.

Seine Eichel bestand aus Samt, der Schaft aus Satin. Die gewundenen Venen traten hervor, gefüllt mit Blut. Er hatte einen netten moschusartigen Duft. Berauschend.

Als sie sich nach unten bewegte und an seinem Oberschenkel knabberte, konnte sie seinen inneren Kampf spüren. Würde sie jetzt Schmerz austeilen, würde er über die Klippe springen und kommen – ob er wollte oder nicht. Verführerischer Gedanke. Sie sehnte sich danach, ihn wieder kommen zu sehen.

Aber diesmal würde sie nicht zu kurz kommen. Sie hatte Bedürfnisse ... und er hatte den Wunsch geäußert, von ihr zu kosten.

Er konnte sich wirklich glücklich schätzen, dass sie heute Milde walten lassen und ihm den Wunsch erfüllen würde.

„In Ordnung, Benjamin. Dann lass uns mal sehen, wie talentiert du mit deinem Mund und deiner Zunge bist."

Seine braunen Augen strahlten vor Aufregung, ein reiches Gold im hellen Sonnenlicht, das durch das Fenster sein Gesicht erhellte. „Gott, ja!"

„Ich bevorzuge Göttin", sagte sie mit ernstem Ausdruck. Ihr ganzer Körper summte vor Eifer, als sie von ihm herunterkletterte und sich neben ihm auf den Rücken legte.

Sein Lachen war ein kehliger Donner. Eine Sekunde später näherte er sich bereits ihrem Körper. Er strotzte vor Männlichkeit, loderte mit einer Hitze, der sie sich nicht entziehen konnte.

Seine kraftvollen Hände legten sich um ihre Oberschenkel und dann hielt er inne. „Ich dachte, Dominas sitzen immer auf den Gesichtern ihrer Subs."

Sie rollte mit den Augen. „Sitzen erfordert Anstrengung. Ich war die ganze Nacht wach." Sie wedelte mit der Hand, zeigte auf ihn, dann auf sich selbst. „Du arbeitest, ich ruhe mich aus."

„Ja, Ma'am." Sein Griff an ihren Beinen festigte sich, als fürchtete er, dass sie aufspringen und fliehen würde.

Hatte dieser Riese eines Mannes eine Unterweisung in der Kunst des Cunnil –?

In dem Moment traf seine Zunge auf ihre Klitoris.

So sanft.

Keine Anleitung notwendig.

Er rutschte tiefer, fand sich zwischen ihren Schenkeln ein, öffnete sie vorsichtig und fuhr mit der Zunge über ihre Klitoris, umkreiste, deckte jeden Millimeter ab. Er neckte und betörte. Mit jeder Runde, jedem Zungenschlag erhöhte er den Druck an ihrem Nervenbündel. Er verstand es, ihren Körper auf eine Weise zu lesen, die ihren Ex-Sklaven ähnlich kam.

Ihre Pussy pochte, forderte Aufmerksamkeit und schickte bedürftige Signale an ihn. Gelegentlich mochte sie es, geneckt zu werden; heute war nicht so ein Tag. Sie packte seine Haare. „Mach schon, Benjamin. Nur mit dem Mund – aber sorge dafür, dass ich in den nächsten zehn Minute komme, da ich dich sonst nachhause schicken werde."

Ausgezeichnete Drohung. Seine Hände gruben sich so hart in ihr Fleisch, dass er wohl blaue Flecken hinterlassen würde, und dann machte er sich an die Arbeit, neckte ihre Klitoris, leckte oben, unten und darüber hinweg.

Berauschend. Ihr Atem entglitt ihr bei der heißen Empfindung, als das ganze Blut in ihrem Körper zu ihrer Pussy jagte und sich der Druck in ihren Tiefen bündelte.

Er nahm ihre Klitoris zwischen die Lippen, umgab sie mit Hitze und Nässe, und ihre Begierde steigerte sich. Mit den Fingern in seinen Haaren zog sie ihn enger an sich – und er lachte.

Daraufhin zerrte sie erneut an ihm, diesmal auf schmerzhafte Weise.

Seine einzige Reaktion bestand darin, seine Lippen enger um ihre Perle zu legen – und dann saugte er. Unerbittliches, pulsierendes Saugen. Er stoppte, schnellte mit der Zunge über das Nervenbündel und wandte sich dann wieder dem Saugen zu.

Ihre Muskeln spannten sich unter seinen Händen an, als sich die Spule in ihrer Mitte straffte, als sie versuchte, ihm mit dem Becken entgegenzukommen. Gleichzeitig legte er seine Zunge flach auf ihre Klitoris und rieb entschlossen über sie hinweg.

Das Lauffeuer, das ihre Sinne erschütterte, geriet außer Kontrolle und wurde von einem lustvollen Wind angetrieben. Ihre Hüfte zuckte nach oben, als der Druck wuchs, wuchs, wuchs

... und sie explodierte. Eine elektrisierende Empfindung breitete sich über ihre Nervenenden aus.

Hinter dem quälenden Hämmern ihres Herzens konnte sie spüren, wie seine Hände über ihre Oberschenkel glitten. Schließlich öffnete sie die Augen, sah sein Grinsen und ... die Sanftheit in seinem Ausdruck. Ihr Herz setzte einen Schlag aus. Sie konnte ihre Stimme kaum kontrollieren – und alles, woran sie denken konnte, war der überwältigende Wunsch, ihn in sich zu haben. „Benjamin, du bist unglaublich."

Für eine Sekunde schwieg er, starrte sie einfach nur an. „Ist dir bewusst, wie *unglaublich* wunderschön du bist, wenn du kommst?"

Ihr wurde warm ums Herz. Sie wollte ihn so sehr. „Dann zeig mal, was du kannst, Benjamin."

Die Hitze, die in seinen Augen aufflackerte, hatte die Macht, den Planeten zu versengen.

Sie riss an seinen Haaren und sprach die Forderung aus: „Beweg dich, Sub. Sofort."

„Fuck, ja, Ma'am." Einen Herzschlag später schob er sich über sie und vergrub sich mit einem kraftvollen Stoß in ihrer Hitze.

Got – Göttin! **Bens** Kopf stand kurz davor, zu explodieren. Anne fühlte sich heiß und feucht an – eng genug, sodass er bei dem ersten Stoß in ihre Pussy fast gekommen wäre. Mit einem unerbittlichen Halt an seiner Kontrolle schaffte er es, zu stoppen, bevor er sich vollständig in ihr verlor und wartete stattdessen, bis sie sich an seine Größe gewöhnt hatte.

Einige Frauen konnten ihn nicht bis zum Anschlag aufnehmen.

Aber Anne? Ihr Gesicht war von ihrem Höhepunkt noch immer rot und ihr Lächeln zeigte ihre Lust auf ihn. Bei seiner mangelnden Bewegung öffnete sie ihre Augen und die Hitze in ihnen verbrannte seine Haut. „Wachhund, gibt es einen Grund, warum du gestoppt hast? Jetzt, jetzt, jetzt! Beweg dich!"

Das musste sie ihm ganz sicher nicht zweimal sagen.

Als er sich in sie presste, gruben sich seine Hände in ihre Hüften. Er kämpfte um seine Kontrolle, denn ... *Gott*, sie fühlte sich gut an. Mit einem Stöhnen versuchte er, etwas Tempo herauszunehmen. Er wollte sie nicht verletzen und er spürte den Widerstand, den ihre enge Pussy bot, als sie sich um ihn dehnte, und dann war er ... „Fuck!"

Er zog sich zurück, entsetzt über sich selbst und sein Versäumnis. „Brauchen Verhütungsmittel, Ma'am."

Ihre Augen weiteten sich und ihre Züge spiegelten seinen Schock wider.

„Ich habe es verkackt", knurrte er. Angespannt wartete er darauf, dass sie ein Donnerwetter losließ. Verdienterweise. Es war die Aufgabe eines Mannes, die Frau vor Schaden zu bewahren. Immer.

„Seit dem College habe ich das nicht mehr vergessen." Sie begegnete seinem Blick. „Es tut mir leid – und ich kann sehen, dass es dir auch leidtut. Wir haben es beide vermasselt." Sie rieb seine Schulter. „Ich nehme die Pille."

Gemäß den Anforderungen des Shadowlands ließ sie sich zudem routinemäßig auf sexuell übertragbare Krankheiten testen. „Ich nehme mir seit Langem ein Beispiel an den Mitgliedern und lasse mich regelmäßig testen. Ich bin gesund", sagte er versichernd.

„Okay, das ist gut." Mit einer Handbewegung deutete sie nach links. „Nachttischschublade."

Das war alles? Kein Schreien? Beide litten sie unter Schlafmangel, aber sie sollte ihn für sein Verhalten auspeitschen. Jedoch ... musste er ihre Ruhe schätzen und wie sie einen Teil der Schuld auf sich nahm. Sie war wirklich eine Klasse für sich.

Er streckte den Arm aus, riss die Nachttischschublade auf und fand Kondome sowie Spielzeuge, die er – wenn er nicht befürchtete, dass sie ihn anschließend damit verletzen würde – gründlich unter die Lupe genommen hätte. Stattdessen schnappte er sich ein Päckchen, riss es auf und rollte sich das Kondom über seine Länge. „Dann lass uns das noch einmal versuchen."

Mit der Hand fuhr er über ihre Hüfte, zu ihrer Pussy, wo er mit einem Finger durch ihre Spalte glitt, die immer noch feucht war, und *verdammt*, er bekam nicht genug von ihrer nackten Pussy. Als er sanft ihre Schamlippen spreizte, legte er seine Landezone fest und ... drang hart und fordernd in sie. Mit oder ohne Kondom, sein Schwanz war im Himmel angekommen.

Sie atmete tief ein, und er konnte ihre Pussy um seine Länge spüren – wie sie pulsierte und sich fest um ihn klammerte.

Schon so lange sehnte er sich nach ihr. Es würde nicht viel brauchen und er würde kommen. Zähneknirschend hielt er inne. Sollte er etwas tun – irgendetwas anderes?

Ihre Augen öffneten sich. Ein Grübchen zeigte sich. „Mhm, sehr nett." Ihre Worte kamen so kehlig bei ihm an, dass ein Mann allein davon schon kommen könnte. „Gibt es einen Grund, warum du aufgehört hast?"

Verdammt, sie war wirklich etwas Besonderes. „Kann ich abgesehen davon, dich hart zu nehmen, noch etwas anderes für dich tun?"

Belustigung tanzte in ihren Augen. „Nein, Benjamin. Das wird ausreichen." Sie würde sogar mitten in einem Feuergefecht elegant klingen.

Und nun hatte er einen Auftrag zu erfüllen. *Los geht's.* Er zog sich zurück, glitt erneut in sie und genoss das unvergleichliche Gefühl, sich in einer engen Pussy zu verlieren. In ihrer engen Pussy. Sein nächster Stoß war härter, dann noch härter.

Sie schloss die Augen und ihre Lippen spitzten sich, sodass ihre Wangenknochen noch definierter wirkten. Sie genoss seine Größe und das törnte ihn ungemein an.

„Okay, Mistress, ich habe dich", murmelte er. Mit tiefen, treibenden Stößen fickte er sie, füllte sie und suchte die Verbindung zu ihr. Und sie gab zurück, fuhr mit den Händen über seine Schultern, legte ein Bein über seinen Arsch und hob sich ihm entgegen.

Er küsste ihre weichen Lippen, neigte sein Becken, sodass er bei jedem Eintauchen gegen ihre Klitoris stieß. Belohnt wurde er, indem sich ihre Finger in seine Arme gruben und sie ihm entgegenkam, sich seinen Bewegungen anpasste.

Ihre Wangen strahlten in einem tiefen Rot.

Im nächsten Augenblick kam sie, so schön, dass er sich selbst verlor und viel zu spät erkannte, dass sein Schwanz ein Eigenleben führte. Das Pulsieren um seinen Schaft raubte ihm jegliche Kontrolle, und dann spürte er, wie sein eigener Orgasmus über ihn hinwegfegte. Er ergoss sich in ihre einladende Hitze, so brutal, dass die Empfindung an nichts anderes heranreichte.

Er senkte den Kopf auf ihre Schulter, küsste ihre Haut und schwelgte in den Nachbeben ihrer Pussy.

„Mmm." Eine Weile später fuhr sie mit den Fingern durch sein Haar und schob ihm die Strähnen aus dem Gesicht. Ihre Lippen waren geschwollen, ihre Wangen rosa, ihre Haut von Schweiß benetzt. Im Moment war sie nicht die frostige Mistress. „Das war eine ausgezeichnete Möglichkeit, ein neues Baby gebührend zu feiern." Ihre Stimme war so tief wie Lauren Bacalls kehlige Altstimme. „Danke, Ben."

Es war ihm ein verdammtes Vergnügen. Und sie hatte ihn Ben genannt. Er mochte den Klang – genauso wie er es mochte, wenn sie die drei Silben seines vollständigen Namens in die Länge zog.

„Ich stehe dir jederzeit zur Verfügung, wenn du mal wieder Neugeborene feiern willst. Oder auch Geburtstage. Du hast diese Woche Geburtstag, oder?"

Sie kniff die Augen zusammen.

Warum hassten Frauen ihre Geburtstage?

„Das stimmt."

„Du siehst aus, als wäre ein Geburtstag gleichbedeutend mit einem Mordprozess. Du bist immer noch ein Baby, Süße."

Ihr wütender Blick war hinreißend. „Der letzte Sub, der dachte, mich ärgern zu müssen, hat meine Toilette mit einer Zahnbürste gereinigt."

„Das habe ich in der Grundausbildung auch gemacht", entgegnete Ben unbeeindruckt.

„Und hast du dabei auch einen Einlauf bekommen und warst an den Toilettensitz gekettet, bis das Badezimmer die Inspektion bestanden hat?" Sie schenkte ihm ein kleines Lächeln. „Es ist erstaunlich, wie viel schneller ein Raum mit ein wenig Anreiz geschrubbt wird."

„Heilige Scheiße, du hast eine gemeine Seite, Frau."

Sie lachte. „Sei also dankbar, dass du nicht mir gehörst."

Oh, er würde ihr gehören. In naher Zukunft. *Verdammt*, er war entschlossen. Sie hatte keine Ahnung, wie entschlossen ein Ranger bei einer Mission sein konnte. „Sorry, Anne, aber ich habe nun mal Recht. Du wirst erst fünfunddreißig."

„Fünfunddreißig", murmelte sie angewidert. Sie schob sich die Haare aus dem Gesicht.

Er konnte nicht anders und fuhr mit den Fingern durch ihre Strähnen. Seidenweich und mit dem Duft nach Sandelholz. Ein paar Highlights aus Rot und Hellbraun zeigten sich in den sonnengeküssten, brünetten Wellen. Und an ihren Schläfen sah er etwas Grau aufblitzen. Das nervte sie wahrscheinlich gewaltig. „Stört es dich, älter zu werden?"

„Ich dachte nicht, dass es das würde, und an sich ist es auch nicht das Älterwerden, das mich stört, sondern ..." Sie schürzte die Lippen. „Ich liebe, was ich tue, und ich liebe, wo ich lebe. Aber in letzter Zeit frage ich mich öfter mal, was als Nächstes kommt."

„Was ist daran so falsch?"

„Ich möchte nicht an die Zukunft denken. Ich möchte damit glücklich sein, was ich in der Gegenwart habe." Sie zog die Augenbrauen zusammen. „Ich mag es nicht, wenn sich die Dinge ändern. Tue ich einfach nicht."

Seine Belustigung erlosch. Denn sie meinte es ernst. „Ich werde versuchen, mir das zu merken." Als er mit den Lippen über ihre Schläfe rieb, schmeckte er das Salz auf ihrer feuchten

Haut. Ihr Haar strich wie eine duftende Brise über seine Wange.

Er stützte sich auf einen Ellbogen und sah auf sie hinunter. Obwohl sein Schwanz in ihr erschlaffte, war er bereit, von vorne anzufangen.

Aber er brauchte mehr von ihr. Mehr als Sex. Würde sie ihn bitten, die Nacht mit ihr zu verbringen? Beim Schlafen fuhren die meisten Menschen ihre Schutzmauern runter und es konnte sich eine delikate Verbindung formen. Er wollte diese Verbindung. Mit ihr.

Er senkte den Kopf und beanspruchte ihre Lippen erneut für sich.

Ben konnte küssen. Und wie er das konnte. Anne ließ ihn, genoss das leise Summen ihres befriedigten Körpers, das regelrecht schockierende Vergnügen von seiner riesigen Form in die Matratze gedrückt zu werden. Warum war das so sexy?

Er neckte ihre Lippen, küsste ihre Wange und ihren Kiefer, und das raue Kratzen seines Bartes an ihrer Haut quälte ihre Sinne.

Sie legte ihre Hand auf seinen Hinterkopf und hielt ihn fest, während sie weiterhin genoss, ihn in sich zu haben. „Mehr", hauchte sie.

Mit einem leisen Knurren richtete er seinen Mund auf ihrem neu aus und küsste sie tiefer, leidenschaftlicher. *Einfach köstlich.*

Als er seinen Kopf von ihrem Mund hob, hatte sie die Arme um seinen Hals geschlungen und ihre Unterarme lagen auf seinen beeindruckenden Schultern. Der Mann war herausragend gebaut und sein Körper strahlte eine Hitze aus, die einem Ofen gleichkam.

Sie küsste seinen sehnigen Hals, salzig und erregend, bevor sie mit ihren Lippen einem Pfad von seiner Brust zu seinem Kiefer folgte.

Sollte sie ihn dazu bringen, für ein langes Nickerchen und dann eine zweite Runde Sex zu bleiben? Sollte sie ihn mit Abendessen belohnen? Er würde sich ihre Kochkünste schmecken lassen – und ihn zu füttern, wäre eine wahre Freude.

Sie würde gerne noch etwas mehr Zeit mit ihm verbringen. Während der endlosen Stunden des Wartens hatte sie festgestellt, dass er – wurde er ermutigt – nicht nur redete, sondern auch einen faszinierenden Sinn für Humor hatte.

„Ben", begann sie.

Und dann sah er auf sie hinunter und ... ihre gelassene Stimmung kam zu einem Stopp, stolperte über den Bordstein und brach auf dem Bürgersteig zusammen.

Sein Blick hielt mehr als die trägen Nachwirkungen von Sex, mehr als die übliche Ehrfurcht und Verehrung von ihren Sklaven. Er sah sie an, als wolle er mehr von ihr. Als ob er sie ... mochte und eine – *Gott, steh mir bei* – Beziehung wollte.

Nein. Nein, nein, nein!

Da ihr Lächeln verrutschte, gab sie alles, es wieder aufzusetzen. Er kniff die Augen zusammen, als er den Unterschied zwischen den beiden Varianten sah.

„Also das war wirklich nett", sagte sie. „Aber ich habe heute Abend noch Arbeit zu erledigen und muss vorher etwas schlafen."

Er neigte den Kopf und sein Ausdruck spannte sich an. Sein Blick war direkt auf sie gerichtet. „Ich bin ein großartiger Teddybär."

Sie drückte mit der Hand gegen seine Schulter und gab ihm wortlos den Befehl, von ihr runterzugehen. „Das ist ein charmantes Angebot, Benjamin, aber ..." Jemandem wehzutun ... tat weh. So wie die Schuld, die jetzt über sie hinweg schwappte. Sie hätte ihn nie ins Haus lassen sollen.

Er bewegte sich und sein Schwanz glitt langsam aus ihr heraus. Der Verlust schuf eine Leere, die sich über ihr Geschlecht hinaus erstreckte. Er setzte sich auf die Bettkante und half ihr hoch.

Sie saßen nebeneinander und Anne runzelte die Stirn, als ihr bewusst wurde, dass er nicht zu ihren Füßen kniete.

Ohne Erlaubnis nahm er ihre Hand in seine. „Was ist los?"

„Es tut mir leid. Ich habe dies als eine einfache Möglichkeit gesehen, etwas Zeit rumzukriegen. Nicht mehr, nicht weniger." Sie drückte seine Hand mit ihrer freien und riss sich los. „Ich denke, dass du mehr Kink in dir hast, als du vermuten lässt, aber ... Ben, du bist kein Sklave."

Seine Augen blieben auf ihrem Gesicht haften. „Und?"

„*Und* für alles andere als ein ... nun, einen zwanglosen Moment oder Sessions mit erfahrenen Sklaven, die wissen, was sie zu erwarten haben, bin ich nicht geschaffen."

„Warnung angekommen. Was ist, wenn ich noch einen ... zwanglosen Moment möchte?"

Sie stand auf, musste instinktiv höher sein als er, sodass ihre Worte auch wirklich bei ihm ankamen. Er musste es verstehen. Sie legte ihre Hand auf seine Schulter und sorgte so dafür, dass er sitzen blieb. Als sie ihre andere Hand auf seiner Wange platzierte, bestätigten die angespannten Muskeln seine Sorge. Sie sollte ausgepeitscht werden, denn sie hatte vergessen, wie schnell Neulinge dachten, dass die Verbindung, die während einer D/s-Session geschaffen wurde, mehr als ... Sex bedeutete.

Sie sollte es besser wissen. Zu Beginn ihrer Zeit als Domina hatte sie den Fehler gemacht, zu denken, dass ein Sub und ein Sklave auf derselben Ebene standen. Obwohl beide die Kontrolle aufgaben, wollte ein Sklave einfach ... alles aufgeben. Als Mistress sehnte sie sich genau danach. Nach allem.

Nicht in der Lage zu sein, ihre Bedürfnisse zu erfüllen, hatte diese Subs verletzt – und ihnen wehzutun, hatte ihr wehgetan. Das würde sie nicht noch einmal riskieren.

„Es tut mir leid, Ben, aber das wäre nicht klug." Sie fühlte, dass er zusammenzuckte, und musste sich zwingen, den Kurs zu halten. Sie zog ihn auf die Füße. „Die Tür raus auf der anderen Seite des Flurs befindet sich ein Badezimmer."

„Okay." Seine Augen zeigten die Enttäuschung, als er nach seiner Jeans griff.

Lautlos suchte sich Anne Kleidung zusammen und zog sich an. Wie konnte sie nur so dumm sein? Sie hatte diesen erstaunlichen Mann auf eine Weise verwundet, die sie nie beabsichtigt hatte.

Zehn Minuten später war er verschwunden. An der Haustür hatte sie ihn zum Abschied geküsst. Es war ein Kuss gewesen, der ihre Lippen einbezog, aber nichts von ... ihr gezeigt hatte, und sie hatte ihm angesehen, dass er den Unterschied wahrgenommen hatte.

Und das hatte ihm nicht geschmeckt. Kein bisschen.

Ihr gefiel der Unterschied auch nicht. Sie ging wieder die Treppe hinauf. Sie war erschöpft, müde, als würde sie immer noch den schweren Waffengürtel und die Schutzweste tragen. Bei dem Versuch, ihn nicht zu verletzen, hatte sie genau das getan. Sie stöhnte. Sie hatte das Gefühl, einen Welpen getreten zu haben.

Aber was war die Alternative? Beziehungen waren nicht ihr Ding – jedenfalls nicht die, bei denen Emotionen ins Spiel kamen. Vor langer Zeit hatte sie gelernt, dass sie nicht zu jenen Personen gehörte, die mit dem Thema Liebe zurechtkamen. Liebe war noch riskanter als Freundschaft.

Als sie sich dem Bett näherte, wurde ihr klar, dass sie nach Sex und Bens erdiger Seife roch. Sie drehte sich um, ging in ihr Badezimmer, zog sich aus und stellte die Regendusche an.

Das Wasser strömte über sie hinweg, aber nichts konnte ihre Schuldgefühle wegspülen.

Nichtsdestotrotz ... egal, wie schrecklich sie sich jetzt fühlte, das größere Verbrechen wäre, wenn sie einem von Zs Angestellten erlauben würde, sich in jemanden zu verlieben, der die Emotion nicht erwidern konnte.

KAPITEL FÜNF

An diesem Wochenende saß Ben im Eingangsbereich des Shadowlands an seinem Schreibtisch und ... plante.

Anne war gestern nicht in den Club gekommen. Heute Abend war sie jedoch hier. Damit eröffnete sich ihm eine Chance.

An dem Nachmittag, den er mit ihr verbracht hatte, war sie ihm erst als warme, willige Frau in seinen Armen begegnet. Dann hatte sie ihre Schutzrüstung wieder angezogen, und sie blockte Gefühle besser ab, als es die Ausrüstung der Soldaten tat, welche wichtige Organe schützen sollten.

Okay, bis zu einem gewissen Grad verstand er den Unterschied zwischen einem Sub und einem Sklaven. Aber ... sie schien die Zeit mit ihm genossen zu haben. Und *verdammt*, er hatte das auf jeden Fall. Dann hatte sie die Scheuklappen vorgeschoben.

Seine Vermutung war, dass ihre Erschöpfung – und die Begeisterung über Sophias Geburt – Risse in ihrer Schutzmauer verursacht hatten, sodass sie ihn an sich herangelassen hatte. In den letzten Jahren hatte er sie mit ihren Sklaven beobachtet, und sie hatte die Kontrolle gehabt. Stets zurückhaltend. Emotionen immer unter Verschluss.

Genau wie Z gesagt hatte.

Zum Teufel, als sie heute Abend den Club betreten hatte, leider mit einer Menge anderer Mitglieder, hatte sie ihn höflich angelächelt. Als wüsste er nicht, wie es sich anfühlte, sie unter sich zu haben. Als hätte er keine Ahnung, wie sie schmeckte, wie sie ihre Leidenschaft und ihre Süße unter einem Haufen Zurückhaltung verbarg.

Ja, Ben wollte die Frau – und die Mistress – hinter der Schutzmauer haben. Er hatte sie gesehen, sie gehalten, Liebe mit ihr gemacht.

Er hatte sein Zielobjekt analysiert. Er hatte ihre emotionale Rüstung studiert, ihre Stärke und ihre Reserven und ihre möglichen Handlungsoptionen ermittelt. Leider musste er auf ihrem Terrain, dem Shadowlands, operieren. Für heute Abend jedoch hatte er einen vorläufigen Plan: *initiiere den nächsten Zug und führe eine persönliche Aufklärung durch.*

Nachdem er Holt überredet hatte, ihn abzulösen, schlenderte Ben auf der Suche nach Anne durch den Hauptraum. Er suchte nach seiner Brünetten, die einen Körper umhertrug, für den er sterben würde. Schlank und doch kurvenreich und definiert mit Muskeln.

Er sah Mistress Olivia mit einer neuen Sub – einer Frau, die ihrem Alter entsprach. Sie wirkte klassisch, ein Führungstyp mit einer Hochsteckfrisur, sorgfältig aufgetragenem Make-up und einem hübschen Lederkleid, das teuer aussah. Da sie die schönsten Stilettos getragen hatte, die er je gesehen hatte, hatte er ihr erlaubt, sie im Club zu tragen.

Sobald er Mistress Anne ausfindig gemacht hatte, müsste er sie auf die Schuhe hinweisen.

Falls er die Frau jemals fand.

Er entdeckte Galen, Vance und Sally, die gemeinsam ein Wachs-Play beobachteten. „Habt ihr Mistress Anne gesehen?"

„Du willst *Anne*?" Vance zog die Augenbrauen hoch.

Ben nickte.

„Tut mir leid, Ben, ich habe sie nicht gesehen", sagte Galen mit einem Stirnrunzeln.

Bei der Reaktion der beiden musste er sich fragen, ob sie den Gedanken nicht mochten, dass jemand, der so groß und hässlich war wie er, mit der hübschen Mistress spielen wollte. Darüber sollten sie besser wegkommen.

Er ging zur Bar. Cullen würde wahrscheinlich wissen, wo Anne war.

Der Barkeeper bewegte sich schnell, überschwemmt von den Leuten an seiner ovalen Bar. Der einzige freie Barhocker befand sich neben der Stelle, wo die Kellner ihre leeren Gläser abstellten und neue Bestellungen abholten. Dort wartete Uzuri mit ihrem Tablett und einer Liste.

Ben musterte sie. Als sie zu Beginn des Abends in den Club gekommen war, hatte sie ... abwesend gewirkt. Ihre Haut zeigte sich heute mehr grau als braun, und sie bewegte sich, als wäre sie erschöpft. Es war nicht seine Aufgabe, die Subs zu babysitten, aber vielleicht würde er einem der Master von seiner Beobachtung berichten.

Alle anderen Shadowlands-Auszubildenden hatten jetzt ihre eigenen Doms, sodass der kleine Schelm die letzte Ledige aus der Gruppe war. Die Single-Doms hatten jedoch ihr Bestes gegeben, um sie für sich zu gewinnen. Und sie war verdammt hübsch. Mit ihren dunkelbraunen Augen, der Hautfarbe von Kaffee mit einem Schluck von Milch und den hohen Wangenknochen erinnerte sie ihn an Brandy aus dem Cinderella-Musical.

Z hatte gesagt, er wisse nicht, ob sie es in sich habe, einen Dom auszuwählen – dass sie vielleicht noch nicht bereit war, das Risiko einzugehen. Zu dieser Zeit hatte Ben nicht verstanden, was Z meinte.

Im letzten Winter war es bei einer Junggesellinnenparty zu einer Auseinandersetzung gekommen. Während Rainie einfach nur wütend gewesen war, hatte Uzuri bei der Aussicht auf Gewalt mit Angst reagiert. In ihrer Vergangenheit musste etwas Hässliches vorgefallen sein.

In den Jahren, in denen Ben schon hier arbeitete, hatte er entdeckt, wie oft dieser Umstand den Abschaum anzog, die in Subs einfache Opfer sahen. Diejenigen, die mit BDSM nicht vertraut waren, verstanden nur selten, dass sich Dominanz und Unterwerfung nicht ausschlossen. Ganz im Gegenteil: sie verhielten sich wie ein Paar beim Walzer. Eine Person musste führen. Wenn der andere Partner aber mit Füßen getreten wurde, dann sah auch ein ungeübtes Auge, dass es kein guter Tanz war.

Uzuri schaute auf, als er auf den Hocker neben ihr rutschte. „Ben, was machst du denn hier?"

„Ich suche Mistress Anne. Hast du sie gesehen?"

Ihre Augen weiteten sich. „Ich habe es nicht glauben wollen, als erzählt wurde, dass du und sie ... Ben, das ist keine gute Idee. Sicher, sie ist hübsch, aber sie ist auch eine −"

„Ich weiß." *Fuck*, es nahm kein Ende.

Cullen kam zu ihnen und *verdammt*, ja, er spannte den Mund sichtlich an, als er Ben entdeckte. „Sag mir bitte, dass du nicht hier bist, weil du nach Anne suchst."

Zur Hölle nochmal. Er dachte, er und Cullen wären Freunde. Gelegentlich trafen sie sich auf ein Bier. Sie hatten Horrorgeschichten geteilt − Cullen aus seiner Zeit als Polizist und Feuerwehrmann, Ben vom Militär. Als sie es einmal mit dem Alkohol übertrieben hatten, waren sie den richtig schlimmen Geschichten auf den Grund gegangen: wie Cullen seine Verlobte durch ein Feuer verloren hatte und Ben von seiner Frau verlassen wurde, während er im Einsatz gewesen war.

Ben warf ihm einen eindeutigen Blick zu. „Ja, ich suche nach Anne."

„Kumpel, hör zu −"

„Nein." Ben erhob sich. „Anstatt dir Sorgen um eine Frau zu machen, die in der Lage ist, auf sich selbst aufzupassen, könntest du deine Aufmerksamkeit auf eine Auszubildende lenken, die es offensichtlich nicht kann."

Er richtete seinen Blick auf die kleine Sub zu seiner Linken, um zu zeigen, wen er meinte, dann wandte er sich von beiden ab und setzte seine Mission fort.

Was sollte das denn? Warum musste Ben ihr einen Master auf den Leib hetzen? Uzuri sah dem großen Türsteher mit gerunzelter Stirn nach und schob dann – die Augen nach unten gerichtet – den Zettel mit den Bestellungen in Master Cullens Richtung. „Alles, was auf dem Zettel steht, und Master Sams Linda möchte ein Glas Weißwein."

Ben und Cullen waren gleich groß – und auf gewisse Weise machten sie sie beide nervös. Einige Leute bevorzugten große Männer. Tatsächlich neckten die anderen Subs manchmal ihre Doms und sagten: „Größe *ist* wichtig."

Vielleicht war ein großer Schwanz eine gute Sache. Wenn sie aber ehrlich war, kümmerte sie die Größe nicht. Ging es aber um die Größe eines Mannes im Allgemeinen? Dann wäre ihr kleiner lieber.

Ein Schlag von einem kleineren Mann brach keine Knochen.

„Uzuri, Augen zu mir." Master Cullens Blick fühlte sich an wie die Veränderung in der Luft kurz vor einem Gewitter.

Obermist, wie Mistress Olivia sagen würde. Gehorsam blickte sie auf.

„Du siehst wirklich müde aus. Gestresst." Seine dicken Augenbrauen zogen sich zusammen. „Was ist los, Liebes?"

„Stress in der Arbeit." Fast eine ehrliche Antwort. Da sie die Karriereleiter mittlerweile erklommen hatte, war das Leben nie stressfrei. Aber letztlich war nicht die Arbeit das Problem.

„Schau, Cullen, ich habe eine Barverzierung für dich gefunden." Am anderen Ende warf ein Dom eine Sub auf die Theke. „Sie ist bereits geknebelt."

Master Cullen hielt eine Hand hoch, um anzudeuten, dass er gleich kommen würde. Dann wandte er sich wieder Uzuri zu und runzelte die Stirn.

Seine Sub Andrea meinte mal, dass er Boromir aus dem Film *Der Herr der Ringe* ähnelte. Leider sah Boromir gerade so frustriert und sauer aus, dass sie an den Moment im Film erinnert wurde, in dem Elrond sich weigerte, den Ring zu übergeben. „Wenn deine Schicht vorbei ist, komm zu mir. Wir werden uns über Stress unterhalten."

„Ja, Sir." Als er sich seinem neuen Barschmuck näherte, entspannte sich Uzuri. Über Stress konnte sie den ganzen Tag sprechen. Über andere Dinge? Das eigentliche Problem? Nein, danke.

Anne zog die Aufseherweste aus und stopfte sie in ihr Schließfach. Sie hob die Hände über den Kopf, streckte sich und stöhnte, als sich die Muskeln lockerten. Ihre Pflicht war erledigt. Jetzt könnte sie nachhause fahren oder Sam und Linda dazu überreden, mit ihr etwas trinken zu gehen. Natürlich könnte sie sich auch hier jemanden suchen und eine Session spielen.

Option drei klang nach einer guten Wahl.

Finde einen guten Jungen. Einen Sub, den sie bearbeiten konnte, bis er bebte und nicht mehr in der Lage war, den Unterschied zwischen Schmerz und Lust auszumachen. Vielleicht würde sie ihn sogar mit einem Trip ins erste Obergeschoss belohnen. Unverbindlicher Sex.

Sie brauchte verdammt nochmal etwas, um die Erinnerungen an Ben in ihrem Bett auszulöschen. All diese stahlharten Muskeln. Das Gewicht von ihm auf ihr und das Gefühl, von seinem dicken Schaft hart genommen zu werden.

Die Art und Weise, wie seine Augen leuchteten, als hätte er Sonnenschein in seiner Seele.

Und dann war sie grausam gewesen. Sie hatte seine Hoffnungen und Träume niedergeschmettert und ihn tief getroffen.

Diesen kleinen Schmerz hatte sie in Kauf nehmen müssen, um später den größeren zu vermeiden. Sie seufzte und verlor den Drang, überhaupt zu spielen. Sie hatte einfach nicht das Herz, die Hoffnungen und Träume eines weiteren Subs zu zerstören.

Wie erbärmlich war das bitte?

Irgendwann würde die Sadisten-Polizei auf der Matte stehen und ihr die Mitgliedskarte abnehmen.

Sie entschied, sich an der Bar einen Drink zu holen und das Spielen heute sein zu lassen. Als sie die Umkleidekabine verließ, knurrte sie. Hoffentlich war Cullen in Bezug auf die Sache mit den Schmerztabletten nicht mehr wütend auf sie. Wenn er ihr noch ein Wasser mit Kohlensäure vorsetzte, würde sie es ihm an den Kopf werfen – selbst, wenn sie dafür auf einen Barhocker klettern müsste, um besagtes Körperteil auch zu erreichen.

„Mistress Anne", rief Sally, die zwischen ihren beiden Mastern saß. Sie sprang auf und rannte zu Anne.

Anne musste lächeln – eine Reaktion, die sie bei der lebhaften Sub oft hatte. „Du siehst sehr glücklich aus; die Ehe steht dir gut."

„Ich hatte die Hoffnung aufgegeben, einen Dom zu finden, und jetzt habe ich doch wirklich zwei. Gibt immer noch Momente, in denen ich denke, dass ich träume." Die Brünette rümpfte die Nase. „Es sei denn, ich bin in Schwierigkeiten. Dann ist es ein Albtraum."

Eine Bestrafung durch Galen und Vance? Da Anne den beiden Doms bei Sessions zugesehen hatte, wusste sie, dass eine Sub in dem Fall keine Chance hatte. „Hoffentlich lernst du mit der Zeit, dich aus Ärger herauszuhalten", sprach sie den typischen Spruch eines Tops aus.

„Aber es ist die Pflicht einer Sub, ihre Doms auf Trab zu halten." Sally grinste. „Übrigens sind die Jungs nächste Woche nicht zuhause. Ich würde mich wirklich über etwas Gesellschaft freuen. Kannst du am Donnerstag vorbeikommen? Ich habe Beth und Gabi noch eingeladen. Sonst kommt niemand. Das Haus ist immer noch gruselig, wenn ich meine Männer nicht bei mir habe."

Donnerstag? Das war ihr Geburtstag. Aber Anne konnte nicht *Nein* sagen. Sie verstand Einsamkeit. Und Sally war in diesem Haus angegriffen worden. Anne konnte also verstehen, warum es ihr Angst machte, allein zu sein. „Natürlich werde ich kommen."

„Super! Vielen Dank!" Sally drückte ihre Hand und eilte davon.

Anne setzte ihren Weg zur Bar fort.

Sie richtete ihr langes Latexkleid und ließ sich auf einen Barhocker neben Sam und Raoul nieder, zwei der Shadowlands-Master. Als sie sich umschaute, sah sie, dass sie ihre Frauen im Sub-Bereich zurückgelassen hatten. Raoul war sogar so weit gegangen, seine Sklavin Kim anzuketten und sie als nicht verfügbar zu markieren.

War es nicht seltsam, dass Anne noch nie einen ihrer Sklaven angekettet hatte? Vielleicht, weil sie sich nie besonders territorial gefühlt hatte.

Keinen von ihnen hatte sie geliebt – nicht so, wie Raoul Kim liebte.

„Anne", sagte Sam. Die schwache Beleuchtung um die Bar gab dem Gesicht des Sadisten einen unheimlichen Anstrich und ließ sein silbernes Haar herausstechen.

„Du siehst heute Abend bezaubernd aus." Raouls leichter Akzent zeigte, warum Spanisch als eine der romantischsten Sprachen galt.

„Hi, Jungs." Sie wandte sich dem Sitzbereich zu, um sich die verfügbaren Subs anzusehen.

Es gab eine schöne Auswahl an weiblichen und männlichen Subs, darunter zwei attraktive Männer Mitte zwanzig. Sie unterhielten sich, während sie den Rest des Raumes im Auge behielten. Anne hatte in der Vergangenheit eine Session mit dem Feuerwehrmann gespielt. Es war eine zufriedenstellende Session gewesen, und er war ein Leichtgewicht, wenn es um Schmerz ging. Sie wollte keine krassen Masochisten mehr, aber sicherlich war ein wenig Ausdauer nicht zu viel verlangt.

Den anderen Mann hatte sie bisher noch nicht kennengelernt. Angenehm schlanke Form. Ungefähr ihre Größe. Blonde Haare kurz rasiert. Er trug nur eine dunkelrote Bikershorts.

Als er sah, wie sie ihn musterte, breitete sich seine Schamesröte von seiner Brust bis zu seiner Stirn aus. Sein Blick fiel.

Sehr nett.

„Schön zu sehen, dass du wieder zur Normalität zurückkehrst", sagte Raoul zustimmend.

„Ist das so?", entgegnete sie in einem eisigen Ton.

Sam gluckste amüsiert. Im Gegensatz zu Raoul kümmerte er sich um seine eigenen Angelegenheiten. Sie hatte den alten Rancher schon immer gemocht.

„Mir ist zu Ohren gekommen, dass du mit Ben gespielt hast, und ich war besorgt." Raouls dunkelbraune Augen trafen auf ihre. „Ich weiß aus erster Hand, wie katastrophal es sein kann, wenn ein Master jemanden findet, der kein echter Sklave ist."

Ihre Verärgerung starb unter seiner offensichtlichen Sorge. „Du musst nicht –"

„Anne." Cullens normalerweise lockerer Ton klang kühl. „Ben sucht nach dir."

Sie drückte die Schultern durch. „Ah ja?"

„Jep." Cullen lehnte sich mit einem Arm auf der Bar zu ihr. „Jeder hier mag Ben."

„Das weiß ich." Und sie hatte keine Pläne, wieder mit ihm zu spielen. „Cullen –"

„Anne, der Mann ist Vanilla", sagte Raoul.

Er ließ es klingen, als hätte sie einem jungfräulichen Achtzehnjährigen nachgestellt, nicht einem Ex-Soldaten Mitte dreißig. Sie hielt ihren Ton vernünftig. „Ich denke, die Betonung liegt auf *Mann.*"

„Scheint mir, dass die Betonung auf *Sadist* liegen sollte – was du bist", sagte Cullen, als würde er glauben, dass sie einem Sub, der nicht wollte, was sie geben konnte, Schaden zufügen würde. Eigentlich sollte er wissen, dass sie zwischen einem Mann, der unterwürfig und einem der Vanilla war, unterscheiden konnte.

Das tat weh. Sie könnte es mit ihnen ausfechten, aber was würde das beweisen? Zumal sie die Sache mit Ben bereits beendet hatte.

Sie rutschte vom Barhocker.

Sams Augen trafen auf ihre und sein rechter Mundwinkel hob sich. Er verstand es. Sadisten hatten einen Ruf.

Sie nickte ihm dankbar zu, trat einen Schritt zurück und krachte dabei in jemanden hinein.

Ausgehend von der Größe der Hände, die sie abfingen, erkannte sie Ben, noch bevor er sprach. „Mistress Anne?"

Sie ignorierte, wie angespannt Cullen und Raoul waren, und drehte sich zu ihm um. „Ben, was kann ich für dich tun?" Obwohl sie sich sagte, ihm kühl gegenüber aufzutreten, schaffte es sein Anblick, dass sich ihre Stimmung hob, und sein Licht füllte eine Leere in ihr, die sie sich nicht eingestehen wollte.

Mit den Händen an seinen Seiten lächelte er sie an. „Ma'am, wenn du verfügbar bist, könnte ich dich dann um eine weitere Session bitten?"

Sie entließ einen tadelnden Laut. „Ich denke, du weißt, dass sich Subs nicht auf diese Weise anbieten."

Das herausfordernde Aufblitzen in seinem Blick ließ Funken zwischen ihnen sprühen. „Ma'am, da ich kein Mitglied des Clubs bin, bezweifle ich, dass Z mich dort drüben sitzen lassen würde." Er deutete auf den Sub-Bereich. „Oder mich treudoof in deine Richtung schauen ließe, in der Hoffnung, dass ich von dir gewählt werde."

Sie verschluckte sich an einem Lachen. Der blonde Sub tat genau das. „Ich ... verstehe." Dann beschloss sie, ihre befreundeten Master in die Pfanne zu hauen. Sie nickte Cullen und Raoul zu. „Deine Freunde haben mich darüber informiert, dass du

Vanilla bist und keine Sessions spielen solltest. Bist du Vanilla ... Sub?"

Er drückte die Schultern durch, als hätte er das Bedürfnis, noch einen Zentimeter zu seiner beeindruckenden Körpergröße hinzufügen zu müssen. Ohne einen Blick auf die Doms zu werfen, schnaubte er. „Mir war nicht klar, dass ich außer dir jemanden um Erlaubnis bitten muss."

„In dem Punkt liegst du vollkommen richtig", sagte sie ernst.

Zu ihrer Überraschung sank er auf ein Knie. Trotzdem war er immer noch so groß, dass er bedrohlich wirkte. „Mistress Anne, bitte?"

Der Gesang in ihrem Blut war nicht neu. Er wurde aus den Tiefen ihres Wesens gezogen, aus einer gewöhnlichen Welt in eine, in der Dominanz und Unterwerfung herrschte – ein Jubel, der den Augenblick markierte, in dem ein Sub sie mit seiner Kontrolle beschenkte, als wäre es seine Jacke, die er ihr an einem kalten Abend umlegte. In dem Moment vertraute er ihr seinen Körper, seinen Verstand und seine Seele an.

Sie war seit Jahren Domina und doch hatte das Wunder darüber nie nachgelassen.

Sie beugte sich vor und legte ihre rechte Hand auf seine Wange. Die glatte Haut bedeutete, dass er sich rasiert hatte, bevor er heute mit der Arbeit begonnen hatte. Das war kein Zufall, nein, er war mit dem Plan in den Club gekommen, sie aufzusuchen.

Seine Kleidung bestätigte ihre Vermutung. Obwohl er sich gegen die knappe Kleidung sträubte, die einige männliche Sklaven bevorzugten, hatte er seine Schuhe und Socken in Übereinstimmung mit Zs Regel, dass Subs barfuß kamen, ausgezogen. Seine recht neue Jeans war bewundernswert eng. Sein graues Tanktop schmiegte sich an seine Brustmuskeln.

Sein Blick traf auf ihren – *so ein böser Sub* – und sie konnte die Bitte sehen. Die Begierde. Er wollte, dass sie ihm die Kontrolle abnahm.

Aber ... unter all dem konnte sie auch etwas anderes wahrnehmen. Die Leidenschaft und die Sehnsucht, die er in ihrem Bett gezeigt hatte. Die Anziehungskraft, der sie widerstehen musste.

Denn Raoul hatte Recht. Dieser Sub war kein Sklave. Und sein Herz musste bewacht werden, auch, wenn sie ihn in diesem Fall vor sich selbst bewahren musste.

Sie schloss die Augen und hoffte damit, seine anziehende Erscheinung auszublenden. Dann packte sie ihn an den Armen und zog ihn zurück auf die Füße. „Es tut mir leid, Wachhund. Wir hatten bereits unseren Spaß, du und ich." Sie senkte ihre Stimme und hätte ihn am liebsten an ihre Brust gezogen, um den Schock etwas abzumildern. „Ich habe dir meine Gründe erklärt, Ben. Daran hat sich nichts geändert."

Sein Kiefer spannte sich an und sie schüttelte den Kopf, als sich seine Lippen erneut teilten. Dann tat sie, was getan werden musste: Sie wandte sich von ihm ab und lief davon.

KAPITEL SECHS

„**A**nne, du bist gekommen!" Sally schwang die Tür weit auf. „Das bin ich. Wie geht's dir? Wann kommen deine Doms wieder?" Anne lächelte die kleine Brünette an und freute sich, dass sie so zufrieden aussah. Sally hatte jahrelang nach dem richtigen Dom für sich gesucht, nach jemandem, der mit ihr mithalten konnte, der ihre freche Art zu schätzen wusste und dem sie vertrauen konnte, und wäre daran fast verzweifelt.

Vance und Galen dabei zu beobachten, wie sie die kleine Sub unter Kontrolle gebracht und sich allmählich verliebt hatten, war unglaublich herzerwärmend gewesen.

„Sie sind nicht lange weg", sagte Sally. „Komm rein. Ich habe etwas Interessantes für den Filmabend gefunden."

Anne folgte ihr durch das schöne Foyer, vorbei am Gameroom mit allem, was das Herz begehrte, und in das Wohnzimmer im hinteren Teil des Hauses, der ... abgedunkelt war. „Konnten Beth und Gabi nicht kommen?"

„Oh ... das konnten sie", sagte Sally und legte dann den Lichtschalter um.

„Alles Gute zum Geburtstag!"

Anne begab sich bei den Lauten in ihre Abwehrhaltung.

Frauen ... überall. Auf der langen Couch, auf Sesseln, auf dem Boden. Alles Mitglieder aus dem Shadowlands. Und alle grinsten sie an.

„W-Was?", stotterte Anne. Sie stotterte!

Gabi und Uzuri tauschten High-Fives aus.

„Süße, ist das deine erste Überraschungsparty?" Sally schlang einen Arm um sie und zog sie vorwärts. „Ich wünsche dir alles erdenklich Gute zum Geburtstag!"

Eine Geburtstagsparty. Das Gefühl in ihr erinnerte doch stark an den Moment, wenn man eine Stufe, die man nicht bemerkte, runterfällt und der Boden plötzlich zu weit entfernt schien.

Abgesehen von Familienfeiern hatte sie seit ihrem zehnten Lebensjahr keine Geburtstagsparty mehr gehabt.

„Ich ... das ist reizend." Sie schaute sich um. Gabi, Kim, Uzuri, Linda, Beth und Jessica hatten auf der U-förmigen Couch Platz genommen, Andrea und Rainie hingegen auf den Sesseln. Cat, Olivia und Kari saßen auf dem Boden. Shadowkittens und Dominas. Interessante Mischung.

„Wird auch Zeit, dass du kommst", sagte Olivia. „Wir kritisieren Pornotechniken."

Anne warf einen Blick auf den Breitbildfernseher, wo sich ein recht attraktiver Mann über eine nackte Frau beugte. Sie runzelte die Stirn. „Er wird die Frau töten, wenn er sie so fesselt."

„Hab ich's nicht gesagt?" Andrea wedelte mit der Hand und sah zu Kim. „Tücher sind zu dünn, graben sich in die Haut und es ist unmöglich, die Knoten zu lösen."

„Richtig", antwortete Kim. „Und er macht es falsch. Aber ich denke immer noch, dass die Verwendung von Tüchern heiß sein kann."

„Das Bondage ist schlimm genug." Gabi spielte mit ihrer blauen Haarsträhne. „Aber der Dialog? So dumm."

„Es gibt bald Geburtstagskuchen", verkündete Sally. „Was möchtest du trinken? Ich habe Margaritas, Bier, Wein und Limos."

Margaritas? Anne lief das Wasser im Mund zusammen. *Verdammt.* „Ein Margarita klingt gut, aber ich kann nicht. Ein Informant rief an, also habe ich ein Team für vier Uhr morgens geplant, um uns einen Kautionsflüchtigen zu schnappen. Wir haben nicht mehr viel Zeit, bis der Anspruch erlischt, also müssen wir jetzt zuschlagen – was für mich bedeutet, dass ich heute auf Alkohol verzichten muss." Sie konnte es sich nicht leisten, angeheitert zu sein.

„Oh, das ist aber schade." Sally umarmte sie mitfühlend. „Dann eine Cola?"

„Ich schätze", seufzte sie. *Mistresses schmollen nicht.* Jedoch *wollte* sie schmollen.

„Setz dich zu mir, Anne." Olivia klopfte neben sich auf den Boden.

Anne manövrierte sich durch den Raum und wurde von allen umarmt und beglückwünscht. Als sie zwischen Olivia und Kari Platz nahm, spürte sie die warme Kerze, die in ihrer Brust aufleuchtete. *Freunde. Eine Geburtstagsparty. Wer hätte das gedacht?*

„Oh, Baby, fick mich." Im Fernsehen schob der Schauspieler die Beine der Schauspielerin mit wenig Finesse auseinander. Die Szene wurde von einem Stöhnen begleitet – von den Shadow-kittens.

Jessica ahmte den Mann nach: „Oh, Baby!" Dann warf sie einen Kartoffelchip in die Richtung des Fernsehers. „Die brauchen echt bessere Drehbuchautoren."

„Es muss schwierig sein, Sexdialoge zu schreiben, denkst du nicht auch?" Linda war um die vierzig und diente oft als Stimme der Vernunft – auch wenn sie angetrunken war. „Ich meine, wie viele eurer Männer sprechen während des ... Aktes? Ich muss zugeben, Sam ist nicht gerade gesprächig."

Anne musste ein Lachen unterdrücken. Lindas silberhaariger Rancher hatte eine Wissenschaft aus dem Ausdruck *kurz angebunden* gemacht – und er würde den Arsch seiner Sub auspeitschen, wenn er wüsste, was sie mit ihren Freunden teilte. Nicht, dass es ihm jemand auf die Nase binden würde.

Ben war beim Sex auch nicht besonders gesprächig, aber wenn er entschied, zu sprechen, dann ...

„Bitte, Mistress, ich würde gerne mehr von dir kosten."

„Ist dir bewusst, wie unglaublich wunderschön du bist, wenn du kommst?"

Anne spürte, wie ihre Knochen schon bei der Erinnerung zu schmelzen begannen. Es gab zu viele Erinnerungen. Sie hörte seine raue Stimme in ihren Träumen, spürte seine Hände und seinen Mund auf ihrer Haut.

Johlendes Gelächter brach in ihre Gedanken ein.

„Wie wäre es, wenn der Idiot etwas dieser Art sagen würde?" Gabi presste STUMM auf der Fernbedienung und drehte sich zu Kim, die neben ihr auf der Couch saß. „Spermaeimer, mach dich bereit."

Kim blinzelte und lehnte sich von ihr weg. „Bitte was?"

Gabi gab vor, ihre Jeans zu öffnen und einen offensichtlich massiven Schwanz herauszuziehen. Sie wedelte mit ihrer eingebildeten Erektion und der Anblick war obszön. Mit tiefer Stimme verkündete sie: „Mein gigantischer, einäugiger Dämon wird jetzt in deine hübsche rosa Festung eindringen. Oh ja, mein Fotzenzerstörer wird deine Schwanzbuchse hart nehmen."

Jubel erfüllte den Raum, während Kim nur kichern konnte. „Das nennst du eine Verbesserung?"

„Na sicher. Weitaus fantasievoller als *Ah, oh, grunz. Ah, Baby.* Der benimmt sich wie ein Höhlenmensch." Gabi schlug Kim gegen den Arm. „Also, Miss Nein-Sagerin, du bist die Frau im Bett. Mal schauen, ob du es besser kannst."

Kim sah zu dem Porno, wo der Schauspieler über seinen Schwanz rieb und sich auf einen harten Job vorbereitete. „Okay." Sie legte die Hände auf ihre Wangen und wimmerte dramatisch: „Oh, oh, oh, sieh dich nur an! Meine Güte, dein einäugiger Drache ist so groß und prachtvoll. Meine weibliche Lust überwältigt mich. Meine Fleischvorhänge sind durchnässt. Ficke meinen Liebeskanal!"

Das Stöhnen im Raum war so beeindruckend wie das auf dem Bildschirm.

„Fleischvorhänge?" Auf der Couch weiter unten starrte Linda Kim ungläubig an und wandte sich an Sally. „Junge, ich brauche ganz dringend einen ... prachtvollen Drink." Sie zeigte auf Gabi. „Einen, der massiver ist als dieser Schwanz."

Mit bebenden Schultern ging Sally in die Küche. „Ist auf dem Weg."

Einige Stunden später saß Anne noch immer auf dem Boden und lehnte sich mit dem Rücken an die Couch. Der Geräuschpegel hatte nicht nachgelassen, obwohl nun weniger Gäste im Zimmer waren. Jessica und Kari waren zu ihren Kindern nachhause gegangen. Andrea hatte einen Reinigungsjob zu erledigen; Cat musste früh zur Arbeit. Jake hatte Rainie und Gabi abgeholt, sodass nur Uzuri, Sally, Kim, Beth, Olivia und Linda zurückblieben.

Gelächter und Gespräche strömten um sie herum, so fröhlich und aufgedreht wie die hellen Heliumballons, die an der hohen Decke tanzten.

Was für eine wundervolle Art, sich dem fünfunddreißigsten Geburtstag zu stellen. Und wie geschickt Sally die Falle gestellt hatte. Kein Wunder, dass Galen und Vance sich immer halb beschwerten und halb damit prahlten, wie hinterhältig ihre lebenslustige Sub war.

Beim Blick um den Raum rieb ihr Arm gegen Olivias und sie musste zugeben, dass sie glücklich war. Nicht lange war es her, da war sie noch der Überzeugung gewesen, dass sie mit Subs nicht befreundet sein konnte. Aber irgendwie hatte sich bei diesen Frauen die Mistress-Sub-Dynamik im Laufe der Jahre aufgelöst. Sie lächelte. Auch die letzte Zurückhaltung war verschwunden, als sie den Shadowkittens Selbstverteidigung beigebracht hatte. Wer konnte Abstand halten, wenn er mit einer Sub feierte, da es ihr endlich gelungen war, eine Mistress auf den Arsch zu befördern?

Obwohl sie regelmäßig zu Geburtstagspartys ihrer Freunde ging, hatte sie nie erwartet, dass sie eine für sie organisieren würden. Aber das hatten sie.

Sie schlang ihre Arme um sich selbst und wusste nicht, wo sie mit ihren − nach Gabis Worten − wohlig warmen Gefühlen hinsollte. Sie hatte Schwierigkeiten, sie alle einzudämmen.

„Gläser zeigen, meine Damen! Wer braucht Nachschub?" Sally kam aus der Küche. Sie hielt einen Margarita-Krug in der Hand und schenkte allen nach. „Ich habe noch eine Cola für dich, Anne."

„Danke, Sally." Sie streckte sich Sally entgegen, um die Dose zu akzeptieren, und hörte neben sich ein Stöhnen von Olivia. In dem Moment erkannte sie, dass sie sich auf dem Bauch der Domina abgestützt hatte. „Ups. Tut mir leid."

„Wärst du eine Sub, würde es dir sehr leidtun. Ziemlich sicher, dass das meine arme Leber war − trotz der reichlichen Polsterung, die ich um sie herum habe", sagte Olivia in ihrer klaren Stimme. Ihr Blick schweifte über Anne. „Ich weiß nicht, wie du so schlank bleibst."

„Ich kann immer noch nicht glauben, dass sie fünfunddreißig sein soll", sagte Sally. „Ich wollte immer einen Körper wie deinen, Anne. Wir wiegen wahrscheinlich das gleiche, nur bin ich zehn Zentimeter kleiner."

„Versuche es mit einem Job, bei dem du den ganzen Tag mit Testosteronfabriken Schritt halten musst." Anne hielt einen Arm hoch und spannte den Bizeps an. „Aber wie du siehst, ich habe Muskeln."

Ohs und *ahs* füllten den Raum.

Ihr einschüchternder Blick zeigte heute keine Wirkung. „Ich kann euch sagen, dass es harter Arbeit bedarf, diesen Körper in Topform zu halten." Sie deutete auf ihre schlanke Kampfmaschine ... und verdiente sich einen Beschuss aus Popcorn. „Aber nun mal ehrlich: Es liegt nur daran, dass langsamer oder schwächer zu sein, meine Teamkollegen in Gefahr bringen würde."

„Ich hasse Schwitzen. Ich glaube, dann habe ich lieber noch ein paar zusätzliche Grübchen an der Hüfte und meinen Beinen. Und, naja, Galen schätzt meine Hüften." Lächelnd wandte sich Sally der riesigen U-förmigen Couchgarnitur zu. „Möchte noch jemand etwas zu dem Thema sagen?"

„Ich kann mich nicht auf meinen Drink konzentrieren." Am rechten Couchende zeigte Uzuri auf den Fernseher. „Seht euch doch diesen Mann an."

Nach der Erwähnung von Fleischvorhängen und einem kleinen Wettkampf, um herauszufinden, wer die besten Synonyme für das Wort Penis kannte, wurde Porno durch klassische Frauenfilme ersetzt. Anne drehte sich um und sah, wie Patrick Swayze einer unerfahrenen Jennifer Grey das Tanzen beibrachte. *Mmm-mmm-mmm.* „Also der Mann ist heiß. Jedes Mal, wenn ich ihn sehe, habe ich das Bedürfnis, meine Fesseln und ein Halsband herauszuholen."

Jemanden mit diesem bodenlosen Selbstvertrauen zu dominieren, wäre wahrscheinlich ähnlich zu einer Session mit Ben. Und wie verlockend war das?

Neben Uzuri stieß Sally einen lustvollen Seufzer aus. „Ich wette, Swayze hätte sogar mir das Tanzen beibringen können."

„Das bezweifle ich", sagte Kim vorsichtig. „Obwohl sicher auch das Scheitern Spaß gemacht hätte."

„Oh, fies!" Uzuri warf Popcorn nach ihr.

„Hey, kein Popcorn werfen." Sally lag auf dem Boden und schüttelte, umgeben von Popcorn, Chips und bunten Kissen den Kopf. „Galen wird mich umbringen, wenn er dieses Chaos sieht."

„Du hättest diesen wirklich schlechten Porno eben nicht anmachen sollen, wenn du das vermeiden wolltest", sagte Kim in einem selbstgerechten Ton.

„Verunglimpfst du etwa meine Pornoauswahl, Frau? Sei artig,

sonst werde ich deinem Master Raoul sagen, wie du seinen Schwanz nennst." Sally summte: „Puff, der Zauberdrache."

Linda verschluckte sich an ihrem Drink. Uzuri schnaubte. Anne und Olivia lachten.

Kims Kinnlade klappte herunter. „Das würdest du nicht tun!" Sally summte lauter.

„Hey, ich bin an der Reihe, auf Anne einen Toast auszusprechen." Beth klappte die Fußstütze am Sessel nach unten und kämpfte sich leicht schwankend auf die Füße.

„Ich weiß nicht, was noch bleibt, Beth." Anne lächelte die schlanke Rothaarige an – eine der mutigsten Frauen, die sie kannte. Jede einzelne Frau in diesem Raum war ihre Freundin und sie konnte nicht stolzer sein. „Bisher wurde mir ein langes Leben, Reichtum, Glück und" – sie grinste Sally an – „großartiger, erfinderischer Sex auf Lebenszeit gewünscht, mit dem ich, nur damit du es weißt, bereits gesegnet bin."

Sally warf Popcorn nach ihr.

„Du hast Popcorn geworfen!" Uzuri musterte Sally mit verengten Augen. „Das sage ich deinen Mastern. Sie werden dich das Haus auf Händen und Knien schrubben lassen."

„Nackt", trug Olivia zur Unterhaltung bei.

„Oh ja. Auf jeden Fall nackt." Kim wackelte anzüglich mit den Augenbrauen. „Master R hat eine sehr ... aggressive Reaktion, wenn ich mich fürs Putzen nackt ausziehe."

„Tatsächlich?" Sallys Antwort klang so fasziniert, dass alle lachten.

Beth räusperte sich und hob ihr Glas. „Auf Anne! Mögest du deinen ultimativen Mann finden und mögen seine Bedürfnisse dem entsprechen, was du geben willst, und vice versa."

„*Mann?*" Kim grinste Beth an. „Ist dir etwa nicht aufgefallen, dass Anne hübsche Jungs bevorzugt?"

Als Beth zögerte, sagte Anne in einem warmen Ton: „Das war ein schöner Toast. Danke dir."

Beth landete wieder auf ihrem Sessel und stellte ihre Füße

hoch. „Nolan meinte, dass du mit Ben gespielt hast, und er ist sicher kein Junge."

Nein, das ist er sicherlich nicht ...

„Ich bin immer noch überrascht, dass Z dich dafür nicht umgebracht hat", bemerkte Olivia. „Da er es nicht getan hat ... Wirst du Ben als Sklave zu dir nehmen?"

Sally pflanzte sich neben Uzuri auf den Arm der Couch und blickte erwartungsvoll drein. Linda beugte sich vor.

„Was für ein neugieriger Haufen. Ich sollte euch alle ans Kreuz fesseln und euch für eine unbestimmte Zeit den Arsch versohlen."

Als Reaktion bekam sie von allen nur ein Grinsen und von Olivia ein gemurmeltes: „Probiere es ruhig, Mädchen."

„Es gibt keinen Respekt mehr in der Welt für in die Jahre gekommene Mistresses wie mich", sagte Anne mit einem über-triebenen Seufzer.

Sie musste aber zugeben, dass sie all ihren Geschichten gelauscht, eine Schulter für Tränen geliehen und Ratschläge gegeben hatte. Anne war es einfach nicht gewohnt, ihre eigenen Gefühle zu teilen.

Militärgören fanden schnell Freunde – und lernten rasch, wie sehr es schmerzte, diese Freunde zu verlieren. Sie hatte seit ihrem zehnten Lebensjahr keine wahre Freundin mehr gehabt. Nur Bekannte. Mittlerweile hatte sie mehrere. Und Freundschaft durfte nicht als Einbahnstraße gesehen werden.

Sie musste erst einen tiefen Atemzug nehmen, bevor sie spre-chen konnte. „Nein, Ben wird nicht mein Sklave. Olivia, du hattest Recht. Sich auf Zs Wachhund einzulassen, ist kein kluger Schachzug."

„Passt er nicht zu dir?", fragte Linda in ihrer wunderschön melodischen Stimme. „Ich habe einiges von eurer Session gesehen und ihr saht ... gut zusammen aus. Ihr habt euch ergänzt."

Die süße Bemerkung und die Erinnerung an die schiere ...

Richtigkeit der Session brachte Anne für einen Moment zum Schweigen.

Kim grinste. „Cullen hat mit Raoul darüber gesprochen. Er war besorgt, du würdest Bens Eier zerquetschen oder so."

„War er das, ja?" Anne zuckte zusammen, der Schmerz so unerwartet wie sich an einem Blatt Papier zu schneiden. Sicher wusste Cullen, dass sie einem Sub nie mehr zumuten würde, als er wollte – und manchmal nicht einmal das.

„Oh, quetsche die Eier! Bitte, bitte, ja!" Breit grinsend sprang Sally auf dem Sofa auf und ab. „Du weißt doch, wie wählerisch Ben in Bezug auf unsere Schuhe ist. Er ist so selten glücklich mit der Wahl, also bekommen wir sein Knurren oft zu hören. In dieser tiefen Stimme. Aber sobald Anne damit fertig ist, seine Kronjuwelen zu quälen ..." In einer hohen Falsettstimme ahmte sie Bens Worte nach: *„Zieh deine Schuhe aus."*

Als die Frauen in Lachen ausbrachen, verschluckte sich Anne an ihrem Drink und grinste. Sie musste Ben unbedingt erzählen, was Sally gesagt hatte.

Vielleicht auch nicht. Abstand wäre besser.

Wie erbärmlich, dass die bloße Erwähnung seines Namens ihren Puls beschleunigt hatte. Sie erinnerte sich noch an das Gefühl seiner schwieligen Hände auf ihren Brüsten. Und würde sie es nicht einfach lieben, ihn an ein Kreuz zu binden, sodass sie ihn mit ihren eigenen Händen berühren konnte?

Hör auf damit. Sofort. Bleib in der realen Welt, du hast im Fantasieland nichts zu suchen. „Eins sollte dir klar sein: wenn ein Sub danach noch reden kann, habe ich versagt."

„Oh, armer Ben", sagte Sally und spielte nach, wie ein sprachloser Ben Uzuri anwies, sich die Schuhe auszuziehen.

Uzuri blinzelte gekonnt verwirrt und tat so, als würde sie Ben stattdessen ihren Tanga reichen.

Sally riss den Mund weit auf und warf den imaginären Tanga beschämt von sich.

„Oh, das ist zu realistisch." Linda klatschte. „Ist es nicht süß, wie der arme Ben immer noch in Verlegenheit gerät?"

„Er errötet wunderschön. Ich muss sagen, dass er wirklich ein Adonis ist – wenn man das männliche Geschlecht bevorzugt. Und nach dem, was ich von ihm gesehen habe, als Anne mit ihm gespielt hat, gab es viel zum Quetschen." Olivias Hände formten die Größe von Wassermelonen.

Hoffentlich würde der arme Ben nie hören, wie die Frauen über ihn sprachen, sonst würde er einen Monat lang so rot wie eine Tomate herumrennen.

Olivia fuhr fort: „Ich habe auch bemerkt, dass du während der Session mit ihm den Schmerz nicht forciert hast. Hat er das zu einer harten Grenze gemacht?"

„Nein." Anne nahm einen Schluck und konzentrierte sich auf die Farbe ihres Getränks. „Ich hatte einfach nicht den Drang, ihn zum Schreien zu bringen. Um genau zu sein, habe ich das schon lange nicht mehr gebraucht."

Stille.

„Aber du warst mit Joey zusammen, und er ist eine totale Schmerzschlampe." Sally jaulte, als Uzuri ihr mit dem Ellbogen in die Rippen stieß.

„Sei nicht so unhöflich", schimpfte Uzuri. Obwohl sie ein kleiner Schelm war, galt sie auch als die respektvollste und zuvorkommendste der Shadowkittens.

„Tut mir leid. Ich hätte nicht –"

„Es ist alles in Ordnung, Sally", sagte Anne. „Ich bin über Joey hinweg." Obwohl sie zugeben musste, dass seine Abwesenheit eine schmerzhafte Leere in ihrem Leben hinterlassen hatte. Aber egal wie entzückend er gewesen war, Joeys Abhängigkeit war anstrengend geworden. „Er wollte eine Vollzeitmistress und, wie du schon gesagt hast, ein höheres Maß an Schmerz."

Nachdenklich legte Olivia den Kopf auf die Seite. „Mir ist bereits aufgefallen, dass du, wenn du bei einer Session mehr Dominanz als Sadismus einbringst, zufriedener scheinst."

„Wenn sich deine Sessions ändern, bedeutet das, dass auch du dich veränderst?", fragte Linda leise.

Ändern. Das üble Wort kühlte Annes Haut ab, wie es nur ein plötzlich auftretender Schneeregen vermochte. Auf dem Fernseher konfrontierte Jennifer Grey ihren Vater zum ersten Mal in ihrem Leben. Baby wurde vor ihren Augen zur Frau. *Ich bin schon eine Frau.*

„Wenn ihr wüsstet, wie sehr ich dieses Wort hasse – Veränderung." Annes Stimme klang dünn. Schwach.

„Oh, Anne." Linda rutschte von der Couch und setzte sich neben Anne auf den Boden, nah genug, dass ihre Schultern aneinanderrieben, als sie leise sagte: „In dieser Welt dreht sich alles um Veränderung. Die Jahreszeiten wechseln von Sommer zu Winter. Die Kontinentalplatten drücken Berge hoch, und das Wetter schleift sie wieder ab. Auf diesem Planeten, in diesem Universum steht nichts still."

Veränderung. Allein der Gedanke sorgte in ihr für ein gewisses Unbehagen. „Einige von uns ziehen es vor, im Sommer zu bleiben." Sie schaffte ein kleines Lächeln. „Und wir bevorzugen es auch, wenn sich Sessions nicht unter unseren Füßen verschieben."

„Sam meinte mal, dass deine Sessions oft von Wut inspiriert sind, und du suchst dir Sklaven, die sich an dieser Wut und dem Schmerz laben." Linda hielt inne und ließ ihr Schweigen die Frage stellen – *hat sich daran etwas geändert?*

„Das ist ja das Problem." Anne leerte den Rest ihres Getränks und wünschte, es wäre Alkohol. „Ich bin nicht wirklich wütend auf Männer. Nicht mehr."

„Wieso warst du so wütend?", fragte Uzuri. „Ist etwas passiert, das ..." Ihre braune Haut verdunkelte sich mit ihrer Schamesröte und sie wandte ihren Blick dem Fernseher zu.

Anne schaute zu ihr und betrachtete sie aufmerksam. Das Mädchen müsste bald mal darüber reden, was in ihrer Vergangenheit vorgefallen war. Zs Geduld mit der sogenannten harten Grenze der Subs, wenn es um die Vorgeschichte ging, würde nicht mehr lange anhalten. Er hatte ihr eine Frist gesetzt, die sich schnell näherte.

Aber heute war weder die richtige Zeit noch der richtige Ort dafür. Sie ließ ihre Stimme sanfter klingen: „Nein, Uzuri. Es handelt sich eher um eine Anhäufung von Frustrationen am Arbeitsplatz und in der Familie."

„Die Familie kann so einiges im Kopf durcheinanderbringen", murmelte Sally und ihr Gesicht verzog sich zu einer Grimasse.

Anne erinnerte sich, was Sally über ihren lieblosen Vater erzählt hatte, drückte ihre Hand und fühlte für sie. „Hey. Es liegt in der Vergangenheit, ja?"

„In der Vergangenheit." Sally schaffte ein kleines Lächeln. „Also ... was hat deine Familie getan?"

Anne wollte Sally den Schmerz aus den Augen nehmen und bot mehr an, als sie das normalerweise tun würde. „Mein Vater war Berufssoldat und ist sehr altmodisch in seinem Denken. Dad glaubt, dass Mädchen beschützt werden müssen. Sie kämpfen nicht, und sein Baby sollte sicherlich nichts tun, wo sie verletzt werden könnte."

„Ah." Nach einer Sekunde zeigte Olivia mit dem Finger auf Anne und grinste. „Dein Vater wollte dich in Zuckerwatte stecken, also hast du sofort die Gefahr gesucht. Zuerst als Marine, dann als Polizistin."

Geschockt starrte Anne sie an. „Auf diese Weise habe ich über meine Berufswahl noch nie nachgedacht, aber" – sie nickte Olivia beeindruckt zu – „wahrscheinlich hat das etwas damit zu tun." Obwohl das überfürsorgliche Gen, das in ihrer Familie weit verbreitet war, sicher auch eine Rolle spielte.

„Ich wusste, dass du als Polizistin gearbeitet hast, aber du warst auch ein Marine?" Uzuris Augen weiteten sich.

„Beides harte Jobs", sagte Kim. „Macht der Job als Kopfgeldjäger mehr Spaß als Polizist zu sein?"

„Nicht wirklich." Ihre Brüder und Dan, ein Polizist aus dem Shadowlands, hatten herausgefunden, warum sie die Strafverfolgung verlassen hatte, aber sonst hatte sie mit niemandem darüber gesprochen. Hier jedoch ... konnte sie nur Sympathie teilen und empfangen. Die Erkenntnis verursachte einen Kloß in ihrer Kehle.

Sie räusperte sich und hatte plötzlich das Gefühl, dass die Nähte einer alten Wunde aufgeplatzt waren. „Ich habe es geliebt, Polizistin zu sein, und ich dachte, ich würde die Leute mögen, mit denen ich zusammenarbeite. In meiner Polizeiwache war es nur leider so, dass du nichts wert warst, wenn du keine Eier hattest." Sie ahmte die weinerliche Stimme des Leutnants nach: *„Polizistinnen gefährden das Leben echter Polizisten und nehmen bezahlte Jobs an, die Männer ausfüllen sollten, sodass sie ihre Familien finanziell unterstützen können."* Sie seufzte. „Soweit es den Leutnant betraf, waren weibliche Offiziere nur gut, um Kaffee zu holen oder möglicherweise alte Fälle zu bearbeiten."

„Oh, das ist wirklich nervig", bemerkte Sally.

„Männer können so scheiße sein", murmelte Kim.

„Also hast du ihnen gesagt, dass sie dich mal am Arsch lecken können", sagte Olivia anerkennend.

„Hast du ihre Hoden in die Form einer Brezel gewunden, bevor du gekündigt hast?", fragte Linda und brachte den Rest zum Lachen.

„Das wäre für meinen mentalen Zustand wohl besser gewesen." Dennoch schienen ihre Frustration und ihr Groll in den letzten Jahren nachgelassen zu haben. Sie wusste jetzt, wer sie war. Sie wusste, zu was sie fähig war. Und das hatte sie immer und immer wieder unter Beweis gestellt.

„Mochtest du es, Verbrecher zu fassen? Bist du deshalb jetzt Kopfgeldjägerin?", fragte Uzuri.

„Ich genieße die Jagd, ja. Obwohl ich eine Privatdetektiv-Lizenz habe und ab und zu Fälle für einen Freund übernehme, bevorzuge ich die Geradlinigkeit, einen Bösewicht ins Gefängnis zu bringen – ob als Polizist oder als Kautionsagent."

Das Nervigste an ihrem derzeitigen Job – abgesehen von

Robert – war, dass ihre Onkel es vorziehen würden, wenn sie den ganzen Tag im Büro verbrachte, anstatt ihr Leben auf der Straße zu riskieren.

„Die anderen machen dir doch keinen Kummer, weil du eine Frau bist, oder?", fragte Sally.

„Nicht auf die gleiche Weise. Ich leite das Team für das Auffinden von Kautionsflüchtigen." Sie grinste. „Und da ich es generell nicht toleriere, als weniger kompetent als ein Mann behandelt zu werden, muss ich selten meine Fäuste in Gebrauch nehmen, um andere davon zu überzeugen."

Linda, Mutter von zwei erwachsenen Kindern, lächelte wissentlich. „Ich wette, du hast dich durch die Grundschule geprügelt."

„Ich kam mit mehr blauen Augen und Flecken nachhause als meine beiden Brüder zusammen." Anne grinste. Wenn sie zurückdachte und den Zorn aus diesen Tagen ausblendete, musste sie zugeben, dass sie Spaß gehabt hatte.

„Ich mag keine Gewalt", flüsterte Uzuri mit glasigen Augen.

Teile mit uns, Uzuri, dachte Anne. „Musstest du gegen jemanden kämpfen?", fragte sie in einem sanften Ton.

„Nein. Ich weiß nicht, wie." Uzuri verschmolz mit den Kissen.

Anne tauschte einen Blick mit Olivia aus. Olivia tippte auf ihre Uhr. Uzuris Frist lief bald ab und dann würden sie der Sache auf den Grund gehen.

„Für mich gab es auch eine Zeit, in der ich nicht gekämpft habe." Beth legte einen Arm um Uzuris Schultern. Beths Ex hatte Narben hinterlassen, die nie verblassen würden. „Aber ich habe das Wie gelernt."

Auf der anderen Seite stieß Sally freundschaftlich gegen Uzuris Schulter. „Wirst du jemals an unseren Selbstverteidigungskursen teilnehmen? Jessica konnte schon eine Weile nicht mehr kommen, und Kari ist wegen Baby Zane auch nicht regelmäßig dabei. Eine weitere Person wäre gut."

„Vielleicht", sagte Uzuri. Ihr Tonfall machte klar, dass es eher ein *Nein* war.

Zu weichherzig, um ihre Freundin zu drängen, wechselte Sally das Thema: „Apropos, du hast morgen Nachmittag Babydienst, oder?"

Uzuri schüttelte den Kopf. „Übermorgen."

„Ich habe morgen", sagte Anne. Jessicas Mutter und Tante waren ein paar Tage nach Sophias Geburt aufgetaucht, dann Zs Mutter. Aber Z gehörte nicht zu dem Schlag von Mann, der jemanden auf Dauer im Haus wollte, vor allem keine aufdringlichen Großmütter.

Also hatten die Shadowlands-Frauen einen Zeitplan erstellt, sodass jeden Nachmittag zu einer bestimmten Zeit jemand vorbeiging, um Essen zu bringen und Besorgungen für Jessica zu erledigen. Oder zum Babysitten, damit Jessica eine Pause bekam.

Anne sah die Besuche als perfekte Ausrede, um mit Sophia zu kuscheln. Und jedes Mal, wenn Anne dort war, wurde der Wunsch nach einem Kind größer. Ein Bedürfnis, das ihr relativ neu war, aber irgendwie hatte sie ... sich verändert. Da war wieder dieses Wort. Und plötzlich wollte sie ihr Leben für ein Kind öffnen.

Es war erschreckend, sich vorzustellen, für eine kleine Person verantwortlich zu sein, und doch sehnte sich ihr ganzer Körper danach. Jedes Mal, wenn sie Jessicas Haus verließ, fühlten sich ihre Arme immer noch so an, als ob sie ein Baby halten würden. Der anhaltende Duft von Babypuder und Milch brachte sie zum Lächeln.

Im Moment sah sie überall Babys.

Aber Wünsche waren keine Bedürfnisse ... und ein Kind war das Letzte, was sie jetzt brauchte.

KAPITEL SIEBEN

Ben tippte mit den Fingern auf den Schreibtisch, bevor er auf die Uhr sah. *Fuck.* Samstagabend um zehn. Es war ziemlich offensichtlich, dass Anne an diesem Wochenende das Shadowlands mied.

Sie mied ihn.

Mit einem finsteren Ausdruck sah er zur Tür. *Verdammt.* Er war kein pickelgesichtiger Teenager, der die Signale einer Frau falsch interpretierte. Er hatte ausreichend Frauen in seinem Bett gehabt und wusste, dass sie alles, was sie miteinander getan hatten, verdammt genossen hatte.

Sie hatte die Flucht vor etwas ergriffen, das zu etwas Gutem heranwachsen könnte. Er war versucht, sie einen Feigling zu nennen.

Aber ... nein. In einem Punkt behielt sie Recht: Er war kein Sklave. Jedenfalls hatte er nicht gedacht, dass er das war. Er könnte es versuchen. Und das würde er auch, wenn er sich damit eine Chance mit ihr sicherte. Würde sie diese Möglichkeit überhaupt in Betracht ziehen? Hatte sie jemals versucht, mit einem Mann zusammen zu sein, der ... nicht ganz ein Sklave war?

Seiner Meinung nach sollten sie zumindest einen Versuch wagen und sehen, was daraus wurde.

Das Telefon klingelte. Er nahm ab. „Shadowlands."

„Ben, hier ist Uzuri. Kannst du Master Z sagen, dass ich heute Abend nicht in den Club komme?"

„Natürlich." Er zögerte. „Du weißt, dass er einen Grund will."

„Ach, es ist nichts Schlimmes. Nicht wirklich." Sie stieß einen frustrierten Seufzer aus und dann kam die Sintflut aus Worten, sodass ihre Erklärung mit jedem Satz schneller an seine Ohren trat. „Ich sollte diese Woche in meine neue Wohnung ziehen, und ich hatte Urlaubstage und alles arrangiert. Nur haben es die Mieter vor mir vermasselt und blieben bis heute, und der Vermieter konnte nicht viel dagegen tun, ohne sie vor Gericht zu bringen." Sie holte tief Luft. Ben grinste, als die Geschwindigkeit ihrer Erklärung zunahm sowie die Höhe ihrer Stimme. „Also habe ich nur den morgigen Tag, um Umzugshelfer zu organisieren. Natürlich ist morgen Sonntag, also fällt das wahrscheinlich auch flach. Und Montag muss ich beruflich für eine Woche die Stadt verlassen und mein Mietvertrag ist abgelaufen und ... Chaos!"

Sie hatte nicht Unrecht. „Ich habe einen SUV und Zeit. Zudem kenne ich ein paar Männer mit Pick-ups. Möchtest du Hilfe?"

Stille.

Er befürchtete für einen Moment, dass er die kleine Sub erschreckt hatte, doch dann hörte er ihren Freudenschrei am anderen Ende. „Würdest du? Wirklich? Du könntest helfen? Ich kann vor und zurück fahren, die großen Sachen jedoch schaffe ich einfach nicht allein. So viel habe ich gar nicht, aber – wirklich? Du würdest mir helfen?"

Fuck, sie war zuckersüß. „Wirklich. Um wie viel Uhr willst du anfangen?"

„Ich bekomme die Schlüssel erst morgen Früh um neun. Davor kann ich anfangen, Kisten von meiner Wohnung einzuladen, nur vielleicht ist das zu früh für –"

„Ich werde um acht bei dir sein", sagte er entschlossen.

„Okay. Danke, Ben. Vielen, vielen Dank!"

„Adresse?"

Er notierte sich die Informationen, die er brauchte, steckte das Papier in seine Tasche, informierte Z per Handy über seine vermisste Auszubildende und ... ging sogar noch einen Schritt weiter. Die kleinen Subs *gehörten* im Wesentlichen den Shadowlands-Mastern. Sie würden alle helfen wollen.

Z ließ nicht lange auf sich warten und gab seine Zustimmung. Master Z eben.

Nachdem er die Akten der Master und Mistresses herausgezogen hatte, begann Ben, Nummern zu wählen.

„Ben." **Anne festigte** den Griff um ihr Handy. Ihr Herz hatte nicht gerade einen Schlag ausgesetzt. Oh nein, auf keinen Fall. „Gibt es ein Problem?"

Warum würde er sie sonst so spät an einem Samstagabend anrufen?

„Ja und nein. Es geht um Uzuri. Sie muss umziehen und hat nur den morgigen Tag, um es zu tun. Die vorherigen Mieter haben sie verarscht und die Wohnung nicht rechtzeitig geräumt, also muss sie alles übereilt regeln. Aus irgendeinem Grund hat sie ihre Freunde nicht angerufen."

„Das überrascht mich nicht."

Die unabhängige und lebenslustige Uzuri legte hin und wieder Verhaltensweisen an den Tag – wie diese Unsicherheit –, die auf tiefergehende Probleme hinwiesen. Z hätte sie niemals damit davonkommen lassen sollen, ihre Traumata als harte Grenzen zu kennzeichnen.

„Ein paar von uns werden morgen zu ihr fahren und ihr helfen", sagte Ben. „Hast du Zeit?"

„Selbstverständlich." Ihr Vergnügen, Bens Stimme zu hören,

wurde von einem gedämpften Schmerz übertönt. Warum hatte sonst niemand angerufen, um ihr zu sagen, was los war? „So früh wie du mich brauchst."

„Perfekt. Kannst du Uzuri an ihrer neuen Wohnung treffen und den Schlüssel von ihr entgegennehmen? Wir werden den ganzen Tag mit den Pick-ups vor und zurück fahren."

„Natürlich."

Sie schrieb sich alle nötigen Informationen auf. Bevor er auflegte, sagte er: „Dann bis morgen."

Und ja, ihr Herz war unbestreitbar in einen synkopierten Jazz-Beat gerutscht. Was bitte war aus ihrer eisernen Kontrolle geworden?

KAPITEL ACHT

Um die Mittagszeit ging Anne durch die Räume in Uzuris neuer Wohnung und überblickte die geleistete Arbeit. Die cremefarbenen Wohnzimmerwände und die dunkelblauen Fliesenböden wurden gereinigt. Der kleine Essbereich ebenfalls. Linda und Beth putzten gerade die Fenster und die weißen Zierleisten.

In der Küche lächelte sie Andrea an. „Und wie läuft es hier?"

Andrea sah mit ihrem lockigen goldbraunen Haar, ihren bernsteinfarbenen Augen und ihrer goldenen Haut wie ein Herbsttag aus und war etwa fünf Zentimeter größer als Annes einen Meter fünfundsiebzig. Cullen nannte sie seine Amazone.

Andrea zeigte auf die drei Highschool-Schüler in zerrissenen Jeans und weiten T-Shirts. „Ich habe meine schnellsten Arbeiter herangeholt. Hier sind wir fertig und warten jetzt nur auf die Möbel. Stimmt's, Jungs?"

Die Jungs grinsten und antworteten alle gleichzeitig:

„Na klar."

„So ist es."

„*Sí.*"

Anne schaute sich um und staunte über die glänzenden,

blauen Fliesen, den Ofen und die offenen Schränke. Ein Junge wurde gerade mit dem Kühlschrank fertig, der jetzt regelrecht strahlte. „Großartig."

Heute Morgen war Anne wie abgesprochen zu Uzuri gefahren und hatte sie dort weinend vorgefunden. Der Vermieter hatte ihr bei der Wohnungsübergabe mitgeteilt, dass der Reinigungsdienst am Wochenende nicht arbeitete. Da ihr aber keine andere Wahl geblieben war, hatte Uzuri hoffnungsvoll die Schlüssel entgegengenommen.

Schnell hatte sich die Hoffnung in Luft aufgelöst. Die Wohnung war ein Schlachtfeld. Sogar Crystal-Meth-Häuser waren sauberer. In den Zimmern lag überall Müll verstreut, und der Gestank von verrottendem Essen aus der Küche, Urin aus dem Badezimmer und dem vielen Schmutz war überwältigend. Uzuris dunkle Haut hatte einen grünen Farbton angenommen.

Anne hatte ihre Freundin zu ihrer alten Wohnung geschickt, wo sie ihre Sachen zusammenpacken sollte. Anschließend hatte sie Anrufe getätigt und die anderen für eine gründliche Säuberung in die neue Wohnung umgeleitet.

Ein weiterer Anruf hatte Andrea aktiv werden lassen, die geplant hatte, später zum Auspacken dazuzustoßen. Aber die Frau besaß ein Reinigungsunternehmen. Nach Annes Erklärung hatte Andrea sofort alles in die Wege geleitet und war sogar mit Verstärkung in Form von Teilzeitkräften angerückt.

„Ihr seid alle Wundertäter", sagte Anne zu den Jungs. „Ich bin so froh, dass ihr verfügbar wart."

Sie gaben ihr die weit aufgerissenen Blicke von Jugendlichen, die eher daran gewöhnt waren, getadelt als komplimentiert zu werden, und sie konnte sehen, dass sie sich bei dem Lob gerader hinstellten. So süß.

Sie tauschte ein Lächeln mit Andrea und sagte dann zu den Jungs: „Leider muss ich euch jetzt in das eklige Badezimmer schicken." Nachdem sie ein Grinsen über das Stöhnen im Chor unterdrückt hatte, fügte sie hinzu: „Ich habe jedoch Pizza bestellt, um das Trauma auszugleichen. Bis ihr fertig seid, wird das Essen hier sein. Die Pause werdet ihr euch verdient haben."

„Mega!" Die Truppe stieß sich mit den Fingerknöcheln an und ging zu ihrer nächsten Aufgabe über.

„So wie du deine Sklaven in Reih und Glied hältst, hast du auch ein Talent dafür, die Jungen zu motivieren", sagte Andrea. „Übrigens: Dan und Ben sind draußen mit einer Ladung für die Küche und das Wohnzimmer. Ben kam vor einer Minute mit Kaffee von Starbucks herein. Auf einer der Tassen steht dein Name."

„Tatsächlich?" Ihr Herz klopfte schneller – nur von dem Gedanken, etwas Koffein in ihren Körper zu bekommen. *Einen anderen Grund gibt es nicht. Nein, nein.* In dem langen, mit Bechern gefüllten Karton stand nur auf einem ein Name: *ANNE.*

Sie nahm den Becher und schwelgte in dem ersten Schluck. Moccachino. Er hatte sich an ihr Getränk in Zs Haus erinnert. Das war ... beeindruckend.

Natürlich hatten ihre Sklaven alle ihre Vorlieben gelernt, aber sie neigten dazu, auf Anweisungen von ihr zu warten. Bens Kombination aus Unabhängigkeit und Fürsorglichkeit könnte leicht süchtig machen.

„Hey, Anne, wo willst du uns jetzt haben?", fragte Sally. Gabi erschien hinter ihr und beide Frauen sahen ramponiert aus. „Das Schlafzimmer ist sauber und bereit für Möbel."

„Ausgezeichnetes Timing. Sam und Holt sind mit den Sachen aus dem Schlafzimmer auf dem Weg zu uns." Sie zeigte auf die restlichen Kaffeebecher. „Warum schnappt ihr euch nicht einen Kaffee und macht eine kleine Pause, während ich ein paar Kisten reinschleppe? Anschließend könnt ihr die Küche einrichten."

Gabi ließ den Blick über die Küche schweifen. „Wow, Andrea, deine Leute haben gute Arbeit geleistet. Der Raum ist nicht mehr wieder zu erkennen."

Andrea strahlte bei Gabis Worten und Anne entschied, ihr Handy herauszuholen und ein paar Fotos zu schießen. „Als wir die

Wohnung das erste Mal betreten haben, schoss ich Bilder für Uzuri. Als Beweis. So kannst du jetzt Vorher-Nachher-Aufnahmen auf deine Webseite laden."

„Großartige Idee!" Andrea lächelte. „Danke dir."

Als sich Anne den Zustand des Wohnzimmers ansah, schüttelte sie den Kopf. Die Männer hatten die Couch und die Sessel reingetragen und die Möbel an absurden Orten abgestellt.

Dan lief an ihr vorbei und stellte einen Stuhl an die Wand – an die Stelle, wo der Fernseher hingehörte.

„Also mal ehrlich", murmelte Anne. Sie dachte kurz nach, holte Linda zu sich und bat sie, die Platzierung der Möbel anzuleiten. „Beth, kannst du dasselbe tun, wenn der Van mit den Schlafzimmermöbeln kommt?"

„Selbstverständlich."

„Holt euch einen Kaffee aus der Küche und –" Als Anne Schritte hörte und diese erkannte, drehte sie sich um.

Gefolgt von einem wunderschönen Golden Retriever trug Ben einen schweren Sessel in den Raum. Jeder Muskel in seiner oberen Hälfte war angespannt und so dehnte sich sein braunes *Merle Haggard*-T-Shirt über seine Brust.

Anne verspürte den Drang, in seinen Bizeps zu beißen. *Lecker.*

Als sein Blick auf ihren traf, zeigte sich ein schiefes Lächeln auf seinen Lippen. „Anne."

„Ben." Die wachsende Hitze in seinen Augen glitt unter ihre Haut und setzte sich tief in ihrer Mitte ab. Um nicht dem Drang nachzukommen, ihn an sich zu ziehen, trat sie einen Schritt zurück und senkte den Blick.

„Ist das dein Hund? Er ist wunderschön." Sie streckte ihre Hand nach dem Retriever aus.

„Jep, das ist Bronx."

Mit dem Selbstvertrauen eines Hundes, der geliebt wurde, trabte der Retriever zu ihr und wedelte aufgeregt mit dem Schwanz. Der Hund teilte ihr wortlos mit, dass sie jetzt die besten Freunde waren, und so konnte sie nicht widerstehen und umarmte ihn.

Als sie sich erhob, sah sie, dass Ben sie mit einem sanften Lächeln und ein wenig Eifersucht betrachtete. Der Mann wollte offensichtlich seine eigene Umarmung.

Anne räusperte sich. „Kannst du –?"

„Ihhh!" Sallys angeekeltes Quietschen kam aus der Küche.

Mit Ben direkt hinter ihr rannte Anne zur Küche. Er war ihr so dicht auf den Fersen, dass sie, als sie zurücksprang, gegen seinen Körper krachte. Eine riesige Kakerlake in der Größe ihrer Handfläche kroch über die Arbeitsfläche. *Oh Gott!* Sie versuchte, weiter zurückzutreten. *Weg damit!*

„Ben." Sie zeigte mit einer zitternden Hand auf die grässliche, schwarze Schabe. „Kannst du?"

„Ja, Ma'am." Sofort trat er in Aktion.

Während er sich der Kreatur entledigte, zog sich Anne in den Essbereich zurück.

Sally folgte. „Herrgott, hast du die Ausmaße dieses Monsters gesehen?"

„Nichts in dieser Größe sollte Flügel haben." Annes Herzfrequenz hatte sich noch nicht verlangsamt.

„Es tut mir so leid, dass Uzuri, Rainie und ich im letzten Frühjahr versucht haben, dich mit unechten Käfern zu erschrecken." Sally schlang einen Arm um Annes Taille. „Ich sag dir, das war Karma. Das Ding hat mir fast einen Herzinfarkt beschert."

„Das Gefühl kenne ich", sagte Anne trocken. Als sie ihr Schließfach im Shadowlands geöffnet und überall Käfer gesehen hatte ... Nun ja, es hatte viel zu lange gebraucht, um zu erkennen, dass die Dinger aus Gummi waren.

Eine Minute später kehrte ihr Retter in glänzender Rüstung zurück. Seine Haare hatte er zurückgebunden, seine breiten Schultern waren durchgedrückt und zeigten seine Militärausbildung, sein Ausdruck teilnahmslos. Seine Augen jedoch, die an die eines Tigers erinnerten, leuchteten belustigt.

„Danke, Ben", sagte Anne. „Gut gemacht."

„Ich schwöre, das ist der einzige Grund, warum Gott Männer auf diese Erde gesetzt hat – um Käfer zu beseitigen", bemerkte Sally.

Annes Aufmerksamkeit galt weiterhin Bens wunderschönen Augen. „Mir fallen noch ein paar andere Gründe ein."

Seine Augen nahmen einen warmen Ausdruck an.

„Ja, na ja. Ich habe den Fehler gemacht, das mal zu Vance zu sagen, der es wiederum Galen erzählt hat. Als Team haben sie mir in der Nacht demonstriert, wie viele Gründe es gibt." Sally klang leicht verärgert. „Am nächsten Morgen konnte ich nicht mal aufstehen."

Annes Lippen zuckten.

Da Ben ein kluges Kerlchen war, sagte er nichts, aber sein Blick blieb auf Annes Gesicht gerichtet, und so war sie sich sicher, dass er diesen Beweis auch gerne erbracht hätte.

Die Versuchung war viel zu groß. Sie schüttelte den Kopf. „Ben, kannst du Linda bitte helfen, das Wohnzimmer zu arrangieren?"

Anstatt genervt dreinzublicken, schien er nun aufmerksamer. „Es wäre mir ein Vergnügen, Ma'am."

Als Linda Annes Bitte hörte, winkte sie Ben zu sich und zeigte auf einen Stuhl. „Dieser Stuhl kommt da drüben hin, Ben." Sie deutete auf die andere Ecke. „Und das TV-Lowboard muss an diese Wand."

„Ja", murmelte Ben. „Das habe ich Dan auch gesagt."

Anne grinste. Er hatte ein gutes Auge – und Dan hatte das nicht. Das erinnerte sie daran, dass eine Person nicht nach dem äußeren Erscheinungsbild beurteilt werden sollte.

Ihr Telefon piepte und zeigte einen Text von Nolan an. Sie erhob ihre Stimme: „Leute, die alte Wohnung ist leer und die letzte Ladung ist unterwegs."

Aus den verschiedenen Räumen war Jubel zu hören.

Anne prüfte, wie sich die Badezimmerbesatzung machte.

Obwohl sie vom Gestank angewidert waren, arbeiteten die Jungs energisch.

Einer hob den Blick zu ihr. „Und meine Mutter meint immer, mein Zimmer sei ein Schweinestall – sie hat ja keine Ahnung."

Die nächste Ladung parkte vor der Tür, und Sam machte sich daran, die Möbel reinzutragen. Silbergraues Haar, blassblaue Augen, dunkel gebräunt. Der Rancher war vielleicht in seinen Fünfzigern, aber er trug die Eichenkommode, als ob sie nicht mehr wog als eine Feder.

Ben wäre in dem Alter noch genauso zäh, in dem Punkt war sie sich sicher.

Im Schlafzimmer fand sie Beth, die wartend von ihrem Kaffee trank.

Als Sam die Kommode abstellte, sagte Anne zu ihm: „Beth ist für diesen Raum verantwortlich. Sie wird dir sagen, wo du die Möbel hinstellen sollst."

Beth warf dem berüchtigten Shadowlands-Sadisten einen nervösen Blick zu. Sie war mit einem gewalttätigen Mann verheiratet gewesen, der sich Sadist genannt hatte. Seit Nolan in ihr Leben getreten war, hatte sie viele ihrer Ängste überwunden, aber Anne hatte bemerkt, dass männliche Sadisten sie immer noch etwas misstrauisch machten, wenn ihr Dom nicht in der Nähe war.

Dies wäre ein hervorragender Zeitpunkt für sie, um an diesem Problem zu arbeiten.

Sams Blick zu Anne hielt Belustigung inne. Dann jedoch sah er zu Beth und sein Gesicht verlor jegliche Härte. Er sagte mit seiner rauen Stimme: „Ich habe meine Peitsche nicht mitgebracht, Fräulein. Weise mich also an."

Keinem von ihnen entging Beths erleichterter Seufzer.

Gut genug. Lächelnd ging Anne in die Küche. Im Flur quetschte sie sich an Holt vorbei, der ein Nachttischschränkchen trug.

Der Fortschritt in der Küche war offensichtlich. Sally hatte die Schränke fast gefüllt. Gabi organisierte die Konserven.

„Ihr zwei seid wirklich schnell", sagte Anne.

„Ist das nicht toll?" Sally klatschte aufgeregt in die Hände. „Uzuri denkt wahrscheinlich, sie müsste für heute Nacht in ein Hotel ziehen."

„Wir werden alles erledigt haben, noch bevor die anderen hier auftauchen", sagte Gabi.

„Die anderen?" Anne warf ihren Kaffeebecher in die riesige Kiste mit der Aufschrift *MÜLL*.

„Diejenigen, die nicht früher hier sein konnten." Sally stellte eine Tasse in den Schrank. „Master Z wollte noch vorbeischauen. Vielleicht wird er Jessica und Sophia mitbringen, je nachdem, wie sie sich fühlen."

Gabi fuhr fort: „Cat ist diese Woche nicht in der Stadt. Jake und Rainie werden gerade mit Welpen und Katzenbabys überschwemmt. Raoul ist auch nicht in der Stadt, aber Kim will noch kommen. Marcus und Cullen werden bald hier sein. Olivia wollte am Nachmittag sehen, ob sie noch etwas für uns tun kann."

„Mein Galen ist auf dem Weg. Vance ist für einen weiteren Tag in Atlanta", sagte Sally. Sie lauschte für einen Moment. „Eigentlich hört es sich so an, als wären Galen und Marcus bereits hier."

Anne warf einen Blick auf ihr Handy, um zu sehen, wie spät es war. „Mein Gott, es ist schon weit nach zwölf."

„Die Zeit vergeht wie im Fluge, wenn man Spaß hat." Sally grinste. „Ich bin wirklich froh, dass du kommen konntest. An Uzuris alter Wohnung wussten wir nicht so richtig, wie wir die ganze Sache anpacken sollen. Wir standen uns alle im Weg. Du bist durch das Chaos geschnitten, als wärst du ein heißes Messer, das es auf Butter abgesehen hat."

„Das überrascht mich nicht." Dan kam gefolgt von Ben in die Küche. „Anne leitet ein Team aus den erbarmungslosesten Hurensöhnen, die du dir vorstellen kannst. Einen Umzug zu organisieren – sogar einen mit Sam und Nolan –, ist für sie ein Kinderspiel."

„Dann wundert mich gar nichts mehr." Sally schob die leere Kiste zur Seite. „Mir war nicht klar, dass Kopfgeldjäger im Team agieren."

„Insofern der Flüchtige für seine Gewaltbereitschaft bekannt ist, ist es für alle – einschließlich ihm – sicherer, wenn wir mit einem Team anrücken", erklärte Anne.

„Das ist klug." Bens Blick war spekulativ, als würde er Teile ihres Lebens wie ein Puzzle zusammensetzen.

„Hey, Ben", sagte Gabi, als sie eine Schranktür schloss. „Du hast großartige Arbeit geleistet, als du alle zusammengetrieben hast. Ich bin froh, dass du erkannt hast, dass Uzuri Hilfe braucht, auch wenn sie es nicht zugeben wollte."

„Du hast das arrangiert?", fragte Anne ihn.

Verlegen zuckte er mit den Schultern. „Ich war es, der herausfand, dass sie in Schwierigkeiten steckt, also habe ich mir bei Z das Okay geholt und losgelegt. Eigentlich habe ich nur bestimmten Leuten den Auftrag gegeben, andere Leute zu benachrichtigen." Er trat so nah an sie heran, dass ihre Schulter seine Brust streifte.

Bei dem leichten Kontakt kribbelte ihre Haut am ganzen Körper. Mehr brauchte es nicht. Sie atmete tief ein und wurde mit seinem sauberen Duft überflutet. *Hör auf damit!* Sie trat einen Schritt zurück.

„Deinen Anruf habe ich ganz allein für mich aufgehoben", fügte er hinzu.

Kein Wunder, dass sonst niemand angerufen hatte. „Aber ... warum? Hattest du Angst, ich wäre unhöflich, wenn mich jemand um Hilfe bitten würde?" So einen schlechten Ruf hatte sie doch gar nicht, oder?

„Nein, Ma'am." Als er den Abstand zwischen ihnen erneut verringerte, zeigte sie ihm mit einem finsteren Ausdruck, was sie davon hielt.

Bei dieser Nähe war die Verlockung, ihn zu berühren, einfach zu groß.

Sein Blick war fest auf ihr Gesicht gerichtet, und dann lächelte er. „Ich habe den Anruf selbst getätigt, weil mich deine Stimme antörnt. Sogar, wenn du sauer bist, klingst du wie Lauren Bacall."

„Entschuldige bitte?" Sie schaffte es nicht, den eisigen Unterton aus ihrer Stimme herauszuhalten.

„Ja, genau das meine ich." Er grinste. „Wenn du jemals genug von der Kopfgeldjagd hast, könntest du mit Telefonsex eine Menge Geld machen."

Mehrere Leute in der Küche schnappten schockiert nach Luft. Auf Ben richteten sich einige besorgte Blicke, da sie alle wussten, was Anne mit respektlosen Männern machte.

Anne legte ihre Hand auf Bens Brust. Seine Muskeln waren hart und verführerisch, zeigten ein tiefes Tal zwischen seinen Brustmuskeln. Eine verzehrende Lustwelle jagte durch ihren Körper.

Leicht genervt von ihrer eigenen Reaktion drückte sie sanft gegen seine Brust.

Er trat sofort einen Schritt zurück. Seine Hand bedeckte ihre und hielt sie an seiner Brust.

„Du provozierst mich absichtlich, Benjamin. Willst du unbedingt, dass ich dich bestrafe?", fragte sie, nur halb im Scherz.

„Jederzeit." Das Verlangen in seinem Blick konnte nicht falsch interpretiert werden. „Bitte."

„Heilige Scheiße, Ben, bist du wahnsinnig geworden?", fragte Cullen, der nun hinter Anne stand. „Sie würde dein Gehänge in Aufstrich für ihr Sandwich verarbeiten."

Anne erstarrte.

„Genug mit dem Scheiß, O'Keefe", knurrte Ben.

Die Kälte in Annes Herz schmolz wie Butter in der Sonne Floridas.

Und Cullen trat schockiert zurück, als wäre er geschlagen worden. „Ich –"

„Anne, Benjamin, es freut mich, euch zu sehen." Als Z hereinschlenderte, brachte die Schlagkraft in seiner sanften Stimme alle in der Küche zum Schweigen. Er fuhr mit der Hand über ihren nackten Arm, ein bewusst freundschaftlicher Gruß, der ihr den Gnadenstoß gab.

Sie kämpfte darum, gelassen zu klingen: „Z, ist Jessica hier? Und das Baby?"

„Jessica wollte kommen, aber sie ringt gerade mit einer Erkältung. Kari ist bei ihr und Sophia geblieben, jedoch hat sie mir eine Platte Brownies für euch mitgegeben. Ich habe dafür Bier und Erfrischungsgetränke dabei."

„Brownies?", fragte einer von Andreas Schülern. Als jedes Augenpaar im Umkreis auf ihm landete, färbten sich sogar seine Ohren rot.

„In der Tat. Im Wohnzimmer." Z gluckste, als der Junge verschwand. „Ich glaube, eure Pizza ist auch hier. Ich habe den Lieferwagen auf der Suche nach einem Parkplatz gesehen."

„Das ist perfektes Timing. Entschuldigt mich." Anne eilte nach draußen – ein vollständiger Rückzug –, sodass sie die Pizza entgegennehmen konnte.

Ein paar Minuten später saßen die meisten Helfer auf der Couch, den Sesseln und dem Boden und inhalierten ein Pizzastück nach dem anderen. Nachdem sie Servietten und Getränke verteilt und auch für sich selbst Essen gefunden hatte, ließ Anne den Blick zufrieden durch den Raum schweifen. Sie hatten gute Arbeit geleistet.

Eine Autotür knallte zu, und eine Minute später erschien Uzuri auf der Türschwelle. Sie starrte auf den makellosen Raum und die Leute, die ihn füllten. „Was ist –?" Sie legte beide Hände über ihren Mund. Tränen füllten ihre Augen und liefen über ihre Wangen. Sie sah zu Anne. „Ich habe nicht ... Alle sind hier."

Mit seinem Golden Retriever an seiner Seite stand Ben vollkommen erstarrt mit einem Bilderrahmen in der Hand im Raum.

Anne sah zu ihm und erwartete, dass er Uzuri eine Erklärung gab.

Stattdessen sah er entsetzt aus. Und glänzte durch Stillschweigen. *Harte Jungs und Tränen. Keine gute Mischung.*

„Komm her, Baby." Anne stellte ihr Essen ab und zog Uzuri zu sich, als die kleine Sub zusammenbrach. „In dem Moment, als Ben von deinem Problem erzählt hat, wollten alle helfen."

Uzuri drückte ihr Gesicht an Annes Schulter ... und weinte.

Anne hielt sie einfach und streichelte tröstend ihre Schultern. Sonst gab es nichts zu tun – manchmal musste ein Mädchen einfach weinen.

Sam und Holt kamen aus dem Schlafzimmer. Sam sah Uzuri und nickte Anne anerkennend zu. Es gab also einen Mann, den Tränen nicht störten.

Holt machte einen Schritt auf sie zu, die Sorge deutlich in seinen Augen zu erkennen. Nach einer Sekunde schüttelte er jedoch den Kopf und fand Annes Blick. „Das Bett haben wir zusammengebaut und es kann jetzt bezogen werden."

„Danke." Sie ließ die Augen wandern. „Kim, wenn du fertig bist, kannst du mit Linda die Kisten für das Schlafzimmer auspacken und das Bett machen."

„Gerne." Kim hatte Tränen in den Augen, als sie zu Uzuri sah.

In dem Moment schlenderte Nolan durch die Haustür und nickte Anne zu. „Der Pick-up ist leer."

„Hier, Sir." Beth erhob sich von ihrem Stuhl und reichte ihrem Master Pizza auf einem Pappteller.

Er nahm ihren Platz ein, öffnete seine Beine und sie ließ sich zwischen ihnen auf dem Boden nieder. Nachdem er sich vorgelehnt und ihr einen Kuss auf die Lippen gegeben hatte, griff er nach der Flasche Corona, die sie ihm hinhielt.

Sie sahen wirklich perfekt zusammen aus. Anne lächelte. Vor fast drei Jahren hatte sie Nolan gesagt, dass es sich lohnte, eine dauerhafte Sub zu haben. Kurz darauf hatte er Beth gefunden – und Anne hatte Joey verloren. Jetzt war sie die Einsame. Wie erbärmlich war das bitte?

Noch immer in Annes Armen hob Uzuri den Kopf.

„Alles wieder gut?", fragte Anne.

Uzuri nickte und flüsterte: „Danke. Es tut mir leid."

„Das muss es nicht."

„Trockne deine Tränen, Süße. Es gibt noch viel zu tun und zu essen." Gabi reichte Uzuri ein Taschentuch.

Sally schlang einen Arm um ihre Taille. „Komm und sieh dir deine Küche an. Du wirst sie nicht wiedererkennen."

Die beiden zogen Uzuri mit sich, brachten sie zum Lachen und gaben ihr Zeit, sich von dem Schock zu erholen.

Gut gemacht.

Nachdem sie ihren Teller wieder in die Hand genommen hatte, setzte sich Anne auf den Stuhl, den Gabi geräumt hatte.

Zu ihrer Überraschung machte es sich Bronx zu ihren Füßen bequem. Bei dem flehenden Ausdruck in seinen Augen pflückte sie eine Salamischeibe von ihrer Pizza. Sein Schwanz klopfte aufgeregt auf den Boden, als er ihr Geschenk behutsam annahm.

Beim Klang eines vertrauten, herzlichen Lachens blickte Anne auf.

Ben lachte über einen Kommentar, den einer der Jungs gemacht hatte, und griff gerade nach einem mit Fleisch beladenen Pizzastück. Seine Enttäuschung war offensichtlich, als er die leere Brownie-Platte in Augenschein nahm.

Er sah sich im Raum um, kam zu ihr und schloss sich Bronx zu ihren Füßen an.

„Ben." Ihre Stimme hielt eine Warnung, die er völlig ignorierte.

Er stellte seinen Teller und die Coladose auf den Boden, drehte sich zur Seite und positionierte ihren linken Fuß auf seinem Oberschenkel, damit er sich zwischen ihren Schenkeln einfinden konnte. Seine linke Schulter lehnte gegen das Sofa – so nah an ihrer Pussy.

Mit einem zufriedenen Seufzer nahm er die Cola in die Hand.

Um sie herum war amüsiertes Schnauben und Kichern zu vernehmen.

Aufdringlicher Sub. Anne senkte ihre Pizza auf den Teller, legte die Hand auf seine Schulter, packte mit der anderen ein Bündel seiner Haare und riss seinen Kopf nach hinten.

Hitze flammte in seinen Augen auf, und wie ein Wolf, der sich seinem Alpha gegenübersah, entblößte er unterwürfig seinen Hals.

Sie liebte die Art und Weise, wie er auf sie reagierte. Nichtsdestotrotz ...

„Benjamin, habe ich dich gebeten, dich zu meinen Füßen hinzusetzen?" Ihre Worte waren nur laut genug für ihn.

„Ma'am, nein." Er lächelte sie sanft an und hob seinen Teller über seinen Kopf, sodass Bronx ihn nicht erreichen konnte. Ben jedoch senkte seine Stimme nicht. „Nach dem Scheiß, den Cullen von sich gegeben hat, wollte ich meine Absicht klarmachen." Seine Augenbrauen zogen sich zusammen. „Wenn du mich wirklich nicht hier haben willst, werde ich gehen."

Auf der anderen Seite des Raumes runzelte Cullen die Stirn. „Ben ..."

„Weißt du, Anne, er verdient es, diese Eier zu verlieren", rief Dan.

„Was ist denn los?", flüsterte einer der Jugendlichen einem anderen zu.

„*Estúpidos babosos.*" *Andrea* schlug ihren Dom auf den Arm, bevor sie Dan anfunkelte. „Meine Aushilfen sind hier."

Cullen zuckte bei der Erinnerung zusammen.

Dan nickte ihr reuevoll zu.

„Was los ist, ist, dass Cullen denkt, ich sei im Umgang mit dieser Frau zu aufdringlich." Selbst, als er Bronx ein Stück Wurst anbot, grinste Ben die Jungs an. Die Situation schien ihm kein bisschen unangenehm zu sein. „Habt ihr euch das schon mal von einem Freund gefallen lassen müssen?"

Zwei von ihnen wandten sich an den dritten und fingen an, ihn zu necken.

Ein perfektes Ablenkungsmanöver. Anne zog anerkennend an Bens Haaren.

Unter ihrer Hand lockerten sich seine Schultern.

Die Burschen gaben einander verspielte Schläge gegen den Oberarm und tauschten Beleidigungen aus, und sie konnte sehen, wie Jungen in diesem Alter das Leben eines Menschen auf den Kopf stellen konnten. Doch selbst in all ihrer jugendlichen Idiotie waren sie wirklich süß.

Als die Gespräche um sie weitergeführt wurden, aß sie ihre Pizza und wischte sich mit einer Serviette die Finger ab. Ben hatte seinen Teller bereits geleert.

„Gute Pizza, Ma'am", sagte er. „Danke, dass du uns alle mit Nahrung versorgt hast."

„Gern geschehen." Sie nahm ihren anderen Teller vom Beistelltisch, in dem Wissen, dass sie ihn nicht ermutigen sollte. Nichtsdestotrotz ließ ihr Herz es nicht zu, dass sie das Dessert wieder abstellte. „Trotz deines extrem aufdringlichen Verhaltens denke ich, dass du dir eine Belohnung verdient hast. Du hast heute eine nette Sache für Uzuri getan." Sie hob die Folie und entblößte den großen schokoladenüberzogenen Brownie.

Sein Blick hielt die Begeisterung eines Mannes, der einen Leckerbissen bekam, sowie die Freude, dass sie an ihn gedacht hatte, als alle anderen nur an sich gedacht hatten. „Danke, Mistress." Bevor er einen Bissen nahm, fragte er: „Hast du einen probieren können?"

„Ich weiß es besser. Ich kenne Karis Brownies. Esse ich einen, müsste ich morgen früh einen Kilometer extra laufen."

Das Gold in seinen Augen glühte auf. „Ich könnte bei der Kalorienverbrennung behilflich sein."

Nun, dessen war sie sich sehr wohl bewusst. Und der Wunsch,

mit ihm ein paar Kalorien zu verbrennen, wurde immer überwältigender. „In diesem Fall sollte ich mir vielleicht einen Bissen gönnen." Sie lehnte sich vor, sodass ihre linke Brust sein Gesicht streifte, und griff nach seinem Handgelenk, um seinen Brownie zu ihren Lippen zu führen. Sie nahm einen kleinen Bissen.

„Also, Ma'am, sicher weißt du mittlerweile, dass ich für mehr Kalorien geschaffen bin", murmelte er.

Sie verschluckte sich an einem Lachen.

Ihr Handy klingelte. *Nochmal Glück gehabt.* Sie sah auf den Bildschirm und nahm den Anruf an. „Anne hier. Was ist los?"

„Wir haben jemanden zum Abholen für dich, wenn du Zeit hast", sagte Loretta. „Erinnerst du dich an Jane? Sie klingt hysterisch. Du solltest wahrscheinlich Verstärkung mitnehmen."

Nachdem sie den Standort erhalten hatte, blickte Anne finster auf ihr Handy. *Verdammt, Jane. Warum bist du zu diesem Arschloch zurückgegangen?*

Eine große Hand schloss sich um ihre. „Gibt's ein Problem?" Ben musterte sie aus besorgten Augen.

„Ich fürchte ja. Ich muss jemanden abholen." Aber ihre beiden Brüder arbeiteten heute, und sie hatte keine ausgebildeten Freundinnen, die sie in eine möglicherweise gefährliche Situation bringen wollte.

„Wenn es nur darum ging, wärst du nicht so besorgt. Kann ich helfen?"

„Ich ..." Könnte er das? Er war ein Ex-Soldat. Und Z führte bei jedem, der den Club betreten wollte, umfangreiche Nachforschungen durch, um die Sicherheit aller zu wahren. Noch besser: als Sicherheitsmann in einem BDSM-Club war ihm bestimmt der ein oder andere emotionale Zusammenbruch untergekommen, und er wüsste, was in dem Fall zu tun wäre. „Wenn es dir nichts ausmacht, jetzt zu gehen, würde ich mich über Hilfe freuen."

„Wenn Bronx auch kommen kann, bin ich dabei."

Anne wollte eine misshandelte Frau in ein Frauenhaus bringen? Die Domina hatte mehr Facetten als ein Diamant. Ben starrte sie an, als sie mit ihrem Ford Escape zum vorgesehenen Abholort fuhr. „Warum kümmern sich nicht die Bullen um den Transport der Frau?"

„Das tun sie manchmal. Allzu oft ruft eine Frau nicht die Polizei, also benachrichtigt das Frauenhaus Freiwillige."

„Wenn ein Mann seine Frau schlägt, was hält ihn davon ab, den freiwilligen Fahrer anzugreifen?"

Sie lächelte. „Es ist nicht so gefährlich, wie es sich anhört. Wir gehen nicht zum Arbeitsplatz oder zu dem Haus der Frauen. Die Abholung wird nur an öffentlichen Orten durchgeführt."

Auch das klang nicht besonders sicher. Ben lehnte sich zurück. Zumindest war er hier als Verstärkung. „Weißt du, wen wir abholen?"

„Weiß ich. Jane und ihre Tochter Paige waren eine Weile im Frauenhaus, aber als ihr Mann einer Therapie zustimmte, ging sie zurück zu ihm." Sie zog die Augenbrauen zusammen.

„Lehnst du es ab, einem Mann eine zweite Chance zu geben?"

„Na ja, manchmal ist ein Täter schockiert über seine Handlungen und erkennt, dass er ein Problem hat. Dieser Mann jedoch gehört zu der Sorte, die es nie lernt." Sie presste die Lippen fest aufeinander. „Ich kenne Janes Ehemann. Er ist ein manipulativer Bastard und sicher nicht daran interessiert, sein Verhalten zu ändern. Er benutzte jeden denkbaren Trick, um sie dazu zu bringen, zu ihm zurückzukommen."

In Anbetracht von Annes Erfahrung als Domina hatte sie den Mann wahrscheinlich richtig gedeutet. Was für ein Arschloch. „Sie ... liebt ihn und ist zu ihm zurück."

„Hmm, ich denke, diese Liebe hat sich jetzt endgültig verflüchtigt. Ich nehme an, dass sie Angst hatte, allein zu sein und ihr Leben auf den Kopf stellen zu müssen. Davor, sich zu verändern." Annes Finger spannten sich um das Lenkrad an und lösten sich wieder.

Sie hatte das Wort *verändern* regelrecht ausgespuckt. Interessant.

„Hier ist es." Anne fuhr über den Parkplatz eines Einkaufszentrums, parkte auf dem Bordstein vor einem Geschäft, schaltete das Parklicht ein und sprang aus dem Auto.

Ben gab Bronx ein Handzeichen, sodass er blieb, wo er war, und schloss sich Anne auf dem Bürgersteig an. „Wo soll ich mich positionieren?"

„Kannst du am Auto warten?" Sie schmunzelte. „Du wirkst manchmal etwas gruselig."

Ben zuckte zusammen. Obwohl er es mittlerweile genoss, groß zu sein, mochte er es nicht, dass sein Gesicht in der Lage war, Kinder zu erschrecken.

Sie sah, in welche Richtung seine Gedanken gingen, und fuhr mit der Hand über seinen Arm. „Nur damit du es weißt: Ich schätze gruselige Jungs", sagte sie mit ihrer heiseren Stimme.

Als sie ihn ansah wie einen köstlichen Leckerbissen, dehnte sich sein Ego auf die Größe von ganz Pinellas County. Er räusperte sich. „Ich werde hier warten." Es sei denn, etwas ging schief, dann würde er tun, was getan werden musste.

Sie marschierte in das Geschäft, und er kannte sie lange genug, dass er sah, wie angespannt sie war und dass sie auf der Hut war vor den Menschen, die sich in der Nähe aufhielten. Sie hatte den Eindruck erwecken wollen, als wäre diese Art von Situation nicht gefährlich und doch war sie bereit zum Gefecht.

Eine Minute später kam sie wieder heraus. Mit einer Frau, um die sie schützend den Arm gelegt hatte.

Mein Gott.

Die humpelnde Frau hatte ein blaues Auge und eine Schwellung in der Größe eines Golfballs an der Wange. Zudem eine dicke Lippe, und ihr steifer Rumpf deutete darauf hin, dass ihre Rippen zumindest geprellt, wenn nicht sogar gebrochen waren.

Die Wut in ihm erhob sich und zeigte ihre hässliche Fratze.

Er machte einen Schritt nach vorne und sah dann ein junges

Mädchen hinter Anne herlaufen. Sie konnte nicht älter als zwölf sein. Tränen rollten über ihre schmutzigen Wangen.

Ben drosselte seine Wut. Sie hatte genug Gewalt gesehen. Er versuchte, harmlos zu erscheinen, öffnete die Rücksitztür und trat zurück.

Als sich die Frauen dem SUV näherten, war das Brüllen eines Mannes zu hören. „Jetzt hab ich dich, du Schlampe! Bleib stehen!"

Wie ein verängstigter Vogel erstarrte Jane.

„Oh, echt jetzt?" Mit einem genervten Seufzer blickte Anne über ihre Schulter. „Jane, steig ins Auto."

Die Frau bewegte sich nicht.

Ihr Mann näherte sich mit dem engstirnigen Fokus eines fanatischen Rebellen.

Von wegen sichere Abholung. Das Arschloch hatte weißen Staub auf seiner zerlumpten Jeans und trug ein schweißgetränktes T-Shirt. Wahrscheinlich arbeitete er im Baugewerbe. Der Mann war um die einen Meter achtzig und wog weit über hundert Kilogramm, muskulös, aber mit einem beträchtlichen Bierbauch.

Sein Gesichtsausdruck war ... merkwürdig, und Ben nahm an, er war auf Droge, betrunken, oder beides.

„Eingehend, Anne", warnte Ben, als sie Jane zum Auto half. „Darf ich ihn ausschalten?"

„Ich würde es lieber selbst machen."

Fuck. Ben unterdrückte die Notwendigkeit, einzugreifen. *Ganz ruhig, Haugen.* Anne würde ihr Spielzeug nicht einfach so aufgeben, und er musste darauf vertrauen, dass sie wusste, was sie tat. „Dachte ich mir."

Anne schenkte ihm ein grimmiges Lächeln, ließ von Jane ab, drückte die Schulter des Kindes und lief dann zurück zu dem Geschäft.

Ben trat vor Jane und das Kind, um sie vor dem Blick des Arschlochs abzuschirmen. „Steigt bitte ins Auto, während sich Anne um," – *den verdammten Scheißkerl* – „das Problem kümmert."

Nach einem Blinzeln konzentrierte sich Jane auf ihn und sah, wenn das überhaupt möglich war, noch ängstlicher aus.

„Ich −" Sie reagierte, indem sie einen Schritt von ihm zurück wich.

Zu Bens Erleichterung meldete sich ihre Tochter: „Steig ein, Mom. Wir müssen von hier verschwinden."

Mutiges Kind. Entsetzen in ihrem Ausdruck, kreidebleich und mit weit aufgerissenen Augen − und doch bewahrte sie einen kühlen Kopf.

Hinter Ben ertönte die Stimme des Arschlochs, dann der Laut von einer Faust, die auf Fleisch traf.

Anne schafft das. Sie weiß, was sie tut. Ben lockerte seinen Kiefer und schnippte mit den Fingern, damit Bronx vom Rücksitz nach vorn sprang.

„Bleib hier, Kleine", sagte er sanft und stellte sicher, dass Paige direkt neben dem Auto war.

Er sah zur Mutter. „Mein Name ist Ben, Ma'am. Ich helfe Anne heute aus." Er stützte Jane, als sie auf den Rücksitz kletterte und schnallte sie behutsam an.

Eine geschafft. „Paige, steig ein."

Das Mädchen schüttelte den Kopf. „Wir müssen Anne vielleicht helfen." Mit geballten Fäusten platzierte sie ihre Füße fest auf dem Boden und ging nirgendwohin.

Zur Hölle nochmal. Etwas ratlos legte Ben seine Hand sanft auf ihre Schulter, damit er sie im Auge behalten konnte, und wandte sich dann dem Kampf zu.

Wenn Anne Hilfe brauchte, wäre er bereit. Und wenn der Bastard versuchte, dem Kind etwas anzutun, würde er einen blutigen Stumpf zurücklassen.

Bens Hilfe wurde jedoch nicht benötigt, was verdammt schade war.

Das Arschloch versuchte, Anne mit den Fäusten zu erwischen, und landete nicht einen Schlag. Die Frau hatte eine richtig gute Beinarbeit. Sie lieferte einen perfekt ausgeführten Tritt gegen sein Knie.

Der Bastard fiel wie ein Baum.

Gesicht traf auf Asphalt – Gesicht verlor. Ben lachte leise. Und versuchte, seinen Ständer unter Kontrolle zu bekommen.

Immer noch in Position wartete Anne und hoffte offensichtlich, dass der Idiot aufstand, damit sie ihn erneut niederstrecken konnte.

Böse Domina. „Ma'am, das war nett, anzusehen, aber dein Wagen erwartet dich."

Und die Kleine hatte genug gesehen.

Anne runzelte die Stirn, immer noch angespannt und wütend, aber als er mit dem Kinn auf die Tochter wies, holte ihr Verstand auf. „Richtig. Dann mal los."

Zu Bens Überraschung bewegte sich Paige immer noch nicht. Ihre Augen zeigten den Hass, den sie gegenüber ihrem Vater empfand.

Fuck, das war einfach traurig.

Ben räusperte sich. „Paige. Rein mit dir."

Bevor er helfen konnte, rannte sie um das Auto herum, öffnete die Tür für die Rückbank und stoppte.

„Paige?"

„Ein Hund."

Ben erkannte, dass Bronx seinen Kopf zwischen die beiden Vordersitze gesteckt hatte, in der Hoffnung, dass ihm jemand etwas Aufmerksamkeit schenkte.

„Du hast einen Hund." Das Wunder in ihrer Stimme sorgte bei dem Retriever zu einem Wimmern.

Ben lächelte. Jemand brauchte Trost, und er hatte nur den Hund, um dies umzusetzen. „Möchtest du mit Bronx vorne fahren?"

Das Kind könnte nicht ekstatischer aussehen, hätte sich das Himmelstor geöffnet. „Wirklich?"

Als Antwort öffnete Ben die Beifahrertür, wies Bronx an, auf den Boden vor dem Sitz zu springen, und trat selbst aus dem Weg.

Nachdem Paige eingestiegen war, musste Ben sie lange genug zurückhalten, um ihr den Sicherheitsgurt anzulegen. Dann lehnte sie sich vor, schlang die Arme um den Hals des Hundes und vergrub ihr Gesicht in seinem Fell.

„Nun", sagte Anne. „Bronx scheint beliebter zu sein als die Teddybären der Feuerwehrleute."

Jane flüsterte: „Wird der Hund sie angreifen? Sie ist so ..."

Ben hockte sich neben die Mutter. „Bronx hat ein großes Herz und er liebt Kinder. Alles gut."

Anne reichte ihm den Autoschlüssel und setzte sich neben Jane auf die Rückbank. „Jane, ich muss wissen, wie schwer du verletzt bist."

Ah. Ben rutschte hinters Steuer, sah kurz nach dem Mädchen und schnaubte. Mit einem lachenden und einem weinenden Auge ließ sie sich von Bronx die Tränen weglecken.

Mit Annes Hilfe fuhr Ben zum Frauenhaus und parkte am Hintereingang.

Während er Jane aus dem Auto geleitete, glitt Anne auf der anderen Seite heraus.

Mit einem Arm um Jane sagte sie: „Bin gleich zurück." Sie half Jane zum Gebäude und klingelte. Mehrere Frauen öffneten die Tür.

Ben lehnte sich gegen das Auto und beobachtete, wie Paige ein letztes Mal seinen begierigen Hund umarmte.

„Mister Ben?"

Ben schaute in strahlend blaue Augen. „Du brauchst den Mister-Teil nicht – Ben reicht vollkommen. Hast du eine Frage?"

„Du bist ein Mann. Solltest du nicht Miss Anne beschützen?"

Da er eine Frage über Bronx erwartet hatte, nahm er sich einen Moment Zeit, um sich zu erholen. „Ja, ich werde sie immer beschützen. Aber sie brauchte meine Hilfe nicht mit dem Ars –

äh ... heute." Er lächelte leicht. „Sie hat sich doch recht gut allein geschlagen, meinst du nicht auch?"

Die Augen des Kindes waren vom Weinen geschwollen, aber extrem wachsam. „Obwohl sie also meinen Vater niedergeschlagen hat, magst du sie immer noch?"

Ben lachte. „Oh ja, das tue ich."

„Paige." Anne stand nicht weit von ihnen entfernt. Sie warf Ben einen amüsierten Blick zu. „Schatz, du musst jetzt reingehen."

Das Kind küsste Bronx' Nase und umarmte Anne. „Wirst du mich besuchen kommen? Bitte?"

Ben konnte nur starren, als sich die sadistischste Mistress des Shadowlands vor seinen Augen in Gelee verwandelte.

Ja, er hatte die richtige Frau für sich gefunden.

KAPITEL NEUN

Während Ben ihr Fahrzeug zurück zu Uzuris Wohnung fuhr, betrachtete Anne ihn. Janes Tränen und die schreckliche Situation, die Wut des Mannes oder die Rauferei schienen ihn unbeeindruckt zu lassen. Seine Aufmerksamkeit galt dem Verkehr, seine Finger trommelten im Takt zu der Musik aus dem Radio gegen das Lenkrad.

Country-Western. Leider. Aber für ihn hatte sie sich mit der Musik abgefunden.

Für ihn würde sie sich mit viel abfinden.

Sie wusste immer noch nicht, was sie davon halten sollte, dass er sie lediglich dabei beobachtet hatte, wie sie sich Janes Ehemann stellte. Ihr Bruder Travis hätte mit ihr argumentiert und sich irgendwann schließlich zurückgezogen. Harrison und ihr Vater hätten sie niemals in Aktion treten lassen.

Ben jedoch hatte nicht einmal den Versuch gemacht, den großen Macker zu markieren. Er hatte sie die Sache regeln lassen; *verdammt*, er gefiel ihr.

„Machst du das oft?", fragte er. „Frauen abholen?"

„Hin und wieder. Meistens helfe ich aber im Frauenhaus. Vor allem die Teenager sind ziemlich wütend und verwirrt."

„Ich habe dich mit Andreas Crew gesehen. Du kannst gut mit Kindern. Wie kam es, dass du im Frauenhaus aushelfen wolltest?" Er warf ihr einen besorgten Blick zu. „Hattest du in der Vergangenheit einen gewalttätigen Ehemann oder Freund?"

Zuerst verstand sie seine Worte als beleidigend; nach einer Sekunde jedoch erkannte sie, dass seine Frage aus der Sorge um sie rührte. „Nein. Aber als Kind einer Soldatenfamilie sind mir immer wieder Männer über den Weg gelaufen, die ihre Wut an ihren Familien ausgelassen haben." Wie die Mutter ihrer besten Freundin, die mit einem Captain verheiratet gewesen war. Die Frau hatte ihre blauen Augen und Prellungen mit Make-up abgedeckt. Für ihre Tochter und alle anderen hatte sie immer Ausreden parat gehabt. *„Ich bin gefallen ... Ich bin ja so ungeschickt ... Ich habe mir den Kopf am Schrank gestoßen."*

Er zuckte zusammen. „Ja, das habe ich auch erlebt. Und gesehen."

Anne hatte diesen Captain mit jeder Zelle ihres Kinderkörpers gehasst. An einem bestimmten Tag hatte er Tracy geschlagen und Anne hatte sie mit einem Tritt gegen sein Schienbein verteidigen wollen. Dadurch war ihr Vater ins Spiel gekommen. Der Captain war aus dem Dienst gedrängt worden und Tracy und ihre Mutter waren weggezogen.

Der Schmerz, jemanden zu verlieren, verschwand nie ganz.

Anne kehrte zum Gespräch zurück. „Als Polizistin war ich für die Anrufe bei häuslicher Gewalt verantwortlich." Die Kinder aus dieser Zeit stahlen sich immer noch in ihre Albträume. Babys sollten besser beschützt werden.

„Ich dachte, du wärst eine Kautionsagentin. Du bist Polizistin?"

Die Überraschung in seinen Augen war entzückend. „Das war ich. Olivia denkt, dass ich mich den Marines und dann der Polizei angeschlossen habe, weil mein Vater stets versucht hat, mich in Watte zu packen."

„Ah." Sein Lachen erfüllte das Auto, ein herzlicher Laut, der genauso gut das Brüllen eines Bären sein könnte. Noch immer grinsend sagte er: „In dem Fall bin ich froh, dass ich mich aus dem Kampf herausgehalten habe."

Sie schnaubte. „Witziger Mann. Ich sag dir, meine Familie hat ein Schützen-und-Dienen-Gen, auch wenn meine männlichen Verwandten sich weigern, die Existenz dieses Gens in den Frauen anzuerkennen."

„Aber du bist nicht mehr in der Strafverfolgung tätig? Was ist passiert?" Seine Stimme klang beiläufig, seine Finger jedoch spannten sich um das Lenkrad an.

„Es ist nichts wirklich Schlimmes passiert, Ben. Ich habe die Bigotterie gegenüber den weiblichen Offizieren einfach nicht mehr ertragen." Mit dem Klima in der Wache und den Fällen häuslicher Gewalt hatte sie angefangen, jeden mit einem Schwanz zu hassen.

Sie fügte hinzu: „Später fand ich heraus, dass meine Polizeiwache für Frauenfeindlichkeit bekannt war, und ich mich hätte versetzen lassen sollen. Stattdessen bin ich in meinen jetzigen Job geflüchtet."

Er lächelte. „Keine Ehemänner in der Vergangenheit? Langfristige Beziehungen?"

Neugieriger Sub. Aber unter seinem subtilen Interesse machte es ihr nichts aus, seine Fragen zu beantworten. „Keine Ehemänner. Nichts Ernstes." In ihrer Jugend hatte sie Jungs gedatet, die sie vielleicht sogar ... geliebt hatte. Und im College war der Mann, den sie mit ihrem ganzen Herzen geliebt hatte, Vanilla gewesen, sodass diese Beziehung abgestürzt und in Rauch aufgegangen war.

Sie hatte es wahrscheinlich einfach nicht in sich, jemanden auf eine Weise zu lieben, um eine echte Beziehung aufrechtzuerhalten.

Obwohl sie in den letzten Jahren längerfristige Sklaven gehabt und gemocht hatte, war sie nie in einen von ihnen verliebt gewesen. „Du?"

„Eine Ex-Frau."

Er war verheiratet gewesen? Anne nahm ein ihr unbekanntes Gefühl wahr. Eifersucht. Sie musterte ihn erneut. Ja, sie konnte ihn sich als verheirateten Mann vorstellen. Er würde sich mit der gleichen Ernsthaftigkeit um eine geliebte Person kümmern, wie er es bei seinen anderen Aufgaben tat. Seine Frau hätte sich glücklich schätzen sollen. „Was ist passiert?"

„Sie hat sich von mir scheiden lassen, als ich im Einsatz war. Seither hatte ich ein paar Freundinnen, aber keine dieser Beziehungen war wirklich ernst. Ich weiß nicht, wie ich es erklären soll."

„Es sollte eine Skala für die verschiedenen Beziehungen geben." Als Ben für eine rote Ampel stoppte, landete Annes Blick auf einem Waffengeschäft. „Etwas, um zu zeigen, wie tödlich Liebe sein kann." Sie überlegte. „Eine Luftpistole bezeichnet ein zwangloses erstes Date. Ein .22 Revolver den ersten Sex mit einer neuen Person. Eine .38 Halbautomatik, um die zwanglose Sache auf eine exklusive Stufe zu bringen."

„Okay." Er lächelte, als er die Kurve nahm. „Ein M24 SWS Scharfschützengewehr bezeichnet demnach, wenn man jemanden für sich beansprucht und sich verlobt. Und vielleicht eine Carl Gustav für den nächsten Schritt – die Hochzeit."

Sie grinste und erinnerte sich daran, dass die Carl Gustav eine Panzerabwehrwaffe war. „Ein zynischer Mann, wie ich sehe. Wo auf der Skala ordnest du also deine alten Flammen ein?"

„Eine Freundin wäre eine … .38 gewesen. Die andere eine .44 Magnum."

Einen Schritt über exklusiv, was bedeutete, dass die Beziehung zu der Frau ernst gewesen war. „Ich … verstehe."

Er zögerte und fragte: „Was war Joey?"

Ihr Körper spannte sich automatisch an und sie musste ihre instinktive Antwort – *das geht dich nichts an* – unterdrücken. Aber vielleicht ging es ihn sehr wohl etwas an. „Ich würde eine .38 sagen, weil ich nicht über eine .38 gehe."

Die winzigen Muskeln neben seinen Augen spannten sich an, als würde er einen Schlag absorbieren. „Verstanden."

„Ich habe keine typischen Mann/Frau-Beziehungen, Ben. Das könnte man bei mir eine harte Grenze nennen. Ich habe Sklaven. Ich mag sie – liebe sie sogar –, aber niemals auf die Weise, die eine Liebesbeziehung zwischen Mann und Frau auszeichnet."

Er nickte.

Es war an der Zeit, das Thema zu wechseln. Überfällig sogar. „Du warst heute gut mit Paige." Sie drehte sich zu Bronx und streichelte ihn. „Und du warst das auch, Baby."

Bronx reagierte mit einem entzückten Schwanzwedeln und einem hinterhältigen Fingerlecken.

„Ich hatte Übung mit Marcus' Crew", sagte Ben. „Wenn er eine Teenie-Gruppe aus seinem Kampfsportkurs zu Wettkämpfen bringt, bittet er regelmäßig um Freiwillige, die das Rudel bändigen können."

„Ah. Nun, du hast Paige etwas zum Nachdenken gegeben." Indessen legte sie, ohne nachzudenken, ihre Hand auf seinen Oberschenkel. Die Art und Weise, wie sich seine Muskeln unter ihrer Berührung anspannten, brachte die Dynamik zwischen ihnen auf eine sexuelle Ebene.

Sie hatte Angst, dass sie auf ihrer gerade besprochenen Beziehungsskala schnell von einer angenehmen .22 auf etwas mit mehr Schlagkraft ansteigen würden. Was sollte sie nur tun?

„Was meinst du damit?", fragte er und brachte ihre Gedanken zum Entgleisen.

„Ihre Eltern haben ihr beigebracht, dass Frauen passiv sein sollten. Dass ein Mann niemals eine durchsetzungsfähige Frau tolerieren würde." Sie grinste. „Auf keinen Fall eine aggressive Frau."

„Wie dämlich."

„So dämlich. Aber jetzt hat Paige eine Frau gesehen, die sich wehrt, und einen selbstbewussten Mann sagen hören, dass er die Show genossen hat – und die ... aggressive Frau immer noch mag."

„Und wie ich die Show genossen habe", sagte er.

„Ist mir aufgefallen."

Er schnaubte. „Ach?"

Paige hatte es nicht bemerkt, Anne jedoch war die riesige Beule in Bens Jeans sehr wohl aufgefallen. Für eine so schöne Reaktion hatte er es verdient, belohnt zu werden, aber ...

Er legte seine Hand auf ihre und schob sie zu seinem Schritt. Er war immer noch hart. „Ich verstehe deine Grenze, Ma'am. Aber viele Menschen haben Grenzen und schaffen es trotzdem, Sex zu haben. Lass uns Sex haben."

Ihr Körper erstarrte bei der Lustwelle, die durch sie jagte, und doch ... „Ich will nicht, dass du verletzt wirst, Ben."

Er sah zu ihr, seine Tigeraugen mit Entschlossenheit gefüllt. „Anne, magst du es, wenn Menschen dein Leben einschränken, weil sie Angst haben, dass du verletzt wirst?"

Seine Worte fühlten sich wie ein Schlag auf den Hinterkopf an, der es schaffte, sie wachzurütteln.

Sein Lächeln erschien ... bis sie seinen Schwanz packte. „Nein, Benjamin, auf keinen Fall wollen wir unsere Zeit mit den Gedanken daran verschwenden, dass du verletzt werden könntest, hmm? Treffen wir uns bei mir?"

Ben wusste genau, dass er gleich einen verdammten Herzinfarkt bekommen würde – und dann müsste Mistress Anne erklären, warum ein toter, nackter Mann in ihrem Bett lag.

Warum Kratzer in ihrem Kopfteil zu finden waren ...

Sie knabberte an seinem Schwanz.

„Mein Gott!" Sein Kopf hob sich vom Bett und er funkelte sie wütend an.

Die Mistress zog eine Augenbraue hoch. „Ich würde vorschlagen, dass du aufhörst, zu denken, Benjamin. Denn sonst ..." Ihre

Finger packten eines seiner Eier, dann das andere. Eine Warnung. Als sie zudrückte, brach Schweiß auf seiner Stirn aus.

Schließlich kratzte sie mit einem Fingernagel über die empfindliche Stelle direkt vor seinem Arschloch, und er hörte die Engel singen.

Und als sie seinen Hoden losließ, floss das Blut direkt zu seinem Schwanz, der bereits davor die um seine Länge gewickelten Lederbänder sprengen wollte.

Sein Kopf fiel auf das Kissen zurück und jeder Muskel in seinem Körper spannte sich an.

Er musste kommen. Jetzt. Jetzt sofort. *Verdammt.*

Als sie ihn anlächelte ... *Meine Fresse*, dieses Lächeln hätte ihn beinahe über die Klippe geschubst. Sie war prachtvoll, vollkommen nackt, ihre Haut von der Sonne goldbraun. Hohe, volle Brüste mit aufgerichteten Nippeln. Augen auf halbmast und ihr Mund von seinen Küssen geschwollen. Sie sah aus wie einer dieser lüsternen Dämonen – ein Sukkubus –, denen kein Mann widerstehen konnte.

Als sie sich näher lehnte, ergoss sich ihr Haar seidenweich über seine Leistengegend und ihr sinnliches Lachen wehte warm über seine Haut. Und dann spürte er ...

Oh Gott, sie würde doch nicht ...

Doch, natürlich würde sie.

Ihre Zunge erkundete seine Eichel. Die nasse Hitze umkreiste den Schlitz und leckte über das Leder. Seine Erektion schwoll weiter an. Die Verschnürung wurde immer enger, als sie ihn neckte. Sie knabberte an der Eichel, saugte sanft daran.

Sein Körper begann zu beben. Seine Hände festigten sich um die Eichenspindeln. Das Stöhnen, das ihm entkam, konnte nicht von etwas Lebendigem stammen.

„Okay, Benjamin, ich denke, du bist bereit, und du hast heute sogar die Wahl: Willst du, dass ich dich reite, oder willst du nach oben?"

Könnte er eine Antwort geben, ohne zu schreien? Er atmete

aus und konnte immer noch ihre Fingernägel an seinen Brustwarzen spüren. „Oben. Bitte, Mistress."

Ihre beunruhigend starken, aber zarten Hände streichelten über seine Oberschenkel. „So sei es. Nachdem ich das letzte Lederband gelöst und dir ein Kondom über deinen Schwanz gerollt habe, kannst du das Kopfteil loslassen und mich anspringen."

Ihre Lippen formten sich zu einem unschuldigen Lächeln, als hätte sie gerade zugestimmt, dass er einen Keks haben könnte, anstatt ihm zu erlauben, ihr das Hirn rauszuvögeln. Sie verdrehte seinen Verstand, so wie sie seinen Körper gequält hatte. *Sadistin.*

Er war noch nie in seinem Leben so hart gewesen. Zu was machte ihn das?

Sie löste jeden Lederstreifen langsam und geruhsam, und er spürte, wie das Blut in seinen Schwanz zurückströmte, so wie sich das Meer bei einer Flut dem Ufer näherte. Seine Augen verengten sich, als er sie dabei beobachtete, wie sie – ohne jegliche Eile – das letzte Band abwickelte.

Sie rollte ihm das Kondom über, Millimeter für Millimeter.

Dann fand sie seinen Blick.

Er sprang und ließ ihr keine Chance, Widerstand zu leisten.

Wie ein hirnloser Barbar warf er sie auf ihren Rücken, spreizte ihre Beine und drang mit einem brutalen Stoß in ihre Pussy. Als er von ihrer Hitze umhüllt wurde, erstarrte er und taumelte am Rand der Klippe.

Er hatte die Kontrolle nicht mehr verloren, seit er ein Teenager war.

Hüfte an Hüfte, seine Eier unter dem Druck einer bevorstehenden Explosion pulsierend.

Schwitzend drängte er den Orgasmus zurück. Wenn sie sich bewegte – auch nur einen Millimeter –, würde er kommen.

Sie rührte sich nicht.

Er atmete langsam ein, wich von der Klippe zurück und schaffte es, die Augen zu öffnen.

Ihr braunes Haar breitete sich auf dem Kissen unter ihr aus. Ihr Gesicht zeigte rote Wangen. Und ihre Augen waren voller Anerkennung, als sie ihn anlächelte. „Ich bin beeindruckt, Wachhund."

„Das solltest du auch sein", knurrte er. „Möglich, dass ich danach nie wieder laufen kann."

Bei ihrem Lachen zogen sich die Wände ihrer Pussy um ihn zusammen und er sog scharf die Luft in seine Lungen. *Noch nicht. Bitte. Gott,* sobald er sich bewegte, würde er nicht lange durchhalten. „Ich will, dass du auch kommst. Zuerst. Aber –"

„Benjamin, wenn du nach meiner Behandlung nicht schnell kommen würdest, müsste ich von den Dächern brüllen, dass ich eine Versagerin bin." Sie grinste und griff nach einer Fernbedienung, die neben dem Kissen lag. „Es ist dir vielleicht nicht aufgefallen, aber ich werde etwas nachhelfen."

Ein sanftes Summen begann, und er spürte die Vibration an seinem Schambein. Er hob ihren Körper von ihrem – behutsam – und entdeckte auf ihrer Klitoris ein dreieckiges Ding, das ihre Klitoris bedeckte und ... es vibrierte. Genial, aber wann hatte sie sich das Teil angelegt?

„Bekomme ich die Fernbedienung?", fragte er hoffnungsvoll.

Sie lachte. „Nein."

Verdammt, er mochte Frauen, die wussten, was sie wollten – was *er* wollte.

Als der Vibrator seine Magie ausübte, beobachtete er, wie sich die Röte von ihrer Brust über ihren Hals bis zu ihrem Gesicht ausbreitete. Er stützte sich mit einer Hand ab und benutzte die andere, um ihre Brüste zu streicheln, die Größe perfekt für seine Pranke. Ihre Nippel waren wie kleine Kugeln. Er zupfte an einem, rollte ihn zwischen seinen Fingern und genoss die Laute, die sie von sich gab.

Ihre Pussy zog sich um ihn zusammen.

Fast. Fast.

„Kann ich dich dazu überreden, deine Beine um meine Taille

zu legen, Ma'am?" Er wollte unbedingt ihre eleganten, kleinen Fersen an seinem Arsch spüren, wollte spüren, wie sie ihn anspornte, sobald er in sie hämmerte.

Sie schaute nachdenklich zu ihm auf, immer noch in Kontrolle. Die Frau hatte übermenschliche Kräfte.

Anne musste zugeben, dass es mit jeder Sekunde schwieriger wurde, an ihrer Konzentration festzuhalten. Sie war verdammt nah dran, mit dem Schmetterlingsvibrator und seiner harten Länge in ihr zu kommen. Der Mann war ausgestattet wie ein Stier.

Er hatte sie um etwas gebeten – sie sollte ihre Beine bewegen. *Richtig.* Sie fühlte, wie sich der Druck aufbaute. Sie konnte seiner Bitte nachgeben. Zum Teil. Sie räusperte sich. „Wenn du dich mit einer Hand am Kopfteil festhältst, kannst du mit meinen Beinen machen, was du willst."

Seine Antwort war ein wertschätzendes Knurren. Er hob ihr linkes Bein über seine Hüfte und packte mit seiner rechten Hand das Kopfteil. Nachdem er seine Knie für ein besseres Gleichgewicht auseinander bewegt hatte, hakte er seinen linken Arm unter ihr rechtes Knie ein, hob das Bein, spreizte sie und stieß tiefer in sie.

Ihre Fingernägel gruben sich bei dem herrlichen Gefühl in seine Haut.

Als er seinen Schwanz langsam aus ihr herauszog, spannte sich sein Kiefer an. „Ich kann immer noch jedes Lederband um meinen Schwanz spüren", murmelte er und brachte sie damit zum Lachen.

Sein gebräuntes Gesicht verdunkelte sich vor Lust, als er entschlossen in sie stieß, sich zurückzog, dann hart in sie hämmerte und mit dem Schambein gegen den Schmetterlingsvibrator und ihre Klitoris krachte.

Das gab ihr den Rest.

Oh Gott! Der Druck in ihrer Mitte ballte sich wie eine Faust zusammen, massierte seinen schweren Schaft, und sie explodierte, überschäumende Lustwellen schwappten über ihre Sinne.

Ihr Becken hob sich ihm entgegen und selbst mitten in ihrem Orgasmus hörte sie sein: „Verdammte Scheiße." Und dann wurde ihr Bein höher gehoben, und er machte sich daran, sich mit jedem Stoß tiefer in ihr zu vergraben. Entschlossen. Hart. Kraftvoll. Das ganze Bett schaukelte, während er das Kopfteil mit einer Hand packte und sich sein Körper immer und immer wieder in ihr verlor.

Mit einem ohrenbetäubenden Ansturm auf ihre Sinne kam sie erneut und die Ekstase war verheerend. *Gott*, so etwas hatte sie noch nie gefühlt.

Als sich ihre Sicht allmählich klärte, strich sie mit den Lippen über seinen Hals, küsste die weißen Narben und fuhr dann mit den Fingernägeln über seine Brust, um seine Brustwarzen zu finden und in sie zu zwicken.

Er brüllte ... und rammte in sie, schaukelte mit jedem Stoß das Bett.

Ein Knacksen – und das Bett neigte sich.

Knurrend drang Ben tief in sie. Sein Schwanz pulsierte mit seinem Höhepunkt und sandte den nächsten Funkenregen zu ihrer Mitte.

Sie schaffte es, die Vibration auszuschalten und ... verschmolz mit der Matratze.

Als sich ihre Herzfrequenz schließlich auf einen weniger schmerzhaften Takt verlangsamte, öffnete sie die Augen. Ben zeigte sich mit gesenktem Kopf und vollkommen unbeweglich, seine breite Brust dehnte sich und zog sich mit jedem Atemzug zusammen. Sein Gesicht war gerötet, die Venen an seinem Hals immer noch auffällig.

Prachtvoll. Er war prachtvoll.

Sie rieb ihre Hände über seinen Rücken und schätzte das solide Gefühl seiner Muskeln.

Er hatte das Kopfteil noch nicht losgelassen – braver Sub. Stattdessen half er ihr dabei, das Bein von seiner Hüfte zu nehmen.

Weiterhin tief in ihr vergraben, spürte sie seinen zuckenden Schwanz in ihrer Hitze. Innerlich grinste sie. Sein Werkzeug würde sich morgen an sie erinnern.

„Ma'am?" Seine Stimme klang, als hätte er ihren Sandstrand verschluckt. „Bist du ...?"

So süß. Sie fuhr mit der Hand über sein kerniges Gesicht. „Es geht mir gut, Benjamin." Sie hielt kurz inne. „Aber du hast mein Bett kaputt gemacht."

Er sah nicht einmal verlegen aus. Ganz im Gegenteil: Seine Augen funkelten vor Belustigung und dann formte sich ein Lächeln auf seinen Lippen. „Ich schätze, wir müssen für die nächste Runde auf den Boden gehen."

Ein paar Stunden später trat Anne gerade aus der Dusche, als jemand an ihre Hintertür klopfte.

Während sie sich die Haare gewaschen hatte, war Ben mit Bronx Gassi gegangen. Jetzt lag der Hund in der Ecke ... und Ben reparierte den Schaden an ihrem Bett. „Ich bin mit dem Bett gleich fertig."

Er nickte zur Tür. „Gibt's ein Problem?" Sein langes Haar war zerzaust, seine Stoppeln nach einem langen Tag sichtbar. Er sah aus wie ein verstrubbelter, genervter Mann, und sie wollte ihn auf den Haufen Bettwäsche schubsen und ihn etwas aufmuntern.

„Denke nicht", sagte sie. „Da mein Auto hier ist, weiß meine Familie leider, dass ich zuhause bin. Wer auch immer es ist, wird nicht aufhören, bis ich die Tür öffne."

„Ich habe Schusswaffen in meinem Auto."

Sie grinste. „Ich auch, aber Verwandte zu erschießen, gilt als unhöflich."

„Auch wieder wahr." Er erhob sich und fuhr mit den Fingern über ihr Gesicht. „Ich komme einfach nicht darüber hinweg, wie wunderschön du bist – egal, was du trägst, egal, zu welcher Tages- oder Nachtzeit."

Alles in ihr verschmolz zu einer Pfütze. Sie warf ihm einen verärgerten Blick zu, um ihre Gefühle zu vertuschen, und öffnete dann das Fenster und rief: „Ich bin in ein paar Minuten unten! Versuch es doch mal mit Geduld!"

Sie schloss das Fenster bei Travis' nicht jugendfreier Antwort. „Männer", murmelte sie vor sich hin und suchte sich indessen saubere Unterwäsche aus der Kommode.

„Anne." Ben hockte wieder neben dem Bett.

Sie wappnete sich und erwartete, eine Beschwerde an den Kopf geworfen zu bekommen, dass er sich von ihr vernachlässigt fühlte. Joey war ein Sklave gewesen, der wusste, wann er schweigen sollte, aber das hatte ihn nicht vom Schmollen abgehalten.

„Ich bin in einer Minute mit dem Bett fertig. Willst du, dass ich bleibe oder soll ich gehen?", fragte er.

Die feinfühlige Frage erschütterte sie und erinnerte sie daran, dass sie diesen Mann nicht mit anderen aus ihrer Vergangenheit vergleichen sollte.

Und ihr wurde klar, dass sie nicht wollte, dass er heimlich, still und leise aus ihrem Haus verschwand. „Nein, komm mit runter und ich mache dir etwas zum Abendessen. Mein Bruder weiß, dass ich ein Privatleben habe. Möglich, dass er mich necken wird, aber nicht dich."

Sein Ausdruck verdunkelte sich. „Es wäre besser, wenn er dir das Leben nicht schwer macht."

Obwohl sein fürsorglicher Charakter ihr das Herz wärmte, merkte sie, wie sich ihr Körper anspannte. „Immer langsam mit den jungen Pferden, Benjamin. Ich weiß mit meiner eigenen Familie umzugehen."

Nach einer Sekunde nickte er. „Verstanden, Ma'am. Das bezweifle ich keineswegs."

Es erfreute sie, wie er es schaffte, um sie besorgt zu sein und gleichzeitig zu wissen schien, dass sie sich um ihre eigenen Angelegenheiten kümmern konnte, und so ließ sie sich auf einen langen, dekadenten Kuss mit ihm ein.

Auf dem Weg zur Hintertür hielt sie an, um Bronx zu streicheln. „Du bist so ein gutes Hündchen." Sein Schwanz klopfte anerkennend auf den Teppich.

Im Erdgeschoss schloss sie die Hintertür auf, die sich zu ihrem Terrassendeck öffnete.

Travis schlenderte ins Haus. „Wird auch Zeit. Du wirst langsam, Schwesterchen." Verspielt zog er an einer ihrer Haarsträhnen.

Jeans, altes graues T-Shirt, Stiefel. Seine Haare zeigten sich in dem gleichen Braun wie ihre, obwohl sie fast so kurz waren wie in seinen Tagen beim Militär. Dunkelblaue Augen, klassisch schöne Gesichtszüge, groß und muskulös und von der Sonne gebräunt. Wie deren Mutter war er viel witziger, liebevoller und geselliger als sie.

Wenn sie sich unter ihren Brüdern für einen Favoriten entscheiden müsste, würde er wohl den ersten Platz einnehmen.

„Ich habe das zweite Fahrzeug draußen bemerkt." Er ging direkt in die Küche. „Hast du einen neuen Mann in deinem Leben?"

„Wie kann man nur so neugierig sein ..." Obwohl es bereits der späte Nachmittag war, wählte sie eine Kaffeekapsel mit Karamellgeschmack und legte sie in den Keurig. „Gibt es einen Grund für deinen Besuch?"

„Kein Essen in meinem Kühlschrank. Hast du vielleicht noch Lasagne übrig?" Er richtete das einnehmende Grinsen auf sie, das bei seinen weiblichen Eroberungen so gut funktionierte.

Sexappeal hatte auf eine Schwester jedoch keine Wirkung. Armes Kerlchen.

„Vielleicht. Und vielleicht füttere ich dich, wenn du ... meinen Rasen mähst." Sie nahm ihre volle Tasse und platzierte eine Kapsel mit dunkler Röstung zusammen mit einer sauberen Tasse in die Maschine.

„Abgemacht. Bekomme ich auch Knoblauchbrot?"

„Bekommst du." Sie holte die Überreste eines Baguettes heraus und schnitt mehrere Scheiben ab. Ein paar Minuten später kamen Ben und Bronx die Treppe herunter.

Travis' Kinnlade klappte bei dem Anblick von Ben herunter. „Verdammte Scheiße nochmal, wo hat sie dich denn gefunden?"

Die Schultern des Wachhundes spannten sich an.

Anne schlug ihrem Bruder auf den Hinterkopf. „Bist du in einer Scheune aufgewachsen?" Wie konnte sie Ben erklären, dass Travis seine Worte nicht als Beleidigung gemeint hatte?

„Ah, tut mir leid. Das war nicht so gemeint", sagte Travis.

Als Bens Blick auf ihren traf, zeigte sich Verständnis auf seinem Gesicht. Zweifellos hatte er gerade ihre früheren Sklaven im Kopf, die alle schlank und jünger gewesen waren.

„Ben, das ist mein Bruder Travis. Travis? Das ist Ben."

„Freut mich." Travis beugte sich vor, um Bronx an seiner Hand schnüffeln zu lassen, und zerzauste dann sein Fell. „Gut aussehender Hund."

„Danke."

Anne ging zu Ben und legte einen Arm um ihn, um die Unbeholfenheit, die ihr Bruder geschaffen hatte, zu lindern. „Ben, Travis ist hier, um Essensreste zu vertilgen, da ich vor ein paar Tagen Lasagne gemacht habe. Wenn du italienisches Essen hasst, habe ich Zutaten für ein Sandwich." Sie schob den Korb mit den Kaffeekapseln in seine Richtung. „Wähle einen Kaffee, wenn es noch nicht zu spät für dich ist. Ich habe auch Wein und Bier im Kühlschrank."

„Wenn du genug hast, hört sich Lasagne fantastisch an."

„Ich bereite immer genug für eine Armee vor." Sie schmierte Butter auf das Brot, fügte Kräuter und Knoblauch hinzu und schob das Blech unter den Grill. Die Lasagne ging in die Mikrowelle. „Travis, ist es nicht etwas früh für dich? Solltest du nicht noch bei der Arbeit sein?"

„Ja, schon. Ich wollte nichts von dem Spaß verpassen." Er nahm seine Tasse aus der Maschine, wies Ben an, sie zu benutzen, und runzelte die Stirn. „Anne, hast du vergessen, dass du für heute Abend ein Teamtraining angesetzt hast?"

Sie erstarrte. „Das ist ... Oh, verdammt. Daran habe ich nicht gedacht! Eine Freundin hat uns für einen übereilten Umzug gebraucht. Damit waren Ben und ich heute den ganzen Tag beschäftigt."

„Ja, Mom hat sich schon gefragt, warum du nicht beim Sonntagsessen warst." Travis sah sie über den Rand seiner Tasse an. „Ist deine Freundin eingerichtet oder brauchst du noch Hilfe?"

Und das war der Grund, warum sie ihre Brüder liebte. Harte Kerle, aber mit Herzen aus Gold. „Wir haben sie eingerichtet."

Ben beobachtete sie, sein Blick aufmerksam. „Wenn du etwas für die Arbeit geplant hast, sollte ich mich wahrscheinlich verziehen."

Travis ließ den Blick spekulativ über ihn schweifen. „Hast du jemals eine Schusswaffe abgeschossen?"

„Ein oder zwei Mal." Bens Stimme klang ... seltsam. Anne musterte ihn und versuchte, seine Körpersprache zu deuten. Die Zuversicht war da, aber sein Körper wirkte angespannt. Sein Gesicht war unlesbar geworden, der Ausdruck in seinen Augen verschlossen. Als Soldat hätte er es nicht nur mit Waffen zu tun gehabt, sondern hatte wahrscheinlich auch getötet.

„Militär?" Travis musste immer nachhaken. Als Ben nickte, runzelte ihr Bruder die Stirn. „Wenn deine Haare so lang sind, bist du schon eine Weile nicht mehr im Einsatz."

Ben grinste und entspannte sich. „Ich bin seit fünf Jahren raus. Du?"

„Erst zwei. Marines."

„Army." Ben warf eine schockierende Menge Zucker in seine

Tasse und nahm einen Schluck. „Willst du heute Gesellschaft ... Anne?" Er hätte Mistress benutzt, wenn sie allein gewesen wären.

Für sie bedeutete dieses Zögern, dass er wollte, dass sie entschied, ob er an der Teamübung teilnahm oder nicht. Wollte sie ihn dabei haben?

Der Mann war kein Schwächling. Obwohl andere Kautionsagenten gelegentlich Freunde oder Freundinnen mitbrachten, hatte Anne ihre Sklaven noch nie dazu geholt. Vor allem weil ihre Teammitglieder Männer mit zu viel Testosteron waren. Verhaftungen konnten ein bisschen gewalttätig werden, und Ex-Militär oder nicht, Sicherheitsmann oder nicht, sie sah Ben als recht unbeschwerten Kerl. Möglich, dass ihm die Szenarien nicht zusagten.

Andererseits war er ein Erwachsener. Und ein Kämpfer. Statt einer Hauskatze war er eher wie ein sibirischer Tiger, groß und schwer und ... tödlich.

Sie würde ihn einladen und dann könnte er entscheiden, ob er das Zeug dazu hatte.

Sie lächelte ihn an. „Die meisten von uns Kautionsagenten sind es gewohnt, alleine zu arbeiten, aber vor Kurzem habe ich ein Team zusammengestellt. Das Training verbessert die Art und Weise, wie wir zusammenarbeiten. Die Leute spielen abwechselnd den Flüchtigen, und wir üben die Verhaftungen. Manchmal geht es etwas rau zu."

Ein Lächeln breitete sich auf seinem zerklüfteten Gesicht aus. „Klingt nach viel Spaß."

Männer. Immer begierig auf ein wenig grundlose Gewalt. Andererseits genoss sie die Trainingssessions auch. Sie nickte ihrem Bruder zu. „Deine Ersatzschutzbrille sollte Ben passen. Bring sie bitte mit."

„Mach ich." Travis warf Ben einen erfreuten Blick zu, bevor er Anne angrinste. „Ich bin froh, dass du endlich jemanden hast, der seiner Nüsse würdig ist."

Arsch. Anstatt ihn zu beleidigen, sinnierte sie: „Ich denke, ich werde der Lasagne ein paar Pilze hinzufügen, um den Geschmack abzurunden."

„Nein!", sagte Travis hastig. „Fuck, es tut mir leid."

Sie warf Travis einen eindeutigen Blick zu. Es fehlte nicht viel und er würde quengeln. „Schwesterchen, komm schon." Er drehte sich um. „Ben, du willst doch keine Pilze auf deiner Lasagne, oder?"

Bens goldene Augen funkelten vor Belustigung. „Ma'am, obwohl Pilze nicht zu meinen Favoriten gehören, werde ich essen, was auch immer du zubereitest."

Bei seinem ausgespielten Trumpf neigte sie anerkennend den Kopf. Mit einem Satz hatte er ihr seine Vorlieben mitgeteilt und gleichzeitig bekräftigt, dass er ihre Wahl nicht in Frage stellen würde.

Um Travis ein wenig zu ärgern, hob sie die Pilze auf und hörte, wie ihr Bruder stöhnte.

In Anerkennung von Bens Ehrerbietung fügte sie nur ihrem Teil der Lasagne die Pilze hinzu.

Sein raues Glucksen war ihre Belohnung.

Die Sonne ging unter, als Ben auf einem stark bewaldeten Grundstück in der Nähe von Curlew Creek in einem kleinen, heruntergekommenen Mobilheim wartete. Ein Wohnwagen und ein Schuppen standen in einer Reihe neben dem Haus. Draußen errichteten seine *Familienmitglieder* einen Plastikzaun.

Anne hatte erklärt, dass jede Übung entworfen wurde, um typische Verhaftungsszenarien zu simulieren – in der Regel, wenn sich der Flüchtige verschanzte, möglicherweise mit Verwandten oder Freunden nicht weit entfernt. Die Topfpflanzen, die Sachen vor dem Mobilheim und der Zaun wurden regelmäßig bewegt, um zu verhindern, dass die Crew selbstgefällig wurde.

Es weckte schöne Erinnerungen an Kampfszenarien aus seiner Zeit als Army Ranger.

Heute spielte Ben den Feind – den Flüchtigen. Anne hatte sogar ein Foto mit ihrem Handy gemacht, um ihren Teamkollegen Anweisungen geben zu können. Sie hatte ihm gesagt, er solle gemein aussehen, da es sein Verhaftungsfoto war.

Er hatte gelacht, als sie es schoss.

Mit seiner falschen Familie setzte sich Ben wie befohlen an den Esstisch. Er trug kein besonderes Kostüm, nur Jeans, ein T-Shirt und eine Schutzbrille.

Wie es schien, war er ein Drogendealer, auf Kaution, wohnte bei seinem Bruder, mit zwei Kindern und zwei Frauen. Zwei seiner Verwandten warteten im Gebäude nebenan, um einen Kampf zu beginnen, wenn sie die Chance bekamen. Bens einziges Ziel war es, zu entkommen. Seine Familie würde versuchen, die Kautionsagenten daran zu hindern, ihm zu folgen.

Obwohl das Training ernst genommen werden sollte, war es Anne wichtig, dass alle ihren Spaß hatten. Die meisten würden das.

Travis hatte erwähnt, dass es einige Reibungen in der Gruppe gab. Ein paar der Männer ärgerten sich darüber, dass eine Frau das Sagen hatte; einer von ihnen wollte ihren Job. Ben hatte bemerkt, dass Annes Cousin Robert nie die Gelegenheit ausließ, einen abfälligen Kommentar abzugeben.

Ein Klopfen ertönte. Ein bulliger, blonder Agent namens Mitchell schob seinen Stuhl zurück und stand auf. „Wer zum Teufel ist das?" Als Bens Bruder ging er vollkommen in seiner Rolle auf und marschierte lautstark und murrend zur Tür: „Da will man seine Mahlzeit genießen und es muss ein Arschloch auftauchen, das –"

Er öffnete die Tür. „Was ist?"

Mit einer unechten Waffe am Gürtel stand Travis in der Tür. „Es tut mir leid, dass ich Sie zu dieser späten Stunde stören muss, Sir, aber ich arbeite für *Brothers Bail Bonds*. Leider muss ich Ihnen mitteilen, dass Ihr Bruder heute nicht vor Gericht erschienen ist und ...“

Das war Bens Stichwort, um verdammt nochmal zu verschwinden. Er hatte bereits seine Fluchtwege und die Umgebung beurteilt. Mit begrenzter Auswahl hatte er beschlossen, durch das hintere Schlafzimmerfenster zu fliehen. Hoffentlich würden ihm der tragbare Zaun und die beweglichen Büsche ein wenig Deckung bieten.

Er ging davon aus, dass der Teamleader an allen Ausgängen seine Leute positioniert hatte. Vorsicht wäre geboten.

Er sah niemanden, als er aus dem glaslosen Fenster rutschte. Er landete so sanft wie möglich und beugte die Knie, um eine kleinere Silhouette darzustellen. Die Sonne hatte gerade erst den Horizont erreicht, und der nahegelegene Wald beschattete den Bereich um die Gebäude.

Als er sich über den fleckigen Rasen bewegte, erblickte er jemanden, der von rechts um die Hausecke kam. Eine andere Person von links blockierte seine gewählte Route. Er rannte los, instinktiv im Zickzack, obwohl Anne gesagt hatte, dass Schusswaffen nur in lebensbedrohlichen Situationen verwendet wurden.

Er ging auf die Öffnung im Zaun zu, drehte sich in letzter Minute um und schulterte an dem Mann vorbei, der versuchte, ihn aufzuhalten. Mit einem Baum als Hilfe sprang er über den Zaun.

Jemand schrie: „Ostseite!“

Ein Körper rammte von links in einem erfolglosen Tackle in ihn. Während sie kämpften, krachte Anne gegen ihn und er stolperte über den anderen Kerl.

Er landete auf dem Bauch und schon warf sich jemand auf seine Beine.

Er trat um sich, als er plötzlich ein stechendes Gefühl an seinem Rücken wahrnahm. *Scheiße.* Er spielte tot.

„Was zum Teufel?“ Der Mann auf seinen Beinen rollte von

ihm runter. „Hey, Kumpel, geht es dir gut? Er ist einfach erschlafft, Anne."

Sie kniete sich neben ihn. „Ben, ist alles in Ordnung?"

„Ist es mir erlaubt, am Leben zu sein?"

„Was meinst du damit?" Ihre Hand lag auf seiner Wange. Sie roch nach ihrer blumigen Seife.

„Jemand hat mir in den Rücken geschossen. Soll ich nicht sterben, wenn das passiert?"

Im schwachen Licht sah er, wie sich ihre perfekt geschwungenen Augenbrauen zusammenzogen. „Niemand hat dich angeschossen."

„Ähm, doch. Vermutlich war der Schütze ziemlich nah."

Anne warf einen Blick auf die beiden Männer, die es mit ihm aufgenommen hatten.

Keiner von ihnen hatte eine Waffe.

Ben setzte sich auf, als sich zwei weitere von der Rückseite des Hauses näherten. Aaron und Robert.

„Wer von euch hat auf ihn geschossen?", zischte Anne die Frage.

Von der Vorderseite des Hauses kamen mehr Teammitglieder.

„Ich trage keine Waffe. Wir hatten nicht genug Übungspistolen für alle", sagte Aaron in seinem gedehnten Texasdialekt. Er drehte den Kopf und spuckte.

Nun schauten sie zu Robert.

Annes Cousin erstarrte und funkelte Anne wütend an. „Fuck, ich habe ihn nicht erschossen. Dein Mann weiß nicht, wovon er spricht."

Was für ein Arschloch! „Ich habe schon einmal Airsoft gespielt und weiß, wie sich die Munition anfühlt." Ben zog sich das dünne T-Shirt aus und drehte sich zu der Taschenlampe, die Travis in der Hand hielt. „Überzeugt euch selbst – mittig auf dem Rücken, rechts von der Wirbelsäule."

Anne berührte die Stelle. „Das ist ein Treffer, und zwar ein tödlicher. Jetzt haben wir einen toten Mann in einer nicht lebensbedrohlichen Situation. Die Verwandten waren Zeuge davon, dass er unbewaffnet war und auf dem Boden lag, als er erschossen wurde." Sie fixierte Robert mit einem harten Blick. „Genug Beweismaterial für eine Klage. Du weißt es besser, Robert."

Der Bastard ließ den Blick über sie schweifen, drehte sich abrupt auf dem Absatz um und verschwand.

Anne reagierte nicht sichtbar, aber Ben konnte spüren, dass sie gereizt war – und *verdammt*, er konnte nichts tun, um zu helfen.

Aaron beugte sich vor, reichte Ben die Hand und zog ihn auf die Füße. „Scheiße, Mann, du wiegst eine Tonne. Ich kann nicht glauben, dass du dich so schnell bewegen kannst."

„Hatte Übung." Da die Army Rangers über die beste Ausrüstung verfügten, um aus der Ferne zu arbeiten, führten Scharfschützen eine ganze Menge Aufklärungsmissionen durch. Und viele Rückzüge, wenn eine Situation aus dem Ruder geriet.

Anne kam mit zwei Flaschen Wasser zu ihm. Sie musterte ihn, als er sein T-Shirt wieder anzog. „Irgendwelche Verletzungen, mein Tiger?", fragte sie leise.

Tiger. Damit konnte er leben, insbesondere mit dem Wort *Mein* davor. „Nein. Bei mir ist alles in Ordnung." Er nahm eine Flasche und leerte sie in einem Zug. „Lässt du den Trottel mit dem Ungehorsam davonkommen?"

Sie schob sich die Haare aus dem Gesicht. „Jeder andere wäre bereits aus meinem Team geflogen. Aber Robert ist der Sohn von einem der Besitzer. Obwohl ich ihnen gesagt habe, dass es sich bei ihm um eine Klage handelt, die darauf wartet, eingereicht zu werden, war ich gezwungen, ihn in das Team aufzunehmen. Er ist ziemlich gut darin, seinen Vater zu manipulieren."

„Das ist ätzend."

„Ja, das ist es. Seine Inkompetenz und seine Selbstherrlichkeit könnten dazu führen, dass jemand getötet wird."

Sie hatte eine klare Einschätzung des Problems. Und abgesehen von Robert schienen die Männer in ihrem Team verlässlich zu sein.

„Wir können mit dem nächsten Szenario beginnen, sobald wir die Requisiten bewegt haben." Sie öffnete ihre Flasche und nahm einen Schluck. „Würdest du lieber einen guten Kerl oder ein Familienmitglied spielen?"

„Kämpfen oder auf meinem Arsch sitzen. Was glaubst du wohl?"

Ihr kehliges Lachen machte ihn sofort hart. „In Ordnung. Bist du gut beim Kampf Mann gegen Mann oder –"

„Positioniere mich, wo du mich brauchst, Anne. Ich komme schon klar."

„Wie du wünschst." Sie lächelte. „Das zweite Szenario findet in voller Ausrüstung statt. Bereite dich darauf vor, ins Schwitzen zu kommen."

Das Ende des dritten Szenarios eskalierte zu einer ausgewachsenen Rauferei. Breit grinsend wich Anne in der feuchten Nachtluft einer Faust aus und antwortete mit einem Gegenschlag. Ihrer saß. Schweiß tropfte über ihren Rücken. Ihr Haar hatte sich aus dem Zopf gelöst und klebte ihr im Gesicht.

Der Flüchtige – sie hatte Robert als Strafe diese Rolle zugewiesen – hatte sich mit seinen gewaltbereiten Verwandten verschanzt, und sie würden alles geben, sodass er nicht von den Kautionsagenten festgenagelt wurde. Das Team hatte die Gruppe im Hinterhof umzingelt und sich dann auf sie gestürzt.

Was. Für. Ein. Spaß.

Der Boden war weich und durch das gefilterte Mondlicht war es schwer, die Gegner auszumachen. Traditionell galt bei der Übung ein Ehrensystem, das nur leichte Schläge und Tritte gegen den Rumpf erlaubte. Wenn zwei Schläge landeten, sank der Empfänger für eine Zehnerzählung auf den Boden.

Ben war unglaublich.

Wie Aaron bereits bemerkt hatte, war der Wachhund überraschend schnell. Zudem hatte er ein Talent für Auseinandersetzungen Mann gegen Mann. Sie würde ihre Pistole essen, wenn er keinen schwarzen Gürtel hatte. Und er schien sich köstlich zu amüsieren.

Noch besser: er hatte an ihrer Seite gekämpft, und – anstatt sich nur darauf zu konzentrieren, sie zu beschützen – hatte er sie angegrinst, als sie einem Bösewicht den Boden unter den Füßen weggezogen hatte. „Bravo Zulu, Ma'am."

Sie wischte sich mit dem Ärmel über die Stirn und trat zurück, um die Situation zu beurteilen. Nur zwei Verwandte des Flüchtigen kämpften noch. Und der Flüchtige –

„Ihr seid alle tot!", schrie Robert und zielte mit einer Pistole, die jemand fallen gelassen hatte, auf Anne.

Ihre Waffe steckte im Holster. Sie hörte den Aufprall – und dann schlugen mehrere Pellets auf ihre Brust ein.

Robert, das abstoßende Nagetier, hatte sie getötet. Er hatte auch gewonnen, da der *Tod* einer Person das Spiel beendete. Die Tatsache fühlte sich wie aufsteigende Säure in ihrem Magen an.

„Zurücktreten", rief Anne. „Game Over."

Als die Gefallenen wieder auf die Füße kamen, drehte sich Anne zu ihrem Bruder. Als Verstärkung sollte er am Rand stehen und bei Bedarf *tödliche Gewalt* anwenden. „Warum bist du nicht auf deiner Position?"

Travis zuckte mit den Schultern. „Ich wollte kämpfen, also habe ich nach einer Weile die Position mit Ben getauscht." Er sah zu Ben. „Warum hast du ihn nicht erschossen?"

Ben zeigte ein schiefes Lächeln. „Das habe ich, und zwar bevor er abdrücken konnte. Er hat es ignoriert."

Anne erstarrte. „Tatsächlich?" Das Nagetier hatte es schon wieder vermasselt? Sie erhob die Stimme: „Robert, Ben sagt, dass er dich erschossen hat, bevor du selbst schießen konntest."

„Nein, hat er nicht. Niemand hat mich getroffen. Er muss danebengeschossen haben."

Sie zweifelte Bens Wort nicht an. Anne warf einen Blick auf den Rest der Spieler. „Hat es jemand von euch gesehen?"

Niemand hatte das.

„Er sollte zwei Abdrücke auf seinem Brustbein haben", sagte Ben mit einem amüsierten Glitzern in den Augen.

Anne musterte ihn. Sie hatte ihn einmal wütend gesehen – auf einer Junggesellinnenparty, als es jemand gewagt hatte, Rainie zu belästigen. Heute? Obwohl sein Wort zweimal in Frage gestellt worden war, schien er nicht wirklich verärgert. Sie drehte sich wieder zu Robert. „Heb dein T-Shirt hoch. Lass uns nachsehen."

„Willst du dir auch meinen Schwanz anschauen, wenn du schon dabei bist?"

Das reicht. Anne holte mit dem Knie aus und trat ihm gegen besagten Schwanz, hart genug, sodass sich der Idiot nach vorn beugte. Leider nicht hart genug, um ihn dazu zu bringen, dass er für eine Stunde kotzte.

Manchmal hasste sie es, Zurückhaltung zu üben.

Jedoch hatte er sich vorgebeugt, sodass sie den Saum seines Oberteils packte und ihm das Kleidungsstück nach oben zog.

Er blieb in der vorgebeugten Position und bedeckte seine Brust.

Immer noch genervt trat sie ihm den Boden unter den Füßen weg.

Er landete auf seinem Rücken und entließ ein erbärmliches Wimmern.

Travis lachte leise und leuchtete mit seiner Taschenlampe auf Roberts weiße Brust. Jeder konnte die zwei roten Markierungen im Abstand von einem Zentimeter sehen.

„Du warst schon tot." Anne starrte ihn ungläubig an. „Damit hast du nicht nur geschummelt, sondern uns auch zweimal angelogen."

Er stolperte auf seine Beine. „Ich habe die Abdrücke nur, da ich gegen einen Baum gerannt bin. Du versuchst nur, mich schlecht aussehen zu lassen, weil ich besser bin als du."

Sie schnaubte. „In deinen Träumen."

„Du wirst dieses Team nicht lange anführen, Schlampe." Nachdem er sein Oberteil gerichtet hatte, hob er die Waffe auf, die er fallen gelassen hatte. „Ich bin hier weg."

Sein Abgang störte sie nicht. Das Problem war, dass ihm zwei Männer folgten. Er hatte in ihrem Team eine Spaltung geschaffen.

„Hey, Anne. Ich habe das Ende gesehen. Was für ein Finale!" Ihr Bruder Harrison schlenderte wie ein GQ-Modell über das Gras und stellte damit einen krassen Kontrast zu den schmutzigen und verschwitzten Agenten dar.

Er bot Ben seine Hand an. „Schöner Kampf, beeindruckende Schusstechnik. Ich gehe nicht oft in den Einsatz, aber für dich würde ich eine Ausnahme machen. Harrison Desmarais."

„Danke. Aber ich gehöre nicht zum Team. Ich besuche nur Anne." Ben schüttelte seine Hand. „Ben Haugen."

„Das ist wirklich scha – Ben Haugen, der Ranger?"

Bens Gesicht wurde ausdruckslos. Er nickte.

Stirnrunzelnd trat Anne näher, falls er ihre Hilfe brauchte.

„Heilige Scheiße. Du bist eine Legende. Es freut mich sehr, dich kennenzulernen." Harrison wandte sich an Travis. „Bruder, du spielst mit einem Scharfschützen der Army Rangers."

Okay. Dann war es ja kein Wunder, dass der Mann sich bei dieser Art von Training so gut machte.

Travis grinste. „Und Robert wollte allen Glauben machen, dass du danebengeschossen hast? Was für ein Idiot."

„Komm, ich lade dich auf ein Bier ein." Harrison schlug Ben kameradschaftlich auf den Rücken.

Ben blickte sie fragend an und sie lächelte und nickte. Sie wollte ohnehin mit dem Team eine Nachbesprechung machen. In der Zwischenzeit konnte er genauso gut ein Bier trinken.

Während Ben und Harrison zum Vorgarten gingen, wo sich eine Kühlbox befand, bemerkte Anne ihren Vater auf dem Parkplatz. Er schlenderte zu ihnen, die Schultern aus seiner Zeit im Militär noch immer angespannt, die grauen Haare kurz gehalten, sich alles um ihn herum bewusst. Wenn ein Grizzly angriff, würde ihr Vater ihn wahrscheinlich schneller, als sie gucken konnte, überwältigen.

„Hey, Dad", sagte Travis neben ihr. „Was bringt dich zu uns?"

„Ich bin mit Harrison gekommen, um die letzte Übung zu sehen – oder soll ich es eine Schlägerei nennen?" Er lächelte und schlug seinem Sohn auf die Schulter. „Gute Arbeit mit den klassischen Schlagtechniken."

Travis grinste. „Ich habe einen Schlag abbekommen, den ich hätte blockieren sollen, aber es war ein guter Kampf."

„Bis zu diesem Ende", sagte Annes Vater und drehte sich zu ihr.

Für einen Moment war sie hoffnungsvoll. Da sie die anderen im Auge behalten hatte, wusste sie, dass ihr Bruder gut gekämpft hatte. Sie wusste auch, dass ihre Technik gut gewesen war, wenn nicht sogar besser als die ihres Bruders. Würde ihr Vater dies bestätigen?

„Warum hast du dich bitte in den Kampf eingemischt?", zischte ihr Vater. „Was Robert getan hat, war genau das, was ich befürchtet habe – dass du dich umbringen lässt. Du hättest nicht dabei sein sollen."

Ihre Vorfreude brach in bittere Enttäuschung zusammen und ihre Augen brannten. Warum war sie nie auf eine Enttäuschung vorbereitet? Sie wusste – *wusste* –, dass er sie nie loben würde. Er war großzügig mit seinem Lob, wenn sie sang, kochte, malte oder an ihren Schulprojekten und Hausaufgaben gearbeitet hatte.

Aber bekam sie jemals für etwas ein Kompliment von ihrem Vater, das traditionell von einem Mann ausgeführt wurde? Niemals.

Ihr Kopf wusste, dass er sich nie ändern würde, doch ihr Herz – ihr dummes Herz – hoffte weiter.

„Vielleicht ..." Sie ließ ihre Stimme gleichmäßig klingen. „Vielleicht wirst du eines Tages feststellen, dass du ein guter Lehrer warst." Er hatte all seinen Kindern das Kämpfen und Schießen beigebracht. Weiteren Unterricht hatte er ihr jedoch verweigert, als Anne anfing, mehr Interesse an Kampfsport zu zeigen. Sie hatte für zusätzliche Stunden mit ihrem eigenen Geld bezahlt – obwohl ihre Mutter, ohne es Dad zu sagen, ihr Taschengeld erhöht hatte, um zu helfen. „Wenn du mich jetzt entschuldigst, ich muss mein Team versammeln und mit der Analyse beginnen."

Bis sie bei ihrer Gruppe ankam, war er bereits weg. Sie schüttelte ihren Kopf. Es war wirklich interessant, dass ein Elternteil seine Kinder auf bestimmte Weise formen konnte und sich dann weigerte, sie zu akzeptieren, wie sie waren.

Während Travis Sandwiches, Bier und kalte Getränke verteilte, breitete sich das Team auf Decken aus, sodass Anne die Nachbesprechung leiten konnte. Alle ignorierten die Tatsache, dass drei Teammitglieder fehlten, und ließen sich stattdessen auf eine lebhafte Diskussion ein.

Nachdem sie die Gruppe entlassen hatte, winkte sie Travis zum Abschied zu und machte sich auf den Weg zum Parkplatz.

Ben wartete geduldig neben seinem SUV, an den Bronx während der Übung angebunden gewesen war.

Anne schaute sich um und sah, dass der Retriever Feldmäuse jagte.

„Zeit zu gehen, Kumpel", rief Ben, bevor er sie anlächelte. „Willst du fahren oder soll ich?"

„Du, wenn es dir nichts ausmacht", sagte sie. „Ich würde mich gerne verwöhnen lassen."

Er berührte ihre Wange mit sanften Fingern. „Es wäre mir eine Freude, dich zu verwöhnen, Ma'am."

Sie legte ihre Hand auf seine Brust und spürte die Wärme seiner Haut durch das T-Shirt. Irgendwie fühlte es sich ... anders an, wenn er sich um sie kümmerte, als dass bei ihren Sklaven der Fall gewesen war. Seine offensichtliche Freude, ihr zu dienen, war jedoch die gleiche. „Danke."

Die Straße war dunkel und lag mittlerweile verlassen vor ihnen. Während Ben auf den Highway 19 in Richtung Süden abbog, nahm sich Anne ein Sprudelwasser aus der Kühlbox, reichte ihm eine Cola und lehnte sich dann zurück. „Army Rangers also?"

„Das ist jetzt schon ein paar Jahre her."

Sie nahm einen Schluck von ihrem Getränk und überlegte, weitere Fragen zu stellen. Irgendetwas stimmte nicht mit ihm, und sie hatte das starke Bedürfnis, nachzuhaken – um zu reparieren, was auch immer falsch war. Aber das wäre ihm gegenüber nicht fair. Er war nicht ihr Junge; er lag nicht in ihrer Verantwortung. „Okay. Was denkst du von dem Team?"

Er sah flüchtig zu ihr. „Du wirst nicht auf weitere Informationen pochen?"

Definitiv ein kluger Kerl. „Nein. Du bist nicht mein Sklave. Dazu habe ich nicht das Recht."

Das Licht vom Armaturenbrett zeigte, dass er die Lippen aufeinanderpresste. Nach einer langen Pause sagte er: „Ich war ein Scharfschütze und gut darin. Ich habe viele Feinde getötet. Dann fing ich mir eine Kugel ein und wurde krankgeschrieben. Nachdem ich gründlich darüber nachgedacht habe, entschied ich, nicht weiterzumachen."

Kurz und knapp, doch die Worte schienen aus dem tiefsten Inneren seiner Seele gekommen zu sein. Es gab etwas, das an ihm nagte.

Und warum erzählte er es ihr? Weil er mit den Grenzen, die sie zwischen ihnen gesetzt hatte, nicht einverstanden war?

„Das Militär zu verlassen, löst nicht alles und kann die Dinge sogar noch verschlimmern." Sie ließ die Worte zwischen ihnen in der Luft schweben und sie stellte keine weitere Frage. Es lag an ihm, ob er ihr mehr erzählen wollte.

Gott wusste, sie würde ihn nicht als schwach einschätzen. Obwohl sie selbst nach ihrer aktiven Zeit keine Probleme gehabt hatte, kannte sie Kollegen, die mit ihren Erinnerungen zu kämpfen hatten.

„So wahr." Ein Mundwinkel neigte sich nach oben. „So habe ich Z kennengelernt. Wusstest du, dass er Therapie für Veteranen anbietet?"

Nein, das hatte sie nicht gewusst.

„Das Kriegsveteranenministerium nimmt Verbesserungen vor, aber viele von uns brauchen — damals wie heute — mehr, als geboten wird. Ich stand kurz davor, mich zu verlieren. Z zog mich vom Abgrund weg und behält mich immer noch im Auge. Uns alle. An dem Abend, an dem Jessica ihre Wehen bekommen hat, fand eine Gruppensitzung statt."

„Ah." Anne war dankbar, dass er ihre mit Tränen gefüllten Augen nicht sehen konnte. Z hatte ihm geholfen und ihn auf den richtigen Pfad geschickt — und sich damit die Art von Loyalität erkämpft, die nur wenige Männer verdienten.

Als sie mit der Hand über Bens Arm streichelte, lockerten sich seine angespannten Muskeln. Anscheinend hatte er sich Sorgen gemacht, was sie von ihm denken könnte.

Dabei dachte sie nur, dass er gerade etwas mit ihr geteilt hatte, das er für sehr persönlich hielt. Warum?

Nach einer Sekunde gluckste sie.

„Was ist?"

„Ich weiß, dass du es nicht genossen hast, von meinem Bruder identifiziert zu werden, aber ich finde es schon sehr witzig, dass du es im Alleingang geschafft hast, diesen Schleimbeutel Robert schlecht aussehen zu lassen. Das weiß ich zu schätzen."

Sein Grinsen verwandelte sein Gesicht von Rottweiler zu unwiderstehlich. „Ich hatte ein paar Männer in meinem Team, die weder ein gutes Urteilsvermögen noch Eier in der Hose hatten. Erinnert mich an deinen Cousin." Dann verblasste sein Lächeln.

„Sei vorsichtig, Anne. Es ist nicht klug, in gefährlichen Situationen einen Mistkerl als Rückendeckung zu haben."

Er meinte es nicht nur ernst, sondern zeigte ihr klar und deutlich, wie besorgt er um sie war.

„Werde ich."

Sie war bereits am Dösen, als er in den Stellplatz unter ihrem Haus fuhr.

Mit Bronx neben sich half Ben ihr aus dem Auto, legte eine Hand auf ihren Rücken, schloss auf, öffnete die Tür und ... wartete.

Sie war vielleicht müde und erschöpft, aber sie wusste, dass es eine außerordentlich schlechte Idee wäre, ihn über Nacht bleiben zu lassen – selbst, wenn der Gedanke, seinen großen Körper in ihrem Bett und diese starken Arme um sie herum zu haben, sie mit Sehnsucht erfüllte. Sie hatten sich auf reinen Sex geeinigt.

Zusammen in einem Bett zu schlafen, gehörte nicht zur Vereinbarung.

Also hob sie sich auf ihre Zehenspitzen und gab ihm einen kleinen Kuss auf die Lippen. „Gute Nacht, Ben. Danke, dass du mich nachhause gefahren hast."

Sie konnte das Verlangen in seinen Augen sehen, den Drang, sie zu packen und erneut zu küssen, nur um sie dann die Treppe hoch in ihr Schlafzimmer zu tragen.

Sie lehnte sich vor und streichelte zum Abschied den Retriever. „Auch dir eine gute Nacht, Bronx."

„Kann ich dich an diesem Wochenende zu einer Session im Shadowlands überreden?", fragte er.

Nichts würde sie lieber tun, aber er war ihr einfach zu Vanilla. Und er wollte mehr als ein Sub sein, mehr als ein Sklave. Er wollte etwas Langfristiges mit ihr.

Sie wollte nur einen Sklaven.

„Nein, Ben. Da du aber ein Experte darin bist, Kalorien zu verbrennen, hoffe ich, das irgendwann noch einmal zu tun."

„Ich verstehe. Ma'am, ich bin verfügbar, wann immer du willst."

Darauf hatte sie keine Antwort.

Zu ihrer Erleichterung neigte er nur seinen Kopf, küsste ihre Wange und trabte die Stufen hinunter zu seinem Fahrzeug. Bronx zögerte kurz, wimmerte und folgte schließlich seinem Herrchen.

Sie machte die Tür zu, ließ die Hand darauf liegen und lauschte, als das Geräusch des Jeeps verblasste. Ihr Seufzer kam aus dem tiefsten Inneren, denn alles, was sie fühlte, war Bedauern.

Vielleicht könnte sie sich eines Tages erlauben, Ben erneut in ihr Bett zu holen. Je nachdem, wie er sich bei zukünftigen Begegnungen machte, könnte sie sich vielleicht zu einem Sex-Marathon mit ihm überreden lassen. Intimer wäre unklug.

Zumal sie die gleiche Anziehungskraft wie er verspürte, was bedeutete, dass es zu einfach wäre, eine andere Art von Bindung zu schaffen.

Sie durfte ihn nicht am Schwanz herumführen. Er war ein unglaublicher Mann, einer, der mehr verdiente, als sie ihm geben konnte. Ein Mann, der viel Liebe zu geben hatte.

Aber er war kein Sklave.

Sie drehte sich um, griff nach ihrem Saxofon und trug es auf das Deck. Der Mond ging unter und ließ die glitzernden Sterne den dunklen Himmel beherrschen.

Sie blies ein paar behutsame Noten und spielte den Klassiker *Funky Blues.*

Vielleicht hätte sie versuchen sollen, es Ben zu erklären. Sie hätte ihm sagen sollen, dass es nicht immer ausreichte, eine Person zu mögen. Das hatte sie auf die harte Tour gelernt.

Sicher, sie hatte nicht sehr viel Erfahrung mit Liebesbeziehungen. Sie hatte sich während ihrer Zeit im Corp verabredet und hatte keine Befriedigung gefunden ... bis eine Domina sie in den Lebensstil eingeführt hatte. Ihre Lippen formten sich zu einem kleinen Lächeln. Der anfängliche Rausch, entdeckt zu werden, war erstaunlich gewesen.

Nach ihrer Zeit im Militär hatte sie sich auf dem College in einen großartigen Kerl verliebt – einen, der nicht unterwürfig war. Aber Vanilla funktionierte einfach nicht für sie. Als die Beziehung gescheitert war, hatte sie das beide verletzt.

Lektion gelernt. Wenn sie nicht die Kontrolle hatte, war Sex für sie … wie die Wüste. Trocken und flach und unfruchtbar. Sicher, es gab schöne Momente, aber sie war eine Tropenfrau – sie wollte die üppige Landschaft und das wechselhafte Wetter einer D/s-Beziehung.

Eine Mistress zu sein, war, wer sie war.

Wie jeder neue Top hatte sie nach und nach herausgefunden, was ihr gefiel, hatte Subs und Sklaven getestet und festgestellt, dass sie die völlige Kontrolle bevorzugte.

Die Schönheit, wenn man alles bekam.

Sie genoss die Verantwortung, sich um ihre Sklaven zu kümmern und die Entscheidungen zu treffen.

Und sie hatte im Laufe der Jahre viele Bottoms gehabt.

Zuerst hatten sie bei ihr gelebt, manchmal mehr als einer. Aber dann war sie in das Strandhaus gezogen, hatte zum ersten Mal ihr eigenes Haus besessen und ihren Bereich nicht teilen wollen.

In den letzten zwei oder drei Jahren hatte sie ihre Sklaven also nicht vierundzwanzig Stunden am Tag bei sich gehabt, was ihr auch erlaubte, ein striktes Protokoll zu verlangen, wenn sie bei ihr waren. Sie baten um Erlaubnis, sie zu berühren, sich auf die Möbel zu setzen, erkundigten sich bei ihr, bevor sie etwas taten.

Als Gegenleistung für ihre Hingabe half sie ihnen zu wachsen, neue Fertigkeiten zu erlernen, ihre Karrieren voranzutreiben, ihre sozialen Fähigkeiten zu verbessern und ihre Rolle als Sklave zu vertiefen. Bevor ein Sklave jedoch zu abhängig von ihr wurde, suchte sie ihm eine neue Mistress.

Sie seufzte. So hatte sie gelernt, dass sie nicht wirklich ein Herz zu haben schien. Sie hatte nie Probleme gehabt, die Verbindung zu kappen. Nachdem jeder Sklave weitergezogen war, würde sie ihn für eine Weile vermissen – nicht lange – und bald mit der Suche nach jemand anderem beginnen.

Vielleicht war sie keine typische Mistress, aber ihre Gewohnheiten funktionierten für sie – und wer sollte sie schon vom Gegenteil überzeugen?

Ben würde ihre Grenzen nicht verstehen – dass sie nicht mehr geben konnte. Und da der Gedanke, ihn zu verletzen, unerträglich war, würde sie ihn auf Abstand halten.

KAPITEL ZEHN

A m **Donnerstagabend war** es durch den nahenden Sturm so schwül, dass sich die feuchte Luft auf Bens Arme legte, als er zu der Kneipe in seiner Nachbarschaft ging. Er trat über die Türschwelle und entließ bei dem klimatisierten Bereich einen Seufzer. Nachdem er der Handvoll Stammgästen zugenickt hatte, lief er zur Bar und bestellte ein gezapftes Bier. Mit seinem Glas in der Hand setzte er sich an einen kleinen Tisch am Fenster, wo er die Aussicht genießen konnte.

Bei der Art und Weise, wie das Sonnenlicht durch die schwere Luft filterte, bereute er es, seine Kamera nicht mitgebracht zu haben.

Auf dem Bürgersteig eilten die Leute von der Arbeit nachhause. Andere schlenderten gemächlicher, als sie ihre Hunde zu dem kleinen Park führten. Vielleicht sollte er eine neue Serie starten, die sich eher auf Menschen als auf Wildtiere konzentrierte.

Er hatte es immer genossen, Menschen zu beobachten. Schon am Anfang hatte Z ihm gesagt, dass er am Leben teilnehmen und es nicht nur beobachten sollte.

In den letzten Jahren war er zum Status quo zurückgekehrt, nahm sich jedoch stets Zeit, um zu versuchen, neue Freundschaften zu formen. Es war schwer, Freundschaften zu übertreffen, die im Militär geschlossen wurden. Er hatte immer gewusst, dass sein Team in jeder Situation seinen Rücken freihalten würde.

Es schien, als würden die aus Blut und Schmerz geborenen Bindungen tiefer reichen. Vielleicht war das der Grund, warum er sich Anne so nahe fühlte. Er hatte darauf vertraut, dass sie sich um ihn kümmerte, und sie hatte ihn nicht enttäuscht.

Zumindest nicht körperlich. Emotional jedoch?

Er hatte sie seit dem letzten Wochenende nicht mehr gesehen.

Er starrte aus dem Fenster, trank sein Bier und sah zu, wie die Dunkelheit das Licht verzehrte. Er beobachtete, wie der Regen begann und in Rinnsalen über das schmutzige Glas lief.

Anne vertraute nicht darauf, dass er ihr den Rücken freihalten würde; in dem Punkt war er sich sicher. Sie erlaubte ihm, sie zu ficken, aber wollte nicht, dass er sie besser kennenlernte.

Sein rechter Mundwinkel zuckte. Wie würde sein nächster Schritt ausfallen? Eine Frau hatte das Recht, die Grenzen einer Beziehung festzulegen; eine Mistress umso mehr. Aber was bedeutete das für ihn?

„Yo, Longshot." Danvers durchquerte die Kneipe. Er war ein kleiner, knallharter Kerl, gebaut wie ein abgesägter Mammutbaum. Er hatte das Militär ein Jahr vor Ben verlassen, fand das Lagerhaus für ihn und hatte ihm geholfen, es in ein Loft und einen Wohnraum umzuwandeln.

„Was ist los?" Ben schob einen Stuhl einladend heraus.

Sein Freund ließ sich so hart auf den Stuhl fallen, dass das Holz protestierte. Ein Blick auf Bens helles Bier sorgte für Spott.

„Miss", sagte Danvers zu der Kellnerin, die einen Tisch in der Nähe abwischte. „Kannst du mir das dunkelste Bier vom Fass bringen?"

„Selbstverständlich."

Die Kneipe wechselte mit den Jahreszeiten ihr Bierangebot. Die Einheimischen genossen die Abwechslung.

Als Danvers auf dem Hocker zusammensackte, runzelte Ben die Stirn. „Du siehst furchtbar aus. Alles okay?"

„Fuck, nein." Der Veteran starrte aus dem Fenster. „Du hast es noch nicht gehört?"

Bei seiner tonlosen Stimme bekam Ben ein ungutes Gefühl. „Was gehört?"

„Das Team ist d-direkt in einen Hinterhalt gelaufen und hat den Kürzeren gezogen ..." Er schluckte schwer. „Drei haben ihr Leben gelassen. Die meisten von den Überlebenden wurden verwundet."

Ben schmeckte den Sand und das Blut in seinem Mund. Als er sein Getränk hob, schwappte Bier über den Rand und auf seine Finger. Seine Hand bebte. „Wer?"

„Wrench. Petrousky. Und Mouse. Mouse hat es nicht geschafft." Danvers rieb sich über das Gesicht. „Fuck, es tut mir leid, Bruder."

Die Information fühlte sich wie ein Schlag auf Bens Seele an und schnitt ein Loch in das Gewebe seiner Welt. Der ganze verdammte Raum verdunkelte sich. Er und Mouse hatten als Scharfschütze und Beobachter gedient und waren sich so nah gewesen, wie es nicht mal zwei Menschen in einer Ehe schafften. Gemeinsam unter Beschuss. Zusammen geblutet. Mehr als einmal hatten sie sich gegenseitig den Arsch gerettet, konnten regelrecht die Gedanken des anderen lesen.

Als Ben jedoch entschied, den Dienst nicht zu verlängern, hatte das Mouse überhaupt nicht gefallen. Ja, sein Freund hatte versucht, Verständnis zu zeigen, aber das Töten von Aufständischen hatte ihn nicht so zerfressen, wie es bei Ben der Fall gewesen war. Die Welt von Mouse war schwarz und weiß. Wir und die Anderen. Gut und Böse. Rangers und Feinde. Der Beobachter sah den Feind nicht als Männer, die Väter, Söhne und Brüder waren. Männer, die liebten und lachten und lebten.

Nichtsdestotrotz ... Mouse hatte davon gesprochen, nach

Ablauf seines Vertrages, das Militär zu verlassen. Ben wäre da gewesen, um ihm den Übergang zu erleichtern. Das wäre er ...

Fuck. Fuck, fuck, fuck.

Er stellte sein Bier ab. Seine Kehle fühlte sich zu eng an, um zu schlucken.

Oder zu sprechen.

Er erhob sich, klatschte mit der Hand auf Danvers Schulter und ging hinaus in die Dunkelheit und den Nieselregen.

KAPITEL ELF

Am Freitag stand Anne im Eingangsbereich des Shadowlands und betrachtete den Wachhund mit einem Stirnrunzeln.

Sein Blick lag auf dem Schreibtisch, seine Schultern zusammengesackt. Er war unrasiert und ungekämmt. Um genau zu sein: Der Mann, der sich stets seiner Umgebung bewusst war, hatte ihre Ankunft nicht einmal bemerkt.

Sofort strömte die Sorge durch sie, als hätte jemand einen Wasserhahn offengelassen.

Sie ging hinter seinen Schreibtisch. „Ben." Da sie den traurigen Ex-Soldaten nicht erschrecken wollte, wartete sie, bis ihre Stimme bei ihm ankam und sein Kopf sich hob, bevor sie ihre Hand auf seine Schulter legte.

Ein gestresster Soldat würde wahrscheinlich eine straffe Muskulatur aufweisen. Seine war das nicht. Nein, seine Körpersprache las sich so, als hätte er aus der Welt ausgecheckt.

„Was ist los, Ben?"

„Tut mir leid, Ma'am. Ich habe dich nicht gesehen." Er wandte sich von ihr ab und machte auf der Anwesenheitsliste hinter ihrem Namen ein Häkchen. „Ich habe dich abgehakt."

„Gut." Sie schob Mitleid beiseite und ließ ihre Stimme härter klingen: „Jetzt antworte mir. Was ist los, Benjamin?"

„Nichts."

Sie grub ihre Fingernägel in seinen dicken Deltamuskel und spürte, wie er zuckte. „Unzureichende Antwort. Versuch's nochmal."

„Fuck." Er drehte sich auf dem Stuhl zu ihr um und blickte aus gehetzten Augen zu ihr auf. „Das ist nicht dein Problem."

„Ich mache es zu meinem Problem, Sub. Antworte mir."

Seine Augen hielten für eine Sekunde den Widerstand bei, dann senkte sich sein Blick. „Gott, Anne."

Sie wartete und beobachtete, wie sich sein Widerstand mit ihrem Schweigen vollkommen auflöste.

„Es ist nicht ..." Er schluckte schwer. „Mein Team. Mein Beobachter und ich haben immer mit einem Team zusammengearbeitet. Sie kümmerten sich um die Umgebung. Und ..." Seine Stimme riss, wie ein Hemd, das an den Nähten dem Druck nachgab. „Mein Beobachter. Mouse. Wir haben viel Zeit miteinander verbracht. Jahrelang. Er ist – er lebt nicht mehr."

Tränen brannten in ihren Augen. Nicht nur für den Verlust guter Männer, sondern auch für die regelrecht greifbaren Wellen des Schmerzes, die von Ben auf sie zujagten. „Das tut mir so leid." Sie trat näher, bis ihr Oberkörper an seiner Schulter lehnte, und so lieh sie ihm die Wärme ihres Körpers und fuhr dann mit ihrer Hand durch sein Haar. Wenn sie doch nur seinen Schmerz wegstreicheln könnte.

„Danke", sagte er und zuckte mit den Schultern, als würde er ihre Berührung und ihr Mitgefühl ablehnen.

Ihre Hand hielt inne, als sie seine Reaktion, seine Haltung und seinen abgewandten Blick betrachtete. Das war mehr als Trauer. Was ging sonst noch in seinem Kopf vor sich?

Leider könnte es alles sein. Er war seit Jahren nicht mehr in der Army, aber Emotionen waren nicht logisch. Und Heilung marschierte zu ihrem eigenen Takt.

Auch ihre Emotionen waren nicht rational. Sie hatte geplant, ihm aus dem Weg zu gehen, aber jetzt ... wollte sie ihn nur noch in den Club zerren und versuchen, ihm auf eine Weise zu helfen, wie es eine Domina manchmal konnte – um ihn aus seinem Kopf zu holen und zurück in die Gegenwart zu bringen.

„Nun, Benjamin, du hast nach einer Session gefragt. Ich habe beschlossen, dir eine zu gewähren."

Er schüttelte den Kopf. „Ah, nein. Danke, aber –"

„Ich habe die Session den ganzen Tag geplant und spezielles Spielzeug mitgebracht."

Ihre Lüge brachte ihn zum Schweigen. Er wollte gerade gar nichts tun – und doch würde es seine eigene unterwürfige Natur nicht erlauben, sie zu enttäuschen.

„Lass mich Z anrufen, sodass er jemanden schicken kann, der dich ablöst." Sie zog ihr Handy aus der Tasche und ging außer Hörweite. Erfreut nahm sie wahr, als drei kichernde Subs von draußen reinkamen und damit seine Aufmerksamkeit auf sich zogen.

„Anne." Zs Stimme klang gelassen und ruhig. „Gibt es ein Problem?"

„Gibt es. Hast du Ben heute schon gesehen?"

„Nein, ich war noch nicht im Club."

Während sie erklärte, worum es ging, behielt sie Ben im Auge. Es brach ihr das Herz, als er sich für die kommenden Mitglieder zu einem Lächeln zwang.

„Ich verstehe", sagte Z.

„Vertraue ihn mir an. Sei dir jedoch bewusst, dass ich ihn mit nachhause nehmen werde, wenn ich ihn zu tief treibe, und er nicht zum Schreibtisch zurückkehren kann."

„Verstanden."

„Kannst du mir ein paar Ideen geben, um was es sich bei dem Problem handeln könnte?", fragte sie. „Er hat mir erzählt, dass er dich für Therapiestunden sieht."

„Es tut mir leid, Anne, aber ... nein. Alles, was er mir sagt, ist vertraulich."

„Natürlich." Sie verlagerte ihr Gewicht und überlegte, wie sie aus der Flanke angreifen konnte. „Ich weiß, dass du selbst ein Veteran bist. Vielleicht könntest du mir erklären, mit welcher Art von Problem es Soldaten normalerweise zu tun haben?"

Sie hörte sein anerkennendes Glucksen.

„Ausgezeichnete Frage, Mistress Anne. PTBS kommt häufig vor, aber die Symptome sind ziemlich auffällig, wenn du Zeit mit einem Veteranen verbringst."

Mit anderen Worten: wahrscheinlich nicht Bens Problem.

„Einige fühlen sich schuldig, am Leben zu sein, wenn jemand aus der Truppe stirbt. Andere schämen sich, die Armee zu verlassen, weil es sich anfühlt, als hätten sie ihre Freunde im Stich gelassen. Die Special Ops-Gemeinschaft schafft starke Freundschaften und ein Pflichtgefühl."

Schuld. Das könnte es sein. Ihre Sorge nahm zu, als sich die Teile zu einem Ganzen fügten.

Ben hatte die Rangers verlassen und dann waren seine Teamkollegen und sein bester Freund gestorben. Er war noch am Leben.

Was wäre, wenn ihr Bruder Travis eines Nachts ihren Platz im Team einnahm und bei der Auffindung eines Flüchtigen getötet wurde? Der Gedanke allein fühlte sich wie ein Stich ins Herz an. Sie würde glauben, dass sie durch ihre Anwesenheit Travis' Tod hätte verhindern können – oder zumindest wäre sie dort gewesen, um mit ihm zu sterben. Sie hätte das Gefühl, nicht mehr am Leben sein zu dürfen.

Ja, so würde sich ein Mann wie Ben fühlen, egal wie verrückt dieser Gedanke auch war.

Logik spielte bei Schuldgefühlen keine Rolle.

„Danke, Z. Ich schätze den Schnellkurs in Psychologie." Trauer musste ihren Lauf nehmen, aber irrationale Emotionen ...

nun, vielleicht konnte sie ihn von der Spur, auf der er sich selbst die Schuld gab, abbringen.

„Du kannst ihn jetzt mitnehmen. Ich bewache den Schreibtisch selbst, bis ich Ghost bitten kann, mich abzulösen", sagte Z. „Er kann sich glücklich schätzen, dich zu haben, Anne."

Mich zu haben? „Er hat mich nic −"

Aber Z hatte bereits aufgelegt.

Bis Ben die Mitglieder abgehakt hatte, war Z im Eingangsbereich angekommen. Er musste in dem Moment aufgebrochen sein, als sie ihn angerufen hatte. „Ich löse dich ab, Benjamin."

Ben runzelte die Stirn. „Aber −"

„Los geht's, Sub", sagte Anne. Als sich in den Augen des Wachhundes Einwände erhoben, drückte sie ihre Energie nach außen und brachte ihre Dominanz wie einen unsichtbaren Rammbock zum Ausdruck. Sie streckte ihre Hand aus, erfreut, als er ihr erlaubte, ihn auf seine Füße zu ziehen.

Sie führte ihn in den Hauptraum und dann nach hinten. „Solange ich deine Grenzen respektiere, kann ich mit dir machen, was ich will. Ist das richtig?"

„Was?" Die Frage zog seinen Blick von den Sessions im Club weg: Ein Sub bekam es mit Cupping an Rücken und seinem Schwanz zu tun. Gleich nebenan entdeckte er ein exquisites Nadelmuster, das über einen breiten Rücken geformt wurde, während ein Dom nicht weit entfernt sein Talent beim Florentine-Flogging vorzeigte.

Für eine Sekunde dachte Ben über ihre Frage nach und nickte. „Ja, Ma'am."

Ein Lebenszeichen war wieder in seinen Augen zu erkennen. Nicht viele Menschen konnten durch das aufgeladene Ambiente des Shadowlands schreiten und den Ausdruck lange beibehalten.

Die subtile Androhung, die sie gerade geliefert hatte, trug zu diesem Effekt bei.

Sie ging zu der Wendeltreppe und nahm die Stufen zum ersten Obergeschoss.

Er blieb stehen. „Wo gehst du hin?"

„Wir werden oben in einem der Privatzimmer spielen." Obwohl sie gelegentlich den Penis eines Sklaven als Leine benutzt hatte, entschied sie, heute nur das Material der Jeans vor seinem Schritt und seinen Gürtel zu packen, um ihn so die Treppe hinaufzuführen.

„Ich war noch nie hier oben." Er schaute den langen Flur hinunter. Wenn ein Raum in Benutzung war, leuchtete ein rotes Licht über der Tür.

„In all den Jahren? Dann wird es ja Zeit." Sie warf einen Blick in jedes unbesetzte Zimmer. Das reich verzierte viktorianische Zimmer lehnte sie ab. Darin würde sich Ben nicht wohl fühlen, genauso wenig täte er das in dem deprimierenden Raum im Goth-Stil. Das Zimmer mit dem Harem-Thema hatte Potenzial, aber nicht heute. Barbaren – nein.

Das Zimmer, das sie im Sinn hatte, war nicht da, wo es zuletzt gewesen war. Zs Neigung, Räume umzugestalten und neu zu dekorieren, nervte sie ungemein.

Da war es.

Sie führte ihn in das Zimmer, das sie *Cowboy Central* betitelte, obwohl Z es den Texas-Raum nannte.

Sogar der mürrische Nolan hatte gelacht, als er es sah.

Die Wände waren mit dunklem Holz verkleidet. Kuhfellteppiche lagen auf dem glänzenden Hartholzboden verstreut. Eine antike Truhe diente als Beistelltisch für einen übergroßen schwarzen Ledersessel. Ein handgewebter Navaho-Teppich in Dunkelrot und Schwarz schmückte eine Wand. Die andere zeigte einen Büffelkopf – und sie wollte wirklich nicht wissen, ob das Ding echt war oder nicht. Ein umfunktioniertes Planwagenrad sorgte nun als Kronleuchter für Licht. Die Spielzeuge wurden in einem Nussbaumschrank aufbewahrt.

Kaum laut genug, um gehört zu werden, kam Country-Western-Musik aus den Lautsprechern.

Sie lächelte, als sie sah, wie sich Ben etwas entspannte. Große Jungs wie er neigten dazu, Räume ohne zerbrechliches Glas und Möbel zu bevorzugen.

Als er die Dekorationen sah, die den Schrank an der fernen Wand umgaben, weiteten sich seine Augen. Hufeisen dienten als Haken, um eine Vielzahl an Peitschen und Floggern in Szene zu setzen.

Es war ihr nicht entgangen, dass Z es mochte, Instrumente des Schmerzes wie Kunstwerke zu präsentieren.

Nachdem sie ihre Spielzeugtasche auf die Truhe gestellt hatte, zog sie einige dünne Klettverschlussbänder heraus. „Zieh dich aus und stell dich dann bitte unter die Ketten." Sie deutete und beobachtete, wie sich Bens Schultern anspannten, als er die beiden schweren, schwarzen Ketten sah, die von den dunklen, freiliegenden Deckenbalken hingen.

Schweigend entledigte er sich seiner Kleidung, immer noch zu leise, immer noch in seinem eigenen Kopf gefangen, sodass er sich von der Welt abschottete.

Sie konnte ihn aus diesem Ort herausziehen. Aber wenn sie keine Veränderung in seinen Denkprozessen bewirkte, würde er danach in diesen Zustand zurückfallen.

Sie presste die Lippen fest aufeinander. Manchmal fühlte sie sich als Domina, als würde sie in die Berge fahren. Im Dunkeln. Auf einer schmalen, kurvenreichen Straße.

Fehler könnten fatal sein.

Ben vertraute darauf, dass sie seinen Körper nicht verletzte; er wusste nicht, dass sie sich mehr Sorgen um seinen Verstand machte.

Sie warf eine ihrer Sub-Decken über die Lehne des Ledersessels und stellte eine Flasche Wasser auf die Truhe.

Als sie schwere Lederfesseln um seine Handgelenke und Knöchel schnallte, bebte er. Gefesselt zu sein, gehörte zu seinen Triggern. Einen, den sie einsetzen wollte – nicht missbrauchen.

„Arme hoch." Sie trat auf den Hocker in der Form eines Rinds, um den D-Ring seiner Handgelenksfesseln an der Kette mit einem Klettverschlussband, das die Breite von einem Zentimeter hatte, zu verbinden.

„Zieh dran", sagte sie.

Das tat er und nichts passierte.

„Härter."

Der Klettverschluss gab nach. Perfekt. Er wusste, dass er eingeschränkt war – und dass er sich im Notfall befreien konnte. Ohne ein Wort zu sagen, sicherte sie dieses Handgelenk erneut und machte sich dann an das andere. Als sie fertig war, wickelte sie seine Finger um die Ketten. „Du kannst dich hier festhalten."

Nachdem sie vom Hocker getreten war, schob sie seine Füße auseinander. „Halte deine Beine für mich weit offen, Benjamin. Ich will keine Bewegung wahrnehmen."

Vor ihm kniete sie sich hin, fuhr mit den Händen über seine angespannten Waden, die definierten Muskeln seiner Oberschenkel und atmete seinen maskulinen Moschusduft ein. Sein Schwanz war noch recht schlaff – ein signifikanter Beweis für seinen Gemütszustand.

Wollen wir doch mal sehen, wie lange das anhält. Sie öffnete ihre Lederjacke und ihren Rock. Darunter trug sie ein elastisches schwarzes Tanktop, einen Tanga, der an ihrer Hüfte durch kleine Schleifen fixiert wurde, und kniehohe Stiefel.

Seine Augen weiteten sich.

„Ich gedenke, dich auszupeitschen, Sub", sagte sie, ihre Stimme heiser – was keinen Akt darstellte. Er hatte wirklich den heißesten Körper, den sie je gesehen hatte. Ihre üblichen Sklaven waren klassisch hübsche Männer mit stromlinienförmiger Muskulatur. Dieser übergroße Körper vor ihr war vernarbt. Mit schweren Muskelplatten. Mit bedrohlichen Gesichtszügen.

Der Mann strahlte einfach Kraft und Stärke aus.

Und er gehört allein mir.

Für heute Abend.

Um ihrer eigenen Verspannung entgegenzuwirken, hob sie sich auf ihre Zehenspitzen, wölbte ihren Rücken und streckte die Arme zur Decke aus.

Seine Pupillen weiteten sich leicht.

Aber das Stretching war nicht nur Show. Diese Session würde nicht kurz ausfallen und ein gutes Flogging brauchte Durchhaltevermögen.

Sie waren beide auf lange Sicht dabei.

Nun lehnte sie sich an ihn, rieb ihren Körper an seinem und ließ ihn ihren Duft einfangen, so wie sie es mit einem wilden Tier tun würde. Langsam fuhr sie mit den Händen über seinen Rücken und seinen Arsch und bereitete seine Haut streichelnd und kratzend auf sie vor.

„Ich liebe diesen Körper, den du mir zum Spielen gegeben hast", murmelte sie. „Was denkst du? Können wir anfangen?"

Es dauerte eine Sekunde, bis er antwortete. Er war immer noch nicht wirklich bei ihr. „Ähm. Ja, Ma'am. Klar doch."

Er war so weit weg von dem Ben, den sie kannte, und seine spürbare Verzweiflung brach ihr einfach das Herz.

Sie nahm sein Gesicht in ihre Hände und gab ihm einen langsamen Kuss. Nicht für die Session, nicht für die Kontrolle – sondern, weil sie ihn daran erinnern musste, dass sie ihn mochte. Und dass er am Leben war.

Mistress Annes Lippen hauchten ihm Leben ein, und dass, obwohl er gerade das Gefühl hatte, in einer toten Welt zu wandeln. Ben wusste, dass er sie enttäuschte, aber er konnte einfach nicht … zu ihrer Seite im Buch umblättern. Er fühlte sich, als würde er durch die Everglades stapfen, seine Stiefel schwer und mit Schlamm bedeckt. Der Schlamm zog ihn nach unten, die Luft war zu dicht, das Laub wie ein Dach über ihm, das keine Sonne erlaubte. Es gab kein Entkommen. Er würde für immer gehen und gehen und niemals hier rauskommen.

Mouse war tot. Sein Freund.

Der Geruch von Leder erreichte ihn. Etwas Weiches tanzte über seine Schultern und strich über seinen Rücken. Er öffnete die Augen.

Die Mistress neckte ihn mit einer schwarzen, mehrsträngigen Peitsche. Über seine Schultern, seine Brust, seinen Arsch. Sanft und duftend. Das Gefühl der Enden auf seinem Rücken war so leicht wie ein Frühlingsregen.

Die Stränge schlugen über seinen Oberkörper und seine Beine, in einem Rhythmus, der dem Takt der Country-Musik entsprach.

Langsam nahmen die Laute der Peitsche zu, als die Schläge mit mehr Kraft ausgeübt wurden. Seine Haut schien von der Hitze zu strahlen.

Als sie aufhörte, war er fast enttäuscht – wie eine Person es bereute, wenn eine Massage endete.

Sie musterte ihn eine Minute lang und ihre Lippen formten sich zu einem kleinen Lächeln. „Besser." Ihre Hand legte sich flach auf seine Brust. Sie lehnte sich an ihn und fuhr mit der Zunge über seine Unterlippe.

Dann packte sie ein Bündel seiner Haare, vertiefte den Kuss, küsste ihn grober und schob ihre Zunge zwischen seine Lippen.

Sofort erhitzte sich sein Körper. Sie schmeckte nach Schokolade und Pfefferminze, nach Sex und Sünde, und er atmete sie ein, als hätte die Kugel am Himmel einen Sonnenstrahl durch die Dunkelheit zu ihm geschickt.

Ihre Hände hielten sein Gesicht, sodass sie ihm in die Augen sehen konnte. Ihre zeigten sich in einem klaren Graublau, wie der kahle Himmel nach einem Winterregen.

„Ich werde dir jetzt wehtun, Benjamin. Wenn du dich bewegst, wenn du deine Fesseln losreißt, wird mich das enttäuschen."

„Das werde ich nicht, Mistress." Die Worte kamen über seine Lippen, bevor er über sie nachdenken konnte.

„Dein Safeword ist *Rot*, Sub. Benutze es, wenn du es brauchst."

„Das werde ich nicht."

Ihre Hände rieben über seine Brust, durch seine Brusthaare. Als sie mit ihren Fingerspitzen in seine Nippel zwickte, begann sein Blut zu rasen, als würde jemand jedes einzelne Schleusentor in seinem Körper aufdrehen.

Und dann griff sie zwischen seine Beine. Sie umfasste seinen Hoden mit ihrer warmen Hand und drückte leicht zu. Sie rollte seine Nüsse zwischen ihren Fingern und erhöhte den Druck, bis er spürte, wie Schweiß auf seiner Haut ausbrach. Bis er fühlte, wie sich sein Schwanz rührte.

„So ein böser Schwanz, der nicht direkt auf seine Mistress anspringt." Ihre Missbilligung sorgte dafür, dass er den Kopf beschämt senkte. *Will mich entschuldigen.*

Mit den Fingerspitzen schlug sie seinen schlaffen Schwanz – *schlug ihn, um Himmels willen!* Links, rechts, jeder Klaps beißend und schockierend.

Oh Gott! Er spannte seine Beine an und versuchte, in Position zu bleiben, als die Schläge schmerzvoller wurden.

Fassungslos stellte er fest, dass sein Schwanz anschwoll.

Sie legte ihre Finger um ihn und streichelte über seinen Schaft. Auf und ab. Die berauschende Belohnung dauerte für seinen Geschmack nicht lange genug an.

Sie nahm den Flogger wieder in die Hand.

Die ersten Schläge landeten auf seinen Schultern, dann arbeitete sie sich über seinen Rücken vor, während sie jedoch seine Wirbelsäule und seine Nieren mied. Sein Arsch musste ernsthaft leiden. Und seine Haut kribbelte nicht länger, nein, sie brannte.

Nach einer Weile stoppte sie und schlug seinen Schwanz.

„Fuck!"

„Sei ruhig, Sub", murmelte sie und schlug wieder auf seinen Schwanz.

Er biss einen Kraftausdruck zurück und wurde mit einem

langen, nassen Kuss belohnt. *Gott*, sie konnte küssen. Seine Arme sehnten sich aufs schmerzlichste danach, sie zu halten.

Er verlor den Überblick darüber, wie oft sie den Zyklus durchlief. Sein Rücken und sein Arsch fühlten sich an, als wäre er rückwärts in einen Schmelzofen gefallen, und sein Schwanz brannte und pochte.

Seine Hände packten die schwarzen Ketten fester. Es fehlte nicht viel und er würde mit dem Metall verschmelzen.

„Zeit für etwas Neues." Sie lächelte ihn süß an und hob ein ... Ding auf. Ein fieser Stahlring, der im Inneren einige Dutzend Metallbolzen aufwies. Das Teil erinnerte an eine verdammte Miniaturversion einer eisernen Jungfrau. Ein Mund mit Zähnen.

Er biss einen Protest zurück.

Sie öffnete das Scharnier, schloss das Folterinstrument um seinen Schaft und festigte ihn, bis die Stahlbolzen in Kontakt mit seinem Schwanz kamen.

Es war zu ertragen. In dem Moment erkannte er, dass er am ganzen Körper erstarrt war. Vorsichtig entließ er den Atem.

Und dann griff sie an seinem Schaft vorbei, um mit einem Fingernagel über die empfindliche Haut zwischen seinen Eiern und dem Arschloch zu kratzen.

Als das durchdringende Vergnügen durch ihn jagte, wurde sein Schwanz dicker. Die verdammten Bolzen bohrten sich tief in seine Haut und ... *verdammt*, es tat weh. Seine Hände klammerten sich geräuschvoll an die Ketten, als er gegen die Notwendigkeit ankämpfte, sich das Foltergerät von seinem armen Schwanz zu reißen.

Und irgendwie machte ihn die Qual nur härter, was im Gegenzug den Schmerz verschlimmerte. „Fuck!"

Ihre Augen leuchteten vor Freude. „Genau das will ich hören."

Dann peitschte sie ihn wieder rücksichtslos aus. Schmerz folgte auf Schmerz.

Und doch verzog sich die trübe Sumpfluft aus seinem Verstand und machte Platz für Nebel, an dem die Sonnenstrahlen vorbeikamen. Sein Schwanz tat nicht wirklich weh, fühlte sich aber von einer dichten Hitze umgeben – als hätte sich ein süßer Mund um ihn geschlossen. Jeder Schlag des Floggers züngelte über seine Haut und verwandelte sein Blut in Lava.

Er erkannte schließlich, dass sie aufgehört hatte.

„So ein braver Benjamin", murmelte sie. Ihre kühlen Hände streichelten über seinen Körper und linderten das Feuer.

Sie küsste ihn, ließ sich Zeit, selbst als er ihre Hände an seinem Schwanz spürte und wie sie den Stahlring entfernte.

Und sein Schaft wog vor Hitze und tanzte wie ein Ballon über einem Lagerfeuer, pulsierte im Einklang mit seinem Herzschlag. Der ganze Raum bewegte sich auf und ab.

Seine Arme hingen plötzlich an seinen Seiten. Hatte er von den Ketten abgelassen? Als er versuchte, nach oben zu greifen, lachte sie – *verdammt*, von dem Laut allein könnte er kommen. „Komm mit, Benjamin."

Mit festem Griff führte sie ihn zu einem Sessel. Schöner großer Sessel, eine weiche Decke unter seinen zitternden Beinen. Er trieb in einem kühlen Meer.

„Benjamin." Die Hände auf seinem Gesicht waren sanft. „Sieh mich an, mein Tiger."

Seine Lider waren schwer, aber sie hatte die schönsten Augen. Bis in die Ewigkeit könnte er in ihre Tiefen starren.

Wann hatte sie sich auf seinen Schoß gesetzt? Er erinnerte sich nicht. Und doch saß sie rittlings auf ihm, ihre Knie neben seinen Oberschenkeln. Wäre er in der Lage, seine Arme zu heben, hätte er sie gehalten.

„Erinnerst du dich an meinen Bruder Travis? Er verließ die Marines, weil er es nicht mehr ertrug."

Ihr Bruder. Ja, er hatte ihren Bruder kennengelernt. Irgendwo. Irgendwann. Netter Kerl. Bens Haut brannte, sein Schwanz pochte auf seltsame Weise, und ihre Augen waren so, so blau.

„Warum hast du die Rangers verlassen, Benjamin?"

Er war nicht mehr bei seinem Team, oder? Nicht länger Teil

eines Teams. Keine Militärkarriere für ihn. Bei dem Verlust brannten seine Augen, aber der Nebel, der sich um ihn wickelte, hielt die Trauer zurück. „Wurde verletzt."

„Und deshalb bist du nicht zurück."

„Nein." Er schaffte es, zu schlucken, und oh, sie streichelte seine Schultern, seine Brust. So kleine Hände und doch so kraftvoll. „Nicht der Grund."

„Warum dann, Ben?"

„Konnte nicht noch mehr töten. Zu viele. Jeder fühlte sich schlimmer an. Wie ein Gewicht. Bin zu nervös geworden ..."

Anne nickte, als seine Stimme allmählich verstummte. Und da hatten wir den Grund. Sie teilte seinen Schmerz, empfand Mitleid für sein unlösbares Dilemma. Denn dieser Krieger, der so gut im Töten war, verfügte zudem über ein Herz aus Gold. Ein Herz, das bei jedem gesetzten Schuss gebrochen war.

Und zu diesem explosiven Gemisch kam auch noch PTBS dazu.

Er hatte sich erholt. Tatsächlich war er der ausgeglichenste Mann, den sie kannte. Aber Loyalität und Pflichtgefühl konnten blinde Flecken schaffen. „Denkst du, du hättest deine Kameraden vor dem Tod bewahren können, wenn du geblieben wärst?"

Seine Augen wurden glasig. Er nickte zögerlich.

„Travis wollte zurück, hat es am Ende aber nicht getan. Er meinte, er würde in einem ungünstigen Moment erstarren. Oder in Panik geraten und sein Team erschießen. Was ist mit dir?"

Seine Reaktionen waren langsam, sein Verstand immer noch in der dämmrigen Welt des Subspaces. Sein Blick hatte sich auf ... etwas konzentriert.

„Was siehst du, Schatz?"

„Rockface ist ausgeflippt. Hat unseren Sanitäter erschossen."

„Rockface ist zu lange geblieben, nicht wahr?", fragte Anne leise. „Vielleicht hätte er früher nachhause gehen sollen?"

„Ja."

„Jeder Mensch kommt an einen Punkt, an dem alles zu viel wird, an dem er die Ereignisse nicht mehr verarbeiten kann. An dem er nicht mehr mitkommt. Dann ist es Zeit, auszusteigen. Da du es sonst riskierst, deine Kameraden zu verletzen."

Sie wartete. Wartete noch etwas länger. Und fügte eine weitere Tatsache hinzu: „Du hast das Richtige getan, Ben."

„Sie sind tot."

„Und du lebst."

„Hätte mit ihnen sterben sollen."

Gott, was könnte sie noch tun, um ihm zu helfen?

Sie knirschte mit den Zähnen, überlegte und ... griff nach dem Penisring aus Stahl. Sie legte das kalte Metall gegen seine Kehle ... direkt über der Arterie. Sein Verstand war langsam, seine Sinne verknotet. Er würde die Kälte wahrnehmen und nicht sofort merken, wie unverblümt sie mit ihm sprach.

Für ihn würde es sich wie eine Bedrohung mit einem Messer anfühlen.

Sein gesamter Körper zuckte zusammen und dann spannten sich seine Muskeln an.

Das Risiko, diese Worte auszusprechen, missfiel ihr so sehr, dass ihr schlecht wurde. „Was, wenn du jetzt bei ihnen sein könntest, Sub? Würdest du das wollen? Oder wirst du kämpfen, um zu leben?"

Weite, schockierte Augen trafen auf ihre. Und doch bewegte er sich nicht.

„Ich will, dass du lebst, Ben. Was willst du? Soll ich dich am Leben lassen?"

Nach einer langen Zeit, als ihre eigenen Ängste sie bereits zu überwältigen suchten, nickte er.

Der Puls hämmerte in ihren Ohren und sie sackte erleichtert zusammen. Nachdem sie den Ring auf den Boden geworfen hatte, schlang sie ihre Arme um ihn. „Jemanden zu verlieren, tut weh, oder?"

„Tut weh", stimmte er zu.

„Dort drüben hast du für mich, deine Familie, deine Freunde gekämpft. Um unsere Sicherheit zu gewährleisten."

„Ja."

„Jetzt bist du hier. Das bedeutet, dass deine Freunde dafür gekämpft haben, dich zu beschützen. Nicht wahr?"

Er blinzelte.

„Mouse würde wollen, dass du lebst, Ben. Auf keinen Fall würde er wollen, dass du aufgibst. Du musst leben, damit sein Opfer nicht umsonst war."

„Er ist gestorben. Ich hätte bei ihm sein sollen."

„Wir sterben alle irgendwann, mein Tiger. Dieser Moment ... dieser Ort ... war nicht für dich gedacht. Deine Zeit wird kommen. Bis dahin ist es deine Aufgabe, dein Leben so gut wie möglich zu leben."

Er starrte sie an.

„Das ist jetzt deine Pflicht, Ben."

Hätte sie ihn tiefer führen sollen?

Aber er saugte auf, was sie sagte, und verarbeitete es bis zu einem gewissen Grad. Sein Verteidigungswall war immer noch unten und der Hüter seines Verstandes war beeinträchtigt, also drangen ihre Worte tief in ihn vor.

Sie wartete.

„Er ist gestorben." Seine Augen füllten sich mit Tränen.

Die Trauer eines Mannes mit einer großen Seele, der tief liebte, zeigte sich, und ihr Herz brach für ihn. Sie zog ihn nach vorne, schlang ihre Arme um ihn und legte seinen Kopf auf ihre Schulter, als er an ihr bebte.

„Es tut weh, ich weiß", flüsterte sie. Jemanden zu verlieren, tat weh. Kein Schmerz reichte an dieses Gefühl heran.

Seine Arme legten sich um sie und zogen sie so fest an seine Brust, dass sie Schwierigkeiten hatte, zu atmen.

„Ist ja gut." Sie hielt ihn genauso hart und drückte ihr Herz an seins. Sie würde ihn für immer in den Armen halten, wenn es das wäre, was er brauchte.

Aber schließlich bewegte er sich. Und atmete tief ein. Die Energie veränderte sich. Er kam aus dem Subspace. Raus aus der Verzweiflung.

Sie streichelte sanft seinen Rücken und seine Schultern und führte ihn so allmählich ins Hier und Jetzt zurück. Die Realität konnte schwierig sein. Aber vielleicht könnte sie den Übergang erleichtern und ihm gleichzeitig vor Augen halten, dass es sich zu leben lohnte.

Als er den Kopf hob, um sich umzusehen, nahm sie seine rechte Hand.

Seine goldbraunen Augen trafen auf ihre.

Mit ihrer Hand auf seiner bewegte sie sich von ihrem Oberschenkel zu ihrer Hüfte, wo sie einen seiner Finger in der Schleife ihres Tangas einhakte und ... zog. Als sich die Schleife öffnete, benutzte sie seine Hand erneut, um ihre entblößte Haut zu streicheln. Dann nahm sie seine linke Hand und legte sie auf die andere Hüfte.

Er löste die Schleife von ganz allein.

Unter ihr schwoll sein Schwanz, der nie schlaff geworden war. Er hatte nicht mal bemerkt, dass sie den Penisring mit einem Kondom ersetzt hatte.

Sie hob sich leicht an, entfernte den Tanga und brachte sich über ihn in Position, bis sie seine Eichel an ihrer feuchten Öffnung spürte.

Als er sich anspannte, hielt sie inne. Genau dort ... und lehnte sich vor, um ihn zu küssen.

Annes weiche Lippen glitten über Bens Mund. Seine Aufmerksamkeit jedoch hatte sich auf einen bestimmten Ort konzentriert – wo ihre heiße Pussy die Spitze seines Schwanzes küsste. Nur die Spitze.

In diesem Zustand brannte und pochte seine Erektion. Er wollte sich verdammt nochmal in ihr verlieren und sie ... neckte ihn.

Von ihren Hüften wanderten seine Hände zu ihren Oberschenkeln, packten zu und bewegten sie gerade genug, um sich zu positionieren – und dann riss er sie auf seinen Schwanz und hüllte sich bis zum Anschlag in ihre Wärme.

Fuck! Sein missbrauchter, empfindlicher Schwanz fühlte sich an, als wäre er in flüssiges Feuer getaucht. Noch mehr Blut strömte in seinen Schaft, sodass sie sich unfassbar – regelrecht schmerzhaft – eng anfühlte. Sein Hinterkopf landete auf der Rückenlehne des Sessels, als er vor Ekstase erschauerte.

Und was machte sie? Sie lachte. *Sadistische Mistress.*

Er hatte noch nie so viele Schmerzen gehabt und sich gleichzeitig so gut gefühlt.

Ihre Oberschenkelmuskeln spannten sich an, als sie sich von ihm erhob. Er fühlte die feuchte Pussy, die über ihn glitt und er stöhnte.

Hoch. Runter.

„Ich kann nicht ..." *mehr lange durchhalten.* Das musste er. *Lasse niemals einen Mann – eine Frau – zurück.* Er ließ sie den Rhythmus bestimmen und bewegte seine Hände nach innen, wobei er mit seinen Daumen ihre geschwollene Klitoris einfing und das Nervenbündel betörte.

Ihre Pussy ballte sich um ihn zusammen. Oh ja, das gefiel ihr.

Zur Hölle, ihm gefiel es auch. Er knirschte mit den Zähnen, als er gegen seinen herannahenden Orgasmus ankämpfte. *Halte die Stellung.*

Ihre Klitoris ragte hervor, ihre Schenkel zitterten, ihre Geschwindigkeit nahm zu.

Sie kam und warf den Kopf in den Nacken, während sie ihren Rücken wölbte. Ein Anblick so wunderschön wie das Leben selbst.

Er beobachtete sie staunend, voller Ehrfurcht, und als sich

ihre Augen öffneten, war das Licht in ihnen wie die Sonne, die sich nach einem Sturm endlich wieder zeigte.

„Komm jetzt, Benjamin. Du hast lange genug gewartet." Sie wappnete sich, legte die Hände auf seine Brust, glitt erneut nach oben und krachte dann auf seine Länge. Bei jeder Abwärtsbewegung rieb sie ihre Klitoris an seinem Schambein.

Empfindungen überfluteten ihn, füllten den ausgetrockneten See in seiner Seele bis zum Überlaufen, sprengten den Damm und ... er kam. *Fuck*, und wie er kam. Jedes Zucken seines Schwanzes hielt geschmolzene Flüssigkeit so heiß, dass sie mit seinem brennenden Schwanz wetteiferte. Hitze überall. Das Vergnügen war so groß, dass er Sterne im Universum explodieren sah.

Schweißüberströmt blickte er in ihre endlos tiefen Augen und sah ihre Grübchen. Ihre Grübchen. Und ihr Lächeln.

Oh ja, er wollte leben.

Er war wieder weggedriftet. Anne war es gelungen, ihn anzuziehen. Wie auch immer sie das geschafft hatte. Sie war sich seines Gleichgewichts nicht sicher und brachte ihn deshalb in dem winzigen Aufzug ins Erdgeschoss.

Als sie den Hauptraum durchquerten, spürte sie, wie er bei dem Lärm und der Aktivität ins Zittern kam. Sie hielt an, um sich eine Sub-Decke von einem der Gestelle zu schnappen. Nachdem Anne sie ihm umgelegt hatte, lehnte sie sich an ihn, sodass ihre Körperwärme ihn besänftigen konnte. „Benjamin, sieh mich an."

Sein Blick traf auf ihren, die Augen noch immer glasig, und er schenkte ihr ein schiefes Lächeln. „Tut mir leid, Ma'am. Bestimmt geht es mir gleich wieder gut."

Es wird wohl ein bisschen länger dauern, dachte sie. Sie zog seine Arme um sich und hielt ihn aufrecht, um seinen Körper an die Realität zu erinnern. Sie fühlte und hörte seinen Seufzer. Ja, er brauchte mehr von ihr.

Ihr entging nicht, dass Cullen sie von der Ferne mit einem

grimmigen Ausdruck beobachtete. Zweifellos besorgt, dass die böse Mistress den Wachhund des Clubs verletzt hatte.

Sie drehte dem aufdringlichen Dom den Rücken zu.

„Ich nehme dich mit zu mir nachhause", sagte sie zu Ben.

Er lehnte sich zurück und runzelte die Stirn. „Ich ..." Seine Brauen zogen sich zusammen und nach einer Sekunde gab er zu bedenken: „Bronx ist bei mir. Ich kann ihn nicht die ganze Nacht allein lassen. Er muss raus."

„Dann gehen wir zu dir nachhause."

Der Hund beförderte Anne einen Schritt zurück, als Ben die Tür zu dem Lagerhaus öffnete.

„Hallo, Bronx." Lächelnd kniete sie nieder, um den Retriever mit einer Streicheleinheit zu begrüßen. Sein Fell presste sich weich an ihr Gesicht, und sein Schwanz peitschte ihren Arm mit seiner grenzenlosen Freude. „Du bist so ein Schatz."

„Wollen wir eine Runde raus, Kumpel?", fragte Ben.

Offensichtlich erkannte Bronx die Frage und trabte an Ben vorbei, der die Türschwelle gar nicht erst übertreten hatte. Die Gegend, die mit alten Industriegebäuden gefüllt war, entwickelte sich zum Kunstviertel der Stadt. Aber so spät am Abend würde Bronx die Straße für sich allein haben.

Als Ben seinen Hund beobachtete, beobachtete Anne den Mann. Ja, er war wieder er selbst und sein Verstand arbeitete.

Sie ging in die Mitte des kleinen Lagerhauses und drehte sich im Kreis. Im hinteren Teil bildete der zweite Stock ein Loft. Die gesamte Vorderseite des Gebäudes bestand vom Boden bis zur Decke aus Fenstern. Die Holzböden waren poliert, sodass sie verstand, wieso Bronx bei seiner Begrüßung in sie gekracht war.

Zu ihrer Linken befand sich ein offen gestaltetes Büro mit Computerausstattung und überdimensionalen Monitoren sowie Zeichentischen. Grüne und blühende Pflanzen füllten die Ecken, fanden sich überall, und fügten dem industriellen Ambiente ein natürliches Element hinzu.

Und dann sah sie die Bilder. Einen Meter achtzig in der Höhe hingen sie an der Rückwand.

In einem brüteten dunkle Gewitterwolken über einem traditionellen Sonnenuntergang am Strand. Erzürntes rötliches Licht strahlte auf zwei unschuldige Kinder, die eine Sandburg bauten.

Gänsehaut erhob sich auf Annes Armen.

Ein anderes Foto zeigte einen Blaureiher in der Dämmerung, dessen Kopf geneigt war, als er den Mann hinter der Kamera anstarrte.

Ein Alligator sonnte sich auf einem sonnigen Baumstamm, scheinbar entspannt, bis auf seinen kalten, räuberischen Blick.

Ein Sonnenaufgangsfoto zeigte einen sehr vertrauten Ort – Zs persönlichen Garten.

Wie betäubt lehnte sie sich vor und las die kritzelige Signatur. *BL Haugen*. Der sehr berühmte BL Haugen, dessen Fotografien vom Irakkrieg zahlreiche Auszeichnungen erhalten hatten. BL Haugen, der nun zu den bekanntesten Fotografen Floridas zählte.

Ihr Blick verweilte auf einem Foto, das in den Everglades aufgenommen wurde. Ben fuhr eine Kettensäge in seinem Jeep herum. *„Ich bin viel in der Wildnis"*, hatte er gesagt.

„Du hast diese Fotos geschossen." Ihre Worte kamen regelrecht anklagend über ihre Lippen.

„Mmmhmm." Ben schloss die Tür hinter Bronx. „Ich bringe ihn nach oben, um ihn zu füttern."

„Okay", sagte sie geistesabwesend.

Sie hatte gedacht, er sei ein netter, normaler Sicherheitsmann. Okay, ja, sie hatte schnell herausgefunden, dass er viel mehr Schichten hatte, aber wie sich herausstellte, hatte er eine Karriere, von der sie nichts geahnt hatte. Sie war so eine Idiotin.

Nachdem sie sich sattgesehen hatte, drehte sie sich um und sah, dass an der Wand hinter der Treppe deckenhohe Bücherregale thronten. Ben schien zu lesen. Sehr viel.

Musste der Mann immer attraktiver werden? Als sie die Treppe zum Loft nahm, musterte sie die Titel. Viele Krimis, ein bisschen Horror, etwas Philosophie und Ethik. Bücher über die Geschichte und die Tierwelt Floridas.

Auf halbem Weg die Treppe hoch fühlten sich ihre Beine plötzlich wie Gummi an und sie musste innehalten. *Gott*, sie war müde. Eine derartige Session ließ beide Teilnehmer erschöpft zurück. Nachdem sie sichergestellt hatte, dass es Ben gut ging, würde sie nachhause fahren.

Die Treppe endete in einem offenen Küchen-, Ess- und Wohnbereich. Die Türen im hinteren Teil führten wahrscheinlich zu einem Schlaf- und einem Badezimmer. Eine massive Pflanze – ein Regenschirmbaum – füllte eine Ecke. Usambaraveilchen säumten die Kücheninsel. Der Mann setzte auf Pflanzen. Vielleicht hatten sie dazu beigetragen, die Erinnerungen an einen Wüstenkrieg zu vertreiben?

Ben stellte eine Schüssel mit Hundefutter für Bronx auf den Boden, bevor er ihren Blick fand und sie anlächelte. „Ich habe Wasser und kohlensäurehaltige Getränke im Kühlschrank."

„Das klingt wunderbar." Sie öffnete den Kühlschrank und erhaschte ein Sprudelwasser mit Erdbeergeschmack.

Als Ben die Hundefutterdose ausspülte und ins Recycling warf, betrachtete Anne ihn. Er sah immer noch eher wie ein typischer Straßenschläger aus und nicht gerade wie ein renommierter Fotograf. „Du hast vielleicht mal erwähnt, dass du für deinen Lebensunterhalt fotografierst. Warum arbeitest du dann aber als Sicherheitsmann im Club?"

„Fotografie zeichnet sich durch Einsamkeit aus. Als ich das Militär verlassen habe, waren meine einzigen Freunde ein paar Ex-Soldaten." Er wuschelte durch Bronx' dichte Halskrause. „Z wollte, dass ich Leute treffe, die nichts mit dem Krieg zu tun haben. Er ..." – Bens Mundwinkel zuckte – „befahl mir, mir eine Teilzeitstelle zu suchen, bei der ich unter Menschen komme. Es war ihm egal, was ich mache, auch bei McDonalds wäre okay gewesen. Als ich seine Anweisung aber ignorierte und mich nicht auf Jobsuche begab, hat er mich an den Schreibtisch im Club gesetzt."

Dieser Mann war durch die Hölle gegangen und heil herausgestolpert. Mental und körperlich angeschlagen, sicher, aber auf den Beinen. Und ein paar Jahre später war er einer der selbstbewusstesten, fürsorglichsten und erstaunlichsten Männer, denen sie jemals begegnet war. „Ich nehme an, Zs einzigartige Methode hat funktioniert?"

Ben zog eine Cola aus dem Kühlschrank. „Es ist schwer, im Shadowlands lange deprimiert zu sein. Die Leute, die hereinkommen, vibrieren mit Aufregung." Er grinste. „Ich hatte hier und da ein paar schlechte Tage. So auch an dem Tag, an dem Jessica auftauchte. Ich wollte mit niemandem reden, aber Z, der verdammte Bastard, schickte sie zu mir, wo sie sitzen bleiben sollte. In meinem Bereich."

„Ich erinnere mich an diese Nacht." Die Master hatten es genossen, da Jessicas Einführung in das Shadowlands wie ein Horrorfilm-Klischee abgelaufen war: *Die hübsche Blondine mit einem liegengebliebenen Auto und auf der Suche nach Hilfe, bei der sie auf ein dunkles, ominöses Anwesen trifft.* Anstelle von Vampiren hatte die kleine Sub Master und Sklaven, Doms und Subs, Sadisten und Masochisten gefunden.

Ben grinste. „Sie war so verdammt schockiert gewesen. So süß. Unmöglich zu ignorieren, obwohl ich es versucht habe. Und dann hat sie all ihren Mut zusammengenommen und war wieder in den Club marschiert. In dem Moment dachte ich mir: Wenn sich eine winzige Blondine ihren Ängsten stellen konnte, sollte ich das doch auch schaffen."

Zs Wachhund war ein faszinierender Mann. Anne lehnte sich an ihn und rieb die Wange an seiner Schulter. „Ich bin froh, dass du nicht aufgegeben hast." *Damals wie heute.*

Seine mächtigen Hände legten sich auf ihre Schultern, und seine Stimme grollte durch seine solide Brust. „Ich auch."

Mit einem widerwilligen Seufzer trat sie zurück und betrachtete ihn ausführlich. Augen klar, Farbe gut, Haltung aufrecht. Kein Zittern. Ein sanftes Lächeln auf den Lippen. Humor wieder an Ort und Stelle. Es ging ihm gut. „Da es dir gut geht, sollte ich mich losmachen."

Sie lehnte sich vor, um seine Wange zu küssen.

Sein Arm legte sich um ihre Taille und zog sie an sich. Er stellte sein Getränk ab und hob sie von den Füßen, sodass er sie küssen konnte. Lang und hart. „Bleib", hauchte er an ihren Lippen.

„Ben –"

Seine Hände packten ihre Arschbacken. Und schon war sie erregt. Eigentlich sollte sie nicht schon wieder so heiß auf ihn sein. Nicht nach dem Sex mit ihm im Club.

Und doch wollte ihr Körper mehr. *Sie* wollte mehr. Ihre Stimme kam kehlig heraus: „Wie wäre es, wenn du mir dein Schlafzimmer zeigst?"

„Ja, gute Idee." Sanft zog er an einer ihrer Haarsträhnen. „Wirst du mich wieder auspeitschen?"

Als würde er ihr gehören? Als wäre er einer ihrer Sklaven? Sie erstarrte. Sie sollten das nicht tun. Sie hatte sich mehr als einmal gesagt, mit ihm nichts anzufangen.

„Anne, was ist los?"

„Du bist nicht ..." Sie stieß einen Seufzer aus. „Ich habe dir gesagt, dass ich nichts von Beziehungen halte. Ich will dir nicht wehtun. Ich sollte nicht hier sein." Und doch wusste sie – *wusste sie einfach –*, dass es bereits zu spät war.

Sie mochte ihn.

Sein Kinn stieß stolz nach vorne. „Du solltest sehr wohl hier sein. Mit mir." Sein Gesichtsausdruck entspannte sich. „Verbringe das Wochenende mit mir, Anne. Lass uns Spaß haben. Wenn du willst, können wir auf das D/s-Zeug verzichten." Sein rechter Mundwinkel zuckte, was ihr alles sagte, was sie wissen musste.

„Du weißt schon, dass ich nicht sehr lange darauf verzichten kann."

„Das weiß ich. Zumindest nicht, wenn es um Sex geht. Aber hey, wenn du dich dadurch besser fühlst, kann ich versuchen, hübsch auszusehen." Er flatterte mit den Augenwimpern.

Sie brach in Gelächter aus, nahm seine Hand und führte ihn ins Schlafzimmer.

KAPITEL ZWÖLF

Außerhalb des Shadowlands war Anne eine andere Person – und doch gab es keinen Unterschied, entschied Ben. Selbst nach einem Wochenende in ihrer Gesellschaft war er nicht schlauer geworden. Sie hatte mehr Facetten als die Diamantohrringe, die sie trug – und war bodenständiger, als er gedacht hatte.

Während sie sich auf seiner bequemen Wildledercouch über ihm ausbreitete, streichelte Ben ihren Rücken. Zuvor hatten sie über die verschiedenen Kampftechniken gestritten, die in Actionfilmen verwendet wurden.

Was für ein Sadist hasste blutige Filme?

An der gegenüberliegenden Wand zeigte der Fernseher den gemeinsam gewählten Film – Independence Day.

Anne war innerhalb der ersten zwanzig Minuten eingeschlafen. In seinen Armen. Ben lächelte und küsste sie auf den Kopf. Er machte Fortschritte darin, ihre Schutzmauer abzutragen.

Obwohl er zugeben musste, dass er die letzte Schlacht nicht geplant hatte. Ihr weiches Herz hatte es nicht ertragen, als sie ihn trauern sah – als sie ihn vom Schreibtisch in eine ganz neue Welt gezogen hatte.

Verdammt, aber sie hatte sich dermaßen in seinem Verstand festgesetzt, dass er das Gefühl hatte, sie kenne ihn besser als jeder andere. Er war in einem furchtbaren Zustand gewesen. Auch jetzt kämpfte er mit der Traurigkeit, Mouse verloren zu haben.

Aber es war okay, am Leben zu sein. Anne hatte ihn dazu gebracht, das anzuerkennen. Sie hatte auch die Reue angesprochen, die er empfand, da er das Militär verlassen hatte, und ihm dann geholfen, zu sehen, dass er das Richtige getan hatte.

Seine Schuldgefühle, nicht für sein Team da gewesen zu sein, würden wohl nie ganz verblassen. Jeder Mensch hatte seine Grenzen, die erreicht werden mussten, bevor er brach. Es hatte ihm stets das Herz gebrochen, zu töten, oder wenn er einen seiner Kameraden verloren hatte. Er war ständig nervös gewesen, einerseits süchtig nach Adrenalin, andererseits krank vor Sorge. Er hatte so viel länger überlebt als die meisten. Am Ende hatte er es aber nicht so lange ausgehalten wie manche. So war das Leben. Er hatte seine Freunde, die nach einem Einsatz aufgehört hatten, nicht verurteilt – warum sollte er sich also selbst verurteilen, nachdem er das nach mehreren Einsätzen entschieden hatte?

Sie hatte ihm geholfen, das zu verstehen.

Was für eine Frau.

Was für eine Domina.

Nachdem sie Freitagnacht bei ihm geblieben war, hatte er ihr am nächsten Morgen Frühstück gemacht. Und mit seinem üblichen tadellosen Timing hatte sich Z gemeldet, um zu fragen, wie es ihm ging. Dann meinte er, dass er Samstag frei machen sollte und dass Anne auch nicht kommen brauchte.

Also hatte Ben sie überredet, ihn für das Tampa Bay Blues Festival zum Vinoy Park im Stadtzentrum von St. Pete zu begleiten. *Curtis Salgado. The Bluetones.* Eine Idee, die zu einem unerwarteten Sieg geführt hatte. Wer hätte schon wissen können, dass sie Saxofon spielte und den Blues liebte?

Wer hätte gedacht, dass sie seine Fotoarbeiten kannte? Das war ein wahrer Rausch gewesen.

Und heute, da sie neugierig war, wie Fotografen arbeiteten, war es leicht gewesen, sie zu einer langen Wanderung auf Honeymoon Island zu überreden, damit er vor den Nachmittagsschauern Aufnahmen vor der Mangrovenkulisse machen konnte. Das Licht kurz vor einem Sturm konnte nicht nachgeahmt werden.

Anne hatte keine Probleme, mit ihm Schritt zu halten – ja, sie war in Form – und während er Fotos gemacht hatte, hatte sie Bronx beschäftigt und mit ihm Fangen gespielt.

Mit seinen nackten Zehen streichelte Ben durch das Fell des Hundes zu seinen Füßen. Bei einer Therapiestunde hatte Z mal zu ihm gesagt, er solle sich einen großen freundlichen Hund zulegen. Der Gedanke hatte ihm kein bisschen zugesagt. Also hatte Z eines Tages einen Welpen vorbeigebracht und war, ohne ein Wort zu sagen, verschwunden, noch bevor Ben protestieren konnte.

Manipulativer Bastard.

Aber es war unmöglich gewesen, sich im Haus zu verschanzen, wenn der Welpe Gassi gehen musste. Und ihm beigebracht werden musste, keine Stiefel und Bilderrahmen zu fressen. Wenn er Futter und Wasser brauchte. Es war schwierig, mürrisch zu bleiben, wenn ein geworfener Stock – oder einfach nur der Fakt, dass er nachhause kam – das Fellknäuel in einen Freudentaumel versetzte.

Obwohl Bronx kein munterer Welpe mehr war, hatte er sich zu einem verdammt guten Freund gemausert.

Und Bronx hatte Anne aus ganzem Herzen abgesegnet.

Ich auch, Kumpel.

Ben rieb seinen Kiefer über ihr seidiges Haar und atmete den leichten Blumenduft ein. Ihre Haut war so zart, dass er die schwachen blauen Linien an ihren Schläfen und unter ihren Augen sehen konnte. Sie hatte heute kein Make-up getragen. Ihre Wimpern waren nicht schwarz, sondern dunkelbraun.

Sie war das ganze Wochenende eine ausgezeichnete Begleiterin gewesen – es machte Spaß, mit ihr zu reden, es machte Spaß, mit ihr zu wandern, und man musste ihr nicht sagen, was es zu tun galt. Während er seine Fotoausrüstung gepackt hatte, war sie mit der Zubereitung der Sandwiches zugange gewesen und hatte die Kühlbox vorbereitet. Wenn er das Abendessen herrichte, kümmerte sie sich um das Aufräumen.

Zu seiner Überraschung hatte sie das ganze Wochenende nicht ihre dominante Natur gezeigt.

Natürlich würde sie in die Rolle schlüpfen, wenn er sie dazu trieb. Oder wenn sie Lust hatte, ihn wahnsinnig zu machen.

Und er genoss den Nervenkitzel, wenn sie es tat. *Und wie er das tut.* Wenn sie diesen Ausdruck in ihren blaugrauen Augen bekam und ihre Stimme diesen tief ausgesprochenen Befehlston annahm, brodelte das Blut in seinen Adern und sein Schwanz erhob sich.

Weil er unterwürfig war. Das war kein Begriff, von dem er gedacht hatte, dass er jemals auf ihn zutreffen würde. Er gluckste und weckte damit seine Frau.

Seine Mistress.

Nun, egal wie sie es nannte, sie gehörte ihm.

Sie blinzelte ihn an, etwas genervt, obwohl ihre Augen noch immer von ihrem Schlaf vernebelt waren und ihr Mund nicht verlockender aussehen konnte.

Bis er die Verärgerung von ihren Lippen geküsst hatte, war sie hellwach.

Nachdem sie sich rittlings auf ihn gesetzt hatte, nahm sie sein Gesicht zwischen ihre Handflächen. „Was war so lustig?"

„Nichts Wichtiges."

„Benjamin." Sie rutschte innerhalb eines Atemzugs in den Domina-Modus. Sein Körper reagierte sofort mit Verlangen und Erregung ... und einem verstärkten Drang, sie glücklich zu machen.

Unterwürfig. Fuck. „Ich musste an Dominanz und Unterwerfung denken. Du bist eine Domina. Ich bin mir nicht sicher, ob ich mich selbst gerne als Sub bezeichne" – und definitiv nicht als Sklave – „obwohl es mich eindeutig antörnt, was wir tun."

„Ah." Sie senkte ihren Hintern auf seine Oberschenkel. Während sie ihre Hände flach auf seine Brust legte, blieb ihr Blick auf seinem Gesicht haften. „Das Wort gilt als Beleidigung in unserer Gesellschaft – vor allem, wenn es auf einen Mann angewendet wird."

Sie schaute weg und überlegte. „Alle Menschen – insbesondere Männer – streben nach Macht, und das bedeutet in unserer Gesellschaft in der Regel Führungspositionen. Geschäftsführer und auch Präsidenten. Aber nicht jeder genießt es, das Kommando zu haben."

„Richtig. Ich bin eher ein Einzelgänger – Fotografie gibt mir, was ich brauche." Er küsste ihre Handfläche. „Aber du gibst gerne die Befehle. Das kann ich sehen." Sie strahlte regelrecht, wenn sie ihre Mistress herausholte.

„Sehr sogar. Mit dem Toppen fing ich in meinem letzten Jahr bei den Corps an. Eine ältere Freundin in meinem Bataillon gab mir eine Einführung. Etwas … klickte und ich wusste, dass ich gefunden habe, was mir bis dahin in meinem Leben gefehlt hatte."

„Du bist seit weit über einem Jahrzehnt eine Domina." Näher an fünfzehn Jahren. Kein Wunder, dass sie sich so wohl damit fühlte, wer sie war.

„Mmmhmm. Weißt du, du bist sicherlich nicht der einzige Soldat, der es genießt, dominiert zu werden. Wolltest du in der Armee die Truppen anführen oder hast du es bevorzugt, Befehle entgegenzunehmen?"

„Das Sagen zu haben, hat nie ein Ziel für mich dargestellt, nein. Ich fühlte mich jedoch geehrt, die Männer anzuführen, wenn ich an der Reihe war." Und er hatte sein Bestes getan, um der Verantwortung gerecht zu werden. „Gleichzeitig macht es mir nichts aus, Befehle anzunehmen, solange mein kommandierender Offizier kompetent ist."

In Wirklichkeit sah er es als Erleichterung an, unter einer

talentierten Führungskraft zu operieren. Und für Anne empfand er diese Bewunderung. Sie war eine wirklich begabte Anführerin.

Ihr Blick war verständnisvoll. Als Marine wusste sie, wie es funktionierte. „Anstatt also *Sub* auf dich anzuwenden, sollten wir ein schönes kurzes Wort finden, das beschreibt: *Du kannst mir Befehle geben, solange du es nicht vermasselst, Sir.*"

„Wenn du es so sagst, klingt es besser."

„Nur klingt es nicht besonders sexy." Ihre Hände glitten über seinen Kiefer, und sie küsste ihn und nahm, was sie wollte. Als er versuchte, seine Arme um sie zu legen, machte sie ein Geräusch, bei dem er seine Hände sofort auf die Couch senkte.

Unterwürfig. Das Wort war bescheuert, das Gefühl jedoch, sich zurückzuhalten und ihr zu erlauben, sich an ihm zu laben, war höllisch befriedigend. Er könnte sie innerhalb eines Herzschlags in zwei Hälften brechen, aber seine Instinkte sagten ihm, ihr zu geben, was sie wollte.

Allein ihr Wille konnte ihn an Ort und Stelle halten. Das dominante Tier in einem Rudel war nicht immer das größte.

Er murmelte an ihren Lippen: „Da ich der Unterwürfige bin – und wir uns in meinem Bereich befinden –, wie wäre es, wenn ich dir Abendessen koche? Und wir heute früh ins Bett gehen?"

Ihr kehliges Lachen brachte ihn dazu, die Reihenfolge der Ereignisse zu überdenken. „Du bist unersättlich."

Nur mit ihr. Dieses Sub-Wort begann mehr und mehr auf ihn zuzutreffen. Und war das nicht eine Erkenntnis, die er niemals für möglich gehalten hätte? Was aber war mit dem nächsten Schritt? Dem Sklaven-Wort?

Klang so gar nicht nach ihm. Aber was würde er tun, um diese Frau in seinem Leben zu halten?

Wer konnte schon sagen, zu was er sich alles bereit erklären würde, wenn er die Chance dazu bekam. Es gab nur eine Möglichkeit, es herauszufinden. „Unersättlich für dich beschreibt es ziemlich gut, ja."

KAPITEL DREIZEHN

A m **Donnerstag parkte** Ben auf einem der beiden Stellplätze neben Annes Einfahrt.

Bronx sprang hinter ihm aus dem SUV. Mit wedelndem Schwanz tänzelte der Hund über die Einfahrt, schnupperte die Luft und ging um das Haus herum. Bronx hatte schnell herausgefunden, dass Anne normalerweise eine Tasse Tee oder Kaffee auf ihrem Deck genoss, um dabei den Sonnenuntergang zu betrachten. Als er das Saxofon hörte, blieb er stehen und lauschte. Nach einem Moment erkannte er die alte Melodie. *Arthur's Theme* stellte eine ungewöhnliche Mischung aus eindringlich und erhebend dar.

Sie war in einer guten Stimmung. Annes Körpersprache offenbarte nicht immer ihre Stimmung, aber ihre Musik sagte dafür umso mehr.

Als Ben die Rückseite des Hauses erreichte, hörte er, wie sein Retriever über die Terrasse stürmte.

„Bronx!" Anne lachte. „Was bist du nur für ein hübscher Junge? So ein kluger Hund."

Ben grinste. Die Frau bekam von Kindern und Tieren nicht

genug. „Erlaubnis, an Bord kommen zu dürfen?", rief er vom Fuß der Treppe.

„Erlaubnis erteilt, Ben."

Er kletterte hoch. „Du hast es dir bequem gemacht."

Auf ihrem Liegestuhl legte sie ihr Saxofon beiseite, um Bronx gebührend zu begrüßen. Ihre khakifarbene Shorts zeigte ihre langen, goldbraunen Beine. Ihre ärmellose Bluse hatte die Farbe ihrer wunderschönen graublauen Augen – und sie war aufgeknöpft. Sicher, sie trug einen Badeanzug darunter, aber seine Libido hatte einen Pawlowschen Schalter. Eine Frau – vor allem diese – mit einer aufgeknöpften Bluse schickte seine Lust in den Overdrive.

Bronx lehnte sich an den Stuhl und sammelte so viel Liebe, wie er aus ihr herausholen konnte.

„Du verwöhnst ihn, Anne."

„Seine Manieren sind 1A. Solange das so bleibt, werde ich ihn weiterhin belohnen."

Ben beugte sich vor und stahl sich einen ausgedehnten Kuss. *Verdammt*, er liebte die Art, wie sie küsste, wie ihre Finger sein Haar packten und sie ihn mit der anderen Hand an seinem T-Shirt zu sich zog.

Als er sich von ihren Lippen trennte, entdeckte sie die Schlammspritzer an seinen Beinen, Armen und Händen. Besorgnis war in ihrer Stimme zu hören: „Geht's dir gut?"

„Es geht schon. Mein Jeep blieb in einer sumpfigen Gegend stecken. Hat etwas gedauert, bis ich das Auto raus hatte."

„Du siehst aus, als hättest du dich durch die Everglades gekämpft." Sie deutete auf die Tür hinter ihr. „Geh und hol dir etwas zu trinken – und auch etwas zu essen. Ich habe Cookies für die Kinder im Frauenhaus gemacht und dir ein paar reserviert."

„Hast du?" Cookies? Ja, er verehrte sie. Schade, dass die Terrasse keinen Sichtschutz bot, sonst würde er sich gleich hier zwischen ihre Schenkel knien und sie lecken. „Wenn sie Rosinen haben, biete ich mich für heute Abend als Sklave an."

„Benjamin." Eine perfekt geformte Augenbraue wanderte nach oben. „Das wirst du sein, ob Rosinen in den Cookies sind oder nicht."

Da lag sie nicht falsch. Lächelnd salutierte er ihr und ging in die Küche, bevor er etwas sagte, das ihn in Schwierigkeiten brachte. Oder sie ihm seine Leckerlis wegnahm.

Sie hatte am Montag Chocolate-Chip-Cookies gebacken, am Dienstag Karottenkuchen – Bronx war nicht der Einzige, der hier verwöhnt wurde.

Er grinste. Heute Morgen hatte sie darauf bestanden, einen weiteren Kilometer zu joggen und sich darüber beschwert, dass sie wegen seiner Süßigkeitenabhängigkeit an Gewicht zulegte.

Aber für ihn stellten ein oder zwei Zentimeter mehr an ihren Hüften oder Brüsten kein Problem dar. Ganz im Gegenteil, es törnte ihn an. Mehr zum Halten, mehr zum Spielen.

Apropos, spielen, er freute sich auf die nächsten Tage. Dies war Ghosts Wochenende als Sicherheitsmann im Club, und Anne hatte keine Kerkeraufsicht. Da Raoul nicht in der Stadt war, hatte Ben ihn gefragt, ob er sich sein Segelboot leihen könnte. Hoffentlich wäre Anne daran interessiert, mit ihm ein langes, gemütliches Wochenende auf dem Meer zu verbringen.

Das Telefon klingelte, als er eine Flasche Wasser aus dem Kühlschrank holte. „Anne! Telefon."

„Ich komme. Kannst du bitte rangehen?"

Er wusste, wie sie an ihr Telefon ging, und zwar, ohne jemals ihren eigenen Namen zu sagen. Hörte der Anrufer jedoch die Stimme eines Mannes, könnte er denken, dass er die falsche Nummer gewählt hatte. Also nahm er den Hörer ab und sagte: „Ich antworte für die Bewohnerin. Bitte gedulden Sie sich für eine Sekunde. Sie kommt gleich."

„Was?" Nach einem kurzen Zögern verlangte der Mann: „Hol mir Anne an den Apparat." War das einer ihrer Brüder? Die Stimme kam ihm bekannt vor.

„Wie gesagt: Sie kommt gleich."

Gefolgt von Bronx kam Anne ins Haus und formte mit den Lippen ein *Dankeschön*, als sie ihm den Hörer abnahm. „Hallo?"

Nach einer Pause sagte sie: „Es tut mir leid, aber das geht dich nichts an." Ihre Augenbrauen zogen sich verärgert zusammen.

Jemand würde gleich schwer einen aufs Dach kriegen. Ben schnappte sich drei Cookies, pfiff Bronx zu sich und ging auf die Terrasse.

Als er die Türschwelle übertrat, hörte er sie sagen: „Nein. Ich nehme dich nicht zurück, Joey."

Ben blieb abrupt stehen. *Fuck.* Es dauerte eine Sekunde, bis er sich wieder in Bewegung brachte. Er stellte die Cookies auf den dunkelbraunen Korbbeistelltisch, ließ sich auf einen Stuhl fallen und platzierte die Füße auf dem Geländer.

Er hatte das Gefühl, dass sich eine Kakerlake in seinem Darm einnistete. Joey war Annes letzter *Junge* gewesen.

Joey törnte es an, ausgepeitscht, geschlagen und die Eier gequetscht zu bekommen. Ihr Sklave hatte sie von vorne bis hinten bedient. Der junge Mann war schlank, muskulös und sah aus, als sollte er für Männerunterwäsche modeln.

Total Annes Typ. Und das komplette Gegenteil von Ben.

Die Flasche begann in seinem Griff zu knistern.

Joey wollte wieder ihr Sklave sein – sie könnte ihren hübschen Jungen zurückhaben.

Aber sie hatte *Nein* gesagt. Das Ding war, dass der Anruf mit dem kleinen Scheißer anhielt. Wie überzeugend war er?

Wie sehr wollte Anne wieder einen Sklaven haben?

Ben knirschte mit den Zähnen. Sollte er sie wissen lassen, dass sie einen willigen Stellvertreter hatte, der bereit war, ihr zu dienen?

Aber er war kein Sklave, *verdammt*. Ja, er hatte akzeptiert, dass er es liebte, die Zügel in der Sex-Arena zu übergeben. Die restliche Zeit jedoch? Verhandelbar.

Am blauen Himmel beobachtete er einen Fregattvogel mit seinen schwarzen Flügeln.

Wenn sie 24/7 wollte, dann ... *Scheiße*. Könnte er das?

Die anderen Fragen, die sich stellten: Könnte er sie aufgeben? Könnte er zu den einsamen Abenden ohne Anne zurückkehren, an denen sie über Kampfkunsttechniken oder Schusswaffen gesprochen hatten? An denen sie auf dem Wohnzimmerboden gerungen hatten und sie ihm von den neuesten Dummheiten ihres Cousins erzählt hatte?

Ben wollte ihre Meinung hören, wenn er an einem Foto arbeitete, wollte die Cookies essen, die sie für ihn aufhob, wollte sehen, wie sie Bronx verbotene Leckerbissen zuschob.

Er wollte morgens das Sonnenlicht auf ihrem Gesicht sehen, neben ihr am Strand joggen, ihr missbilligendes Stirnrunzeln genießen, wenn er Unmengen an Zucker in seinen Kaffee schüttete.

Nein, er konnte sie nicht aufgeben, nicht kampflos.

Und er würde nicht wissen, ob er es mochte, ein Sklave zu sein, wenn er es nicht versuchte. Er wusste jedoch, dass er die Chance niemals bekommen würde, sofern sie Joey zurücknahm.

Anne kam heraus und ließ sich auf dem Stuhl neben ihm nieder. Nach einer Sekunde lehnte sie sich vor und umarmte Bronx.

Ben runzelte die Stirn bei ihrem unruhigen Gesichtsausdruck. Also das gefiel ihm kein bisschen. Er stand auf, hob sie in seine Arme und setzte sich mit ihr auf seinem Schoß wieder hin. Weich und warm. Ihre Hüfte drückte gegen einen Teil seines Körpers, der schnell erwachte.

„Ben", sagte sie und gab ihre übliche Warnung. Wirklich verärgert klang sie allerdings nicht.

Er atmete ihren leicht würzigen Duft ein. Sie roch nach Zimt und Vanille – so köstlich wie ihre Cookies. „Ich kann nicht zulassen, dass mein Hund die ganze Liebe bekommt. Das macht mich eifersüchtig."

Sofort bereute er die Worte – die so kurz nach Joeys Anruf

gekommen waren. Um sie abzulenken, küsste und knabberte er einen Pfad von ihrem Hals über ihre Schulter.

Ihr Winden erregte die Aufmerksamkeit seines Schwanzes. *Angetreten zum Dienst, Ma'am.*

„Was ist los, Ben?" Sie drehte sich zu ihm, ihre Hände auf seinen Wangen, und sah ihm tief in die Augen. „Du bist heute so anders."

Okay, sie hatte die Zeit und den Ort gewählt, obwohl er es wirklich vorgezogen hätte, dies zu tun, während er tief in ihr steckte. „Ich habe nachgedacht. Über uns. Ich möchte die Dinge noch einen Schritt weiter bringen." Er grinste. „Gehen wir zu einer .44 Magnum."

Ihr Kopf zuckte leicht zurück und sie sah ihn überrascht an.

Mit einem Finger zeichnete er ihre hochgezogenen Augenbrauen nach, die sich so sehr von seinen buschigen Raupen unterschieden.

Verärgert zog sie seine Hand nach unten und sah ihn stirnrunzelnd an. „Eine .44 Magnum. Du willst, dass wir exklusiv sind."

„Ja."

„Ich nehme mir Sklaven, Benjamin. Keine Partner."

Warum sah er Sorge und ... Trauer in ihren Augen? Sie versuchte, ihn von sich zu schieben.

Sein Griff festigte sich an ihrem Arsch. „Ich denke, du magst mich, und auch ich mag dich. Also ja, eine .44. Du triffst dich mit niemand anderem, und ich auch nicht. Das ist die Definition von exklusiv. Und ich werde dein Sklave sein."

„Du willst mein Sklave sein?" Anne musterte sein Gesicht, als würde es die Zukunft offenbaren und nicht nur seine Begierde nach ihr. „Ich bin mir nicht sicher, ob das klug wäre. Was bedeutet es für dich, ein Sklave zu sein?"

„Dass ich tue, was du sagst, und versuche, dir zu gefallen – im Bett und außerhalb davon."

„Wachhund", flüsterte sie. „Ich bin eine strenge Mistress. Ich werde es dir nicht einfach machen. Ich bevorzuge ein hohes

Protokoll – kein Berühren, Sprechen oder Sitzen ohne meine Erlaubnis. Ich gebe dir Hausarbeiten und bitte dich, Aufgaben zu übernehmen, die du vielleicht nicht zu schätzen weißt."

„Ich habe dich mit deinen Sklaven gesehen."

Sie schüttelte ihren Kopf. „Bist du dir sicher, Ben? Du bist neu in dem Lifestyle. Ich glaube, dass du es übereilst."

Der Anruf sagte ihm, dass es einen Grund zur Eile gab.

Der Gedanke, sie zu verlieren, war unerträglich. Was würde er tun, wie viel von sich selbst würde er opfern, um sicherzustellen, dass sie an seiner Seite blieb? Ihr Lachen zu hören, ihre Hände auf seinem Gesicht zu spüren, mit ihr in seinen Armen aufzuwachen. „Ich bin mir sicher. Ich übereile rein gar nichts."

Sie runzelte die Stirn. „Es gibt einen Unterschied zwischen einem Sub und einem Sklaven. Ich denke, die beste Erklärung ist, dass ein Sub einem Angestellten ähnelt, während ein Sklave eher an einen Gefreiten bei den Marines erinnert. Eine Menge Entscheidungen werden dir entrissen."

Er hatte in der Armee gedient, sodass dies nichts Neues für ihn war.

„Ich lebe nicht mit meinen Sklaven – aber sie stehen mir zur Verfügung, wenn ich das will."

Sie? Mehrzahl? Also das war eine harte Grenze für ihn, und dies war die Zeit, dies deutlich zu machen. „Ich will Exklusivität."

Als sie nickte, ging er noch weiter: „Meine Arbeit gehört mir. Und du hast keine Kontrolle über die Zeit, die wir nicht zusammen sind." Er atmete tief ein und verpflichtete sich. „Alles andere gehört dir. Ja, Ma'am, das ist es, was ich will."

Er konnte die wachsende Wärme in ihren Augen sehen, ihren Respekt und ihre Freude spüren. Ihr Kinn hob sich und sie drückte die Schultern durch, als sie die Verantwortung für ihn akzeptierte. Er kannte das Gefühl – es war das gleiche, das er empfand, wenn ein Kamerad darauf vertraut hatte, dass Ben ihm den Rücken stärken würde.

Zu wissen, dass er ihr diese Freude bereiten konnte, ließ die Zweifel in seinem Kopf verstummen.

Anne lag in ihrem Bett, ihr Kopf auf seiner Schulter, und mit ihrer Hand auf seiner Brust streichelte sie durch die Härchen. Seine Atmung hatte sich verlangsamt, als der Schlaf ihn einholte. Sein Duft vermischte sich mit dem moschusartigen nach Sex und dem sauberen ihrer Laken.

Zufriedenheit legte sich so eng um sie, wie es der Arm um sie tat, mit dem er sie an seine Seite schmiegte. Der Sex war diesmal mehr als nur Sex gewesen. Ein neues Element wurde hinzugefügt.

Sie rieb die Wange an seiner Schulter. Deshalb nannten die Leute es Liebemachen.

Sie hatte immer die Bindung zwischen ihr und ihren Sklaven gepflegt. Eine Bindung, die aus Zuneigung und Sorge heraus geformt war. In gewisser Weise war es Liebe, aber die Art von Liebe, die sie auch für Familienmitglieder hegte.

Was sie mit Ben hatte, war anders. Und deren waffenbasierte Skala erwies sich als überraschend genau.

Sie hatten ein erstes Date mit einem .22 Revolver verglichen. Gelernt zu schießen, hatte sie mithilfe dieses Revolvers. Einfache Handhabung. Sicher, ohne Rückschlag oder Überraschungen. Schön präzise und hinterließ kleine, beschauliche Löcher im Ziel.

Aber heute hatte sich diese Sache zwischen ihnen zu etwas Ernstem weiterentwickelt. Zu Liebe, und die fühlte sich wirklich an, als würde man einen S&W .44 in einem abgedunkelten Schießstand abfeuern. *„Ich denke, du magst mich, und auch ich mag dich. Also ja, eine .44. Du triffst dich mit niemand anderem, und ich auch nicht. Das ist die Definition von exklusiv. Und ich werde dein Sklave sein."* Die Wucht seiner Worte hatte ihre Ohren klingeln lassen, ihre Augen hatten von der Flamme im Lauf gebrannt. Die Kugel hatte entsetzliche Löcher in ihr Leben gerissen.

War sie darauf vorbereitet?

Nein. Nein, das war sie wirklich nicht.

Am Ende des Tages war sie dadurch in seinen Armen gelandet, obwohl sie bei jedem Schritt die Fersen in den Boden gestemmt hatte. *Hinterhältiger Sub.* Aber sie würde nichts an der Reise ändern.

Oder an Ben.

Sie hatte noch keinen neuen Sklaven gewollt, und er war sicher nicht derjenige, den sie gewählt hätte. Auch hatte sie nie geplant, einen Sklaven zu ihrem Lebenspartner zu machen.

Dann hatte Ben seinen Weg in ihr Leben gefunden und Änderungen rechts und links vorgenommen. Er hatte ihr Bronx gebracht – ein Fellbaby zum Spielen, Verwöhnen und Liebhaben. Jede Nacht war Ben bei ihr oder sie bei ihm. Er füllte ihre Abende mit Lachen und Gesprächen und ruhiger Gesellschaft. Mit ihm zu schlafen und mit ihm aufzuwachen, hatte eine Intimität geschaffen, die sie seit Jahren nicht mehr zugelassen hatte.

Vielleicht, weil sie ihm mehr vertraute als ihren Sklaven. Er mochte nicht in allem mit ihr übereinstimmen, aber der grundsolide Charakter des Mannes basierte auf Ehre, Ehrlichkeit und Loyalität.

Sie bewunderte ihn, respektierte ihn, mochte alles an ihm, von seinem Körper bis zu seiner entspannten Art.

Und der Gedanke, ihn zu verlieren, jetzt, da er ihre Gefühle für ihn geweckt hatte, war beängstigend.

Seit sie ein kleines Mädchen war, hatte sie gewusst, wie es sich anfühlte, wenn jemand oder etwas ihre Liebe an den Wurzeln herausriss. Das könnte der Grund sein, warum ihre wenigen Versuche, während ihrer Zeit im Militär oder auf dem College einen Partner zu finden, nicht sehr ertragbar gewesen waren. Ohne es zu wissen, hatte sie es vermieden, diese Art von Schmerz erneut zu erfahren.

Aber jetzt würde sie es riskieren. Für Ben.

Sie schmiegte sich enger an ihn, atmete seinen Duft ein und

hörte das gleichmäßige Klopfen seines Herzens. *Bitte lass nicht zu, dass es böse endet. Bitte nicht.*

KAPITEL VIERZEHN

Anne lehnte sich in ihrem Bürostuhl zurück und sah auf den Computerbildschirm. Der Wind brachte die Vorhänge zum Tanzen und trug den Duft des Strandes und das Plätschern von starkem Regen in den Raum. Obwohl es gegen Mittag war, zeigte sich der Himmel fast so dunkel wie in der Nacht. Was für ein ausgezeichneter Tag, um ihn drinnen zu verbringen.

Sie war nur froh, dass sich das Wetter am Wochenende von seiner schönsten Seite gezeigt hatte, als sie segeln waren. Sie und Ben hatten die Zeit damit verbracht, in ruhigen Buchten zu picknicken, unter den Sternen zu schwimmen und ... überall Liebe zu machen. Und sie hatte es geschafft, Ben mehr darüber beizubringen, was es bedeutete, ein Sklave zu sein – über ihre Anforderungen, über das Protokoll. Bis sie in ein paar Wochen ins Shadowlands zurückkehrten, würde er sich in seiner Rolle wohlfühlen.

Heute fühlte er sich wahrscheinlich nicht sehr wohl. *Armer Ben.*

Stunden zuvor, im Morgengrauen, hatte er sich umgedreht, den hereinbrechenden Sturm gesehen und war übermütig aus dem

Bett gesprungen. Innerhalb einer halben Stunde war er zum Sawgrass Park aufgebrochen.

BL Haugen. Sie war sowohl fasziniert als auch entsetzt von seiner *Chaos of War*-Serie. Jetzt, da sie wusste, dass die Fotos nicht von einem Fotojournalisten aufgenommen worden waren, sondern von jemandem, der den Albtraum wirklich gelebt hatte, bezweifelte sie, dass sie sich die Bilder jemals wieder ansehen konnte, ohne zu weinen.

Ihr Fotoausflug mit ihm zwei Wochen zuvor hatte ihr die Augen geöffnet. Sie hatte immer bewundert, wie BL Haugen Licht benutzte, um Emotionen hervorzurufen. Ihr Lieblingsfoto von ihm war das von einem Panter, der zum Sprung ansetzte. Hinter der Raubkatze türmten sich hoch am Himmel schwarze, bedrohliche Gewitterwolken. Die Szene hielt den ewigen, aber flüchtigen Moment vor Gewalt und Tod fest.

Letzten Sonntag hatte sie gesehen, wie viel Zeit, Mühe und ausrangierte Aufnahmen in ein perfektes Foto flossen. Und der arme Kerl hatte sich heute im strömenden Regen aufgemacht.

Nun, sie hatte ohnehin Ruhe gebraucht, um an Uzuris Problem zu arbeiten.

Einige Zeit später hörte sie, wie sich die Tür zu ihrem Autounterstand öffnete.

„Anne, ich bin's", rief Ben. „Deine Mutter ist bei mir."

Ihre Finger zögerten über der Tastatur. Sie hatte einen Suchlauf gestartet, den sie nicht abbrechen konnte. „Ich bin oben. In meinem Büro."

Eine Tür schloss sich. Schritte waren auf der Treppe zu vernehmen.

Ihre Mutter kam mit einer abgedeckten Brotform herein, Ben direkt hinter ihr.

Anne schnüffelte. „Rieche ich da etwa Bananenbrot?" Das Beste daran, zwei Häuser von ihren Eltern entfernt zu leben, war, dass sie sich stets von ihrer Mutter verwöhnen lassen konnte.

„Meine Tochter hatte schon immer eine gute Nase." In pfirsichfarbenen Shorts und einem passenden Spitzenoberteil lächelte Annes feinknochige, zierliche Mutter Ben an und sah dabei aus wie eine Märchenprinzessin neben dem großen bösen Wolf.

Ein paar Tage zuvor war sie vorbeigekommen, um sich von Anne ihr neues Smartphone einrichten zu lassen, und hatte sich ein wenig mit Ben unterhalten können. Natürlich hatte der Wachhund sie sofort für sich gewinnen können. *Natürlich* hatte ihre Mutter an Bens einschüchterndem Aussehen vorbei und direkt in sein Herz geblickt. Als sie herausfand, dass er BL Haugen war, hatte sich ihre Meinung über ihn gefestigt. Sicher, ihre Mutter würde im Kampf sogar gegen einen Floh verlieren, aber sie hatte eine hervorragende Menschenkenntnis. Typisch Lehrerin.

Später hatte sie Anne gesagt: „Endlich hast du jemanden gefunden, der sich um dich kümmert und nicht umgekehrt."

Anne dachte immer noch über diese Worte nach. Sie hatte stets gedacht, dass sie diejenige sein musste, die ihre Sklaven beschützen, aber natürlich erwartete ihre Mutter, dass sich ein Mann um ihre Tochter kümmerte. Vielleicht war das der Grund, warum Joey trotz seines Charmes und seines enthusiastischen Dienstes bei keinem ihrer Familienmitglieder wirklich Anschluss gefunden hatte. Ben hatte das sehr wohl, zumindest mit ihren Brüdern und ihrer Mutter.

Ihr Vater wäre eine andere Geschichte. Da er sie immer noch als sein kleines Mädchen sah – und zweifellos als Jungfrau –, war sie dankbar, dass er und Ben sich während der Trainingseinheit nicht getroffen hatten.

Sie drehte sich in ihrem Bürostuhl, wollte Ben anlächeln ... und starrte ihn stattdessen mit offenem Mund an.

Sein zurückgezogenes Haar war durchnässt. Grasflecken und Schlamm bedeckten seine Kleidung und sein Gesicht; sein zerrissenes T-Shirt zeigte einen langen, blutigen Kratzer auf der gebräunten Haut darunter.

Er hatte sich verletzt.

Sie begann, sich zu erheben, und setzte sich dann langsam wieder hin. Es war kein schlimmer Kratzer. Sie mochte es einfach nicht, ihn schmerzerfüllt oder blutig zu sehen – was komisch erschien, da sie ihren Sklaven schlimmere Verletzungen zugefügt hatte. „Ausgehend davon, wie du aussiehst, hoffe ich, dass du erfolgreich warst und sich die Mühe gelohnt hat."

Sein Lächeln war das eines Wolfes, der einen fetten Hirsch erlegt hatte. „Ich habe ein Bild geschossen, das perfekt für meine Sturm-Serie sein sollte." Bei seiner atemberaubenden neuen Serie drehte sich alles um Gewitter.

Annes Mutter warf einen Blick aus dem Fenster. „Diese Stürme in Florida waren wirklich ein Schock für jemanden, der an die schönen, ruhigen Regenfälle im Bundesstaat Washington gewöhnt war. Manchmal hat man hier das Gefühl, als würde Zeus im Himmel einen Krieg führen."

„Zeus?" Ben kratzte über einen Schlammstreifen in seinem Gesicht. *The War of Zeus.* Möglich, dass ich dank dir gerade einen Titel für meine Serie gefunden habe, Elaine."

„Oh, meine Güte!" Annes Mutter glühte regelrecht. „Ich fühle mich wirklich geehrt. Jetzt solltest du besser duschen gehen und aus diesen nassen Klamotten raus." Sie tätschelte seinen Arm und beugte sich vor, um Bronx zu streicheln, der offensichtlich abgetrocknet worden war, bevor er ins Haus gelassen wurde. „So ein süßer Hund. Ich bin froh, dass du jetzt ein Haustier hast, Anne."

Ben legte den Kopf auf die Seite und sah zu Anne. „Wenn man bedenkt, wie sehr du Tiere liebst, überrascht es mich, dass du keine eigenen hast."

„Ich bin nie hier." Jedes Haustier von ihr wäre einsam, wenn sie nicht daheim war und arbeitete.

Ben warf ihr einen fragenden Blick zu. „Das hindert die Leute nicht daran, Katzen zu besitzen oder –"

„Sie war etwa zehn, als sie ein paar Wochen altes Kätzchen zu sich genommen hat", unterbrach ihre Mutter ihn. „Leider wurde ihr Vater ins Ausland versetzt, also musste sie das Kätzchen weggeben. Das Gleiche geschah mit einem ausgesetzten Welpen, den sie mit nachhause gebracht hatte. Danach hat sie es nicht nochmal versucht."

Annes Kehle schnürte sich zu. Sammy war ein winziger Hund mit großen, ruhelosen Augen gewesen. Und so dünn. Am Verhungern. Er hatte sie gebraucht, und es war ihr nicht erlaubt worden, ihn zu retten. *„Bitte, Daddy. Andere Leute nehmen ihre Haustiere auch mit."* Er hatte sich geweigert – in Anbetracht des Stützpunktes wahrscheinlich nicht die schlechteste Entscheidung.

Das wusste sie jetzt. Damals hatte sie sich in ihrem Zimmer verschanzt und einen Monat kein Wort mit ihrem Vater gewechselt. Sie hatte ihn dafür gehasst.

„Ein Haustier zu verlieren, ist hart." Bens Stimme blieb ruhig, als ob er wüsste, dass sie schlecht auf Mitleid reagieren würde. „Da dein Vater ein Berufssoldat war, musst du öfter umgezogen sein."

„Oh, das sind wir", sagte ihre Mutter leise. „Seltsamerweise liebte ich es, umzusiedeln. Musik konnte ich überall unterrichten. Unser geselliger Travis blühte unter neuen Leuten auf. Harrison – nun, nicht viel stört Harrison." Mit traurigen Augen legte ihre Mutter eine Hand auf Annes Arm. „Aber Anne fand es nicht gut, ständig umzuziehen, und mit jedem Umzug fiel ihr der Schritt schwerer."

„Ja?"

Anne spürte Bens Blick, aber sie schaute weg. Sie hatte die Frustration und die Wut nicht vergessen. Die Trostlosigkeit. Wie sie schrie und weinte und sich an Nessie, ihre beste Freundin im Kindergarten, klammerte. Ihr Vater hatte sie schließlich auseinandergerissen und Anne ins Auto gesteckt. Sie hatte geweint, bis ihr schlecht wurde.

Zwei Jahre später hatte sie das gleiche verheerende Gefühl des Verlustes noch einmal erlebt.

Jedoch hatte sie daraus gelernt. Freunde, Haustiere, sogar Lieblingsgegenstände waren alle ... vergänglich. *Binde dich an nichts.*

Bis zum dritten Umzug hatte sie ihre Tränen unter Kontrolle gebracht. Sie hatte aufgehört, sich Freunde zu suchen. Ihre Mutter war dazu geneigt gewesen, ihr zu helfen, Anne jedoch hatte gewusst, dass niemand ihre Gefühle nachvollziehen konnte. In dieser Zeit war sie in ihrer liebevollen Familie zwar ihren Brüdern nähergekommen, hatte sich aber trotzdem stets einsam gefühlt.

„Ich habe es damals nicht bemerkt, aber ich denke, dass es für Mädchen schwieriger ist, ständig umzuziehen", sagte ihre Mutter. „Unsere Freundschaften reichen tiefer. Und formen sich langsam."

Immer wieder das neue Kind sein. Beobachten, wie ein beliebtes Kind Geburtstagseinladungen an die gesamte Klasse verteilt. An fast alle. Das Mädchen hatte zu Anne geschaut und mit der Nase gerümpft, als würde sie stinken.

„Und selbst auf dem Stützpunkt kam es vor, dass Kinder zu Fremden gemein waren", beendete ihre Mutter. Sie legte ihre Hand auf Annes Schulter.

Jemand hatte sie geschubst und so war sie auf den Knien gelandet, wodurch ihr Lieblingskleid nicht mehr zu retten gewesen war. Mädchen konnten grausam sein – und dass nur, weil sie ein kleiner, schüchterner Neuankömmling gewesen war.

Ein weiterer Grund, warum sie gelernt hatte, sich zu wehren.

„Es war nicht so schlimm." Versichernd drückte Anne die Hand ihrer Mutter. Mom würde niemandem absichtlich wehtun, denn es gab keinen Menschen auf der Welt, der fürsorglicher war. Aber auch der Liebe folgte nicht immer Verständnis.

Ein Blitzschlag lenkte ihren Blick auf die glitzernden Regenstreifen. Selbst in der Dunkelheit fand sich Schönheit.

Ben wusste das. Und es zeigte sich in seinen Bildern. Anne sollte es nicht vergessen und vielleicht sogar versuchen, das Positive aus ihrer Kindheit zu ziehen. „Ich hatte meine Familie", sagte sie schließlich. „Gute Schulen." Sie überlegte. „Genug zu essen."

„Das ist das Beste, was du über deine Kindheit sagen kannst?

Dass du immer genug zu essen hattest? Fu –" Ben schnitt den Kraftausdruck rechtzeitig ab und sah zu ihrer Mutter.

Nässe glänzte in den Augen ihrer Mutter. „Es tut mir leid, Anne."

Keinem Fettnäpfchen kannst du ausweichen, Anne. „Oh, Mom, es gab nichts, was du hättest tun können. Umziehen gehört zum Leben einer Militärfamilie. Ich habe es überlebt – und wurde dadurch stärker. Und weil du mir ein Strandhaus geschenkt hast, fühle ich mich jetzt sehr wohl."

Nachdem sie die Tränen aus den Augen geblinzelt hatte, schenkte ihre Mutter ihr schließlich ein zittriges Lächeln. „Du hast dich gut eingelebt. So sehr, dass du Travis geschlagen hast, weil er einen deiner Stühle bewegt hat." Sie sah zu Ben. „Sie mag es nicht, wenn sich die Dinge ändern, also sei gewarnt."

Er betrachtete sie immer noch mit einer Sorgenfalte zwischen seinen schweren Brauen.

Anne rollte mit den Augen und sah, wie sich ein Lächeln in seinen braunen Tiefen zeigte. „Warum schneidest du nicht ein paar Scheiben Bananenbrot, Mom? Sobald diese Suche auf dem Computer abgeschlossen ist, komme ich runter."

Ihre Mutter wirkte über den Themenwechsel erleichtert. „Warum arbeitest du hier und nicht in der Kautionsagentur? Du meintest doch, dass du versuchen wolltest, keine Arbeit mehr nachhause zu bringen."

„Das hier ist persönlich. Erinnerst du dich an Uzuri? Sie war mal mit einer Gruppe von Frauen hier. Und sie hat dir diese Rabattkarte für das eine Geschäft gegeben?"

„Das Mädchen mit dem wundervollen Stil und einem hinreißenden Sinn für Humor?"

„Genau. Sie ist immer recht zappelig und nervös und ich habe sie endlich dazu gebracht, zuzugeben, dass ihr Ex ihr Sorgen bereitet. Sie zog hierher, um von ihm wegzukommen. Also prüfe ich, ob er noch ist, wo sie ihn gelassen hat – tausende Kilometer von ihr entfernt."

„Sehr gut." Bens Lächeln wärmte sie bis zu den Zehen.

„Russell und Matt sagen, dass Anne absolut hervorragend darin ist, Flüchtige aufzutreiben", sagte ihre Mutter stolz. „Sie haben noch nie jemanden gesehen, der es besser kann."

Anne zuckte mit den Schultern. „Da ich es so sehr ablehne, mein Leben zu verändern, verstehe ich, wie Menschen reagieren, die dazu gezwungen werden. Wie sie sich an alte Muster klammern, um Trost zu finden."

Ben runzelte die Stirn. „Zum Beispiel?"

„Selbst, wenn ein Flüchtiger in eine neue Stadt zieht, wird er wahrscheinlich immer noch jeden Freitag zu Taco Bell gehen, wenn er das vorher getan hat."

„Also hast du deine harten Lektionen genommen und sie in nützliches Wissen verwandelt. Nett." Sein Respekt für sie war erfreulich, zumal das Gespräch über ihre Kindheit sie verunsichert hatte.

Er beugte sich vor und wartete, bis sie ihm mit einem Lächeln die Erlaubnis gab, bevor er sie sanft auf die Lippen küsste. Ein tröstlicher Kuss. „Ich koche Abendessen für uns, wenn du versprichst, das Bananenbrot von deiner Mutter mit mir zu teilen."

„Du bist so ein Zuckerholiker. Aber ich akzeptiere."

Als sich ihre Mutter zum Gehen umdrehte, runzelte Anne die Stirn und erkannte, dass sie noch immer angestaute Wut gegenüber ihrer Mutter empfand, weil sie keinen der Umzüge verhindert hatte. Und damit auch nicht das Trauma. Wie kindisch war das? *Reiß dich zusammen, Desmarais.* „Ich hab dich lieb, Mom."

An diesem Abend hatte Ben seine Füße auf dem Couchtisch und den Laptop auf dem Schoß, als er für die kommende Woche Zeitfenster für mögliche Fotosessions plante. Auf der anderen

Seite des Zimmers bereitete sich seine Frau darauf vor, Kautionsflüchtige zu jagen.

Das Rauschen der Wellen am Ufer kam durch die offenen
Fenster. Anne hatte ihre Soft-Jazz-Playlist laufen. Er gewöhnte
sich an ihre Musik. Gelegentlich riskierte er jedoch ihren Zorn,
um einige Klassiker wie Willie Nelson oder Waylon Jennings zu
spielen.

Ein sogenannter Sklave sollte sich nicht gegen seine Mistress
auflehnen, aber ... Lieblingslieder sollten geteilt werden, oder?

Teilen gehörte zu einer Beziehung, von Essen über Sex und
Musik bis hin zu ... dem Reden über die Vergangenheit. In dem
Punkt hatte sie bisher nichts beigetragen. Sie wich dem Thema
stets aus. Er hatte noch nie eine Frau getroffen, die so wenig über
sich selbst sprach.

Und es war nicht so, dass ihr als Mistress das Selbstvertrauen
fehlte. *Zum Teufel*, sie könnte den anderen Mastern Unterricht in
Selbstsicherheit geben.

Elaines Besuch am frühen Abend hatte etwas Licht auf Annes
Vergangenheit geworfen. Sie war immer wieder von Freunden und
Haustieren weggerissen worden. Als es um die Umzüge ging,
hatte sie keinen Muskel bewegt, was ihm sagte, dass sie viel mehr
gelitten hatte, als ihrer Mutter damals bewusst war.

Er schüttelte den Kopf. Er hatte einige ahnungslose Doms
getroffen, aber Anne hatte den Titel Shadowlands-Mistress nicht
zugesprochen bekommen, weil ihr das Feingefühl fehlte. Wenn
überhaupt, fühlte sie zu viel.

Wie hoch war die Wahrscheinlichkeit, dass sie mögliche
zukünftige Verletzungen abwehrte, indem sie sowohl ihre Umgebung als auch ihre Liebhaber streng kontrollierte?

Indem sie ihr Herz bewachte?

Er musste ihre Vorsicht in Betracht ziehen. *„Passen Sie Ihre
Pläne den Umständen entsprechend an"*, hatte Patton gesagt.

Das kann ich machen. Generell war er vorsichtig, wenn es darum
ging, Dinge zu ändern oder ihre Routine zu stören.

Er erlaubte ihr bereits, dass sie ihn dominierte. Und im Schlaf-zimmer genoss er ihre Kontrolle.

Um ihres Herzens willen musste sie sicher sein, dass er ihr gehörte. Er würde alles vermeiden, was sie dazu bringen könnte, die Langlebigkeit ihrer Beziehung in Frage zu stellen – schließlich beabsichtigte er, für eine sehr lange Zeit bei ihr zu bleiben.

Egal, wie bedacht sie darauf war, ihr verletzliches Herz zu behüten, irgendwann würde sie ihn reinlassen.

KAPITEL FÜNFZEHN

I m **Frauenhaus genannt** *Der Morgen Gehört Mir* stand Anne
in der Turnhalle. Vier der Mädchen im Teenageralter schlugen
auf Boxsäcke ein. Der Rest des Dutzends hatte sich zusammenge-
tan, um an der Schlagen-Blockieren-Technik zu arbeiten, die sie
ihnen gerade beigebracht hatte. Es wurde gegrunzt und gebrüllt
und der beißende Geruch von jugendlichem Schweiß hing in der
Luft.

Aus dem Augenwinkel sah sie, wie sich die Tür öffnete.

Beth trat ein, gefolgt von ihrem Master Nolan. Wie immer
war die Diskrepanz zwischen ihnen erschreckend. Nolan war weit
über einen Meter achtzig groß, und die Arbeit auf dem Bau hatte
ihm einen beeindruckend muskulösen Körperbau gegeben. Mit
kohlefarbenen Haaren und Augen, einem vernarbten Gesicht und
einem rauen Ausdruck sorgte sein Aussehen dafür, dass ihn die
Leute mieden.

Im Gegensatz dazu war seine Sub kurz und schlank, hellhäu-
tig, rothaarig und mit einer sanften Stimme.

Zudem hatte sie ein großes Herz.

Der Morgen Gehört Mir wäre geschlossen worden, wenn Beth
nicht mit einer riesigen Spende um die Ecke gekommen wäre.

Der Tod ihres gewalttätigen Ex hatte Beth die Mittel gegeben, um Frauenhäuser in Florida und ihrem Heimatstaat Kalifornien zu finanzieren.

Danach hatte sie mehrere Mitglieder des Shadowlands – darunter auch Anne – davon überzeugt, zu den Programmen des Frauenhauses beizusteuern.

Anne durchquerte den Raum. „Es ist schön, euch zu sehen. Seid ihr gekommen, um zu unterrichten?"

Nolan schüttelte den Kopf und zeigte sich wie immer von seiner schweigenden Seite.

„Können wir reden, wenn du hier fertig bist?", fragte Beth. Ihr unlesbares Gesicht war besorgniserregend. Beth war eigentlich jemand, der seine Emotionen auf der Zunge trug.

„Natürlich." Anne schaute auf ihre Uhr. „Die Mädchen haben noch fünf Minuten. Geht das in Ordnung?"

„Ja, das passt", sagte Beth.

„Also gut." Anne kehrte zu ihrem Kurs zurück und blieb am Boxsack stehen, der vom Deckensparren hing. „Das war ein ausgezeichneter Kick, Petra. Konntest du den Unterschied wahrnehmen, als du deine Kraft aus deiner Mitte gezogen hast?"

Das dreizehnjährige Mädchen nickte entschlossen. Der Sack war größer, breiter und viel bedrohlicher als der schlanke Teenager – aber eine Delle im Segeltuchmaterial zeigte immer noch, wo ihr Fuß gelandet war. Ausgezeichnet.

Anne zog zur nächsten Jugendlichen, die mit einem anderen Mädchen Schlagen-Blockieren-Bewegungen trainierte.

Gina war siebzehn, hübsch, fast einen Meter achtzig groß und wie eine Amazone gebaut. Sie runzelte die Stirn.

„Was ist los, Gina?"

„Egal, was ich tue, ein Kerl würde mich trotzdem platt machen. Das ist doch hier alles totale Zeitverschwendung."

Hmm. „Mit der Einstellung wirst du definitiv verlieren." Vielleicht sollte das Personal an Filmabenden mal auf starke, weibliche Rollen setzen. Im Kampf war die mentale Einstellung genauso wichtig wie die Geschicklichkeit.

Nolans raues Lachen zog die Aufmerksamkeit der Mädchen auf sich. Er und Beth waren ihnen nah genug, sodass sie Ginas Kommentar gehört hatten. Zwei der neueren Teenager gingen instinktiv von ihm auf Abstand. Der Rest jedoch übte weiter, nachdem sie den bedrohlich wirkenden Bauunternehmer mehrfach an dem Gebäude hatten arbeiten sehen.

Verärgert über die Unterbrechung stemmte Anne die Hände in die Hüften. „Was ist denn so lustig, Nolan?"

„Haben diese Mädchen dich jemals kämpfen sehen?"

Anne zog die Augenbrauen zusammen. Das hatten sie nicht. Sie demonstrierte Techniken, aber tatsächliche Kämpfe? *Nein.* Sie verstand, was Nolan ihr damit verständlich machen wollte. Die Mädchen mussten durch und durch glauben, dass eine Frau ihre Fäuste effektiv einsetzen und sich verteidigen konnte.

„Glaubst du, es würde helfen, wenn Anne und ich kämpften?", fragte Beth.

Nolan lächelte seine Sub an. „Süße, du bist weit gekommen, aber sie würde dich platt machen." Sein schwarzer Blick traf auf Anne. „Kämpfe gegen mich."

Ein paar der Mädchen schnappten nach Luft, andere protestierten, und die Reaktionen wärmten Anne das Herz. Ihre Schüler sorgten sich um sie.

Obwohl es schon eine Beleidigung war, dass sie alle davon ausgingen, dass Anne verlieren würde.

„Geht klar. Lass es uns mit einer mittleren Schlagkraft versuchen." Nachdem sie Gina ihre Uhr gegeben hatte, führte Anne den Weg zu dem mit dicken Matten bedeckten Bereich und sank in eine Angriffshaltung.

Nolan nahm Gürtel und Ehering ab und zog sich seine Stiefel und Socken aus. Mit einem passiven Gesichtsausdruck zögerte er nicht lange und griff an. Und er zielte direkt auf ihr Gesicht, was ihre Bereitschaft auf die Probe stellte. Sie schlug seinen Arm beiseite und folgte mit einem Hieb gegen den Solarplexus, mit gerade genug Schlagkraft, um zu zeigen, was sie konnte.

Sie duckte sich unter seinem Gegenschlag, tippte gegen seine Rippen und drehte sich weiter, wobei sie den Schwung aus der Bewegung nutzte, um ihm den Boden unter den Füßen wegzuziehen.

Von dort rollte er sich wieder auf die Füße und drängte sich mit einem Dreifachschlag rücksichtslos in ihren Bereich. Sie blockierte jeden einzelnen Schlag, während sie gleichzeitig vorwärts trat und ihn zurückdrängte. Eines der Mädchen schnappte nach Luft.

Innerhalb seiner Deckung stieß sie ihn zurück, öffnete ihn damit für einen Angriff, und so hob sie ihr Knie und tippte sanft gegen seine Weichteile.

Er erstarrte und entließ ein lautes Lachen. Sein gemurmeltes *Mistress* war nur für ihre Ohren gedacht.

Sie lächelte und erhob die Stimme: „Was passiert, wenn mein Knie auf deine Eier trifft?"

Er spielte mit, stöhnte und bedeckte seine Kronjuwelen mit den Händen. Sie packte sein dickes Haar und zeigte so, wie leicht sie ihm nun mit dem Knie ins Gesicht treffen könnte.

Sie wandte sich ihrer Klasse zu und sagte: „Wenn ihr könnt, entscheidet euch immer dafür, das Weite zu suchen. Müsst ihr aber kämpfen und einen Mann zu Fall bringen, dann ist es klug, ihn außer Gefecht zu setzen, sodass euch die Zeit bleibt, zu fliehen. Wer von euch kennt die Filme, in denen die Frau den Bösewicht zwar ausschaltet, aber er greift sie an, bevor sie die Tür erreicht?"

Überall hoben sich die Hände.

„Da seht ihr es. Teilt lieber einen Tritt zu viel als zu wenig aus, damit er euch nicht verfolgt." Sie spürte, wie Nolan sich bewegte, drehte sich rechtzeitig, um seine Linke zu blockieren, und benutzte dann die Schlag-Blockier-Technik, die sie ihren

Mädchen gerade beigebracht hatte. Ihre Faust traf ihn direkt in den Bauch und sie hörte ihn Grunzen.

Sie duckte sich bei seinem Gegenschlag, schlug zurück und wählte als Ziel seine Kehle.

Zu ihrer Überraschung trug er etwas zu dick auf – was Nolan eigentlich nicht ähnlich sah – und fiel mit den Händen an seiner Kehle auf die Matte.

Sie simulierte einen Tritt gegen sein Knie. „Knie sind wunderbare Ziele. Jetzt weiß ich, dass er so schnell nicht aufstehen wird."

Zwei der Mädchen jubelten; der Rest schwieg. Anne ließ den Blick über alle schweifen. Einige von ihnen waren etwas blass. Die meisten hatten jedoch einen entschlossenen Ausdruck im Gesicht, was zeigte, dass sie die Lektion verarbeiteten.

Mit einem kleinen Lächeln stützte sich Nolan auf einen Ellbogen. „Hast du sie sehen lassen, wie hart du schlagen kannst?"

Auch das hatte sie nicht.

In dem Moment wurde ihr klar, dass sie sich Sorgen gemacht hatte, dass die Kleinen bereits zu viel Gewalt erlebt hatten. Aber er hatte Recht. Sie mussten wissen, dass Frauen sowohl austeilen als auch einiges hinnehmen konnten.

Sie beugte sich vor, reichte Nolan die Hand und zog ihn auf die Füße. Am Boxsack teilte sie ein paar leichte Schläge aus, um die Entfernung zu messen, dann arbeitete sie sich durch solide Eins-Zwei-Kombinationen. Schließlich ging sie zu Snap- und Roundhousekicks über, die das Knie eines Mannes zerstören würden, bevor sie ihm den Hals brach. Sie endete mit einem kraftvollen Back-Kick, der die Leber des armen Bastards um seine gebrochene Wirbelsäule gewickelt hätte.

Als sie sich umdrehte, pfiffen und jubelten die Mädchen anerkennend.

Okay. Gut genug. Ihr Blick traf auf Ginas.

Mit Tränen in den Augen nickte das Mädchen Anne zu. Sie war wieder voll und ganz dabei.

„Also gut. Für heute sind wir fertig."

Anne folgte Beth und Nolan in den Innenhof. Umgeben von Gebäuden, in denen sich Schlafsäle, der Speisesaal, die Wäscherei, Klassenzimmer und die Besprechungsräume befanden, beherbergte das grasbewachsene Zentrum einen Spielplatz und verstreute Picknicktische.

Beth und Nolan wählten einen Tisch in der Ecke.

„Was ist los?" Anne setzte sich gegenüber von ihnen hin.

„Es geht um Gretel." Beth schob ihre Haare zurück und lehnte sich gegen Nolan. „Ihr Ehemann hat sie gestern gefunden."

Zur Hölle nochmal. Der Zorn erhob sich so schnell, dass Anne ihre Kontrolle bröckeln spürte. *Verdammt.* Nach Jahren des Missbrauchs war Gretel endlich ausgezogen, als ihr Mann den Kuchen zu ihrem fünfzigsten Geburtstag zerstört hatte, den ihre Tochter für sie gebacken hatte.

Da ihre Kinder und Enkel in Tampa wohnten, hatte sie sich bis dato immer hartnäckig dagegen geweigert, umzuziehen, in der Hoffnung, dass ein Kontaktverbot ihren Mann abschrecken würde. Sie war einen Monat im Frauenhaus geblieben – und die Kinder hier vermissten sie, nachdem die gutherzige Großmutter in ihre neue Wohnung gezogen war.

Unter großer Anstrengung drückte Anne ihre Wut nieder. „Geht es ihr gut?"

„Sie wird wieder", sagte Nolan. „Der Bastard war betrunken."

„Er hat sie auf dem Parkplatz eines Einkaufszentrums entdeckt und sich direkt auf sie gestürzt. Der Angriff hat sie überrascht", sagte Beth.

„Er hat ihr ins Gesicht geschlagen. Sie ist auf dem Boden gelandet und hat ein paar gebrochene Rippen davongetragen. Selbst auf dem Rücken verlor sie jedoch nicht den Kopf und hat wie wild nach ihm getreten." Nolan nickte beeindruckt. „Er trat zurück und sie brachte ihr Pfefferspray zur Anwendung, das an ihrem Schlüsselring befestigt war."

„Die Polizei hat ihn verhaftet", fügte Beth hinzu.

Anne runzelte die Stirn, als sie bemerkte, dass ihre Freundin zitterte. „Beth –"

Nolan legte bereits einen Arm um seine Sub und zog sie näher zu sich. „Anne, Gretel wollte, dass ich dir ausrichte, dass sie nur dank deines Unterrichts überlebt hat."

„Er ist jetzt im Gefängnis." Beths Stimme klang angespannt. „Aber wie lange wird er dort bleiben? Solche Typen hören nicht auf." Ihr Blick fiel auf ihre Hände und ihre Schultern sackten zusammen, als versuchte sie, sich vor einem Schlag zu schützen. Anne konnte sehen, dass ihr Verstand sie zu Erinnerungen ihres eigenen Missbrauchs führte. Zu den Narben, die sie noch immer mit sich herumtrug.

„Beth", knurrte Nolan.

Gott, Beth. Annes Augen brannten mit Tränen, als sie über den Tisch griff und Beths zitternde Hand in ihre nahm. *Scheiß Männer.* „Ganz ehrlich, Nolan, ich mag dich, und trotzdem gibt es Tage, an denen ich jedem Mann auf dieser Welt eine Lektion erteilen möchte."

Von brutalen Erinnerungen umzingelt, hörte Beth ihren Nolan, aber es war Annes Stimme – eiskalt und mit Wut gefüllt –, die an ihren Ängsten vorbeikam und ein Feuer zündete, das die Vergangenheit in Brand steckte.

Beth holte tief Luft und schmiegte sich an ihren Master, der immer wieder bewiesen hatte, dass man ihm vertrauen konnte. Ihr Blick traf auf Annes wütende Augen und sie sagte trocken: „Ich habe Garten- und auch Astscheren im Auto."

Nolan schnaubte ein Lachen heraus. „Das ist mein Mädchen." Erleichterung und auch Stolz ließen seine Stimme rauer klingen.

„Es geht mir gut", sagte Beth zu beiden, um deren Sorgen zu lindern.

„Dir geht es weitaus besser als gut." Anne drückte Beths Hand, ein grimmiger Ausdruck in ihren Augen. Die Domina hatte einen ähnlich ausgeprägten Beschützerinstinkt wie Nolan. Wenn hier jemand eine Frau bedrohte, würde ihre Freundin an der Seite ihres Masters diese Bedrohung auslöschen.

Und Beth würde sich ihnen verdammt nochmal anschließen, selbst wenn sie in ihren Sneakern beben würde.

Das Öffnen der Tür zum Empfangsgebäude erregte ihre Aufmerksamkeit, und sie beobachtete, wie eine Mitarbeiterin aus dem Frauenhaus trat, gefolgt von einer Frau in den Dreißigern.

„Dies ist der Gemeinschaftsbereich", sagte die Mitarbeiterin und wies auf den grasbewachsenen Hof.

Der Neuankömmling hinkte, Erschöpfung und Schmerz äußerten sich bei jedem Schritt. Das Gesicht der Frau war grün und blau; Hals und Arme zeigten kleine, runde Narben.

Vorsätzliche Verbrennung von einer Zigarette. Beth wusste nur zu gut, wie sich das anfühlte.

Zwei Jungen, etwa sechs und vier Jahre alt, folgten den Frauen.

Als sich die Mitarbeiterin der Mitte des Hofes näherte, blieb der jüngste der beiden stehen und setzte sich mit dem Rücken zur Wand auf den Boden.

Beth runzelte die Stirn. Die Mutter – wenn sie das war – schaute sich nicht einmal nach ihren Söhnen um. Die Mitarbeiterin war noch nicht lange dabei, also konnte sie ihr das nicht übel nehmen, aber jemand sollte auf die Kinder aufpassen. Wie konnte eine Mutter nicht bemerken, dass ihre Kleinen nicht bei ihr waren?

Der ältere Junge sah seinen Bruder und gab die Tour ebenfalls auf.

Die armen Babys. Beth schüttelte den Kopf. Zumindest hatte sie erst als Erwachsene Missbrauch erlitten. Wie schrecklich war es, Gewalt in so jungen Jahren zu erfahren?

Anne schien auf der gleichen Wellenlänge zu sein und erhob sich.

„Ich kümmere mich um sie." Beth grinste sie an. „Ich habe gelernt, immer Bestechungsmittel einzupacken." Mit einer Hand auf Nolans Knie kam sie auf die Füße und bewegte sich dann langsam auf die Kinder zu.

Sie waren noch so klein. Ausgewaschene Shorts und zerrissene T-Shirts enthüllten dünne Arme und Beine. Die Haare der beiden waren schmutzig und verheddert. Und Prellungen markierten Wangen und Kiefer, Arme und Beine.

Als sie Beth näherkommen sahen, versuchten sie, sich kleiner zu machen und mit der Wand zu verschmelzen.

„Hey." Beth blieb in einer nicht bedrohlichen Entfernung stehen und setzte sich auf das Gras. Im Schneidersitz. *Seht ihr, ich kann euch nicht schnell nachjagen, falls ihr entscheidet, vor mir zu fliehen.* „Ich heiße Beth. Ihr seht durstig aus. Habt ihr Interesse an einem Apfelsaft?"

Ohne auf eine Antwort zu warten, zog sie zwei kleine Flaschen aus ihrer Tasche. Nachdem sie die Kühlerhüllen abgenommen hatte, schraubte sie die Deckel ab. Die Flaschen waren noch schön kalt, obwohl sich die Eiswürfel bereits aufgelöst hatten. Sie bot eine Flasche an.

Nach langem Zögern packte der Älteste den Apfelsaft. Während er sie weiterhin misstrauisch anstarrte, nahm er einen Schluck … und sein Gesicht hellte sich auf.

„Schmeckt gut", flüsterte er seinem Bruder zu, der ähnlich zu einem verängstigten Welpen die andere Flasche von ihr akzeptierte. Beide tranken sie gierig. Alle paar Sekunden suchten sie mit ihren großen braunen Augen nach ihrer Mutter.

„Soll ich versuchen, eure Namen zu erraten?", fragte Beth mit einem Lächeln. „Vielleicht … John? Oder Adam?"

„Nein", sagte der Jüngste.

„Oje. Ähm, was ist mit Greg? Horace? David? William?" Jeder Name bekam ein Kopfschütteln – und die Muskeln der Jungs verloren allmählich an Spannung.

„Ich bin schlecht darin, Namen zu erraten", gab sie zu und verzog das Gesicht zu einer Grimasse. „Peter Pan? Clark Kent? Ironman?"

Der Kleinere konnte sich nicht länger zurückhalten und kicherte. „Das ist Grant. Ich bin Connor."

„Oh, das sind schöne Namen." Die Jungs waren bezaubernd. Der Schmerz in ihrem Herzen war ihr nicht fremd. Aufgrund des Schadens, den sie während ihrer Ehe erlitten hatte, würde sie nie ein Baby austragen können ... und, *oh Gott*, sie wollte wirklich Kinder. „Grant und Connor, ich freue mich sehr, euch kennenzulernen."

„Süße." Nolans gedehnter Texasdialekt ertönte hinter ihr – obwohl sie gewusst hatte, dass er sich näherte, da sich die Kinder wieder gegen die Wand gepresst hatten. „Wir müssen los."

Sie warf einen Blick auf ihre Uhr und zuckte zusammen. „Richtig." Als die Jungs Nolan mit schlecht verstecktem Entsetzen anstarrten, lehnte sie sich vor und flüsterte: „Er ist mein Ironman. Er hat mich vor dem Bösewicht gerettet, und jetzt beschützt er mich und lässt nicht zu, dass mich jemand verletzt. Das ist es doch, was Superhelden tun, oder?"

Die Augen der beiden weiteten sich. Etwas – nicht alles – von ihrer Angst verschwand und wurde mit Ehrfurcht ersetzt.

„Bestimmt sehen wir uns bald wieder", versprach Beth und erlaubte Nolan, dass er sie auf die Füße zog. „Nolan, darf ich dir Grant und Connor vorstellen?"

Nolan nickte ihnen zu. „Männer, es freut mich, euch kennenzulernen."

Als Beth durch die Tür ging, hörte sie, wie Grant beeindruckt flüsterte: „Er hat uns *Männer* genannt."

KAPITEL SECHZEHN

Mit einem kleinen Korb in der Hand öffnete Ben die Haustür. Als Bronx den Weg ins Haus führte, grinste Ben. Er war in Hochstimmung. Annes Ford Escape stand im Autounterstand, also war sie zuhause. Die letzten paar Wochen – seit deren Beziehung auf der Skala zu einer .44 Magnum aufgestiegen war – hatten sich als eine Offenbarung herausgestellt. Ihm war nicht bewusst gewesen, dass eine Frau das Leben eines Mannes so vollständig ausfüllen konnte.

Dass sie ihn so glücklich machen konnte.

Sie waren gut zusammen. Das wusste er. Kochen, Gewichte heben, Ringen und Kampftechniken, Joggen am Strand, Nachrichten schauen – auch wenn er dafür manchmal auf den Boden verwiesen wurde – und nebeneinander ein Buch genießen. Alles machte mehr Spaß, wenn er sie bei sich hatte.

Sogar die Sklaven-Sache war okay. Anne brachte ihm langsam bei, was sie von ihm erwartete, und er setzte ihre Lektionen um – obwohl sie es eher missbilligte, dass seine Massagen unweigerlich zu einer heißen Runde Sex führten. Er hatte versucht, ihr zu erklären, dass es ihn antörnte, wenn sie die Mistress rausließ.

Schließlich war es nicht seine Schuld, dass sie so verdammt sexy war, oder?

Und da sie außerhalb des Shadowlands nicht jedes Mal nach Kondomen suchen mussten, konnten sie überall ficken. Und genau das taten sie auch.

Als Ben seinem Hund durch die Küche folgte, warf er einen Blick auf die makellosen Arbeitsflächen. Seit der Grundausbildung genoss er es, sauberzumachen. Er bevorzugte es sauber und ordentlich. Anne jedoch hatte eindeutig einen kleinen Putzfimmel.

Auch zeigte er ein Talent für Körperpflege, jetzt, wo sie es aufgegeben hatte, ihm zu befehlen, ihre Fußnägel zu lackieren. Wände zu streichen, war ein Kinderspiel dagegen, aber mit seinen großen Händen hatte der Versuch, einen Fußnagel von der Größe einer Erbse zu bemalen, in einer Katastrophe geendet.

Allerdings hatte er an dem Tag herausgefunden, dass Anne wie ein kleines Mädchen kichern konnte.

Er grinste bei der Erinnerung. *Verdammt*, sie konnte so süß sein.

In ihrer Rolle als Mistress ging sie die Sache langsam an. Sie kümmerte sich um ihn. Was auch bedeutete, dass sie erstmal keine Sessions im Shadowlands spielten, obwohl sie beide letztes Wochenende zum Arbeiten vor Ort waren.

Zuerst hatte er sich gefragt, ob sie sich schämte, mit ihm gesehen zu werden, aber nein. Sie hatte einfach gemerkt, dass er sich noch nicht ganz mit der Idee anfreunden konnte, ein Sklave in der Öffentlichkeit zu sein. Am Anfang hatte er das Gefühl gehabt, sie zu enttäuschen, und wie es schien, war seine Reaktion völlig normal. Sie hatte ihm versichert, dass es ihr gefiel, die Dinge vorerst privat zu halten.

Wie sie sich um seine Gefühle und seine Gesundheit sorgte, überraschte ihn immer wieder. Sollte er es nicht sein, der sich um ihre Bedürfnisse kümmerte?

Dass sie Änderungen an ihren Plänen vornahm, weil er ein überempfindlicher Angsthase war, fühlte sich ... erstaunlich an.

Außerdem mochte er die Blase, die sie geschaffen hatten – eine Blase, in der nur Platz für sie beide war. Zumal sicher der ganze Club über die Mistress und ihren Wachhund sprachen, denn das Shadowlands war am Ende auch nur ein Dorf und die Bewohner schienen nichts Besseres zu tun zu haben, als zu tratschen. *Zum Teufel*, nach der Gruppentherapie letzte Woche hatte Z zu Ben gesagt, er solle anrufen, wenn er Fragen oder Gesprächsbedarf habe.

Fragen? Klar doch. Will ich das Thema aber mit ihm besprechen? Äh, nein.

Bronx wartete mit wild wedelndem Schwanz, dass Ben die Fliegengittertür zur Terrasse öffnete.

Und da war sie. Erstaunlich, wie der Anblick einer besonderen Person das Herz eines Mannes höher schlagen lassen konnte.

Anne saß auf der Terrasse, ihr Gesicht dem Geländer zugewandt. Von dem Geländer baumelte ein dickes, dunkelbraunes Seil. Die Stränge hielten hier und da Knoten bereit und neben ihr lagen rote Holzperlen.

Sie drehte sich bei Bronx' geräuschvollem Ansturm über das Terrassendeck um und entdeckte Ben. „Du bist zuhause!"

Er liebte es, wie ihre Augen bei seinem Anblick zu leuchten begannen.

Sie schob das Seil von ihrem Schoß, um Bronx zu umarmen. „Ihr seid früh fertig."

Nachdem sich Bronx neben ihr zusammengerollt hatte, stellte Ben den Korb ab, ging auf ein Knie runter und wartete geduldig darauf, ob sie einen Kuss wollte. Sie wollte immer einen Kuss – das wusste er –, aber er versuchte, ein gehorsamer Sklave zu sein.

Manchmal nervte es ihn, zu warten, da es Tage gab, an denen er sie einfach in seine Arme ziehen wollte.

Ihre Augenbrauen zogen sich zusammen und anstatt ihm die Erlaubnis zu geben, berührte sie sein Gesicht mit ihren Fingerspitzen. Als ihre Finger seine Stirn erreichten, erkannte er, dass er diese runzelte.

„Benjamin. Ich habe den Eindruck" – sie wählte ihre Worte mit einem Bedacht, der ihn an das Navigieren durch die Straßen Bagdads erinnerte, da er nie wusste, ob unter einem Haufen Müll Sprengstoff lauerte – „dass du mir nicht wirklich als Sklave dienen willst. Das ist vielleicht nicht die beste –"

„Nein." Er unterbrach sie, bevor sie den Satz beenden konnte. „Nein, Mistress, ich bin da, wo ich hingehöre." In ihrem Zuhause, an ihrer Seite, in ihrem Herzen. Ein paar Sachen an diesem Arrangement fühlten sich manchmal an, als würde er einen zu kleinen Sackschutz tragen, aber mit ihr zusammen zu sein, war mehr, als er sich jemals vorgestellt hatte.

Die Sorge in ihren Augen wäre in der Lage, ihm das Herz zu brechen. „Ich hatte schon Sklaven, mein Tiger. Ich denke, dass du dich unwohl fühlst."

„Manchmal, ja." Er nahm ihre Hand in seine. „Ich bin noch neu in diesem Lifestyle, und ich habe mich zuvor nie als Sklave gesehen. Aber hier will ich sein."

Sie sah auf seine Finger hinunter, die ihre regelrecht verschluckt hatten. *Verdammt*, wenn er sie nachdenken ließ, würde sie sich davon überzeugen, ihn wegzuschicken.

Während ihr scharfsinniger Blick nicht auf seinem Gesicht lag, versuchte er es mit der ganzen Entschlossenheit, die er bei seinen vielen Einsätzen gesammelt hatte. „Ich bin glücklich als dein Sklave. Ich will es."

Als sie ihre andere Hand auf seine legte und aufblickte, wusste er, dass sie seine Worte akzeptiert hatte. Zum Großteil. Jedoch entging ihm nicht die Sorgenfalte zwischen ihren Augenbrauen. „Also ich weiß nicht so recht, Tiger. Echte Sklaven fühlen sich dazu getrieben, sowohl die Kontrolle abzugeben als auch zu dienen. Es ist ein Bedürfnis und eine Freude für sie – und es bereitet ihnen körperlichen Schmerz, wenn sie diesem Bedürfnis nicht nachkommen. Bei dir aber sehe ich das ni –"

„Ich habe Flashbacks", unterbrach er schnell. Wer hätte gedacht, dass sich eine Vorgeschichte mit PTBS als nützlich erweisen würde? Jedoch war es eine höllisch gute Ausrede. „Sie machen mich manchmal nervös. Das ist es, was du siehst."

„Oh nein." Sie ließ seine Hand los und nahm sein Gesicht zwischen ihre Handflächen. „Du musst mir diese Dinge sagen. Wie soll ich dir sonst helfen?"

„Ja, Ma'am", sagte er leise. *Gott sei Dank*, sie hatte es ihm abgekauft.

Als er sich neben sie setzte, trat er mit seinem schweren Stiefel seine Schuldgefühle nieder. Ja, er hatte mit der Situation zu kämpfen, aber das war sein Problem. Er müsste sich nur zusammenreißen, dann würde es zwischen ihnen auch funktionieren. Er wollte nicht, dass sie sich um seine Probleme kümmerte, oder sie die Beziehung beendete und ihn zu seinem eigenen Wohl wegschickte. So würde sie es sehen. Sie kümmerte sich besser um ihn, als er das jemals könnte.

Als ihre Lippen auf seine trafen und sie sich zu ihm lehnte, schwelgte er in dem Gefühl, auf diese Weise wertgeschätzt zu werden.

Zu ihr nachhause zu kommen, war ... war das, wovon jeder Soldat träumte. All die langen, einsamen Nächte auf der anderen Seite der Welt hatten ihn gelehrt, diese Momente zu schätzen. Das war es, worum sich das Leben am Ende drehte.

Weiche Lippen, fürsorgliches Herz. Er seufzte, als sie sich zurückzog.

Sie hob den Korb neben sich auf und schaute hinein. „Karamellbonbons?"

„Fröhlicher Erster Mai, Anne – Mistress."

Sie sah überrascht aus, dann erfreut. „Was für ein Zufall. In den letzten Tagen hatte ich immer wieder ein starkes Verlangen nach Karamellbonbons." Nachdem sie das Papier abgefummelt hatte, steckte sie sich die weiche Köstlichkeit in den Mund.

Ihr leises, zufriedenes Summen machte ihn hart. *Verdammt,*

alles an ihr machte ihn hart ... was bedeutete, dass er sehr oft mit einem Ständer herumrannte.

Das konnte nicht gesund sein.

Andererseits hatte er noch nie so viel Sex in seinem Leben gehabt, also war vielleicht alles im Gleichgewicht.

Als sie nach einem weiteren Karamellbonbon griff, warf er einen Blick zu dem Geländer. „Was ist mit dem Seil? Planst du ein farbenfrohes Bondage?"

Ihr rauchiges Lachen erinnerte ihn an die tiefen Noten auf ihrem Saxofon.

„Bondage?" Sie fuhr mit der Hand über das verknotete Seil. „Nur wenn auch Grünzeug an BDSM Interesse hat. Eigentlich sollte das eine Überraschung für dich sein."

Vorsichtig fädelte sie eine Schnur durch eine Perle und fügte darunter drei Knoten hinzu.

Warum kam ihm das bekannt vor? Grünzeug ... Er grinste. „Es ist zum Aufhängen von Pflanzen. Makramee?"

„Mmmhmm. Du hast so viel Platz in deinem Loft. Und die ganzen Pflanzen. Die Spinnenpflanzen und der Efeu würden in den hohen Ecken atemberaubend aussehen und hängend besser zur Wirkung kommen."

Er brauchte eine Minute, um zu verarbeiten, dass sie an ihn gedacht hatte, und dass sie Zeit damit verbrachte, etwas nur für ihn zu schaffen. *Verdammt.*

Oh ja, genau hier gehörte er hin.

„Ben?"

„Tut mir leid. Ich war grad woanders." Er visualisierte seinen Lagerraum. „Du hast Recht. Hängepflanzen würden fantastisch bei mir aussehen. Danke." Und er hatte eine Menge Pflanzen. Die ersten hatte er sich angeschafft, um das Licht auf den Blättern zu studieren, und er kaufte weitere, da er gemerkt hatte, dass sich sein braches, kahles Lagerhaus nun wie ein Zuhause und weniger wie eine Kaserne oder Wüste anfühlte.

Könnte sein, dass er es übertrieben hatte.

Vielleicht sollte er ein paar seiner Pflanzen herbringen. Er schaute sich um und sah ... nichts. „Warum hast du keine Pflanzen?"

„Ja, merkwürdig." Ausdruckslos sah sie sich um, als erwarte sie, dass Grünpflanzen plötzlich wie aus dem Nichts erschienen. „Ich nehme an, ich habe nie darüber nachgedacht, welche zu kaufen."

So wie sie nie darüber nachgedacht hatte, eine Katze oder einen Hund zu besitzen? Und doch verehrte diese Frau seinen Bronx und verbrachte Stunden damit, mit den Kindern im Frauenhaus zu arbeiten und Zs Baby zu babysitten.

Anscheinend hatten sogar brillante Mistresses blinde Flecken in ihrem eigenen Leben.

Ohne auf eine verdammte Erlaubnis zu warten, lehnte er sich mit dem Rücken an das Geländer, packte sie an den Hüften und setzte sie auf seinen Schoß.

„Benjamin." Ihre Stimme hielt eine Warnung bereit.

Da nun kein körperlicher Kontakt mehr bestand, erhob sich Bronx und rollte sich wieder an Annes Beinen zusammen.

„Anne." Er fuhr mit den Fingern durch ihr Haar. „Es wird Zeit, dass du deine Kindheit loslässt. Und dass du erkennst, dass du ein großes Bedürfnis danach hast, dich um Dinge zu kümmern. Um Menschen und Tiere. Sogar Pflanzen."

„Ich –"

„Du warst noch ein Kind. Und du hast Haustiere verloren, die du geliebt hast. Wurdest von deinen Freunden weggerissen."

Verdammt, er konnte die Trauer in ihren Augen sehen.

„Das hat dich geprägt." Er war kein Dom, konnte keine Session planen und damit die Seele eines Menschen heilen. Er konnte nur sagen, was er dachte. Aber abgesehen von ein oder zwei blinden Flecken war Anne einer der intelligentesten und vernünftigsten Menschen, den er kannte. Ob er sich nun schlecht ausgedrückt hatte oder nicht, sie würde über seine Worte nachdenken.

Ihr Blick fiel auf die Stelle, an der sich Bronx gegen ihre Waden presste.

„Du versuchst, zu verhindern, dass du wieder verletzt wirst. Das verstehe ich. Das Problem ist, dass du niemanden in dein Leben lässt." Er festigte seine Arme um ihren Körper und wünschte, er könnte für alle Zeit ihren Kummer für sie abwehren. Aber so war das Leben nun mal nicht. „Du hast mir gezeigt, dass die richtige Antwort auf das Geschenk des Lebens darin besteht, es zu leben."

Sie war vollkommen still, hielt den Kopf gesenkt. Anne senkte nie den Kopf.

Angst trocknete seinen Mund aus und zerschmetterte, was er zu sagen geplant hatte.

Als die Stille jedoch anhielt, rieb er seine Wange über ihren Kopf. *Fuck*, er wusste, wie sie sich fühlte. Sie wollte Schmerzen ausweichen, denn im Moment fühlte sich der Gedanke, sie zu verlieren, wie eine Klinge an seiner Kehle an.

Und dann wusste er, was er noch sagen sollte – denn Schmerz oder nicht, er würde keinen Moment bereuen, den er mit ihr verbracht hatte. „Menschen und Tiere und Pflanzen werden dich verlassen, aber" – er atmete langsam ein – „die Freude, sie zu haben, wie lange auch immer, ist das Leid wert."

Ein Muskel nach dem anderen lockerte sich in ihrem Körper und sie schmiegte sich an ihn. Und ihr Verstand arbeitete.

Das war gut. Nachdenken war gut.

Schließlich holte sie tief Luft und hob den Kopf. „Du hast Recht." Ihr Lächeln war beklagenswert. „Mir war nicht klar, wie seltsam es ist, dass ich nie darüber nachdenke, ein Haustier zu besitzen, bis Mom es letzte Woche erwähnt hat. Dass ich aber auch Pflanzen meide? Das ist merkwürdig. Ich schätze, ich habe wirklich Angst, wieder verletzt zu werden."

„Ja, das denke ich auch." Er verstand den Grund. Hinter ihrer kühlen Front der Gleichgültigkeit hatte Anne das fürsorglichste Herz der Welt. Ihre Eltern hätten nicht ahnen können, wie viel ihr jeder Verlust zumuten würde, sonst wären sie vorsichtiger mit ihren Gefühlen umgegangen.

Sie erinnerte ihn an ein Glasmesser. Unglaublich scharf und doch erschreckend anfällig dafür, zerschmettert zu werden. Und sie brachte seinen Beschützerinstinkt in Fahrt, wie er es zuvor noch nie erlebt hatte.

Aber wie bei seinen Kameraden konnte er ihre Schlachten nicht kämpfen. Sie musste die Risiken bewerten und entscheiden, wie ihr nächster Schritt ausfallen sollte.

Er küsste ihre Lippen und spürte, wie sie bebte. „Ich glaube, die größte Hürde besteht darin, sich dem Problem bewusst zu werden. Und du hast bereits begonnen, dich zu verändern. Bronx und ich sind schließlich hier."

Als Bronx seinen Namen hörte, erhob er sich, nur für den Fall, dass jemand das Bedürfnis verspürte, ein paar Streicheleinheiten zu verteilen.

Anne würde dem Fellknäuel niemals eine Streicheleinheit verwehren – und das tat sie auch jetzt nicht, selbst als sie Tränen zurückblinzelte. Obwohl sie ihre Wärme Kindern und Tieren schenkte, war sie bei Frauen zurückhaltend – und bei Männern verdammt vorsichtig.

Aber nicht mit Ben. Nicht mehr. Ihr Vertrauen war einer der schönsten Siege, die er je errungen hatte.

Mit Mühe lockerte er seinen Halt an ihr. „Während du mit den Seilen spielst, wie wäre es, wenn ich uns etwas zum Abendessen zubereite?"

„Mariniertes Hühnchen liegt im Kühlschrank." Sie lächelte und er sah, wie die Domina wieder in Position rutschte. „Ich werde kochen; du wirst dich danach ums Aufräumen kümmern."

Kein Problem für ihn. Sie kochte viel besser als er. „Ja, Ma'am."

Auf dem Weg in die Küche ließ er den Blick über das Wohnzimmer mit dem weiß-blassblauen Farbschema schweifen. Usambaraveilchen würden sich hier gutmachen.

. . .

Ein paar Stunden später ging Anne auf ihr Deck, während Ben die Küche aufräumte. Er tat so, als hasse er das Schrubben von Töpfen und murmelte stets vor sich hin. Dumm nur für ihn, dass sie genau wusste, dass es nur Show war. Wirklich, sie machte es dem Mann leicht. Im Gegensatz zu ihm beseitigte sie den Großteil ihres Drecks bereits beim Kochen.

Indessen hinterließ er jedes Mal ein Schlachtfeld.

Sie lächelte. Sie fand es sogar recht befriedigend, aus dem Chaos Ordnung zu schaffen. Das Aufräumen störte sie überhaupt nicht, obwohl sie diese Information nie mit ihren Sklaven geteilt hatte.

Ihre Finger fuhren über ihr Saxofon, als der Frieden der Dämmerung sie ergriff. Die untergehende Sonne war eine leuchtend gelbe Linie am Horizont. Ähnlich wie Miniaturraketen flogen Schwarzmantel-Scherenschnabel direkt über der goldenen Brandung.

Die Flut kam herein und die Wellen machten am Sandstrand dröhnende Geräusche.

Sie hob ihr Saxofon, benetzte das Mundstück und testete eine Reihe von Noten. Mit einer Hüfte am Geländer spielte sie ihre interne Wiedergabeliste ab und begann mit *As Time Goes By*. Wie ein sanfter Regen strömten die Noten über ihr Deck und vermischten sich mit der Abendstimmung. Ein langsames Lied, aber nicht traurig. Es erinnerte sie daran, dass die Grundlagen des Lebens – leben, lieben und sterben – von Generation zu Generation gleich blieben.

Dass sich das Leben zum Besseren verändern konnte.

Sie veränderte sich, ebenso wie ihr Umfeld. Oder vielleicht sollte sie das Wort *Wachsen* benutzen.

Als die Melodie in den Refrain ging, hörte sie Ben in der Küche etwas zu Bronx sagen. Der Hund wimmerte seine Antwort, und Bens herzliches Lachen brach aus ihm heraus.

Was für ein Mann er doch war. Er war heute Nachmittag so vorsichtig mit ihr gewesen. Er hatte sie nicht unter Druck gesetzt, hatte aber auch nicht nachgelassen, bevor er seinen Standpunkt geäußert hatte.

Manchmal war seine innere Stärke etwas beunruhigend. Alle ihre Sklaven hatten gewollt, dass sie das Sagen hatte, dass sie bei allem die Kontrolle übernahm. Aber Ben brauchte ihre Anleitung nicht.

Gleichzeitig würde er nicht sofort brechen, wenn sie eine Schwäche zeigte, was der Grund dafür war, dass sie sich in seiner Nähe entspannen konnte.

Seine Hartnäckigkeit jedoch, stets knallhart zu sein und jede Schwäche verbergen zu wollen, stellte eindeutig ein Problem dar. Sie hätte bemerken sollen, dass er Flashbacks hatte. Aber jetzt wusste sie es, und sie konnte ihn dazu bringen, über seine Vergangenheit zu sprechen. Sie würde ihn verwöhnen, ihn in der Nähe behalten und sicherstellen, dass er seinen Schlaf bekam. Er hatte mal gemeint, dass er in ihrem Haus besser schlief. Mit ihr an seiner Seite.

Er mochte es, mit ihr zusammen zu sein. Was wirklich ... erstaunlich war. Überwältigend.

Sie fühlte dasselbe und mehr. Er gab ihrem Leben einen Sinn. Alles fühlte sich wärmer an.

Mit einer hübschen Verzierung beendete sie das Lied und begann ein anderes. Ein Lied, das in der letzten Woche in ihrem Herzen an Lautstärke gewonnen hatte. *When I Fall In Love*. Die Musik floss, der Schmerz in ihrer Seele verschmolz mit den Noten.

Sie hatte rennen wollen. Sie hatte ihn von sich stoßen wollen. Das hatte sie aber nicht.

Ben, ich liebe dich.

Die Erkenntnis war erschreckend und wunderbar zugleich. Noch eine Weile länger wollte sie dieses Geschenk genießen und dann würde sie es mit ihm teilen.

Licht schwappte über das Deck, und da stand er und füllte die Tür so vollständig wie ihr Herz. „Ich habe dir beim Spielen zugehört."

Seine goldbraunen Augen hielten ihre gefangen, als er ihr ein schiefes Lächeln schenkte. „Mistress, darf dieser Sub dich ins Bett bringen?"

KAPITEL SIEBZEHN

Am **nächsten Tag** trat Anne in Zs und Jessicas privaten Garten und nahm die Außentreppe zum zweiten Oberge-schoss. Oben angekommen klopfte sie an die Tür.

Jessica rief: „Es ist offen! Komm rein!"

Die Tür war nicht abgeschlossen?

Nein, war sie nicht. Stirnrunzelnd ging Anne durch die Küche, ließ ihre Mappe auf den Esstisch fallen und betrat das Wohnzimmer.

Z hatte vor einiger Zeit etwas umdekoriert. Immer noch war das Dekor traditionell, mit hohen Decken, gewölbten Fenstern und einem Kronleuchter aus Bronze und Ätzglas. Die cappuccinofarbenen Wände, die mit weißen Zierleisten Akzente setzten, schufen einen einladenden Look. Der Bodenbelag war durch einen orientalischen Teppich ersetzt worden, ohne dem glänzenden Hartholzboden seinen Moment zu stehlen.

Jessica stillte Sophia auf dem dunklen Wildledersofa. Nicht weit von ihr saß Gabi auf einem passenden Sessel.

„Jessica ..." Anne starrte die kleine Blondine an. „Du lebst vielleicht auf dem Land, du solltest jedoch deine Türen trotzdem verschlossen halten."

Gabi schnaubte. „Derselbe Vortrag, den ich ihr gegeben habe. Aber wir wussten, dass du es bist. Wir haben dich gesehen, als du das Gartentor geöffnet hast, und Jessica hat die Haustür von hier geöffnet." Sie zeigte auf einen kleinen Monitor, der auf dem Beistelltisch stand.

Anne musterte das Teil. „Ist das neu?"

„Ein Freund von Z aus San Francisco kam vorbei." Jessica verzog das Gesicht beim Anblick des Geräts. „Simon hat Z in Bezug auf die mangelnde Sicherheit erst die Hölle heiß gemacht und rief dann einen seiner Mitarbeiter an, sodass er das System installieren konnte. Er nannte es sein Geschenk zur Geburt."

„Hach, Mensch." Anne sank auf einen Stuhl. „Du hast mir gerade den ganzen Spaß genommen."

„Oh, arme Mistress", bedauerte Gabi.

„Du hast Glück, dass ich nur Männern den Arsch versohle – mit gelegentlichen Ausnahmen", sagte Anne sanft. Als die Sub nicht besorgt aussah, schüttelte Anne den Kopf. Hier hatten wir den Nachteil, wenn man mit Subs befreundet war.

Und doch würde sie immer ihre Freunde wählen.

Als Jessica weiterhin genervt den Monitor anstarrte, fragte Anne: „Bist du nicht glücklich über das Sicherheitssystem?"

„Oh, ich bin froh, dass es für Sophia sicherer ist, aber all die Alarme und Knöpfe machen mich nervös. Ich muss daran denken, den Alarm auszuschalten, bevor ich eine Tür öffne, und ihn zurücksetzen, wenn ich gehe, und bla, bla, bla." Jessica rollte mit den Augen. „Z wollte schon eins installieren, als ich eingezogen bin, bis ich sagte, ich würde wieder ausziehen, wenn er das tut. Aber mit Sophia hier hat er darauf bestanden."

„Natürlich hat er das." Niemand hatte einen ausgeprägteren Beschützerinstinkt als Z. „Ich sollte bei mir auch ein Sicherheitssystem installieren. In einer Sackgasse mit deiner Familie zu leben, gibt eine Illusion von Sicherheit, die nicht wirklich existiert."

„Wir haben ein System. Ich bin immer für mehr Sicherheit", sagte Gabi.

„Ja, das glaube ich dir, du FBI-Person", erwiderte Jessica und lächelte dann auf ihr Baby hinunter, das eingeschlafen war. „Und für dich, meine Süße, werde ich es ertragen." Nachdem sie ihr Oberteil gerichtet hatte, ließ sie Sophia ein Bäuerchen machen, stand auf und machte sich auf den Weg zum Kinderzimmer.

„Nein, nein, nicht so schnell." Anne streckte ihre Arme aus und wackelte mit den Fingern. „Ich habe die Hintergrundüberprüfungen mitgebracht, nach denen Z gefragt hatte. Der Preis ist, dass ich mit dem Baby kuscheln darf."

Lachend übergab Jessica ihre Tochter an Anne.

Anne legte Sophia auf ihre Brust. So goldig. Unter ihrem süßen Mund schmückte eine kleine Milchblase ihr Kinn.

Jessica ging in die Küche und rief über ihre Schulter: „Da die Hintergrundüberprüfungen auf Zs Anfrage waren, sollte die Zahlung von ihm kommen."

„Du bist so ein Steuerberater. Ich kann mich auch irren, aber soweit ich weiß, ist dieses Baby zur Hälfte dein Master, was bedeutet, dass ich gerade die Hälfte von Z halte. Ist es die linke Seite, was denkst du?" Anne rieb mit der Nase über Sophias linke Wange und atmete den süßen Babyduft ein.

„Du solltest Anwalt werden." Jessica kehrte mit einem Mineralwasser zurück, das sie neben Annes Ellbogen abstellte, bevor sie sich auf die Couch fallen ließ.

„Du siehst gut aus, Mama", sagte Gabi. „Nicht annähernd so müde wie noch vor ein paar Wochen."

„Diese gewickelte Mini-Domina schläft jetzt länger. Endlich." Jessica runzelte die Stirn. „Es geht mir prima, aber Z scheint das nicht zu sehen."

„Was lässt er dich nicht tun?", fragte Gabi.

„Lassen ist nicht das Problem. Es geht darum, was *er* nicht ... ähm, tut." Jessica errötete.

Gabi sah verwirrt aus, aber Jessicas rote Wangen sagten Anne genau, was Z nicht ... tat. „Ist es nicht noch etwas früh für Sex?"

„Oh, Sex!", brüllte Gabi und klatschte mit der Handfläche gegen ihre Stirn.

„Na ja, die Hebamme meinte, das Datum, an dem wir wieder ... eheliche Beziehungen aufnehmen könnten, sei variabel. Grundsätzlich muss ich mindestens vier Wochen warten, oder bis ich mich bereit fühle und die Schmierblutungen aufhören. All das wurde erfüllt. Der Geburtshelfer jedoch" – Jessica rollte mit den Augen – „sagte sechs Wochen warten, und es sind nun etwas mehr als fünf. Klar hört Z auf den Kerl mit den beeindruckenden Qualifikationen."

„Natürlich wählt er diese Route. Er will dich eben nicht verletzen, auch wenn das bedeutet, dass er einige Zeit ohne Sex auskommen muss", sagte Gabi. „Ich bin beeindruckt. Wer hat schon jemals von einem Mann gehört, der das Angebot auf Sex ablehnt, zumal es wahrscheinlich bereits eine Weile her ist?"

„Mehr als eine Weile." Jessica verschränkte die Arme vor der Brust und schmollte. „Ich vermisse Sex. Ich vermisse es, gehalten zu werden. Und ich vermisse auch das D/s-Zeug. Er beraubt mich einfach allem."

Z hatte nur das Beste für seine Sub im Sinn, und ein paar weitere abstinente Tage würden ihn schon nicht umbringen. „Es ist nur noch eine Woche", sagte Anne sanft. „Dann kannst du alles zurückhaben."

„Ich schätze. Vielleicht." Jessica schüttelte den Kopf. „Aber langsam bin ich so wütend auf ihn, dass ich ihm an dem Tag wahrscheinlich sagen werde, dass er mich mal am Arsch lecken kann."

Anne schaukelte Sophia auf ihrem Arm und betrachtete ihre Freundin etwas aufmerksamer. Nicht ruhig und gelassen. Muskeln angespannt, Mund in einer verärgerten Linie, bebende Lippen und die Hände zu Fäusten geballt. Ihre Emotionen waren überall verstreut.

„Autsch. Schlagen die Hormone zu, Jessica?" Gabi setzte sich neben Jessica und legte einen Arm um ihre Schultern.

Jessicas Augen füllten sich mit Tränen. „Ja, das tun sie. Ich brauche ihn. Ich brauche die Intimität. Es ist mehr als Sex zwischen uns und … ich brauche es."

„Aber er macht sich Sorgen, dass er dich verletzen könnte." Anne schürzte die Lippen und überlegte. Sie dachte an ihre Gefühle, wenn sie und Ben sich liebten, denn genau danach fühlte es sich mittlerweile an – Liebe. Würde er sich ihr jemals verweigern – ob zu ihrem eigenen Besten oder nicht –, würde sie sich zurückgewiesen fühlen.

Zwei unterschiedliche, medizinische Meinungen zu haben, war verrückt; die Kriterien der Hebamme schienen jedoch vernünftiger als die willkürliche Zahl des Arztes.

Vielleicht könnte sie Z sagen, dass Jessica gerade besonders verwundbar war? „Lass mich mit ihm reden und –"

„Nein!" Vehement schüttelte Jessica den Kopf. „Wenn er mich fickt, weil du es ihm gesagt hast, dann ist das, als wäre … als wäre er die Medizin, die ich unbedingt brauche und er mir nicht verweigern kann. Ich möchte keine lästige Pflicht sein."

Anne lachte. „Ich bezweifle doch stark, dass er es so sehen würde."

„Aber ich würde das." Jessicas Schultern sackten zusammen. „Er will mich einfach nicht mehr so wie früher. Auf keinen Fall darfst du ihm sagen, dass er mit mir schlafen muss."

Oh, das war überhaupt nicht gut. Freunde konnten eine Frau nie davon überzeugen, dass ihr Mann sie immer noch attraktiv fand.

„Anne, du bist ein Profi darin, Leute dazu zu bringen, das zu tun, was du von ihnen willst. Vielleicht kannst du Jessica ein paar Tipps geben?", fragte Gabi, die ihren Arm noch immer um Jessica hatte. „Grundlagen der Verführung?"

Manipulation von Z. Zu seinem eigenen Besten. Wenn man bedachte, wie oft er sich zum Wohle einiger Mitglieder in Angelegenheiten einmischte, war die Idee ziemlich unwiderstehlich. Ihre Lippen formten sich zu einem Grinsen. „Er wird bald zum Abendessen nachhause kommen?"

Jessica nickte.

„Und Sophia wird ein paar Stunden schlafen? Oder braucht zumindest für eine Weile kein Essen?"

Wieder nickte sie. Jessicas Augen hellten sich auf.

„Da ich erst heute Abend arbeiten muss, kann ich den Kobold babysitten." Als wäre das für sie ein Akt. Nicht im Geringsten. „Wir werden uns in einem der Zimmer eine Etage tiefer gegenseitig unterhalten und ein Buch lesen."

„Du wirst dich langweilen", protestierte Jessica.

„Ich habe immer ein Buch in der Tasche. Gib mir einfach die Wickeltasche und du hast zwei babyfreie Stunden."

„Das wäre großartig", sagte Jessica. Dann trübte sich ihr Ausdruck. „Aber er wird trotzdem nicht –"

„Okay, also das solltest du tun: Betrachte es als eine Win-win-Situation, denn selbst wenn er nicht kooperiert, wirst du dennoch einen Orgasmus haben."

„Jessica?" Zachary sprach mit gesenkter Stimme, da er weder Sophia noch seine Frau aufwecken wollte, falls die beiden schliefen.

Er warf sein Handy auf den Esstisch und ging auf die Suche.

Das Wohnzimmer war leer.

Zachary öffnete die Tür zum großen Schlafzimmer und hörte leise Musik spielen. Die Vorhänge waren zugezogen, und die einzige Lichtquelle kam von den Duftkerzen im Raum.

Jessica stand am Fußende des Bettes und trug ein schwarzes Taillenkorsett mit Strapsen, dunklen Netzstrümpfen, High Heels und ... und sonst nichts.

Das ganze Blut in seinem Körper strömte in seinen Schwanz.

Ihr glänzendes blondes Haar, jetzt noch länger als damals, als er sie kennengelernt hatte, ergoss sich über ihre nackten Schultern und ihren Rücken und bettelte um die Hand eines Mannes. *Seine Hand.*

Über ihre Schulter sah sie zu ihm. „Oh. Hey."

Ihre Taille führte zu ihren wunderschönen vollen Hüften und stellte ihren runden, cremeweißen Arsch zur Schau. Seine Finger krümmten sich und er hatte das Gefühl, ihre weiche Haut fühlen zu können. Er musste sich räuspern, bevor er sprechen konnte: „Es liegt noch eine Woche vor uns."

Sie schniefte. „Das sagt der männliche Arzt, der keine Kinder hat. Ein Mann, der über kein einziges weibliches Körperteil verfügt. Meine Hebamme, mit der ich heute gesprochen habe, meinte, Sex ist okay, da ich keine Schmierblutung mehr habe."

„In der Tat." Die sexuelle Vorfreude revidierte Zacharys Puls, er schaffte es aber trotzdem, seinen Ton gleichmäßig zu halten. Er hatte zwei unterschiedliche, medizinische Meinungen vorliegen. Beide Quellen – Arzt und Hebamme – galten als kompetent. So sehr er seine Frau auch wollte, würde er es nicht riskieren, sie zu verletzen.

Sie hatte genug durchgemacht. Seine Erinnerungen an die Geburt waren noch zu frisch, und egal, wie dämlich das auch klang, er fühlte sich so schuldig, als hätte er den entsetzlichen Schmerz verursacht. Seltsam, wie er einem Sadisten mit einem Masochisten zusehen konnte, ohne sich Sorgen zu machen, aber seine Frau – seine Sub – mit diesem Level an Schmerz zu sehen, schreiend und weinend, hatte ihn bis ins Mark erschüttert. Er schüttelte den Kopf bei der Erinnerung.

„Ich verstehe", zischte sie. „Okay, super, kein Problem, *Master*. Da du mich nicht mit deinem Schwanz spielen lässt, habe ich mir einen eigenen besorgt."

Sie griff nach einem ... Dildo. Und einem Vibrator.

„Jessica?" Seine Stimme erinnerte eher an ein Knurren.

„Keine Sorge, ich habe gefragt", reagierte sie sofort. „Als ich

Fay anrief, sagte sie, ich könnte masturbieren, bis mir der Arm abfällt." Ohne den Blick von seinem Gesicht zu nehmen, schaltete sie den Vibrator an, hielt ihn gegen ihre Klitoris und ... stöhnte.

Bei seinem plötzlichen Anstieg der Lust sah er das Schlafzimmer für eine Sekunde etwas verschwommen.

Verdammt.

Sein Handy klingelte aus dem Esszimmer.

Jessica wedelte abweisend mit der Hand. „Geh ruhig. Ich brauche dich nicht."

Obwohl er wusste, dass ihre Worte auf ihrem eigenen Zorn beruhten, tat es trotzdem weh, dies zu hören. Er zögerte und dachte darüber nach, den Anruf zu ignorieren. Das konnte er nicht. „Ich habe einen Patienten, der ins Krankenhaus eingeliefert werden soll. Ich muss mich darum kümmern, dass alles gut läuft und einen Bericht geben. Ich bin in ein paar Minuten wieder bei dir."

„Okay", sagte sie beiläufig, was ihm eindeutig zu verstehen gab, dass nichts okay war.

Sein Körper protestierte, als er den Raum verließ.

Es dauerte nur zwei Minuten, um dem zuständigen Arzt einen Überblick zu geben.

Den Geburtshelfer ans Telefon zu bekommen, dauerte länger. Als Zachary ihm aber sagte, dass Jessica keine Schmierblutung mehr aufwies und die Hebamme Geschlechtsverkehr für gutgeheißen hatte, gab auch der Arzt grünes Licht.

„Ausgezeichnet. Danke." Zachary legte auf und musste seinen harten Schwanz richten. Es war wahrscheinlich ein paar Jahrzehnte her, seit er für mehr als eine Woche auf Sex verzichtet hatte. Er vermisste es, sie zu berühren und sie nach dem Sex in den Armen zu halten. Er vermisste es, wie sich Jessica unter seinen Händen hingab. Er vermisste, wie lebensbejahend Sex mit ihr war. *Liebes*bejahend.

Als er das Schlafzimmer betrat, warf er einen Blick auf das

Babyphon. Keine Laute aus der Richtung; Sophia schien zu schlafen.

Das einzige Geräusch im Raum war der Vibrator, der vor sich hin summte.

Seine dickköpfige kleine Frau hatte nicht geblufft. Mit geschlossenen Augen und den Händen an ihrer Pussy lag sie mit gespreizten Beinen auf dem Bett. Der Dildo ruhte auf ihrem Bauch. Ihre Finger waren feucht, und sie spielte mit sich selbst und näherte sich in Intervallen ihrer Erlösung.

Er schaute eine Minute lang zu. Noch nie hatte er etwas Verführerisches gesehen wie seine Frau, die sich selbst befriedigte. Er hatte ihren rundlichen Körper geliebt, bevor sie schwanger geworden war. Dann, während ihrer Schwangerschaft und auch jetzt, liebte er, was er sah. Wenn überhaupt hatte sein Verlangen nach ihr in den letzten Monaten zugenommen.

„Jessica."

Ihre Augen öffneten sich.

„Ich habe den Arzt angerufen. Er –"

„*Er* kann zur Hölle fahren." Ihr Gesicht nahm das Rot einer wütenden Blondine an.

„Kätzchen, der Arzt meinte –"

„Es ist mir schnuppe, was er sagt. Mir ist auch egal, was *du* sagst, du Arschloch-Dom." Sie hob den Dildo auf und warf ihn. Nach ihm.

Das Spielzeug krachte schmerzhaft gegen seine Handfläche, als er es fing.

„Den kannst du dir hinschieben, wo das Licht nicht scheint!", fauchte sein Kätzchen.

Als er zum Bett ging, spürte er, wie ihre Wut in Wellen auf ihn einschlug. Und dann wurde diese Emotion von ihrem Gefühl des Verlustes weggespült ... ihrem Gefühl, dass sie mit ihren Worten und Taten zu weit gegangen war. Dass sie zerstört hatte, was sie ausmachte. Dass sie ihn verloren hatte.

Niemals würde sie ihn verlieren.

Ihr Glaube, dass bloße Worte sie entzweien könnten, zeigte sein Versagen als Dom. „Das reicht jetzt, Kätzchen."

Sie setzte sich im Bett auf und funkelte ihn wütend an.

Ihr Haar fiel lose über ihre Schultern und stellte eine praktische Leine dar, als er es um seine Faust wickelte. Er benutzte es, um ihren Kopf nach hinten zu neigen, damit er ihren Mund beanspruchen und weiteren Beleidigungen vorbeugen konnte.

Nach einer Sekunde des Widerstandes ergab sie sich. So komplett, dass er spürte, wie sich seine Brust bei dem süßen Gefühl verengte. Ihre Lippen fühlten sich an seinen warm und weich und nachgiebig an.

Mit ihren Haaren in einem festen Griff hob er ihre Hände, eine nach der anderen, um an ihren Fingern zu saugen und den verlockenden Geschmack von ihr in sich aufzunehmen.

Als er sie wieder küsste, legten sich ihre Arme um seinen Hals und er spürte, wie ihre anderen Emotionen unter einer wachsenden Dringlichkeit in den Hintergrund traten.

Der Bullet-Vibrator summte immer noch neben ihr und es wäre eine Schande, verfügbare Ressourcen zu verschwenden. Bevor er also irgendetwas machte, würde er die sexuelle Frustration beseitigen, die ihren emotionalen Sturm verursacht hatte – gleichzeitig würde er die Gelegenheit nutzen und sie daran erinnern, dass ihre Orgasmen in seinem Ermessen lagen.

Als er den Vibrator in ihre Handfläche legte, füllte Verzweiflung ihre Augen ... bis seine Hand ihre bedeckte und er das Spielzeug zu ihrer Pussy führte.

Die Vibrationen trafen ihre Klitoris und ihr Körper spannte sich an.

Sehr nett. Er nahm sich Zeit und dachte nicht einmal daran, seinen Griff an ihren Haaren zu lockern. Während er ihre Hand kontrollierte, küsste er sie und brachte den Vibrator auf eine Seite ihrer Klitoris, dann auf die andere.

Keuchend hob sie ihre Hüfte, um dem Stimulus entgegenzukommen.

„Ich liebe dich, Jessica", murmelte er.

„Ich liebe dic –"

Er bewegte ihre Hand, um den Vibrator direkt auf ihrer Klitoris anzusetzen und ... übte Druck aus.

Sie warf den Kopf in den Nacken. „Ah!"

Obwohl er niemals in der Lage wäre, zu vergessen, wie atemberaubend sie war, wenn sie kam, stoppte es doch jedes Mal sein Herz.

Als sich ihr Puls verlangsamte, öffnete Jessica ihre Augen ... und verlor sich in Zs grauen Tiefen.

Er ließ von ihren Haaren ab. Er lächelte nicht. Und er musterte sie auf eine Weise, die ihren Puls wieder in die Höhe trieb.

Sie schluckte schwer. „Was ist?"

„In der Tat, was?" Seine Stimme war tief. Unheilvoll. Traurig. „Wenn ich mich richtig erinnere, hast du einen Dildo nach mir geworfen." Sein rechter Mundwinkel zuckte. „Du hast mich beschimpft, ohne die Ausrede zu haben, in den Wehen zu liegen."

Immer noch vollständig angezogen, saß er auf der Bettkante. „Zudem hast du versucht, mich dazu zu bringen, das zu tun, was du wolltest, und nicht das, was ich für richtig halte."

Oje. Anne hatte sie vor seiner Reaktion gewarnt. *„Nur sehr wenige Männer können widerstehen, wenn sie sehen, wie sich eine Frau selbst befriedigt. Der Unterschied hier ist, dass Z recht schnell merken wird, dass du ihn von unten toppst. Was dann folgt, wird dir wahrscheinlich nicht gefallen."*

Es wäre wohl alles prima gewesen, wenn sie getan hätte, was Anne vorgeschlagen hatte. Das Problem war, dass sie es vielleicht ein bisschen übertrieben hatte. Sie war unhöflich gewesen. Dann hatte sie die Beherrschung verloren und ihn angeschrien. *Um Himmels willen*, sie hatte ein Spielzeug nach ihm geworfen!

Unfähig, seinem Blick zu begegnen, senkte sie beschämt den Kopf.

Sie hatte versucht, ihn zum Sex zu drängen – und sie wusste genau, dass er es nicht wollte. Möglich, dass er nie wieder Sex mit ihr wollte. Wer würde das schon? Tränen füllten ihre Augen. Sie hatte die Ausmaße eines Wals und –

„Was um alles in der Welt geht dir gerade durch den Kopf?" Mit einer Hand auf ihrer Brust drückte er sie auf der Matratze auf den Rücken. Als sie versuchte, sich wieder aufzusetzen, packte er ihre Handgelenke mit seiner rechten Hand und brachte ihre Arme über ihren Kopf.

„Lass das!" Sie wehrte sich gegen seinen Griff. „Ich will nicht –"

„Jessica. Beruhige dich." Der Befehl in seiner tiefen, durchdringenden Stimme ließ sie erstarren. Mit seiner freien Hand nahm er ihr Kinn und fuhr mit dem Daumen über ihre nasse Wange.

Während sie eine neue Flut an Tränen zurück blinzelte, fand sie seinen Blick. Was war nur los mit ihr? Sie hatte einen Anfall, weil sie nicht bekam, was sie wollte? Und dann gab sie Z die Schuld? Er hatte nur versucht, sie zu beschützen. Und auch er hatte verzichten müssen.

Als seine Sub hatte sie ihm die Zügel in die Hand gedrückt. Gerade zeigte sie nicht wirklich ihre Unterwürfigkeit. „Es tut mir leid", flüsterte sie.

„Mir auch", sagte er in einem ausdruckslosen Tonfall. „Zuerst einmal solltest du wissen, dass ich den Arzt angerufen habe – und er stimmte zu, dass wir zu diesem Zeitpunkt die sexuellen Beziehungen wieder aufnehmen können."

Sie schloss für eine Sekunde die Augen, als Demütigung durch sie fegte. Er hatte versucht, es ihr zu sagen, und sie hatte geschrien und Dinge nach ihm geworfen. *Wie erwachsen von dir, Jessica.*

Zweifellos war er verärgert.

„Da du mich nicht mehr mit Sexspielzeug bewerfen kannst", sagte er mit trockener Stimme, „können wir ja vielleicht ein vernünftiges Gespräch miteinander führen."

Oje. Sie hatte kein gutes Gefühl dabei.

„Ich kann deine Verärgerung nachvollziehen, aber, Kätzchen", – sein Ton verlor an Härte – „was hat dich zum Weinen gebracht?"

„Nichts."

Seine Augenbrauen zogen sich zusammen. Lügen war nach Meinung von Master Z eine unverzeihliche Straftat.

„Ich meine, ich war einfach verdammt frustriert."

Sein Blick blieb direkt auf sie gerichtet. Er glaubte ihr nicht.

Das war unerträglich. Die Tränen kamen wieder, als ihr Verteidigungswall brach. „I-Ich weiß, dass du mich nicht mehr w-willst, und das hat sich –"

„Bitte was?" Als er auf sie herunterblickte, sah sie, wie sich seine Augen mit Elend füllten.

Der Anblick ließ sie gleichermaßen elendig fühlen. Jetzt hatte sie dafür gesorgt, dass er sich furchtbar fühlte, obwohl er nichts falsch gemacht hatte. Das war alles ihre Schuld.

„Kätzchen", sagte er sanft. „Ich glaube nicht, dass es, seit wir uns kennen, einen Moment gegeben hat, in dem ich dich nicht wollte. Ich weiß, dass du es nicht schätzt, wie du schwanger ausgesehen hast, aber ich dachte, dass wir diese Unsicherheit überwunden haben."

Oh Gott, warum musste sie so unsicher sein? „Das haben wir." Denn während dieser Schwangerschaftsmonate hatte sie sich durch seine Augen gesehen – wie wunderschön es war, dass sie sein Baby in sich trug. Wie viel Ehrfurcht er empfand. „Aber jetzt ..." Sie biss sich auf die Unterlippe, nicht fähig, ihren Gedanken zu beenden.

Mit seiner Hand auf ihrer Wange neigte er ihr Gesicht nach oben. Seine Wärme sickerte in sie; seine Kontrolle schwächte ihren Widerstand. „Sag es mir."

„Ich trage kein Baby mehr in mir, und ich bin riesig und alles schwabbelt und –"

Er schüttelte bedauernd den Kopf, nahm dann ihre Hand und legte sie auf seinen Schritt. Auf seine extrem harte Erektion. „Fühlt sich das so an, als ob ich dich nicht will?"

Hitze fegte durch sie, als sie ihn instinktiv durch die Hose streichelte. Sie wollte ihn in sich haben, wollte –

Sein Blick traf auf ihren und oh, Junge, in seinen Augen sah sie ihren Master. „Wie lange machst du dir darüber schon Sorgen?", fragte er in einem viel zu sanften Ton.

Sie schluckte schwer. „Seit ..." Seit dem Tag, als sie ihren Bauch nach Sophias Geburt das erste Mal im Spiegel gesehen hatte. „Schon eine Weile."

„Ich. Verstehe." Langsam hob er ihre Hände und sicherte sie wieder über ihrem Kopf. Seine starken Finger hielten problemlos ihre beiden Handgelenke. „Hatten wir nicht die Vereinbarung getroffen, dass du mir sagst, wenn dein Selbstvertrauen etwas einknickt?"

„Ja, schon", flüsterte sie. „Aber du bist auf Abstand gegangen." Ihre Wut erwachte wieder zum Leben. „Nicht mal nachts hast du mich in den Armen gehalten."

„Das stimmt, das habe ich nicht." Und dann gluckste er. „Jessica, ich wollte dich so sehr, dass ich befürchtete, ich würde dich im Schlaf anfallen."

Z log nicht. Z log niemals. Ein berauschender Cocktail aus Wärme und Erleichterung sickerte in ihre Adern. Er hatte nicht versucht, von ihr wegzukommen.

Mit einem kleinen Lächeln auf den Lippen streichelte er ihre Wange. „Okay. Das gibt uns einen guten Ausgangspunkt."

Ausgangspunkt. Das klang nicht gut. „Was meinst du damit?" Einen Psychologen zu heiraten, war ein wirklich schlechter Schritt gewesen. Was hatte sie sich bloß dabei gedacht?

„Wir werden weiter über deine Sorgen sprechen. Ich wage zu

behaupten, dass die lange Zeit ohne Intimität deine Ängste verschlimmert hat."

Sie konnte nur nicken.

„Ich möchte einen täglichen Bericht von dir. Für den nächsten, sagen wir, Monat."

Als sie langsam die Augenbrauen zusammenzog, verdunkelten sich seine Augen und so verwandelte sich ihre Willenskraft in Brei. „Aber ich mag es nicht, Tagebuch zu führen."

„Ich weiß, Sub. Wir werden uns etwas einfallen lassen. Vielleicht als Tabelle. Farblich abgestimmt, mit einem Bewertungssystem. Was du über deinen Körper denkst. Wie du glaubst, dass ich dich sehe. Eine Skala von eins bis zehn. Mit Platz für Notizen an der Seite."

Hmm. Das ist machbar. Sie könnte die Ergebnisse zusammenrechnen, wöchentlich einen Mittelwert bestimmen und dazu eine Grafik erstellen, um zu verfolgen, ob ...

Seine Augen zeigten Belustigung.

„Du lachst mich aus."

„Nein, ich liebe dich", sagte er leise. „Und ich bin froh, meine Jessica zurückzuhaben."

„Oh." Wie war es möglich, dass sie ihn mit jedem Tag mehr liebte?

Sein Kuss begann sanft und wurde fordernd genug, sodass sie spürte, dass er sich noch zurückhielt. Und wie berauschend war das? Sie zog an seinen Händen, wollte, dass er sie berührte.

Er ließ sie frei, richtete sich aber außerhalb ihrer Reichweite auf. Er packte ihre Oberarme, hob sie hoch und half ihr in eine sitzende Position.

Sie sah ihn verwirrt an. „Was machst du?"

Anstatt zu antworten, öffnete er seinen Nachttisch und zog einen ... Mini-Flogger mit siebzehn Zentimeter langen Strängen heraus.

Oh nein. Sicher, der winzige Flogger sah recht harmlos aus, aber das Ding fühlte sich an empfindlichen Stellen alles andere als harmlos an. Empfindliche Stellen wie ihre Pussy.

„Für was soll der denn sein? Werde ich etwa bestraft?", fragte sie entrüstet.

„Bevor alles reibungslos ablaufen kann, müssen wir ein paar Dinge aus der Welt schaffen – ähnlich einer Blockade in einem Flussbett." Er reichte ihr den Flogger und rollte den rechten Ärmel über seinen Ellbogen. Anschließend hielt er ihr den nackten Unterarm hin.

„Was machst du da?" Sie wich von ihm zurück.

„Da ich dich niemals mit einem Flogger in die Nähe meines Schwanzes lassen würde, möchte ich, dass du meinen Arm schlägst. Das wirst du tun, bis du mir ein paar schöne Striemen verpasst hast."

Ihr Herz rutschte ihr direkt in den Magen, und das nicht auf eine gute Art und Weise. „Nein!" *Nein, nein, nein.* „M-Master, das kann ich nicht machen."

„Du kannst und wirst. Hoffentlich höre ich beim nächsten Mal die Worte, die du nicht aussprechen kannst. Oder du wirst mir genug vertrauen, um sie zu sagen. Als dein Master habe ich versagt", sagte er ernst.

„Das hast du nicht", flüsterte sie.

Als Antwort klopfte er sich auf den Unterarm. „Beginne."

Ihr erster Versuch streichelte kaum seine Haut und brachte ihr einen unnachgiebigen Blick ein.

Ihr zweiter Schlag war nicht viel besser.

Seine Lippen zuckten. „Wir werden das die ganze Nacht fortsetzen, wenn es sein muss, Sub."

Das Gefühl seiner Stärke, die sich um sie wickelte, sorgte dafür, dass die Tränen kamen. „Ich liebe dich, Master."

„Ich weiß, Kätzchen." Er sah auf seinen Arm und zog herausfordernd eine Augenbraue hoch.

Sie schlug ihn. Bei dem fiesen Laut der auf Fleisch treffenden Stränge zuckte sie zusammen.

„Härter."

Um es hinter sich zu bringen, teilte sie drei weitere Hiebe aus und das so kraftvoll, wie sie konnte.

„Weiter – genau so."

Nach drei erneuten Schlägen spürte sie die Tränen über ihre Wangen rollen.

„Mach weiter."

Ihr Sichtfeld verschwamm, aber nichts konnte das Klatschen der Stränge ausblenden.

Schließlich – endlich – ergriff er ihr Handgelenk und zog ihr den Flogger aus der Hand. Seine starken Arme schlangen sich um sie, als er sie an seine steinharte Brust zog.

Sie schmiegte sich an ihn, vergrub ihr Gesicht an seiner Schulter und weinte so heftig, dass sie kaum Luft bekam. Sie hatte ihn geschlagen, ihm wehgetan.

„Alles erledigt. Das hast du gut gemacht, Kleines." Er hatte sich um sie gewickelt, seine Wange ruhte auf ihrem Kopf und er wog sie sanft. Und so sorgte er dafür, dass ihre Welt wieder in Ordnung kam.

Zwinge mich niemals wieder, das noch einmal zu tun. Und doch, selbst als sie sein Hemd mit ihren Tränen durchnässte, erkannte sie, dass sich die Wut auf ihn, weil er nicht auf sie, sondern auf diesen Arzt gehört hatte, verflüchtigte.

Langsam ließ ihr Weinen nach.

Er küsste ihren Kopf und lehnte sich zurück. Als er ihr die Haare aus ihrem nassen Gesicht strich, sah sie die schrecklichen roten Striemen auf seinem Unterarm und sofort hatte sie wieder Tränen in den Augen.

„Arme, kleine Sub." Er zog sie erneut in seine Arme. Nach einer Minute bemerkte sie, dass er lachte ... und er ihre Brust streichelte.

Sie stieß ihn von sich. „Z!"

Eine Augenbraue hob sich – und nicht in Begleitung eines Lächelns.

Sie stotterte: „I-Ich meine: Master, d-du –"

„Ja, das hört sich schon besser an. Ich denke, ich verzichte darauf, dich zu knebeln, sodass du die Gelegenheit bekommst, mich anzuflehen."

„Flehen? Um was?"

„Um Gnade. Du bist an der Reihe, bestraft zu werden, Kätzchen."

Oh Gott, ihr Dom saß vor ihr. Unter seinem grauen Blick sickerte ein dunkles Verlangen in ihr Blut und ihre Nippel erhoben sich zu pochenden Knospen.

Seine Hände waren gnadenlos, als er sie auf ihren Rücken drückte und ihre Handgelenke am Kopfteil befestigte. Er schob ein Kissen unter ihre Hüfte und spreizte ihre Beine weit auseinander, indem er die Riemen seitlich am Bettrahmen nutzte. Nah an der Kante des Bettes hob sich ihre Pussy nach oben und zeigte sich entblößt. Luft berührte ihre Schamlippen und betonte, wie feucht sie war.

Als wollte er darauf hinweisen, lehnte er sich vor und umkreiste mit einem Finger ihre Öffnung, glitt über ihre Klitoris, die immer noch von ihrem Orgasmus summte.

„So schön erregt. Ich fürchte nur, dass es deine Bestrafung verschlimmern wird, so feucht zu sein", sagte er in einem ernsten Ton.

„Bestrafung – dort?" Mit diesem verdammten Flogger? „Das würdest du nicht tun."

Sein angespannter Kiefer ließ keinen Zweifel daran, dass sie in dem Punkt nichts zu sagen hatte. Er griff nach dem kleinen Lederflogger. „Jessica, sieh mich an." Die Liebkosung seiner tiefen, nachklingenden Stimme dehnte sich über stählerne Härte.

Ihr Blick hob sich zu seinem.

„Ich liebe dich, mein kleiner Wildfang. Ich liebe dich genug, um dir den Sex zu geben, den du willst – und die Kontrolle, die du brauchst."

Mit diesen Worten schnippte er die Stränge hart über die Schenkelinnenseite ihres linken Beines und dann die rechte.

Ihre Beine zuckten, als die Hitze in die zarte Haut vordrang, und sie schrie.

Er fuhr mit der Hand über die kaum sichtbaren roten Striemen, und seine sanfte Berührung stand im starken Kontrast zu dem Schmerz. Er umfasste ihr Kinn und fing ihre Augen mit seinen ein. „Jessica, das wird wehtun. Es ist eine Bestrafung und nicht als Vergnügen gedacht. Ich möchte, dass du den Schmerz stillschweigend akzeptierst."

Ihre Augen füllten sich mit Tränen – und Erleichterung. In seinem Gesichtsausdruck zeigte sich keine Wut, nur Entschlossenheit. Er würde nicht zulassen, dass irgendjemand oder irgendetwas ruinierte, was sie zusammen hatten.

Ließe er zu, dass sie sich verhielt, wie sie gerade Lust und Laune hatte, hätte sie die Kontrolle. Und das wollte sie genauso wenig wie er. „Es tut mir leid", flüsterte sie.

„Ich weiß, Kleines. Mir auch." Nachdem er sie zärtlich geküsst hatte, ging er auf Abstand.

Als er den Flogger hob, sah sie die Striemen, die sie auf ihm hinterlassen hatte. Sie knirschte mit den Zähnen. In dem Moment wusste sie, dass sie ihren Teil der Strafe schweigend ertragen würde.

Und dann fuhr er fort. Mit unendlicher Sorgfalt schlug er sie auf die Schenkelinnenseiten und bewegte sich in schmerzhaften Schritten von ihrem Knie zu ihrem Schambereich vor.

Autsch, autsch, autsch!

Er hielt lange genug inne, bis sich der Schmerz bemerkbar machte und sie durch die Nase einatmen konnte, sodass es ihr leichter fiel, den nächsten Schlag zu antizipieren.

Ihre Hände ballten sich und ein paar Tränen glitten über ihre Wangen. Aber sie hatte keinen Laut von sich gegeben.

Er legte den Flogger ab. „Das hast du sehr gut gemacht, Kätzchen. Was diesen Teil angeht. Ich bin stolz auf dich." Die Anerkennung in seiner Stimme sorgte dafür, dass sich der Knoten mit den Schuldgefühlen löste.

Er setzte sich zwischen ihre brennenden Oberschenkel und musterte die Markierungen. „Ein hübsches Pink. Wir sollten sicherstellen, dass deine Pussy farblich zu deinen Beinen passt, meinst du nicht auch?"

„Gott, nein. Nein, nein, nein." Ihre Kehle schnürte sich durch die Mischung aus Lust und Panik zu. Ihre Beine versuchten, sich zu schließen – aber niemand war im Bondage besser als Master Z. Sie konnte sich keinen Millimeter bewegen.

Dieses tiefgehende Wissen, dass er tun konnte, was er wollte, schaffte es, sie in Wackelpudding zu verwandeln.

Der Finger, der ihre Schamlippen erkundete, glitt mit einem verräterisch nassen Laut in sie. Das reine Vergnügen seiner intimen Berührung entlockte ihr ein Stöhnen.

Er lächelte nicht – aber die Falten neben seinen Augen vertieften sich. Schließlich, *oh Gott*, lehnte er sich vor und neckte ihre Klitoris mit seiner Zunge. Bereits empfindlich flammte das Nervenbündel auf, als seine Zunge darüber hinwegschnellte, dann sanft leckte, was im starken Kontrast zu der Handhabung seines Floggers stand.

Dem Finger in ihr gesellte sich ein zweiter dazu und zusammen stießen sie in ihre Hitze.

Ihre Muskeln spannten sich an, als sich die Lust in ihr verstärkte. Sie wimmerte, versuchte, sich zu bewegen, und schaffte es nicht.

Er zog sich zurück. „Deine Strafe ist noch nicht vorbei." Er öffnete die Schublade und zog das Spielzeug heraus, das sie zu gleichen Teilen liebte und hasste – den vibrierenden Analplug.

„Nein!"

Sie ignorierend schmierte er Gleitgel auf den Plug und positionierte ihn dann an ihrem Hintereingang. Als sich der Ring aus Muskeln weigerte, gab er ihr einen Klaps auf eine der brennenden Schenkelinnenseiten. „Komm mir entgegen, Jessica."

Sie war noch nie in der Lage gewesen, sich ihm zu widersetzen, wenn er diesen tiefen, gebieterischen Tonfall benutzte. Noch nie. Instinktiv lockerten sich ihre Muskeln.

Der Plug rutschte an Ort und Stelle und ihr Anus schloss sich um den schmalen Teil. Seine warme Handfläche legte sich auf ihren Hintern, direkt über den Plug. „Dein Körper gehört mir, Jessica. Das stimmt doch, oder?"

Ihm.

Und er hatte ihren intimsten Bereich in Besitz genommen, sodass diese Realität auch bei ihr ankam. Seine grauen Augen fixierten ihre mit der Unnachgiebigkeit von geschmiedetem Eisen.

Das hitzige Gefühl in ihrem Bauch war ihr nicht neu, aber irgendwie schien das ganze Bett im Boden zu versinken. Sie gehörte ihm. *Für immer.* „Ja, Master", flüsterte sie.

„Sehr gut."

Er betätigte den Schalter und erhob sich.

Die Vibrationen breiteten sich von ihrem Arschloch auf ihre Pussy aus und sandten elektrisierendes Verlangen entlang ihrer Nervenenden. Ihre Hüfte versuchte wieder, sich ihm entgegenzuheben, und sie stöhnte, als sich nichts bewegte.

Sie spürte seinen Blick auf ihr und sah dann, wie sich auf seinen Lippen ein schwaches Lächeln formte. „Du bist so schön."

Wenn er sie mit diesen warmen Augen ansah, fühlte sie sich schön. Und wertgeschätzt. Sie sah zu ihm auf, verwundbar und offen, und lächelte ihn mit Liebe in ihren Augen an.

„Meine Sub", hauchte er. Er lehnte sich vor, streichelte und betörte ihre Brüste, bis sie anschwollen und schmerzten ... und wie wunderbar war es, seine Hände wieder auf ihr zu haben? Mit seiner freien Hand packte er ein Bündel ihrer Haare und zog sie für einen ausgedehnten Kuss an seine Lippen.

Als er seinen Kopf hob, war sie bereit für –

„Bringen wir es zu Ende. Mach dich bereit, Sub." Er griff wieder nach dem Pussy-Flogger.

Oh Gott, nein! Ihr Körper wand sich, als könnte sie so von dem Bett rutschen und ihm entkommen. Bei dem Anblick zuckte sein rechter Mundwinkel.

Zu ihrer Bestürzung begann er wieder an ihren Knien und versetzte ihr stechende Schläge auf die Innenseite ihrer Oberschenkel. Die Schläge waren diesmal nicht so stark, aber oh, sie war bereits wund.

Die Hiebe wanderten ihre Beine hoch. Sie wusste, dass er nicht aufhören würde, wenn er ihren Intimbereich erreichte.

Ihre Muskeln spannten sich an, als sich der Flogger ihrer Pussy näherte. Trotz allem pulsierte ihre Klitoris. Und dieser dumme Analplug vibrierte munter vor sich hin und schickte ihre Erregung in ungeahnte Höhen.

Die Stränge trafen unterhalb ihrer Pussy auf Haut, erst rechts, dann links. Anschließend schnippte er die Stränge nach oben gegen ihre linken Schamlippen. Der Biss hinter dem Schlag ließ sie nach Luft schnappen. Sie sehnte sich danach, ihre Knie zusammenzubringen, selbst als er den nächsten Schlag auf die rechte Seite verübte.

Ihre Arme waren gefesselt, ihre Beine lagen offen vor ihm; es gab keine Möglichkeit, seinen Machenschaften auszuweichen. Sein mitfühlender und dennoch unnachgiebiger Blick traf auf ihren, als sie an ihren Einschränkungen riss.

Der Flogger landete auf ihrer Pussy; bisher mied er noch ihre Klitoris. Immer wieder schnippten die gnadenlosen Lederstränge gegen sie, bis der gesamte Bereich brannte. Der Schmerz war erträglich und gleichzeitig zu viel.

„Von nun an wirst du Probleme offen mit mir besprechen. Du wirst ehrlich zu mir sein." Er unterstrich die Aussage mit einem härteren Schlag, und sie verlor den Kampf, ihre Lippen geschlossen zu halten.

„Ja, Master!" Tränen füllten ihre Augen – von dem Schmerz, von dem Wissen, dass sie ihn verärgert hatte, von der bloßen Sehnsucht, wieder von ihm in den Armen gehalten zu werden.

Der nächste Schlag kam auf ihren Venushügel, sodass ein Ring aus brennendem Fleisch geschaffen wurde.

In der Mitte lag ihre Klitoris.

Das exquisit empfindliche Nervenbündel fühlte sich an, als würde es bei jedem Schlag zusammenzucken – und war doch voller Blut, pochend und den Schmerz vorausahnend.

Master Z beobachtete, wie sie sich wand und an den Fesseln zog. „Nein, du kannst dich nicht befreien, Jessica. Du nimmst, was ich dir geben will." Die reiche Klangfarbe seiner Stimme streichelte über sie, und agierte als eine weitere Einschränkung, sodass sie zu jeder Zeit verstand, wie entblößt sie war. Wie hilflos.

Und wie sehr ihr Dom diesen Umstand genoss.

Zwei weitere Schläge trafen rücksichtslos auf ihren Venushügel und schubsten sie in flüssige Hitze, die an Schmerz grenzte. Nein, es ging über Schmerz hinaus.

Er lehnte sich vor, leckte über ihre Klitoris und hätte sie damit fast in einen Orgasmus geschickt. Das brennende Gefühl, die Vibrationen ... all das verschmolz in ihr zu einem Ganzen. Ihre Haut war schweißgebadet.

Dann richtete er sich wieder auf. Der Flogger prallte von unten auf ihre Schamlippen, von oben auf ihren Venushügel und wieder von vorne: Schamlippen, Venushügel, Schamlippen, Venushügel. Danach folgte eine Pause, die endlos schien, während ihr Puls immer lauter in ihren Ohren dröhnte.

Er bewegte sich. Und die grausamen Stränge trafen ihre Klitoris.

Richtig gehört. Auf. Ihre. Klitoris.

Der Schmerz rauschte nach oben und stahl ihr den Atem. Die Wände ihres Geschlechts zogen sich zusammen und in ihr zündete ein Feuerwerk. Ihr Rücken wölbte sich, als die Ekstase jede Zelle in ihrem Körper aktivierte, bevor sie in Wellen purer Empfindung nach außen strahlte. Ihre Pussy und ihr Anus pulsierten, ballten sich um den vibrierenden Plug in ihrem Arsch, sodass die Intensität des Höhepunktes zunahm. *Oh, oh, oh!*

„Sieh mich an, Jessica."

Sie schaffte es, die Lider zu öffnen.

Seine dunklen Augen hielten ihre gefangen, als seine schwielige, kraftvolle Hand ihre Pussy bedeckte, sodass das Brennen und die lustvollen Empfindungen in die Länge gezogen wurden und sie ... erneut kam. „Diese Pussy gehört mir, Sub. Glaubst du, du kannst dich von nun an daran erinnern?"

Durch das rauschende Blut in ihren Ohren hörte sie ihn kaum. Nach Luft schnappend bewältigte sie nur ein Nicken.

„Sehr gut." Er öffnete seine Hose, stellte ein Knie auf das Bett, positionierte seinen Schwanz an ihrem Eingang und presste sich an ihrem feuchten, geschwollenen Gewebe vorbei. Da ihr Hintern bereits besetzt war, wirkte der Schaft, der in ihre Pussy drang, so viel größer ...

„Oh Gott!" Ihr Körper hörte nicht auf zu kommen, als sie sich um seine Länge dehnte. Seine Größe erhöhte die Empfindungen des Analplugs, bis auch sein Schwanz zu vibrieren schien. Ihre ganze untere Hälfte pulsierte vor exquisiter Lust.

Er war tief in ihr, sein muskulöser Körper presste sich gegen ihren. Mit einem Arm stützte er sich neben ihrer Schulter ab und legte die freie Hand auf ihre Wange, sodass er sie beobachten konnte. „Du fühlst dich so gut an, Jessica", sagte er leise – und sie konnte in seinen Worten oder seinem Blick keine Lüge ablesen. Er wollte sie immer noch.

Das Wissen war berauschend. Wundervoll. Und es schickte sie auf eine Reise ins Nirwana.

Sie wollte ihn halten und fühlen, wollte sich von ihm verankern lassen, bevor sie davontrieb. Sie riss an ihren Fesseln und hielt ihre Arme über ihrem Kopf. „Bitte, Master, darf ich dich berühren?"

Sein strenges Gesicht wurde weicher, und er griff nach oben und löste ihre Handgelenksfesseln.

Sofort schlangen sich ihre Arme um seine Schultern. Oh, sie hatte es vermisst, ihn zu berühren, vermisste sein Gewicht auf ihr.

Sie streichelte über seinen Rücken und spürte, wie sich seine eisernen Muskeln mit jedem Stoß in ihre Hitze anspannten und lockerten.

Mehr. Sie wackelte mit den gefesselten Knien und blickte mit einem unausgesprochenen Appell zu ihm auf.

Sein Grinsen blitzte auf, so schnell, dass sie es fast verpasst hätte. „Nein, Kleines. Du wirst weiter gespreizt und für mich zugänglich bleiben und mir nichts verweigern."

Allein seine Worte sorgten dafür, dass sich die Wände ihres Geschlechts um ihn zusammenzogen.

Bewusst steigerte er sein Tempo, wobei sein dicker Schaft mit jedem Stoß tiefer in sie drang.

Sein Rhythmus war rücksichtslos, und sie spürte, wie sich ihr Körper wieder einem Höhepunkt näherte.

„Das ist mein Kätzchen." Er packte ihr Gesicht, fixierte sie für einen besitzergreifenden und leidenschaftlichen Kuss und ergötzte sich an ihrem Mund, während er sie unten hart rannahm. Unter ihren Fingern spannten sich seine Muskeln an und er stieß tief, tiefer und spürte schließlich, wie er sich in ihr ergoss.

Die ganze Zeit hatte er mit seinen grauen Augen direkt in ihre geblickt. „Ich liebe dich, Jessica. Zweifle nie daran."

„Ich liebe dich, Master", flüsterte sie, zog ihn näher an sich und ließ sich von der nachwirkenden Lustwelle treiben.

Einige Zeit später erkannte sie, dass er sie gesäubert und ihre Fesseln gelöst hatte und sie nun auf ihm lag. Mit unnachgiebigen Händen hielt er sie eng an sich gepresst, sodass auch der letzte Abstand zwischen ihnen überwunden war.

Sie konnte die langsamen Schläge seines Herzens hören. Ihre Atemzüge passten sich seinen an und sein männlicher Duft umgab sie. Sie konnte nicht anders und stieß einen zufriedenen Seufzer aus.

Im ganzen Universum gab es keinen Ort, an dem sie glücklicher wäre.

. . .

Fast zwei Stunden waren vergangen, also war Anne nicht überrascht, vor dem Raum, den sie gewählt hatte, Schritte zu hören. Sie schaute von ihrem Buch auf.

Z kam durch die Tür. Er trug seine übliche schwarze Jeans und ein ebenso farbenes Hemd, bei dem er die Ärmel hochgekrempelt hatte. Sein Haar war von einer Dusche noch feucht und seine Augen glasig von seiner offensichtlichen Erlösung.

Jessica hatte aus den zwei Stunden alles rausgeholt.

Er musterte Anne, ohne etwas zu sagen, sein Gesicht unlesbar. „Meine Sub hat keinen hinterhältigen Knochen in ihrem Körper", sagte er schließlich. „Ich habe ihre Loyalität nicht getestet, indem ich gefragt habe, aber ich vermute doch sehr, dass der Rat von dir oder Gabi kam."

Oh. Verdammt. Sich in die Angelegenheiten eines anderen Doms einzumischen, galt als unangemessen. Einer Sub zu helfen, ihren Master zu manipulieren? Vor allem, wenn es sich bei dem Master um Z handelte?

Schwere Straftat.

Zugegebenermaßen hatte sie gehofft, Z würde nicht herausfinden, dass sie Jessica mehr als Babysitterdienste angeboten hatte, aber sie war sich der möglichen Konsequenzen bewusst gewesen. „Ich habe ihr den Vorschlag gemacht."

Sein Blick blieb auf ihr haften. „Du hattest einen Grund. Darf ich ihn erfahren?"

Er kannte sie gut, wusste, dass Einmischung nicht ihr Stil war. „Das ist etwas, das du mit deiner Sub besprechen solltest."

Ein Mundwinkel hob sich. „Wir haben gesprochen. Aber deine Einmischung ist eine Sache zwischen dir und mir, von Dom zu Domina. Bitte erkläre es mir."

„Ihre Gespräche mit dir hatten sich als erfolglos erwiesen." Nach einer Sekunde fügte Anne diplomatisch hinzu: „Eigentlich dachte ich, dass es recht vernünftig wäre, eine weitere Woche zu warten, um sicher zu sein, dass keine Gefahr besteht."

Er nickte.

„Nach der Geburt sind Frauen jedoch nicht besonders vernünftig. Sie meinte, dass es ihr nicht nur um den Sex ging, sondern auch um die Intimität und den damit verbundenen Machtaustausch. Es schien, als würde sich ihre Frustration schnell in Wut umwandeln. Gegen dich."

Z rieb sich über das Gesicht. „Ich verstehe. In diesem Fall schätze ich die ... Intervention, obwohl du natürlich auch zuerst mit mir das Gespräch hättest suchen können."

„Das Angebot habe ich auch gemacht. Ihr missfiel die Idee. Warum das so ist, musst du sie fragen."

„Das werde ich." Er kam zu ihr, hob seine Tochter in seine Arme und küsste Sophia auf ihr Köpfchen.

Anne spürte den Verlust – und den Neid –, den ihre leeren Arme mit sich brachten.

Sie nahm seine ausgestreckte Hand und erlaubte ihm, ihr auf die Füße zu helfen. Nachdem sie ihm Sophias Wickeltasche gereicht hatte, hob sie ihre Handtasche auf.

An der Tür zögerte sie. „Ist zwischen uns alles okay?"

„Das ist es. Danke für deine Fürsorge, Anne." Sie sah die Belustigung in seinen stahlgrauen Augen. „Ich bin froh, zu sehen, dass die Mistress wieder weiß, wer sie ist – dein Rat war ziemlich effektiv."

„Gut zu wissen." Als sie sich trennten, Z wieder nach oben und Anne nach draußen ging, entschied sie, Ben auf die gleiche Weise zu testen, um zu sehen, wie er reagierte, wenn seine Mistress vor ihm selbst Hand anlegte.

KAPITEL ACHTZEHN

„**S**chluss für heute**. Rein mit euch", rief Ben von Raouls Terrasse.

Das enttäuschte Stöhnen von den Dutzend Teenagern am Strand drang lautstark an seine Ohren.

„Los, Bronx." Ein Junge warf das Frisbee in die Wellen. „Noch einmal."

Bronx bellte fröhlich und stürmte in die Brandung.

„Es sind gute Kinder." Raoul schloss sich Ben am Geländer an. „Ich bin froh, dass sie alle kommen konnten."

Langsam und widerwillig nahmen die Jungs die Stufen zum Haus. Mit einem leichten Sonnenbrand, Sand in jeder Ritze und einem Grinsen im Gesicht. Einige von ihnen hatten mehr Tattoos als Kleidungsstücke. Mehr Piercings als Geld. Ein paar von ihnen sahen aus, als hätten sie ihre Großmütter ermordet und planten nun auf dem Heimweg, einen 7-Eleven auszurauben.

Als Bronx jedoch mit dem Frisbee aus dem Wasser sprang, jubelte jeder Einzelne. Sie alle gaben dem Hund Streicheleinheiten, als er auf den Stufen an ihnen vorbei trabte.

Ben nahm das Frisbee an sich und kraulte dem Hund hinter

den Ohren. „Danke, Bronx. Das hast du heute gut gemacht, Kumpel."

Gäbe es Therapiehunde für unglückliche Teenager, wäre Bronx ein Naturtalent. Selbst das leiseste Kind blühte unter der Aufmerksamkeit des Retrievers auf, und der Hund war, kurz nachdem Ben von Marcus rekrutiert worden war, zu einem wesentlichen Mitglied der Gruppe geworden.

Der ursprüngliche Haufen hatte aus Kindern von Marcus' Kampfsportclub bestanden. Der Sensei dort hatte einigen gefährdeten Jugendlichen kostenlosen Unterricht gegeben, in der Hoffnung, dass sich die Disziplin von Karate auf ihr Leben übertrug. Marcus fing mit Ausflügen an, teils zum Spaß, teils um sie mit verschiedenen Karrieren vertraut zu machen. Dann hatten sich seine Freunde angeboten. Jetzt arbeiteten einige der Kinder für Andreas Reinigungsfirma, andere für Beths Landschaftsgestaltungsunternehmen.

Irgendwann war auch Ben an Bord geholt worden. Vor ein paar Monaten hatte er eine Handvoll Kinder in eine Kunstgalerie und später auf eine Fotoexpedition mitgenommen.

Letzten Monat hatten die Jungen Raouls Büro besucht, um etwas über Bauingenieurwesen zu lernen und wie Brücken mit einer High-Tech-Software entworfen wurden.

Heute hatte nur Spaß auf dem Programm gestanden.

Auch Ben hatte sich amüsiert. Kinder waren eine tolle Sache – alle von ihnen, von den erschreckend kleinen wie Zs Sophia bis zu dieser Gruppe. Er wollte eines Tages eigene Kinder. Die Anzahl war ihm egal, solange die Zahl bei zwei begann.

Anne wollte nicht einmal Haustiere in ihrem Leben haben.

Nein, so richtig stimmte das nicht. Sie veränderte sich. Und *verdammt*, er wusste, dass sie Kinder liebte. Wie bei Pflanzen und Haustieren hatte sie einfach nie daran gedacht, eigene zu haben.

Wie weit konnte er sie drängen, bevor er auf Widerstand traf?

„Schnappt euch eure Taschen und eine Flasche Wasser und stellt euch an der Tür auf", befahl Marcus aus dem Wohnzimmer. Er zählte die Jungen ab, als Raoul ihnen Wasserflaschen zuwarf.

„Danke, Raoul ... Danke, Ben ... Es war großartig." Der Chor aus Abschieden und Dankbarkeit ging weiter, als die Teenager zur Haustür und zum gemieteten Minibus liefen. Zweifellos würden sie auch den ganzen Weg zurück nach Tampa genießen.

„Danke, dass du für die Invasion als Gastgeber gedient hast, Raoul." Marcus blieb in der Tür stehen, um den Bus im Auge zu behalten.

„Es war mir eine Freude, mein Freund, und eine Ehre. Hier, eine für dich." Raoul warf eine Flasche Wasser zu ihm.

Marcus fing sie auf. Als Raoul in die Küche ging, drehte sich Marcus zu Ben. „Danke, dass du –"

„Fang gar nicht erst mit dem Scheiß an, Atherton." Schnaubend schob Ben den Anwalt aus der Tür. „Du weißt, dass ich genauso viel Spaß habe wie sie."

Als Marcus zum Bus joggte, hob Ben seine Hand zu den Jungs und wurde mit Jubel belohnt.

Und damit war der Tag zu Ende. Er warf einen Blick auf die Uhr und zuckte zusammen. Er musste sich beeilen.

Kim war in der Küche. „Hey, Ben. Raoul ist auf der Terrasse. Er meinte, seine Ohren klingeln."

„Verstanden." Lärm und Jungs – untrennbar. „Hast du ein altes Handtuch, das ich an Bronx benutzen kann? Er ist mit Sand bedeckt, und wir wollen gleich zu den Everglades aufbrechen."

„Natürlich. Ich werde dir eins bringen."

Ben ging durch die Doppeltüren nach draußen und fand Raoul an einem Tisch im Schatten.

Auf der einen Seite trank Bronx Wasser aus einem breiten, kniehohen Terrakotta-Brunnen.

Raffinierter Wasserspender. Etwas so Hübsches würde gut auf Annes Deck aussehen. Vielleicht in einem Keramikblau.

Ben sah sich um. „Wo ist dein Hund?"

Raoul grinste und zeigte unter den Tisch, wo Kims Hund lag

und nicht den Anschein machte, sich jemals wieder bewegen zu wollen.

„Armer Kerl", sagte Ben. „Es ist eine Menge Arbeit, gleichzeitig sein Revier beschützen und spielen zu wollen."

„Er nimmt seine Aufgaben als Wachhund ziemlich ernst", stimmte Raoul zu. Es hatte eine schwierige Zeit gegeben, in der Raoul und Kim sich getrennt hatten. Besorgt darüber, dass sie nun allein war, hatte er ihr den gut ausgebildeten Deutschen Schäferhund gekauft.

Obwohl der Hund mit der Gruppe am Strand seinen Spaß gehabt hatte, war Ari zu jeder Zeit wachsam geblieben. Immer, wenn sich jemand Kim genähert hatte, war der Hund die Treppe zur Terrasse hinaufgestürmt ... nur für den Fall.

Wer konnte schon sagen, wann ein dünner Fünfzehnjähriger seine Kontrolle verlor und sein Frauchen angriff, richtig?

„Wenn du es nicht eilig hast, trinke ein Bier mit mir, bevor du gehst." Raoul deutete auf einen Stuhl auf der anderen Seite des Tisches. „Ich möchte gerne etwas mit dir besprechen."

Gab es ein Problem mit den Jungs? In dem Fall konnten seine Pläne für heute warten. „Klar doch." Gerade als Ben sich hinsetzte, erschien Kim mit einem Handtuch.

„Danke, Kim." Ben pfiff und Bronx kam zu ihm, sodass er von dem groben Dreck befreit werden konnte.

Kim drehte sich zu Raoul. „Drinks, Master?"

„Das wäre gut, *Gatita*, danke. Für Ben ein Dos Equis, denke ich." Er lehnte sich auf seinem Stuhl zurück und musterte sie. „Wein für dich, wenn du willst. Ich denke, den hast du dir heute mehr als verdient."

Unter dem anerkennenden Lächeln ihres Doms errötete Kim. Sie strahlte regelrecht.

Raouls Stimme senkte sich und er murmelte ihr etwas zu.

Ben hatte das Gefühl, einen privaten Moment zu stören und konzentrierte sich darauf, seinen Hund zu säubern. Anschließend wies er ihn an, neben Ari ein Nickerchen zu machen.

Als es sich Bronx begleitet von einem leisen Schnauben bequem machte, kehrte Kim mit einem Tablett aus dem Haus zurück. Sie reichte Raoul ein geöffnetes Stump Knocker, Ben ein Dos Equis und griff am Ende nach ihrem Glas Rotwein.

„Ich habe dein Brooklyn-Lager im Shadowlands probiert", sagte Raoul. „Von dem, was ich hier habe, kommt das Dos Equis dem Geschmack wohl am nächsten."

„Gute Wahl." Er wusste nur, dass er Raouls Lieblingsbier nicht wollte – das Zeug war so malzig, dass es fast schwarz war. Er hob seine Flasche zu seinen beiden Gastgebern. „Danke."

Kim nickte als Antwort, nahm sich ein Sitzkissen von einem Stuhl, legte es auf den Boden und setzte sich mit ihrem Getränk in der Hand anmutig zu den Füßen ihres Masters.

So wie es ein Sklave tun würde.

Ben runzelte die Stirn. Erwartete Anne dieses Verhalten von ihm? Auch, wenn Gäste anwesend waren? Wenn es das war, was sie wollte, würde er sein Bestes geben, aber ... so recht wusste er nicht, was er davon halten sollte.

„Wie du gerade aussiehst ..." Raoul trank etwas von seinem Bier und stellte die Flasche auf den Tisch. „Genau darüber möchte ich mit dir sprechen."

„Dir gefällt nicht, wie ich aussehe?" Was zur Hölle? Mit den Jungs zu helfen, erforderte plötzlich gutes Aussehen?

„Nein, nein, so meinte ich das nicht. Du runzelst die Stirn, weil meine *Sumisita* zu meinen Füßen kniet." Als Raoul seine Hand auf ihre Schulter legte, rieb Kim ihre Wange an seinem Handgelenk.

Ben drückte die Schultern durch, als die Absicht des Doms klar wurde. Er wollte mit ihm über Anne reden. Wie konnte er sich höflich weigern, über dieses Thema zu sprechen? „Hör zu, ich –"

„Mein Freund, ich mische mich normalerweise nicht in Angelegenheiten ein, die nicht meine eigenen sind, aber du bist im Lifestyle noch neu. Ich habe die Sorge, dass dir das vielleicht alles über den Kopf hinauswachsen könnte. Da ich mit Master-Sklave-Beziehungen vertraut bin, kann ich sicher ein paar deiner Fragen beantworten."

Würde sich jeder Shadowlands-Master in seine Angelegenheiten einmischen?

Ben nahm einen Schluck von seinem Bier und spielte auf Zeit. Denn, ja, vielleicht hatte Raoul Recht.

In den letzten Tagen hatte Anne darauf geachtet, dass er immer in ihrer Nähe war. Weil er … sie angelogen hatte. Sie machte sich Sorgen um ihn. Dagegen hatte er nichts einzuwenden. *Zum Teufel*, seine Gespräche mit ihr törnten ihn genauso an wie der Sex mit ihr. Sie hatte als Marine gedient, wurde im Einsatz auf die Probe gestellt. Sie verstand, wovon er sprach.

Das Problem war, dass sie seine Mistress und er ihr Sklave war. Und dieser … Machtaustausch ließ nie nach.

Langsam musste er sich fragen, ob er diesen Scheiß wirklich machen könnte. Für immer.

Manche Leute konnten das. Er stellte sein Bier auf den Tisch und betrachtete Kim.

Sie hatte den Wein neben sich gestellt und war still. So ruhig und friedlich wie eine Person, die tief in Meditation versunken war, und doch wurde deutlich, dass sie sich bereit hielt, falls Raoul etwas von ihr wollte.

Sie war eine Sklavin.

War Ben bereit, so weit zu gehen, wie sie es tat? Sein Bauchgefühl sagte *Nein*. „Macht sie das die ganze Zeit?" Ben wies mit dem Kinn auf Kim.

„Nein." Raoul streichelte ihr Haar. „Und ja. Nach einem Tag wie heute genießt sie die Ruhe eines hohen Protokolls. Und ich wollte, dass du die formelle Master/Sklave-Dynamik in einer häuslichen Umgebung beobachten kannst."

„Aber normalerweise macht ihr dieses … Zeug nicht? Dass sie zu deinen Füßen sitzt und nicht redet?" Anne gefiel der formelle Protokoll-Scheiß, das wusste er.

„Kimberly steht immer unter meinem Kommando, Ben", sagte Raoul sanft. „Zuhause werden die Regeln für ihren Komfort gelockert, sodass sie frei sprechen, sitzen und sich kleiden kann, wie sie möchte. Es sei denn, ich wünsche etwas anderes. Ich wünsche mir oft etwas anderes. Dies liegt daran, dass, wie bei Elektrizität, wenn die Leistung zwischen zwei Polen nicht gleich ist, ein Funke entsteht."

Ein Funke, ja? Nun, er und Anne genossen die ausgezeichneten Funken im Schlafzimmer. Aber woanders?

Kim saß mit geschlossenen Augen auf dem Boden, und als ihr Master sie wie eine Katze streichelte, war ihre Zufriedenheit augenscheinlich.

Ben war sich nicht sicher, ob er sich an ihrer Stelle so verdammt zufrieden zeigen würde.

Dösend neigte Kim ihren Kopf unter der Berührung ihres Masters und in dem Moment fühlte sie sich wirklich wie das kleine Kätzchen − *Gatita* −, als das Master R sie stets bezeichnete.

Seine großen Hände waren mächtig, tödlich und immer so sanft im Umgang mit ihr.

Seine schwieligen Finger wanderten über ihre Wange und nach unten, wo er behutsam an ihrem Halsband zupfte. Damit ließ er sie wissen, dass sie sich an ihn lehnen und entspannen konnte.

Darauf verließ sie sich. Ihr Master war ihr Anker. Ob das Meer friedlich oder stürmisch war, er war für sie da. Obwohl er sich widerwillig gezeigt hatte, sie als Sklavin zu akzeptieren, und es nur getan hatte, um einen Menschenhändlerring zu Fall zu bringen, war keiner von ihnen bereit gewesen, danach wieder getrennte Wege zu gehen. Die Master/Sklave-Dynamik funktionierte für sie beide.

Im Moment allerdings machte sie ihn ... unglücklich, denn er wollte sie heiraten.

Wenn man bedachte, dass sie seine Sklavin war, sollte eine Ehe doch kein Problem für sie darstellen, oder? Da sie während ihrer Kindheit jedoch gesehen hatte, wie unglücklich ihre Mutter in ihren Ehen gewesen war, konnte sie nicht anders, als diese Verbindung als Falle zu sehen. Eine Ehefrau zu werden, war für sie weitaus beängstigender als eine Sklavin zu sein.

Aber mit Raoul hatte sie gelernt, dass sie mit Angst umgehen konnte.

Irgendwann im letzten Monat hatte er ihr einen Ring gekauft – einen wunderschönen, atemberaubenden Ring, den sie zufällig entdeckt hatte. Offensichtlich wollte er sie nicht unter Druck setzen und hatte den Ring erst einmal in seiner Kommodenschublade versteckt. Er wartete geduldig, bis sie bereit war.

Niemand kannte sie besser oder hatte sie jemals mehr geliebt als ihr Master.

Sie lehnte sich an sein Bein, benutzte ihn als Stütze, während die Männer redeten.

Ben klang traurig.

Der Sicherheitsmann des Clubs hatte sie erschreckt, als sie ihn das erste Mal gesehen hatte. Er hatte sie an einen mittelalterlichen Folterer erinnert. Jedoch hatte er sich so gefreut, dass Master R eine Frau für sich gefunden hatte, dass sie nun keine Angst mehr vor ihm hatte. Ben hatte ein großes Herz.

Und laut dem Klatsch, der im Shadowlands die Runde machte, war er Annes neuer Sklave.

Raoul war schon jahrelang ein Master. Er wurde von der ansässigen Master-/Sklaven-Gemeinschaft geachtet, und schien Bens Beziehung mit offensichtlicher Sorge zu betrachten.

Der arme Ben fühlte sich bei dem Thema nicht wohl – aber das würde ihren entschlossenen Master nicht vom Reden abhalten.

„Meine erste Sorge ist, dass Anne eine Sadistin ist, während ich bezweifle, dass du ein Masochist bist", sagte Master R.

„Bin ich nicht. Aber ... sie ist nicht so sadistisch, wie du denkst." Ben trank mehr von seinem Bier. „Sie hat erwähnt, dass sie es nicht mehr Hardcore braucht. Ich denke, dass sie darauf hingearbeitet hat, über ihre Wut auf Männer hinwegzukommen. Und jeder sagt, dass ihre Sklaven Masochisten waren – und mehr als willig."

Kim blickte durch ihre Wimpern zu ihm auf.

„Hat sie sich verändert?" Raoul dachte eine Minute nach. „Ja, ich denke, in dem Punkt hast du Recht. Ihre Sessions sind im letzten Jahr wirklich leichter geworden."

Ben nickte.

„In Bezug auf ihre Wut? Als Sadistin hat Anne es nie zu weit getrieben. Und sie wäre nicht der erste und auch nicht der letzte Top, der in einer Session Erleichterung von den Frustrationen des Lebens findet." Master R zog an Kims Haaren. „Subs tun dasselbe. Ein gutes Spanking dient als ausgezeichnetes Ventil."

Kim unterdrückte ein Lachen. Sie konnte ihm nicht widersprechen. Ihr Master schien immer zu wissen, wann sie diese Art von Erlösung brauchte.

Bens Blick war auf sie gerichtet, erkannte sie, aber er war sich anscheinend nicht sicher, ob er mit ihr reden durfte.

Sie sah zu ihrem Master und er nickte. „Was möchtest du wissen, Ben?", fragte sie.

„Gefällt es dir? Gefällt es dir, eine ... Sklavin zu sein?"

Sie zuckte beim Klang des Wortes nicht mehr zusammen, obwohl Master R sie immer noch *Sumisita* – Spanisch für *kleine Sklavin* – nannte. „Ich mag, was Master R und ich haben, das Wort *Sklave* hat jedoch in jeder Beziehung eine andere Bedeutung. Jeder arrangiert die Dinge nach seinen Wünschen. Master R will mein Geld handhaben; andere Doms wollen eventuell mehr Kontrolle. Am Abend habe ich beispielsweise eine Stunde, die ganz allein mir gehört, in der ich Mädchendinge machen kann oder einfach nur ein Buch lese. Diese Stunde hilft mir dabei, dass ich mich nicht wie eine Gefangene fühle. Andere Sklaven brauchen das vielleicht nicht." Weil andere möglicherweise nicht entführt, misshandelt und versklavt worden waren.

Ben lehnte sich vor, die Unterarme auf den Oberschenkeln, und hörte ihr aufmerksam zu.

„Manchmal nervt es mich auch, dass ich jeder seiner Launen nachkommen muss."

Als sie Master R angrinste, überraschte es sie nicht, wie es die Wärme in seinen dunklen Schokoladenaugen immer noch schaffte, sie zum Schmelzen zu bringen.

„Der Ärger, den ich empfinde, wenn ich für ihn auf Abruf stehe, erinnert mich an das morgendliche Gefühl, für einen Job aufzustehen oder ein Vitamin nehmen zu müssen. Also am Ende eine weitere kleine Aufgabe des Lebens, die man erledigt, um zu den guten Sachen zu kommen. Denn ihm zu dienen" – sie spürte, wie sich ein Kloß in ihrem Hals formte – „und wie er seine Hände um mein Leben legt und er in der Lage ist, sich um meine Bedürfnisse und Wünsche zu kümmern, erfüllt mich. Ohne ihn wäre ich wie ein ausgetrockneter Meeresboden."

Master Rs Finger festigten sich an ihrer Schulter. Seine Stimme war leise und tief: „*Tesoro mío*."

Ihre Augen schlossen sich, als sie das Glück aufsog. Denn einem Master zu dienen, der sie als seinen wahren Schatz sah, machte sie unglaublich glücklich.

Als sie die Augen öffnete, sah sie, dass Ben gesehen, gehört und verstanden hatte.

Und seine Augen hielten eine Traurigkeit, die unerträglich für sie war. „So fühle ich nicht. Nicht –"

Master R unterbrach ihn: „Beziehungen unterscheiden sich von Paar zu Paar, Ben. Nicht jede Sub will so viel Kontrolle abgeben wie Kimberly. Nicht jeder Master oder jede Mistress möchte eine solche Verantwortung für einen anderen Erwachsenen tragen. Es gibt keinen richtigen Weg – ihr müsst miteinander reden, bis ihr euch auf etwas einigen könnt, das euch beide glücklich macht."

„Okay", murmelte Ben. „Das ist nicht so einfach, wie es klingt."

Nachdem er eine Minute lang auf sein Bier gestarrt hatte, leerte er es, erhob sich und schnippte mit den Fingern nach Bronx. „Ich muss los, bevor ich gar kein Licht mehr habe. Danke für das Bier – und die Informationen."

Master R brachte ihn zur Tür, und Kim hörte, wie sie sich verabschiedeten. Wenige Sekunden später hörte sie Schritte zu ihr zurückkehren.

Ihr Master nahm wieder seinen Platz ein.

Obwohl sie ihre Augen auf den Boden gerichtet hielt, konnte sie seinen Blick auf sich spüren, und wie die Wärme der Sonne drang seine Aufmerksamkeit durch Haut und Knochen direkt in ihre Seele.

„*Sumisita*, ich will, dass du dich jetzt ausziehst." Mit dem Kommando hatte sein spanisch angehauchter Bariton eine zusätzliche Geschmeidigkeit angenommen. Eine Geschmeidigkeit, die sie erschauern ließ.

Sie erhob sich und zog langsam – provokativ – ihre Kleidung aus. Als sie ihren BH öffnete, wölbte sie ihren Rücken und präsentierte ihm ihre Brüste. Als ihre Shorts nach unten rutschte, verlagerte sie ihr Gewicht auf ein Bein und stieß ihre Hüfte nach außen, sodass sie kurvenreicher erschien. Am Ende blieb nur ihr mit Saphiren besetztes Halsband, und sie hob die Finger an das winzige herzförmige Schloss. Er hielt den Schlüssel zu ihrem Halsband sowie den Schlüssel zu ihrem Herzen.

Er folgte ihren Bewegungen und so landeten seine Augen auf ihrem Halsband. Ihr entging nicht, wie sich seine Augen verdunkelten. Er zog sie zwischen seine Beine und sie spürte seine Jeans an ihren nackten Oberschenkeln. Das Gefühl, nackt vor einem voll bekleideten Mann zu stehen, betonte nur noch mehr, wer die Kontrolle hatte.

Und wie er bereits gesagt hatte, trug es zum Knistern zwischen ihnen bei.

Hier, in diesem Moment, wusste sie, dass sie vollkommen offen und empfänglich war und sich in der Wahrheit rühmte, dass sie sein war. Sie war sein, und er konnte sie nach Belieben necken, berühren und sie auf jede erdenkliche Weise nehmen.

Sein Blick bewegte sich wertschätzend und befriedigt über sie. Er lehnte sich vor, legte seine Hände auf ihren Hintern, drückte, teilte, streichelte, bevor er über ihre Hüften nach oben fuhr. Er fand ihre Brüste und hielt sie in seinen schwieligen Handflächen.

Begierde rollte durch sie und erhitzte jeden Atemzug, den sie von der schwülen Luft nahm.

„Du hast Ben gute Antworten gegeben." Seine Augenbrauen zogen sich zusammen. „Ich weiß nicht, ob das ein gutes Ende nehmen wird."

„Warum nicht?" Kims Zehen spannten sich an, als seine Daumen ihre Brustwarzen umkreisten. „Ähm, er liebt sie – das ist ziemlich offensichtlich."

„Ja, das ist es. Aber erinnerst du dich, als wir dachten, dass wir nicht zusammen gehören, weil unsere Bedürfnisse nicht im Einklang waren?"

Allein die Erinnerung an diese miserable Zeit ruinierte ihre Stimmung. „Aber wir haben eine Lösung gefunden."

„Nur weil wir im Wesentlichen das Gleiche wollten. Und weil wir uns lieben." Er zog sie auf seinen Schoß, küsste sie besitzergreifender als sonst – als wollte er die Erinnerung an ihre Tage der Einsamkeit vertreiben.

Oh, sie liebte ihn so sehr. Sie schmiegte sich enger an ihn und schob die Finger in seine dicken Haare. Einige Master bestanden darauf, dass die Sklaven warteten, bis sie die Erlaubnis zum Berühren erteilten. Master R machte es jedoch nichts aus und nahm ihr dieses Privileg selten ab. Er mochte ihre Hände auf ihm.

Er hob den Kopf, lächelte sie an, kehrte wieder zu einer Brust zurück und labte sich einfach an ihrem nackten Körper.

Armer Ben. Wenn das, was er und Anne aufgebaut hatten, ähnlich zu ihrer Beziehung mit Master R war, dann würde eine

Trennung ihn vollkommen aus der Bahn werfen. Konnte Anne sich nicht ein bisschen zurücknehmen? Wie konnte sie nicht sehen, wie wichtig sie ihm war? Aber Frauen ... Kim seufzte. Frauen waren hartnäckig, wenn es darum ging, ihre Wunden zu verbergen. Ihre Herzen.

Kim sollte sich ohnehin auf ihr eigenes Leben konzentrieren. Denn mal ehrlich: Wieso hatte sie so viel Angst davor, zu heiraten?

Raoul war nicht wie ihr Vater. Verheiratet oder nicht, er würde sie nie als selbstverständlich ansehen. Niemals würde er sie schlecht machen, nur um sein Ego zu füttern. Mit ihm würde sie sich nicht nur geliebt, sondern auch geschätzt fühlen.

Vielleicht war es an der Zeit, ihre eigene feige Haltung zu überdenken.

Sie legte ihr ganzes Vertrauen in ihre Freunde und sagte: „Ich denke, Anne und Ben werden das schon hinbekommen."

„Wenn ich die beiden sehe, werde ich an meine Ehe erinnert. Meine Ex-Frau war nicht unterwürfig. Sie wollte Schmerz. Ich wollte eine Sklavin. Unsere Bedürfnisse fanden keinen gemeinsamen Nenner, was uns letztendlich unglücklich machte."

Untertreibung des Jahres. Von dem, was Kim gehört hatte, hatte Raouls Trennung von seiner Frau ihn fast zerstört. Natürlich würde ihr mitfühlender Master nicht wollen, dass Ben einen ähnlichen Fehler machte.

Er fuhr fort: „Annes Sklaven leben nie bei ihr. Wenn sie bei ihr sind, sind sie Sklaven, keine Freunde. Ich denke, Ben möchte ihr Partner sein, nicht nur ihr Sklave. Was denkst du, *Gatita*?"

Seine Hände hielten auf ihrer Taille inne und er ließ ihr den Raum zum Nachdenken.

Bens Dilemma war so nah an dem, was sie mit Raoul durchgemacht hatte. Ihr Herz brach für ihn, weil sie mitfühlen konnte, was er durchmachte. „Vielleicht schwimmen sie nicht in der gleichen Strömung − noch nicht −, aber sicher können sie dorthin gelangen, solange sie dranbleiben. Er mag sie sehr."

„Ich stimme zu. Aber fühlt Anne dasselbe? Wird sie versuchen, ihm entgegenzukommen?" Raoul küsste Kims Fingerspitzen. „Die Mistress ist ein guter Mensch. Als Domina ist sie stark und vorsichtig und verantwortungsbewusst. Jedoch bin ich mir nicht sicher, ob sie es wagen wird, ihr Herz unserem Freund anzuvertrauen."

Kim biss sich auf die Unterlippe. Sie hasste es, ihm zu widersprechen, aber er sah Anne nur im Shadowlands oder auf einer gelegentlichen Party. Er hatte sie nicht mit Jessicas Baby gesehen oder im Frauenhaus mit den Kindern. „Ich denke, sie hat mehr Herz, als du ihr zutraust."

Er lächelte, sein Blick sanft. „Ich weiß, wer mehr Herz hat, als ihr kleiner Körper halten sollte. Du bist eine großartige Freundin, *Sumisita*."

Er glaubte ihr nicht.

Sie runzelte die Stirn. „Du wirst die beiden aber die Dinge allein regeln lassen, oder?" Doms waren bekannt für ihren Beschützerinstinkt, und wenn Raoul befürchtete, dass Ben verletzt werden könnte, würde er einschreiten.

„Das werde ich." Seine weißen Zähne blitzten in seinem dunkel gebräunten Gesicht auf. „Ich verspüre nicht das Bedürfnis, Bekanntschaft mit Bens Faust zu machen."

„Als könnte er bei dir einen Schlag landen. Ich habe dich kämpfen sehen."

„Ich bin gut, sicher, aber Ben war ein Army Ranger, und er hat seine Fertigkeiten nicht verloren."

Wow. Das hatte sie nicht gewusst.

Lächelnd rieb sie mit dem Hintern über Master Rs Erektion. „In diesem Fall solltest du dich besser benehmen. Es wäre eine Schande, wenn jemand deine männlichen Teile zerquetschen würde."

Er verzog das Gesicht zu einer Grimasse und steckte dann einen Finger unter ihr Halsband, um ihre Bewegungen einzuschränken und sie gnadenlos küssen zu können.

Das Verlangen verhielt sich in ihr wie eine steigende Flut.

Er hob den Kopf und murmelte: „Jemand ist heute eine ungezogene *Gatita*, hmm?"

Sie war zu atemlos, um zu antworten.

„Vielleicht werde ich mich jetzt um deine Bedürfnisse kümmern. Für den Fall, dass ich in der Zukunft nicht mehr dazu fähig bin." Lachend erhob er sich, warf sie über seine Schulter und verabreichte ihr einen harten Klaps auf ihren nackten Hintern, der jedes einzelne Nervenende in ihr zum Strahlen brachte.

Er war so stark, dass er ihr Gewicht nicht einmal zu bemerken schien. Er gab ihr das Gefühl, klein zu sein. Und kostbar.

Während sie ihre Wange an seinem Rücken rieb, schob Kim eine Hand unter seinen Gürtel, knetete seinen muskulösen Arsch und verdiente sich damit einen weiteren Schlag auf ihren Hintern.

Oh, er war in der Stimmung für ein Spanking, und das war ihr bewusst, sonst hätte sie es nicht darauf ankommen lassen. Die Vorfreude auf seine unglaublich harte Handfläche auf ihrer nackten Haut machte sie ihrerseits wirklich, wirklich heiß. Ohne große Anstrengung schaffte er es regelmäßig, sie in einen Haufen Begierde zu verwandeln.

Und danach würde er sie fesseln … und sie hart nehmen.

Sie rieb die Oberschenkel zusammen, denn sie wollte genau das. Sofort.

Und dann …

Dann würde er ihr in Spanisch ins Ohr flüstern, seine Stimme wie die schaukelnden Wellen im Meer, und sie würde sich an ihn klammern, an ihren Anker, an ihre große Liebe.

Anschließend wäre es vielleicht eine gute Idee, in seiner Kommodenschublade zu stöbern und den Verlobungsring zu finden, den er ihr gekauft hatte.

KAPITEL NEUNZEHN

Am späten **Sonntagnachmittag** folgte Anne der Empfangsdame durch das chinesische Restaurant in der Innenstadt von St. Pete.

Bens Anruf vor einer Stunde war eine Überraschung gewesen, da er gestern in die Everglades aufgebrochen war, nachdem er den Tag mit Marcus' Jungs verbracht hatte. Der Plan war gewesen, erst spät in der Nacht zurückzukommen.

„Meine Schwestern und mein Schwager sind zu Besuch aus New York. Camille hat einen guten Deal erhascht und beschlossen, für ein langes Wochenende runterzukommen. Also bin ich früher aufgebrochen, um mit ihr ins Dali-Museum zu gehen, und jetzt wollen wir etwas essen. Wenn du gerade nicht beschäftigt bist, würde es mich freuen, wenn du dich uns anschließt und sie kennenlernst." Dann war seine Stimme tiefer geworden: *„Und ich vermisse dich."*

Das konnte sie nachempfinden. Sie hatte ihn gestern Nacht auch vermisst – mehr als sie zugeben wollte.

Glücklicherweise hatte sich herausgestellt, dass ihr heutiger Flüchtiger recht zerstreut war und wenig von einem Kriminellen hatte, sodass es einfach gewesen war, ihn festzunehmen. Damit stand es ihr frei, sich Ben und seiner Familie beim Essen anzuschließen.

Ärgerlich war nur die Nervosität, die in ihr brodelte. Seit wann machte es sie nervös, neue Leute kennenzulernen?

In dem chinesischen Restaurant roch es nach Knoblauch und Ingwer, und Annes Magen knurrte, als sie den Raum durchquerte. Sie hatte das Frühstück ausgelassen – denn der Gedanke hatte nicht gerade appetitlich geklungen. Und zum Mittag hatte sie nur nach einem Müsliriegel gegriffen. Demnach war sie jetzt am Verhungern.

Das rot-goldene Dekor kam kaum bei ihr an, als sie sich dem hinteren Bereich näherte. Ben saß an einem runden Tisch mit drei Frauen in Annes Alter und einem schwarzhaarigen Mann.

Beide Männer erhoben sich. Ben war gute fünfzehn Zentimeter größer als sein Schwager, und wie immer machte Annes Herz bei seinem Anblick einen Satz. Sein weißes, kurzärmeliges Hemd setzte seine breiten Schultern und seine dunkle Bräune in Szene, und seine Jeans schmiegte sich an seinen netten Hintern. Seine karamellfarbenen Haare trug er heute offen und so fielen sie auf seine Schultern, was eine Verlockung erster Klasse war.

Lächelnd trat sie an den Tisch und gab Ben zu verstehen, dass er sie berühren durfte. Und das tat er, indem er den Arm um ihre Taille legte. „Anne, darf ich dir meine Schwestern und meinen Schwager vorstellen?" Er deutete auf eine große Blondine in einer blassgrünen Bluse und einer weißen Caprihose. „Camille und ihr Mann Leon leiten ein Reisebüro."

„So haben wir es geschafft, diesen Deal an Land zu ziehen." Camilles breites Lächeln erinnerte sie an Ben. „Es ist so schön, dich kennenzulernen."

„Freut mich, Anne." Leon wies einen schwachen Cajun-Dialekt auf.

„Mich auch", entgegnete Anne und meinte es auch so. Ben hatte ihr ein paar Geschichten von dieser Schwester erzählt. Er war sehr stolz auf sie.

„Das ist meine Schwester Deanna", sagte Ben.

Die wunderschöne Frau mit den platinblonden Haaren trug ein smaragdgrünes Tanktop und nickte, ohne Wärme zu zeigen. „Anne."

Bevor Anne antworten konnte, wies Ben auf die letzte Frau in der Runde, die zu seiner Linken saß. „Sheena ist eine Freundin von Deanna."

„Oh, und auch deine, Ben", sagte die Brünette mit kehliger Stimme und berührte seinen Handrücken. Ihre Hand verharrte auf seiner, als sie Anne ein unaufrichtiges Lächeln zuwarf. „Deanna hatte jahrelang von ihrem großen Bruder geschwärmt, also war es mir eine Freude, ihn letztes Jahr zu Weihnachten endlich mal kennenzulernen und Zeit mit ihm zu verbringen." Der Subtext war offensichtlich. Sie und Ben hatten mehr getan als nur ... Zeit miteinander zu verbringen.

„Wir hatten so viel Spaß", stimmte Deanna zu. „Erinnerst du dich an den Tag, an dem wir Schlittenfahren waren?"

„Oh, was für ein Tag." Sheena streichelte Bens Hand und sah mit großen Augen zu ihm auf. „Ich hätte mir das Genick gebrochen, wenn du mir oben auf dem Hügel nicht geholfen hättest."

Die Frau hatte sich wahrscheinlich in seine Arme geworfen. *Charmant.* Anne warf einen Blick auf ihren Stuhl – den Leeren rechts von Ben –, und Ben stellte sich dahinter, um ihn ihr zurechtzurücken.

Gut aufpassen, Sheena. Anne glitt mit dem Stuhl etwas nach rechts und damit in Richtung Deanna.

Nachdem auch er Platz genommen hatte, rutschte Ben nah genug zu ihr, sodass sein Bein gegen Annes stieß. Damit hatte sie gerechnet. Ihr Sklave zeigte stets ein besitzergreifendes Verhalten, aber sie konnte ihn kaum tadeln, wenn ihr gefiel, was er tat.

Noch besser: Er saß jetzt weit genug von der anhänglichen Sheena entfernt, dass ihre nervigen Manöver zu offensichtlich wären.

Leon bemerkte die Entfernung zwischen Sheena und ihrer

Beute, und seine Mundwinkel zuckten. „Also, Anne, Ben meinte, dass du Kopfgeldjägerin bist. Wie ist das so?"

„Ich fürchte, was ich tue, ist nicht so aufregend, wie es im Fernsehen gerne gezeigt wird. Technisch gesehen wird der Job in Florida als Kautionsagent bezeichnet, da wir hier nicht allein arbeiten, sondern stets bei einer Kautionsagentur angestellt sind. Der Großteil dreht sich um Papierkram, Computersuche, das Klopfen an Türen und Diplomatie. Gelegentlich gibt es auch etwas Action."

„Action? Ich verstehe nicht, wieso sich eine Frau freiwillig in Gefahr bringen möchte." Obwohl Sheenas Wimpern genug Mascara zeigten, um haarigen Tarantelbeinen Konkurrenz zu machen, gelang es ihr dennoch, Ben durch sie hindurch anzusehen. „Männer sind so viel stärker."

„Sind sie das?" Anne fuhr mit der Hand über Bens Bizeps und schnappte nach Luft. „Oh, wow! Wie stark du doch bist! Wer hätte das gedacht?"

Ben, Leon und Camille brachen in Gelächter aus. Leider ähnelte Deannas genervter Blick dem von Sheena. *Böse Anne.* Nicht besonders intelligent, die Verwandten zu verärgern.

Zeit, die Situation zu entschärfen. „Ich persönlich mag die Action, Sheena, und die Befriedigung, die Bösen ins Gefängnis zu werfen." Als Ben seinen Arm über die Rückenlehne ihres Stuhls legte, drehte sich Anne nach rechts, setzte ein Lächeln auf und fragte Deanna: „Was machst du beruflich?"

„G-Gerade suche ich", stotterte Deanna.

Der Arm hinter Anne spannte sich an. „Hast du den Job im Bekleidungsgeschäft verloren?" Ben knurrte. „Warum bist du dann hier, anstatt Bewerbungen zu schreiben?"

„Ben", hauchte Deanna. Eine Sekunde später schaffte sie es, einen mitleiderregenden Ausdruck aufzusetzen, der sogar Tränen in den Augen mit sich brachte. „Ich hätte zuhause bleiben sollen. Es ist nur, dass ich so t-traurig war. Ich wollte nur weg."

Anne drehte sich, um Bens Antwort zu beurteilen.

Sein Gesichtsausdruck war sanft. „Ach, Dee-dee, das wird schon", sagte er.

Anne schaffte es geradeso, nicht mit den Augen zu rollen. Als Domina hatte sie weitaus bessere Auftritte gesehen, aber Deannas war nicht schlecht. Jedenfalls hatte sie damit ihren Bruder getäuscht.

Um das Ganze abzurunden, fügte Deanna das bewährte Schmollen hinzu. „Nein, nichts wird wieder. Ich kann meine Miete nicht bezahlen und" − sie schluchzte − „Sheena war wunderbar und hat mir Geld für Lebensmittel geliehen, aber ich kann nicht ständig zu ihr rennen."

„Natürlich nicht", sagte Ben.

Anne musste ein Knurren unterdrücken. Während ihrer gemeinsamen Zeit hatte Ben bereits ein paar Anrufe von dieser bestimmten Schwester erhalten, und sie hatte jedes Mal nach Geld gefragt.

Dass sie jetzt vor den anderen eine Show abzog und Ben es damit unmöglich machte, ihr etwas abzulehnen? Das war so manipulativ. Er hatte offensichtlich keine Ahnung, dass er verarscht wurde. Nicht besonders überraschend. Familie konnte das gut.

Anne biss sich auf die Lippe. Es war nicht ihr Geld, es war nicht ihre Familie. Wie Sam sagen würde: Sie hatte keinen Hund in den Kampf geschickt.

Und doch hatte sie das. Als Ben ihr seine Unterwerfung angeboten hatte, wurde er zu ihrem Schützling − auch, wenn sie ihn vor seiner eigenen Familie bewahren musste. *So sei es.*

„Familienmitglieder um Geld zu bitten, ist schon schwierig, oder?", sagte Anne mit einem aufgesetzten Lächeln. „Letzte Woche musste meine Freundin Linda weinen, nachdem sie *Nein* zu ihrem erwachsenen Sohn gesagt hatte. Sie war untröstlich, ihm dieses Geld verweigern zu müssen − vor allem, wenn ein wenig Geld helfen würde. Aber sie sagt, ihr Ziel als Elternteil ist es, dass ihr Sohn unabhängig wird, und wenn sie ihn ständig rettet, wird er sich nicht anstrengen − oder lernen, wie man einen Job behält."

Ben sah Anne mit zusammengezogenen Augenbrauen an. „War Sam damit einverstanden?"

Natürlich hatte der grauhaarige Sadist eine Meinung zu dem Thema gehabt. „Er denkt, dass es an Missbrauch grenzt, eine solche Person auf diese Weise zu unterstützen." Anne lächelte. „Er meinte zu Linda, sie solle sich die Zukunft vorstellen. Wenn sie morgen bei einem Autounfall ums Leben käme, würde ihr erwachsener Sohn ohne sie überleben?"

Ben schwieg.

Anne wich Deannas Blick aus, aber die Wellen der Wut, die aus dieser Richtung kamen, waren regelrecht greifbar. „Leon, hast du mit deiner eigenen Familie Ähnliches erlebt?"

„*Mais*, ja. Cajuns haben große Familien. Wer Geld hat, wird von denen genervt, die es nicht haben." Er sah zu Ben. „Hast du jemals einen Hund gesehen, der gerade Mama geworden ist? Irgendwann entscheidet sie, dass die Welpen alt genug sind und nicht mehr gestillt werden müssen. Sie versuchen zu saugen, und sie geht einfach weg. Manchmal muss sie die Zähne einsetzen, wenn die Kleinen den Wink mit dem Zaunpfahl nicht verstehen, sonst würde sie manche Welpen für immer an der Zitze haben."

„Mein Gott!" Deanna funkelte Anne wütend an. „Wer denkst du eigentlich, wer du bist? Das geht nur mich und meinen Bruder etwas an. D-Du willst nur deine Krallen in sein Geld schlagen und –"

„Ich brauche Bens Geld nicht, aber es ist meine Aufgabe, ihn vor Schaden zu bewahren." Sie hörte sein erschrockenes Grunzen. Hatte er nach all der Zeit im Shadowlands etwa nicht mitbekommen, dass sowohl Mistresses als auch Master ihre Sklaven beschützten? „Wie alt bist du?"

„Sie ist einunddreißig." Camille richtete ihre wütenden Augen auf ihre Schwester. „Mimi meinte, du hättest deinem Manager gesagt, er solle sich verpissen, weil er dich angewiesen hat, sowohl mit Kunden aus der Mittelschicht als auch mit den Reichen zu sprechen. Gott, Dee, Mimi hat ihren Hals riskiert, als sie dir diesen Job besorgt hat. Jetzt hat sie Ärger mit ihrem Chef, weil sie dich empfohlen hat."

Deanna sackte auf ihrem Stuhl zusammen. Ihr Gesichtsausdruck deutete darauf hin, dass sie jeden für ihre Probleme verantwortlich macht außer sich selbst.

Zu Annes Erleichterung legte Ben seinen Arm um ihre Schultern und zog sie zu sich. „Danke, Ma'am", flüsterte er ihr ins Ohr. Dann sah er an ihr vorbei und zu seiner Schwester. „Es schmerzt, dass ich dir dabei geholfen habe, dich in einen Schmarotzer zu verwandeln, Dee-dee, aber ich schätze, das habe ich. Camille und ich wissen, dass wir keine Lebensmittel kaufen können, wenn wir unseren Job verlieren. Oder dass wir dann keine Miete zahlen können. Also verhalten wir uns entsprechend. Zeit für dich, die bösen Fakten des Lebens zu lernen, Schwesterchen."

„Aber, Ben." Sheena rutschte mit ihrem Stuhl nah genug heran, sodass sie die Hand auf Bens Unterarm legen konnte. „Sie ist deine Schwester. Sie liebt dich, weil du ein großes Herz hast." Und dann lehnte sich diese Frau doch tatsächlich an ihn und streichelte ihn.

Wut knisterte über Annes Nervenenden. Damit hatte sich ihre Toleranz erledigt. Sie teilte ihre Sklaven nicht. Schon gar nicht teilte sie Ben. *Oh nein, niemals.*

Anne nahm ein ungeöffnetes Essstäbchen-Paket und schlug mit diesem auf ihre eigene Handfläche, um zu testen, wie hart sie zuschlagen konnte. Sehr nett. Anschließend zögerte sie nicht lange und teilte einen Schlag auf Sheenas unbefugte Hand aus.

Sheena riss ihre Hand weg. „Hey!"

Anne richtete einen Blick auf sie, der Männer regelmäßig auf die Knie zwang und sie zum Schweigen brachte.

Sheenas Gesicht verlor jegliche Farbe, aber – dämlich wie sie war – öffnete sie den Mund: „Geht's noch, du –"

„Vielleicht akzeptieren deine erbärmlichen Freunde, dass du ihre Männer berührst und dich an sie hängst, aber ich tue das nicht. Pfoten weg." Sie schmiegte sich enger an Ben und legte eine Hand auf seinen Bauch, um deutlich zu machen, wem er gehörte. Für subtil hatte sie nichts übrig. „Ben gehört mir."

Gegenüber von ihr am Tisch hörte sie gedämpftes Lachen von Leon und Camille. Aber Deanna blickte finster drein. *Ja, genau so macht man sich Freunde, Anne.*

„Ben, sie hat mich geschlagen." Sheena sah mit weit aufgerissenen Augen zu ihm auf. „Erlaubst du ihr das einfach?"

Ben lachte. „Ich muss sagen, ich finde es wirklich heiß, wenn eine Frau einen Mann in der Öffentlichkeit für sich beansprucht. Was denkst du, Leon?"

Leon lächelte seine Frau an. „Meine Camille weiß, wie sie mit Grenzüberschreitern umgehen muss. Meist schafft sie das mit ihrem Mundwerk. Aber was Anne da gerade getan hat? Ja, doch, das ist heiß. Ich werde dir ein paar Essstäbchen kaufen, *Bebe*."

„Sheena sollte froh sein, dass du keine Peitsche zur Hand hattest", murmelte Ben zu Anne.

Als sein Blick ihren im Bann hielt, knisterte es in ihrem Blutkreislauf. Und südlich ihrer Fingerspitzen wölbte sich der Schritt seiner Jeans. Der Mann hatte es wirklich genossen, dass sie ihre Domina auf Sheena losgelassen hatte.

Nach diesem Zwischenspiel konzentrierten sich sowohl Sheena als auch Deanna auf ihr Essen, während sich der Rest von ihnen unterhielt.

„Wie es scheint, habt ihr alle die Großstadt verlassen. Mochtet ihr es nicht, in der Bronx aufzuwachsen?", stellte Anne die Frage an Camille.

„Die South Bronx ist nicht das beste Viertel. Aber nachdem unser Vater gestorben war, schaffte es unsere Mutter nicht, uns alle vier durchzubringen. Sie hat es versucht − Gott, sie hat es wirklich versucht." Camille tauschte einen traurigen Blick mit Ben.

Die Art und Weise, wie sich seine Schultern anspannten, zeigte, dass er sich die Schuld gab. Der Gedanke brach Anne das Herz.

Als sie seine Hand nahm, schlossen sich seine langen Finger fest um ihre. „Wenn man bedenkt, wer ihre Kinder sind, würde ich sagen, dass eure Mutter einen guten Job gemacht hat, auch wenn das Geld knapp war."

Camille sah sie dankbar an. „Das hat sie, entgegen aller Wahrscheinlichkeit. Ben hatte es besonders schwer, da er unter Druck stand, sich einer Gang anzuschließen. Er arbeitete in Teilzeit, ging zur Schule und versuchte, Deanna und mich vor Schaden zu bewahren. Und wir waren so arm, dass er ..."

Camille unterbrach sich plötzlich und warf ihrem Bruder einen reuevollen Blick zu.

Anne zog die Augenbrauen zusammen. Etwas war passiert. Später würde sie Ben dazu befragen.

Da es jedoch um Ben ging, ließ er sich nicht davon abhalten, es hier rauszulassen: „Wir hatten wenig Geld, und ich wurde überredet, einen Spirituosenladen auszurauben. Moms Moralpredigten müssen jedoch hängen geblieben sein. Ich konnte es nicht tun. Zwei Tage zuvor bin ich aus der Sache ausgestiegen. Damit habe ich alle Beteiligten verärgert, und nach der Schule haben sie sich auf mich gestürzt. Grün und Blau haben sie mich geschlagen." Er schenkte ihr ein schiefes Grinsen und rieb sich über die Nase.

Die gebrochene Nase.

Er war noch nicht mal ein Erwachsener gewesen – ein Highschool-Schüler. Sie fragte sich, wie viele andere Knochenbrüche er erlitten hatte.

Er fuhr fort: „Im Krankenhaus nahm ein Polizist meine Zeugenaussage auf und kam am nächsten Tag zurück, nur um zu reden – um mir zu helfen, einen besseren Pfad für mein Leben zu finden. Also habe ich mich verpflichtet und übersprang das letzte Jahr in der Schule. Mit meinem Gehalt konnten Mom und die Mädchen in eine sicherere Gegend ziehen."

Am Ende hatte er ihnen doch geholfen.

Anne hoffte, dass seine Mutter wusste, was sie für eine

wunderbare Arbeit geleistet hatte – sie hatte einen außergewöhnlichen Mann großgezogen.

Nachdem alle mit dem Essen fertig waren, stand Anne auf. „Entschuldigt mich kurz. Ich muss zur Toilette, bevor ich den Heimweg antrete."

Ben drehte sich um, lokalisierte die Toiletten, musterte die dazwischenliegenden Tische und entschied anscheinend, dass weder Wahnsinnige noch Zombies aufspringen und sie angreifen würden. „Okay."

Amüsiert schüttelte sie den Kopf. Ihr Vater und ihre Brüder besaßen denselben Beschützerinstinkt. Und sie tat das auch. Es war schwer, sich angegriffen zu fühlen.

Dennoch ...

Mit ihren Fingernägeln zwickte sie ihm warnend in seinen Hals und murmelte: „Wie nett von dir, dass du mir die Erlaubnis zum Pinkeln gibst."

Er begegnete ihrem Blick und grinste reuelos.

Oh, also ehrlich. Er war kein Gör. Nicht direkt. Im Schlafzimmer war er sehr gehorsam. Aber den Rest der Zeit? Nicht wirklich.

Etwas beunruhigt ging sie zu den Toiletten.

In Wirklichkeit war er nicht absichtlich trotzig. Er wandte sich einfach nicht an sie, wenn er Hilfe brauchte. Während ihre anderen Sklaven ihre Aufsicht und ihre Richtung gewollt hatten, begann sie zu sehen, dass Ben ... dies nicht tat.

Wenn das stimmte, dann ... Ihre Brust fühlte sich an, als hätte sie ihre Körperpanzerung zu fest angeschnallt, was ihr die Atmung erschwerte. Mit Mühe drückte sie ihre wachsende Panik nieder. Nicht die richtige Zeit, nicht der richtige Ort.

Ein paar Minuten später, während Anne sich die Haare kämmte, trat Camille ein. Anstatt in eine der Kabinen zu gehen, lehnte sie sich mit einer Hüfte an die Wand. „Ich bin froh, dass ich dich allein erwische. Ich wollte mich für Sheena und Deanna entschuldigen. Und ich wollte dir danken."

„Danken? Für was?"

„In der South Bronx aufzuwachsen, war nicht einfach. Ben versuchte, sich um uns alle zu kümmern, aber er hatte niemanden, der sich um ihn kümmerte. Nicht, seit er neun war. Bis jetzt." Camille blickte finster drein. „Ich wünschte nur, du hättest ihn nicht vor seiner eigenen Schwester beschützen müssen."

„Deanna ist vielleicht auf einen falschen Weg geraten, aber Ben wird sich nicht erneut irreführen lassen", sagte Anne. „Ich kann sehen, dass sie viel Potenzial hat, und sobald sie erkennt, dass die Zukunft in ihrer Hand liegt, wird sie ihr Ding machen. Und sich freuen, dass sie etwas aus sich gemacht hat."

„Ich denke, du hast Recht. Und was Sheena betrifft ..." Camille rollte mit den Augen. „Mal ehrlich, wer macht so etwas? Aber Ben hat schon immer Loser angezogen. Entweder sind es Golddigger oder er sucht sich diese widerwärtigen Frauen, die denken, sie wären besser als er."

Nicht ungewöhnlich. Subs, die nach dominanten Partnern suchten, endeten schnell mit Kontrollfreaks. In Bens Fall kamen die dummen Kühe.

Camille lief zur Tür und stoppte, um zu sagen: „Ich bin wirklich froh, dass er dich gefunden hat."

„Ich auch."

Zumindest bin ich keine dumme Kuh. Hoffentlich. Und sie liebte ihn von ganzem Herzen.

Aber war sie die beste Wahl für ihn?

Manchmal schien er mit dem, was sie zusammen hatten, völlig zufrieden zu sein. An anderen Tagen – ob er es nun sagte oder nicht – war sie sich nicht sicher, ob er wirklich glücklich war. Obwohl er darauf bestand, ihr Sklave sein zu wollen ... war es wirklich das, was er wollte?

Gab sie ihm nicht, was er brauchte? War er ehrlich mit ihr?

Sie biss sich auf die Unterlippe. Wenn nötig, würde sie den aufdringlichen Weg gehen und eine Session planen, in der er jedes kleine Geheimnis, das er hatte, ausplaudern würde. Oder sie könnte ihn dazu bringen, Tagebuch zu schreiben.

Nur sprachen wir hier von Ben ... Sie wollte nicht in seine Privatsphäre eindringen.

Am nächsten Wochenende würde sie ihn, nach der Session mit ihm und während der Nachsorge und solange er sich noch wohlig warm fühlte, dazu anregen, seine Gedanken mit ihr zu teilen. Das war schließlich deren besondere Zeit zusammen. Der perfekte Moment, um herauszufinden, was zwischen ihnen nicht stimmte.

KAPITEL ZWANZIG

Anne fuhr langsam die Straße entlang, wo sich zu beiden Seiten heruntergekommene Wohnkomplexe säumten.

Die Managerin von *Der Morgen Gehört Mir* hatte nicht gewollt, dass Anne die Frau mit dem Namen Sue Ellen abholte, aber als ihr gesagt wurde, dass die Polizei eine Eskorte zum Frauenhaus bereitstellen würde, geriet Sue Ellen in Panik.

Manchmal hatte der Gedanke an die Polizei diese Wirkung. Die Einbeziehung der Strafverfolgungsbehörden bedeutete, dass der Täter wahrscheinlich kurz vor einer Verhaftung stand. Einige Frauen konnten sich dem nicht stellen – sie wollten nur rennen.

Wenn Sue Ellen zu viel Angst bekam, würde sie ihr Bedürfnis auf ein neues Leben vielleicht aufgeben. Also würde Anne sie holen gehen. Leider machte es den Anschein, dass die Frau verletzt war. In dem Fall wäre sie nicht in der Lage, ihren kleinen Sohn lange Strecken zu tragen.

Scheiß Männer.

Anne entdeckte den kleinen Späti, der für den Treffpunkt ausgewählt wurde. Hatte es Sue Ellen zu dem Treffpunkt geschafft?

Sie sah, dass eine Frau an einer Wand lehnte, als würde sie

fallen, hätte sie diese Stütze nicht. In ihren Armen sah Anne ein Baby.

Irgendwelche Bedrohungen? Anne ließ die Augen über den Bürgersteig und die Straße schweifen. Schnell, aber gründlich. Zwei Frauen plauderten an einem Auto. Ein Teenager rollte auf einem Skateboard vorbei.

Sah gut aus.

Anne parkte, stieg aus ihrem Ford Escape und näherte sich langsam der Frau. „Bist du Sue Ellen?"

Die Augen der Frau weiteten sich wie bei einem panischen Reh. „Ich –" Ihr Mund schloss sich, als ihre Paranoia aufblühte.

„Ich bin Anne und ich wurde von *Der Morgen Gehört Mir* geschickt. Du hast mit Amy, der Managerin des Frauenhauses, gesprochen, und sie hat mich gebeten, zu dir zu fahren."

Die verängstigte Frau nahm sich eine Minute Zeit, um die Informationen zu verarbeiten, bevor sie mit einem heiseren Südstaatendialekt sagte: „Ja, ich bin Sue Ellen. Danke, dass du gekommen bist."

Dunkle Flecken markierten ihre Kehle. Ihr Arschloch eines Ehemanns musste sie gewürgt haben.

Anne drosselte ihre Wut und zeigte auf ihren SUV. „Gern geschehen. Jetzt lass uns von hier verschwinden." Denn, *verdammt*, das war eine kleine Nachbarschaft. Wahrscheinlich kannte hier jeder jeden.

„Ja, Ma'am." Sue Ellen folgte ihr und setzte ihr Kind auf der Rückbank in den Kindersitz. Als sie nach den Gurten griff, entkam ihr ein Stöhnen.

„Lass mich das machen, Süße." Als Sue Ellen zurücktrat, schnallte Anne den kleinen Jungen fest. Er beobachtete sie misstrauisch. Er war nicht viel älter als Sophia, hatte weiches braunes Haar und blasse Haut. Auf seiner Wange entdeckte sie einen blauen Fleck.

Als Sue Ellen gerade auf den Vordersitz rutschte, kam ein

riesiger Mann aus dem Laden und seine Augen konzentrierten sich direkt auf sie.

„Sue Ellen, was machst du hier?"

Oh, verdammt. Anne schlug die Tür zu und rannte um das Fahrzeug herum, um hinters Steuer zu springen. Noch bevor sich ihre Tür geschlossen hatte, trat sie aufs Gas. Nicht hart genug, um die Reifen zum Quietschen zu bringen, aber unauffällig war es auch nicht gewesen.

Mit Adrenalin in den Venen blickte sie in den Rückspiegel. Stämmiger Körperbau, brutale Gesichtszüge. Der Mann ähnelte einem Oger und er starrte ihnen hinterher. „Ist das dein Mann?"

„Der Bruder meines Mannes." Sue Ellen versuchte, sich zu drehen, und zuckte bei der Bewegung zusammen. „Er ist genau wie Billy. Seine Frau hat sich letztes Jahr von ihm scheiden lassen und verließ kurz darauf den Bundesstaat. Ich hätte mit ihr gehen sollen." Sie starrte auf ihre Hände. Blutergüsse marmorierten einen Handrücken in der Form einer Ferse. „Ich war zu schwanger und zu verängstigt."

„Aber jetzt bist du hier, und du wirst Hilfe bekommen", sagte Anne in einer sanften Stimme. Sie hatte Sue Ellen am Telefon falsch eingeschätzt. Diese Frau würde nicht zu ihrem Mann zurückkehren. Wahrscheinlich hatte der blaue Fleck im Gesicht des Babys ihre Entschlossenheit gestärkt. Es war erstaunlich, wie viele Frauen endlich den Mut fanden, wenn ihre Kinder in Gefahr waren.

„Billy wird versuchen, mich zu finden", sagte Sue Ellen mit einem Zittern in ihrer Stimme. „Er wird nicht aufgeben. Und er hat viele Freunde."

„Die Adresse des Frauenhauses ist nirgendwo aufgeführt. Und es gibt Sicherheitsvorkehrungen."

Hoffentlich war der Bruder nicht schnell genug gewesen, um das Nummernschild ihres SUV zu lesen. Selbst, wenn das der Fall war, stellte es kein Problem dar. Obwohl der Ford Escape Anne gehörte, da sie ihn für Kautionsflüchtige verwendete, war es auf das Kautionsbüro registriert. Ihr eigener Wohnsitz und ihre Telefonnummer waren nirgendwo vermerkt.

Anne griff über die Konsole und tätschelte das Bein der Frau. „Dir und deinem Kleinen wird es schon bald besser gehen."

„Wir sind entkommen." Sue Ellen hob ihr Kinn. „Ich und mein Baby werden ein neues Leben beginnen. Von Grund auf neu, aber das ist in Ordnung. Es steht uns frei, unseren eigenen Weg zu gehen."

Tränen brannten in Annes Augen. Die Frau hatte alles zurückgelassen. Doch anstatt bei ihrem Verlust zu verweilen, hatte sie sich vorgenommen, etwas Neues aufzubauen.

Das war wirklich mutig. Könnte Anne angesichts dieses leuchtenden Beispiels auch ein wenig Mut aufbringen?

Ben war ihr Mann, ihr Sub. Es war ihre Aufgabe, ihm das zu geben, was er brauchte. Um das zu tun, musste sie mutig genug sein, tief zu graben und zu hören, was er zu sagen hatte.

KAPITEL EINUNDZWANZIG

A m **Samstag folgte** Ben im Shadowlands Mistress Anne die Wendeltreppe hinauf und bewunderte die Stiefeletten, die kaum unter der Rückseite ihres schwarzen Rocks zu sehen waren. Auf der Vorderseite zeigte ihr Rock einen langen Schlitz, der fast bis zu ihrem Schritt führte und somit verlockende Einblicke auf ihre gebräunten Oberschenkel bot.

Ihr schwarzes Tanktop war sein Favorit – eng genug, dass sie ohne BH auskam, und durch die schwarze Spitze am Ausschnitt fiel sein Blick immer wieder auf ihr Dekolletee. Ihr Outfit sah jetzt noch sexier aus, nachdem sie die goldbesetzte Weste entfernt hatte, die sie als Kerkeraufseher trug.

Wie schaffte sie es, wie ein feuchter Traum auszusehen und trotzdem dieses bedrohliche Gefühl zu vermitteln?

Sogar Ghost, der heute Abend den Posten an der Tür übernahm, hatte sie respektvoll angesehen.

Ben kam im Obergeschoss an und folgte ihr durch einen ruhigen Flur. Im Erdgeschoss fand die ganze Action statt, oder? „Warum sind wir hier oben?", fragte er sie leise. Wollte sie nicht mit ihm gesehen werden? Abgesehen davon, dass er nicht ihre normale Wahl war, zeigte er sich zudem nicht gerade als der beste Sklave aller Zeiten.

Obwohl er seine Unsicherheiten nicht laut ausgesprochen hatte, antwortete sie: „Da dir öffentliche Sessions unangenehm sind, möchte ich nicht, dass du, zusätzlich zu den fiesen Dingen, die ich mit dir machen will, auch noch die Blicke anderer ertragen musst."

Meine Fresse. Seine Jeans war an seinem Schritt nun um einiges enger.

Sie blieb an einer Tür stehen und ließ ihn den Knauf für sie drehen – eine Gewohnheit, die er mochte. Sie war vielleicht herrlich dominant und eine der tödlichsten Frauen, die er kannte, aber sie genoss es, wenn er sich ihr gegenüber wie ein Gentleman benahm.

Gab es nicht eine alte Redewendung, die besagte, dass die perfekte Frau eine Dame in der Öffentlichkeit und eine Hure im Schlafzimmer war?

Anne war eine Dame in der Öffentlichkeit und eine Granate im Privaten.

Mit einem Lächeln streichelte sie beim Vorbeigehen mit den Fingern über seine nackte Brust. „Und da ich nicht für alle sichtbar in deiner Anwesenheit schwelgen will, ist die Privatsphäre auch für mich gedacht."

Schwelgen. Kultiviertes Wort, das bedeutete, dass er wahrscheinlich in den Genuss kommen würde, sie oral zu befriedigen und vielleicht auch zu ficken.

Ein Privatzimmer hatte ohne Zweifel seine Vorteile.

Er schloss die Tür hinter sich und schaute sich um. Weit entfernt von dem Texas-Raum, in dem sie das letzte Mal gespielt hatten. Stattdessen zeigte sich das Zimmer mit klischeehaftem Harem-Dekor, das in alten Schwarz-Weiß-Filmen zu sehen war.

Natürlich hatte der Club das Thema auf eine ganz neue Ebene gebracht.

Opulent. Verschwenderisch. Dunkel und erotisch.

In der Mitte stand ein Himmelbett aus Mahagoni. Durch die goldenen Vorhänge konnte er den Blick auf eine breite Chaiselongue erhaschen.

Ben hob den Kopf. Die Decke war kastanienbraun gestrichen und mit aufwändigen Designs versehen. Unter seinen nackten Füßen befand sich ein weicher orientalischer Teppich in Gold und Rot. *Umwerfend.* Der ganze Raum sang von fleischlicher Hitze – und sein Blut nahm die Melodie auf.

An der Tür drehte Anne an einem Rädchen und dimmte so den Armleuchter aus Messing und Kupfer, der auf der Kommode mit den Metallakzenten stand.

Ben richtete seinen Blick auf das X-förmige Andreaskreuz in der Ecke und sah sich die Bewegung im kunstvollen Spiegel an der Wand duplizieren. Großartig – er konnte also zusehen, wie er den Arsch versohlt bekam.

Er beäugte Anne. „Also … Bin ich der Sultan oder der Eunuch, Ma'am?"

„Nun, Benjamin, lass uns nachsehen." Sie griff zwischen seine Beine, streichelte seine solide Erektion und neckte seine Eier.

Die überraschende Berührung verhielt sich auf seine Wirbelsäule wie ein hochoktaniger Kraftstoff auf ein Fahrzeug.

„Mhm." Ihr anerkennendes Summen ließ sein Ego anschwellen. „Du bist definitiv kein Eunuch. Ich bin mir ziemlich sicher, dass deine Ausrüstung funktioniert."

Sein Blutdruck stieg. Wenn sie ihn weiterhin so streichelte, würde er ihr genau zeigen, was er für Funktionen hatte.

Dann drückte sie seinen Hoden, hart, und zog sich zurück, um ihre Spielzeugtasche auf die marokkanische Truhe aus Ebenholz zu legen. „Zieh bitte die Jeans aus, Benjamin. Dann leg dich dort auf die Chaiselongue."

„Keine Einschränkungen, Ma'am?" Er könnte den Bondage-Scheiß probieren. Das würde er. Für sie.

„Diesmal nicht." Als sie zwei Flogger und eine kurze, hässliche schwarze Peitsche aus ihrer Tasche zog, war das schiefe Lächeln, das er auf ihren Lippen sah als ... besorgniserregend einzustufen „Ich glaube nicht, dass du auch nur einen Muskel bewegen wirst, wenn ich erstmal anfange."

Abrupt hielt er inne. Tatsächlich war sein Verstand vollkommen leergefegt, bis sie mit dem Kinn auf die Lounge wies.

Fuck, heute hatte sie einen klaren Plan für ihn.

Als er jedoch durch den Raum ging und langsam tief einatmete, akzeptierte sein Verstand die Situation und so landete er an einem ruhigen Ort, der sowohl erotisch als auch meditativ war. Die Kombination war beunruhigend. Indem sie Empfindungen austeilte, verletzte sie ihn auf eine Weise, die nicht ganz Schmerz war und es schaffte, sich in etwas vollkommen Neues zu verwandeln, in etwas Fleischliches.

Manchmal fühlte sich das Brennen an, als hätte er ein hartes Workout hinter sich, bei dem seine Muskeln mehr hervortraten und ihn anflehten, aufzuhören. Er liebte einen guten Trainingsrausch – aber so hart trainierte er nie.

Zudem führte ein Workout nicht zu dem Bedürfnis, die Arme um die Gewichte zu legen und sie bis zur Besinnungslosigkeit küssen zu wollen.

„Ben."

„Richtig. Sorry, Mistress." Ausziehen dauerte nicht lange, denn alles, was er am Körper trug, war eine Jeans. Er legte sie beiseite und streckte sich auf dem ungewöhnlichen Möbelstück aus. Recht bequem. Breit genug für seine Schultern. Und es verfügte auf der rechten Seite sogar über eine Armlehne.

Natürlich wunderte er sich, was mit der zweiten Armlehne passiert war.

Am Andreaskreuz legte Anne ihre Instrumente des Schmerzes und der Lust bereit. Dann tauchte sie noch einmal in ihre Spielzeugtasche und zog eine Schere, ein Handtuch, eine kleine Bürste und einen Kamm heraus.

„Wirst du mir die Haare schneiden?"

Ihre beiden Grübchen zeigten sich. „Das hängt von deiner Antwort ab."

Er mochte seine Haare, aber ... *Sei nicht so ein Weichei, Haugen.* „Wenn dich meine langen Haare stören, dann mach nur, Ma'am. Wäre nicht das erste Mal, dass ich kurze Haare habe."

Ihr Lachen war tief. „Ich habe nicht über die Haare auf deinem Kopf gesprochen, Wachhund."

Oh Scheiße. Er schaffte es, seinen Intimbereich nicht instinktiv zu bedecken. Geradeso. „Du willst meinen Schwanz rasieren?"

„Das will ich." Ihr Lächeln wurde breiter. „Weißt du, Benjamin" – sie setzte sich auf der Chaiselongue neben ihn – „ich mag es nicht, wenn mich Haare ins Gesicht piksen, was bedeutet, dass dir schöne lange Blowjobs entgehen, die ich gerne gebe."

Sie wollte seinen Schwanz in ihrem Mund? Und würde Gefallen daran finden? Er atmete langsam ein. „Ich dachte, Tops hätten an Blowjobs kein Interesse."

Verwirrt zog sie die Augenbrauen zusammen, bevor sie den Kopf schüttelte. „Es tut mir leid, Ben. Du bist schon so lange Teil des Shadowlands, dass ich manchmal vergesse, dass du dich zumeist im Eingangsbereich aufhältst. Zu einem gewissen Grad hast du Recht. Einige Doms und auch Dominas glauben, dass es die Kontrolle über ihre Subs schmälert, wenn sie diese oral befriedigen." Sie nahm seine Hand und saugte an einem Finger.

Sein Schwanz vollführte einen Siegestanz.

„Viele der Dominas sind sich jedoch darüber im Klaren, dass, wenn richtig ausgeführt, die Person, die den Oralsex ausführt, die eigentliche Kontrolle hat."

Sein Schwanz stimmte verdammt nochmal zu. „Ist das der Grund, warum du nach meinen Haaren greifst, wenn ich dich lecke? Um sicherzustellen, dass ich weiß, wer das Sagen hat?"

„Du bist sehr scharfsinnig."

Und ihm entging ganz sicher nicht der Sinn dieser Diskussion. Sie würde ihm einen Blowjob geben, wenn er bereit war, etwas Haarpracht zu lassen. Er schaute auf ihre weichen Lippen, stellte sie sich weiter unten an seinem Körper vor, und konnte an kein Gegenargument denken. „Ich bin dabei, Ma'am. Was auch immer du willst."

„Sehr gut. Danke, Ben." Sie schlug sanft auf sein Bein. „Dann spreize mal deine Schenkel für mich."

Als er dem Befehl nachkam, runzelte er die Stirn. „Ohne Rasierer?"

„Ich bin zufrieden mit ein wenig Trimmen, und schließlich wollen wir keine gereizte Haut riskieren." Nachdem sie ein Handtuch zwischen seine Oberschenkel gelegt hatte, griff sie nach der erschreckend spitzen Schere. „Ich kann mich doch darauf verlassen, dass du dich nicht bewegst?"

Er konnte spüren, wie seine Eier schrumpelten. „Oh ja, Ma'am."

Als Anne sein lockiges Schamhaar trimmte, war ihre Konzentration – und Kompetenz – verdammt beruhigend.

Nach einer Minute entspannte er sich, lauschte der exotischen marokkanischen Musik und zog die nach Sandelholz duftende Luft in seine Lungen. Z wusste genau, was er tat, oder?

Jedes Mal, wenn Anne seinen Schwanz und seine Eier mit ihren weichen Händen bewegte, fühlte sich Ben wie ein Sultan, der von einem seiner Harem-Mädchen verwöhnt wurde.

Würde er diesen Gedanken jedoch mit seiner Mistress teilen, müsste er wohl den Rest seines Lebens als Eunuch verbringen.

„Na bitte. Bezaubernd. Lässt dich größer erscheinen", sagte sie.

Sein Blick wanderte nach unten. Ja, weniger Busch ließ seinen Schwanz noch ein oder zwei Zentimeter länger wirken. „Möchtest du … äh … deine Arbeit genauer unter die Lupe nehmen, Ma'am? Sichergehen, dass die Haare kurz genug sind?"

Oh, und ihr Lachen wirkte sich direkt auf seinen Schwanz aus.

„Tut mir leid, Benjamin, aber du musst dir einen Blowjob verdienen. Heute Abend, wenn du alles akzeptierst, was ich dir gebe, werde ich dir einen blasen und dir dann gestatten, in mir zu kommen."

Seine Fantasie auf den Punkt gebracht. Sein Atem stockte in seiner Brust. „Was für ein Anreiz."

Sie zeigte auf das Andreaskreuz. „Dann geh da rüber, pack die Griffe und halt dich gut fest."

Als er den Raum durchquerte, registrierte sein Schwanz, wie zügig es da unten plötzlich war. Es dauerte jedoch nicht lange, bis sich sein Verstand nur noch darauf konzentrieren konnte, dass sie ihn gleich auspeitschen würde. Hart.

Die Vorfreude ließ sein Blut köcheln ... und seinen Mund austrocknen. Seine Hände schlossen sich um die Griffe und er wappnete sich.

Die ersten Schläge ihres Floggers waren sanft, kitzelten über seine Haut. Dazu kam hier und da ein Klaps mit der Handfläche.

Dann landeten die Stränge härter. Kein Problem. Er mochte ihre klumpigen Flogger. Sie erinnerten ihn an ein leichtes Artilleriefeuer.

Als sie jedoch die Schlagkraft erhöhte und anfing, kräftig auszuholen, spürte er die Hiebe auf seinen Schultern und seinem Arsch brennen. Seine Haut straffte sich und das Gefühl veränderte sich von einem leichten zu einem unangenehmen Sonnenbrand.

Dennoch zeigte sein Schwanz beharrlich zur Decke.

Der ganze Raum fühlte sich an wie ein Basar unter der heißen Mittagssonne, und er spürte bereits, wie die Schweißtropfen über seine Haut rannen.

„Das war das Vorspiel, Benjamin", sagte sie leise. „Jetzt beginnt dein Test."

Vorspiel? Fuck. Er hatte gedacht, sie wäre bald fertig. „Ja, Ma'am."

„Beuge dich vor und spreize deinen Arsch."

„Bitte was?" Seine Gesäßmuskeln spannten sich an und er drehte sich um. Anal? „Ich meinte doch, dass ich ni –"

„Ich erinnere mich. Du hattest einen bestimmten Einwand."

Sie neigte ihren Kopf und zitierte ihn: *„Für Peitschen oder Anal kenne ich dich nicht gut genug."* Sie zog eine Augenbraue hoch. „Ich würde sagen, das hat sich geändert."

Zur Hölle nochmal.

Sie lächelte leicht und sah ihm seine Akzeptanz an. „Dein Arsch gehört mir, mein Tiger. Falls es hilft: Ich werde keinen falschen Schwanz anziehen und dich damit ficken."

„Was für eine Erleichterung."

Sein Sarkasmus brachte ihm einen Schlag mit dem Flogger ein, der viel zu nah an seinen Eiern landete.

Er schaffte es kaum, seine Besorgnis niederzuringen. Nach einer Sekunde neigte er den Kopf, denn er wusste, dass er unhöflich gewesen war. „Tut mir leid, Ma'am."

Sie trat näher und legte ihre Hand auf seine Wange. „Ich weiß, dass dich das beunruhigt. Aber ich werde einen kleinen Analplug verwenden. Danach reden wir. Wenn es wirklich ein Problem darstellt, nachdem du es ausprobiert hast, werde ich deine Wünsche respektieren."

Er entließ die angehaltene Luft. Fairer ging es nicht – abgesehen davon, es überhaupt nicht zu tun. Jedoch kannte sie sich wahrscheinlich besser mit dem Körper eines Mannes aus als er, und das, obwohl er in einem lebte.

Und hey, schließlich wartete am Ende dieser Session ein Blowjob auf ihn. „Dann mal los, Ma'am."

Sie hob sich auf ihre Zehenspitzen und gab ihm einen langen, leidenschaftlichen und anerkennenden Kuss. „Du bist ein tapferer Mann, Haugen."

Rangers weisen den Weg.

Ihre Worte führten dennoch dazu, dass sich ein wohliges Gefühl in ihm ausbreitete. Als er sich umdrehte, fragte er sich, ob der Mistress bewusst war, dass sie ihn nie als Jungen bezeichnete, obwohl sie dies bei all ihren Sklaven getan hatte. Ihren ehemaligen Sklaven.

Wie befohlen beugte er sich vor und spreizte seine Pobacken für sie. *Dann wollen wir mal mit der Prostatauntersuchung beginnen.*

Kühle Flüssigkeit träufelte über seine Spalte. Etwas drückte sich gegen sein hinteres Loch.

Fuck.

„Press dich dagegen, mein Tiger. Dann geht es leichter rein."

Er biss die Zähne so fest zusammen, dass er befürchtete, seine Backenzähne zu sprengen. Nichtsdestotrotz gehorchte er und spürte, wie das verdammte Ding in ihn glitt. Er hatte es gesehen, als er sich umgedreht hatte – die Größe des Daumens eines stramm gebauten Mannes. Warum fühlte es sich dann so groß an wie eine verdammte Faust?

Es brannte. Es dehnte. Schließlich fand das Teil mit einem Plopp seine Position. Er hatte einen Analplug in seinem Arsch.

„Danke, dass du den Plug für mich akzeptiert hast, Benjamin", sagte sie leise, ihre Hände streichelten seine Hüften und Oberschenkel. „Das bedeutet mir viel."

Er atmete zittrig aus. Das Gefühl ihrer sanften Hände auf seiner Haut und die Weise, wie sie ihn für sich beanspruchte, sandte Hitze durch ihn.

Er gehörte ihr. Oh ja. Und genauso sollte es sein.

War ihr klar, dass Besitzgier in beide Richtungen ging?

„Aufrichten und wieder an den Griffen festhalten", wies sie an.

Als er ihrem Befehl nachkam, musste er bei dem Gefühl in seinem Arsch die Zähne zusammenbeißen. Der verdammte Eindringling hatte es sich in seinem Loch bequem gemacht, als würde ...

Sie griff um ihn herum und packte seinen Schwanz.

Oh Scheiße, ja. Seine Hände ballten sich krampfhaft um die Griffe.

Ihre Brüste pressten sich an seinen Rücken, ihre Hüften an seinen Arsch. Ihre fordernden Finger glitten dank des Gleitgels immer wieder über seinen Schwanz. Und dann bewegte sie eine

Hand zwischen ihren Körpern nach unten und wackelte mit dem Analplug.

Jedes einzelne verdammte Nervenende erwachte mit einem Gebrüll. „Fuck!" Als das bedürftige Pochen seine gesamte Leistengegend verzehrte, wäre er fast gekommen.

„Ja, ich dachte mir schon, dass dir das gefallen würde."

Sie wackelte erneut mit dem Spielzeug.

Er entließ einen unbeschreiblichen Laut, als er gegen seine Erlösung aufbegehrte.

Sie lachte. *Verdammte Sadistin.*

Mit ihren Fingern rieb sie an seinem Schaft, rauf und runter, packte dann seine Eier und drückte gnadenlos genug zu, um den Rest seiner Haare grau zu färben. Und dennoch führte das verdammte Ding in seinem Arsch dazu, dass sich ihre sadistische Handlung wie strahlende Lust anfühlte!

Sie trat zurück und hob den anderen Flogger auf, den bösartigen, den sie mit Sicherheit in der Hölle erworben hatte. Schon zu Beginn hatte sein Schwanz im Einklang mit seinem Arsch und seinem Hoden pulsiert. Und die stechenden Schläge vom Flogger verstärkten das Rauschen in seinen Ohren.

Jeder Schlag schien im Rhythmus mit seinem Puls zu landen – und dem Pochen seines Schwanzes. Mehr und immer mehr ... und als sich sein Gehirn mit Rauch füllte, rutschte die Welt seitwärts, bis jeder Schlag eine heiße Empfindung darstellte, die wie Lava über seinen Rücken zu seinem harten Schaft glitt.

„Wie hübsch du mit diesen glasigen Augen aussiehst."

Er erkannte, dass sie ihn umgedreht hatte. Ihre Hände lagen auf seinen Wangen.

Ihre Augen strahlten hell – wie Sonnenstrahlen, die es durch einen bewölkten Himmel schafften. Pink zeigte sich auf ihren hohen Wangenknochen. Ihr Haar war dem Zopf entkommen und feine Ranken kräuselten sich um ihre Schläfen und kitzelten ihren Hals. Die Muskeln in ihren Schultern und Armen traten hervor ...

und er konnte ihre harten Nippel unter dem elastischen Tanktop sehen.

„Fuck, du bist wunderschön", krächzte er. Er dachte zumindest, dass er das gesagt hatte. Sicher konnte er sich nicht sein.

Ihre Lider senkten sich auf halbmast und ihre Stimme kam leise heraus: „Du bist wirklich etwas Besonderes, Benjamin." Sie streichelte seine Wange und küsste ihn so süß, so verdammt liebevoll, dass sein Herz einen Salto in Zeitlupe ausführte.

Verdammt, er liebte sie.

Aber dann zog sie sich zurück. „Trink das, und wir gehen zu anderen Dingen über." Sie legte seine Finger um die Flasche und half ihm, sie zu halten.

Sein Kopf war nicht ganz da, jedoch forderte sein Körper diese anderen Dinge. Um genau zu sein, schrie er: *Sex, Sex, Sex*, und zwar mit jedem Pulsieren seines Schwanzes, jedem Pochen seines Arschlochs. Er wollte sie zwischen ihren Schenkeln lecken, ihre Süße schmecken, ihren Moschus einatmen, seine Zunge über –

Sie zwickte ihn in den Arm. „Trink, Benjamin."

Als er die kühle Flüssigkeit schluckte, klarte sein Verstand auf. Geringfügig.

Dann zog sie sich vor ihm aus und schon war er wieder vollständig fokussiert. Sie löste sogar den Zopf in ihren Haaren, sodass sie lose über ihre Schultern fielen – so wie er es am liebsten hatte. *Oh ja.*

Als sie an die Chaiselongue trat und ihn mit dem Zeigefinger zu sich lockte, wartete er nicht lange. Er hieß sie willkommen und ließ sich von ihr auf seinen Rücken drücken.

In dieser Position fühlte sich der verdammte Analplug noch größer an.

Doch das Unbehagen verschwand, als Anne den Kopf senkte und ihm seinen ersten Leckerbissen gab – einen ausgedehnten Kuss.

Manchmal küsste sie wie eine Domina – kontrollierend und

neckend. An anderen Tagen ging sie sanft und großzügig vor. Und er genoss beides. Heute wurde er mit süß belohnt, als ob sie einen Kontrast zu der sadistischen Mistress mit dem Flogger bieten wollte.

Ohne den Mund von seinem zu nehmen, setzte sie sich auf die Chaiselongue. Als sie ihren Kopf hob, erwartete er, dass sie jetzt zum Kern der Sache übergehen würde. Stattdessen rieb sie die Lippen über seine Wange. Dann seinen Kiefer. Seinen Hals. So verdammt sanft, und er erkannte, dass sie jede seiner weißen Narben küsste. *So süß.*

Er schloss die Augen, entspannte sich und genoss die Empfindungen – trotz der lauter werdenden Begierde seines Schwanzes. Warme Lippen auf Erkundungstour, dann biss sie ihn in den Hals.

Dort würde er Morgen ganz sicher einen Abdruck sehen – aber im Vergleich zu der Art und Weise, wie sein Rücken brannte und sein Schwanz pochte, registrierte er diesen Schmerz kaum. „Au", murmelte er und hörte ihr Kichern.

Gefolgt von der kühlen Seide ihrer Haare wanderten ihre Lippen über seinen Körper, über sein Schlüsselbein und nach unten, um seine Brustwarzen zu necken. Sie küsste seinen Bauch und bewegte sich, bis sie seine Hüfte erreichte. Sein Herz raste.

Ihre nasse Zunge leckte seinen Schwanz und zeichnete jede einzelne Vene von der Wurzel bis zur Eichel nach, bevor sie umdrehte. Atmete sie aus, wehte die Wärme über seine Länge. Sie würde ihn noch in ein frühzeitiges Grab bringen.

Als sie ihn in ihren heißen, heißen Mund aufnahm, musste er das Kissen mit der Faust fest packen, um nicht die Kontrolle zu verlieren.

Während sie ihn mit ihrer Hitze umhüllte, wanderte ihre Zunge über ihn, umkreiste ihn. Die Haut seines Schwanzes spannte sich, der Druck wuchs, selbst als sie ihn tiefer nahm.

Quälend langsam hob sie den Kopf, glitt nach oben, ihre Lippen schlossen sich wie eine Faust um seine Länge.

Als sie an der Spitze saugte, erhellten kleine Explosionen den Bereich hinter seinen Augen.

„Atme, Benjamin. Wenn du jetzt kommst, wird mich das enttäuschen. Ich möchte, dass du in mir kommst."

Sie hatte ihm harten Sex versprochen. Ein Blowjob und rauer Sex – Geburtstag und Weihnachten in einem.

Obwohl er diesen Moment wohl nicht erleben würde.

Ihre Hände umfassten seine Eier und massierten sie, selbst als sie seinen Schwanz in ihre Kehle einlud. Wieder raus. Auf und ab ging es. Sie ließ ihn los und schickte einen Hauch kühler Luft über seine nasse Haut. Gleichzeitig zog sie an seinem Hoden.

Seine Hüfte zuckte bei der Empfindung nach oben.

Ihre Zähne kratzten eine Spur seinen Schaft hinunter und schickten Funken über seine Wirbelsäule. Dann badete sie ihn in Hitze, als sie alles von ihm schluckte.

Das erotische Vergnügen war einfach unbeschreiblich.

Sie arbeitete an ihm, gab, war großzügig und nahm ihn tiefer, als das jemals jemand getan hatte. Sie ließ von seinen Nüssen ab, glitt mit der Hand zu dem Plug in seinem Arsch und spielte damit, bis der gesamte Bereich vom Schwanz bis zum Anus zu einem empfindlichen Nerv verschmolz und nach Erlösung schrie.

Druck baute sich auf, so intensiv, dass es brannte und sich seine Eier nach oben zogen.

Als er sich dem Punkt ohne Wiederkehr näherte, wickelte sie ihre Finger um die Wurzel seines Schwanzes und drückte zu. Sein Orgasmus zog sich zurück.

Er entließ ein Stöhnen, das von Erleichterung und verdammter Frustration sprach. Instinktiv fand er ihren amüsierten und wahnsinnig erhitzten Blick.

Sein Schwanz pochte, der Plug pochte. Er musste kommen, aber *verdammt*, er wollte nicht einen Moment davon verpassen, wie ungezügelt sie gerade war. Mit Mühe räusperte er sich: „Danke, Ma'am. Ich bin dran. Bitte?"

Sie neigte zustimmend den Kopf. „Du bist dran."

. . .

Innerhalb eines Herzschlages sprang Annes Sklave von der Chaiselongue und stürzte sich wie ein Wilder auf sie. In der einen Sekunde saß sie noch, in der nächsten lag sie flach auf dem Rücken.

„Endlich", knurrte er und fuhr mit seinen schwieligen Händen auf und ab, von ihren Hüften bis zu ihren Schultern, von ihrer Pussy zu ihren Brüsten.

Ohne lange zu zögern, küsste und leckte er eine Brust, bevor er zur anderen wechselte und dabei einen heißen Pfad hinterließ. Seine Lippen waren fordernd, seine Zunge nass − und ihre Brüste fühlten sich schon seit Längerem überempfindlich und geschwollen an. War es möglich, dass sie zugenommen hatte? Sie sollte darauf verzichten, von seinen Süßigkeiten zu naschen.

Er nahm einen Nippel in seinen Mund und saugte hart daran, sodass sie unter dem Inferno der Begierde die Augen schloss. Er ging grob vor, seine übliche Zurückhaltung, weil er wie ein Hüne gebaut war, von dem Subspace ausgelöscht − und sein Heißhunger traf sie wie eine Abrissbirne.

Als sie spürte, wie ihre Kontrolle wegrutschte, legte sie ihre Arme um ihn, drückte ihn nach unten und spreizte ihre Beine.

Glühende Tigeraugen trafen mit roher Entschlossenheit auf ihre. „Du meintest, dass ich es machen kann, wie ich das für richtig halte."

Das hatte sie.

Anstatt sie sofort zu ficken, platzierte er ihre Hände auf das Polster unter ihr und bewegte sich ihren Körper hinunter. Er knabberte an ihrem Bauch, linderte den Schmerz mit seiner Zunge.

Als er ihren Venushügel betörte, spannten sich die Muskeln in ihrem Bauch an.

Sein Atem strich über ihre Pussy, bevor er mit unfehlbarer Präzision langsam über ihre Klitoris leckte.

Die heiße Empfindung zündete jedes Nervenende in ihrer unteren Hälfte, und sie stöhnte.

Sein Kopf hob sich und seine achtsamen, gelbbraunen Augen betrachteten sie für eine lange Weile.

Sie konnte den Moment sehen, in dem er entschied, dass sie ihr Geschenk nicht zurücknahm – dass er wirklich tun konnte, was er wollte.

Gnadenlos drückte er ihre Beine auseinander. Mit beiden Händen glitt er unter ihren Arsch und packte ihre Pobacken, sodass er mit den Daumen ihr Geschlecht erreichen und ihre Schamlippen spreizen konnte. Er öffnete sie weit. Eine Sekunde später begann er, sich an ihr zu laben. Seine Zunge war überall, zeichnete ihre Schamlippen nach, tauchte ein, neckte ihre Klitoris und schickte Lustwellen durch ihre Venen.

Er leckte sie, saugte an ihr. Als das Bedürfnis nach einem Orgasmus in ihr wuchs, hob sie das Becken fordernd zu seinem Mund.

„Nein, nein." Er hob den Kopf, legte einen Unterarm auf ihr Becken und hielt sie so auf der Matratze. Langsam, so langsam, schob er einen dicken Finger in ihre Pussy.

Neue Nervenenden erwachten unter der Invasion zum Leben. *Mehr. Brauche mehr.* Sie griff nach seinen Haaren, zog ihre Hände aber zurück. Das war seine Belohnung – und sie konnte sich nicht über seine Fähigkeiten beschweren.

Als er einen weiteren Finger hinzufügte, ließ das sinnliche Gleiten seiner Stöße sie nach Luft schnappen. Und dann schnellte er mit der Zunge über ihre Klitoris, während er mit seinen Fingern in einem anspruchsvollen Rhythmus in sie drang.

Alles in ihr spannte sich an. Der Druck baute sich auf und ihre Beine zitterten.

Sein Lachen kitzelte ihr empfindliches Fleisch und dann schlossen sich seine Lippen fest um ihre Klitoris und er saugte. Er saugte so hart!

Ihr Atem stockte, als der Druck seinen Höhepunkt erreichte,

und dann rollte eine Welle der Empfindung über sie hinweg, die sie unter grenzenlosem Vergnügen begrub.

Welle um Welle. Es hörte nicht auf.

Selbst, als sie noch nach Luft schnappte, drehte er sie auf ihre Hände und Knie. Ein stählerner Arm legte sich um ihre Taille und dann spürte sie, wie er sich an ihrer Öffnung positionierte.

„Mach dich bereit, Mistress. Ich werde dich jetzt hart nehmen."

„Sei –"

Er stieß in sie.

Sie war so geschwollen, dass seine kraftvolle Invasion als Schock kam. Er fühlte sich riesig an, füllte sie auf eine Weise, dass es an Schmerz grenzte – und doch trieb sein zweiter heftiger Stoß sie direkt in einen unaufhaltsamen Höhepunkt. Ihr Kopf schwamm, als sich der blendende Orgasmus ausgehend von ihrer Mitte ausbreitete.

„Fuck, Frau, ja!" Seine Stimme traf wie ein Erdrutsch gegen sie. Tief in ihr vergraben, umfing er ihre Brüste und zwickte in ihre Nippel, sodass er ihren Orgasmus in die Länge zog.

Gott! Ihre Finger griffen nach dem Rahmen der Chaiselongue. Ihre Arme gaben nach, und ihr Kopf landete auf dem Kissen, als ihr ganzer Körper vor Freude sang.

„Anne." Bei dem angespannten Laut erkannte sie, dass er sich zurückhielt, dass er sich sorgen um sie machte.

Von irgendwoher schaffte sie es, einen winzigen Atemzug zu nehmen. „Fick mich, Benjamin. Hart."

„Gott sei Dank." Seine Hände packten ihre Hüften, als er schnell aus ihr glitt, nur um sie genauso schnell wieder auf seinen Schwanz zu ziehen. Vor Lust knurrend, richtete er sie aus, wie er das für richtig hielt, zog sie in einem überwältigenden Rhythmus auf seinen Schwanz. Immer und immer wieder. Fleisch traf auf Fleisch, die Laute hallten im Raum wider, zusammen mit den Geräuschen ihrer feuchten Pussy und seinem genussvollen Grunzen.

Mit jedem Atemzug nahm sie den Duft nach Sex in sich auf, sein sauberes, erdiges Aftershave und seinen verlockenden Moschus.

Seine Finger gruben sich so hart in ihre Hüften, dass er sicherlich blaue Flecken zurücklassen würde. Gleichzeitig fügte seine Handhabung einen erotischen Schmerz hinzu, den sie ihm auch gegeben hatte – eine hohe Note in dem Lied, das von Sex sang.

Der nächste Stoß war hart und er verharrte länger in ihr, während sie seinen dicken Schaft pulsieren fühlte. Sein kehliges Stöhnen wurde in den Tiefen der Erde geboren, als er sich in ihr ergoss.

Gott, sie liebte ihn.

Er blieb einen Moment still, an Ort und Stelle eingefroren, während die Gezeiten der Lust zwischen ihnen flossen.

Mit einem leisen Seufzer schlang er seine Arme um sie und rollte sie auf ihre Seiten, bis sich ihr Rücken an seine Vorderseite presste. Ihr Kopf ruhte auf seinem Arm und eine seiner Hände legte sich auf ihre Brust. Noch immer tief in ihr vergraben, schmiegte er sich so eng an sie, wie es möglich war.

Er küsste ihr Haar, knurrte etwas Unverständliches und hielt sie dann einfach fest, als wäre sie das Kostbarste auf dieser Welt.

Ihre Hand bedeckte seine, hielt sie an sich. An ihrem Rücken spürte sie die Wärme seines Körpers in ihren sickern, spürte die Kraft seiner Arme um sich.

Niemand hatte sie jemals so gehalten.

Mit Tränen in den Augen nahm sie seine Hand, hob sie zu ihrem Mund und küsste seine Finger. *Ich liebe dich, liebe dich, liebe dich so, so sehr.*

Der Ansturm der Emotionen war überwältigend. Furchterregend.

Was hatten sie mit dieser Sache zwischen ihnen schon zu erwarten? Sie atmete langsam aus. Dies war die Zeit, in der sie mit ihm sprechen und herausfinden sollte, was ihm zu schaffen machte. Um zu lernen, wie sie die Umstände für ihn verbessern konnte.

Er legte seine Hand unter ihre Wange und sein Daumen strich über ihre Lippen.

Wie gingen Frauen mit solchen Emotionen um? Ein Schauer fuhr durch sie, als sich ihre Freude mit der Angst vermischte, ihn zu verlieren.

Schon jetzt war er so untrennbar mit ihr verbunden, dass sie praktisch zusammenlebten. Zuvor hatte sie nie erlaubt, dass ihre Sklaven zu einem Teil ihres Alltags wurden. Meistens hatte sie sich vor und während ihrer Periode von ihnen zurückgezogen, denn, Gott wusste, an diesen Tagen wurde sie ein bisschen mürrisch. Obwohl sich Ben noch nie beschwert –

Zwischen einem Atemzug und dem nächsten wurde ihr ein wenig übel. Das Rauschen in ihren Ohren übertönte die Musik.

Ihre Periode.

Wie lange war es her, dass sie ihre letzte Periode hatte? Ihr Herz begann schmerzhaft in ihrer Brust zu schlagen.

Sie war sich sicher, dass sie im März zu St. Patrick's Day ihre Tage hatte. Harrison hatte eine Party veranstaltet, aber der Blutfluss war so stark gewesen, dass sie sich gegen ihre weiße Lieblingshose entschieden hatte.

Hatte sie seitdem ihre Periode gehabt? Da sie die Antibabypille nahm, war sie immer pünktlich. Sie visualisierte das Päckchen. Sie hatte schon lange keine Pillen mehr übrig, was bedeutete ... mehrere Tage überfällig. Panik setzte ein.

Nein ... nein. Die Verspätung musste auf Stress zurückzuführen sein. Oder etwas in der Art. Ja, das musste es sein. Stress.

Sie musste einen Laut gemacht haben, denn Ben festigte seine Arme um sie. „Anne? War ich zu grob?"

Grob? Sie versuchte, zu lachen und es gelang ihr. Er war nicht zu grob gewesen, aber vielleicht war er zu potent? *Oh, Gott!* „Nein. Nein, du warst großartig. Wundervoll." Sie rieb ihre Wange an seiner Handfläche und spürte, wie die Routine ihres Lebens von innen heraus zerbrach.

Ihre Sorgen wegschieben zu wollen, kam der Aufgabe gleich, einen Felsbrocken einen Berg hinaufzurollen und doch schaffte sie es. Sie würde später herausfinden, was vor sich ging. Ben war fantastisch gewesen. Und sie hatte ihn während der Session mit dem Flogger tief ins Subspace geführt. Er brauchte ihre volle Aufmerksamkeit und sie wollte ihn verwöhnen.

Ihre eigenen Sorgen mussten warten.

Als Anne ihren Wachhund aus dem Privatzimmer führte, wurde Ben bewusst, wie sehr sein Rücken von der Behandlung mit dem Flogger brannte. Sein Arschloch war wund, obwohl der Plug nicht länger in ihm steckte. Er schüttelte den Kopf. Er gab es nicht gerne zu, aber das Ding in seinem Arsch hatte jede verdammte Zelle in ihm gezündet.

Die gute Mistress hatte genau gewusst, was das Ding für Empfindungen in ihm hervorrufen würde.

Er war so heftig gekommen, dass es ein Wunder war, dass sein Kopf nicht explodiert war.

Anne blieb vor der ersten Stufe der Wendeltreppe stehen und legte einen Arm um seine Taille. „Geht es dir gut, mein Tiger?" Mit ihren Augen auf halbmast musterte sie ihn, bewertete seine Ressourcen in der gleichen Manier, wie er es mit seinem Team getan hatte, bevor er sie in feindliches Gebiet schickte.

Obwohl sie ungewöhnlich ruhig war, zeigte ihr Lächeln, wie zufrieden sie heute mit ihm war. Sie hatte es genossen, ihn zum Orgasmus zu bringen, und zögerte nicht, es ihn wissen zu lassen.

„Es geht mir mehr als gut." Er schob eine entwischte Haarsträhne hinter ihr Ohr. Ihr Haar war noch feucht von ihrer Dusche – die sie dringend gebraucht hatte. Sie war so hart gekommen wie er, eine andere Sache, die er an ihr liebte. Keine

Spielchen, kein Scheiß. Sie mochte Sex und hatte keine Angst, dies auch zum Ausdruck zu bringen.

Lächelnd legte er einen Arm um ihre Schultern. Gerade brauchte er sie in seiner Nähe. Er hatte noch nie so viel für eine Frau empfunden – als hätten sich mehr als sein Körper und seine Emotionen an sie gebunden.

„Also ... Hast du deinen harten Sex genossen, oder ...?" Sie zog eine Augenbraue hoch.

Oder bevorzugte er es, wenn sie das Sagen hatte? „Ich mochte es, dich zu berühren und zu übernehmen – Abwechslung macht das Leben doch erst interessant, oder?" Er grinste. „Ich bin eben ein Kerl, aber ..." Die Vorstellung, dass sie nicht im Schlafzimmer regierte, ihm keine Befehle mit ihrer kehligen Stimme gab, ihre Stilettoabsätze nicht auf seine Brust oder sogar seine Eier stellte, rief ein unbehagliches Gefühl in ihm hervor – als ob er seinen Kompass und sein GPS fallen gelassen hätte und auch keine Sterne am Himmel sah, die er zur Navigation verwenden könnte. „... ich stehe unter deinem Kommando, Ma'am, und so bevorzuge ich es."

„Das freut mich."

„Und danke, Mistress, für den Leckerbissen heute." Er küsste sie auf die Stirn und murmelte: „Für all die Leckerlis."

Ihr Lächeln hielt Zärtlichkeit bereit und genug Fürsorge, dass sich sein Herz innerhalb der Grenzen seines Brustkorbs auszubreiten schien. Und doch sah er in ihren Augen eine Verwundbarkeit, die an Verwirrung grenzte. Sein Beschützerinstinkt meldete sich.

„Was ist los?" Er trat einen Schritt zurück.

Sie antwortete nicht, zog nur seinen Kopf nach unten und nahm seinen Mund genau dort auf der Treppe. Ihr Kuss war so verdammt liebevoll, dass sie damit ihren Ruf als Mistress ruinieren könnte.

Oder verbessern.

Verdammt, er hätte nicht gedacht, dass sich seine Gefühle für sie noch verstärken konnten. Er hatte falsch gelegen.

Als sie ihn losließ, richtete er sich nicht auf, sondern lächelte sie einfach an. „Ich könnte einen Drink gebrauchen, wenn die Mistress damit einverstanden ist?"

„Natürlich. Mal sehen, was Cullen für uns hat."

Auch eine Sache, die ihm an ihr gefiel. Sie verweigerte ihm nichts, nur um zickig zu sein. Obwohl sie wirklich auf diese Protokollscheiße bestand.

Das Problem war, dass sie sich nicht änderte, wenn sie das Shadowlands oder das Schlafzimmer verließ. War der Sex vorbei, hielt sie immer noch die Zügel in der Hand, und er war sich nicht so sicher, ob er das mochte.

Im Einsatz, wenn er in Reichweite des Feindes war, hatte er stets gewollt, dass die Befehlskette klar war. Er wollte sich nicht fragen müssen, wer das Sagen hatte. Aber zurück im Stützpunkt oder auf Urlaub? Nein.

„Uzuri", sagte Anne, als sie an der Auszubildenden vorbeigingen. „Kannst du uns bitte Getränke bringen? Ein Bier für Ben, Wasser für mich. Und eine Auswahl an Fingerfood, das man gut essen kann?"

„Natürlich, Mistress Anne."

Als Uzuri auf die Bar zuging, hob Ben die Augenbrauen. „Kein Alkohol für dich, Ma'am?"

„Da du im Subspace warst, bin ich heute der auserkorene Fahrer", sagte sie leise. „Und ich bin müde genug, dass Alkohol nicht klug wäre." Ein Grübchen zeigte sich auf ihrer Wange. „Du hast so viele Muskeln, dass es lange dauert, sie alle mit dem Flogger zu treffen."

Sie wusste genau, wie man einen Mann dazu brachte, sich verdammt gut zu fühlen.

Er gluckste und bemerkte zur gleichen Zeit wie sie die erhobene Hand in der Mitte des Raumes.

Galen wies sie an, sich ihm anzuschließen.

Anne nickte und lief auf ihn zu, ihr Arm um Bens Taille, als ob sie sicher stellen wollte, dass er an ihrer Seite blieb. Möglich, dass sie auch anzweifelte, ob er noch in einer geraden Linie laufen konnte.

Als sie durch den Raum gingen, begrüßte sie verschiedene Mitglieder. Ben erwischte ein Winken von Rainie, entdeckte Z und Cullen, die von der Bar aus zusahen, und lächelte Linda an, die bei ihrem Dom Sam saß.

Beth stoppte Anne mit der Neuigkeit, dass es der neuen Ergänzung im Frauenhaus gut ging, obwohl ihr gewalttätiger Ehemann zusammen mit seinen Gefolgsleuten, was auch ihre Familie und ihre Freunde beinhaltete, auf der Suche nach ihr einen Aufruhr ausgelöst hatte.

Gott sei Dank war das Frauenhaus gut versteckt.

Galen und Vance erhoben sich, als sich Ben und Anne näherten. „Anne. Kannst du dich zu uns setzen?", fragte Galen. „Ich habe eine Frage zum Aufspüren von Kautionsflüchtigen."

„Natürlich."

Die Männer nahmen wieder Platz, während deren Sub Sally zwischen ihnen auf dem Boden kniete.

Anne setzte sich auf den Stuhl gegenüber von ihnen.

Ben nahm an, dass er sich wahrscheinlich auch hinknien sollte. Er zögerte und bemerkte Raoul in der Nähe, der mit Kim zu seinen Füßen eine Session im Auge behielt.

„Benjamin", murmelte Anne und sah auf den Boden.

Als er sich dort niederließ, entschied er, dass er mit der Position kein Problem hatte. *Na bitte.* In vielerlei Hinsicht fühlte sich das Shadowlands wie ein erotisches Kriegsgebiet an, mit der gleichen Art von Machtverschiebung, und abgesehen von seinen Knien, die wenig Begeisterung zeigten, kniete er gerne für sie.

Auch mochte er ihre Hand in seinem Haar.

Als sie sich bewegte, um ihn zwischen ihren Beinen einzufangen, fühlte er nur Befriedigung.

Er drehte sich, sodass er einen Arm um ihre Taille schlingen konnte. Ihr Rock mit dem Schlitz an der Vorderseite hatte sich geteilt, und er drückte einen Kuss auf ihre Schenkelinnenseite und genoss den Duft ihrer sauberen Haut und die Lotion, die sie nach dem Duschen auf ihre Beine aufgetragen hatte.

Natürlich bekam er sofort einen Ständer, da diese Düfte seinen bevorzugten Pfad zu ihrer Pussy markierten. Von hier aus konnte er nach oben reisen und würde direkt zu seinem Zielpunkt gelangen. Oder dem Startpunkt? Er küsste einen Zentimeter höher und fing den Duft ihres zarten Moschus ein.

Als er noch einen Zentimeter wagte, schlug ihm die Mistress auf den Hinterkopf und warf ihm einen tadelnden Blick zu.

Er konnte nur grinsen. Nach jeder Session, in der sie Schmerz und Lust kombiniert hatte, war er sich immer dem zufriedenen Gefühl zwischen ihnen bewusst geworden – als würde die Verbindung zwischen ihnen mehr als nur Herzen und Seelen umfassen. „Tut mir leid, Ma'am."

Sie schnaubte. „So ein böser Sub." Als sie sein Haar streichelte, schmiegte er seine Wange an die Handfläche ihrer anderen Hand, so wie es Bronx tun würde. *Verdammt*, wie es schien hatte er Spaß daran, ihr Sub zu sein.

Zumindest hier. Hier im Club.

Hatte sie dazu eine Meinung? Was wollte sie? Sie war so verdammt zurückhaltend. Verdammt ehrlich, ja, aber an ihrer Verteidigung vorbeizukommen, verhielt sich wie ein Angriff auf eine mittelalterliche Burg.

Sie mussten reden. Bald. Im Moment jedoch war sein Verstand noch immer in einem Lustnebel gefangen. Gespräche dieser Art mussten warten. Mit einem Seufzer begnügte sich Ben damit, in ihrer Nähe zu sein.

Nach einer Minute erkannte er, dass Raoul sie mit gerunzelter Stirn beobachtete. Wahrscheinlich, weil er einen befriedigten Mann sah, der nur eine Jeans trug, die Haare zerwühlt und mit Bissspuren am Hals. Im Gegensatz dazu war Anne perfekt geschminkt und sauber.

Es sah zweifellos so aus, als hätte sie ihn hart rangenommen, ohne selbst auch nur ins Schwitzen zu geraten. Als hätte sie nichts von sich selbst eingebracht.

Er lachte leise. Sie sah so ansehnlich aus, weil sie kurz nach der Session in die Dusche gesprungen war und sich frischgemacht hatte. Tatsächlich hatte sie ihn mit einem schiefen Grinsen angesehen und gesagt: „Ich muss den guten Ruf aller Mistresses bewahren."

Er hätte sich ihr anschließen können, aber seine Beine hatten sich wie überdehnte Gummibänder angefühlt. Und als sie mit den Händen über seine nasse Brust fuhr und sagte, sie würde es genießen, ihren verschwitzten Sub zu präsentieren, hatte er ihr diese Freude nicht vorenthalten wollen.

Uzuri kehrte mit ihren Getränken zurück.

Anne nahm das Bier – ein Brooklyn Lager –, reichte es Ben und griff dann nach ihrem Wasser. „Danke, Uzuri."

Während Anne ihm das Essen gab und nur ein paar Bissen für sich beanspruchte, sprach sie mit Galen und Vance über Suchtechniken, Software, die sie zum Auffinden der Flüchtigen bevorzugte, und Tricks, die beim Ändern von Identitäten verwendet wurden.

In einem wohligen Rausch trank Ben sein Bier. Irgendwann erkannte er, dass er sich mit seinem ganzen Gewicht an ihre Beine lehnte, während ihre Fingerspitzen Muster auf seinen Schultern zeichneten.

Ja, genau hier wollte er sein. Und über den Rest würde er nachdenken, wenn er wieder bei klarem Verstand war.

KAPITEL ZWEIUNDZWANZIG

A nne stand am nächsten Morgen in ihrem Badezimmer und zählte die Sekunden, als sie auf das Ergebnis des Schwangerschaftstests wartete.

Sie fühlte sich elendig, als sie daran dachte, wie sie Ben vorhin verlassen hatte.

Er war immer noch im Halbschlaf gewesen, als sie aus seinem Bett gerutscht war, ihn zum Abschied geküsst und ihm gesagt hatte, dass sie etwas Zeit für sich allein brauchte. Und dass sie ihn am Montag sehen würde.

„Was zur Hölle?", war ihm rausgerutscht. Damit war er hellwach gewesen und hatte versucht, ihre Hand zu ergreifen, aber sie trat zurück und stärkte ihren Entschluss, indem sie ihre Domina walten ließ.

„*Morgen*, Benjamin", hatte sie gesagt. Das Unglück in seinen Augen hatte ihr das Herz gebrochen. „Wir sehen uns Morgen."

Sie hatte keine Ausreden gehabt, die sie ihm hatte auftischen können, denn ... Zuerst musste sie diesen Test machen. Es gab keinen Grund, ihm unnötig Sorgen zu bereiten.

Sie biss sich auf die Unterlippe, ihr Magen mittlerweile in ihrer Hose, und beobachtete, wie sich die Streifen in dem kleinen

Fenster veränderten. Noch vor der letzten Sekunde kannte sie das Ergebnis.

Oh, und wie sie das Ergebnis jetzt kannte.

Schwanger.

Daran gab es bei der Leuchtkraft des Striches keinen Zweifel. Ihre Beine zitterten, als sie durch ihr Schlafzimmer ging und sich auf die Ohnmachtsliege setzte. Der Name für das Möbelstück konnte nicht passender sein.

Für eine lange Weile konnte sie nur sitzen. Wie betäubt.

Vor ihrem Schlafzimmerfenster entließ eine Möwe ein Kreischen, das an ein Lachen erinnerte.

„Ich weiß nicht, was daran witzig sein soll, du dummer Vogel." Wie um alles in der Welt konnte sie schwanger sein? Sie nahm die Pille. Niemals vergaß sie es, sie einzunehmen.

Dann rammte die Erkenntnis regelrecht in sie. *Niemals? Außer zu der Zeit, als sie einen Magen-Darm-Infekt hatte und sich die Eingeweide aus dem Leib gekotzt hatte.* Drei Tage ohne Pille.

Ben war der einzige Mann, mit dem sie in dieser Zeit intim geworden war. Aber, *verdammt*, er hatte ein Kondom getragen.

Außer ...

Bestürzung überkam sie und sie ließ den Kopf in die Hände fallen. Als sie das erste Mal Sex hatten, war er ohne Kondom in sie eingedrungen, hatte es bemerkt und war schnell wieder aus ihr herausgeglitten. Nachdem er sich ein Kondom übergezogen hatte, hatte er weitergemacht, und keiner von ihnen hatte einen weiteren Gedanken an den unvorsichtigen Moment verschwendet. Schließlich wurden sie beide regelmäßig getestet ... und sie nahm die Pille.

Erschieß mich einfach.

Aber sicher hatte sie danach nochmal ihre Periode gehabt, oder? Im April? Sie presste die Lippen fest aufeinander. Wenn sie so darüber nachdachte, hatte sie nicht mehr als ein paar Krämpfe und einige Schmierblutungen erlebt – genug, um sie glauben zu lassen, dass es ihre Periode war.

Wie weit war sie also? Sie runzelte die Stirn. Zs Sophia wurde Ende März geboren und das war, als sie und Ben zum ersten Mal Sex hatten. *Wir hatten jetzt Mai.*

War sie schon in der sechsten Woche? *Nein, das kann nicht sein.*

Oh, doch, kann es. Ihre Hand legte sich auf ihren Bauch.

Kein Wunder, dass sie in der vergangenen Woche keinen Appetit auf Frühstück gehabt und erst am Abend ihre Kalorien wie ein Scheunendrescher reinbekommen hatte. Sie war schwanger.

Ich bekomme ein Baby.

Als die Aufregung durch sie fegte, schien sich der Raum zu erhellen. Und dann glitt die Angst mit kalten Fingern über ihre Wirbelsäule. Weil das nicht richtig war. Sie war nicht verheiratet. Sie war nicht vorbereitet.

Ein bedauernswertes Lachen entkam ihr. Stets hatte sie Angst vor Veränderungen, sodass sie ihr routiniertes Leben immer beschützt hatte. Wie es aussah, hatte es sich jetzt mit ihrer heißgeliebten Routine.

Alleinerziehende Mutter. Das stand nun für sie auf dem Plan. Das war einfach ... unmöglich. Sie schluckte schwer. Wie sollte sie Ben diese Neuigkeit beibringen? Oder ihrer Familie?

Ihr Vater würde seine Fassung verlieren.

Ihre Mutter würde ... Später wollte sie noch zu ihrer Mutter gehen und ihr alles Liebe zum Muttertag wünschen. Die Ironie! *„Alles Liebe zum Großmuttertag, Mama."*

Aber ihre Mutter würde die Neuigkeit gut verkraften. Nach dem ersten Schock wäre sie glücklich.

Was sollte aus ihrem Job werden? Anne krallte sich mit den Fingern im Polster fest und starrte die Wand an. In ihrem Verstand blitzte ein Bild von ihr auf, hochschwanger und einem Kautionsflüchtigen nachjagend. Ihr Job war nicht gerade sehr ... passend für eine schwangere Frau.

Oh Gott, was für ein Desaster.

Sie müsste kündigen, bevor sie diesen Punkt in der Schwangerschaft erreichte.

Denn die einzige andere Möglichkeit war, die Schwangerschaft abzubrechen. Alles in ihr lehnte die Idee ab. *Mein Baby. Und Bens. Unser Baby.* Wärme erfüllte sie, als sie darüber nachdachte, was die Kombination von Genen hervorbringen könnte. Norwegisch und Französisch – nette Mischung.

Wie sollte sie es Ben sagen? Sie stand auf und trat auf den Balkon. Der Morgen war neblig und still. Grautöne bedeckten die Welt, verwischten das Ufer, löschten den Horizont. Unsichtbare Wellen rauschten an den Strand.

„Ben, mein Lieber, du wirst Vater." Sie lehnte ihre Unterarme auf das Geländer und stellte sich seine Reaktion vor.

Er wäre nicht wütend. Er mochte Kinder.

Das Problem war deren Beziehung. Schließlich war es ihm unangenehm, ihr Sklave zu sein. Mit der Hand rieb sie sich über ihr Brustbein und versuchte so, den Schmerz zu lindern, der sich an dieser Stelle formte.

Er war nicht glücklich.

Er hatte ihr gesagt, dass mit ihm alles in Ordnung sei und dass er es liebte, ihr Sklave zu sein, aber ... tat er das? Wirklich? Er hatte ihr deutlich zu verstehen gegeben, dass sie die Zeichen übersehen hatte – weil sie diese nicht sehen wollte. Weil sie ein Feigling war.

Im Bett gab es zwischen ihnen keinerlei Probleme. Den Rest der Zeit ... rang er mit sich selbst.

Wenn sie ihm sagte, dass sie schwanger war, würde er auf fürsorglich umschalten und verlangen, sie zu heiraten. Er würde darauf bestehen, sich um sie zu kümmern. Er würde bleiben.

Aber ... sie schluckte an dem Kloß in ihrem Hals vorbei. Sie wollte ihn nicht, wenn er sie nur für das Baby heiratete. Sie hatte Eltern gesehen, die um eines Kindes willen zusammengeblieben waren, und alles, was das Kind sah, war Abneigung und Kälte. Keine Liebe.

Es war besser, dies getrennt zu handhaben.

Eine kühle Meeresbrise presste ihre Kleidung an ihren Körper und blies ihr die Haare ins Gesicht. Sie schob die feuchten Strähnen weg und spürte, wie sich die Sorgen häuften. Sie waren noch so neu, sie und Ben. Zu neu, um solche weitreichenden Entscheidungen zu treffen.

Er sollte in der Lage sein, sie – nur sie – zu wählen. Ohne den Druck eines Babys oder der Erwartungen ihrer Familie oder seiner eigenen Prinzipien.

Sie liebte ihn. *Oh Gott*, das tat sie wirklich. Sie wollte für immer mit ihm zusammen sein. Sie brauchte ihn in ihrem Leben. Aber Liebe bedeutete auch, dass sie das Beste für ihn wollte.

Sie durfte sein Leben nicht mit ihren Wünschen und Vorstellungen durcheinanderbringen.

Er hatte ihr noch nicht gesagt, ob er sie liebte.

Nun, sie hatte es ihm auch nicht gesagt. Das wäre nur fair. Sie runzelte die Stirn und versuchte, zu verstehen, warum es schlimmer schien, dass er die Worte noch nicht ausgesprochen hatte. Vielleicht, weil Ben nichts zurückhielt. Würde er sie also lieben, hätte er es ihr bereits gesagt. Von einer Domina zu erwarten, dass sie es zuerst sagte – wenn sie sich ihres Subs nicht sicher war –, fühlte sich zu sehr danach an, es dem Sub auch entlocken zu wollen. Es fühlte sie nach Beeinflussung an.

Liebte er sie?

Sie war sich nicht sicher. Sie blinzelte schnell die Tränen in ihren Augen weg. Sein Verhalten wies darauf hin, dass er verliebt sein könnte. Nur war dies Ben. Ben, der sich um alle Menschen kümmerte, die sich in seinem näheren Umfeld befanden. Ben, der Freude daran fand, sich um seine Familie und seine Domina zu kümmern.

Selbst, wenn er sie liebte, hatten sie als Paar noch nicht gezeigt, dass sie zusammenleben konnten, oder?

Nein, hatten sie nicht.

Sie schaute auf ihren Bauch hinunter. „Tut mir leid, Baby. Aber du musst noch etwas länger ruhig bleiben. Dein Daddy sollte die Chance bekommen, zu entscheiden, ob er mich ausstehen kann, bevor er sich mit uns beiden auseinandersetzen muss."

Was, wenn er das nicht konnte?

Weit hinter den Wolken verbarg sich die Sonne. Der dichte Nebel legte sich feucht auf ihre Haut und verschlang sie. Sie konnte nichts sehen – auch nicht das, was nun auf sie zu kam.

Sie sehnte sich verzweifelt danach, die Neuigkeiten zu teilen. Mit Ben, ihrer Familie, mit allen. Sie wollte feiern.

Aber … noch nicht. *Bleib fair, Anne. Gib dem Mann Zeit.* Sicherlich konnte sie die Kontrolle behalten und einfach jeden Moment so nehmen, wie er kam.

Vielleicht – *vielleicht* – würde am Ende alles gut ausgehen.

Bitte, Gott, es muss gut ausgehen.

KAPITEL DREIUNDZWANZIG

Als die Sonne ihre letzten Strahlen am Horizont präsentierte, lief Ben mit einem unguten Gefühl durch Annes Haus. Selbst, als sein Herz in Erwartung flatterte und sich freute, sie zu sehen, war der Rest von ihm höllisch angespannt, denn er wusste, dass er nichts Gutes zu erwarten hatte. Sein Magen fühlte sich an, als hätte er statt McDonalds zu Mittag auf Glas herumgekaut.

Seit sie am Sonntag aus seinem Bett gesprungen war, als stünde ihr Arsch in Flammen, und zu ihm gesagt hatte, dass sie eine Pause von ihm brauchte, hatte sie ihm keine andere Erklärung gegeben. Als ob er es nicht verdient hätte, eine Erklärung von ihr zu bekommen. Als wäre er nicht mehr als ein Sklave! Als hätte er kein Recht auf mehr als einen Befehl von ihr.

In dem Moment hatte er verstanden, dass Raoul Recht behielt. Er musste seinen Mann stehen und ihr sagen, dass die Sklaven-Scheiße für ihn nicht funktionierte.

Er hatte sich die entsprechenden diplomatischen Worte zurechtgelegt und war bereit gewesen, am Montag mit ihr zu sprechen.

Nur war einer seiner Ranger-Freunde ins Land zurückgekehrt

und hatte ihn um Hilfe gebeten. Also hatte er Montag und den größten Teil des heutigen Tages dort verbracht. Die diplomatischen Worte waren aus seinem Gehirn verschwunden. So wie auch sein Mut. Er war müde, *verdammt*.

Vielleicht sollte er dieses bestimmte Gespräch auf morgen verschieben?

Er ging auf Annes Terrassendeck und fand sie auf der Hollywoodschaukel mit ihrem Handy am Ohr. Ihr Saxofon lehnte an ihren Beinen.

„Ich bin so froh, dass du angerufen hast", sagte Anne. Sie schaute auf und ihr Lächeln schwankte, als sie ihn sah. Tränen hatten ihre Augen in ein regnerisches Grau verwandelt. Sie nahm das Telefon von ihrem Ohr und beendete das Gespräch.

Besorgt setzte er sich neben sie und griff nach ihrer Hand.

Automatisch runzelte sie die Stirn und wies mit den Augen auf den Boden. Sie wollte, dass er sich hinkniete.

Obwohl sein Magen rebellierte, blieb er, wo er war. „Gibt es ein Problem? Schlechte Neuigkeiten?"

„Nein. Gute Neuigkeiten. Kim hat zugestimmt, Raoul zu heiraten. Sie sind verlobt."

Die kleine Sklavin würde bald also auch eine Ehefrau sein. *Gut gemacht, Raoul.* „Andrea und Cullen sind ebenfalls verlobt." Die Master des Shadowlands fielen schnell. „Also mehr Hochzeiten in diesem Sommer?"

„Leider nein. Kims Hochzeit wird wahrscheinlich in Georgia stattfinden, wo ihre Mutter lebt. Und Andreas Großmutter möchte eine katholische Zeremonie mit allem Drum und Dran, was Monate dauert, um es zu planen."

„Ich bin überrascht, dass Cullen bereit war, zu warten."

„Cullen weiß es besser, als es mit Andreas *Abuela* aufzunehmen." Anne grinste. „Sie ist eine winzige, hispanische Version von Zs Mutter."

Scheiße, mit ihr würde er es auch nicht aufnehmen wollen. „Also keine Hochzeiten in absehbarer Zeit. Aber Kims Verlobung ist eine gute Nachricht, oder? Warum also die Tränen?" Er berührte Annes nasse Wange und spürte einen Ruck in seinem Herzen. Hatte er sie schon jemals weinen sehen?

Sie rieb sich über das Gesicht. „Freudentränen. Kim hat so viel Leid erlebt und ... sie war Raoul beim Thema Hochzeit immer wieder ausgewichen. Ihr Vater behandelte ihre Mutter wie eine Sklavin, also sah sie die Ehe als eine lieblose Knechtschaft." Anne presste die Lippen zusammen. „Kinder sollten keine schlechten Vorbilder wie diese haben. Das schadet ihnen so sehr."

Sie klang leidenschaftlich bei diesem Thema, aber sie hatte wahrscheinlich einige dieser Fälle im Frauenhaus gesehen. „Wohl wahr."

„Wie war dein Tag?", fragte Anne.

„Nicht schlecht. Heute kein Regen. Das ist doch mal was."

Sie neigte den Kopf. „Was bedrückt dich dann?" Sie musterte sein Gesicht. Eine wahre Domina. Manchmal schien sie mit Zs Fähigkeit, Gedanken zu lesen, zu konkurrieren.

So viel zu dem Vorhaben, das Gespräch hinauszuschieben. Und ja, er hatte lange genug gezögert. Er hob ihre Hand. „Als ich mich auf die Schaukel setzte und deine Hand nahm, hast du die Stirn gerunzelt. Wieso?" Die Antwort war offensichtlich.

„Du kennst den Grund, Benjamin. Weil meine Sklaven immer knien und sie um Erlaubnis bitten, bevor sie mich berühren." Sie sah ihm direkt in die Augen, meinte ihre Worte.

Sein Mund fühlte sich trocken an. „Richtig. Das dachte ich mir." Er fuhr sich mit seiner freien Hand durch die Haare und war versucht, daran zu ziehen. „Fuck!"

„Diese Protokolle stören dich." Sie betrachtete ihn aufmerksam. „Am Anfang war alles in Ordnung, aber anstatt dich mit der Zeit in deine Rolle einzufinden, wird es schwieriger."

Er nickte. „Hör zu, Anne, ich –"

„Wer?" Ihr Gesichtsausdruck kühlte ab.

Sein Fehler. Was an sich schon ein Problem darstellte. Ihr Name *war* Anne. „Mistress, ich bin kein Sklave. Nicht einmal ein

Vollzeit-Sub. Ich mag das D/s-Zeug im Schlafzimmer, aber nicht den Rest der Zeit. Du musst nicht alle meine Entscheidungen für mich treffen. Das brauche ich nicht. Ich bin kein Kind."

„Aber ..." Ihre Stimme bebte. „Du meintest, dass du genau das willst. Und dann später, als ich dich fragte, ob du dich unwohl fühlst, hast du gesagt, es läge nur am PTBS. War das die Wahrheit?"

Fuck! „Nein."

Sie zuckte zusammen.

„Es tut mir leid, Anne. Ich habe es versaut. Ich wollte mehr Zeit mit dir. Ich dachte, ich *brauche* einfach mehr Zeit. Aber es funktioniert nicht für mich."

Ihr Gesicht hätte unlesbar sein sollen, jedoch konnte er die Bestürzung in ihren Augen sehen. „Ich hatte noch nie einen Sklaven, dem es missfiel, diese kleinen Dinge zu tun und mir zu dienen."

Gott, er hatte sie verletzt. Er hatte gewusst, dass dies den Bach runtergehen würde. Warum war er nur so schlecht beim Kommunizieren? „Ich will uns nicht aufgeben, aber ich ... Ich kann nicht so tun, als hätte ich kein Gehirn in meinem Kopf." Sein Kiefer war so angespannt, dass seine Worte wütend klangen.

Sie sah ihn an, als hätte er sie geschlagen. „So behandle ich dich nicht." Als sie ihre kalte Hand aus seiner riss, legte sich eine Maske über ihren Ausdruck. Sie zog sich von ihm zurück. Sie zog die Schutzmauer hoch.

Und ließ ihn draußen stehen.

Zur Hölle nochmal, nein, sie behandelte ihn nicht, als wäre er dumm. Er hatte sich nicht richtig ausgedrückt. „Anne." *Scheiße.* „Mistress, ich meinte nicht −"

„Stopp." Sie hob die Hand − eine zitternde Hand.

Verdammte Scheiße.

„Ich ..." Sie holte langsam und kontrolliert Luft. „Okay. Ich hätte erkennen müssen, dass du nicht ehrlich zu mir warst." Ihre Stimme klang kurz angebunden, aber ihre Worte kamen gelassen über ihre Lippen. Ihm wäre es lieber, sie würde Dinge nach ihm werfen. „Ich brauche etwas Zeit, um nachzudenken. Vielleicht tust du das auch. Wie wäre es, wenn wir" − der nächste wohlüberlegte Atemzug − „ein paar Tage auf Abstand gehen und dann wieder reden?" Die Art und Weise, wie sie versuchte, ein Lächeln aufzusetzen, verletzte ihn bis ins Mark. „Danach können wir neu verhandeln."

Sie waren in ein Muster verfallen, also war es klug, eine Pause einzulegen. Warum fühlte es sich nur so an, als würde sie ihn absägen? Andererseits hatte sie gesagt, dass sie neu verhandeln wollte. Was fair war, da er sie damit vollkommen überrumpelt hatte. *Verflucht sei er,* er hätte sie niemals anlügen sollen.

„Okay, neu verhandeln." Er nahm ihre kleine Hand wieder zwischen seine. Kalte, kleine Finger. Bewegungslos.

Was hatte er nur getan?

Auch er wagte einen Atemzug. „Ich werde die nächsten Tage in den Everglades unterwegs sein, also wie wäre es, wenn wir uns im Shadowlands treffen? Ich komme am Samstag zurück, und wir haben beide am Wochenende keine Pflichten im Club zu erfüllen." Hoffentlich konnten sie das Gesagte dann mit einer Session besiegeln?

Sein Hoffnungsschimmer wäre fast erloschen, bis sie schließlich nickte. „Samstag."

Gut. Sie würden reden. Danach könnten sie eine Session spielen und Sex haben − schließlich gab es keine Probleme, wenn sie sich nackt auszogen. „Bis dahin." *Bitte gib uns nicht auf, Anne.*

Als er ihr Haus verließ, musste er sich fragen, ob er gerade zerstört hatte, wonach er sein ganzes Leben lang gesucht hatte.

Anne hörte, wie er vom Deck trat und zurück in ihr Haus ging, und jeder schwere Schritt fühlte sich an, als ob er ein Stück ihres schmerzenden Herzens in Staub verwandelte. Eine Minute später öffnete und schloss sich die Haustür.

Selbst, als die Trostlosigkeit sie erfüllte, bewegte sie sich nicht. Wenn sie das tat, würde sie ... brechen.

Ihr Verstand steckte in einer Endlosschleife fest. Immer wieder sah sie ihn gehen. Sie sah sein raues Gesicht, die Narbe an seinem Kiefer, die Art und Weise, wie dieses eine Haar in seiner linken Augenbraue stets herausragte, und seine Nase, die von einem Bruch diese kleine Beule hatte.

Er war nicht mehr hier. Sie hatte ihn gehen lassen. Sie hatte ihn nicht ... aufgehalten. Tränen liefen über ihre Wangen. Sie konnte den Aufprall jedes einzelnen Tropfens hören.

Ich bin mit deinem Baby schwanger, Ben.

Ben, ich liebe dich.

Verlass mich nicht. Bitte nicht.

Ich werde mich ändern.

Sie erstickte an den Worten, die sie nicht gesprochen hatte.

Er hätte sie nicht anlügen sollen. Aber ... sie hätte ihm die Lüge ansehen müssen, hätte seine Lüge früher durchschauen sollen. Er hatte Bedürfnisse, und sie hatte sie ignoriert.

Das Wissen bildete einen tiefen, elendigen Abgrund unter ihrem Herzen. Sie war eine lausige Mistress gewesen. Eine gedankenlose Partnerin.

Sie hatte jedoch noch nie einen echten Partner gehabt. Und sie musste sagen, dass dieses On-The-Job-Training einfach miserabel war.

Die Dunkelheit legte sich um das Haus, drang auf das Deck vor und löschte den Strand, den Golf und den Horizont aus.

Umgeben von der Nacht beobachtete sie, wie die Sterne aufblitzten. Der Mond ging auf, sein blasses Licht landete auf den schwarzen Wellen und zersplitterte in Stücke.

Er war nicht mehr hier.

Mit kalten Fingern hob Anne ihr Saxofon auf und spielte.

Sie spielte Lieder für den Ozean, Lieder für die Sterne, Lieder für den Mond, der sich über den Himmel bewegte und begann, in den Westen zu sinken.

Wie lange war sie schon hier draußen? Nach einer Minute erkannte Anne, dass die Melodie, in die sie gewandert war, Whitney Houstons *I Will Always Love You* war.

Oh, also mal ehrlich! Sie schüttelte den Kopf. *Wie klischeehaft von ihr.* Sie atmete tief ein und wischte sich die Tränen von ihren Wangen.

Genug davon.

Dieses erbärmliche Verhalten war nicht zu ertragen. Vielleicht hatte das Baby ihre Gefühle durcheinandergebracht, aber wer hatte hier bitte das Sagen – sie oder ein ungeborenes Kind?

Reiß dich zusammen, Anne.

Nach einer heißen Dusche suchte sie sich etwas zum Essen und ignorierte ihr Unwohlsein. Ihr Baby brauchte Nahrung. Ihr Baby. Wie erstaunlich war das?

Bei Sonnenaufgang ging sie am Strand spazieren, damit die steile Morgenbrise den Stupor aus ihrem Gehirn vertreiben konnte.

Und dann setzte sie sich in ihr Wohnzimmer und versuchte, Logik anzuwenden. Als ein paar Tränen auftauchten, beschuldigte sie ihre Hormone und ging zum nächsten Punkt über.

Denk nach, Anne.

Aber sie blieb immer wieder an derselben Problematik hängen. Er wollte sie nicht als seine Mistress.

Sie war nicht gut genug. Nie war sie gut genug. Sie enttäuschte einfach alle.

Als sie ihre Gedanken verarbeitete, schüttelte sie kräftig den Kopf und knurrte vor sich hin. Das war dummes, kindisches Denken. Sie war eine gute Mistress – ein guter Mensch. Sie trug die Schuld, nicht gesehen zu haben, dass ihm ihre Routine unangenehm war und dass sie nicht bemerkt hatte, dass er sich in die Sklavenform zwang, weil er sie begehrte.

Er hatte sie wegen seiner eigenen Ängste angelogen.

Sie hatten es beide verkackt.

Oh, Ben.

Warum hatte er ihr gesagt, dass er ihr Sklave sein wollte? Was war in ihn gefahren? Sie hatte gewusst, dass er eher Vanilla war. Sie hatte ihn gewarnt, weil er so neu im Lifestyle war. Sie hatte ihm gesagt, dass er die Dinge überstürzte.

Ihre Augen füllten sich mit Tränen. Ihre Erinnerung von diesem Tag war so klar, genau wie die Freude, die sie empfunden hatte. *„Ich werde dein Sklave sein."*

Und weil sie sich so gut erinnerte, erinnerte sie sich auch daran, was zuvor passiert war. Wie Ben ihr das Telefon gegeben hatte.

Joey war am Hörer gewesen.

Sie erstarrte, als sich das Puzzle zusammensetzte. *Oh, verdammt.*

Nach einem langen Moment rieb sie sich mit den Händen über ihr Gesicht. Ihre Haut fühlte sich zerbrechlich an, als ob eine plötzliche Bewegung dazu führen könnte, dass Teile abfielen.

Joey hatte darum gebeten, wieder ihr Sklave zu sein, und Ben hatte genug gehört, um sich Sorgen zu machen.

Sie seufzte und sah, wie die Ereignisse die Unvermeidlichkeit dieses Tages geschaffen hatten. Denn Ben gehörte nicht zu dem Schlag Mann, der sich seine Frau abwerben ließ. Wenn er länger in der Nähe des Telefons geblieben wäre oder sich im Lifestyle besser auskennen würde, hätte er von selbst erkannt, dass er an einer Vollzeit-Sub-Beziehung kein Interesse hatte.

Aber Joeys Anruf hatte ihn zum Handeln gedrängt.

Sie war so fassungslos gewesen – *„Ja, Ma'am, das ist es, was ich will"* – und so voller Glück, dass sie seine Motivation nicht in Frage gestellt hatte.

Dann, als die Liebe sie einfing, hatte sie nur das gesehen, was sie sehen wollte. Liebe machte vielleicht blind, aber sie machte auch taub, dumm und bescheuert.

Sie presste ihre Lippen aufeinander. Ihre Unachtsamkeit hatte ihnen beiden wehgetan.

Was sollte sie also jetzt tun?

Ein müdes Lächeln zierte ihren Mund. Die Person, die sie normalerweise um Rat fragen würde? Ben. Sie rieb sich die Brust, wo die schmerzende Masse ihres grün und blau geschlagenen Herzmuskels nicht aufgehört hatte, peinigend vor sich hin zu pochen. Er kannte sie. Er hätte ihr einen soliden Rat gegeben, weil er sie so mochte, wie sie war.

Mit ihm war sie in der Lage gewesen, sich zu entspannen und nicht die ganze Zeit ... angeknipst herumzulaufen.

Lag das daran, weil er es nicht brauchte, dass sie immer stark und unverwundbar war?

Er war klug. Entspannt. Tödlich. Kompetent. Er hatte die Bronx überlebt sowie den Einsatz in Kriegsgebieten. Er brauchte sie nicht, um seine Entscheidungen zu treffen.

Sie atmete aus. Wie eine Idiotin fühlte sie sich! Gefangen in der Art und Weise, wie sie die Dinge stets handhabe, hatte sie versucht, jede Entscheidung für sie, für ihn, für sie als Paar zu treffen.

Er sehnte sich nicht danach, dass sie immer die Kontrolle hatte.

Was war aber mit ihr? Konnte sie sich mit einer Beziehung abfinden, in der sie nicht die ganze Zeit das Sagen hatte?

Wo sie ein zackiges *Nein* erwartet hatte, hörte sie nur Stille. Als ob die Antwort ein *Vielleicht* wäre. Wie merkwürdig.

Der Gedanke an eine Beziehung, in der sie nicht die bedingungslose Kontrolle hatte, war gleichermaßen aufregend und beängstigend. Sie hatte ein paar Tage wie diese mit ihm gehabt, oder? An ihrem ersten gemeinsamen Wochenende hatte sie nur im Schlafzimmer die Kontrolle übernommen. Den Rest der Zeit hatte sie sich entspannt und war nicht mal in die Versuchung gekommen. Sie hatte nicht das Bedürfnis nach Kontrolle gehabt. Und sie hatte es nicht vermisst.

Aber, aber, aber ... sie hatte sich noch nie auf jemanden eingelassen, der kein Sklave war.

Sie stieß ein Lachen aus. Sie hatte auch nie Zimmerpflanzen

gehabt. Mit einem Seufzer betrachtete sie das winzige Usambara-veilchen auf dem Couchtisch. Ein Geschenk von Ben. Genau wie die riesige Schefflera, die in einer Ecke des Raumes stand, und die Hängepflanze, die sich vom Schrank ergoss. Anstatt sich über die Anmaßung eines Sklaven zu ärgern, hatte sein Geschenk sie gerührt und erfreut.

Und wenn sie ehrlich war: Sie liebte, was die Pflanzen mit ihrem Haus machten. Sie genoss es, sich um sie zu kümmern.

Sie veränderte sich. Und vielleicht brauchte sie nicht mehr so viel Kontrolle wie in der Vergangenheit. War das möglich?

Ben hatte gezeigt, dass er sich an alles anpassen konnte, was ihm das Leben vor die Füße warf. In dieser Hinsicht machte er sich weitaus besser als sie.

Er war weg, aber am Wochenende wollte er sich mit ihr unterhalten. Sie starrte das Veilchen an, die winzigen, violetten Blüten ein Symbol der Hoffnung, denn sie war froh, dass es in ihrem Haus war. Weil es zeigte, dass sie sich verändert hatte.

Was hatte Linda gesagt? *„Auf der Erde dreht sich alles um Veränderung. Die Jahreszeiten wechseln von Sommer zu Winter. Die Kontinentalplatten drücken Berge hoch, die das Wetter langsam wieder runterschleift. Auf diesem Planeten, in diesem Universum steht nichts still.“*

Ben war mutig genug gewesen, den Versuch zu wagen, ihr Sklave zu sein. Jetzt war sie an der Reihe, ihren Mut zu finden.

Am Samstag würde sie ihn um eine weitere Chance bitten. Sie wäre nur im Schlafzimmer seine Mistress – und den Rest des Tages seine Partnerin.

KAPITEL VIERUNDZWANZIG

A m späten Freitagnachmittag parkte Anne vor dem *The Brothers Bail Bonds*-Büro und überquerte den Parkplatz. Wie nach ihren ersten drei Tagen im Bootcamp zog sie die Füße hinter sich her. Ihre Augen brannten vom Schlafmangel. Sie war einfach verdammt erschöpft.

In den letzten Tagen hatte sie über ihre Vergangenheit nachgedacht und versucht, zu sehen, wie viel von ihrem Kontrollbedürfnis auf ihre persönlichen Erfahrungen zurückzuführen war, und was einfach ihre Persönlichkeit ausmachte. Ihre hässlicheren Erinnerungen hatten ihr einige emotionale Momente beschert.

Und ihre Schuldgefühle nahmen zu, da sie nicht gesehen hatte, dass Ben gelitten haben musste.

Um ihr Leid abzurunden: Sich einsam zu fühlen, war furchtbar. Bens Abwesenheit breitete sich in ihrem Zuhause aus und stach auf sie ein, wenn sie über etwas stolperte, was sie zusammen gemacht hatten.

Da sie so ziemlich alles zusammen gemacht hatten, blieben die Schmerzen konstant.

Die Küche war ohne Bens Lachen und sein Necken zu leise. Sie vermisste sogar sein Durcheinander. Und sein Schlüssel zu ihrem Haus lag immer noch dort, wo er ihn auf der Kücheninsel gelassen hatte.

Aber ihr winziges Baby brauchte Nahrung, ob seine Mutter sich zum Schlucken zwingen musste oder nicht. Und irgendwie hatte der Beweis, dass sie schwanger war, die damit einhergehende Übelkeit hervorgerufen. Leider hielt das Überspringen des Frühstücks das Symptom nicht mehr in Schach.

Abends war Ben nicht auf seiner Seite der Couch oder zu ihren Füßen oder irgendwo im Haus. Gestern Abend, als sein Lieblingsprogramm anfing, hatte sie geweint.

Nachts, im Bett, wenn sie sich umdrehte, war niemand da. Wieder hatte sie geweint.

Verfluchte Hormone.

Verfluchter Ben.

Verfluchte Anne, weil sie gegenüber seinen Bedürfnissen so blind gewesen war.

Trotz ihrer Erschöpfung war sie erleichtert, zur Arbeit gekommen zu sein. Gestern war ihr freier Tag gewesen, den sie genutzt hatte, um Trübsinn walten zu lassen. Zum ersten Mal hatte sie ihre flexiblen Arbeitszeiten bereut.

Nach einem tiefen Atemzug hob sie ihr Kinn und öffnete die Hintertür zum Gebäude. Sie war früh gekommen, um die Teambesprechung über den Flüchtigen abzutippen, den sie später in dieser Nacht jagen würden. Komisch, wie sehr sie sich auf die Ablenkung freute.

Dieser Morgen hatte schlecht begonnen. Obwohl sie ihre Eingeweide vor dem Frühstück nicht ausgekotzt hatte – wie Jessica es während ihrer Schwangerschaft so oft getan hatte –, kämpfte sie neben der Übelkeit auch damit, dass ihr mal heiß, mal kalt war und sie bei jeder Anstrengung wie ein Fisch außerhalb des Wassers keuchte.

Morgen Abend würde sie Ben sehen.

Allein der Gedanke ließ sie vor Vorfreude beben, gab ihr Hoffnung und führte gleichzeitig zu Verzweiflung. Sie hatte sogar versucht, ihn letzte Nacht anzurufen, aber keine Antwort. Er befand sich mitten in einem Sumpf – das wusste sie –, und doch hatte sie sich ... zurückgewiesen gefühlt.

Sie konnte so ein Mädchen sein.

Aber morgen würden sie reden. Dann würde er ihr sagen, ob er es noch einmal versuchen und die D/s-Dynamik im Schlafzimmer beibehalten wollte. Sie würde ihn bitten, geduldig mit ihr zu sein, während sie daran arbeitete, ihre Domina-Gewohnheiten anzupassen.

Sie würde ihm sagen, dass sie ihn wahnsinnig vermisste.

Dass sie immer noch vergaß, dass er nicht mehr bei ihr war und sie so jeden Morgen frisches Wasser für Bronx rausstellte.

Dass die Pflanzen, die er ihr geschenkt hatte, noch am Leben waren.

Komm nachhause, Ben.

Tränen gehörten nicht in eine Kautionsagentur. Sie blinzelte und biss sich auf die Unterlippe, sodass der Schmerz die Tränen zurückdrängte. Und dann marschierte sie durch den Flur in die Richtung der Büros.

Matts Bürotür stand offen. Das Foto auf seinem Schreibtisch zeigte ihn mit seinem neuesten Enkelkind – ein entzückendes Baby.

Anne seufzte. Um Z aus dem Weg zu gehen, hatte sie ihren üblichen Besuch bei Jessica und Sophia abgesagt. Der Besitzer des Shadowlands konnte eine Person auf eine Weise lesen, die an übernatürliche Fähigkeiten heranreichte – und sie wusste, dass es von ihm nur einen Blick bräuchte und schon wäre ihm bewusst, dass sie schwanger war.

Egal, wie gerne sie die frohe Neuigkeit auch teilen würde, Ben verdiente es, der Erste zu sein, der davon erfuhr.

Abgesehen davon ... Vor Z das Geständnis abzulegen, dass sie von jemandem geschwängert wurde? Schön wäre das nicht.

Mit einem schiefen Lächeln auf den Lippen schlenderte sie in

den Raum. Raumteiler formten Kabinen, die alle zum Konferenz-
bereich in der Mitte hin offen waren.

In einer Ecke saß Aaron an seinem Schreibtisch und tippte
einen Bericht ein.

Ihr Cousin Robert stand in Annes Box. Er ließ gerade einen
Zettel auf ihren Schreibtisch fallen, als er sie entdeckte. „Wenn
das nicht Miss Desmarais ist."

Sie hätte heute im Bett bleiben sollen. „Robert. Hast du etwas
für mich?"

Sein Grinsen gab ihr ein ungutes Gefühl. „Ich habe dir ein
Update hinterlassen."

Ein Update zu was? Anne legte ihren Ordner ab. Auf dem
Zettel von Robert waren die Agenten verzeichnet, die heute
Abend zum Einsatz mitkamen. Unter der Bezeichnung des Team-
leaders war ihr Name durchgestrichen und mit Roberts ersetzt
worden.

Um genau zu sein, war sie überhaupt nicht mehr auf der Liste.

Die Wut, die in ihr aufflammte, stand in keinem Verhältnis zu
dem Problem. *Nur Hormone. Ich kann damit umgehen.* Sie drosselte
ihr Temperament und hielt ihre Stimme gleichmäßig: „Robert,
das ist nicht lustig."

Sein Lächeln wurde breiter. „Ich habe die Änderungen nicht
vorgenommen. Das war Onkel Matt. Er meinte, dass du den
heutigen Tag frei machen kannst und dich ab Montag an den
Schreibtisch setzen sollst."

Schreibtisch bedeutete, Anrufe beantworten, das Gefängnis
besuchen, Informationen zu Straftätern finden und ... keine
Einsätze in freier Wildbahn. Es war die gleiche Zwangsarbeit, die
sie in ihrer College-Zeit geleistet hatte, als sie hier in Teilzeit
gearbeitet hatte.

An sich hatte sie damit kein Problem, aber was war mit ihrem
Team? Robert war als Teammitglied inkompetent genug. Ihm die
Leitung zu geben, würde in einer Katastrophe enden.

„Das ist mein Team", sagte sie gleichmäßig. „Ich habe es aufgebaut."

„Äh, sie arbeiten für meinen Vater und Matt, nicht für dich. Und sie würden es alle bevorzugen, von jemand anderem als dir geführt zu werden. Nicht von einer verdammten –"

„Robert", knurrte Aaron. „Pass auf, was du sagst."

Anne schaute sich im Raum um. „Was denken die anderen darüber?"

„Die Leute sind verdammt sauer." Aarons Kiefer war ange-spannt. „Niemand hat uns gefragt, was wir davon halten. Aber wie er schon meinte, gehört die Agentur Russell und Matt. Der Rest von uns nimmt Befehle an."

Also hatte sich Robert durchgesetzt.

Anne zwang ihre Finger auf. *Ruhe bewahren.* Ihre erste Reak-tion war, ihm und ihren Onkeln zu sagen, dass sie sich ihren Job hinschieben konnten, wo die Sonne nicht schien. Aber sie hatte mehr Kontrolle als das. Und es war dumm, einen Job zu kündigen, bevor sie einen anderen fand – wenn sie sich dafür entschied. Obwohl schon der Gedanke, sich gerade jetzt eine neue Stelle suchen zu müssen, entmutigend war.

Denke später darüber nach. Im Moment war sie ausschließlich um ihr Team besorgt. Das Nagetier könnte schnell dafür sorgen, dass einer ihrer Männer getötet wurde.

„Ich werde mit Matt und Russell sprechen", sagte sie zu Aaron.

„Sie sind nicht hier." Robert grinste breit und zuckte zusam-men, bevor er erneut das Wort erhob. „Außerdem –"

Anne runzelte bei seiner Reaktion die Stirn. „Was ist mit deinem Gesicht passiert?", unterbrach sie ihn. Ein Kratzer markierte seinen Kiefer, eine Lippe war geschwollen und er hatte ein blaues Auge.

Er trat einen Schritt zurück, betrachtete sie und blähte sich dann wie eine Kröte auf. „Das geht dich nichts an, Schlampe.

Oder vielleicht tut es das, wenn man bedenkt, was für Arschlöcher ins Büro kommen und nach dir suchen."

„Ben war hier?" Wenn Robert sie vor ihm schlecht gemacht hatte, würde der Wachhund nicht zweimal darüber nachdenken, ihm eine reinzuhauen.

Sein Gesicht wurde rot. „Richtig. *Ben.*"

Hatte er ihren Tiger mit seinen schmutzigen Beleidigungen ins Visier genommen?

Das hatte er besser nicht getan. Die Wut in ihr stieg höher. Was hatte er zu ihrem Mann gesagt? Wenn er Ben verlet – „Zumindest umgebe ich mich mit Männern und nicht mit schwanzlosen Kakerlaken wie dir."

Als sich Roberts Hände zu Fäusten ballten, lächelte sie und lockte ihn mit ihrem Zeigefinger zu sich. *Komm nur.*

Er stoppte.

Ja, das dachte ich mir. Das Nagetier kämpfte nicht, sondern manipulierte nur. Angeekelt nahm sie ihre Mappe mit den zusätzlichen Recherchen wieder an sich.

„Aaron, ich werde Matt eine Nachricht hinterlassen, dass ich am Montag mit ihm sprechen möchte." Sie warf ihm einen ernsten Blick zu. „Und ihr passt alle auf euch auf. Es ist gefährlich, ein unzuverlässiges Teammitglied zu haben."

Roberts Einwände ignorierend, neigte Aaron seinen Kopf. „Verstanden."

KAPITEL FÜNFUNDZWANZIG

S amstagabend saß **Anne** am überfüllten Tisch ihrer Eltern und versuchte, in festliche Stimmung zu kommen, während sie sich darüber Sorgen machte, was später bei dem Treffen mit Ben im Shadowlands auf sie zukam.

Würde er ihr zuhören? Würde er einen erneuten Versuch wagen wollen?

Atme.

Leider führte der Atemzug durch den Red Snapper – dem Lieblingsgericht ihres Vaters – zu einer fischigen Duftwolke und ihr Magen drehte sich.

Wundervoll. Sie nahm einen großzügigen Schluck von ihrer Sprite und gab ihr Bestes, unter der Flut durchdringend lauter Stimmen um den Tisch ihre Ruhe zu behalten.

Da dies das Geburtstagsessen ihres Vaters war, waren ihre Onkel und deren Familien anwesend. Als sie ankamen, hatte Anne sie mit einer kühlen Höflichkeit begrüßt. Onkel Matt hatte schuldig ausgesehen und schaffte es immer noch nicht, ihr in die Augen zu sehen. Natürlich taten Onkel Russell und Robert so, als wäre nichts Außergewöhnliches vorgefallen.

Aber sie würde es heute Abend mit ihren Verwandten entspannt angehen und keinen Streit suchen, da ihre Gefühle ohnehin bereits Achterbahn fuhren.

Jedes Mal, wenn sie an Ben dachte, wollte sie weinen.

Jedes Mal, wenn sie ihre Onkel ansah, wollte sie etwas nach ihnen werfen. Und ihnen die feministische Zeitschrift *Ms.* abonnieren.

Jedes Mal, wenn Robert auf ihre Brüste starrte, wollte sie ihn durch den Fleischwolf drehen.

Und das war es die Sache einfach nicht wert, denn der Geruch des Blutes würde wohl dazu führen, dass sie sich übergab.

Ihr amüsiertes Schnauben zog Travis' Aufmerksamkeit auf sich und er stieß mit seiner Schulter gegen ihre. „Warum bist du heute so ruhig, Schwesterchen?"

Sie zuckte mit den Schultern. Dies war weder der richtige Ort, noch die richtige Zeit, um ihre Beschwerde einzureichen.

Auf der anderen Seite des Tisches hatte ihr Cousin gelauscht. „Sie schmollt, weil ich jetzt das Team leite und sie raus ist. Oder vielleicht ist es etwas anderes. Hast du deine Periode, Cousine?"

Ihre Mutter schnappte bei seinen Worten nach Luft.

„Halt die Klappe, Robert", knurrte Travis.

Anne berührte den Arm ihres Bruders und schüttelte den Kopf. Diskussionen dieser Art hatten bei einem Geburtstagsessen nichts zu suchen. Schließlich hatte ihre Mutter viel Arbeit in die Vorbereitungen gesteckt.

„Ich kann dir eins versichern", verkündigte Robert lautstark, „die Jungs waren verdammt glücklich, endlich einen Mann an ihrer Spitze zu haben."

Das Nagetier wollte nicht die Klappe halten.

Harrison knurrte: „Meine Fresse, wie kann man nur so von sich überzeug −"

„Diese Diskussion sollte im Büro geführt werden, nicht auf einer Geburtstagsfeier", unterbrach Anne, bevor die Dinge außer

Kontrolle gerieten. „Ich werde das Problem am Montag mit den Eigentümern besprechen."

„Danke, Liebling", sagte ihre Mutter erleichtert.

Ihr Vater runzelte die Stirn. „Was zum Teufel ist −"

„Es gibt keinen Grund, zu warten", sagte Robert. „Jeder hier war schon einmal in die Agentur involviert. Ich wette, sie sind daran interessiert, wie du immer versuchst, alle aus dem Weg zu schieben, sodass du die Zügel in der Hand hast."

Sie funkelte die Ratte wütend an. „Ich musste niemanden aus dem Weg schieben. Ich habe dieses Team von Grund auf aufgebaut und geleitet, weil ich die Ausbildung, Erfahrung und Fähigkeiten dazu habe." Sie hoffte immer noch, das Abendessen zu retten, also verzichtete sie auf den Anhang: *„Alles Dinge, die dir fehlen."*

Harrison knurrte: „So ist es."

Vielleicht hatte ihr Cousin den Teil gehört, den sie ausgelassen hatte, denn er starrte sie an. „Du hast nichts, was ich −"

„Das reicht." Ihr *Was zum Teufel*-Messgerät raste an Orange vorbei und direkt ins Rot. „Du hast das Team übernommen, weil du es nicht ertragen konntest, Anweisungen von einer Frau entgegenzunehmen. Du bist nicht der Teamleader geworden, weil du besser bist, sondern weil du zu deinem Vater gerannt und ihm was vorgeheult hast − was du immer tust, wenn du dich sonst nicht durchsetzen kannst. Mir ist klar, dass es schwierig ist, deinen Mann zu stehen, wenn deine Ausrüstung die Größe von Erdnüssen hat, aber versuch es doch mal."

Roberts Gesicht nahm die Farbe Lila an.

Travis verschluckte sich an seinem Bier und keuchte neben ihr. Die meisten Verwandten brüllten vor Lachen.

Aber nicht alle.

Ihr Vater beugte sich vor und erhob seine Stimme über den Lärm: „Russell, du hast Anne von der Suche nach Flüchtigen abgezogen?"

„Da Robert durchaus in der Lage ist, das Team zu führen, habe ich beschlossen, die Änderung vorzunehmen." Russells aufblühender Teint verstärkte sich und seine Wangen zitterten vor Wut. „Ich habe mich noch nie wohl dabei gefühlt, eine Frau in den Kampf zu schicken."

Anne schluckte ihre Antwort runter. Warum kämpfte sie darum, Teamleader zu bleiben, wenn ihre Schwangerschaft sie sowieso bald eliminieren würde? Andererseits hatte sie so hart für ihre Onkel gearbeitet und ihr Team weit gebracht. Jetzt rausgeworfen zu werden ...

Es tat weh.

Robert warf ihrem Vater einen Blick zu, der aufrichtig wirken sollte. „Eine Frau kann so schnell ihr Leben lassen. Und eine Möchtegern-Polizistin hat ohnehin nicht das Zeug dazu."

„Eine was?" Ihre Mutter schnappte entsetzt nach Luft. „Sie ist kei –"

„Robert sollte seinen Kopf aus dem Arsch ziehen", unterbrach Harrison mit gerunzelter Stirn. „Nur mal so zur Erinnerung: Du und Russell habt sie eingestellt, damit sie ihre Erfahrung aus der Strafverfolgung einbringen und ihre Agenten ausbilden kann. Das Team war ihre Idee und ihre Kreation. Und sie ist der Grund, warum eure Erfolgsquote so hoch ist – die höchste in Florida – und die Versicherungsrate so niedrig."

„Das mag sein, aber eine Frau sollte trotzdem keine Verbrecher aufspüren", sagte Matt.

Sie hatte gewusst, dass Onkel Matt Bedenken hatte, jedoch war er derjenige, der sie rekrutiert hatte. Jetzt – wegen Robert – hatte er seine Meinung geändert. Der Verrat reihte sich in ihre wachsende Lawine ein.

Als Travis zu sprechen begann, schüttelte Anne den Kopf. Es brachte nichts.

Was für ein Theater. Sie musste die Aufmerksamkeit aller auf sich lenken und Ruhe einkehren lassen. Dies war die Geburtstagsparty ihres Vaters, kein Ort für eine verbale Schlägerei. Sie hob die linke Hand. „Onkel M −"

„Ich muss sagen, ich bin erleichtert. Ich wollte nie, dass mein Mädchen diesen Job macht und ihr Leben für ein paar zusätzliche Dollar aufs Spiel setzt. Es ist einfach nicht sicher." Die Worte kamen vom Kopf des Tisches.

Von ihrem Vater.

Sie drehte sich zu ihm. Es fühlte sich an, als hätte er das Messer neben seinem Teller in die Hand genommen und es in ihr Herz gestoßen.

Robert konnte seinen Vater zu allem manipulieren − weil sein Vater glaubte, sein Kind wäre unfehlbar.

Ihr Vater war das Gegenteil.

Sie hatte ihr ganzes Leben lang versucht, ein Level an Kompetenz zu erreichen, das als herausragend bezeichnet werden konnte − in jeder Aufgabe, besonders in denen, die traditionell Männern zugewiesen wurden. Und dieses Ziel hatte sie erreicht.

Aber ihr Vater, der an sie glauben und sie unterstützen sollte, tat es nicht.

Ihre Augen brannten mit unvergossenen Tränen. Sie schob ihren Stuhl zurück.

„Anne, nein", flüsterte Harrison.

Sie spürte Travis' Hand an ihrem Arm und schüttelte ihn ab.

„Du hast gewonnen, Dad." Mit den Schultern zurück, dem Kinn stolz in der Luft sah sie zu ihrem Vater. „Du hast es immer wieder deutlich gemacht, dass du nicht glaubst, dass ich in irgendetwas so gut sein kann wie deine Söhne."

Ihrem Vater wich die Farbe aus dem Gesicht. „Anne −"

„Liebling." Ihre Mutter war kreidebleich. „Er meint es nic −"

„Doch, das tut er, Mom. Das ist okay. Ich verstehe es." Ihre Stimme verriet nicht die widerhallende Leere in ihrem Inneren. Ihr Blick fand Russell. „Du gewinnst auch. Hiermit kündige ich." Sie sah zu Travis. „Bitte hole meine Sachen für mich aus dem Büro."

Mit einem eingefrorenen Gesichtsausdruck nickte er.

Schließlich sah sie zu Robert. „Du bist eine schleimige Kröte, der Dreck unter meinem Stiletto, der die Mühe nicht wert ist, ihn abzukratzen, und schon gar nicht bist du es wert, dass ich auch nur ein Wort mit dir wechsle. Also eine faire Warnung: Wenn du mich jemals wieder aus irgendeinem Grund ansprichst, wachst du in einem Krankenhausbett auf und pisst einen Monat lang Blut."

Absolute Stille begleitete sie, als sie das Haus verließ.

Im Shadowlands lehnte Ben an einem schwarzen Ledersofa und beobachtete untätig eine Session an der Kettenstation. In einem dunkelroten Kostüm schwang die Domina einen Rohrstock auf einen grauhaarigen Sub. Ihren Ehemann, wenn Ben sich richtig erinnerte. Sie schlug ihn passend zu den orientalischen Klängen von Massive Attacks *Inertia Creeps*. Sein Stöhnen lieferte einen interessanten Kontrapunkt zum Flüstern des Leadsängers.

Die Domina hielt inne, um ihren Sub zu mustern.

Der Mann versuchte immer wieder, über seine Schulter zu schauen. Als die Sekunden ohne einen Schlag vergingen, spannte er sich weiter an.

„Tief einatmen", befahl sie mit einer süßen Stimme.

Der Typ hörte nicht.

Dumme Idee, Bruder, sagte Ben in seinem Kopf.

Und ja …

Die Domina bewegte den Rohrstock und schlug leicht auf den Hoden ihres Liebsten.

Der Schrei des Mannes führte zu einem langen Atemzug und so war sich die Mistress seiner Aufmerksamkeit sicher. So sollte es sein.

Autsch. Ben schüttelte den Kopf und erinnerte sich, wie sich ein Schlag auf die Kronjuwelen anfühlte. Armer Kerl. Warum waren Dominas so fasziniert von dem Hoden eines Mannes?

Nicht, dass er sich beschwerte. Er beobachtete, wie der Mann mit dem Bedürfnis bebte, zu kommen. Das Ergebnis rechtfertigte die Mittel.

„Du bist heute nicht als Sicherheitsmann tätig?" Die mit einem spanischen Akzent untersetzte Stimme kam von rechts. Raoul warf einen Blick auf die Session. „Machst du dir Notizen für Mistress Anne?"

Allein der Klang ihres Namens ließ seinen Puls in die Höhe schießen, als hätte nicht weit von ihm eine Granate eingeschlagen – und sein Herz brach. *Verdammt*, er vermisste sie.

Raouls Augenbrauen zogen sich zusammen. „*Mano*, ist alles okay?"

„Das weiß ich noch nicht." Ben wandte sich von der Session ab. „Ich habe ihr gesagt, dass ich nicht dafür geschaffen bin, ein Sklave zu sein."

„Du musstest es ihr sagen." Raoul musterte ihn. „Was war ihre Antwort?"

„Sie bat um Zeit zum Nachdenken." Nicht einmal die Schönheit der Everglades hatte seine Gedanken an Anne bremsen können. Das langsame Schwingen der Königspalme erinnerte ihn an ihre Anmut. Hohe Wolken in einem sonnenbeschienenen Himmel ließen ihn daran denken, wie ihre Augen leuchteten, wenn sie glücklich war.

Aber jetzt war es an der Zeit, ihre Antwort zu hören, und er war verdammt nochmal besorgt. „Sie wird mir heute Abend sagen, wie sie entschieden hat."

Raouls Kiefer spannte sich an, und Ben konnte sehen, dass er nicht optimistisch war.

„Weißt du mehr als ich?", fragte Ben.

„Nur, dass, wenn Sklaven mehr von ihr verlangt haben – um mehr Aufmerksamkeit und Zeit oder mit ihr zusammenleben wollten –, ist sie stets auf Abstand gegangen und hat sie mit anderen Dominas zusammengebracht, die ihre Bedürfnisse befriedigen würden. Dann hat sie sich nach einem neuen Sklaven umgesehen."

Großartig. Ersetzt zu werden, wäre noch schlimmer als einen Korb zu bekommen. Eine Bleikugel ließ sich in Bens Magen nieder.

Raoul rollte mit den Schultern. „Obwohl sie sich für dich vielleicht ... ändern würde."

Ändern. Anne? Sicher. Ben versuchte, mit den Achseln zu zucken. „Was auch immer passiert, passiert."

„Ja, das Leben", stimmte Raoul sanft zu. „Wirst du ... Kann ich –"

„Ich komme schon klar." Denn Anne hatte ihn dazu gezwungen, zu sehen, dass das Leben dazu bestimmt war, gelebt zu werden. „Sie sollte jetzt hier sein."

Warum um alles in der Welt hatte sie vor ihrem Vater und ihren Onkeln die Fassung verloren? Anne schüttelte den Kopf, als sie den Shadowlands-Clubraum betrat. Ihr Körper, sogar ihre Haut, fühlte sich zerbrechlich an – wie ein ausgehöhltes Ei, bei dem nicht viel fehlte, um die Schale zu brechen.

Natürlich war die Auseinandersetzung mit ihrem Vater und ihren Onkeln überfällig gewesen. Sie hatte sich mit ihren Gedanken zu lange zurückgehalten. Es hatte sich sogar ein wenig befreiend angefühlt.

Aber wegen des Nagetiers Robert ihre Brücken hinter sich abbrechen zu müssen? Das schmerzte.

Was war mit ihrer Kontrolle passiert? Ihr Temperament flammte nie so auf. Sie schrie nicht, brüllte nicht, weinte nicht. Und jetzt, anstatt die Emotionen zu verstauen, klammerten sie sich an ihre Fingerspitzen und wurden mit jeder kleinen Verärgerung in Aufruhr versetzt.

Und dann verstand sie, was los war. Hormone verursachten Stimmungsschwankungen. Tränen ... und Wut.

Ein Mundwinkel hob sich, während sie auf ihren Bauch und die Ursache ihrer eigensinnigen Gefühle blickte. *Du und ich müssen über deine Wirkung auf mich sprechen. Bald.*

Ihre Hand rieb über ihren Bauch – immer noch flach. Sie erwartete ein Baby. Ein *echtes* Baby. Sofort prickelten ihre Augen mit Freudentränen.

Oh, also mal ehrlich. Sie sog einen verärgerten Atemzug in ihre Lungen. Wenn es so weiter ging, würde sie auch bei der Werbung für Katzenfutter losheulen.

Ein plötzlicher Schrei zog sie zurück in die Realität.

Auf einem nahegelegenen Bondage-Tisch trat eine zierliche Sub wild um sich, schluchzte und schrie: „N-Nein! Spargel! E-Essig. Bitte, hör auf. Aprikosen. Stopp! Gott, bitte hör auf!"

Jemand hatte gerade entdeckt, dass sie Nadel-Play hasste – und anscheinend konnte sie sich nicht an ihr Safeword erinnern.

Anne machte einen Schritt in die Richtung der Session.

„Ganz ruhig, Sub. Dein Safeword war *Artischocke*, aber ich habe verstanden. Wir hören auf." Der Sadist Edward versuchte, nicht zu lachen. Er bemerkte Anne und zwinkerte ihr zu, bevor er zu der Sub sagte: „Ich werde die Nadeln schön langsam herausnehmen. Tief durchatmen."

Guter Dom. Anne schüttelte den Kopf. Das Ampel-Safeword-System hatte mehrere Vorteile. *Rot* war kurz genug, um es auch beim Schreien herauszubringen. Subs vergaßen das Wort nur selten. Und jeder im Lifestyle kannte die Bedeutung.

Sie wandte sich ab, atmete langsam ein und wünschte, sie hätte ein Safeword für ihr Gespräch mit Ben.

War er schon hier?

Sie hätte den neuen grauhaarigen Sicherheitsmann fragen sollen, aber kein Wort wollte rauskommen, als sie ihn sah. Er ... war nicht Ben. Anscheinend hatte ihr Unterbewusstsein ihren Wachhund am Schreibtisch erwartet.

Sie würde mit der Suche nach ihm an den üblichen Orten beginnen. Als sie zur Bar ging, warf sie einen Blick auf die Sessions.

Ein männlicher Sub hatte sich vorgebeugt, wobei sein Hals und seine Handgelenke im Pranger befestigt waren. Eine Spreizstange hielt seine Beine weit genug auseinander, um einen harten Schwanz zu zeigen.

Das Spinnennetz fixierte zwei weibliche Sklaven nebeneinander, sodass der Master sie beide ohne Probleme mit dem Rohrstock erreichen konnte.

Ein junger Mann vollführte eine Suspension an sich selbst, mit Leuten in der Nähe, die bei Bedarf helfen konnten.

Sie nickte Marcus zu, der ein Andreaskreuz vorbereitete. Nolan übernahm das angrenzende Kreuz, während Beth und Gabi auf den Knien warteten. Die beiden Master hatten wahrscheinlich etwas Hinterhältiges geplant. Vielleicht könnte sie Ben zum Zusehen verlocken ... wenn das Gespräch gut verlief.

Sie würde ihn gleich sehen. Ihren Ben. Wie eine kalte Flutwelle überschwappte sie die Angst und ihr Herz raste los.

Nein, nein, entspann dich. Alles wird gut. Das würde es. Menschen in Beziehungen ... verhandelten, sprachen sich aus, gingen Kompromisse ein – und sie war an der Reihe, es auf seine Weise zu versuchen.

Bitte sei bereit, es zu versuchen, Ben.

Der Gedanke, ihn zu verlieren, verursachte einen ungeahnten Schmerz in ihrer Brust. Entschlossen drückte sie das Gefühl nieder.

Wenn sie sich nur nicht so ... allein fühlen würde.

Sie hatte sich mit ihrer Familie gestritten, hatte keinen Job, war schwanger. Und jetzt würde sie vielleicht auch noch Ben verlieren.

Sie blieb stehen, holte Luft und erinnerte sich, dass sie ein Rückgrat hatte. Ja, es war beängstigend, sich vorzustellen, mit einem Baby allein zu sein. Mit einem Baby, das vollkommen von ihr abhängig war. Jedoch war sie eine unabhängige, kluge und fürsorgliche Erwachsene. Sie würde ihr Baby nicht enttäuschen.

Und sie durfte nicht zulassen, dass sie Ben in ihrem geschwächten Zustand zu etwas drängte, das er nicht wollte. Er sollte in der Lage sein, von ihr auf Abstand zu gehen, wenn es das war, was er brauchte.

Aber würde er das wollen? Als sie sich der Bar näherte, waren ihre Emotionen eher vergleichbar mit einem köchelnden Eintopf aus Elend als mit schäumender Vorfreude.

„Anne", grüßte Cullen. „Drink?"

Das Parfüm aus dem Sub-Bereich drehte ihr den Magen um und hielt sie davon ab, sich zu setzen. „Nein, danke."

Bevor er antworten konnte, erregte ein dumpfer Laut seine Aufmerksamkeit.

Eine Sub, die an die Bar gefesselt war – als Bardekoration –, klopfte mit einem Fuß auf das glänzende Holz.

Da die Knoten nach Nolans Arbeit aussahen, hatte die Sub wahrscheinlich den Master verärgert, der stets auf Respekt pochte, und sich so die Bestrafung redlich verdient. Sie war auf ihren Unterarmen und Knien positioniert, ihre Haare an einer eisernen Sprosse festgemacht. Seile hielten ihre weit gespreizten Unterschenkel an der Bar. Nippelklemmen, die an einer anderen Sprosse befestigt waren, zogen ihre Brust nach unten zu einer Miniaturwippe. Ein Vibrator war an das gegenüberliegende Ende der Wippe fixiert und presste sich gegen die Klitoris der Sub.

Von ihrem roten Gesicht zu urteilen, war die Sub kürzlich gekommen und hatte Mühe, den Vibrator von ihrer zweifellos empfindlichen Klitoris wegzubekommen. Um zu erreichen, dass das Ende mit dem Vibrator nach unten ging, müsste die Sub ihren Oberkörper anheben. Sie versuchte es – und wimmerte, als die Bewegung an ihren Nippelklemmen zog.

Es war ein hervorragendes Beispiel für Dilemma-Bondage.

Nachdem er weitere Fesseln hinzugefügt hatte, damit die Sub nicht länger seine Bar treten konnte, gab ihr Cullen einen Klaps auf den Arsch und schloss sich seiner Sub Andrea beim Mixen von Getränken an.

Würde Ben Gefallen an Dilemma-Bondage finden? Anne überlegte. Vielleicht würde sie sich etwas einfallen lassen, wo er sich zwischen dem Quetschen seiner Eier und einem Analplug entscheiden müsste. Es gab so viele Dinge, die sie noch erkunden konnten. Einige ihrer Sklaven hatten Dilemma-Bondage geli –

„Mistress Anne."

Sie drehte sich zu der Stimme.

Joey stand neben ihr. „Bitte, Mistress Anne." Seine verzweifelte Stimme hielt eine Verletzlichkeit inne, die die Seele ihrer Domina erreichte.

Wie sie es ihm beigebracht hatte, ließ er sich anmutig auf seine Knie runter. Sein Kettenhemd drückte sich in seine Brust und setzte seine Brustmuskeln wunderschön in Szene.

„Joey. Wie geht's dir?"

„Mistress." Sein Kopf senkte sich, seine Stimme schwankte, und doch behielt er seine perfekte Haltung bei, während er mit den Handflächen nach oben, positioniert auf den Oberschenkeln, auf den Boden blickte. „Mistress, ich vermisse dich so sehr. Bitte nimm mich zurück."

Die Bitte erwischte sie unerwartet und drang an einen Ort vor, der schmerzte, seit Ben gesagt hatte, er wolle ihr nicht dienen.

Sie lehnte sich vor, nahm Joeys Kinn zwischen Daumen und Zeigefinger und sah die völlige Kapitulation in seinen Augen. Sie sah die Hoffnung, dass sie ihre Kontrolle über ihn ausüben und ihn verletzen würde, dass sie ihn zwingen würde, alles zu akzeptieren, was sie geben wollte, dass sie ihn über seine Grenzen hinausbringen würde.

Er erschauerte bei ihrer Berührung, was sie daran erinnerte, wie er ihr Haus geputzt und für sie gekocht hatte. Während sie fernsahen, saß er zu ihren Füßen ... in der Position, die Ben als anstößig empfand.

Aber sie brauchte keinen Sklaven zu ihren Füßen. Sie brauchte nicht die ganze Zeit die vollständige Kontrolle über jemanden. Ben hatte ihr geholfen, zu sehen, dass sie sich verändert hatte.

Selbst, wenn sie Ben nicht haben könnte, würde sie nicht wieder zu dem Status quo zurückkehren.

Als die Wärme von Joeys Atem über ihre Hand wehte, erkannte sie, dass sie ihn schon eine Weile anstarrte. Sie lockerte ihren Griff und schenkte ihm ein sanftes Lächeln. „Joey, ich –"

„Wie ich sehe, hast du deinen Jungen gefunden."

Immer noch über Joey gebeugt, hob Anne den Kopf und traf auf Bens Blick.

Ben hatte gedacht, ein Bauchschuss sei der schlimmste Schmerz im Universum.

Er hatte sich geirrt. Seine gesamte Brust füllte sich mit Granatsplittern, jeder einzelne zielte auf sein Herz.

Aber er hatte viel Erfahrung darin, nicht zusammenzubrechen, wenn er Schmerz empfand.

Gott, ja, vielleicht hatte er geahnt, dass Anne zu ihren hübschen Jungs zurückkehren würde. Zu ihren gehorsamen, kriechenden Sklaven. Warum sollte sie einen Mann wie ihn wollen? Einer, der ihr Grenzen gesetzt und ihr gesagt hatte, dass er kein Sklave sein wollte.

Aber sie hätte mit ihm reden können, bevor sie ihm in den Arsch trat.

„Ben." Sie setzte sich aufrecht hin.

Wenigstens hatte sie ihre Hand von dem Kerl genommen. Als sie sich vorgebeugt und in die Augen des Bastards gestarrt hatte – für eine halbe Ewigkeit wohl bemerkt –, war er nah dran gewesen, den kleinen Scheißer von ihr wegzureißen.

Sie streckte ihre Hand aus – dieselbe Hand, die ihren Sklaven berührt hatte. „Ich habe nic –"

„Nein." Ben trat zurück. Dann nahm er sein mentales Ka-Bar-

Messer heraus und schnitt durch den Griff, den sie an ihm hatte. An seinem Leben. Seinem Herzen. „Ich sehe keine Notwendigkeit, die Sache totzureden. Du hattest Recht. Ich bin Vanilla, und ich brauche diesen Scheiß mit dem Kink nicht. Danke für die Kostprobe."

Der Schock und der Schmerz in ihren Augen hätten selbst bei einer Ausweidung nicht größer sein können.

Er fand überhaupt keine Befriedigung bei dem Gedanken.

Als er den Club verließ, schmerzte seine Brust so sehr, dass er auf sein Hemd blickte und regelrecht erwartete, Blut zu sehen.

Aber ... nein. **Anne** starrte Ben nach. Er hatte ihr nicht einmal die Chance gegeben, zu sprechen und sich zu erklären. Mit einer Grausamkeit, die untypisch für ihn war, hatte er seine Entscheidung mit der Effektivität eines Vorschlaghammers getroffen und damit ihre fragile Hoffnung in winzige Fragmente zerbrochen.

Sie konnte fühlen, wie ihre Unterlippe bebte, wie ihre Haut abkühlte, während sie es nicht schaffte, ihren Blick von der Richtung abzuwenden, in die er gegangen war. In die Richtung, in die er aus ihrem Leben verschwunden war.

Er hatte nicht einmal zurückgeschaut. *Oh Gott, bitte nicht.*

„Mistress." Joeys Stimme holte sie in die Gegenwart zurück. Blinzelnd sah sie auf ihn hinunter, und sein Gesichtsausdruck verwandelte sich in Besorgnis.

Das konnte sie nicht akzeptieren. Sie war die Domina. Sie sollte die Kontrolle über sich selbst haben und in der Lage sein, diejenigen zu unterstützen, die schwächer waren.

Es bedurfte all ihrer Kraft, um den Schmerz so tief zu vergraben, dass sie sich bewegen konnte. Sie musste mehrmals schlucken, bevor es ihre Worte an dem Kloß in ihrem Hals vorbei schafften. „Joey, ich nehme gerade keine Sklaven an."

Der Boden zitterte unter ihren Füßen. Nein, das Zittern kam tief aus ihrem Inneren.

„Oh, aber Mistress." Seine Stimme brach. „I-Ich brauche ..."
Trostlosigkeit füllte seine Augen, bevor er nach unten schaute.

Angewidert von sich selbst streckte sie ihre Schultern durch
und schob ihr Selbstmitleid und ihr Ego beiseite. Sie war eine
Mistress im Shadowlands; dies war ein Sub, der ihre Hilfe
brauchte. „Soll ich dir eine neue Mistress finden?"

Sein Blick hob sich und die Hoffnung erhellte sein Gesicht.
„Das würdest du?"

Sie schaffte es, ihre Lippen nach oben zu krümmen. „Ich bin
mir sicher, dass ich eine Domina finden kann, die mehr Sadist ist
als ich. Ich hätte mich besser um dich kümmern sollen, Sub."

Er beugte sich vor und küsste ihren Stiefel. „Oh, danke.
Danke, danke, danke."

„Gib mir ein paar Tage, um mich umzuhören. Ich melde mich
bei dir."

Vor Freude bebend erhob er sich und wich zurück. Dann
zögerte er, und seine Stirn runzelte sich, als er sie betrachtete.

Sie wedelte mit der Hand. *Geh nur.*

Er kam der Aufforderung nach. Er wusste es besser, als zu
verweilen, wenn sie etwas anderes andeutete.

Ben hätte ihre Wünsche ignoriert, hätte mit ihr gesprochen
und sie getröstet, egal, was sie sagte oder andeutete. Der Gedanke
brachte einen weiteren Schmerz mit sich, als sie sich umschaute,
in der Hoffnung, dass er seine Meinung geändert hatte.

Kein großer Mann, der die Menge überragte und mit seinen
breiten Schultern mehr als seinen Anteil an Raum einnahm.

Er war gegangen. Er war einfach verschwunden, ohne mit ihr
zu sprechen. Ohne ihr überhaupt eine Chance zu geben, mit ihm
zu sprechen. Warum? Nachdem er sich in ihr Leben gedrängt
hatte, gab er einfach auf?

Der hartnäckige, schmerzliche Knoten in ihrer Brust wuchs
weiter, drückte gegen ihre Rippen und raubte ihr den Atem. Mit
einer Hand auf ihrem Herzen, der anderen auf ihrem Baby
kämpfte Anne um den nächsten Atemzug.

„Was war das denn?" Raoul erschien vor ihr. „Was ist pass –"

Cullen stalkte hinter der Bar hervor. „Was passiert ist? Sie hat sein Herz direkt aus seiner Brust gerissen!" Seine Augen zeigten eine eisige Enttäuschung. „Dieser Mann hat dir vertraut. Er hat sein Bestes getan, um dir zu dienen, und du gehst direkt zu deinem vorherigen Sklaven zurück und –"

„Was soll ich getan haben?" Anne erstarrte. „Sag mir, Master Cullen, hast du schon mal eine andere Sub berührt, seit Andrea dein wurde?" Ihr Blick richtete sich auf die Barverzierung und glitt dann zurück zu ihm.

„Das ist etwas anderes. Ich habe sie nicht angemacht. Andrea weiß das."

„Ich habe das auch nicht getan", sagte sie sanft. *Gott*, sie schaffte das grad nicht. Tränen füllten immer wieder ihre Augen, und dass es so schwer war, sie zurückzublinzeln, machte sie wütend.

Alles machte sie gerade wütend. Und als diese Emotion ihre Schutzmauer in winzig kleine Stücke zerschlug, wusste sie, dass sie auch das auf ihre Hormone schieben konnte.

Und doch ... war Cullen nicht ihr Freund? Genau wie Raoul. Sie hatte seine Hand gehalten, als seine Ex ihn regelrecht ausgeweidet hatte. Kannten sie ihren Charakter denn überhaupt nicht?

Sie würde es nicht überleben, nach ihrer Familie auch noch ihre Freunde zu verlieren. Jedoch erweckte es den Eindruck, dass sie das schon hatte.

Von einem Ort tief in ihrer Seele fand sie ihre Mistress-Rüstung und schnallte sie sich wie einen Waffengürtel an.

„Anne." Als Raoul mit ausgestreckter Hand nach vorne trat, warf sie ihm einen Blick zu, der ihn abrupt innehalten ließ.

„Ihr braucht euch keine Sorgen um euren Wachhund zu machen." Ihre Stimme kam ruhig und kalt heraus. „Auch müsst ihr die schutzbedürftigen Subs nicht länger vor der unehrenhaften Mistress bewahren."

Cullen verzog das Gesicht zu einer Grimasse. „Das ist nicht –"

„Sag Z, dass er meine Mitgliedschaft kündigen soll", unterbrach sie ihn.

Er trat einen Schritt zurück. „Was?"

Da die Master zu schockiert waren, um sich zu rühren, nutzte sie den Moment zur Flucht. Sie rannte nicht, aber ihr Gang war zügig.

Denn Mistresses liefen nicht weinend durch das Shadowlands.

KAPITEL SECHSUNDZWANZIG

A m Mittwoch, nach vier Tagen in den Sümpfen, parkte Ben seinen Jeep am Bordstein vor seinem Loft und zwang seinen erschöpften Leib aus dem Auto. Seine verschwitzte, schmutzige, klatschnasse Kleidung hing schwer an seinem Körper.

Seine Lebensgeister fühlten sich an, als würden sie hinter ihm herlaufen. Er war am Ende. Vollkommen am Ende.

Wie konnte er so verdammt wütend auf Anne sein und sie doch so sehr vermissen? Jedes Mal, wenn er an diesen Abend im Shadowlands dachte, pochte sein Kopf wie unter Artilleriebeschuss.

Er konnte einfach nicht vergessen, wie ihre Hand das Kinn des kleinen Arschlochs gehalten hatte. Wie Joey zu ihren Füßen gekniet hatte – der dürre Bastard –, während sie ihn ansah. Und sie einfach nicht aufhörte, ihn anzusehen.

Bens Backenzähne knirschten mit einem hässlichen Geräusch. Wenn er nicht aufgetaucht wäre, hätten sie diese Position jemals verlassen?

Fuck, fuck, fuck! Selbst, nachdem er das gesehen hatte, wollte er sie immer noch. Sein idiotisches Herz sehnte sich nach ihr. Am liebsten würde er sich wieder verpflichten, nur um das Land verlassen zu können – damit er nicht eines Abends auf ihrer Türschwelle auftauchte.

„Komm schon, Kumpel."

Bronx sprang aus dem Auto und machte den Weg frei, sodass Ben sich seinen Rucksack schnappen konnte.

Er hatte gerade die Tür zum Lagerhaus geöffnet, als er hinter sich eine Stimme hörte. „Wo bist du gewesen?"

Ben wirbelte herum. Er war im Begriff, den Rucksack fallen zu lassen und sich zu verteidigen, als er erkannte, dass es Annes Bruder Travis war. Kein Räuber.

Travis sprang einen Schritt zurück und hob die Hände in Kapitulation. „Tut mir leid, Mann. Ich dachte, du hättest mich gesehen."

Ben presste Luft durch seine Zähne. „Alles okay. Ich bin müde und du hast mich überrascht." Müde war nicht das richtige Wort. Nach dem Desaster war er zurück in die Everglades gefahren – obwohl die Flucht in die Wildnis rein gar nichts gebracht hatte. Trotz allem hatte er des Nachts nach Anne gegriffen. Es gab so viel, was er gerne bei einem Abendessen mit ihr teilen würde.

Nur lag niemand mehr in seinem Bett. Es gab keine gemütlichen Gespräche am Abend.

Irgendwo auf dem Weg war seine Mission den Bach runtergegangen.

Und er brauchte Flüssigkeit in seinem Körper, bevor er sich mit ihrem Bruder auseinandersetzen konnte.

„Komm." Er ließ die Tür hinter sich offen und nahm die Treppe nach oben. Nachdem er eine halbe Flasche kaltes Wasser getrunken hatte, spürte er, wie sich sein Gehirn wieder anschaltete.

Travis lief auf und ab, und er konnte nicht angespannter aussehen.

„Was zum Teufel machst du hier?", fragte Ben. Er konnte nur an eine Katastrophe denken.

„Es geht um Anne."

Ben trat direkt vor ihn und musste alles geben, um ihren Bruder nicht am Kragen zu packen und die Informationen aus ihm herauszuschütteln. „Was ist mit ihr? Geht's ihr gut?"

Travis' Gesichtsausdruck spannte sich weiter an. „Sie ist nicht mal bei dir gewesen?"

„Nein. Ich habe sie seit Samstagabend nicht mehr gesehen."

„Samstag. Gott, wo könnte sie sein?"

Ben sah auf die Uhr. Spätnachmittag. „Wahrscheinlich ist sie auf dem Weg zur Arbeit."

„Du hast sie wirklich nicht gesehen, oder? Am Samstag kam es zu einer Auseinandersetzung mit unseren Onkeln und unserem Vater. Dann hat sie gekündigt."

Bens Hand blieb auf halbem Weg zu seinem Mund stehen. Gekündigt? Am Samstag hatte Anne zum Geburtstagsessen ihres Vaters gehen wollen. Sie hatte an diesem Tag nicht gearbeitet.

Andererseits bedeutete eine Familienfeier, dass die Onkel und der Arschloch-Cousin wahrscheinlich dort gewesen waren. „Robert hat ihr Kummer bereitet?"

„Schlimmer als das. Wie es scheint, hat er Onkel Russell überredet, ihm Annes Job als Teamleader zu geben und sie aus dem Team zu entfernen. Sie hat versucht, auf der Party cool zu bleiben, aber dann musste unser Vater sein Maul aufreißen. Vor allen Anwesenden hat er gesagt, wie froh er sei, dass sie nicht länger im Team war. Und er ohnehin nicht will, dass sich sein Mädchen in Gefahr bringt."

Herrgott, er hatte also ein Streichholz in einen Benzintank geworfen. „Sie ist explodiert?"

„Oh, scheiße, ja." Travis sah erschöpft aus und rieb sich mit der Hand über das Gesicht. „Sie geht nicht ans Handy und sie war noch nicht wieder zuhause."

„Vielleicht ist sie zuhause und reagiert nur nicht auf die Türklingel?"

„Ihr Auto ist weg."

„Verdammt." Wie eine sich langsam aufbauende Lawine wuchs seine Sorge und begrub alles in ihrem Pfad. Hatte sie diesen Mist ertragen müssen, bevor sie das Shadowlands betreten hatte? Anne liebte ihren Vater. Sie liebte ihren Job. Die Bastarde hatten ihr damit das Herz geschreddert.

Und dann hatte auch er noch drauf eingeschlagen. Ja, vielleicht hatte sie sich für den kleinen Scheißer entschieden und wollte niemanden, der kein Sklave sein wollte. Das bedeutete aber noch lange nicht, dass Ben das Recht hatte, sich wie ein Sackgesicht aufzuführen.

„Ich mag deinen Gesichtsausdruck nicht", sagte Travis leise. „Was weißt du, das ich nicht weiß? Weißt du, wo sie –?"

„Ich habe sie nach eurem Abendessen gesehen." Sorge nagte an ihm. „Seither nicht mehr. Wir sind nicht mehr zusammen."

„Du ..." Travis' Gesicht verdunkelte sich vor Wut. „Was zum Teufel? Nach allem, was sie durchgemacht hat, du –"

„Ich wusste es nicht. Und sie hat mit *mir* Schluss gemacht, okay?" Sie hatte nichts über ihren Job gesagt. Ihre Familie ... weil er ihr keine Chance gegeben hatte, etwas zu sagen. *Fuck!*

Travis' düsterer Blick erlosch. „Tut mir leid. Sie ist schließlich meine kleine Schwester."

Ben verstand. Annes Bruder war so fürsorglich wie Ben – und Anne hatte es ihm sicher nicht immer einfach gemacht mit seinem Wunsch, sie zu beschützen. Das tat sie immer noch nicht. „Ich habe zwei jüngere Schwestern. Ich verstehe dich."

Travis' Lippen verzogen sich zu einem schiefen Grinsen. „Ich nehme nicht an, dass du vielleicht weißt, wo sie hingegangen sein könnte?"

Ben schüttelte den Kopf. „Du arbeitest noch für die Agentur? Kannst du sie nicht aufspüren?"

„Na ja, sie weiß genau, wie man jemanden daran hindert, das zu tun. Schlimmer noch: Da sie wie vom Erdboden verschluckt ist, haben meine Onkel gerade niemanden, der mehr als eine Standardsuche starten kann. Sie ist diejenige mit dem Talent."

„Selbst schuld, wenn man so dumm ist und sie zur Kündigung treibt."

„Langsam kommen sie selbst dahinter." Travis zog seine Brieftasche heraus und legte eine Visitenkarte auf den Küchentresen. „Wenn dir einfällt, wo sie sein könnte, egal, wie unwahrscheinlich, würde ich mich über einen Anruf freuen." Ein Muskel in seiner Wange zuckte. „Als sie klein war, versteckte sie sich in ihrem Zimmer, wenn sie traurig war. Nur ist sie nicht zuhause. Sie ist unauffindbar. Sie ist noch nie einfach ... verschwunden."

Ben drückte die Schultern durch und verspürte das Bedürfnis, selbst nach ihr zu suchen. Nur war sie jetzt nicht mehr sein Problem, oder? Sie waren nicht länger ein Paar. Sie hatte ihn für den kleinen Scheißer verlassen.

Travis wartete immer noch und Ben runzelte die Stirn. Ja, sie hatte ihm in den Arsch getreten, aber erst nachdem er gesagt hatte, dass er dem Druck nicht gewachsen war. *Was für ein Scheiß.* Und sie hatte ihren Job verloren und mit ihrem Vater gestritten.

Er seufzte. Niemand wusste besser als er, dass ihre harte Schale ein erschreckend zerbrechliches Herz schützte. *Verdammt, Anne. Verdammt. Wo bist du?*

„Ich rufe dich an, sobald ich etwas herausfinde." Ben streckte seine Hand aus. „Wenn du versprichst, mich wissen zu lassen, solltest du sie zuerst finden."

Travis nahm seine Hand. „Du wirst auch auf die Jagd gehen?"

„Fuck, ja!"

KAPITEL SIEBENUNDZWANZIG

A nne versuchte, ihren Verstand zu leeren, schloss die Augen und ließ den Masseur die Knoten aus ihren Schultern arbeiten.

Fast eine Woche war vergangen, während sie sich an der angenehm energiegeladenen Atlantikküste ausgeruht, jede Wellnessbehandlung probiert, den Alkohol ignoriert und reichhaltige Desserts genossen hatte. Konnte ein Baby karamellsüchtig geboren werden?

Wenn sie nicht gerade aß, schwamm und las sie und ... blies Trübsal.

Tage waren vergangen und trotzdem hatte sie das Gefühl, dass das Familienessen und die Sache im Shadowlands erst gestern Abend passiert waren. Als wäre sie gerade erst durch Florida gefahren, um sich in das St. Augustine Hotel einzuchecken.

Sie war weggelaufen, hatte nicht mal ihr Handy eingepackt. Kein geordneter Rückzug von ihr – sie war einfach vom Schlachtfeld geflohen.

Andererseits machte sie das schon seit sie denken konnte, wenn emotionale Umbrüche bevorstanden. Bei Konfrontationen hielt sie nichts zurück. Aber danach ... versteckte sie sich, bis die Achterbahnfahrt ihrer Gefühle zu einem Ende kam.

Nicht mehr lange. Bald. Wirklich. Sobald sie atmen konnte, ohne dabei Schmerzen zu empfinden, würde sie in ihr Leben zurückkehren.

Aber ... sie konnte immer noch den Schmerz in Bens Augen sehen, seinen Zorn hören. *„Danke für die Kostprobe."* Ihre Finger ballten sich zu −

„Hör auf damit. Entspann dich", murmelte der Masseur. Seine leise Stimme war so geschmeidig wie ein Flussstein, der durch das Wasser jegliche Ecken und Kanten verloren hatte. Und doch ging nichts über Bens raue Stimme mit dem schwachen New Yorker Dialekt.

Ich will Ben. Als ihre Augen mit unvergossenen Tränen brannten, atmete sie durch ihre Nase ein und drückte sie nieder.

Der Masseur seufzte, bedeckte sie und rieb sanft über ihre Schulter. „Ruhe dich aus und wenn du fertig bist, zieh deinen Bademantel an und genieße das Dampfbad. Vor dem Raum stelle ich ein Glas Wasser bereit. Trink es aus."

„Danke, Marc. Schöne Massage."

Er schnaufte. „Wohl kaum. Du hast meine Bemühungen immer wieder zunichtegemacht." Sein Blick schweifte über ihr Gesicht. „Manchmal ist es schwer, die Vergangenheit hinter sich zu lassen. Ich helfe dir gerne auch dabei."

Eine höfliche Anfrage. Und sie war kein bisschen interessiert. „Das ist sehr lieb von dir. Aber ich fahre morgen wieder nachhause."

Er neigte den Kopf in Akzeptanz. „In diesem Fall sage ich einfach, dass es mir eine Freude war."

„Das kann ich nur zurückgeben."

Eine Stunde später, ohne jede Motivation, irgendetwas zu tun, verweilte sie auf der Terrasse des Hotelrestaurants. Ihr Abendessen war weggeräumt worden, und die fröhliche Kellnerin hatte ihr eine Tasse Kräutertee gebracht.

Hinter der üppigen, tropischen Landschaft lag ein langer, weißer Sandstrand. Wellen rollten geräuschvoll ans Ufer, was sie vom Golf so nicht kannte. Der Atlantik war so viel größer, so viel mächtiger. Er erinnerte sie an Ben.

Nein. Lass die Gedanken nicht in diese Richtung gehen.

Sie legte ihren nackten Fuß auf den angrenzenden Stuhl und betrachtete ihre Pediküre. Ihre Nägel waren dunkelblau mit winzigen glitzernden Sternen, sodass ein Nachthimmel entstand.

Während ihrer Zeit in diesem Hotel war ihr Körper erfrischt, verwöhnt und dekoriert worden. Körperlich fühlte sie sich gut genug, sodass es ihr schwerfiel, zu glauben, sie wäre schwanger. Außer wenn sie sich auf einen Massagetisch legte und bemerkte, dass ihre Brüste nun viel größer waren und sich empfindlicher anfühlten. Oder wenn ein Duft dazu führte, dass sie würgte. Oder wenn eine Emotion sie mitriss, als wäre sie von einer Strömung erfasst worden.

Ja, sie war auf jeden Fall schwanger. Und ihre Zeit zum Trübsalblasen musste ein Ende haben. Sie musste einige wichtige Entscheidungen treffen. Eigentlich eine ganze Menge Entscheidungen.

Sie wackelte mit den Zehen und verursachte Chaos am Sternenhimmel. Darin war sie gut, nicht wahr? Nicht mal, wenn sie jemand dafür bezahlt hätte, wäre es ihr gelungen, ihr sorgfältiges, komfortables Leben besser zu sabotieren, so wie sie das am vergangenen Wochenende getan hatte.

Wie Ben sagen würde: *„Bravo Zulu, Anne."*

Ben. Was sollte sie mit ihm machen? Würde er überhaupt mit ihr sprechen wollen? Die Erinnerung an seinen unversöhnlichen Ausdruck wurde von seinen grausamen Worten begleitet: *„Ich sehe keine Notwendigkeit, die Sache totzureden. Du hattest Recht. Ich bin Vanilla, und ich brauche diesen Scheiß mit dem Kink nicht. Danke für die Kostprobe."*

Er war fertig mit ihr. Erledigt.

Als sich die Panik von ihrer Brust über ihren ganzen Körper

ausbreitete, erstarrte sie und versuchte, trotz der Schmerzen zu atmen. Und nicht in Tränen auszubrechen.

Nach ein paar Sekunden – einer halben Ewigkeit – verschwand die Qual und hinterließ schmerzhafte Leere. Sie holte Luft und nahm ihren Tee. Ja, sie würde Ben nicht so einfach aus ihrem Kopf bekommen, aber ... hier war dafür nicht der richtige Ort. Sie sollte warten, bis sie ihr Zuhause um sich hatte, ihre vier Wände.

Sie trank von dem Tee und zwang sich zum Schlucken.

Egal, was sie beschloss, sie musste ihm von dem Baby erzählen. Er war der Vater. Sie wollte keinen Kindesunterhalt, aber ... aber dies war Ben, und er würde darauf bestehen, sie zu unterstützen. Und er würde ein Teil des Lebens des Babys sein wollen.

Das würde wehtun. Und doch – sie legte ihre Hand auf ihren Bauch –, ob Mädchen oder Junge, das Kind konnte nur davon profitieren, einen Mann wie Ben in seinem Leben zu haben.

Zum Wohle ihres Babys würde sie ihr Bestes geben, um Ben einzubeziehen, und er würde dasselbe tun.

Sie holte tief Luft und blinzelte die Tränen zurück. Warum musste das Leben so schmerzhaft sein?

Immer vorwärts, Anne. Als Nächstes hätten wir das Shadowlands.

Da sie nicht mehr schlucken konnte, stellte sie den Tee mit einem klirrenden Geräusch ab.

„Miss?" Der Mann, der neben ihrem Tisch stand, hatte strahlend weiße Haare. Ganz in Weiß gekleidet lehnte er auf einem schwarzen Gehstock. Seine blauen Augen wirkten verblasst, jedoch aufmerksam. „Ich möchte wirklich nicht stören, aber, mein Kind, kann ich irgendetwas tun, um zu helfen?"

„Bitte was?" Sie runzelte die Stirn und hatte keine Ahnung, was er meinte. Hatte sie etwas fallen lassen oder –

„Außerhalb eines Krankenhauses habe ich noch nie jemanden gesehen, der trauriger ausgesehen hat. Würdest du mir erlauben, zu helfen, wenn ich kann?" Die Frage brachte mehr Schmerz und doch ... wehte eine Süße zu ihr.

Die Welt enthielt immer noch wunderbare Menschen. Sie streckte ihre Hand aus und sagte mit belegter Stimme: „Ein kürzlich erlittener Verlust." *So viele Verluste.* „Aber die Zeit wird sich darum kümmern, da bin ich mir sicher." *Niemals.* „Danke für Ihre Besorgnis."

Ähnlich wie der Masseur Marc neigte der Senior seinen Kopf und drückte ihre Finger. „Also gut, Fräulein. Pass gut auf dich auf."

„Sie auch."

Er hatte schließlich geholfen und sie aus ihrer Trauer herausgeholt. Er hatte sie an das Gleichgewicht des Lebens erinnert. Sie segnete den Fremden und dachte dann an diesen bestimmten Abend im Shadowlands zurück, an Cullen und Raoul, und was sie gesagt und getan hatten.

Nicht gut. Egal, was sie gesagt hatten, sie selbst hatte überreagiert und die Beherrschung verloren. Sie konnte es ihnen nicht gerade übel nehmen, wenn sie dasselbe taten.

Bei Bedarf würde ein Gespräch die Dinge zwischen ihnen richten. Aber vielleicht wäre nicht mal das nötig. Sie war nicht länger ein Mitglied.

Und sie hatte nicht vor, ihre Mitgliedschaft wieder aufzunehmen. Ben arbeitete dort, und ... zu ihrer beider Wohl sollte sie Abstand halten. Und wenn sie ehrlich war, würde es länger dauern, bis sie wieder bereit wäre, einen neuen Sub in ihr Leben zu lassen.

Jedoch würde sie es vermissen, ihre Freunde aus dem Club zu sehen. Nicht nur die Master und Mistresses, sondern auch die unterwürfigen Frauen. Jessica, Beth, Kim ... alle. Sie hatte immer zwanglose Freunde gehabt, aber diese Gruppe bedeutete ihr so viel mehr. Sie waren ein wichtiger Teil ihres Lebens.

Nur eine weitere Veränderung, die sie nicht hatte kommen sehen.

Ihr Mund spannte sich an. Das Shadowlands war raus, aber ihre Freundinnen würde sie nicht aufgeben. Sie hatte noch nie freiwillig einen Freund zurückgelassen. Auch nicht als Kind. Schließlich hatte ihr Vater sie gewaltsam von ihnen weggerissen. Und jetzt würde sie ebenfalls nicht kampflos kapitulieren. Vielleicht würden sie es merkwürdig finden, sowohl mit ihr als auch mit Ben befreundet zu sein, aber das Gefühl würde sich legen, weil Loyalität eine ihrer besten Qualitäten war.

Das nächste Thema, über das man sich Sorgen machen musste: ihr Beruf.

Sie lächelte. Das Jobthema war bei weitem nicht so schmerzhaft. War das nicht nett?

Sie lehnte ihren Kopf zurück und ging ihre Möglichkeiten durch.

Erste Möglichkeit: Sie war extrem gut darin, ein Team zu leiten und Flüchtige aufzuspüren, und Robert war wirklich inkompetent. Denkbar, dass die Onkel ihre Meinung änderten und sie zurückhaben wollten.

Zweite Möglichkeit: Sie könnte anderen Jobs nachgehen. Wenn sie ihren Gürtel enger schnallte – ah, schlechte Formulierung. Sie tätschelte ihren Bauch. *Tut mir leid, Baby.* Wenn sie jeden Cent zweimal umdrehte, könnte sie sich Zeit nehmen, eine neue Position zu finden. Sie hatte den größten Teil ihres Gehalts auf ein Bankkonto überwiesen, also hatte sie ein bequemes Polster. Ihr Strandhaus war ein Geschenk gewesen, sodass es keine Miete oder eine Hypothek gab, um die sie sich Sorgen machen musste. *Danke, Mom!*

Das einzige Problem mit ihrem Zuhause war, dass sie zu nah bei ihrem Vater lebte. Leider würde ein Umzug ihre Mutter verletzen.

Außerdem war ihre Liebe zu ihm nicht gestorben. Ihr Vater war ein archaischer Arsch, wenn es um Gleichberechtigung und Dinge dieser Art ging. Er akzeptierte sie nicht für das, was sie war, aber sie wusste, dass er sie liebte. Irgendwann würden sie sich wieder versöhnen.

Aber er musste den ersten Schritt machen. Etwas anderes kam nicht in Frage.

Na bitte, sie hatte Pläne.

Morgen würde sie aus dem Hotel auschecken und nachhause fahren. Es war an der Zeit, die Dinge in Ordnung zu bringen und sich mit den Veränderungen zu befassen, die sie damit in Gang setzen würde.

Und die größte Veränderung von allen?

Mit einem Lächeln legte sie ihre Hand auf ihren Bauch. *Ich trage Bens Baby in mir.*

Seit dem gestrigen Besuch von Travis hatte Ben ergebnislos nach Anne gesucht. Er hatte die Kautionsagentur angerufen. Er war im Frauenhaus gewesen. Er hatte die Shadowlands-Mitgliedsliste benutzt, um sich bei ihren Freundinnen nach ihr zu erkundigen ... und auch bei dem kleinen Scheißer.

Nichts.

Bei seinem monatlichen Veteranentreffen wartete er, bis alle gegangen waren, um Z zu fragen: „Kann ich einen Moment mit dir reden, Z?"

„Natürlich. Gerne kannst du dir ein Bier nehmen; Wasser für mich, bitte." Z legte eine Hand auf Bens Schulter und ging hinaus, um dem Rest eine Gute Nacht zu wünschen.

In der Zwischenzeit schnappte sich Ben ein Bier und das Wasser für Z, setzte sich an den Tisch aus Eiche und Eisen und ... schmorte. Wo zum Teufel könnte die Frau sein? Sicherlich hatte sie irgendjemandem mitgeteilt, wo sie war und wie es ihr ging.

Mit seinem Blick auf Ben überquerte Z die Veranda und nahm gegenüber von ihm Platz. „Was macht dir Sorgen?"

Bevor er antworten konnte, öffnete sich die Tür im zweiten Obergeschoss. Jessica kam mit Sophia, die in ihren Armen schlief, die Außentreppe runter. Als sie Ben sah, stoppte sie und sagte:

„Ups, tut mir leid. Ich dachte, alle wären gegangen." Sie drehte sich um, um wieder hochzugehen.

„Nein, Jessica", sagte Ben. „Hier gibt es keine Geheimnisse. Ich wollte über Anne sprechen. Ich muss einige Informationen teilen und hoffe auf Ratschläge."

„Okay. Wenn du dir sicher bist."

„Hier, Kleines." Z stand auf und rückte einen Stuhl für sie zurecht, bevor er die Wange des Babys mit sanften Fingern berührte.

Neid und Trauer erfüllten Bens Herz. Mit dem Verlust von Anne waren Hoffnungen gestorben, von denen er nicht einmal gewusst hatte, dass er sie geschaffen hatte.

„Sprich weiter, Benjamin", forderte Z auf und nahm seinen Platz wieder ein.

„Okay. Letztes Wochenende im Shadowlands planten Anne und ich, unsere Beziehung zu besprechen."

Z nickte und schien wenig überrascht.

„Dazu kam es jedoch nicht." Ben nippte an seinem Drink, unsicher, wie viel er sagen sollte. „Ich sah sie mit Joey und verlor die Beherrschung. Ich habe ihr gesagt, ich sei fertig mit ihr."

Jessicas Augen weiteten sich, aber sie sagte nichts.

„Das sieht dir nicht ähnlich." Mit dem Blick auf Ben fixiert, zog Z Jessica näher zu sich und legte seinen Arm unter das Baby, um ihr von dem Gewicht etwas abzunehmen.

„Vielleicht. Aber wir waren ..." Ben rieb sich über sein unrasiertes Gesicht. „Ich hatte ihr den Tag davor mitgeteilt, dass ich mich nicht in der Rolle eines Sklaven sehe. Sie bat um Zeit, um darüber nachzudenken. Wir wollten an dem Abend im Shadowlands reden."

„Ah." Z musterte ihn. „Und hat sie gesagt, sie würde Joey wieder zurücknehmen?"

„Ich gab ihr nicht die Chance, etwas zu sagen, aber ... ja? Jetzt denke ich jedoch, dass ich es vielleicht vermasselt habe."

Jessicas Schnauben klang wie ein Niesen.

Ben sah zu ihr. „Hast du etwas hinzuzufügen, Blondie?"

„Sie würde nicht zu Joey zurückgehen. Er ist ein krasser Masochist und sie ... nun, sie ist nicht mehr so sadistisch. Das hat sie mir selbst gesagt." Jessica schüttelte den Kopf. „Ist es möglich, dass du die Situation falsch verstanden hast?"

Als Ben bei Joey angerufen hatte, wusste auch er nicht, wo Anne sich aufhielt. Er schien sogar überrascht zu sein, dass jemand dachte, er würde es wissen.

Habe ich den Abzug gedrückt, ohne alle Details zu kennen? Er blickte finster auf den Tisch. Es stellte kein Problem dar, das in sein Gehirn eingebrannte Bild erneut hervorzurufen: *Anne beugt sich zu Joey hinunter. Mit seinem Kinn in ihrer Hand sah sie ihm für eine halbe Ewigkeit in die Augen.*

Aber das war alles, was Ben gesehen hatte. Ein langer Blick. Hatte ihn seine eigene Unsicherheit dazu gebracht, mehr in die Körpersprache hineinzuinterpretieren? „Vielleicht war ich etwas ... voreilig."

„Hast du einen Fehler gemacht, so wirst du mit ihr reden, ob sie das nun will oder nicht, und auch, wenn du sie an ihrem Arbeitsplatz mit einem Tackle zum Reden zwingen musst", sagte Z ohne einen Hauch von Zweifel in seiner Stimme. „Ich kann mir nicht vorstellen, dass du zu weniger als volle Kraft voraus fähig bist."

„Roger."

Z hob die Augenbrauen und fragte so, in welchem Punkt er Rat brauchte.

„Es gibt noch mehr Informationen, die du wissen solltest." Ben spürte, wie sein Magen rebellierte. „Früher an diesem Abend kam es mit ihrer Familie zu einem Streit, der dazu führte, dass sie ihren Job gekündigt hat."

„Nein!" Jessica schüttelte den Kopf. „Sie liebt ihren Job. Und ihre Familie."

„Richtig. Und genau da liegt das Problem. Niemand − weder Familie noch Freunde − hat sie gesehen, seit sie am gleichen

Abend das Shadowlands verlassen hat. Habt ihr sie gesehen?" Er sah zu Z.

„Ich habe nichts von ihr gehört, nein." Z starrte in die Dunkelheit, die die Veranda umgab. „Sie ist stark, aber ihr Herz macht sie verwundbar. Wie viele Schläge kann sie ertragen, bevor sie bricht?"

Eine verspätete Erkenntnis lud Schuldgefühle auf Bens Schultern. Wenn sie Joey nicht zurückgenommen hatte, dann ... war einer dieser Schläge von ihm gekommen. Was zum Teufel hatte er getan?

„Und Cullen meinte ..." Mit Tränen in den Augen legte Jessica die Hand auf ihren Mund. „Oh nein. Das ist einfach zu viel."

„Ganz ruhig, Kleines." Z hob seine Frau und seine Tochter auf seinen Schoß und zog sie an sich.

„Was hat Cullen gesagt?", fragte Ben.

Z schüttelte den Kopf. „Cullen ist anscheinend zu demselben Schluss gekommen wie du. Dass sie dich für Joey verlassen hat. Er war in deinem Namen wütend."

„Gott, ich brauche keine Hilfe." Hatte Cullen sie zusammengestaucht, obwohl sie bereits am Boden gelegen hatte? „Heißt das, dass wir wissen, wo sie ist? Im Gefängnis, weil sie blutige Brocken eines dickköpfigen, dummen Masters überall auf der Bar liegen gelassen hat?"

„Benjamin." Zs Stimme klang trocken. „Bevor Anne zurückkommt, könntest du an deiner respektvollen Wortwahl arbeiten, die für einen Sub als angemessen gilt."

Solange sie zurückkehrte, könnte er das tun.

Z streichelte Jessicas Haare. „Ich wünschte, Anne *hätte* mit Gewalt reagiert. Stattdessen hat sie ihre Mitgliedschaft gekündigt."

„Sie hat was?"

Die Linien neben Zs Mund vertieften sich. „Sie hat ihre Mitgliedschaft gekündigt. Und ja, auch ich habe versucht, sie zu erreichen. Ohne Erfolg."

Sie hat das Shadowlands verlassen? Das sinkende Gefühl in Bens Brust war ihm neu – als wäre sein Herz in seinem Magen angekommen. Was zum Teufel hatte sie sich dabei gedacht, jede Verbindung zu kappen, die sie hatte? War sie verrückt geworden?

Nein, aber sie hatte ein höllisches Temperament, wenn sie es denn mal herausließ.

Sie hatte Blut, Schweiß und Tränen vergossen, um als Kautionsagentin und Mistress zu brillieren. Alles, was sie aufgebaut hatte, von Idioten wie ihren Onkeln und ihrem Vater in Frage gestellt zu bekommen ... und von Cullen ... *Verdammt*, er konnte es ihr nicht verübeln, dass sie verschwunden war.

Travis hatte erwähnt, dass sie dazu neigte, sich zurückzuziehen, wenn sie verwundet wurde. Aber sie würde sich nicht lange von ihrer Familie und ihren Freunden fernhalten. „Sie wird zu ihren Freunden – und dem Shadowlands – zurückkehren, wenn sie bereit ist. Anne fehlt es nicht an Mut."

Solange bei ihr alles in Ordnung war.

Es musste ihr gut gehen. *Bitte lass es ihr gut gehen.* „Wenn sie zurückkommt ...", zögerte Ben. „Z, ich habe gesehen, dass du dich bei bestimmten Situationen einmischst. Wirst du mir helfen?"

„Nein", sagte Z in einem ernsten Ton.

Sowohl Ben als auch Jessica starrten ihn schockiert an.

„Benjamin, du hast all das Talent und die Entschlossenheit, um einen Plan umzusetzen. Ob ihr euch nun trennt oder nicht, ich weiß, dass du ihr beistehen wirst, bis es ihr besser geht." Zs Lächeln war flüchtig. „Ob sie das nun will oder nicht."

„Und sie wird es nicht wollen", murmelte Ben. Aber, *verdammt*, wenn sie Hilfe brauchte, würde er dafür sorgen, dass sie sich seiner Unterstützung sicher sein konnte. Und sie würde diese Hilfe annehmen, ob es ihr nun gefiel oder nicht.

Obwohl es für ihn recht simpel wäre, einfach jeden zu töten, der sie verletzt hatte. Mit ihrem Cousin würde sie anfangen. Zuerst musste er sie jedoch finden. „Ich werde Ghost dieses Wochenende an die Tür setzen. Ist das okay?"

Z nickte. „Natürlich."

Ben leerte sein Bier und erhob sich. „Tut mir leid, dass ich länger geblieben bin, als geplant, Jessica. Ich werde jetzt verschwinden."

„Sei nicht albern, du bist immer willkommen", sagte sie. „Ich werde mit den anderen Shadowkittens sprechen und versuchen, dir ein paar Ideen zu geben."

„Danke." Als er das Anwesen verließ, sah er, wie Jessica den Kopf drehte und ihre Wange an Zs Brust schmiegte.

Anne hatte das auch getan, hatte Trost an Bens Schulter gesucht. Das hatte ihm jedes Mal das Gefühl gegeben, gebraucht zu werden. Er hatte sich stark gefühlt, wenn sie ihm auf diese Weise vertraute – als wäre er in der Lage, jegliche Gefahr für sie abzuwehren.

Fuck, er vermisste sie.

KAPITEL ACHTUNDZWANZIG

„**S**ie werden sich bei dir melden, Joey", sagte Anne in den Hörer ihres Festnetztelefons. Die zwei Dominas, mit denen sie über ihn gesprochen hatte, waren Sadistinnen. Und beide waren offen dafür, sich eines neuen Sklaven anzunehmen.

„Vielen Dank, Mistress Anne." Er war so begeistert, dass er regelrecht atemlos klang.

„Das habe ich gern gemacht. Pass auf dic –"

„Wirst du heute Abend ins Shadowlands kommen?", fragte er, bevor sie sich verabschieden konnte. „Es ist Samstag. Gestern Abend warst du schon nicht."

Eigentlich hatte sie geplant, gestern Abend wieder zuhause zu sein, nur hatte die kleine Sache mit dem undichten Kühler bei ihrem SUV, sie einen Tag länger in St. Augustine gehalten.

Nicht, dass sie sonst in den Club gegangen wäre. Sie war kein Mitglied mehr. „Nein, ich plane einen schönen, ruhigen Abend zuhause. Ich werde auf dem Deck sitzen und zusehen, wie der Sturm hereinbricht."

„Bäh!", sagte er.

Sie lächelte und stellte sich seinen Schauer vor. Er hasste Stürme. Wenn er wusste, was gut für ihn war, würde er diese

Information nicht mit einer neuen sadistischen Mistress teilen. „Gute Nacht, Joey."

Anne legte auf und runzelte die Stirn bei dem blinkenden Licht des Anrufbeantworters. Sie hatte unzählige verpasste Anrufe.

Aber ... vorerst hatte sie genug telefoniert, zumal die Nachrichten von ihrer Familie und vielleicht einigen der Shadowlands-Mitglieder waren, und das schloss – sie erschauderte – Z mit ein. Sie hatte sich bereits zwei Nachrichten von Travis und Harrison angehört. Mit jedem Drücken der Wiedergabetaste hatte sie den Atem angehalten, in der Hoffnung, dass der Anrufer Ben war, nur um dann durch ein Meer aus Schmerz zu waten, als sie erkannte, dass es nicht seine Stimme war.

Mehr konnte sie im Moment nicht ertragen.

***

Mit Einbruch der Abenddämmerung und unter dem Rumpeln des Donners hörte Anne jemanden über den Steinpfad gehen, der neben ihrem Haus verlief. Ihr Herz hüpfte. *Ben?*

Von ihrer liegenden Position auf dem Liegestuhl stützte sie sich auf einem Ellbogen ab.

Drei Haarschöpfe waren zu sehen und sie liefen gerade um ihr Terrassendeck. Nicht Ben. Frauen. Sie entließ einen traurigen Seufzer.

Nur an ihren Haaren konnte sie ihre Besucher erkennen. Glattes Haar so schwarz, dass es blau glänzte – Kim. Dickes, welliges, blondes Haar – Jessica. Glänzendes Schwarz mit Krauselocken – Uzuri.

Die Shadowkittens waren hier, um ... warum? Sie runzelte die Stirn, als sie die Stufen hochkamen.

„Hey", rief Jessica. „Werden Besucher dazu gezwungen, über die Planke zu gehen, Ma'am?"

Annes Mundwinkel zuckten. „Dies ist kein Schiff, sondern ein

Deck. Aber kommt rauf. Ich werde über die Planke entscheiden, nachdem ich gehört habe, welche Verbrechen ihr in letzter Zeit begangen habt."

Nur Uzuri sah besorgt aus. Kim wagte es sogar, zu lachen.

Anne verspürte das Bedürfnis, zu schmollen. Ihr Ruf als böse Mistress war einfach den Bach runtergegangen. Andererseits war das wohl zu erwarten, wenn man Subs zu Freunden machte, oder? „Wie komme ich zu der Ehre dieses Besuchs? Und woher wusstet ihr, dass ich hier sein würde?"

Niemand wusste, dass sie hier war. Na ja, abgesehen von Joey. Natürlich galt er vor nicht allzu langer Zeit im Shadowlands noch als das Paradebeispiel des männlichen Subs. „Joey hat euch angerufen", sagte Anne mit flacher Stimme.

Die drei tauschten Blicke aus und wählten lautlos Jessica als Wortführerin: „Alle waren besorgt, als du verschwunden bist." Als der böige Wind Jessicas Kleidung gegen ihren Körper peitschte, setzte sie sich auf einen Stuhl und nahm ihre Haare mit einer Hand zusammen.

Kim sagte: „Raoul und Cullen sind über sich selbst verärgert. Cullen meinte, er habe sich das Maul verbrannt. Schon wieder. Im Moment überlegt er, wie er sich dafür entschuldigen soll."

„Eine Entschuldigung ist nicht nötig." Anne spürte den Schmerz des Verlustes, als sie hinzufügte: „Ich werde die beiden ohnehin nicht so schnell wieder sehen."

„Nein!" Uzuri schob sich an Kim vorbei, und plötzlich kniete vor Anne eine Sub. „Bitte, Ma'am, lass nicht zu, dass ein kleiner Streit dazu führt, dass sich dein Leben zum Schlechteren wendet."

Die Erinnerung an Ben auf seinen Knien ... genau dort ... stach in ihr Herz.

„Es ist mehr als ein kleiner Streit." Sie hatte gedacht, sie wäre über den Verrat hinweg, aber ... es tat immer noch weh. „Sie dachten, ich sei unehrlich und dass ich Ben betrüge."

„Anne." Kims sanfte Stimme hielt die süße Sturheit, die Raoul so an ihr verehrte. „Sie sind einfach nur Männer, die ihren Kumpel verteidigt haben. Wir Frauen machen das ständig. Und Raoul erkannte schon, bevor du den Club verlassen hast, dass Ben nicht der Einzige war, der gelitten hat."

Anne blinzelte. Sie spielte das Gespräch erneut in ihrem Verstand ab. Ja, Cullen war immer darauf bedacht, Ben zu beschützen. Und sie hatten nichts von dem Gespräch zwischen ihr und Joey mitbekommen. Die beiden hatten sie einfach mit ihm gesehen, wie Ben weggestürmt war, und dann voreilige Schlüsse gezogen.

Dumm, sicher, aber hey, Männer, richtig? Anscheinend hatten sie sich voll und ganz auf das kaltherzige Mistress-Image eingelassen, das sie geschaffen hatte.

Der schmerzhafte Knoten in ihrer Brust löste sich. „Sie haben sich gegen mich verbunden und ich verlor die Beherrschung." Sie half Uzuri wieder auf die Beine.

„Eigentlich dachte ich, dass du ziemlich gelassen geblieben bist", sagte Jessica und machte es sich auf dem Stuhl bequem, als Kim neben ihr Platz nahm. „Schließlich hattest du so ziemlich den schlimmsten Abend aller Zeiten. Dein Job, deine Familie und dann der Club."

Das stimmt. Anne musterte die Drei einen Moment lang. „Woher wisst ihr von meinem Abend?"

„Oh, Mädchen." Uzuri setzte sich auf die Hollywoodschaukel. „Das Shadowlands ist eine Gossipoase. Schlimmer als die winzige Stadt, in der ich aufgewachsen bin. Dein Bruder sprach mit Ben, der mit Z sprach, der ihm erzählte, was Cullen und Raoul zu dir gesagt haben."

„Ich rief Joey an", sagte Kim, „und er gab mir die restlichen Informationen."

Travis hatte Ben erzählt, was passiert war? Ihr Kopf drehte sich und Anne hielt ihre Hand hoch. „Ich habe verstanden."

„Ben macht sich Sorgen um dich", sagte Jessica.

Bedeutete das etwas? Schließlich war er ein fürsorglicher

Mensch. Nur weil er es mit ihr beendet hatte, würde er nicht aufhören, sich zu sorgen.

Jemand sollte ihn wissen lassen, dass es ihr gut ging. Na ja, recht gut. „Hat ihm jemand gesagt, dass ich zuhause bin und alles in Ordnung ist?"

„Nein. Wir wollten zuerst mit dir reden." Jessica schenkte ihr ein sanftes Lächeln. „Du bist vielleicht eine Mistress, aber du bist auch Teil unserer Gang. Und eine Frau braucht ihre Truppe um sich herum, wenn es schlecht läuft."

Jessicas Zuneigung schwappte in die leeren Nischen von Annes Herz. Sie hatte gute Freunde. Ein Blick auf die anderen beiden Frauen zeigte, dass sie genauso dachten, noch bevor Jessica hinzufügte: „Es wollten alle kommen, aber wir hatten Angst, dass das zu überwältigend sein könnte."

„Als Sally den Kürzeren gezogen hatte und nicht kommen durfte, Junge, hättest du sie hören sollen. Ein Fest der Kraftausdrücke. Und Olivia meinte, sie wird uns im Club den Arsch versohlen, weil wir ihr nicht erlaubt haben, uns zu begleiten." Kims Lippen kippten nach oben. „Siehst du, wie sehr wir dich lieben?"

Und sie hatte sich einsam gefühlt. „Danke. Ich danke euch allen."

„Okay. Also – hast du einen Mixer?" Uzuri hob den braunen Einkaufsbeutel zu ihren Füßen auf. „Ohne Alkohol können wir keine katastrophalen Beziehungsgeschichten teilen."

Sie müssten das Trinken für Anne übernehmen, aber okay. Lachend erhob sich Anne und führte den Weg ins Haus.

Während Ben beobachtete, wie die schwarzen Wolken den Himmel bevölkerten, zog er sein Handy aus der Gesäßtasche und nahm den Anruf an, ohne das Display zu prüfen. „Ja?"

„Ben? Travis hier."

Ben erstarrte. „Gibt es Neuigkeiten?"

„Gibt es. Bei ihr sind die Lichter an."

„Hast du vorbeigeschaut?", fragte Ben.

„Nein, Harrisons Frau hat es bemerkt und mich angerufen. Dad und ich sind in Tampa und machen uns jetzt auf den Weg zu ihr. Wenn du sie also vor uns sehen willst, ist das deine Chance."

Ben lächelte. *Guter Mann.* „Verstanden. Danke."

„Du musst dich nicht bedanken. Sei dir nur darüber im Klaren, dass ich dir das Genick breche, wenn du sie nicht glücklich machst."

Wenn er die Sache versaute, würde er einen frühen Tod begrüßen.

<hr />

Als Uzuri mit den frischen Erdbeeren, die sie mitgebracht hatte, Daiquiris zusammenbraute, übernahm Anne die Aufgabe, jedem Getränk Rum hinzuzufügen.

Ein salzbeladener, nasser Wind wehte durch das Fliegengitter der offenstehenden Tür, und kündigte damit den bevorstehenden Sturm an. Eine Minute später prasselte Regen auf ihr Deck, was sich schnell zu einem lauten Trommeln entwickelte. „Ihr seid gerade noch rechtzeitig gekommen", erhob Anne ihre Stimme, um gehört zu werden. „Die Natur verliert momentan ihre Fassung."

Kim rümpfte die Nase. „Durch den Scheiß fahre ich nicht, bis es sich ein wenig beruhigt hat." Sie nahm ihr Glas an.

Niemand würde heute noch fahren. Punkt. Lächelnd übergab Anne die beiden anderen rumlastigen Getränke. Wenn ihre Freunde versuchten, sich hinter ein Steuer zu setzen, nachdem sie getrunken hatten, würden sie schnell merken, was für eine knallharte Domina sie wirklich war.

Sie nahm ihr rumfreies Getränk, stieß einen Seufzer aus und

warf drei zusätzliche Erdbeeren rein, um das Fehlen von Alkohol auszugleichen.

Nachdem sie die Fernbedienung benutzt hatte, um ihre Playlist für eine düstere Stimmung zu starten, ließ sie sich in ihrem Lieblingssessel nieder. Zu den Klängen von Enya prasselte der Regen gegen die Fenster.

Jessica saß im Schneidersitz auf der Couch und lehnte sich zu Anne. „Ich habe Ben am Donnerstag gesehen. Er sah wirklich niedergeschlagen aus."

Anne blinzelte und kniff dann die Augen zusammen. „Solltest du dich so einem Thema nicht langsam nähern? Du weißt schon ... sei behutsam mit verwundbaren, traurigen Freunden."

„Das stimmt. Gott, Jessica, wurdest du an den Docks großgezogen?" Kim schüttelte den Kopf und lächelte Anne süß an. „Wie toll ist das Wetter heute? Ich liebe es."

Anne warf einen Blick aus den dunklen Rundbogenfenstern und sah die Wellen mit den weißen Hauben, die gewaltsam an den Strand rollten. Über dem schwarzen Ozean schuf ein Blitz karge Bänder aus gezacktem Licht. Das Geräusch der im Wind peitschenden Palmen war bei dem Donner kaum zu hören.

Uzuri folgte ihrem Blick und sagte – kichernd – zu Kim: „Du bist ein Idiot."

Kim runzelte die Stirn. „Ich mag diese Art von Wetter, obwohl es natürlich schöner ist, wenn ich Raoul zum Kuscheln habe."

„Siehst du? Das ist es, was ich meine. Anne braucht ihren riesigen, sexuell attraktiven Teddybären." Jessica nickte. „Wirst du ihn zurücknehmen? Gib dem armen Kerl noch eine Chance."

Ihn zurücknehmen? Er hat mit mir Schluss gemacht.

„Vielleicht will sie jemanden, der jünger ist – oder einen Mann, der nicht so riesig ist", sagte Uzuri.

Die anderen beiden gaben ihr ungläubige Blicke.

Uzuri hob ihr Kinn. „Hey, einige von uns bevorzugen normal

große Männer. Abgesehen davon waren diese hübschen Jungs von ihr wunderschön und gut gebaut und in ihrer Blütezeit."

„In dem Punkt hast du nicht Unrecht." Kim erhob das Glas. „Joeys Hintern? Ein Kunstwerk."

„Das ist wahr", sagte Jessica mit gebührender Rücksichtnahme. „Vielleicht gefällt Anne aber der riesige Körperbau. Es gibt viele Pluspunkte, wenn man sich jemanden sucht, der älter und größer ist. Mehr Muskeln. Mehr Erfahrung. Größere männliche ... Attribute."

Kim summte. „Größere männliche Attribute können nicht ignoriert werden."

„Es ist meiner Meinung nach eigentlich ein Nachteil, es sei denn, der Mann weiß, wie er damit umzugehen hat." Uzuri schniefte. „Und auf die anderen Punkte trifft das auch zu."

Anne schwang ein Bein über die Armlehne ihres Sessels. Wenn sie schwieg, könnten diese drei alle ihre Bedenken auslöschen.

Leider richteten ihre Freundinnen ihre Blicke erwartungsvoll auf sie.

„Ben weiß genau, wie er seine Ausrüstung einzusetzen hat." Und wie er das wusste. „Und ich mochte seinen Körperbau – sowie seine männlichen Attribute." Sie nahm an, es war an der Zeit, zu teilen – nicht etwas, bei dem sie viel Erfahrung hatte. „Aber er will kein Sklave sein. Er ist eher ein sexuell Unterwürfiger." Abschließende Beichte. „Und ich hasse es, mich zu ändern."

Als Kim nickte, offensichtlich nicht überrascht von ihrer Aussage über Ben, fragte Anne: „Du wusstest es?"

„Er hat Raoul um Rat gebeten. Und Raoul macht sich Sorgen um euch beide. Er ist sich nicht sicher, ob du jemals einen sexuell Unterwürfigen zu einem Sklaven bevorzugen würdest."

Raoul machte sich Sorgen um sie? Anne versuchte, sich zu erinnern. Nachdem Ben abgerauscht war, hatte sich Raoul zu ihr gesellt. Mit gerunzelter Stirn. War sein Gesichtsausdruck mehr von Besorgnis als von Missbilligung geprägt gewesen? Sie seufzte.

Emotionen konnten die Fähigkeit einer Person, Körpersprache zu lesen, wirklich durcheinanderbringen.

„Ich habe gehört, dass du willst, dass die Dinge gleichbleiben", sagte Uzuri. „Aber als ich ... nach Florida ziehen musste, habe ich schnell gelernt, dass Veränderung gut sein kann. Man entdeckt neue Welten, neue Möglichkeiten." Sie lächelte die anderen an. „Neue Freunde."

„Du willst doch nicht wirklich, dass dein Leben für immer gleich bleibt, oder?" Jessicas Lächeln war sanft. „Ich habe dich mit Sophia gesehen. Du willst auch eins."

„Ja, das will ich." Anne seufzte. Sie hatte sich ein Kind gewünscht – und jetzt saß sie hier. Schwanger. Fast fühlte sie sich schuldig, als hätte ihre Sehnsucht zu ihrer Schwangerschaft geführt. „Ich möchte ein Baby – egal, wie sehr sich mein Leben verändern würde."

„Ich möchte auch eins, irgendwann, aber wir sind noch nicht bereit", gab Kim zu. „Erstmal muss ich über das Trauma hinwegkommen, dass ich einer Ehe zugestimmt habe."

Uzuri kicherte. „Jeder andere würde sich mehr Sorgen um das Halsband machen, das er ihr umgelegt hat."

„Beth will auch ein Baby." Jessica grinste. „Stell dir Nolans Gesicht vor, wenn er sein individuelles, handgefertigtes Verlies in ein Kinderzimmer umwandeln muss."

Anne hatte seinen Gesichtsausdruck gesehen, als er Karis Zane gehalten hatte. Der große Master hätte keine Probleme, sein Leben für ein Kind umzugestalten.

„Babys verändern unbestreitbar dein Leben." Uzuri sah zu Jessica und zog die Augenbrauen hoch. „Ich weiß, es ist noch früh, aber hat Sophia deine Routine durcheinandergebracht? Ist Master Z weiterhin dein *Master?*"

Anne unterdrückte ein Lächeln. Z hatte definitiv wie ein Master ausgesehen, als Jessica Annes Rat in die Tat umgesetzt hatte.

Jessica erhaschte Annes Belustigung und errötete. Nachdem

sie sich geräuspert hatte, lächelte sie Uzuri an. „Ich glaube nicht, dass jemand den Master aus Z herausholen könnte. Aber unsere Beziehung hat einige Veränderungen durchgemacht. Wir hatten ein paar Streits."

„Wirklich?" Kim lehnte sich vor.

„Wie der Tag, als ich extrem müde war. Nun, das waren wir beide. Sophia hat gequengelt, und das Telefon klingelte, und Z ging nicht ran. Er war an seinem Handy, aber ich wusste das nicht und dachte, er wäre faul, also habe ich möglicherweise einen Anfall bekommen."

„Oh, mein Gott, du hast es mit Master Z aufgenommen?" Uzuri sah so verängstigt aus, dass Anne die Stirn runzelte.

Verdammt, sie mussten wirklich an einigen dieser Ängste arbeiten. Nein, Anne war nicht länger ein Mitglied des Shadowlands. Trotz allem würde sie Z vorwarnen. Und ... sie könnte als Freundin etwas tiefer graben.

„Ich dachte in dem Moment nicht an Master oder Unterwerfung oder so etwas", sagte Jessica. „Ich war nur ... ich bin einfach durchgedreht." Sie blickte finster drein. „Aber es war *Master* Z, der mir ein Spanking verpasst hat, und es war sicher kein erotisches Spanking, sondern gemein und gnadenlos. Ich habe mir die Augen ausgeweint! Und dann wagte er es noch, zu sagen, dass ich diese Erlösung gebraucht habe!"

Als Anne lachte – weil Z offensichtlich Recht hatte –, rümpfte Jessica die Nase. „Ich hätte lieber eine andere Art von Erlösung gehabt. Aber danach hielt er mich in den Armen und wir haben gekuschelt. Als Sophia wieder quengelig wurde, brachte er mich ins Bett und sagte mir, wenn ich jetzt nicht ein bisschen schlafe, würde er mir den Arsch nochmal versohlen."

Uzuri seufzte zufrieden. „Okay. Für einen Moment habe ich mir Sorgen gemacht."

Kim runzelte die Stirn. „Abgesehen davon, dass du ihn anschreist, ist das keine große Veränderung."

„Richtig. Das ist es, was sich *nicht* geändert hat; er übernimmt immer noch die Kontrolle, wenn er merkt, dass ich die Fürsorge brauche. Geht es um Sophia und das Haus, dann treffe ich die meisten Entscheidungen. Wir entscheiden viel zusammen, und wenn wir uns nicht einig sind, ist das letzte Wort seins, und so bevorzuge ich das auch. Es ist ... befreiend."

Anne fand, dass Z die Sache recht gut im Griff hatte. Alles klang ausbalanciert. Und Jessicas Zufriedenheit bestätigte das. Interessant. War es das, was Ben vorschwebte?

„Das wollte ich mit Ben ausprobieren", gab sie zu. Alle drei Augenpaare wirbelten zu ihr. „Dass die D/s-Dynamik im Schlafzimmer bleibt. Ich möchte Ben nicht dazu zwingen, sich in die Rolle als Sklave zu pressen."

„Ben wäre gut darin, alles zu jonglieren, denke ich. Außerhalb des Schlafzimmers würde er darauf bestehen, dich zu beschützen und dich zu unterstützen", sagte Kim.

„Und dir dann die Peitsche im Schlafzimmer reichen", fügte Jessica hinzu.

„Schön wär's." Annes Getränk schmeckte nach Hoffnungslosigkeit. „Das war es, was ich wollte, aber Ben meinte, er sei Vanilla. Er hat sich bei mir für die Kostprobe bedankt, als wolle er ausspucken, was noch in seinem Mund war."

„Redest du von dem, was den einen Abend im Shadowlands passiert ist? Und du hast ihm geglaubt?" Uzuri sah sie ungläubig an. „Du bist eine Domina – du solltest uns besser deuten können."

Jessica lachte. „Sogar gedankenlesende Doms vermasseln es, wenn ihre eigenen Emotionen involviert sind. Und an diesem Abend war sie nicht ganz auf der Höhe." Sie wagte einen Blick. „Ähm, tut mir leid, Anne."

„Nein, es stimmt." Anne zögerte, als sich ihre Panik und ihre Hoffnung bekriegten. „Was hast du gesehen?"

Uzuri runzelte die Stirn. „Ich war im Sub-Bereich und habe *alles* gesehen. Du hast dich über Joey gebeugt, sein Kinn ganz liebevoll gehalten und ihn einfach nur ... angestarrt. Für eine sehr lange Zeit. Und Ben sah das, und sein Gesicht veränderte sich völlig – zu eifersüchtig und verletzt. Er dachte, du wärst zu Joey zurück."

Anne hielt die Hand hoch, als die Erinnerung kristallklar vor ihrem inneren Auge erschien. „Das hat er gesagt. *Wie ich sehe, hast du deinen Jungen gefunden.* Ich dachte, er meinte es im Sinne davon, dass ich ihn gefunden habe, um mit ihm zu reden. Aber er dachte, ich hätte Joey und nicht ihn gewählt. Und dann hat er alles ... entfesselt."

„Wie ein typischer Kerl, der verletzt wurde", sagte Jessica.

„Ja, er dachte, er hätte verloren und hat den Tisch samt Spielbrett umgeworfen", stimmte Uzuri zu.

„Er hat gelogen, Anne", stellte Kim klar. „Er ist kein Sklave, aber er ist auch nicht Vanilla. Das hat er vor Raoul zugegeben."

„Hey, ich habe ihn nach einer deiner Sessions mit ihm gesehen. Er sah mehr als zufrieden aus. Das war Glückseligkeit in seinen Augen. Es ist offensichtlich, dass er auf diesen Teil der Unterwerfung steht." Jessica lächelte.

„Glückselig." Eine Beschreibung, die Anne wirklich ein gutes Gefühl gab.

Kim nickte. „Ihr zwei müsst reden. Ich denke, ihr gehört zusammen."

Die Gesichter ihrer drei Freundinnen hielten eine Überzeugung bereit, sodass sich Annes Augen mit Tränen füllten. Sie hatte es vermieden, an Ben zu denken oder darüber, wie sie die Situation handhaben sollte. Vielleicht war das der Grund – weil ihre Erinnerung mit Schmerz und verlorener Hoffnung gespickt war.

Aber diese Frauen waren – in Jessicas Worten – ihre Gang. Sie würden sie nicht falsch beraten. „Okay. Ich werde –"

Ein Geräusch, als wäre etwas gerissen, lenkte Annes Aufmerksamkeit zum Deck.

Eine Hand griff durch einen langen Riss in der Fliegengittertür und entriegelte das Schloss. Ein riesiger Mann schob die Tür auf und trat ein.

Anne schoss auf die Füße. „Wer −" Sie brach beim Blick auf sein Gesicht den Satz ab.

Obwohl eine Strumpfhose über seinem Kopf seine Gesichtszüge abflachte, kam die Wut deutlich zum Vorschein. „Mehr als eine Schlampe hier, Bruder." Er wedelte mit dem Messer in ihre Richtung.

Mehr Männer drängten sich durch die Tür − alle maskiert. Ein bewaffneter Einbruch?

Adrenalin trocknete Anne den Mund aus.

Uzuri quietschte vor Angst.

Annes Herz schlug gegen ihre Rippen. Sie wandte sich den Männern zu und rutschte in eine von außen harmlos wirkende Haltung, die trotzdem dafür sorgte, dass sie im Notfall bereit wäre, den Kampf aufzunehmen.

„Was wollt ihr?" Anne zählte fünf Männer. Zu viele, um sie erfolgreich zu bekämpfen. *Verdammt.* Ihr Magen drehte sich bei dem Gedanken.

Aus dem Augenwinkel sah sie, wie Kim eine Lampe packte.

Jessica zog sich hinter einen Stuhl zurück und hielt ihr Handy außer Sichtweite in der Hand. Hoffentlich hatte sie beim Wählen von 9-1-1 daran gedacht, den Mute-Modus zu aktivieren.

Um die Aufmerksamkeit der Männer von Jessica abzulenken, ging Anne in Richtung der Küche. „Was wollt ihr?", wiederholte sie mit ruhiger Stimme. Je länger sie Gewalt vermeiden konnten, desto besser.

Fünf Männer. Für 9-1-1 könnte es bereits zu spät sein.

Der Mann an der Spitze hatte einen sperrigen Körper von der Größe Bens, einen übergroßen Kopf und ein Knurren wie ein bösartiger Pitbull. „Wo versteckst du meine Frau und meinen Sohn, du Fotze?"

Oh, das war nicht gut. Hauseinbrüche waren hier weit verbreitet, aber dies war kein versuchter Einbruch. *„Meine Frau."* Dies war ein Täter, der versuchte, sein Opfer zu finden. Der Knoten in Annes Bauch zog sich zusammen. Die Masken hatten ihr Hoffnung gegeben – diese Jungs jedoch konnten es sich nicht leisten, Zeugen zurückzulassen.

Mein Baby. Anne begann, ihren Bauch zu bedecken, zwang ihre Arme dann aber langsam dazu, dass sie locker an ihren Seiten hingen. *Ziehe niemals die Aufmerksamkeit auf deine Achillesferse. Ich bin nicht schwanger. Nein, das bin ich nicht.*

Angst trocknete ihren Mund aus. Der Sturm und die damit verbundenen Unfälle würden die Ankunft der Polizei verlangsamen. Wie lange konnte sie die Zeit hinauszögern? „Wer ist deine Frau?"

„Sue Ellen. Und jetzt sag mir, wo zum Teufel sie ist!" Er schwang seinen Arm und schlug eine Lampe gegen die Wand.

Mit der Hand auf ihrem Mund entließ Uzuri einen schwachen Schrei.

Sue Ellen. Die Frau war gewürgt worden, und ihr Sohn hatte eine faustgroße Prellung auf seiner Babywange gezeigt. *„Billy wird mich jagen",* hatte sie gesagt.

„Tut mir wirklich leid." Als sie Billys tobenden Augen begegnete, zuckte Anne ahnungslos mit den Schultern. „Ich weiß nicht, wer das ist. Als Kopfgeldjägerin treffe ich jeden Tag viele Leute."

„Schlampe, du hast sie zu einem beschissenen Ort für Frauen gebracht. Du versuchst, sie zu verstecken – vor mir, ihrem Ehemann!", sagte er.

Ein Mann, der mit Ben um Größe und Muskeln konkurrierte, bewegte sich vorwärts. Auch sein Gesicht war hinter der Verkleidung abgeflacht, aber Anne erkannte den Körperbau des ogerartigen Schwagers, der sie mit Sue Ellen gesehen hatte.

Sein Blick nahm sie auf. „Das ist sie, Bruder."

Billy machte einen Schritt nach vorne. „Du verfickte –"

„Ich habe keine Zeit, mich verarschen zu lassen." Der Bruder packte Uzuri an den Haaren und schlug sie so heftig, dass ihr Kopf nach hinten zuckte.

Tränen füllten ihre Augen, als sie sich gegen seinen Griff wehrte.

Er grinste Anne an und genoss sichtlich Uzuris Wimmern. „Sag uns die Adresse oder wir lassen uns an deinen Mädels aus." Er hob wieder die Hand und Uzuri zuckte zusammen.

„Halt." Anne drückte ihren Zorn nieder und sorgte dafür, dass ihre Stimme schwankte. Mit den Wellen der Angst, die durch ihr Blut schwappten, war das nicht schwer. „Ich werde es dir sagen. B-Bitte tu uns nicht weh."

„Das klingt schon besser." Ein weiterer Mann näherte sich Anne. Verblasstes T-Shirt. Dunkler Hautton. Der ekelhaft süße Geruch von Kautabak konnte den Gestank seines Schweißes nicht bedecken. „Rück schon raus mit der verdammten Adresse."

Oger schob Uzuri von sich. Sie landete auf ihren Händen und Knien, weinend und zitternd.

Annes Kiefer spannte sich an. Diese Kerle, die dachten, dass der Missbrauch der eigenen Ehefrau ihr gottgegebenes Recht sei, waren möglicherweise nicht so dumm, wie sie dachte und würden ihr eine falsche Adresse wohl nicht abnehmen.

Sie hatte jedoch keine andere Wahl. Sie hoffte, wo es keine Hoffnung gab, und rasselte eine erfundene Hausnummer an einer großen Straße in St. Pete herunter.

Jetzt lass uns hier und fahrt hin.

Gottverdammter Regen. Gottverdammte *Überschwemmung.* Ben erreichte schließlich Clearwater Island, navigierte durch Straßen voller Äste und Trümmer, wich unvermeidlichen Unfallfahrern aus und folgte langsam einem anderen Auto in Annes Sackgasse. Zu seiner Überraschung standen zwei verbeulte Pickups zu beiden Seiten ihrer Einfahrt.

Veranstaltete sie eine Party?

Nervig war, dass das Auto vor ihm in ihre Einfahrt fuhr. *Fuck.* Der Umweg, den er nehmen musste, um aus St. Pete herauszukommen, hatte Travis' und Annes Vater die nötige Zeit gegeben, nachhause zu fahren.

Zum Teufel damit, er würde jetzt trotzdem zu ihr gehen.

Als Bronx den Ort erkannte, winselte er. Er wollte seine Anne. *Das will ich auch.* Er streichelte durch Bronx' Fell. „Du musst warten, Kumpel. Anne und ich müssen erst ein paar Dinge klären, bevor du sie anspringst."

Er machte die Autotür zu und zuckte bei dem Blitz gefolgt von einem Donnerschlag zusammen. Nach einem langsamen Atemzug ging er zu Travis. „Ich wurde aufgehalten."

„Das dachte ich mir. Die Straßen sind furchtbar." Travis wies mit dem Kinn auf seinen Vater, der um das Auto herumkam. „Dad, das ist Ben Haugen. Ben? Das ist mein Vater Stephan Desmarais."

Desmarais war etwa einen Meter fünfundachtzig groß, dunkelhaarig, mit dem schlanken Körperbau seiner Söhne und einer militärischen Haltung. „Freut mich." Er schüttelte Bens Hand, bevor sich seine Lippen entschlossen aufeinanderpressten. „Mir ist klar, dass du wahrscheinlich hier bist, um meine Tochter zu sehen. Ich möchte aber zuerst mit ihr reden."

Ben stemmte die Füße in den Boden. „Wir alle haben unsere Gründe, sie sehen zu wollen. Ich denke, die Wahl, mit wem sie zuerst sprechen will, liegt bei ihr. Nicht bei mir. Nicht bei dir. Lasst uns klopfen."

Travis hustete, als würde er ein Lachen verbergen wollen.

Annes Vater lachte nicht, und sein wütender Blick war bemerkenswert. Ben hatte nicht vor, nachzugeben, aber es war ein beeindruckender Ausdruck.

Annes war besser.

Todesangst und Wut vermischten sich zu einem unheiligen Gebräu, als Anne zusah, wie sich die Männer im Raum ausbreiteten und dabei ihren Freundinnen immer näher kamen. Ihren verwundbaren Freundinnen.

Jessica hatte gerade erst ein Baby bekommen. Kim und Uzuri hatten es bereits mit gewalttätigen Männern zu tun gehabt.

Jetzt anzugreifen, würde nichts bringen.

Der Typ mit einem buschigen braunen Bart holte ein Handy heraus und tippte die Adresse ein, die Anne angegeben hatte.

Annes Herz rutschte ihr in die Hose. Natürlich wusste einer von ihnen, wie man eine Karten-App nutzte. Als seine Kameraden auf die Ergebnisse des Bärtigen warteten, glitt sie näher zu ihren Freunden.

Der Bart schüttelte den Kopf und zischte: „Die Adresse gibt es nicht. Sie hat gelogen."

„Du dumme Fotze." Billy kam auf Anne zu.

„Bruder. Nein. Die muss reden können." Oger sah zu dem Mann in einem roten T-Shirt und zeigte auf Jessica. „Mach die Schlampe fertig."

„Nein!", rief Anne. „Warte –"

Der Typ im roten Shirt zog ein Messer aus einer Gürtelscheide und packte Jessica.

Während Anne quer durch den Raum stürmte, sprang Jessica zur Seite und außer Reichweite.

Kim warf die Lampe.

Das Fundament aus Metall krachte gegen die Seite seines Kopfes, sodass er einen Schritt nach hinten wankte.

„Verfickte Schlampe." Kautabak-Typ stürzte sich auf Kim. Sie wich aus, stolperte aber über einen Beistelltisch und landete auf ihrer Seite auf dem Boden.

Zuerst das Messer. „Du!", brüllte Anne zu dem Mann im roten Oberteil. Sie stoppte nicht weit von ihm und schwang gekonnt ihr Bein. Angetrieben von all ihrer Wut trat sie gegen das Bein des Mannes. Das Knacken, das darauf hinwies, dass sich sein Knie in eine Richtung beugte, für das es nicht konstruiert wurde, kam begleitet von seinem Schrei. Das Messer landete auf dem Boden. Dann er.

Oger schlug ihr ins Gesicht.

Schmerz explodierte in ihrer Wange.

Sie fiel und ihr Kopf schlug auf den Boden.

„Was zum Teufel war das?", fragte Travis vor Annes Haustür.

Ben wusste genau, was es war. *Ein Mann unter Schmerzen.* Seit seiner Zeit im Irak hatte er diesen Laut nicht mehr gehört.

Er schob Travis beiseite und versuchte es mit dem Türgriff. Abgeschlossen.

Warum zum Teufel hatte er ihr den Schlüssel zurückgegeben? Er sprintete ums Haus herum nach hinten. Wenn notwendig konnte er durch die Glasschiebetür des Decks springen.

Dumpfe Schritte ertönten hinter ihm, als er die Seite des Hauses umrundete, drei Stufen auf einmal nahm und über das regennasse Deck lief.

Sowohl die Glastür als auch das Fliegengitter standen offen und zeigten das Chaos im Inneren.

Kämpfe erfüllten den Raum. Männer mit Strumpfhosen über dem Kopf. Einer rollte auf dem Boden und hielt sein Bein. Der Rest ... Wo war Anne?

Bens Wut brach. Die Bastarde hatten Frauen angegriffen. Eine zierliche Brünette − Kim − schlug einen bärtigen Kerl mit ihrer winzigen Faust kräftig genug, um ihn aufzuhalten, sodass Jessica ihm einen Beistelltisch über den Kopf schlagen konnte.

Anne lag auf dem Boden.

Scheiße!

Ein erbärmlicher Versuch eines Schlages landete in Bens Rippen. Er schubste den Angreifer über die Couch und sah sich wieder nach An −

Anne stolperte auf die Füße, schwankte ungeschickt von

einem verdammt großen Bastard weg und schüttelte den Kopf. Der Mann holte aus.

„Nein!", brüllte Ben.

Sie duckte, wirbelte, ihr Bein hob sich, höher und dann trat sie mit der Ferse ihres nackten Fußes gegen die Schläfe des Mannes. Er fiel wie ein gefällter Baum.

Zwei Männer blieben übrig. Einer von ihnen drehte sich zu ihr um.

„Arschlöcher." Ben stürmte auf den Bastard zu, der seinem Ziel im Weg stand. Er vergrub seine Faust im Bauch des Mannes und folgte mit einem rechten Haken auf den Kiefer, der jeden Knochen an dieser Stelle brach und dafür sorgte, dass der Wichser noch lange sein Essen durch einen Strohhalm saugen würde.

Das bärtige Lampenopfer taumelte zu seinen Füßen und raste auf Jessica zu. Travis und Stephan griffen ein.

Ben richtete seinen Blick auf den letzten Mann. Noch größer als Ben und sperrig. *Feines Ziel.* Ben holte mit der Faust aus.

Der Mann wich so weit zurück, sodass Bens Schlag nur seine Rippen erwischte. Mit einem Grunzen absorbierte das Arschloch den Schlag und antwortete mit einer fleischigen Faust.

Ben wehrte den Arm ab.

„Billy!" Mit einer sichtbaren Prellung auf ihrer Wange starrte Anne das Arschloch nieder. Ihr Gesichtsausdruck zeigte reine Wut, ihr Zorn glühte heiß. Und sie war noch nicht bereit, aufzuhören.

Ben hätte dem Kerl – fast – den Rest gegeben, zog sich jedoch in letzter Minute zurück.

Verdammt.

Einige Männer gaben ihren Frauen Blumen, um sich zu entschuldigen.

Wenn sie wütend war, bestand die Möglichkeit, dass Anne den Blumenstrauß mit einem Wurf gegen seinen Kopf zurückschickte. Aber es gab andere Möglichkeiten, um Vergebung zu bitten.

Wie ein Geschenk namens Billy. Anstatt das Arschloch zu töten, was Ben gerne tun würde, packte er ihn am Kragen, warf ihn gegen eine Wand, um ihn zu beschäftigen, und rief: „Was ich gesagt habe, tut mir leid, Ma'am."

Abgelenkt von den Geschehnissen um sie herum wandte Anne ihren stahlgrauen Blick auf Ben.

„Was kann ich tun, um es wieder gut zu machen?" Er packte den Bastard, als er von der Wand abprallte, und stieß ihn zu ihr. „Mit einem kleinen Leckerbissen vielleicht?"

„Was?" Sie wich dem schwankenden Arschloch aus und trat ihm die Beine unter den Füßen weg.

Billy landete und das Haus bebte.

„Was machst du hier, Benjamin?" Als Billy wieder auf die Füße kam, schlug Anne ihm ins Kinn und trieb ihn zurück zu Ben.

„Mich entschuldigen. Ich habe es vermasselt. Ich dachte, du wärst zu deinem hübschen Jungen zurückgegangen." Schon der Gedanke an den kleinen Scheißer sorgte dafür, dass er dem benommenen Arschloch härter ins Gesicht schlug, als er geplant hatte. Er schob ihn wieder zu Anne.

Sie murmelte etwas darüber, dass ihre Gang also Recht behielt. Nachdem sie sich unter Billys wild ausgeführten Schlag duckte, trat sie ihm in den Bauch und trieb ihn in Bens Arme zurück. „Du Idiot, ich liebe dich. Warum sollte ich Joey wollen?"

Die Worte ... *die Worte* ... lähmten Ben. *Liebe?* Sie liebte ihn? Der Rausch schoss durch seine Venen und schickte Raketen in die Luft, die seine Ohren zum Klingeln brachten.

Etwas schlug in seinen Bauch und er erkannte, dass das Arschloch einen Treffer gelandet hatte. Ben vergaß sogar, den Schlag zu erwidern, schnaubte lediglich angewidert und warf ihn wieder zu Anne. „Ich auch. Dich." Er blinzelte. „Wir müssen reden."

„Ich stimme zu. Es wird höchste Zeit." Mit zwei Schlägen kurz hintereinander in den Bauch und einem linken Haken gegen den Kiefer, gefolgt von einem rechten.

„Bravo Zulu, Ma'am." *Gut gemacht.*

„Verdammt, das war nett anzusehen, Schwesterchen." Travis lächelte sie an, bevor er mit gerunzelter Stirn zu Ben sah. „Du hättest mich auch spielen lassen können, Arschloch."

„Das Haus deiner Schwester; das Spielzeug deiner Schwester."

„Du feiger Bastard, du hast ihn zu meinem kleinen Mädchen geschubst?" Annes Vater war rot vor Wut. „Und du ..." Er schulterte seinen Sohn beiseite, der ihn offenbar von der Teilnahme abgehalten hatte. „Du bist nicht besser."

„Hey, sie haben sich unterhalten", sagte Travis so tugendhaft, dass ein Heiligenschein über seinem Kopf hätte erscheinen sollen. „Mom hat uns beigebracht, dass man sich in ein Gespräch zwischen zwei Erwachsenen nicht einmischt."

„Oh, Stephan, sie ist kein kleines Mädchen mehr." Mit Stolz beobachtete Ben, wie Anne – *meine Frau* – Uzuri auf die Füße half.

Sirenen ertönten und wurden stetig lauter.

Nicht weit von ihm befanden sich Travis und Stephan noch immer in einem Streitgespräch.

Ben schnappte sich etwas Klebeband aus der Küchenschublade und machte sich daran, die bösen Jungs zu fesseln, während er sich den sichtlich Handlungsunfähigen für zuletzt aufhieb. Er würde seinen letzten Dollar darauf wetten, dass der Kerl, der sein zerstörtes Knie bejammerte, von Anne niedergestreckt worden war.

„Jessica, geht es dir gut?", rief Anne, als sie der zitternden Uzuri auf einen Stuhl half. „Kannst du die Polizei reinlassen?"

„Mir geht's gut." Blondie schob ihr Haar aus dem Gesicht, warf einen finsteren Blick auf den bärtigen Idioten vor ihr auf dem Boden und trat ihm mit ihrem kleinen Fuß in die Rippen. „Und es wäre mir eine Freude."

„Was ist mit dir?" Anne sah Kim mit hochgezogenen Augenbrauen an.

Sie bekam ein festes Nicken zurück. „Alles gut." Kim nahm erneut die Lampe mit der Metallbasis und schlug demselben

Bastard ein zweites Mal damit über die Rübe, bevor sie diese auf einen Beistelltisch stellte.

Ben gluckste. Die Shadowkittens hatten scharfe Krallen.

Anne hörte ihn und drehte sich zu ihm. Und näherte sich.

Sein Puls erhöhte sich. Er drückte die Schultern durch und setzte einen Fuß auf den halb gefesselten Bösewicht.

Sie legte ihre Hand auf Bens Brust. Ihre Knöchel waren gerötet, die Bereiche zwischen den Fingern zeigten geplatzte Blutgefäße. Seine Frau hatte hart zugeschlagen. Er müsste ihr einen Eisbeutel besorgen.

Sie hob sich auf ihre Zehenspitzen und küsste ihn sanft. „Du hast eine Belohnung dafür verdient, dass du deinen Leckerbissen mit mir geteilt hast."

„Es gibt nicht viel, das ich nicht tun würde, um mir eine Belohnung zu verdienen", murmelte er. *Fuck*, er wollte sie. Er wollte zu ihren Füßen knien, wollte Befehle von ihr erhalten, wollte sie schmecken, sie einatmen.

Er wollte ihre Hände in seinen Haaren spüren, während sie den Weg führte und ihn mitnahm.

Ihre Hand hatte sich nicht von seiner Brust bewegt, und sie musterte ihn eine Sekunde lang, dann formten sich ihre Lippen zu einem Lächeln. „Nachdem der Müll vor die Tür gebracht wurde, reden wir. Dann ..."

Dann ... Oh ja! „Klingt gut."

Mit Hoffnung in ihrem Herzen wandte sich Anne ab und richtete ihre Aufmerksamkeit auf die bevorstehenden Aufgaben. *Böse Jungs, Cops, Freunde, Familie. Und Ben. Vor allem Ben.*

Uzuri zuerst. Als sie in diese Richtung ging, zog Kim die kleine Sub vom Stuhl und sagte: „Was hältst du davon, wenn wir ein bisschen Ordnung schaffen, während Anne mit der Polizei spricht?"

„Okay", flüsterte Uzuri, aber sie bewegte sich nicht.

Schuldgefühle erhoben sich in Anne. Diese Männer waren hinter ihr her gewesen, nicht Uzuri. Wahrscheinlich sah sie sich gerade vergangener Traumata gegenüber und Anne wünschte, dass sie Uzuri davor hätte bewahren können.

Anne legte einen Arm um ihre Taille. „Uzuri."

Ihre samtbraunen Augen senkten den Blick nach unten.

Mit einem Finger unter dem Kinn der Sub neigte Anne ihr Gesicht nach oben. Ihre schöne braune Haut wurde von einem blutigen Kratzer an ihrem Kiefer und einer geplatzten Lippe getrübt, was Anne dazu brachte, eine weitere Schlägerei beginnen zu wollen. „Wie geht's dir, Süße?"

„I-Ich habe nichts getan. Rein gar n-nichts." Scham zeigte sich auf Uzuris Gesicht. „Ich habe mich nicht gewehrt. Ich habe es einfach ... hingenommen."

Ah, das war es also. Anne schob ihr wachsendes Mitleid zur Seite; es würde der jungen Frau nicht nützen. „Du hast Recht. Du warst überhaupt keine Hilfe."

Tränen füllten Uzuris Augen bei der gnadenlosen Aussage.

Anne ignorierte Kims Keuchen, hielt Uzuris Kinn fester und sah ihr direkt in die Augen. „Und das bedeutet, dass du es beim nächsten Mal besser machen musst. Du wirst Selbstverteidigungskurse besuchen, auch wenn du Angst hast."

Uzuri blinzelte. „Aber –"

„Das ist ein Befehl, Sub", sagte Anne in einem eisigen Ton. „Habe ich mich klar ausgedrückt?"

Uzuri zitterte immer noch, aber die Entschlossenheit war deutlich in ihren Augen zu sehen. „Ja, Ma'am. Das werde ich."

„Genau das wollte ich hören." Anne drückte ihre Hüfte. „Du bist stärker als du denkst; du brauchst nur die Werkzeuge, um es zu beweisen." *Und ich werde dafür sorgen, dass du dranbleibst.* „Kannst du jetzt beim Aufräumen helfen, während ich mich um die Polizei kümmere?"

Auf den Befehl hin riss sich Uzuri zusammen. Erleichterung zeigte sich auf ihrem Gesicht. „Ja, Ma'am."

Als Kim die Technik der Domina erkannte, zwinkerte sie Anne zu und verbeugte sich wie nach einem Kampfsportwettkampf. „Lass uns nach Mülltüten suchen und alles wegwerfen, was kaputt ist."

Als die beiden in die Küche gingen, wandte sich Anne ihrer nächsten Aufgabe zu.

„Anne." Ihr Vater befreite sich aus Travis' Griff. „Was zum Teufel ist hier gerade passiert?"

Oh, also mal ehrlich. So viel dazu, sich in absehbarer Zeit wieder zu vertragen. Sie warf ihm einen angewiderten Blick zu. „Ich kann nicht glauben, dass du Ben einen Feigling genannt hast, weil er nett genug war, mich einen Kampf beenden zu lassen."

Seine Kinnlade klappte herunter. „Du bist meine *Tochter*. Ich –"

„Wir hatten diese Unterhaltung bereits." Anne hatte die Nase voll von seinem dummen Gerede. „Geh nachhause zu Mom. Vielleicht genießt sie es, wie eine kostbare Porzellanfigur behandelt zu werden, die zerbricht, wenn man sie falsch anschaut – obwohl ich sehr wohl weiß, dass sie stärker ist, als du ihr zuschreibst."

Als sie Bens polterndes Lachen hörte, warf Anne einen Blick in seine Richtung. Er schaute in die Küche – wo ihre Mutter mit den Händen auf den Hüften stand und ihren ahnungslosen Ehemann anstarrte.

„Du verstehst nicht", protestierte ihr Vater mit dem Rücken zur Küche – mit dem Rücken zu seiner Frau.

„Oh, das tue ich nur zu gut. Meine Eltern haben mich zu einer unabhängigen und kompetenten Frau erzogen. Sogar tödlich. Es ist eine Schande, dass mein Vater immer noch denkt, dass seine fünfunddreißigjährige Tochter in einen Laufstall gehört." Sie wies mit der rechten Hand auf die Männer, die verstreut in ihrem Wohnzimmer lagen. „Drei von denen am Boden gehen auf meine Kappe."

Ihr Vater bewegte sich nicht. Er stand einfach nur da. Noch nie hatte sie ihn so verunsichert gesehen. „Es tut mir leid, Anne."

Eine Entschuldigung? Das überraschte sie so sehr, dass sie nur blinzeln konnte. Er sah ... traurig aus.

Ihr Herz drängte sie, ihm zu sagen, dass zwischen ihnen alles in Ordnung war. Aber das war es nicht. Und sie bezweifelte doch sehr, dass sich seine Überzeugungen wirklich verändert hatten. Sie festigte ihre Entschlossenheit und griff auf die Mentalität einer Domina zurück. Vielleicht litt er, aber Reue war ein ausgezeichnetes Lernwerkzeug. „Wofür genau entschuldigst du dich?"

„Ich wollte nie, dass du dich weniger geschätzt fühlst. Ich hab dich lieb, Anne. Ich liebe dich genauso wie die Jungs." Die Linien auf seinem Gesicht vertieften sich. „Aber ich kann es nicht ertragen, dass du etwas tust, das dich verletzen könnte, etwas, bei dem du *sterben* könntest."

Bevor Anne ihn aus ihrem Haus werfen konnte, hörte sie ein zartes Knurren aus der Küche.

Er drehte sich um.

Ihre Mutter marschierte auf ihn zu. Sie schlug ihrem geliebten Mann heftig genug in den Bauch, um ihm ein Grunzen zu entlocken.

Annes Kinnlade klappte herunter.

„Du Heuchler", rief ihre Mutter. „Als ich dagegen war, dass Travis und Harrison Football spielen, sich bei Karate anmelden und sich bei der Armee verpflichten, sagtest du: *Daran musst du dich gewöhnen, Elaine. Sei stark.* Du sagtest, ein guter Elternteil lässt seine Kinder aus dem Nest fliegen und jubelt ihnen zu, wohin auch immer ihre Herzen sie führen. Du hast mich als Feigling betitelt."

„Aber ... Aber –"

„Wer ist hier der Feigling, hmm?" Ihre Mutter schlug ihn erneut – noch härter.

In der Nähe der Tür lachte sich Travis einen Ast ab.

Mit der Hand über dem Mund dämpfte Ben seine Belustigung aus Rücksicht für ihren Vater.

„Elaine", protestierte ihr Vater.

Ihre winzige Mutter ignorierte ihn, drehte sich um und umarmte Anne. „Wie schlimm ist der Schaden, Schatz?" Es war die gleiche Frage, die sie ihren Jungs gestellt hatte, wenn sie vom Sport oder dem Krieg zurückkehrten.

Anne blinzelte Tränen zurück. „Es geht mir gut", flüsterte sie.

Ihre Mutter trat zurück und runzelte die Stirn bei der Prellung in Annes Gesicht. „Da muss Eis drauf, Liebes." Ihr Blick schweifte über die Körper auf dem Boden. „Hervorragende Arbeit. Ich wusste schon immer, dass du in der Lage bist, dich – genau wie die Jungs – durchzusetzen."

„Danke, Mom."

Ihre Mutter wirbelte herum. „Stephan, wir gehen jetzt nachhause. Um zu reden."

Er sah aus, als hätte sie ihn zu seiner eigenen Hinrichtung eingeladen.

Annes Sinn für Humor setzte endlich ein. „Gute Idee. Dad, wenn Mom dir irgendwann verzeihen sollte, werde ich es auch tun."

Als er seinen Mund öffnete, um Einspruch zu erheben, warf sie ihm den eisigen Blick zu, der die Subs jahrelang zum Schweigen gebracht hatte, und winkte mit den Fingern zur Tür. „Du darfst gehen."

Ihre Mutter zwinkerte ihr zu und dann waren sie fort.

Anne drehte sich zu Travis.

„Mein Gott, Schwester, erinnere mich daran, dich niemals zu verärgern. Meine Eier sind regelrecht zusammengeschrumpft."

Sie seufzte. „Ich möchte wirklich nicht hören, wie mein Bruder über seine Kronjuwelen spricht, vielen Dank auch."

Als Ben schnaubte, lächelte sie und zeigte dann auf die Eindringlinge. „Können du und Travis die bösen Jungs fesseln, während ich mich um die Formalitäten kümmere?"

„Gerne."

Sie musterte ihn eine Minute lang. Stark. Mutig. Er verspürte nicht den Drang, zu beweisen, dass er Mut hatte. Er wusste, dass er mutig war. Er wusste, *wer* er war und fühlte sich mit dem Wissen wohl.

So konnte er sie sein lassen, wer sie war.

Und er hatte seinen Bösewicht mit ihr geteilt. Es hatte ihn sogar gefreut, ihn mit ihr zu teilen.

Sie hatte das Gefühl, dass es kein Problem geben würde, auch andere Dinge miteinander zu teilen.

Wie ein Baby.

Ein Leben.

Die Polizisten betraten den Raum – einer schaute sich um und machte sich daran, einen Krankenwagen zu rufen. Der andere stand auf der Türschwelle und sprach mit Jessica.

Raoul marschierte an ihm vorbei und ins Wohnzimmer.

Kim schüttelte den Kopf. „Du bist spät dran."

Er starrte die bedrohlich aussehenden Männer auf dem Boden eine Sekunde lang an. „Bist du verletzt, *Gatita*?" Aufmerksam ließ er den Blick über Kim schweifen und suchte nach Verletzungen.

„Alles gut."

„Einbruch?"

„Ein gewalttätiger Ehemann auf der Suche nach dem Frauen-haus", sagte Kim.

Wut verdunkelte seinen Gesichtsausdruck und doch zog er sie unglaublich sanft in seine Arme. Sein Blick sprang von Uzuris Kiefer zu Jessica und verweilte dann auf Annes Wange. „Geht's allen gut?"

„Nur ein paar Kratzer und blaue Flecken. Und Kim hat sich sehr gut geschlagen. Sie hat einen ausgezeichneten rechten Haken."

Kim strahlte.

„Aber Dinge dieser Art können ..." Anne ließ ihre Stimme verstummen. Raoul wusste jedoch, was sie sagen wollte. Die Gewalt könnte bei seiner Sub die Vergangenheit zurückbringen und zu Albträumen führen.

Raoul nickte. Er hatte verstanden.

Anne sah zu ihrer Freundin. „Kim, es tut mir furchtbar leid."

„Was tut *dir* denn bitte leid?", fragte Kim.

„Es waren meine Aktivitäten für das Frauenhaus, die dich in Gefahr brachten." Zudem verstand Anne immer noch nicht ganz, woher die Arschlöcher wussten, wo sie wohnte.

Raoul schüttelte den Kopf. „Wir alle arbeiten dort ehrenamtlich, Anne. Wir kennen die Gefahren."

„Es ist nicht deine Schuld", sagte Kim. „Und ich bin wirklich, wirklich froh, dass wir hier waren."

Bei dem Gedanken jagte ein kalter Schauer über Annes Rücken. Es wäre eng geworden, wenn sie die Situation allein hätte klären müssen. Nach einer Sekunde lächelte sie. „In diesem Fall kann ich nur sagen, dass ich es schätze, euch hier gehabt zu haben. Vielen Dank für die Ratschläge und dass ihr mir mit dem ... Müll geholfen habt" – sie warf einen Blick auf die Männer, die von den Beamten in Handschellen gelegt wurden – „und dem Aufräumen danach."

Kim trat aus den Armen ihres Masters und umarmte Anne. Jessica und Uzuri kamen dazu, um sich auch eine Umarmung abzuholen.

Meine Gang. „Danke euch allen", flüsterte sie, als Tränen in ihren Augen prickelten.

Nach weiteren Umarmungen machten sich die Frauen auf den Weg. Kim und Jessica hoben die Fäuste und verglichen ihre Kampftechniken, neckten Uzuri, aber motivierten sie auch, zum nächsten Kurs zu kommen.

Raoul stand immer noch in der Mitte des Raumes.

Anne runzelte die Stirn. „Wie hast du es so schnell hergeschafft?"

„Ich war bereits auf der Insel. Ich habe darum gebeten, sie abzuholen, damit ich mit dir sprechen kann."

„Raoul ..."

„Meine Freundin, bitte verzeih mir den letzten Samstag", sagte er leise. „Meine Sorge um dich hat mich –"

„Ich weiß", unterbrach sie ihn. „Du warst berechtigterweise besorgt. Ich war nicht aufmerksam genug." Sie erinnerte sich, wie Raouls Ex-Frau ihn ohne Vorwarnung da getroffen hatte, wo es wehtat. Wie er sich selbst dafür die Schuld gegeben hatte, dass er das Offensichtliche nicht gesehen hatte. „Dir ist das sehr wohl aufgefallen, oder?"

„Ich meinte zu ihm, er solle mit dir reden." Sein Mund spannte sich an. „An diesem Abend im Club –"

„Du hast nichts falsch gemacht. Denk nicht mehr dran", sagte sie. „Danke, dass du für Ben da bist."

„Ich soll nicht mehr dran denken?" Seine Lippen zuckten amüsiert. „Dir ist klar, wenn ich Z nicht bald sage, dass du in den Club zurückkommst, wirst du ihn innerhalb einer Stunde vor deiner Haustür stehen haben ... wenn nicht früher."

Sie hob ihre Augen zur Decke und bat das Universum um Geduld.

Ben erschien und zog sie an seine Seite, und er fühlte sich so solide und warm an, dass sie ihre Arme um seine Taille schlang, um ihn näher an sich zu ziehen.

Raouls Blick wurde sanft.

Ben küsste ihren Kopf und sagte zu Raoul: „Sag Z, wenn er in meine Zeit mit Anne einfällt, werde ich Uzuri beibringen, wie man jedes Gerät im Shadowlands mit Sprengfallen ausstattet."

„Nun, das ist eine sehr effektive Drohung." Raoul nickte ihm respektvoll zu. „Ich werde es ihm ausrichten."

„Ms. Desmarais? Kann ich Ihnen ein paar Fragen stellen?" Weitere Polizisten und Sanitäter waren eingetroffen.

„Natürlich." Mit Ben an ihrer Seite gab sie Raoul einen Kuss auf die Wange und wandte sich dann ab, um ihren Bericht zu geben.

KAPITEL NEUNUNDZWANZIG

Eine Stunde später herrschte wieder Ruhe in Annes Rückzugsort, *Gott sei Dank*. Raoul war mit den Frauen gegangen und hatte der Mistress versprochen, dass Uzuri die Nacht in seinem Haus verbringen würde.

Die Bullen hatten sich verdünnisiert.

Genau wie Travis.

Ben war allein mit Anne. Endlich.

Nachdem er sich Getränke aus dem Kühlschrank geholt hatte, betrat er das Wohnzimmer und schaute sich um. Annes Freundinnen hatten trotz der schwierigen Situation noch ein bisschen aufräumen können.

Anne schien zur Ruhe zu kommen. Am Ende war sie erschöpft gewesen und hatte aus dem letzten Loch gepfiffen. Erst nachdem er Bronx ins Haus gebracht hatte, hatte sie sich auf die Couch gesetzt, um den ekstatischen Hund zu umarmen.

Die Frau hatte so viel Liebe zu geben.

Bronx lag immer noch über ihrem Schoß ausgebreitet, als könnte er es nicht ertragen, sie zu verlassen.

Ben kannte das Gefühl. Gut, dass es auf der Couch genug

Platz für eine andere Person gab. Nachdem er ihr eine Flasche Wasser übergeben hatte, setzte er sich hin und zog sie an sich.

Vor nicht allzu langer Zeit hätte er sich die Freiheit herausgenommen, sie auf seinen Schoß zu heben.

Dinge änderten sich. Das Gefühl des Verlustes erfüllte ihn wieder. *Verdammt*, aber er hatte es vermisst, sie in den Armen zu halten. Sie fühlte sich wie ein Teil von ihm, wie die Sonne an seinem Himmel an. „Können wir reden?"

Ihre Schultern sackten ein wenig zusammen, als wäre sie sich nicht sicher, ob sie ertragen könnte, was er zu sagen hatte.

Auch er fühlte so. Sie konnte ihn viel zu leicht brechen.

Um Zeit zu schinden, nahm er zur Beruhigung einen Schluck von seinem kalten Lager. Sie hatte sein Bier nicht den Abfluss runtergekippt. Und sie hatte gesagt, dass sie ihn liebte. Seine Stimme kam heiser heraus: „Wo sollen wir beginnen?"

Mit ihren aufrichtigen Augen begegnete sie seinem Blick. „Es tut mir leid, Ben."

Sie würde ihnen keine weitere Chance geben, oder? Sie glaubte nicht, dass Liebe genug war, um die Unterschiede zu überwinden? Sein Herz sank und er biss seinen Protest zurück.

Nach einem Moment schaffte er es, sich zu räuspern. „Mir auch. Ich hatte die Hoffnung, du würdest uns noch eine Chance geben."

Ihre Brauen zogen sich zusammen, dann schüttelte sie den Kopf und entließ ein halbherziges Lachen. „Missverständnisse können wir, oder?" Ihre Schulter rieb über seine Brust, als sie seine Hand nahm, ihr Griff fest und warm. „Was ich meinte, ist, dass es mir leidtut, dass du die Situation mit Joey missverstanden hast. Uzuri hat mir gesagt, dass du dachtest, ich würde Joey zurücknehmen, weil ich ihn so lange angesehen habe."

„Ich ... ja."

„So ist das nicht gewesen. Eigentlich habe ich gedanklich total abgeschaltet, weil ich nur an dich denken konnte."

Sein Gehirn hatte Schwierigkeiten, Schritt zu halten.

„Ich habe für Joey bereits ein paar Dominas gefunden, die besser zu ihm passen."

Jessica behielt Recht. *Verdammt.* Ben hatte das Gefühl, als hätte er einen Felsblock bergauf geschoben und ohne es zu merken, hatte er den Gipfel erreicht. Nach ein paar tausend Sekunden holte er auf. „Es tut mir leid, dass ich voreilige Schlüsse gezogen habe." Er starrte aus dem Fenster, hinaus auf das schwarze Wasser und sah die weißen Hauben auf den hohen Wellen, die Hoffnung symbolisierten.

Zuerst mussten sie jedoch die Vergangenheit aus dem Weg schaffen. Er nahm ihre Hand. „Du warst nicht einmal versucht, zu Joey zurückzukehren?"

„Kein bisschen. Unsere Bedürfnisse passen nicht mehr zusammen, obwohl ich nicht zugeben wollte, wie sehr ich –"

„Wie sehr du dich ... verändert hast?"

Sie entließ ein winziges Knurren. „Da ist dieses Wort schon wieder. Du weißt, was ich von Veränderung halte."

Er schnaubte ein Lachen heraus. „So wie die meisten Menschen über Nekrophilie denken."

Sie entließ ein schockiertes Lachen und schmiegte sich enger an ihn. *Fuck, ja!* Er ließ ihre Hand los und hob Anne auf seinen Schoß. Bronx warf ihm einen verärgerten Blick zu.

Aber genau hier gehörte sie hin. Sie passte perfekt in seine Arme.

„Aber ja, so wie mein Zorn auf Männer starb, so starb auch mein Vergnügen, sie zu verletzen." Ihre Hand legte sich auf seinen Kiefer, mit Nachdruck, sodass eine Lustwelle durch ihn jagte. „Dominanz mag ich trotzdem noch. Daran hat sich nichts geändert."

„Daran habe ich keinen Moment gezweifelt, Ma'am." Er dachte über ihr Geständnis nach – denn so klang es. Er grinste und erinnerte sich, wie sie einmal gesagt hatte, dass ihr Zorn mit Gott begonnen hatte, weil er sie nicht männlich gemacht hatte. Das hatte sich dann wiederum auf ihren Vater, ihre Brüder, ihre

Onkel ausgebreitet und schloss letztendlich auch die Regierung ein, denn diese machte es Frau nicht gerade leicht, sich für eine Karriere im Militär zu entscheiden, und so weiter und so fort. „Also hast du deinen Ärger an diesen armen, hilflosen Sklaven ausgelassen?"

Ihr Stirnrunzeln erinnerte doch stark an einen Blick, der töten konnte. „Anscheinend. Ich bin nicht glücklich, dass ich sie so benutzt habe."

Raoul hatte ihre Motivation nicht für ungewöhnlich gehalten. Also zuckte Ben mit den Schultern. „Es scheint, als hätte jeder eine Menge Gründe, das zu tun, was er tut – vom Aufstehen am Morgen bis zu einem Auspeitschen am Abend. Du hast nie etwas ausgeteilt, das die Sklaven nicht wollten und liebten."

„Bis du kamst."

Er zog sie näher an sich und küsste ihren Hals. „Mir hat alles gefallen, was du mir angetan hast."

„Nur nicht in Vollzeit."

„Nicht in Vollzeit." Seine Arme strafften sich. „Anne, es tut mir leid, dass ich voreilige Schlüsse gezogen habe. Ich hätte dir eine Chance geben sollen, dich zu erklären."

„Das ist sehr richtig." Tränen schimmerten in ihren Augen, bevor sie diese wegblinzelte. Ihre Stimme nahm einen überlegten Ton an. „Ich fürchte, ich muss dich dafür bestrafen. Behalte das im Hinterkopf."

So wie sein Schwanz zu voller Erregung schoss, wäre es möglich, dass er sich gerade etwas verstaucht hatte.

Die schöne Beule unter Anne brachte sie zum Lächeln. Gerne würde sie in dem Punkt sofort etwas unternehmen. Aber ihr Gespräch war noch nicht beendet, und Probleme zu vergraben, hatte für sie noch nie gut funktioniert.

Sie frönte nur für eine winzige Sekunde und küsste seinen

Hals, um den anhaltenden Duft seines erdigen Aftershaves und seines einzigartigen, maskulinen Geruchs einzuatmen.

Seine Arme festigten sich um sie ... und die Erektion unter ihr zuckte.

Ups. Sie räusperte sich. „Ich glaube, es ist an der Zeit, über dich und mich nachzudenken und darüber, wie du darum gebeten hast, die D/s-Dynamik in einem sexuellen Kontext beizubehalten."

Jeder Muskel in seinem Körper spannte sich an.

Die Erkenntnis, wie tief seine Lust für sie reichte, war herrlich und erdete sie.

„Anne, wenn ich es schaffen würde, Vollzeit zu akzeptieren, dann –"

„Ich denke, es wird funktionieren", sagte sie schnell. „Ich will es versuchen."

Seine Arme verwandelten sich um sie herum zu Stahlstreben, als er krächzte: „Was?"

„So ekelhaft das Wort auch ist, ich habe mich *verändert*. Ich muss nicht mehr alles und jeden kontrollieren. Ich nehme an, das Bedürfnis nach Dominanz in Vollzeit entstand aus meinen eigenen Ängsten." Sie rieb ihre Wange an seiner Schulter und widerstand geradeso dem Bedürfnis, an ihm zu knabbern. „Aber ich bin immer noch sexuell dominant."

Er lachte. „Das geht klar für mich."

„Es könnte nett sein, mit jemandem zu leben, der kein Sklave ist. Du magst mich nicht nur als Mistress – du magst mich auch als Anne. Ich kann mich mit dir entspannen."

Sie hob den Kopf, sodass sie ihn küssen konnte, seine fordernden, kenntnisreichen Lippen. *Gott*, sie hatte es vermisst, ihn zu küssen, vermisste die Art und Weise, wie er ihr das Gefühl geben konnte, dass sie gleichzeitig zart und kraftvoll war – wie damals, als sie auf einem Clydesdale geritten war, in dem Wissen, dass das riesige Pferd, wenn es das denn gewollt hätte, sie leicht hätte abwerfen und tot trampeln können.

Nach einer Minute lehnte sie sich zurück. Sie hielt seinen Blick gefangen und wagte sich noch weiter aus ihrer Komfortzone. „Würdest du gerne ... einziehen?"

Seine Antwort kam sofort. „Zur Hölle, ja! Ich liebe dich, Anne."

Ihr Atem stockte, als ihr Herz anschwoll, bis es den ganzen Raum in ihrer Brust einnahm. Er hatte es gesagt.

„Ben." Das Wort war kaum hörbar, und sie musste die Tränen zurückblinzeln. Verfluchte Hormone.

Seine große Hand streichelte ihre Wange. „Da wir das geregelt haben, kann ich jetzt die Mistress bitten, mich ins Schlafzimmer zu bringen und mich zu bestrafen?"

„Ich schätze, ich kann in meinem vollen Terminkalender noch ein Plätzchen für dich finden." Für einen kurzen Moment spürte sie die Traurigkeit über den Verlust ihres Jobs, denn, nein, gerade hatte sie keinen Gebrauch für einen Terminkalender. Dann ließ sie ihre Sorgen von der steigenden Flut des Verlangens wegspülen.

Sie stand auf und zog ihn auf die Füße. Als sie ihn die Treppe hinaufführte, sprangen die Funken wie Hitzeblitze über ihre Nervenenden.

Die Kleidungsstücke fielen hinter ihr. Hinter ihm.

Sie spürte, wie klebrig die Haut von Schweiß und Blut war und bog ins Badezimmer ab.

Er trat mit ihr in ihre Marmordusche. Sie hatte ihm beigebracht, sie zu waschen, und er nahm sich der Aufgabe an, massierte ihre Kopfhaut und ihren Hals, shampoonierte und spülte ihre Haare aus.

Seine übergroßen Hände waren überraschend sanft, als er ihren Körper wusch und jeden sichtbaren Beweis eines Kampfes küsste. Er folgte dem Pfad aus blauen Flecken in ihrem Gesicht und auf ihrer Hüfte sowie denen auf ihren Armen, die vom Blockieren der Schläge herrührten.

Die Art und Weise, wie sich sein Gesicht verdunkelte, ließ ihr Herz dahinschmelzen. Er hatte akzeptiert, dass sie für sich selbst sorgen konnte – und jetzt konnte sie seine Schutzbereitschaft als Geschenk sehen.

Als er fertig war, nahm sie ihm die Seife aus der Hand und tat dasselbe für ihn. Sein nasses Haar verhedderte sich und die Spitzen strichen über seine muskulösen Schultern.

Ihre Hände bewegten sich nach unten. Hatte sie jemals zuvor einen so hinreißenden Rücken gesehen? Mit ihren Fingern erkundete sie jeden Hügel und jedes Tal.

Sie küsste seinen Hals und atmete den sauberen Duft ein. Unter den Haaren auf seiner Brust spannten sich bei ihrer Berührung seine Muskeln an. Seine Brustwarzen waren winzig, und als sie zu seinem Waschbrettbauch kam, zählte sie nicht nur ein Six- sondern ein Eightpack und sie hörte, wie er bei ihrer Erkundungstour mit den Zähnen knirschte.

Schließlich erreichte sie seinen Schwanz und das ordentlich getrimmte Haar um seine Länge. Diese Sorgfalt sollte belohnt werden. „Sehr nett, Benjamin." Sie fuhr mit einem Finger um die Basis.

Er machte ein angenehm kehliges Geräusch.

Und ihre Begierde erhob sich in die Lüfte. „Ich habe gehört, dass dieser Teil des Körpers sehr, sehr sauber gehalten werden muss. Ich werde mein Bestes geben." Zuerst seifte sie die harte Erektion ein, genoss die glitschige Reibung und wie sein Schwanz in ihrem Griff zuckte.

Seine Eier mit dem leicht pelzigen Gefühl lagen schwer und potent in ihren Handflächen. Sie schnaubte. Extrem potent.

„Ich glaube, ich bin jetzt sauber, Mistress", murmelte er und legte eine Hand an die Wand.

Ihre Klitoris pochte ebenso und wollte ihre eigenen Bedürfnisse erfüllt bekommen, und ihre Mitte gierte danach, von ihm gefüllt zu werden. Mehr noch, denn ihr Herz sehnte sich danach, seine Arme um ihren Körper zu fühlen, seinen Mund auf ihrem. Sie wollte ihn einatmen, wollte sich in seiner Stärke verlieren, sich an ihm festhalten und ihn im Gegenzug trösten.

Bald. Noch nicht. Mistresses waren stärker als das. Und sie empfand ein … Bedürfnis danach, ihn ein wenig an seine Grenzen zu führen.

„Ma'am", knurrte er.

„Gleich, mein Tiger. Du bist fast sauber genug." Sie nahm ihren Peeling-Handschuh von der niedrigen Bank und legte ihn sanft auf seinen Schaft, übte dann Druck aus, bis er stöhnte und um seine Kontrolle kämpfte.

Sehr nett. Ihr Körper summte vor Erregung, die heiße Dusche kühler als die Flammen auf ihrer Haut.

Im Schlafzimmer befahl sie ihm, sich auf dem Bett auszustrecken, sein armer, geröteter Schwanz zeigte wie ein Fahnenmast an die Decke. „Du willst, dass ich auf dich klettere, stimmt's?", fragte sie und verteilte mit dem Daumen seinen Lusttropfen über seiner Eichel.

Oh, die Freude, die Zügel in der Hand zu haben und sich daran zu erfreuen, den Wachhund zu ärgern und zu necken.

Und wie sehr sie ihn doch liebte. Da sie nicht widerstehen konnte, lehnte sie sich vor und presste ihre Lippen auf seine. Er gab sich ihr ohne Zurückhaltung hin, während seine Hände über ihre Schultern rieben, ihre Arme streichelten und ihre Brüste betörten.

Als sie ihren Kopf hob, hatten seine leuchtenden Augen die Farbe von Bernstein angenommen. „Mehr bitte."

„Keine Bange, mein Tiger. Ich werde dir mehr geben." Sie öffnete ihren Nachttisch. Zuerst griff sie nach dem Gleitmittel.

Er spannte sich leicht an.

„Ich verspüre das Bedürfnis, mein Eigentum voll und ganz für mich zu beanspruchen." Sie wählte ein Spielzeug, das er noch nie zuvor erlebt hatte. Es bildete eine lange Kurve, die aus einer Kombination aus Penis- und Hodenringen bestand, und in einem Analplug endete.

Heute Abend, wenn sie sich auf die Veränderungen einließen,

musste sie sich selbst beweisen, dass sie ihn als ihren Sub glücklich machen konnte. „Beine anwinkeln, Benjamin."

Sie liebte es, wie sich sein Gesicht rot färbte, die Nervosität in seinen Augen erkennbar. Sie konnte die Schlachten regelrecht sehen, die in seinem Kopf gerade vor sich gingen. Er hasste es, Dinge in seinem Arsch zu haben, obwohl er sich danach sehnte, wie hart er bei Anal-Play kam. Der Akt der Penetration war sowohl demütigend – was er hasste –, als auch unterwürfig – nach was er sich sehnte.

Wenn es aber darauf ankam, tat er, was sie verlangte, und das machte er, weil er ihr gehörte. Er liebte es, ihr zu gefallen. Wusste er überhaupt, dass sie ihm auch gefallen wollte?

Er hatte sich nicht bewegt. „Beine." Sie packte seinen Schwanz fester und zerrte warnend daran.

Seine muskulösen Beine hoben sich.

„Sehr gut." Lächelnd trug sie vorbereitend kühles Gleitmittel auf sein Arschloch auf. Dann begann sie, das Gerät anzubringen. Nach ihren Vorgaben modifiziert – mit ihm im Hinterkopf –, legte sich der dehnbare Ring um die Wurzel seines Schwanzes.

Sein Schaft schien die Aufmerksamkeit zu genießen.

Am Ende des Spielzeugs befand sich der verstellbare Ring, der sich oben um seinen Hoden wickelte, sodass seine Eier nach unten gedrückt wurden – um sie daran zu hindern, dass sie sich gegen seine Leiste pressten. Sein Blick haftete auf ihrem Gesicht, so heiß, so entschlossen und mit einem schönen Anflug von Nervosität.

Die vordere Hälfte des Geräts war für den Schwanz und die Eier. Der Rest des Spielzeugs wandte sich der Prostata zu und bestand aus einem festeren Material.

Gleich nach dem Hodenring gab es eine vibrierende Kugel, die gegen den äußeren Prostatabereich drückte, der sich zwischen seinem Hoden und dem Anus befand.

Er entließ ein schwaches Geräusch, als die Vibrationen dort einschlugen.

Und für das große Finale ... Mit einem Grinsen schob sie langsam den Anal-Plug in sein Loch. Mit der Länge von fünf Zentimetern wurde das abgerundete Ende perfekt entworfen, um die Prostata von innen zu stimulieren.

„Fuck." Sein Kopf hob sich vom Bett, die Venen in seinem Nacken angespannt.

Perfekt. Wenn ein Schwanz ähnlich zu einer Klitoris gesehen wurde, dann war die Prostata mit dem G-Punkt einer Frau zu vergleichen.

„Bitte sag mir, dass du vorhast, dich rittlings auf mich zu setzen und mich zu reiten", sagte er grinsend.

„Bald, Wachhund. Bald." Nichts würde ihr mehr gefallen.

Wenn sie aber schaffen würde, ihn zum Orgasmus zu bringen, ohne dass er ejakulierte, könnte er danach noch einmal kommen. Mehrere Orgasmen für ihren Tiger – das war das Mindeste, was sie für ihn tun konnte.

Zuerst wollte sie ihn aber noch heißer machen.

Sie gab etwas Lotion vom Nachttisch auf ihre Hand und rieb sich damit die Arme ein. „Eine Frau sollte ihre Haut zum Vergnügen ihres Mannes mit Feuchtigkeit versorgen."

Seine Augen glühten heiß genug, sodass nicht viel fehlte, um in Flammen aufzugehen.

Mehr Lotion kam auf ihre Schultern.

„Meinst du nicht, dass der Mann aushelfen sollte – da all diese weiche Haut für ihn ist?", bot er an.

„Das klingt logisch", stimmte sie freundlich zu.

„Und wie es das tut." Er versuchte, sich aufzusetzen und erstarrte, als alles, was sie ihm angelegt hatte, an ihm zog und zerrte. Begleitet von einem Knurren kletterte er vorsichtig aus dem Bett.

Erregung brodelte in ihr, als sie ihn ansah. Sein Körper war vom Kopf bis zu den Zehen angespannt, bereits gut stimuliert. Er dachte an nichts anderes als an diesen Moment ... und an sie.

Sie nahm seinen Platz auf dem Bett ein, spreizte ihre Beine

und er kniete sich zwischen ihre Schenkel. Seine Hände waren riesig und heiß, die Lotion beunruhigend kühl, als er über ihre Vorderseite streichelte, bevor er zurückkehrte, um sich auf ihre Brustwarzen zu konzentrieren.

Noch ein Geschenk der Schwangerschaft zeigte sich auf, denn ihre Brüste waren nicht nur größer, sondern auch empfindlicher. Er grinste, als sie sich unter seiner Berührung wand. „Ich habe den Eindruck, dass du genauso erregt bist wie ich, Mistress."

Seine Haarspitzen kitzelten über ihre Brüste, als er die Lotion auf ihrem Bauch verteilte und sich küssend einen Pfad zu ihrer Pussy bahnte.

Oh. Ja!

Seine Zunge fand ihre Klitoris und zog Kreise. Als er anfing, seine Finger zu benutzen, befahl sie: „Bitte nur Zunge und Lippen." Dann griff sie nach seinen Haaren, um ihren Willen durchzusetzen.

Die Vibration seines Lachens neckte ihr Fleisch. Er fuhr mit der Zunge über ihre Klitoris, betörte sie von beiden Seiten, wanderte nach unten, um ihren Eingang zu umkreisen und zu necken, bevor er zu dem Nervenbündel zurückkehrte und daran saugte.

Er rotierte mit seiner Hüfte, als die Stimulation seiner Prostata ungeahnte Empfindungen in ihm hervorrief.

Instinktiv bewegte er seine Hand zu seinem Schwanz, doch sie stoppte ihn mit: „Pack mich."

Mit einem überraschten Schnauben ergriff er ihre Hüften und schenkte ihr seine volle Aufmerksamkeit. Saugend und leckend. So eine wunderschöne heiße Zunge – und er war unheimlich scharfsinnig, deutete immer wieder ihre Reaktionen.

Weil er sie liebte.

Und, *Gott*, sie liebte ihn auch. Ihre Hand streichelte seinen Kopf, bevor sie erneut seine Haare packte, was ihn zum Lachen brachte.

Die Hitze wuchs in ihr, der Druck konzentrierte sich auf ihre geschwollene Klitoris.

Dabei spürte sie, wie sein Griff an ihren Hüften schmerzhaft wurde, als sich sein eigener Höhepunkt näherte.

Und dann schloss er seinen Mund über ihrer Klitoris, saugte mit den Lippen und schnellte mit der Zunge von links nach rechts und wieder zurück. Die verschiedenen Empfindungen kamen zusammen, flossen durch ihre Adern und sammelten sich zu einer bunten Kugel. *Mehr ...*

Zwischen einem Atemzug und dem nächsten explodierte sie, die Wände ihres Geschlechts pulsierten und die Ekstase breitete sich nach außen aus.

Sein Atem wehte heiß über ihre Pussy, das Wimmern seines eigenen herannahenden Höhepunkts war hörbar, als sie sein Haar fester packte. „Benjamin, sieh mich an."

Sein Kopf hob sich, seine Augen waren dunkel vor Lust.

Sie hielt seinen Blick gefangen und streichelte mit den Fingerspitzen einer Hand über seine Wange.

Der Duft ihrer Zimtlotion und ihrer Säfte erfüllte ihn mit jedem Atemzug. Ihre Hand in seinem Haar packte so fest zu, dass es an Schmerz grenzte, als sie sein Gesicht liebevoll streichelte.

Und das verdammte Ding, das sie ihm angelegt hatte, summte und vibrierte gegen eine unglaublich empfindliche Stelle an seinem Intimbereich.

Ihre klaren, blaugrauen Tiefen waren die schönsten Augen des Universums, umrahmt von diesen langen, dunklen Wimpern. Sie beobachtete ihn, als sich der Druck an der Basis seiner Wirbelsäule und in seinem Schwanz und tief in ihm, irgendwo tief in seiner Mitte, aufbaute. Höher und immer höher.

Er starrte ihr in die Augen, unfähig, den Blick abzuwenden, fixiert von ihrer Hand, ihrer Stimme, ihren Augen.

„Komm, Benjamin", sagte sie leise. „Lass es passieren."

Und *fuck, fuck, fuck*, genau das tat er. Dieser Höhepunkt war mit nichts zu vergleichen. Sein Körper wurde durchgeschüttelt, als der unfassbar brillante Orgasmus durch ihn jagte, ohne dass er Sperma entließ.

Sein Rücken wölbte sich, sodass er sich gegen ihre Einschränkung an seinen Haaren wehrte. Und dann war es vorbei. Sein Herz hämmerte und schien ihn vernichten zu wollen.

Ihr Blick fiel auf seine Leistengegend.

Sie lächelte. „Mal sehen, ob du noch eine Perfomance hinlegen kannst, Wachhund."

Was? Er sah nach unten. Sein unglaublich harter Schwanz zeigte in ihre Richtung. Er holte tief Luft. Die verdammten Vibrationen trafen ihn immer noch, und jedes Mal, wenn er sich bewegte, zerrten die Ringe an seinem Schwanz und seinen Eiern, als hätte sich eine Faust um sie gelegt.

Performen. Ihre Pussy war feucht und heiß, ihre Beine weit gespreizt und …

Es war eindeutig: Sie wollte ihn umbringen.

Er hob seinen Blick, um zu sehen, ob ihr bewusst war, was passieren würde, wenn sie ihn von der Leine ließ …

Ihre Augen waren sanft und der Ausdruck in ihnen traf sein Herz wie die Schüsse aus einer Ma Deuce, stieß ihn zurück und füllte seine Brust, als ihre Liebe in jeder Zelle seines Körpers sang.

„Ich liebe dich", krächzte er.

Ihre Augen füllten sich mit Tränen, was ihn doch etwas schockierte.

„Anne."

Schnell blinzelte Anne sie weg. „Ich liebe dich auch. Aber wenn du mich jetzt nicht sofort fickst, werde ich dir wohl doch den Arsch versohlen müssen."

„Na bitte, da haben wir ja die Mistress, die ich verehre", murmelte er − und schließlich drang er mit einem harten Stoß in ihre feuchte Hitze.

Sie schnappte nach Luft.

Eine Sekunde später fühlte sich sein Schwanz an, als wäre er in eine kochende Wanne voller verdammter Ekstase eingetaucht.

„Fuck!" Sein Brüllen hallte von den Wänden wider. Sie und dieser verdammte raue Handschuh. Er kämpfte um die Kontrolle, als das teuflische Gerät wieder zu vibrieren begann.

Und was machte seine Mistress? Sie lachte.

Schweiß rollte über seine Brust und seinen Rücken. Seine gesamte untere Hälfte war ein massiver, freiliegender Nerv. Sein Schwanz brannte bei jedem Stoß in ihre unglaublich enge, heiße Pussy – und alles, woran er denken konnte, war, wie sehr er ihr heiseres Lachen vermisst hatte.

Er grinste sie an und umfasste ihre Brüste. Wie konnte sich etwas so weich und so fest zugleich anfühlen? „Du bist eine fiese Mistress."

Bei jedem Lachen zogen sich ihre Wände um seine Länge zusammen. „Beweg dich, Benjamin", befahl sie.

„Diese Anordnung lass ich mir nicht zweimal geben." Er stützte sich mit einem Arm neben ihrer Schulter ab und hob ihren Arsch mit der anderen Hand, sodass er noch tiefer in sie tauchen konnte.

Ihr rechtes Bein wickelte sich um seine Taille, ihr linkes um seine Hüfte und ihre Arme schlangen sich um seine Schultern.

Er fühlte sich von ihrem Duft, ihrer Stärke und ihrem Körper umgeben.

„Lass los, mein Tiger", flüsterte sie. „Mich brichst du nicht so leicht."

Das wusste er. Egal, was ihr das Leben auch vor die Füße warf, sie brach nicht.

Sie würde an seiner Seite bleiben, mit ihm gemeinsam in die Zukunft blicken, und sie würde ihn unterstützen, während er sie im Gegenzug beschützte. Ja, sie würden es schaffen.

Knurrend hielt er ihre Hüfte an sich, glitt mit seinem Schwanz aus ihr und stieß wieder in sie. *Gott*, das Gefühl von feuchter Hitze war zu viel. Mit einem leisen Stöhnen verlor er die Kontrolle und hämmerte hart und schnell in sie.

Als sein Schwanz weiter anschwoll, wurde der Ring an der Wurzel enger und der Druck in ihm stieg und stieg. *Gott*, er musste kommen. Der andere Ring zog seine Eier nach unten. Das Ding in seinem Arsch schickte bei jeder Bewegung Funken über seine Wirbelsäule und die Vibrationen hinter seinem Sack bewegten sich im Einklang mit den Stößen.

Fuck.

Ihre zitternden Beine packten ihn, als sie ihre eigene Erlösung in Empfang nahm. Ihr Körper wölbte sich, und er spürte, wie sich ihre Pussy um ihn zusammenzog. *Wunderschön.*

Bebend hielt er sich zurück und schwelgte in dem Anblick. Sie war so verdammt hinreißend, wenn sie ihren Höhepunkt erreichte.

Als sie wieder auf dem Bett lag, öffneten sich ihre Augen, fast vollständig blau und so klar wie nach einem tropischen Sturm. Ihr Lächeln sagte, dass er jetzt an der Reihe war.

Ja, er liebte sie.

Er ließ sich von den Empfindungen treiben, als er hart, härter in sie stieß.

Und dann neigte sie ihre Hüfte und zog absichtlich die Muskeln ihrer Pussy um ihn zusammen – nichts könnte ihn jetzt noch vor einer Erlösung bewahren.

Heilige Scheiße, er konnte die geschmolzene Hitze spüren, die von seinem Hoden nach oben strömte, das brennende Vergnügen, als es an dem Ring um seinen Hoden vorbeischoss, der den Weg zu seinem Schwanz erschwerte. Durch seinen Schaft ging es weiter, in heftiger, bewusstseinserweiternder Herrlichkeit, bis sein ganzer Körper bebte und jede einzelne Zelle mit seinem Höhepunkt sang.

Einige Zeit später schmiegte sich Anne höchst befriedigt an Bens Seite und legte ihren Kopf auf seine Schulter. Der Mann hatte eine unglaubliche Kontrolle.

Oh, wie sehr sie ihn doch liebte.

Und jetzt ... musste sie ihren Mut aufbringen. Seufzend hob sie sich auf einen Ellbogen. Der Mondschein fiel durch die Balkontüren, erhellte das Bett wie in einem Märchen und warf Licht auf das strenge, gebräunte Gesicht ihres Prinzen.

Bei ihrer Bewegung öffnete er die Augen. Seine Lippen zuckten amüsiert. „Mistress, wenn du mehr willst, wirst du schon bald eine Leiche in diesem Bett haben."

Sie lachte und liebte es, wie es ein Grinsen schaffte, seine Gesichtszüge von Grund auf zu verändern. „Du bist sicher vor mir, Wachhund." Mit einem Finger glitt sie über seine dicken Augenbrauen, die Lachfalten neben seinen Augen. Dann über den Huckel, der zeigte, wo seine Nase gebrochen war. Seine Unterlippe war etwas voller als die obere. Eine Narbe sorgte für eine dünne Linie an der rechten Seite seines Kiefers. „Ben, fühlst du dich wirklich wohl dabei, im Schlafzimmer unterwürfig zu sein?"

Unter ihren Fingern zogen sich seine Augenbrauen zusammen. „Machst du dir deswegen immer noch Sorgen?" Er nahm ihre Hand und küsste die Fingerspitzen. „Ich habe mein ganzes Leben lang danach gesucht, obwohl mir nicht klar war, was fehlte. Meine Mistress regiert im Schlafzimmer, und genauso will ich das."

Nun, das klang entschlossen genug.

Er fuhr mit der Hand durch ihr Haar und schob die langen Strähnen aus ihrem Gesicht. Er runzelte die Stirn. „Was ist los, Anne?"

Sie legte ihre Hand auf seine Brust und spürte unter seinen unnachgiebigen Muskeln den langsamen Schlag seines Herzens. Ihr Puls stieg, als die Angst ihre angenommene Gelassenheit entwirrte. „Ich muss mit dir über etwas anderes reden."

„Raus damit."

„Okay, was halten wir von Kindern?", sagte sie mit gleichmäßiger Stimme. Hoffentlich merkte er nicht, dass ihre Hand zitterte.

Er blinzelte. „Du hast es ganz schön eilig, Mistress." Seine Lippen zuckten, als er mit einer Hand über ihre Taille, über ihre Hüfte fuhr und ihren Arsch fand. „Ich schätze, das ist eine Möglichkeit, uns auf Augenhöhe zu halten. Du beherrschst das Schlafzimmer. Außerhalb werde ich dafür sorgen, dass du stets barfuß und schwanger bist."

„Weißt du, solche Scherze führen ganz schnell mal zu einer Bestrafung." Ihre Lippen formten sich zu einem Grinsen. *Der Neandertaler.*

Er grinste, wurde aber rasch wieder ernst. „Anne, ich liebe dich. Ich gebe dir so viele Babys, wie du willst, wann immer du das willst."

Sie konnte ihn nur anstarren. Seine Aussage war mehr, als sie sich jemals erträumt hatte.

„Mistress, das ist einer dieser Momente, in denen du die Worte erwiderst", forderte er sie auf. Und sein Blick verdunkelte sich, sein Griff an ihr nun schmerzhaft. „Ich liebe dich, Anne", wiederholte er langsam.

Natürlich würde er sich Sorgen machen, wenn sie ihm sagte, sie müssten reden. Seine Unsicherheit riss sie aus ihrer Lähmung und wies ihr den Weg.

Immer noch auf einem Ellbogen abgestützt, streichelte sie seine Wange und nahm seine dichte Knochenstruktur wie eine äußere Darstellung seines soliden Charakters wahr. Sie gönnte sich einen langsamen, süßen Kuss, bevor sie flüsterte: „Ich liebe dich, Benjamin. Mehr als ich dir sagen kann, aber ich werde weiter versuchen, dich davon zu überzeugen."

Der aufgehende Mond erhellte sein Gesicht, zeigte die Wärme in seinen bernsteinfarbenen Augen.

Oh, sie liebte ihn wirklich.

Der nächste Satz erforderte all ihren Mut.

„Um zu dem Thema Babys zurückzukommen ..." Sie nahm

seine Hand und legte sie auf ihren Bauch. „Du warst bereits erfolgreich."

Fuck, **sie war** manchmal echt süß. Ben grinste seine Frau an. „Is' klar."

Sie lachte nicht.

„Was?" Die Bedeutung ihrer Worte kreiste in seinem Kopf und summte schwach, wie ein Insekt, das nicht aufzufinden war. Nein, auf keinen Fall könnte sie meinen ...

Sie hielt immer noch seine Hand an ihrem Bauch.

Seine Stimme kam so hoch heraus, dass er sich wunderte, wer gerade gesprochen hatte. Vielleicht hatte ihn einer dieser Ringe entmannt. „Ein Baby?"

„Mmmhmm. Ich bin schwanger." Sie seufzte. „Das war an sich nicht geplant."

„Aber du nimmst die Pille." Er stoppte, denn er wusste, dass er gestottert hatte.

„An dem ersten Tag, an dem wir Sex hatten? Die drei Tage davor hatte ich etwas mit dem Magen. Ich habe alles rausgekotzt, einschließlich der Pille."

Das war die Nacht, in der er sie zunächst ohne Kondom gefickt hatte. Seine Schuld. „Gott, das tut mir leid, Anne."

„Es ist nicht deine Schuld. Auch nicht wirklich meine." Ihre Hand lag immer noch auf seiner. „Ich werde dies den Kräften des Universums zuschreiben, die zusammengekommen sind, um ein Kind zu erschaffen."

Ein Baby.

Ein kleines Leben wie ... wie Sophia.

Ein Baby.

Sein Baby.

Das würde ihn zu einem Vater machen. Die Gedanken in seinem Kopf überschlugen sich, ein Wirbelwind aus Schock und ... schierer Freude.

„Gott, Anne!" Er zog sie zu sich, schlang seine Arme um sie und versuchte, mit seiner Umarmung auszudrücken, was er fühlte. Er legte seine Wange auf ihren Kopf. „Wir bekommen ein Baby!"

Ihr Lachen war sanft. Nein, sie war nicht wütend auf ihn, war nicht unglücklich über das Baby. Sie hatte Zeit gehabt, den Schock zu überwinden.

Er erinnerte sich, wie sie Sophia gehalten hatte. Wie sie mit dem Kind im Frauenhaus gesprochen hatte. Wie sie mit Bronx kuschelte. Ihr großes Herz würde sich leicht ausdehnen, um Platz für jemand neues zum Lieben zu haben.

Und er? Er liebte das Baby schon jetzt – egal, welches Geschlecht es auch haben würde. *Mein Kind.* „Wir müssen heiraten", platzte er heraus.

Ihre Schultern bebten vor Lachen. „Ach, und wer hat es jetzt plötzlich eilig?"

„Aber ... sie ... er ... kann nicht ohne meinen Namen geboren werden. Wir müssen heiraten. Morgen."

Stille.

Er seufzte. „Okay. Zu schnell. Willst du zuerst zusammenleben?"

„Ich denke, das wäre klug."

„Verstanden." Er zog sie näher an sich, wenn das überhaupt möglich war. *Fuck*, er liebte diese Frau. „Dann heiraten wir also in zwei Wochen."

Sie schlug ihm auf die Stirn.

Na gut. Dann eben in einem Monat.

KAPITEL DREISSIG

Anne lehnte an dem Geländer ihres Decks. Der Tag nach dem Sturm präsentierte sich mit einem herrlich blauen Himmel und glitzernder, sauberer, nach Salzwasser duftenden Luft. Abgestürzte Palmwedel und Algen übersäten den Strand und schufen herausfordernde Hindernisse für Harrisons Kinder, die Bronx jagten.

Ihre Nichte und ihr Neffe hielten Bens Hund für ein wunderbares Spielzeug. Anne wusste, dass Bronx genau dasselbe über Menschenkinder dachte.

Harrison und seine Frau tranken nach dem Abendessen ein Glas Wein und behielten ihre Kinder vom Deck aus im Auge.

Sowohl Ben als auch Travis aßen ihr zweites Stück von Annes Schokoladenkuchen und saßen mit ihrer Mutter und ihrem Vater an einem angrenzenden Tisch.

Ihre Familie war wieder eine Einheit.

Nachdem sie die Nacht und den Sonntagmorgen miteinander geredet und Liebe gemacht hatten, veranstalteten sie und Ben heute ein großes Barbecue zum Memorial Day.

Das Barbecue am späten Nachmittag stellte den perfekten

Ort für ihre Ankündigung dar ... nur hatte sie bisher noch nicht den Mund aufbekommen – sehr zu Bens Belustigung.

Ehrlich gesagt, hatte sie einfach noch nicht den richtigen Zeitpunkt gefunden, um ein ganz neues Thema der Zwietracht vorzustellen. Sie musterte die Gruppe am Tisch.

Ihre Mutter war ihr übliches vor Lebenslust sprudelndes Selbst.

Ihr Vater ... nun, Anne hatte seine Entschuldigung angenommen. Und was für eine Entschuldigung es gewesen war.

Sie lächelte. Ihre Eltern waren als Letztes eingetrudelt. Der Blick auf ihren Gesichtern war besorgniserregend gewesen, sodass Anne aufgestanden war. Sie hatte gedacht, die kleine Box in den Händen ihres Vaters hielt Süßigkeiten bereit – seine traditionelle Entschuldigung, wenn ihre Mutter ihn in die Hundehütte verbannt hatte. Aber, oh, es waren keine Süßigkeiten gewesen ...

Nachdem er die Box auf den Tisch gestellt hatte, drehte er sich zu Anne und sah sie aus seinem von Falten geprägten Gesicht an. „Es tut mir leid. Es tut mir leid, dass ich dich nicht als mehr als mein kleines Mädchen gesehen habe. Es tut mir leid, dass ich dich und deine Brüder anders behandelt habe, dass ich dich nicht unterstützt und erkannt habe, wie viel du erreicht hast. Du hast Besseres von mir verdient." Seine Augen glänzten mit unvergossenen Tränen. „Ich bin wirklich sehr stolz auf dich."

Sie konnte nur starren. Wie viele Jahre hatte sie sich danach gesehnt, ihn das sagen zu hören? „Wirklich?", flüsterte sie.

Ihre Mutter lächelte, und das ruckartige Nicken ihres Vaters sagte, er meinte jedes Wort.

„Oh, Dad." Ihr Sichtfeld verschwamm, als sie sich in seine Arme warf.

Seine Umarmung hatte sich nicht verändert ... und sie erkannte, dass Bens Umarmung das gleiche Gefühl von Sicherheit und Stärke vermittelte.

Als Anne zurücktrat, tätschelte ihre Mutter zustimmend seinen Arm. „Gut gemacht, Liebling. Und?"

„Ah." Er räusperte sich und seine Lippen formten sich zu einem sanften Lächeln. „Deiner Mutter und mir tut es leid, wie wir die Situation mit dir gehandhabt haben, als du noch klein warst."

Sie warf ihm einen verwirrten Blick zu. Wo kam das denn her? „Als ich klein war?"

„Ich hätte verständnisvoller sein müssen und die Dinge für dich einfacher machen sollen. Die Umzüge waren nicht gut für dich. Also ..." Etwas verloren schob er die Box über den Tisch auf sie zu.

Noch immer verwirrt legte sie ihre Hand darauf. „Oh, Dad. Mom." Sie bedauerten, wie sie auf die Umzüge reagiert hatte? „Ihr hättet nichts anders –"

Die Box ... hüpfte. Neigte sich. Anne blinzelte verwirrt. „Was um alles in der Welt?"

Als sie die offenen Laschen aufklappte, tauchte ein winziges Fellknäuel auf.

Mit gespitzten Ohren sah das Kätzchen mit den Tigerstreifen zu Anne auf und gab ein erbärmliches Miau.

„Oh, mein Gott." Rosa Nase, goldene Augen, so bezaubernd. Anne hob es an ihre Brust und der kleine, flauschige Kopf rieb über ihren Hals. Als das Schnurren begann, wusste sie, dass ihr Herz verloren war.

Im Moment lag das erschöpfte Kätzchen auf Travis' Schoß und schlief. Was für eine Entschuldigung – und von der Art und Weise, wie ihre Mutter Ben zugezwinkert hatte, wusste sie genau, wer an der Wahl beteiligt gewesen war. Hinterhältiger Wachhund.

Nach dem Geschenk hätte die kleine Party nicht besser laufen können.

Leider sollte der Frieden nur von kurzer Dauer sein. Anne seufzte. Sie konnte die Ankündigung nicht länger hinauszögern.

Sie schleppte sich zu ihrem Mann.

Travis legte einen Arm um ihre Taille, als sie sich zwischen ihm und Ben positionierte. „Danke, dass du das Barbecue organisiert hast, Schwesterchen. So hatten wir die Chance, alles ins Reine zu bringen."

„Schließlich kann ich nicht zulassen, dass die Familie ewig streitet", sagte sie leichtfertig.

„Manche Familien können das. Ich bin froh, dass du unter all der Härte ein gesundes Stück Marshmallow hast." Er drückte sie, und seine Stimme wurde rauer: „Ich habe dich vermisst, Schwesterchen. Ich habe dein abendliches Saxofonkonzert vermisst."

Sie runzelte die Stirn. „Du meintest doch immer, dass du mich kaum hören kannst."

„Nun aber mal ehrlich. Ich bin gleich nebenan." Er grinste. „Wenn ich dir gesagt hätte, dass ich dich hören kann, hättest du aufgehört."

Ihr Schlag auf seinen Hinterkopf unterbrach sein Lachen.

„Kümmere du dich um sie, Ben", murmelte er und rieb sich den Kopf. „Sie ist zu gemein für mich."

„Keine Bange, das werde ich." Ben zog sie auf seinen Schoß.

Als sie ihre Augen bei seiner Dreistigkeit verengte, warf er ihr den gleichen Blick zurück. *Ach, richtig.* Sie hatte ihn gebeten, sie darauf hinzuweisen, wenn sie außerhalb des Schlafzimmers in die strengen Gewohnheiten zurückfiel – und ihn gewarnt, dass sie ihn mit einem übergroßen Analplug bestrafen würde, falls er versagte.

„Tut mir leid, mein Tiger." Sie lehnte ihren Kopf an seine Schulter und entspannte sich, da sie wusste, dass sie sich auf seine Stärke verlassen konnte.

Sein rechter Mundwinkel zuckte.

Sie hob seine Hand, küsste die vernarbten Knöchel und flüsterte: „Ich liebe dich."

„Anne." Seine fast unhörbare Stimme hielt genug Wärme, um mit der Sonne zu konkurrieren. Mit einem Finger schob er ihr Haar zurück und murmelte in ihr Ohr: „Du hast mir gerade einen Ständer verpasst, der verdammt unangenehm ist. Vielen Dank auch."

Sie brach in Lachen aus.

Als sie sich umdrehte, erkannte sie, dass alle plötzlich mucks-
mäuschenstill waren.

Travis, ihre Mutter und Harrisons Frau lächelten zustimmend.
Harrison warf Ben einen bedenklichen Blick zu und ihr Vater
runzelte die Stirn.

Dieses Stirnrunzeln würde mit ihrer Ankündigung noch fins-
terer ausfallen.

„Ich habe dich schon lange nicht mehr so lachen gehört."
Travis hob seine Gabel mit einem großen Bissen vom Kuchen und
schob ihn sich in den Mund. „Ich muss sagen, dass ich es sehr
schätze, dass es immer Desserts gibt, seit Ben hier ist",
mampfte er.

Anne musterte ihn. „Ist das der Grund, warum du im letzten
Monat so oft vorbeigekommen bist?"

„Verflucht, ja!" Travis grinste Ben an. „Danke, Kumpel."

„Anne." Ihr Vater wies mit dem Kinn zu mehreren Männern,
die um ihr Terrassendeck herumkamen. „Du hast Gesellschaft."

Das waren nicht nur Männer; es waren Master. Anne warf Ben
einen Blick zu.

Er antwortete mit einem reumütigen Achselzucken. Zweifellos hatte sich der Wachhund bei Z gemeldet. Und die Master
hielten nicht viel davon, Probleme hinauszuschieben.

Anne erhob sich und gab auch ihm – so wie sie es bei ihrem
Bruder getan hatte – einen Klaps auf den Hinterkopf und erhielt
ein identisches Lachen.

„Dürfen wir hochkommen?", rief Z.

Warum taten alle so, als wäre ihr Deck ein Schiff und dass an
Bord zu kommen, eine Erlaubnis erforderte? „Natürlich. Gesellt
euch zu uns." Sie sah sich um. „Mom und Dad, das sind alte
Freunde von mir. Zachary Grayson, Cullen O'Keefe, Galen
Kouros und Dan Sawyer." Zusätzlich zu ihren Worten wies sie auf
die verschiedenen Männer, um sicherzustellen, dass alle wussten,
von wem sie sprach.

Und wie unangenehm war die Situation, wenn man bedachte,

dass sie ihrer Familie nicht erzählen wollte, woher sie die Jungs kannte? „Meine Herren, das sind meine Eltern Stephan und Elaine Desmarais. Und meine Schwägerin und meine Brüder: Alison, Harrison und Travis."

Mit zusammengezogenen Augenbrauen bemerkte ihr Vater, dass ihre Freunde Ben zu kennen schienen.

Mit seinem mühelosen Charme begrüßte Z die Anwesenden, bevor er direkt mit dem Grund für den Besuch anfing: „Wir entschuldigen uns für den Überfall, Anne, aber wir wollten sichergehen, dass du unverletzt bist und dir davon berichten, wie es den nächtlichen Besuchern von dir geht. Nicht zu vergessen: Wir wollen uns in deine Zukunft einmischen."

Mit dem Kätzchen auf dem Arm machte Travis einen Schritt nach vorne. „Sind die Arschlöcher im Gefängnis?"

Zs Lächeln verschwand. „Die Frau des Mannes hatte bereits eine Anzeige wegen häuslicher Gewalt erstattet. Dazu der bewaffnete Einbruch von letzter Nacht, der Gewaltanwendung und der Körperverletzung mit einer tödlichen Waffe – er und seine Kohorten werden in absehbarer Zeit nicht wieder freikommen."

„Ausgezeichnet", sagte Anne. Nichtsdestotrotz würden sie und Ben ein Sicherheitssystem installieren.

„Ich bin dran." Cullens reuiger Blick traf auf ihren. „Du bist eine der Besten, die wir haben – und wir sind seit Jahren befreundet. Ich habe es vermasselt, und alles, was ich tun kann, ist zu hoffen, dass du Mitleid mit mir hast und mir vergibst."

Oh, also mal ehrlich. Ein leicht genervtes Lachen entkam ihr. *Vertraue darauf, dass Cullen sich in einer großen Runde entschuldigt.* „Natürlich vergebe ich dir. Ich habe auch überreagiert."

Cullens tiefes Lachen brach aus ihm heraus. „Das hast du, Liebes, aber ich habe das Streichholz angezündet. Es tut mir leid, Anne." Er rieb sich über einen blauen Fleck an seinem Kiefer. „Ben hat deutlich gemacht, dass ich mich wie ein Idiot verhalten habe."

Ben hatte seinen ältesten Freund aus dem Shadowlands

geschlagen? Auf Annes erschrockenen Blick hin zuckte er völlig unbekümmert mit den Schultern.

Ja, das hatte er wirklich.

„Ich habe immer gesagt, dass er mehr dein Wachhund war als meiner", sagte Z leise.

Auf was hatte sie sich da eingelassen? Aber alles, was sie fühlte, war Freude darüber, dass ihr Kind einen so wunderbaren Beschützer haben würde – so wie es ihr Vater und ihre Brüder für sie gewesen waren.

Ben war jedoch ein Mann, der zurücktreten konnte, sodass sein Baby, wenn die Zeit reif war, seine Flügel ausbreiten konnte. Sie drückte seine Hand und beobachtete, wie sich sein Lächeln wärmte.

„Immer noch Freunde?", fragte Cullen sie leise und streckte seine Arme aus.

„Oh, na gut!" Sie machte den Schritt nach vorne und umarmte ihn.

Er stieß einen großen Seufzer der Erleichterung aus. „Es tut mir wirklich so leid, Anne."

„Dir ist wirklich vergeben."

„Ich habe dir doch gesagt, dass sie mehr Spaß im Leben hatte, als uns bewusst war", hörte sie Travis zu Harrison sagen.

Ben stand neben Z und teilte ihm mit, dass er plane, zu kündigen. „Ich weiß, dass du es vorziehst, wenn deine Mitarbeiter – er sah, dass ihre Familie in Hörweite war, und flüsterte den Rest – „sich nur auf den Job konzentrieren." Denn Z bevorzugte Türsteher, die Vanilla waren.

Aber Ben genoss den Job als Sicherheitsmann. Anne bewegte sich vorwärts, um sich einzumischen.

„Anne", sagte Cullen. „Z und ich müssen los. Und *wir* sehen uns dieses Wochenende." Er verschränkte die Arme vor der Brust und starrte sie unnachgiebig an.

Sie konnte in den Club zurückkehren, erkannte sie. In ihr anderes Zuhause. Ihre Sicht verschwamm mit Tränen.

„Nein, nein, tu das nicht, Süße. Verdammt." Cullen riss sie wieder an seine Brust. „Du brichst mir hier noch das Herz."

Dumme, dumme Hormone.

Aber dem Shadowlands den Rücken zuzukehren, hatte wehgetan. Das hatte es wirklich.

Er hob ihr Gesicht und benutzte seine Daumen, um die Tränen aus ihrem Gesicht zu wischen, und seine offensichtliche Bestürzung flickte die schmerzende Wunde in ihrer Seele.

Zittrig atmete sie ein. „Es geht mir gut. Geh ruhig − und wir sehen uns nächstes Wochenende."

„Gutes Mädchen." Er grinste bei ihrer geknurrten Warnung. Nach einem Nicken in die Richtung ihrer Familie fragte er: „Können wir, Z?"

Z antwortete nicht, aber sein Blick lag unbestreitbar auf Anne. Mit verengten Augen musterte er sie wie ein Dom, wie der Master aller Master, nahm die Tränen wahr und wie sich ihre Hand auf ihrem Bauch niedergelassen hatte, ihr Oberteil, das wegen ihrer volleren Brüste etwas enger ausfiel.

Nach einer Sekunde wärmten sich seine dunkelgrauen Augen. Er hatte es herausgefunden.

Da er jedoch über Taktgefühl verfügte, kehrte er einfach zu seinem Gespräch zurück. „Benjamin, ich denke, du wirst in Zukunft ... recht beschäftigt sein. Ich werde Ghosts Stunden erhöhen und es euch überlassen, wie ihr die Position besetzen wollt."

Ben nickte. „Klingt gut. Für uns beide."

Anne tauschte einen Blick mit ihm und lächelte, als sie sich an die letzte Session mit ihm im Club erinnerte. Wie heiß es gewesen war. Jetzt konnten sie damit weitermachen. Schließlich hatten Kari und Dan ein Kind und genossen immer noch eine gelegentliche Nacht im Shadowlands.

Z drehte sich zu ihr und berührte sanft ihre Wange. „Anne." Sonst sagte er nichts, schaffte es aber irgendwie, seine Zuneigung und Besorgnis − und Zustimmung − zu vermitteln.

Nach einem Lächeln, das Ben galt, schloss er sich Cullen an und gemeinsam verließen sie das Deck.

„Wer war das?", fragte ihr Vater ihre Mutter. „Und warum hat _"

Galen näherte sich Anne. „Ich bin dran."

„Du bist dran?" Anne betrachtete ihn.

Schwarzes Haar, schwarze Augen, olivfarbener Teint. Er hatte bei seinem Wechsel als FBI-Agent zu seiner eigenen Firma nichts von seiner Intensität eingebüßt. Vielleicht, weil sich seine Organisation darauf spezialisierte, Kinder, Dokumente, Menschen und Geheimnisse zu finden. Sally, seine Frau und Sub, die er mit seinem Partner Vance teilte, liebte es, verlorengegangenes Geld aufzuspüren.

„Er ist an der Reihe, mit dir zu reden", erklärte Dan mit finsterem Blick. „Er hat den Münzwurf gewonnen. Er darf zuerst."

„Ah, natürlich." Mal ehrlich, wie schafften es Männer mit dem ganzen Testosteron durch den Tag zu kommen?

Galen wies mit dem Kinn auf den leeren Tisch, der auf der anderen Seite des Decks stand – weit genug entfernt, sodass ihre Familie nicht lauschen konnte.

Sie warf ihren Eltern einen Blick zu. „Könnt ihr –"

Ihre Mutter ließ sie mit einer Handbewegung wissen, dass sie sich verziehen sollte. „Bei uns ist alles gut. Sie sind den ganzen Weg zu dir gefahren, um mit dir zu sprechen. Geh nur, Schatz."

„Danke, Mom." Als sie zu Ben sah, lächelte er einfach und machte keine Anstalten, den Platz neben ihrem Bruder zu verlassen.

Sobald sie sich gegenüber der beiden Doms hinsetzte, lehnte sich Galen vor und fixierte sie mit seinem dunklen Blick. „Ich habe ein Angebot für dich."

„Was für ein An –?"

„Arbeite für mich."

„Was?" Zu viele Überraschungen an einem Tag, in einem

Monat. Wenn das so weiterging, würde ihr Baby adrenalinsüchtig auf die Welt kommen.

Galen wartete nicht darauf, dass sie sich erholte, und sprach weiter. Seine neue Firma wurde mit Anfragen überschwemmt, in denen es um vermisste Personen ging: Ausreißer, Ehefrauen, Ehemänner, entführte Kinder, Veruntreuer ... alles. Und sie hatte den Ruf, die Beste beim Aufspüren von Kautionsflüchtigen zu sein. Sie konnte entscheiden, wie viel sie arbeiten wollte – Vollzeit oder Teilzeit – und er zahlte ihr das Dreifache dessen, was sie bei der Kautionsagentur verdient hatte.

„Gibt es ein Problem?" Ben stand plötzlich neben ihr. Besorgt legte er eine Hand auf ihre Schulter. Wahrscheinlich hatte er den Schock auf ihrem Gesicht gesehen.

„Nein, nein." Galens Angebot würde ihr Beschäftigungsproblem lösen. So sehr sie den aktiven Teil als Kautionsagentin geliebt hatte, konnte sie ihr ungeborenes Kind nicht in Gefahr bringen. „Galen hat mir eine Stelle in seiner Firma angeboten. Kein Reisen. Keine Gefahr. Ich entscheide über die Stundenanzahl."

Ben hockte sich neben sie. „Du weißt, dass ich uns beide unterstützen kann, während ... äh, für eine Weile. Es besteht keine Eile, einen Job zu finden."

„Verdammt, Haugen." Galens Verärgerung sorgte dafür, dass sein Neuengland-Dialekt noch deutlicher zu hören war. „Hör nicht auf ihn, Anne. Du würdest dich innerhalb einer Woche langweilen. Wenn wir –"

Ein Summen unterbrach ihn. Mit einem verärgerten Geräusch zog er sein Handy heraus, sah auf das Display und akzeptierte den Anruf. „Okay. Ja. Bin dabei. Willst du dich jetzt versuchen?"

Anne runzelte die Stirn.

„Da wir uns in einem Bieterkrieg um deine Dienste befinden, Anne, hier ist ein weiterer Anwärter." Galen lachte, als er sein Handy zwischen ihnen auf den Tisch legte. „Der Lautsprecher ist

an, Bruder", sagte er zum Telefon, „also halte dich mit den Kraftausdrücken zurück. Los."

„Was passiert hier?", fragte Anne.

„Anne, du bist da. Gut." Bei der Stimme aus dem Handy
handelte es sich um Vance, Galens Partner, der noch für das FBI
arbeitete. „Es wäre eine Verschwendung, wenn du für Galen
arbeiten würdest. Du verfügst über Fertigkeiten, die wir im FBI
brauchen. Lass uns reden."

Sie biss sich auf die Unterlippe, um nicht zusammenzubrechen. Nachdem sie so lange unter dem Gefühl gelitten hatte,
nicht wertgeschätzt zu werden, hatte sie jetzt zwei Stellenange-
bote auf einmal vorliegen.

„Das FBI?", hörte sie ihre Mutter sagen.

Als sie aufblickte, erkannte sie, dass ihre Familie vergessen
hatte, was sich gehörte, und näher gerückt war, um zu lauschen.
Sie hätte es wissen müssen.

Sie waren unglaublich neugierig. Und mischten sich bei allem
ein. Und waren die liebevollsten Menschen, die sie kannte.

Sie nahm einen ernsten Ton an: „Danke, Vance. So sehr ich die
Arbeit schätze, die ihr als Agents leistet, habe ich an diesem Ort
Wurzeln geschlagen und möchte das auch nicht ändern. Ich
fürchte, das FBI ist nichts für mich. Aber ich danke dir, dass du
an mich gedacht hast."

„Nun, ich bin enttäuscht. Wenn du jemals deine Meinung
änderst, sag mir Bescheid."

„Ausgezeichnete Entscheidung, Anne", sagte Galen laut
genug, damit Vance es hören konnte.

„Arschloch. Die Runde gewinnst du, Bruder", antwortete
Vance. „Ich hoffe, dir ist bewusst, was für einen Schatz du damit
bekommst. Bis später."

„Falls Sally es dir nicht gesagt hat, du kochst heute Abend."
Galen legte auf und unterbrach seinen Ehemann mitten in einem
Kraftausdruck.

Dan grinste Galen an, dann fixierte er Anne mit einem durchdringenden Blick. „Ich bin dran." Er lehnte sich vor. „Denkst du nicht, dass es Zeit ist, zur Strafverfolgung zurückzukehren – wo du hingehörst? Wir haben eine offene Stelle. Ich weiß, dass du meine Wache mehr nach deinem Geschmack finden wirst, als die archaische, in der du deine Laufbahn begonnen hast."

Sie lächelte ihn an. Seit Jahren hoffte er darauf, dass sie sich wieder der Polizei anschloss.

Bei der Polizei gehörte es dazu, Verbrecher aufzuspüren, nur fehlte der Respekt aus allen Richtungen. Und in Wirklichkeit waren viele der Kautionsagenten Möchtegern-Cops, die keinen Strafverfolgungsjob ergattern konnten. Sie zählte zu den wenigen, die eine andere Richtung eingeschlagen hatten.

Wie nett war es, gewollt zu werden? Sie drückte Bens Hand, bevor sie Dan sagte: „Ich fürchte, das würde nicht funktionieren. Ich suche nach etwas in Teilzeit."

Bens erleichterter Seufzer war hörbar. Er würde ihr nicht im Weg stehen, aber er würde sich Sorgen machen, wenn sie sich wieder für die Strafverfolgung entscheiden sollte. Und auch ihr würde es so gehen, wäre es umgekehrt.

Dan seufzte. „Na gut." Er sah zu Galen. „Wärst du damit einverstanden, wenn wir vertraglich dafür sorgen, dass sie in meiner Wache Seminare für das Aufspüren von Verbrechern gibt?"

Galens Blick traf auf ihren. „Nimmst du mein Angebot an?"

„Angenommen ich bin mit dem Vertrag einverstanden ... ja. In dem Fall würde ich mich freuen, für dich zu arbeiten."

„Perfekt." Er bot ihr seine Hand an, und sie besiegelten den Deal mit einem Händedruck. „Damit haben wir das." Er drehte sich zu Dan. „Wir werden etwas aushandeln, um dir Zugang zu ihrem Fachwissen zu verschaffen."

„Anne!"

Bei der vertrauten Stimme drehte sie sich um und sah, wie ihre beiden Onkel die Stufen hochkamen.

So ruinierte man einen schönen Tag.

Sie starrte ihren Vater anklagend an. Offensichtlich hatte er seinen Brüdern gesagt, dass sie zuhause war und eine Party gab.

Als er seine Hände hob und damit sagte: *Was hätte ich tun sollen?*, verdiente er sich auch einen genervten Blick von Annes Mutter.

Ausgehend davon, dass die Neuankömmlinge Annes Vater ähnelten, musste Ben annehmen, dass dies die Arschloch-Onkel von der Kautionsagentur waren. Genervt und amüsiert zugleich drückte er Annes Oberschenkel und sagte leise: „Ich habe das Gefühl, dass dein Vater heute Abend wieder auf der Couch schlafen wird. Soll ich den Müll für dich entsorgen, Mistress?"

Belustigung ersetzte ihren gefrorenen Gesichtsausdruck und sie gab ihm einen kleinen Kuss. „Ich kann mit meinen Onkeln umgehen – und ich liebe dich."

Das war definitiv ein Sieg. Er erhob sich und nahm eine Position ein, von wo er sie im Auge behalten konnte.

„Elaine, sei nicht böse auf Stephan", sagte der grauhaarige Onkel. „Anne, wir haben ihn gefragt, ob wir vorbeikommen und uns entschuldigen können."

Mit der Selbstbeherrschung einer Mistress faltete Anne ihre Hände in ihrem Schoß. „In Ordnung, Onkel Matt. Dann lass mal hören." Sie neigte den Kopf und wartete auf ihre Entschuldigung.

Damit standen sie direkt im Scheinwerferlicht.

Ben unterdrückte ein Lachen und sah, dass es Travis und Harrison nicht anders erging.

Matt blinzelte sie überrascht an und sah zu dem zweiten Mann. „Russell, sag es ihr."

„Okay." Russell fuhr mit der Hand über seine glänzende Glatze. „Wir wollen, dass du zurückkommst, Nichte. Wir wollen, dass du wieder das Team führst."

„Wir brauchen dich", sagte Matt. „Niemand ist so gut wie du, wenn es darum geht, Kautionsflüchtige aufzuspüren."

„In Florida weiß jeder in unserer Branche, dass sie die Beste ist." Das kam von Galen, der sich höchst belustigt einmischte. Seine neugierige Sub hielt ihn zweifellos über den Klatsch im Shadowlands auf dem Laufenden — was Annes Auseinandersetzung mit ihren Onkeln einschloss. „Deshalb habe ich nicht lange gezögert und sie angeheuert."

„Was … du hast was getan?" Russells Gesicht lief rot an. „Wer zum Teufel bist du?"

„Ich bin ein Mann, der Talente zu schätzen weiß und gut für das Privileg bezahlen wird, Anne in seiner Firma zu haben", sagte Galen geschmeidig. „Noch besser: Ich habe sie für mich gewinnen können, bevor das FBI ihr ein Angebot machen konnte."

„FBI?"

Bei der nasalen Stimme hob Ben den Kopf und entdeckte doch tatsächlich das größte Arschloch von allen — ihren Cousin Robert.

Harrison drückte die Schultern durch.

Mit zusammengezogenen Augenbrauen übergab Travis das Kätzchen an Annes Mutter. So ging die Party schneller den Bach runter als gedacht.

Und doch saß Anne immer noch kühl und gelassen auf ihrem Stuhl. Es gab Zeiten, in denen er ihre Mistress-Rüstung schätzte.

„Sie hat die Ausbildung abgebrochen." Robert schloss sich seinem Vater an und fragte Galen: „Hat sie dir wirklich auftischen wollen, dass das FBI sie wollte? Und du hast ihr geglaubt?"

„Mein Ex-Partner Special Agent Buchanan hat ihr das Angebot gemacht und ist ziemlich genervt, dass sie es abgelehnt hat." Galen zeigte sein wölfisches Grinsen. „Ich gewinne."

„Ich kenne deine Informationsquelle nicht, Junge, aber sie hat nichts abgebrochen", sagte Dan. „Sie hat die Polizei verlassen. Viele von uns haben versucht, sie dazu zu bringen, zu uns zurückzukehren, wo sie hingehört." Als sich Detective Sawyer in seinem Stuhl zurücklehnte, fiel seine Jacke so weit auf, dass jeder einen langen Blick auf seine Pistole werfen konnte.

Das brachte den Cousin recht schnell zum Schweigen.

Ben begegnete Dans Blick und sah sowohl Belustigung als auch Ungeduld. Der Polizist hatte eine geringe Toleranz für Arschlöcher.

„Anne", jammerte Matt. „Du hast wirklich woanders einen Job angenommen?"

„Ja, das habe ich." Anne neigte den Kopf. „Meine Herren", sagte sie kalt, „wenn ihr kein Interesse daran habt, euch zu entschuldigen, dann verlasst bitte mein Grundstück."

Russell blähte sich auf. „Wir haben –"

„Nein, das habt ihr nicht. Ich habe keinen Satz gehört, der die Worte *Es tut mir leid* oder *Bitte verzeih mir* enthält." Annes Vater verschränkte die Arme vor der Brust. „Mein Mädc – Anne hat dir das beste Team in Florida aufgebaut, und du hast ihre Crew deinem inkompetenten Kind übergeben. Das zeigte Respektlosigkeit gegenüber Anne – und war auch ihren Agenten gegenüber nicht fair."

„Onkel Stephan, die Jungs wollten mich, nicht sie."

„Natürlich wollten sie das", sagte Travis sarkastisch. „Zwei der Teilzeitbeschäftigten wollten einen Mann – nur nicht unbedingt dich. Der Rest wollte die Person, die sie zu einem Team gemacht hat und mit der sie sich sicher fühlten. Nicht das feige Arschloch, das die letzten drei Einsätze mit seiner falschen Position verpfuscht hat, sodass Aaron fast getötet und Michael einen Streifschuss erlitten hat."

Anne sprang auf die Füße. „Travis, ist –"

Sie war kreidebleich. *Verdammt*, sie sollte sich nicht mit diesem Mist herumschlagen müssen. Ben legte seinen Arm um sie und spürte, wie sie zitterte.

„Es geht ihm gut, Schwesterchen. Es geht allen gut. Aber es hat nur drei Einsätze gebraucht und die Männer verlassen vorzeitig das Schiff."

„Das Team gehört dir, wenn du zurückkommst, Anne." Matt richtete einen strengen Blick auf Roberts Vater, der still blieb.

„Danke, aber nein", sagte Anne fest.

Ben jubelte leise. Sie brauchte diese Mistkerle nicht. Galen würde ihre Arbeit schätzen.

Sie fuhr fort: „Ich werde nicht zurückkommen. Vielleicht wenn du Robert vollständig entfernst und Aaron zum Teamleader machst, würde das dafür sorgen, dass deine Agenten nicht alle das Weite suchen."

Matts Schultern sackten zusammen. „Ich verstehe. Wir geben Aaron den Job."

„Was?", brüllte Robert. „Hörst du wirklich auf diese Fotze?"

Ben knurrte.

Annes erhobene Hand hielt Ben an Ort und Stelle. Sie runzelte die Stirn. „Ben, hast du jemals das Büro besucht, um mich zu sehen?"

„Nein. Ich war noch nie dort."

Als sich ihr Blick auf Robert richtete, wich dem Arschloch jegliche Farbe aus dem Gesicht.

„Ich konnte nicht herausfinden, wie die Bastarde von gestern Abend meine Adresse herausgefunden haben", sagte sie. „Aber vor einer Woche hat dich jemand verprügelt. Du hast angedeutet, es wäre Ben gewesen."

Robert trat bei dem Ton in Annes Stimme einen Schritt zurück.

Sie legte beide Hände auf den Tisch und fixierte ihn mit einem kalten Blick. „Ich denke, diese Jungs kamen ins Büro, haben die Fäuste gegen dich verwendet und du hast ihnen gesagt, wo ich wohne. Und du hast mich nicht mal gewarnt."

„Ich habe nie ..." Robert stotterte und die Augen bewegten sich seitwärts. Jede einzelne Person auf dem Deck konnte seine Schuld sehen.

Mit Wut im Blut rückte Ben vorwärts. Er hielt inne. Es war Annes Recht, den Mistkerl auseinanderzureißen. Aber verdammt ... „Anne. Bitte?"

Sie lächelte und tätschelte ihren Bauch. „Zögere nicht, dich um diese kleinen Aufgaben für mich zu kümmern ... für eine Weile. Aber töte ihn nicht."

„Fuck, ich liebe dich." Ben näherte sich dem Arschloch, holte Schwung und landete einen ordentlichen Schlag.

Robert flog über das halbe Deck.

Mit den Armen über der Brust verschränkt, wartete Ben darauf, dass der Idiot aufstand. Stattdessen blieb er flach auf dem Rücken liegen. Schließlich legte er eine Hand auf seinen Kiefer.

Der Jubel bedeutete nichts im Vergleich zu Annes sanftem: „Ausgezeichnete Arbeit, mein Tiger."

„Okay, ich habe eine Frage." Stephan sah seine Tochter finster an, nicht wirklich streitlustig, aber offensichtlich verärgert. „Letzte Nacht hast du mich angeschrien, weil ich erwartet habe, dass Ben dich verteidigt. Du meintest, du könntest es selbst tun. Warum ist es heute anders?" Er wies auf Robert.

„Nun, gestern hatte ich nicht wirklich die Wahl, ich musste mich verteidigen", sagte Anne. „Und als ich erstmal anfing, verlor ich irgendwie die Beherrschung. Ben wusste, dass ich etwas Wut ablassen musste."

Ben zuckte mit den Schultern. „Ihr Zuhause, ihre Spielzeuge."

„Nachdem ich mich beruhigt hatte, wurde mir klar, dass ich mich nicht hätte ... hingeben sollen." Sie warf Ben einen vorsichtigen Blick zu, denn als ihm klar wurde, wie sie sich und das Baby in Gefahr gebracht hatte, hatte er ihr die Hölle heißgemacht. „Also durfte sich Ben heute mit dem Problem befassen."

Mit einem Lächeln nahm Ben ihre Hand und ließ sie schweigend wissen, dass er zur Verfügung stand und sich um jedes erdenkliche Problem kümmern würde. Immer. Überall.

Travis starrte sie an. „Seit wann gönnst du dir so etwas nicht mehr? Seit deinem zehnten Lebensjahr machst du Jungs fertig."

Ach wirklich? Es wäre unterhaltsam, einige dieser Geschichten zu hören. Vielleicht, wenn er Travis genug Alkohol gab ...

„Ich werde es erstmal ein bisschen ruhiger angehen ... für die

nächsten sieben Monate oder so. Bis nach der Geburt des Babys."
Anne legte ihre Hand auf ihren Bauch und lächelte.

Als alle wild durcheinander sprachen, beugte sie sich zu Ben,
packte seine Haare und zeigte, dass sie sich jetzt auf andere Weise
gönnte.

Erfreut zog Ben sie näher und gab ihr alles, was sie verlangte,
wissend, dass sein Herz, sein Verstand und seine Seele in ihren
sehr fähigen, liebevollen Händen sicher waren.

Obwohl die Mission lang und voller Gefahren gewesen war,
hatte er es irgendwie geschafft, die Liebe der Shadowlands-Mistress für sich gewinnen zu können.

Gut gemacht, Haugen. Bravo Zulu.

Ende

LESEPROBE AUS BUCH 11

in der Reihe Die Master der Shadowlands

Im Shadowlands, in dem das Lied *Heartworms* von Coil mit der kratzigen Stimme und dem brutalen Rhythmus an seiner Haut rieb, hielt Nolan King inne, um seinen Augen zu erlauben, sich an das düstere Licht der schmiedeeisernen Wandleuchter zu gewöhnen. Gutes Publikum heute Abend. Der Clubraum umfasste im Anwesen den größten Teil des Erdgeschosses, und jeder Sessionbereich entlang des Raumes war in Benutzung.

In der rechten Ecke tanzten die Mitglieder auf der kleinen Tanzfläche, in ausgefallener Latex- und Lederausrüstung gepaart mit der klassischen Auswahl an nackten Ärschen. In einem abgesperrten Bereich mit der Spanking-Bank schlug eine Domina eine wimmernde, unterwürfige Blondine mit einem Paddel. Unregelmäßige Schreie von weiter weg kamen wahrscheinlich von jemandem, der mit einem Viehtreiber bearbeitet wurde.

Auf der linken Seite befand sich die Ecke mit den Snacks und zusätzlichen Tischen und Stühlen. Keine Beth.

In der Mitte des Raumes hatten ledige Subs einen Sitzbereich, in dem sie Zeit miteinander verbringen konnten. Keine Beth.

Doms und ihre Subs sammelten sich oft an der massiven ovalen Bar, die von Cullen und seiner Sub Andrea gehandhabt wurde. Jemand dort würde zweifellos wissen, wo sich sein kleines Kaninchen verschanzt hatte.

„Hey, willkommen zuhause, Kumpel." Cullens Stimme ertönte, als er einen langen Arm über die Bar streckte, um Nolans Hand zu greifen. „Ich dachte schon, dass du gar nicht mehr zurückkommst."

„Langsam habe ich auch daran gezweifelt." Nolan nahm ein Corona von Andrea entgegen. Kaltes Bier − eine der schönsten Freuden des Lebens und eine, die er in letzter Zeit vermisst hatte. Mit seiner Frau Liebe zu machen, war eine andere. „Wo ist meine Frau?"

Vor drei Jahren war *Frau* nur ein Wort mit vier Buchstaben gewesen; Beth hatte das Wort in eines verwandelt, das *Wunder* bedeutete.

„Sie und Jessica wollten sich ansehen, wie Vance und Galen zusammen toppen." Cullen zeigte zum anderen Ende des Raumes. „Gut, dass du zurück bist. Beth sieht nicht gut aus."

„Ja, das ist mir auch schon zu Ohren gekommen." Nolans Mund spannte sich an. Wahrscheinlich hatte sie Albträume von diesen beschissenen Arschlöchern, die in Annes Haus eingebrochen waren. Gott sei Dank war Beth nicht vor Ort gewesen. Kim hatte ein paar Flashbacks von dem Angriff erlitten, aber Raoul, ihr Dom, hatte ihr damit geholfen.

Nolan war nicht da gewesen, um Beth zu helfen.

Cullens buschige, braune Augenbrauen zogen sich zusammen. „Du siehst fast so schlecht aus wie sie. Alles okay?"

„Ja. Meine Schulter ist etwas angeschlagen, aber sonst ..."

Als er nach hinten ging, wurde er von verschiedenen Mitgliedern begrüßt. Er entdeckte hier und da andere Master. Olivia zeigte sich mit einer neuen Sub − diesmal mit einer Blondine. Jake hatte Rainie an ein Andreaskreuz gefesselt und passte die Beleuchtung an, um ihre bunten Tattoos in Szene zu setzen.

In der Aufseherweste mit den goldenen Akzenten beobachtete

Dan einen Neuling, der versuchte, eine hübsche Brünette auszupeitschen. Nach dem unzufriedenen Gesichtsausdruck des Polizisten würde er ihm bald die Peitsche wegnehmen und den jungen
Dom nachhause schicken, um zunächst an einem Kissen zu üben.

In der hinteren Ecke hatte Z einen überdimensionalen
Bereich für die Peitschen-Enthusiasten abgesperrt. Ketten von
einem freiliegenden Deckenbalken hielten Sallys Arme über
ihrem Kopf. Vor der Brünetten stand Vance, der ihre Brüste mit
einer kleinen Hirschhautpeitsche neckte. Hinter ihr benutzte
Galen eine Peitsche an ihrem Rücken und ihrem Arsch.

So wie ihr Kopf auf ihrem erhobenen Arm ruhte, war Sally tief
im Subspace. Nicht besonders überraschend. Die beiden Doms
waren verdammt gut darin, ihre unterwürfige Frau als Team zu
toppen.

Nolan ließ den Blick über die Sitzmöglichkeiten schweifen ...
und fand Beth und Jessica. Er stellte sein unvollendetes Bier auf
einen Tisch, damit die Mitarbeiter es mitnehmen konnten,
verschränkte die Arme vor seiner Brust − zuckte bei dem Ziehen
in seiner Schulter zusammen − und musterte seine Frau.

In einer Ecke des Ledersofas kauernd saß seine kleine Sub in
einer Jeans und einem schlichten weißen T-Shirt. Kein Make-up.
Ihr langes, rotbraunes Haar wurde mit einem Haargummi zurückgehalten. *Gott*, selbst zum Unkrautjäten bemühte sie sich sonst
mit ihrem Erscheinungsbild mehr.

Als sie zusammenzuckte, weil bei einer Session in der Nähe
jemand schrie, wusste Nolan, dass sie Hilfe brauchte. Doch die
wenigen Male, die sie es geschafft hatten, zu reden, hatte sie
darauf bestanden, dass es ihr gut ging.

Sie hatte ihn angelogen.

Während diese unangenehme Tatsache bei ihm ankam, sah sie
sich im Raum um. Ihr Blick schweifte an ihm vorbei, stoppte und
kehrte zu ihm zurück. Ihre Hand hob sich zu ihrem Mund. „Master?" Und dann rannte sie auch schon durch den Raum und

knallte so heftig in ihn hinein, dass er auf seinen Fersen zurück-
schaukelte.

Zum Teufel, das schmerzte.

Es war ihm egal.

Er schlang seine Arme um sie und zog sie enger an sich.
Endlich.

„Du bist hier!" Sie drückte ihn mit zu dünnen, aber wunderschön muskulösen Armen, und er senkte den Kopf, sodass er
ihren Erdbeer-Zitronen-Duft einatmen konnte. Sein eigener
süßer Leckerbissen.

Ihre Lippen waren weich und nachgiebig, als sie sich so eng an
ihn presste, dass sie regelrecht mit ihm verschmolz. *Verdammt*, er
hatte sie vermisst.

Als sich Schritte entfernten, wurde ihm klar, dass Jessica sie
taktvoll ihrer Wiedervereinigung überlassen hatte.

Schließlich zog er sich zurück ... und runzelte die Stirn. Seine
Freunde hatten es auf den Punkt getroffen. Obwohl Beths
Gesicht vor Aufregung errötet war, zeigten sich die dunklen
Ringe deutlich unter ihren Augen.

Ohne seine Musterung zu bemerken, tätschelte sie seinen
kurzen Bart. „Was ist das? Ich habe dich fast nicht erkannt."

„Als ich nachhause kam, habe ich mir nicht die Zeit genommen, mich zu rasieren." Mit seiner uramerikanischen Abstam-
mung konnte er nicht besonders viel Gesichtsbehaarung
hervorbringen. Sich auf der Baustelle zu rasieren, war die Mühe
also nicht wert, wenn es ohnehin bei Stoppeln blieb.

Sie fuhr über seinen Bart am Kiefer entlang. „Ich mag es
irgendwie", murmelte sie.

„Für dich lasse ich das Unkraut noch einen Tag unberührt."

Ihre Hand hielt inne und sie runzelte die Stirn. „Du siehst
schrecklich müde aus, mein Master."

„Langer Flug." Als er mit einem Finger über ihre Wange fuhr,
bemerkte er, wie der Knochen ausgeprägter schien, und er neigte
ihr Gesicht nach oben. Sie war immer schlank gewesen, aber sie

hatte in letzter Zeit weitere Kilos verloren. Das konnte sie sich nicht leisten. Besorgnis war in seiner Stimme zu hören: „Kleines Kaninchen, was ist los? Du siehst furchtbar aus. Wie viel Gewicht hast du verloren?"

Als sie zusammenzuckte, wurde ihm bewusst, dass er das sensible Thema anders hätte ansprechen können. Das Problem war nur, dass sie, wenn es ihnen gelang, sich am Telefon zu unterhalten, auf seine Frage, ob es ihr gut ging, stets geantwortet hatte: *„Alles prima. Keine Probleme."*

„Es geht mir gut." Sie hob das Kinn. „Draußen zu arbeiten, wenn es so heiß ist, raubt mir den Appetit."

„Tatsächlich?" *Und das wäre Lüge Nummer ... wer wusste das schon.* Sie häufte sie mittlerweile an. Er würde ihr den Arsch versohlen, aber ihr fehlte es momentan an Polsterung, um die Schläge gut wegzustecken. „Anstatt einer Session füttere ich dich besser."

„Ich ... Okay." Ihre Augen hielten Enttäuschung – und Erleichterung – bereit.

Erleichterung? Seine Augen verengten sich. Zuerst würde er dafür sorgen, dass sie etwas aß, und dann würde er sie nachhause bringen, um das erleuchtende Gespräch zu führen, das mehr als überfällig war. Ein langes Gespräch, eines, bei dem sie erregt und kurz vor einem Orgasmus stehen würde. Am Telefon war es ihr vielleicht gelungen, seinen Fragen auszuweichen, aber ihr Körper konnte ihn nicht anlügen.

ÜBER DIE AUTORIN

Autoren sagen oft, dass ihre Protagonisten mit ihnen argumentieren.

Dummerweise sind Cherise Sinclairs Helden allesamt Doms. Was bedeutet, dass sie keine Chance hat, jemals ein Argument für sich zu entscheiden.

Als USA-Today-Bestsellerautorin ist Cherise dafür bekannt, herzzerreißende Liebesromane mit hinreißenden Doms, amüsanten Dialogen und heißem Sex zu schreiben. BDSM, Leute. BDSM! Wer kann dazu schon ‚Nein' sagen?

Mit den Kindern aus dem Haus lebt Cherise mit ihrem geliebten Ehemann und ihren Katzen am pazifischen Nordwesten, wo nichts gemütlicher ist als ein regnerischer Tag, den sie damit verbringt, neue Bücher zu schreiben.

Rezensionen:

Ich hoffe, Dir hat das Buch gefallen! Ich würde mich freuen, wenn Du für Anne und Ben eine Rezension verfasst. Das hilft mir als Autor und auch anderen Lesern, die auf der Suche nach neuem Lesestoff sind.